Javier M.

Berta Isla

Javier Marías nació en Madrid en 1951. Ha
publicado quince novelas, entre las que se encuentran *Los enamoramientos* y *Así empieza lo
malo*, así como tres colecciones de cuentos y
varios volúmenes de ensayos. Sus obras han
sido traducidas a cuarenta y cuatro lenguas y
ha sido galardonado con innumerables pre-
mios literarios internacionales, incluido el
IMPAC Dublin Literary Award por *Corazón
tan blanco*. Es también un experto traductor
del inglés de autores como Joseph Conrad,
Robert Louis Stevenson, Sir Thomas Browne
y Laurence Sterne. Ha sido profesor en España, en Estados Unidos y en Gran Bretaña,
donde fue profesor visitante de Literatura española en la Universidad de Oxford.

Berta Isla

Berta Isla

UNA NOVELA

Javier Marías

VINTAGE ESPAÑOL
Una división de Penguin Random House LLC
Nueva York

PRIMERA EDICIÓN VINTAGE ESPAÑOL, AGOSTO 2019

Vintage Español ISBN en tapa blanda: 978-1-9848-9825-8

Para venta exclusiva en EE.UU., Canadá, Puerto Rico y Filipinas.

www.vintageespanol.com

Impreso en Colombia

10 9 8 7 6 5 4 3

I

Durante un tiempo no estuvo segura de si su marido era su marido, de manera parecida a como no se sabe, en la duermevela, si se está pensando o soñando, si uno aún conduce su mente o la ha extraviado por agotamiento. A veces creía que sí, a veces creía que no, y a veces decidía no creer nada y seguir viviendo su vida con él, o con aquel hombre semejante a él, mayor que él. Pero también ella se había hecho mayor por su cuenta, en su ausencia, era muy joven cuando se casó.

Estos eran los mejores periodos, los más tranquilos y satisfactorios y mansos, pero nunca duraban mucho, no es fácil desentenderse de una cuestión así, de una duda así. Lograba dejarla de lado durante unas semanas y sumergirse en la impremeditada cotidianidad, de la que gozan sin ningún problema la mayoría de los habitantes de la tierra, los cuales se limitan a ver empezar los días, y cómo trazan un arco para transcurrir y acabarse. Entonces se figuran que hay una clausura, una pausa, una división o una frontera, la que marca el adormecimiento, pero en realidad no la hay: el tiempo sigue avanzando y obrando, no sólo sobre nuestro cuerpo sino también sobre nuestra conciencia, al tiempo le trae sin cuidado que durmamos profundamente o estemos despiertos y alerta, que andemos desvelados o se nos cierren los ojos contra nuestra voluntad como si fuéramos centinelas bisoños en esos turnos nocturnos de guardia que se llaman imaginarias, quién sabe por qué, quizá porque luego le parece que no hayan tenido lugar, al que se mantuvo en vigilia mientras dormía el mundo, si consiguió mantenerse en vigilia y no ser arrestado, o pasado por las armas en tiempo de guerra. Una sola cabezada invencible y por su causa se encuentra uno muerto, o es dormido para siempre. Cuánto riesgo en cualquier cosa.

Cuando creía que su marido era su marido no estaba tan sosegada ni se levantaba de la cama con demasiadas ganas de iniciar la jornada, se sentía prisionera de lo largamente aguardado y ya cumplido y no más aguardado, quien se acostumbra a vivir en la espera nunca consiente del todo su término, es como si le quitaran la mitad del aire. Y cuando creía que no lo era pasaba la noche agitada y culpable, y deseaba no despertarse, para no hacer frente a los recelos hacia el ser querido ni a los reproches con que se castigaba a sí misma. Le desagradaba verse endurecida como una miserable. En esos periodos en que decidía o lograba no creer nada, sentía en cambio el aliciente de la duda escondida, de la incertidumbre aplazada, porque antes o después ésta volvería. Había descubierto que vivir en la certeza absoluta es aburrido y condena a llevar una sola existencia, o a que sean la misma la real y la imaginaria, y nadie escapa enteramente a esta última. Y que la sospecha permanente a su vez no es tolerable, porque resulta extenuante observarse sin cesar a uno mismo y a los otros, sobre todo al otro, al más cercano, y comparar con los recuerdos que jamás son fiables. Nadie ve con nitidez lo que ya no está delante, aunque acabe de suceder o aún floten en la habitación el aroma o el descontento de quien apenas se ha despedido. Basta con que alguien salga por una puerta y desaparezca para que su imagen empiece a difuminarse, basta con dejar de ver para ya no ver claro, o no ver nada; y con oír pasa lo mismo, y no digamos con el tacto. ¿Cómo puede uno, entonces, recordar con precisión y en orden lo ocurrido hace mucho tiempo? ¿Cómo puede representarse con fidelidad al marido de hace quince o veinte años, al que se acostaba en la cama cuando ella ya dormía hacía rato, y le penetraba con su miembro el cuerpo? También todo eso se desvanece y se enturbia, como las imaginarias de los soldados. Acaso es lo que se desvanece más pronto.

No siempre lo había poseído el descontento, a su marido a la vez español e inglés, Tom o Tomás Nevinson su nombre. No siempre había desprendido una especie de fastidio invasor, un disgusto de fondo que trasladaba consigo por toda la casa y que por tanto se hacía también de superficie. Llegaba con él como una emanación, al salón, al dormitorio, a la cocina, o como si fuera una tormenta suspendida sobre su cabeza que lo seguía a todas partes y rara vez se le alejaba. Eso lo llevaba a ser lacónico y a contestar a pocas preguntas, por supuesto a las comprometidas pero también a las inofensivas. Para las primeras se amparaba en que carecía de autorización para hacer revelaciones, y aprovechaba para recordarle a su mujer, Berta Isla, que jamás la obtendría: aunque pasaran decenios y estuviera al borde de la muerte, nunca podría contarle cuáles eran sus andanzas presentes, o sus cometidos, o sus misiones, la vida vivida cuando no estaba con ella. Berta debía aceptarlo y lo aceptaba: había una zona o una dimensión de su marido que permanecería siempre en la oscuridad, siempre fuera de su campo visual y de su oído, el relato negado, el ojo entrecerrado o miope o más bien ciego; ella sólo podía conjeturarla o imaginársela.

—Y además más vale que no la sepas —le dijo él en alguna ocasión, el obligado hermetismo no le impedía discursear a veces un rato, en abstracto y sin hacer la menor referencia a lugares ni individuos—. A menudo es poco agradable, contiene historias bastante tristes, condenadas a finales desgraciados, para unos o para otros; de vez en cuando es divertida pero casi siempre es fea, o aún peor, deprimente. Y con frecuencia salgo de ella con mala conciencia. Por fortuna se me pasa pronto, es transitoria. Por fortuna me olvido de lo que he hecho, es lo bueno de los episodios fingidos, no es uno mismo quien los experimenta, o sólo como si fuera un actor. Los actores vuelven a su ser tras concluir la película o la función de teatro, y éstas terminan disipándose siempre. A la larga sólo dejan un vago recuerdo como de cosa soñada e inverosímil, en todo caso dudosa. Incluso impropia de uno, y así uno se dice: 'No, yo no he podido tener ese comportamiento, la memoria se confunde, era otro yo y es un equívoco'. O es como si fuera uno un sonámbulo, que ni siquiera se entera de sus acciones y pasos.

Berta Isla sabía que vivía parcialmente con un desconocido. Y alguien que tiene vedado dar explicaciones sobre meses enteros de su existencia se acaba sintiendo con licencia para no darlas sobre ningún aspecto. Pero también Tom era, parcialmente, una persona de toda la vida, que se da por descontada como el aire. Y uno jamás escruta el aire.

Se conocían desde casi niños, y entonces Tomás Nevinson era alegre y ligero y sin niebla ni sombra. El Instituto Británico de la calle Martínez Campos, junto al Museo Sorolla, en el que él había estudiado desde el principio, abandonaba o soltaba a sus alumnos a los trece o catorce años, tras lo que se llamaba en la época cuarto de bachillerato. Quinto, sexto y preuniversitario, los tres cursos restantes antes de la Universidad, debían completarlos en otro sitio, y no pocos pasaban al colegio de Berta, el Estudio, aunque sólo fuera porque también era mixto y laico, en contra de la norma en España durante el franquismo, y porque así no se movían de barrio, Estudio tenía su sede en la cercana calle de Miguel Ángel.

A menos que fueran horrendos o sin gracia alguna, los 'nuevos' solían arrasar entre los del sexo opuesto, precisamente por novedosos, y Berta se enamoró muy rápido del joven Nevinson, primitiva y obcecadamente. Hay mucho de decisión elemental y arbitraria, también esteticista o presumida (uno mira alrededor y se dice: 'Quedo bien con este'), en esos amores que por fuerza empiezan con timidez, con miradas no sostenidas, sonrisas y conversaciones leves que disimulan el apasionamiento, el cual sin embargo arraiga en seguida y parece inamovible hasta el fin de los tiempos. Claro que es un apasionamiento teórico y en absoluto sometido a prueba, aprendido de las novelas y las películas, una proyección fantaseada en la que predomina una imagen estática: la muchacha se figura a sí misma casada con el elegido y él con ella, como un cuadro sin desarrollo ni variación ni historia, la visión se acaba ahí, los dos carecen de capacidad para ir más lejos, para verse a unas edades remotas que no les conciernen y se les antojan inalcanzables, para representarse otra cosa que la culminación, tras la que todo es impreciso y se frena; o es consecución, en los más clarividentes u obstinados. En unos tiempos en que aún se estilaba que al dejar la soltería las mujeres añadieran un 'de' a su apellido, seguido del del marido, a Berta le influían a favor de su elección hasta los efectos visual y sonoro de su nombre futuro lejano: no era lo mismo pasar a ser Berta Isla de Nevinson, que evocaba aventuras o parajes exóticos (un día tendría una tarjeta de visita que pondría eso exactamente; qué más, ya se vería), que Berta Isla de Suárez, por mencionar el apellido del compañero que le había gustado hasta la aparición de Tom en el colegio.

No fue la única chica de la clase que se fijó en él de ese modo vehemente y resuelto, y que tuvo aspiraciones. De hecho su llegada causó un general revuelo en el microcosmos, que se prolongó durante dos trimestres, hasta que hubo dueña aparente. Tomás Nevinson era bastante bien parecido y algo más alto que la mayoría, con un pelo rubiáceo peinado hacia atrás y anticuado (como de piloto de los años cuarenta, o de ferroviario cuando lo llevaba más corto, o de músico cuando lo llevaba más largo, nunca mucho contra la tendencia que se iba imponiendo; recordaba al del actor secundario Dan Duryea y se acercaba al del actor principal Gérard Philipe, cuando adquiría su volumen máximo: para los que tengan curiosidad visiva o memoria), y toda su persona transmitía la solidez de quien es inmune a las modas y por tanto a las inseguridades, que tantas formas adoptan hacia los quince años, casi nadie escapa a ellas. Daba la impresión de no estar sujeto a su época, o de sobrevolarla, como si no concediera importancia a las circunstancias azarosas, y siempre lo es el día en que uno nace, incluso el siglo. En realidad sus facciones no pasaban de gratas, tampoco es que fuera un ejemplo de belleza juvenil innegable; lindaban con la sosería, que al cabo de un par de decenios se las apropiaría sin remedio. Pero de momento la salvaban de ella los labios carnosos y bien dibujados (que invitaban a ser recorridos con el dedo y palpados, quizá más que besados) y la mirada gris mate o brillante atormentada, según la luz o el tormento incipiente que se le estuviera condensando: unos ojos penetrantes, inquietos y más apaisados de lo habitual, que raramente descansaban y que contradecían el conjunto de serenidad de su figura. En esos ojos se vislumbraba algo anómalo, o tal vez se anunciaban anomalías venideras, entonces sólo acechantes o agazapadas, como si no les tocara despertar todavía y hubieran de madurar o incubarse para alcanzar su plena potencia. La nariz carecía de distinción, más bien ancha y como sin terminar, o por lo menos sin rúbrica. El mentón era vigoroso, tirando a cuadrado, levemente saliente, le confería un aire determinado. Era el todo lo que poseía atractivo, o encanto, y en él imperaba, más que el aspecto, el carácter irónico y liviano, propenso a las bromas suaves y despreocupado, tanto por lo que sucedía en el exterior como por lo que se ventilaba en su cabeza, que no sería fácil de adivinar ni siquiera para él mismo y no lo era para los cercanos: Nevinson rehuía la introspección y hablaba poco de su personalidad y de sus convicciones, como si ambas prácticas le parecieran un juego de niños y una pérdida de tiempo. Era lo contrario del adolescente que se descubre y analiza y observa y trata de descifrarse, con impaciencia por averiguar a qué clase de individuo pertenece; sin darse cuenta de que la pesquisa es inútil porque aún no está hecho del todo, y además ese saber no llega —si llega, y no se va modificando y negando— hasta que se toman decisiones de peso y se obra sobre la marcha, y cuando eso ocurre ya es tarde para rectificar y ser de otra clase. A Tomás Nevinson, en todo caso, no le interesaba mucho darse a conocer ni seguramente conocerse, o bien ya tenía completado el segundo proceso y el primero lo juzgaba costumbre de narcisistas. Acaso era la mitad inglesa de su ascendencia, pero a la postre nadie sabía muy bien cómo era. Bajo su apariencia amistosa y diáfana, incluso afable, había una frontera de opacidad y reserva. Y la mayor opacidad consistía en que los demás no eran conscientes, y apenas se percataban de esa capa impenetrable.

Era completamente bilingüe, hablaba inglés como su padre y español como su madre, y el hecho de que hubiera vivido principalmente en Madrid desde que no era capaz de articular palabra, o muy pocas, no mermaba su fluidez ni su elocuencia en la primera de estas lenguas: se había educado en ella durante la infancia y era la dominante en su casa, y todos los veranos desde que tenía memoria los había pasado en Inglaterra. A eso se añadían su facilidad para aprender terceras o cuartas y una extraordinaria habilidad para imitar hablas y cadencias y dicciones y acentos, nada más oír a alguien un rato sabía remedarlo a la perfección, sin previo ensayo ni esfuerzo. Con eso se ganaba simpatías y risas de sus compañeros, que acababan por solicitarle sus mejores interpretaciones. También impostaba la voz con eficacia y así lograba reproducir las de sus imitados, en aquellos años del colegio personajes de la televisión sobre todo, el consabido Franco y algún que otro ministro que salía en las noticias levemente más que el resto. Las parodias en el idioma paterno se las guardaba para sus estancias en Londres y en la zona de Oxford, para sus amigos y parientes de allí (de la segunda ciudad era originario el señor Nevinson); en Estudio, en el barrio de Chamberí, nadie las habría comprendido ni jaleado, con la excepción de un par de ex-camaradas, tan bilingües como él, del Instituto Británico. Cuando se expresaba en uno u otro idioma, no se le notaba el menor rastro de extranjería, en ambos sonaba como un nativo, y así jamás tuvo problema para ser aceptado en Madrid como uno más pese a su apellido, conocía todos los giros y jergas, y si quería podía ser tan malhablado como el muchacho peor hablado de la capital entera, excluyendo arrabales. De hecho era uno más, en mucha mayor medida un español cualquiera que un inglés cualquiera. No descartaba cursar estudios universitarios en el país de su padre, y éste lo instaba a ello, pero su vida la concebía en Madrid, como siempre, y desde pronto junto a Berta. Si era admitido en Oxford tal vez se iría, pero estaba seguro de que al concluir su educación volvería y se quedaría.

El progenitor, Jack Nevinson, llevaba establecido en España largos años, inicialmente por azar y después por descontada pasión y matrimonio. Tom no tenía memoria de su existencia en otro sitio, sólo sabía que la había habido. Pero lo vivido por los padres con anterioridad al nacimiento de los hijos suele ser ignorado por éstos, o aún es más, no les concierne hasta que ya son adultos plenos y es muy tarde para preguntar, a veces. El señor Nevinson compaginaba cargos en la embajada británica con quehaceres en el British Council, al que había llegado de la mano de su representante en Madrid durante casi tres lustros, el irlandés Walter Starkie, asimismo fundador del Instituto Británico en 1940 y su director mucho tiempo, hispanista entusiasta y andariego y autor de varios libros sobre los gitanos, incluido uno titulado un poco ridículamente *Don Gypsy*. A Jack Nevinson le había costado más de la cuenta dominar la lengua de su mujer, y aunque al final lo había logrado sintáctica y gramaticalmente, con un vocabulario amplio si bien anticuado y libresco, jamás se desprendió de su muy fuerte acento, lo cual hacía que sus hijos lo vieran parcialmente como a un intruso en la casa y se dirigieran a él en inglés siempre, para evitarse incontenibles risas tontas y sonrojos. Se sentían azorados cuando había visitas españolas y no le quedaba más remedio que recurrir al castellano; en su boca les sonaba casi a chiste, como si oyeran los doblajes que con sus propias voces y su pronunciación se hacían Laurel y Hardy, el Gordo y el Flaco, para la exhibición en el ámbito hispánico de sus ya viejas películas (al fin y al cabo Stan Laurel era inglés, no americano, muy distintos sus acentos cuando se aventuran a salir de su idioma). Quizá esa inseguridad oral en el país de adopción contribuía a que Tom viese a veces a su padre con incongruente paternalismo, como si sus grandes dotes para el aprendizaje de otras lenguas y la imitación de hablas nuevas lo indujeran a creer que podría desenvolverse mucho mejor en el mundo —también abarcarlo, o sacarle provecho— de lo que lo haría nunca Jack Nevinson, hombre poco autoritario y resolutivo en familia, suponía que bastante más fuera de ella.

Esa mirada de superioridad prematura no se la permitía con su madre, Mercedes, mujer cariñosa pero muy vigilante, a la que además había debido respetar y padecer como profesora en un par de cursos del Británico, de cuyo claustro formaba parte. 'Miss Mercedes', así la llamaban los alumnos, era buena conocedora, por tanto, de la lengua de su marido y la manejaba con más desparpajo que él la de ella, aunque tampoco careciera de acento. Los únicos que no tenían ninguno eran así los cuatro vástagos: Tom, un hermano y dos hermanas.

Berta Isla era netamente madrileña, en cambio (de cuarta o quinta generación, algo infrecuente en la época), una belleza morena, templada o suave e imperfecta. Si se analizaban sus rasgos, ninguno era deslumbrante, pero su rostro y su figura en conjunto resultaban turbadores, ejercían la atracción irresistible de las mujeres alegres y sonrientes y proclives a la carcajada; parecía estar siempre contenta, o estarlo con muy poca cosa o procurar estarlo a toda costa, y hay muchos hombres para los que eso se convierte en un elemento deseable: es como si quisieran adueñarse de esa risa —o suprimirla, cuando hay malos instintos—, o ver que se les dedica a ellos o que son ellos quienes la provocan, sin darse cuenta de que esa dentadura que ilumina permanentemente la cara, y que llama a quienes la avistan con fuerza, aparecerá en todo caso, sin que se la convoque, como si fuera una facción invariable, tanto como la nariz o la frente o las orejas. Esa tendencia risueña de Berta denotaba buen carácter, incluso complaciente, pero era levemente engañosa: su alegría era natural, fácil y pronta, pero si no encontraba motivo no se dedicaba a malgastarla ni a fingirla; encontraba múltiples motivos, es cierto; sin embargo, si no los había, podía ponerse muy seria, o triste, o enfadarse. Nada de esto le duraba mucho, era como si se aburriera de esos estados de ánimo lóbregos o ariscos, como si no les viera recompensa ni una evolución interesante, y le pareciera que su prolongación era monótona y no contenía enseñanzas, un insistente goteo que tan sólo elevaba el nivel del líquido, sin transformarlo; pero no los rehuía tontamente, cuando le sobrevenían. Bajo su apariencia de concordia, casi de bonhomía, era una joven con ideas claras, y hasta testaruda. Si quería algo iba por ello; no frontalmente, no infundiendo temor ni imponiéndose ni apremiando, sino con persuasión y habilidad y solicitud, haciéndose imprescindible y, eso sí, con determinación absoluta, como si nunca hubiera por qué disimular los deseos cuando no son sucios ni malignos. Tenía la facultad de deslizar un espejismo entre sus conocidos y amistades y novios, en la medida en que pudiera llamarse novios a sus elegidos de la adolescencia: lograba hacerles creer que lo peor que podría pasarles sería perderla a ella, o perder su aprecio, o su jovial compañía; y, de la misma manera, los convencía de que no había bendición en el mundo como su cercanía, como compartir con ella aula, juegos, proyectos, diversión, conversación, o la existencia entera. No es que en eso fuera artera, una especie de Yago que dirige y manipula y engaña con el persistente susurro al oído, en modo alguno. Ella misma

24

debía de creer tal cosa con espontaneidad y ufanía, y así llevaba la creencia consigo, pintada en la frente o en la sonrisa o en las ruborizadas mejillas, y la contagiaba sin proponérselo. Su éxito no era sólo con los chicos, lo tenía también con las amigas: llegar a serlo de ella era como un timbre de gloria, un honor formar parte de su órbita; extrañamente no provocaba envidia ni celos, o apenas; era como si su sincera afectuosidad hacia casi todo el mundo la blindara contra las inquinas y las despiadadas malevolencias de esa edad cambiante y arbitraria. También Berta, como Tomás, parecía saber desde muy pronto a qué clase de individuo pertenecía, a qué clase de muchacha y de mujer futura, como si jamás hubiera dudado de que su papel era protagonista y no secundario, al menos en su propia vida. Hay personas que temen verse como secundarias, en cambio, hasta de su propia historia, como si hubieran nacido sabiendo que, por únicas que todas sean, la suya no merecerá ser contada por nadie, o será sólo objeto de referencias al contarse la de otra, más azarosa y llamativa. Ni siquiera como pasatiempo de una sobremesa alargada, o de una noche junto al fuego sin sueño.

Fue en el tercer trimestre de quinto de bachillerato cuando Berta y Tom se emparejaron tan abiertamente como es posible a esas edades, y las demás pretendientes de él lo acataron con un suspiro de conformidad y renuncia: si Berta estaba de verdad interesada, no era extraño que Tomás Nevinson la prefiriera, al fin y al cabo la mitad masculina del colegio Estudio volvía la cabeza para mirarla intensamente, desde hacía uno o dos cursos, cuando se cruzaba con ella en las enormes escaleras de mármol o en el patio, en los recreos. Atraía la vista de los de su clase, de los mayores y de los menores, y hubo varios niños de diez u once años cuyo primer amor distante y asombrado —el amor aún sin ese nombre— fue Berta Isla y por eso nunca la olvidaron, ni en la juventud ni en la madurez ni en la vejez, aunque jamás hubieran intercambiado con ella una frase y para ella no hubieran existido. Hasta chicos de otros centros merodeaban para verla a la salida y seguirla, y los de Estudio, con un sentido de la pertenencia exacerbado, se soliviantaban ante los intrusos y vigilaban para que no cayera en las redes de alguien ajeno a 'nosotros'.

Ni Tom ni Berta, que habían nacido en agosto y septiembre respectivamente, habían cumplido los quince cuando acordaron 'salir' o 'ser novios', como se decía entonces, y se sinceraron. En realidad ella se había sincerado mucho antes, sólo se había molestado en disfrazar su enamoramiento primitivo y obcecado —o en contenerlo— lo justo para no resultar agobiante ni descarada, lo justo para ser educada —con la educación de los años sesenta del pasado siglo, ya mediados— y que él tuviera la sensación, cuando se decidiera a dar el paso, de no haber sido meramente escogido y conducido, y de tomar alguna iniciativa.

Las parejas tan tempranas están condenadas a desarrollar cierto elemento de fraternidad, aunque sólo sea porque durante su primer periodo —el periodo inaugural, que tanto marca a veces el sesgo de lo venidero— saben que deben esperar para culminar sus amores y ardores. En aquella clase social y en aquel tiempo al menos, y pese a las urgencias de la sexualidad primeriza y a menudo explosiva, se juzgaba imprudente y desconsiderado forzar las cosas cuando se iba en serio, y Tomás y Berta supieron en seguida que ellos iban en serio, que no se trataba de un devaneo que terminaría con el curso, ni siquiera dos años más tarde, cuando tocara a su fin el colegio y lo abandonaran. En Tom Nevinson había algo de timidez y toda la inexperiencia en ese campo, y además le sucedió lo que sucede a no pocos muchachos: respetan demasiado a la que han escogido como amor de su vida presente, futura y eterna, evitan propasarse con ella como no lo evitan con otras, y con frecuencia acaban por exagerar la protección y el cuidado, por verla como a un ideal pese a ser de interrogativa carne y sano hueso e intrigado sexo, por temer profanarla y convertirla en casi intocable. Y a Berta le sucedió lo que sucede a no pocas muchachas: sabedoras de que se las puede tocar sin reservas y con curiosidad por ser profanadas, no quieren pasar por impacientes, y todavía menos por ávidas. De tal manera que no es raro que, de tanto guardarse y mirarse con pasión y besarse con tiento, excluyendo zonas del cuerpo; de tanto acariciarse con deferencia y frenarse en cuanto notan que la deferencia sucumbe, la primera vez que culminen sus amores lo hagan por separado y vicariamente, esto es, con terceros ocasionales.

Los dos perdieron la virginidad en su primer curso universitario, y ninguno de los dos se lo contó al otro. Ese año estuvieron alejados relativamente, si bien mucho comparativamente: Tom fue admitido en Oxford, en buena medida gracias a los oficios de su padre y de Walter Starkie aunque también por sus grandes aptitudes lingüísticas, y Berta empezó Filosofía y Letras en la Complutense. Los periodos de vacaciones son largos en esa Universidad inglesa, algo más de un mes entre Michaelmas y Hilary, otro tanto entre Hilary y Trinity y tres completos entre Trinity y el nuevo Michaelmas o comienzo del curso, como se llaman allí los tres *terms* o muy falsos trimestres, así que Tomás regresaba a Madrid al cabo de sus ocho o nueve semanas de duro estudio y estancia y le daba tiempo a reanudar su vida madrileña, o a no perderla enteramente de vista, a no cortar del todo con ella ni sustituirla, a no olvidarse jamás de nada. Pero durante esas ocho o nueve semanas también les daba tiempo, a los dos, a poner al otro a la espera, es decir, entre paréntesis. Y a la vez sabían que lo que quedaría entre paréntesis sería el periodo de separación, una vez que se reunieran y todo volviera a su cauce. La distancia reiterada permite eso, que ninguna de las alternativas etapas sea real cabalmente, que sean ambas fantasmagóricas, que cada una difumine y niegue durante su reinado a la otra, casi la borre; y, en definitiva, que nada de lo que ocurre en ellas sea terrenal ni vigilia, cuente del todo como acaecido ni tenga demasiada importancia. No sabían Tom y Berta que ese iba a ser el signo de gran parte de su vida juntos, o juntos pero con poca presencia y sin cauce, o juntos y dándose la espalda.

En 1969 dos modas recorrían Europa y afectaban principalmente a los jóvenes: la política y el sexo. Las revueltas parisinas de mayo del 68 y la Primavera de Praga aplastada por los tanques soviéticos pusieron en efervescencia —aunque breve— a medio continente. En España, además, perduraba una dictadura instaurada hacía ya más de tres décadas. Las huelgas de obreros y estudiantes llevaron al régimen franquista a decretar el estado de excepción en todo el territorio nacional, lo cual era apenas un eufemismo para recortar aún más los derechos tan pálidos, aumentar las prerrogativas y la impunidad de la policía y dejarle mano libre para hacer lo que quisiera con quien quisiera. El 20 de enero el alumno de Derecho Enrique Ruano, al que tres días antes había detenido por arrojar octavillas la temida Brigada Político-Social, murió mientras estaba custodiado por ésta. La versión oficial, cambiante y llena de contradicciones, fue que el joven, de veintiún años, llevado a un edificio de la hoy calle Príncipe de Vergara para efectuar un registro, se zafó de los tres policías que lo vigilaban para caerse o tirarse por una ventana del séptimo piso en que se encontraban. El Ministro Fraga y el periódico *Abc* se esforzaron por presentarlo como un suicidio y por atribuir a Ruano una mente débil y desequilibrada, publicando en primera página y por entregas una carta a su psiquiatra que trocearon y manipularon para que parecieran extractos de un supuesto diario íntimo atormentado. Pero casi nadie creyó esa versión y el episodio fue visto como un asesinato político, ya que el estudiante era miembro del Frente de Liberación Popular o 'Felipe', organización clandestina antifranquista de poca monta, como lo eran casi todas por fuerza (de poca monta y clandestinas). La incredulidad general estaba justificada, no sólo por la arraigada costumbre de mentir de todos los Gobiernos de la dictadura: veintisiete años después se comprobó, al exhumarse el cadáver con motivo del dificultoso juicio contra los tres policías —ya en democracia—, que se le había serrado una clavícula, hueso por el que, casi sin asomo de duda, habría penetrado una bala. En su día la autopsia fue falseada, no se permitió ver el cuerpo a la familia, se le prohibió publicar una esquela en la prensa; y al padre lo llamó en persona el Ministro de Información Fraga para conminarlo a no protestar y callarse con una frase parecida a esta: 'Recuerde que tiene otra hija de la que ocuparse', en referencia a la hermana de Ruano Margot, que también andaba metida en política. Aunque tanto tiempo después nada pudo probarse y los tres 'sociales' fueron absueltos de la acusación de asesinato —Colino, Galván y Simón sus apellidos—, el joven habría sido torturado probablemente durante los días de su detención, incluido el último, cuando por fin lo llevaron al piso de Príncipe de Vergara, le dispararon y lo arrojaron al vacío. Eso fue lo que ya creyeron sus compañeros en 1969.

La indignación estudiantil fue tan grande que en las movilizaciones de las fechas siguientes incluso participaron universitarios que hasta entonces habían sido más bien apolíticos o habían preferido no arriesgarse ni buscarse líos, como Berta Isla. Unas amistades de la Facultad la convencieron de acudir con ellas a una manifestación convocada un atardecer en la Plaza de Manuel Becerra, no lejos del coso taurino de Las Ventas. Aquellas concentraciones duraban poco, ilegales todas: la Policía Armada, los llamados 'grises' por el color de sus uniformes, solían estar enterados de antemano, dispersaban cualquier grupo a empellones y, si alguno lograba formarse, hacerse compacto y marchar unos metros coreando un lema, no digamos si volaban piedras contra comercios o bancos, en seguida cargaban a pie o a caballo con sus porras largas negras flexibles (más flexibles y largas las de los jinetes, casi como látigos cortos y gruesos), y siempre había en sus filas algún chulo o nervioso que echaba mano de pistola para infundir más miedo o sentirlo él menos.

En cuanto empezó la refriega Berta se vio corriendo delante de los guardias, junto con un montón de compañeros y desconocidos. Cada cual tiró por su lado, en la confianza de que los perseguidores no lo eligieran como objetivo y se inclinaran por apalear a otros. Ella era novata en estos amotinamientos y no sabía nada, si era mejor meterse en el metro o refugiarse en un bar y mezclarse con los parroquianos o permanecer en la calle, en la que siempre habría posibilidad de correr de nuevo y no quedar atrapado en un sitio. Sí sabía que ser detenido en una algarada política suponía una noche y unas tortas en la Dirección General de Seguridad, en el mejor de los casos, y en el peor un proceso y una condena de meses o incluso de uno o dos años, según la malevolencia del juez adiestrado, además de ser expedientado en la Universidad en el acto. También sabía que ser chica y muy joven (era su primer curso universitario) no la libraría del castigo que le cayera en suerte.

Perdió pronto de vista a sus amistades, le entró pánico en la noche cerrada y no bien iluminada por las farolas tibias, corrió sin ton ni son de un lado a otro, todo el frío de enero le desapareció de golpe, notó el ardor de un peligro desconocido, se quiso desgajar del tumulto instintivamente y se alejó de la Plaza a la carrera por una calle adyacente no muy ancha y bastante vacía de manifestantes, la estampida había optado por otros caminos o procuraba no disgregarse en exceso con vistas a reagruparse e intentarlo de nuevo en balde, el temor y la furia crecientes, los ánimos exaltados, acelerados los pulsos y desterrados los cálculos. Iba como alma que llevara el diablo, aterrada, sin ver a nadie más a derecha ni a izquierda con los rabillos de los dos ojos mientras volaba en la idea de no pararse nunca o hasta creerse a salvo, hasta dejar la ciudad atrás o llegar a su casa, y entonces se le ocurrió volver la cabeza sin aminorar la velocidad —quizá oyó un ruido extraño, el resoplido o el trote muy vivo, un ruido de veraneo, de pueblo, de campo, un ruido de infancia— y vio a su espalda, casi encima de ella, la figura enorme de un gris a caballo con la porra ya levantada, a punto de descargarle un zurriagazo en la nuca o en las nalgas o en un costado, que sin duda la habría derribado al suelo, seguramente la habría dejado inconsciente o atontada, sin capacidad de reacción ni de más huida, destinada a recibir un segundo y un tercero si el guardia era sañudo, o a ser arrastrada, esposada y metida en un furgón si no lo era, y a ver torcido su presente y perder todo el futuro en unos pocos minutos de irreflexión y mala suerte. Le vio la cara al caballo negro y creyó vérsela también al hombre gris, pese a que el casco le tapaba la frente y el mentón el barboquejo, algo alzado y reforzado. Berta no tropezó ni se paralizó por el susto, sino que inútilmente aceleró más su carrera con la fuerza última de la desesperación, es lo que uno hace siempre aunque esté condenado, qué pueden unas piernas de chica contra las patas de un veloz cuadrúpedo, y aun así esas piernas aprietan el paso como las de un animal ignorante que todavía confía en escaparse. Entonces surgió un brazo de un callejón lateral, una mano que tiró de ella con brío haciéndola perder el equilibrio y caer de bruces, pero arrebatándosela a caballo y jinete y evitándole el impacto de la porra seguro. Éstos siguieron de largo, al menos unos cuantos metros por inercia, es difícil frenar en seco a una cabalgadura, era de esperar que se desentendieran y buscaran a otros subversivos para escarmentarlos,

los había a centenares por los alrededores. La mano la puso en pie de otro tirón y Berta vio a un joven bien parecido y que no tenía ninguna pinta de ser estudiante ni de participar en protestas: los revoltosos no llevaban corbata ni sombrero y aquel joven sí, además de un abrigo que aspiraba a elegante, largo, azul marino y con el cuello subido. Era un tipo anticuado, el sombrero con el ala demasiado estrecha, como si fuera heredado.

—Vámonos de aquí, muchacha —le dijo—. Pero ya, cagando leches. —Y tiró de nuevo de ella, quería sacarla de allí, guiarla, salvarla.

Antes de que pudieran perderse por aquella calleja, sin embargo, reapareció el guardia a caballo, se había apresurado a regresar por su presa. Había hecho dar media vuelta a su montura y había retrocedido al galope, como si le hubiera dado rabia no cobrarse una pieza que ya había individualizado y que tenía en el zurrón o casi. Ahora habría de elegir entre dos, Berta y el joven que había osado escamoteársela, o, si pegaba rápido y con tino, podría cazar a ambos, sobre todo si acudían compañeros policías en su ayuda, no se los veía por allí, el grueso se afanaría en la Plaza con ganas, solían sacudir a diestro y siniestro y sin miramientos, no fuera a verlos reservarse un mando y se la cargaran ellos luego. El chico del sombrero apretó la mano de Berta, pero no pareció sobresaltarse, sino que se irguió retador, un sangre fría, desdeñador del peligro o no dispuesto a mostrar temores. El gris blandía aún la larga porra, pero su ademán no era amenazador, la llevaba cruzada sobre la muñeca de la mano que sujetaba las riendas, como si fuera una caña de pescar o un tallo de junco que hacía balancearse. También era muy joven, con unos ojos azules y unas cejas pobladas oscuras, era lo que más saltaba a la vista bajo el casco calado, unos rasgos agradables con reminiscencias rurales, meridionales, andaluzas probablemente. Berta y el anticuado se quedaron quietos mirándolo, no se atrevieron a correr por el callejón, que quizá tenía poca o mala salida. O en realidad en seguida supieron que no tenían que huir de aquel jinete.

—No te iba a zurrar, muchacha, ¿por quién me tomas? —le dijo el gris a Berta; los dos la habían llamado de la misma forma, un vocativo infrecuente en Madrid en la época, sobre todo entre muchachos—. Sólo quería alejarte del follón por las bravas. Eres muy niña para meterte en estos fregados. Anda, lárgate. Y tú —y se dirigió al anticuado— no te vuelvas a cruzar en mi camino o saldrás muy mal parado: garrotazo y temporadita a la sombra segura. Esta vez te libras. Venga, aire. Ya he perdido mucho tiempo con vosotros.

El joven, con su corbata bien anudada y su abrigo hasta media pantorrilla, no se inmutó ante aquella amenaza futura. Se mantuvo erguido y con la mirada fría y alerta y muy fija en la del jinete, como si le fuera a leer ahí las intenciones y estuviera convencido de que, si se le arrancara, él sabría desmontarlo desde el suelo. Y en contra de lo que acababa de decir, el guardia no se fue en seguida, como si esperara a que lo hicieran sus perdonados primero, o quisiera prolongar al máximo la visión de la muchacha, no perderla de vista hasta que desapareciera de su campo visual y sus ojos no pudieran ya divisarla, por mucho que lo intentaran. Ninguno de los dos le contestó nada, y Berta Isla lo lamentó más tarde, no haberle dado las gracias. Pero en aquellos días a nadie le salía darle las gracias a un gris, a un policía de Franco, aunque se las mereciera. Eran el enemigo de casi todos y despreciables, eran los que perseguían y apaleaban y detenían, y arruinaban vidas recién empezadas.

Berta se había rasgado las medias y le sangraba una rodilla y seguía muy atemorizada, verse con el caballo encima y la porra en el aire, a punto de abatírsele sobre la nuca o la espalda, la había dejado hecha un manojo de nervios, pese al desenlace benévolo del incidente, que a su vez la había dejado con una extraña flojera física, ese desenlace. La mezcla la agotaba momentáneamente, carecía de sentido de la orientación y de voluntad, no habría sabido hacia dónde encaminarse en aquel instante. El joven anticuado, llevándola siempre de la mano como si fuera una niña, la sacó de la zona más conflictiva a buen paso, la condujo hacia la de Las Ventas y le dijo:

—Yo vivo aquí cerca. Sube y te curamos esa herida y te calmas un rato, venga. No vas a volver así a tu casa, mujer. Mejor que descanses y te adecentes un poco. —Ahora ya no la llamó 'muchacha'—. ¿Cómo te llamas? ¿Eres estudiante?

—Sí. De primero. Berta. Berta Isla. ¿Y tú?

—Yo Esteban. Esteban Yanes. Y soy banderillero.

Berta se sorprendió, nunca había conocido a nadie taurino, ni a los figurantes de ese mundo se los había imaginado fuera del ruedo y vestidos de calle.

—¿Banderillero de toros?

—No, de rinocerontes, a ver de qué va a ser. Dime otro bicho al que se le pongan banderillas.

Eso la distrajo de su agitación y de su cansancio enorme, unos segundos; habría sonreído de no estar aturdida. Le dio tiempo a pensar: 'Está acostumbrado a vérselas con un animal mucho más peligroso que un pobre caballo obediente; por eso él no se ha asustado ni se ha alterado: habría sabido esquivarlo, quizá también desviarlo de mí'. Y lo miró de reojo con curiosidad creciente.

—Ese sombrero no te va, no sé si lo sabes —le salió decirle aun a riesgo de resultar impertinente; se le había ocurrido desde que lo vio surgir de la calleja, una de esas observaciones superfluas pero persistentes que se quedan flotando en la cabeza a la espera de encontrar su hueco, en medio de quehaceres mucho más urgentes.

El joven le soltó la mano, se lo quitó en seguida y lo miró con interés dándole vueltas entre las suyas; parado en medio de la calle, con decepción.

—¿Sí? No me fastidies. ¿Qué le pasa? ¿No me sienta bien? ¿Tú crees? Es de buena calidad, eh.

Tenía una mata abundante de pelo, peinado con raya alta a la izquierda, de manera que en el lado derecho se le formaba casi flequillo, tanto pelo había allí que parecía difícil haberlo metido todo bajo el sombrero sin que sobresaliera nada. Así se lo veía más atractivo, el cabello liberado colocaba los rasgos en su verdadero sitio o los definía mejor. Los ojos castaños muy separados, casi de color ciruela, otorgaban limpieza y candidez a su cara, era un rostro sin dobleces, nada reconcentrado ni huidizo ni mortificado, de esos que, como se decía antes, se leen como un libro abierto (aunque haya libros impenetrables e insoportables) y no parecen guardar nada distinto de lo que expresan. La nariz era recta y grande, la dentadura poderosa y un poco saliente, de las que semejan tener vida propia al mostrarse con generosidad, una sonrisa africana le iluminaba las demás facciones y el conjunto invitaba a confiar en su dueño en cuanto aparecía aquélla. Una de esas dentaduras que alguna gente piensa al verlas: 'Ojalá me la pudiera prestar, otro gallo me cantaría. Sobre todo cuando salgo por ahí a ligar'.

—No, no te sienta nada bien. Le falta ala para esa copa. No te va. Te hace la cabeza pequeña. Casi de pepino, y tú no la tienes así.

—Pues entonces no se hable más. A la mierda el sombrerito. Pepino no —dijo el banderillero Esteban Yanes, y lo arrojó sin más a una papelera cercana. A continuación sonrió e hizo amago de saludar con una mano, como si acabara de soltar un par de banderillas con éxito.

Berta dio un respingo y se sintió culpable, no esperaba condenar a muerte a la prenda con sus comentarios. (O a las greñas de un mendigo, que seguramente la recogería de allí.) Quizá aquel sombrero no era heredado y le había costado caro al joven. Era unos cuantos años mayor que ella, andaría por los veintitrés o veinticuatro, pero a esa edad tampoco suele sobrar el dinero, y menos en aquella época.

—Oye, tampoco tienes que hacer caso de lo que yo diga. Si a ti te gustaba, ¿qué más te da mi opinión? Ni siquiera me conoces. No hay que ser tan drástico.

—Yo a ti, sólo con verte, te hago caso en lo que se tercie, y con drasticidad. —Aquello sonó como un cumplido, si se atendía a las palabras (dudó que la última existiera, pero quienes no se preocupan por eso a menudo inventan con más alegría y acierto que los que sí). Ni el tono ni la actitud, sin embargo, se correspondían con los de una galantería. O quizá ésta era tan anticuada que Berta no acabó de reconocerla: ninguno de sus compañeros, ni siquiera los que le tiraban tejos, ni siquiera el propio Tom, le habrían soltado una frase así (ya empezaban los tiempos ariscos, los de la buena educación como un desdoro y la mala como un blasón)—. Anda, vamos, que esa rodilla necesita cura, a ver si se te va a infectar.

Al entrar en su piso Berta dedujo que no andaba nada mal de dinero. Tenía muebles nuevos, sin gastar (no demasiados, eso sí), y era bastante más amplio que los que alquilaban los pocos estudiantes que podían permitírselo. De hecho era muy raro que no fueran compartidos, al menos entre dos, cuando no entre cuatro o cinco. Aquella era una casa en regla, aunque indudablemente de soltero, de hombre solo y no enteramente instalado. Todo aparecía ordenado, incluso estudiado, pero con un aire de provisionalidad. En las paredes había unas cuantas fotos taurinas, tres o cuatro carteles anunciando corridas, en uno acertó a ver los nombres, famosos hasta para ella, de Santiago Martín 'El Viti' y Gregorio Sánchez. Por suerte no se veía ninguna cabeza de toro colgada y enmarcada como un exagerado altorrelieve, tal vez sólo se las concedían a los matadores, no a los subalternos, Berta lo ignoraba todo de la fiesta.

—¿Vives aquí solo? —le preguntó—. ¿Todo esto es para ti?

—Sí, lo tengo alquilado desde hace unos meses. Durante la temporada le sacaré poco provecho, apenas pararé en Madrid, y me cuesta un Congo. Pero bueno, últimamente me ha ido muy bien de suelto, y en algún sitio hay que meterse cuando no hay actividad. Para América sí que no me llaman. Y acaba uno harto de pensiones y hoteles, la verdad.

—¿De suelto?

—Ahora te lo explico, mientras te curo eso. Anda, siéntate ahí —y le señaló un sillón; había alfombra debajo— y quítate las medias. Están para tirar. Si no llevas unas de repuesto, te las bajo yo luego a comprar. Bueno, me tendrías que decir dónde se compran, yo no tengo ni idea. Voy por el botiquín.

Salió del salón y Berta lo oyó revolver a distancia, abrir y cerrar armaritos y cajones, supuso que del cuarto de baño. Se quitó el abrigo, lo dejó en el sofá cercano, se sentó en el sillón indicado y allí se quitó las botas que llevaba —botas de cremallera, hasta la rodilla— y a continuación las medias oscuras que en realidad eran medias enteras, es decir, llegaban hasta la cintura, en aquellos años era ya lo habitual. Tuvo que levantarse bastante la falda para que salieran, porque era falda recta, casi estrecha, algo corta —cubría dos tercios de muslo, acaso menos—, como también era a menudo la moda de entonces. Su decisión de acudir a la manifestación había sido tan improvisada que había salido de su casa vestida como para ir a clase, en modo alguno para huir por las calles delante de un gris con cabalgadura. Mientras se las quitaba miró un par de veces hacia la puerta por la que había desaparecido su anfitrión, no fuera a entrar de nuevo en medio de su desvestimiento parcial (sin pararse a contarlas, con naturalidad, se había desprendido de cuatro prendas en un instante, si se incluía la bufanda; es decir, de la mitad: le quedaban la falda, un jersey suave con escote de pico, las bragas y el sostén). Miró por mirar, en realidad descubrió que no le importaba que la viera con la falda subida unos segundos, un gran susto pasado y un gran cansancio presente bajan la guardia de las personas, les sobreviene una especie de indiferencia cuando no de complacencia por haber salido con bien de un aprieto y poder empezarse a relajar. Además, el joven Yanes le inspiraba confianza, era alguien con quien resultaba cómodo estar. Una vez concluida la rápida operación (las medias hechas un guiñapo en el suelo, se sintió sin fuerzas para retirarlas de allí), se arrellanó en el sillón, las piernas desnudas, los pies descalzos sobre la alfombra, se echó un vistazo a la sangre sin preocupación, le vino algo de sueño instantáneo, no dio tiempo a que se instalara en ella y la pudiera vencer porque el banderillero regresó, también él se había despojado del abrigo, la chaqueta y la corbata y se había remangado la camisa. En una mano traía un vaso de Coca-Cola con hielo, que le entregó, y en la otra, en efecto, un pequeño botiquín de color blanco con asa, quizá todo torero tenía uno en su casa, para cambiarse vendas, por precaución. Yanes cogió un taburete bajo y se sentó ante ella.

—A ver —le dijo—, primero te la lavo un poco, esto no va a doler. —Berta cruzó instintivamente las piernas, en parte por facilitárselo, por acercarle la rodilla, y en parte por dificultárselo (por dificultarle una visión)—. No, no me cruces las piernas, así es peor. Apoya la pantorrilla en mi muslo, será más fácil así. —Con esmero le lavó la herida con una pequeña esponja, agua y jabón, y a continuación se la secó con toques leves de una toallita, como si lo último que quisiera fuera hacerle daño y restregar. Luego le sopló, con aire frío, procuró. Ahora, desde su baja altura, Yanes tenía bien visible la visión, la falda era lo bastante corta y estrecha (con las piernas descruzadas quedaba tensa, tirante) para que el pico de las bragas entrara en su campo visual, y si necesitaba mayor ángulo, en realidad no tenía más que mover su muslo hacia la izquierda y la pantorrilla de Berta, que estaba encima, obedecería sin remisión. Y así lo hizo el banderillero, echó el muslo imperceptiblemente hacia un lado y la deseada imagen se le amplió, se le ofrecieron entreabiertas las piernas enteras, de tobillo a ingle por así decir (pero los pies descalzos también), eran fuertes, fornidas sin llegar a gruesas, como de norteamericana, firmes y bien musculadas y bastante largas, piernas que invitaban a recrearse y a ahondar, y siempre es perceptible ahí algo de monte, al terminar (o es más bien suave loma, abultamiento y palpitación)—. Ahora te voy a dar con alcohol, esto sí te va a escocer al principio, luego ya menos. —Roció un trozo de algodón, y cuando estuvo bien empapado para que no se pegaran hebras a la herida, lo pasó repetidas veces por ella, con delicadeza y tiento. Y volvió a soplar, de hecho sopló un poco más arriba de la rodilla, como si la puntería le hubiera fallado o también quisiera aliviar donde no habría ningún ardor.

En seguida se reflejó el escozor en la cara de Berta (apretó los dientes, echó los labios hacia atrás), pero en verdad duró poco. Se sintió como cuando era niña y algún adulto le sanaba un corte o un rasguño. Era grato volver a estar en manos de alguien, que alguien le tocara a uno y le hiciera cosas útiles con las manos, no importaba mucho qué: en primera instancia no era una sensación muy distinta de la que provoca el peluquero al pasar la navaja o la maquinilla por la nuca de un hombre que entonces se llega a adormecer, o incluso de la que provoca el dentista cuando sólo raspa o hace vibrar y no causa dolor; y aún más parecida a la que trae el médico cuando ausculta y palpa y tamborilea con un solo dedo, el corazón, y hace presión y pregunta: '¿Duele aquí? ¿Y aquí? ¿Y aquí?'. Hay un elemento agradable en dejarse hacer y manosear, aunque no sean cosas placenteras, aunque linden con la molestia y aun con el temor (un barbero siempre puede cortar sin querer, un dentista tocar una encía o un nervio, un médico cambiar de expresión y mostrar preocupación, un hombre hacer daño a una mujer, y si ella es inexperta más aún). Berta Isla se sintió cómoda y perezosa y cuidada, le aumentó la flojera mientras Yanes le ponía una tirita de buen tamaño sobre la herida y daba por concluida su cura. Y tras adherirla no retiró las manos inmediatamente, como le habría tocado hacer, sino que las apoyó, siempre con suavidad, las dos a la vez, en la parte externa de los muslos de la joven, como quien las apoya en los hombros con ademán protector, no más, o como un gesto que viene a decir: 'Listo. Ya está'. Pero los muslos no son hombros, ni siquiera la cara exterior, nada que ver. Berta no reaccionó de ninguna manera, se lo quedó mirando con mirada algo turbia por adormilada o por intrigada, entornados los ojos, queriendo alarmarse pero sin conseguirlo, llamando pálidamente al rubor que con tanta facilidad le acudía por lo general, como quien espera o no sabe si ansía que esas manos no se aparten, e incluso siente curiosidad por averiguar si cambiarán de posición o se desplazarán hacia otra zona, por ejemplo a la cara interna del muslo, que aún es menos como los hombros, ahí el ademán protector se puede convertir en amenazante para quien es tocado o disparar su impaciencia, todo depende del día y de los quién y quién. Durante un minuto entero —largo minuto de silencio absoluto, por qué nadie hablaba—, las manos de Yanes no se movieron un milímetro, permanecieron allí quietas, sin tan siquiera acariciar ni presionar, tan sólo plantadas, casi inertes, esas palmas dejarían huella rojiza si se demoraban mucho más, y acaso costaría un poco despegarlas de la piel. El banderillero aguantó la mirada de los ojos brumosos con los suyos tan separados, que le daban un aire de limpieza e ingenuidad. No delataban nada en sí mismos, no anticipaban el siguiente paso, sólo transmitían serenidad. Y sin embargo se leía aquel rostro y Berta supo lo que antes o después probaría el desconocido —ah sí, era un desconocido—, lo supo con tanta certeza que lo contrario le habría supuesto una decepción. Se forzó a pensar en Tomás Nevinson, al que quería con tanto convencimiento, con incondicionalidad deliberada y testarudez; pero no le pareció que aquella tarde o ya noche tuviera nada que ver con él ni que lo fuera a poner en cuestión, no logró ver ningún vínculo entre su novio lejano medio inglés y aquella situación en un piso cercano a la Plaza de Las Ventas con un joven que seguramente actuaba o deseaba actuar allí, no le había explicado qué era eso de 'suelto'. Pensó que aún no había recuperado ni el sentido de la orientación ni la voluntad; que continuaba perturbada o entumecida por el susto de la aventura equina, o clandestina, o policial, o todo ello a la vez. No hay nada mejor que creer que se ha perdido la voluntad, que está uno a merced del oleaje y del vaivén, que puede mecerse y abandonarse; o sí, todavía es mejor creer que la voluntad se ha entregado a otro, a quien ahora corresponderá decidir qué va a pasar.

Entonces Esteban Yanes, sin cambiar de expresión, sosteniéndole siempre la mirada como si quisiera estar atento a cualquier destello de contrariedad o rechazo para dar marcha atrás, al cabo de ese minuto se atrevió demasiado, un hombre resuelto y audaz. Pero nada más efectuar su movimiento arriesgado, brotó la carcajada que tan frecuente era en Berta y que tantas simpatías le granjeaba, quizá como si le resultara hilarante encontrarse en aquel punto inimaginable una hora antes, quizá por un contento imprevisto, el que suele traer el cumplimiento de un deseo todavía no formulado ni confesado, porque sólo se descubre como tal deseo cuando ya se está cumpliendo. La risa de Berta convocó a su vez la sonrisa africana del banderillero, que invitaba a la confianza inmediata y parecía disipar todo peligro, y que en seguida se convirtió en carcajada también. Así que los dos rieron en el momento en que Yanes, con lentitud pero sin más aviso que esa misma lentitud, trasladó una mano al gentil abultamiento o gentil loma, es decir, al pico de las bragas ya contemplado a placer, que con un dedo apartó suavemente para a continuación posar éste bajo la tela húmeda. Nunca Tom Nevinson había llegado hasta ahí, en las ocasiones más osadas su índice se había detenido sobre la tela sin indagar más allá y sin moverse, por respeto o por temor, o por excesiva conciencia de la juventud de los dos, por aplazamiento y pavor a la irreversibilidad. Pero Berta era de interrogativa carne y notó una diferencia, y dio la bienvenida a la novedad. De las cuatro prendas con que se había quedado, muy pronto la muchacha perdió otras tres, ya en el sofá; sólo una conservó, la que no hacía falta quitar, ni tampoco había ganas de quitar.

II

De vez en cuando Berta Isla se acordaba de Esteban Yanes, tanto durante el periodo previsible y normal de su matrimonio como durante el anómalo, aquel en el que no supo bien a qué atenerse, en el que no sabía si su marido Tom Nevinson había sido admitido o no entre los muertos, si respiraba el mismo aire que ella en algún lugar lejano y recóndito o si hacía ya tiempo que no alentaba, expulsado de la tierra o acogido por ella, es decir, sepultado bajo su superficie a pocos metros de donde nuestros pies se posan, de donde caminamos con despreocupación sin pensar nunca qué esconde. O acaso arrojado al mar o a un estuario o a un lago, a un río grande: cuando no se controla el destino de un cuerpo aparecen y reaparecen las conjeturas más absurdas, y no es difícil fantasear con su vuelta. Con la vuelta del vivo, se entiende, no con la del cadáver, ni con la del fantasma. No son éstos los que consuelan ni los que interesan, o sólo a los espíritus perturbados por la incertidumbre aguda o el inconformismo.

Tras aquella tarde de enero no vio más al banderillero 'suelto'. Éste llegó a explicarle que así se llamaba a los que no eran estables, a los que no formaban parte de la cuadrilla fija de ningún diestro (o sólo ocasionalmente, y por suplencias), sino que iban por libre, aceptando las ofertas que les surgieran y convinieran, aquí para cuatro corridas, allí para un par, más allá para una sola, aquí para el verano entero. Por eso no solían cubrir la temporada de América, la invernal, y estaban desocupados desde finales de octubre hasta marzo, aproximadamente.

Esteban Yanes se pasaba esos meses entrenando y perfeccionándose unas horas diarias y haciendo vida ociosa durante el resto, yendo a los bares y restaurantes frecuentados por sus colegas y por las figuras y apoderados que se quedaban a este lado del Atlántico, dejándose ver y procurando ser recordado por quienes lo podrían contratar más adelante. Así le iba bien, estaba solicitado y ganaba lo suficiente para 'hibernar', como también se decía, esto es, para distribuirse el ahorro y permitirse no ingresar ni un duro hasta que la actividad taurina volvía por San José, más o menos.

Berta Isla comprendió en seguida, en el rato de charla tras la pérdida poco traumática y poco espectacular de su virginidad —escasa sangre, dolor breve y mínimo e insospechado placer para recordar—, que, por mucho que Yanes pudiera atraerla físicamente, e incluso por su carácter —un hombre aplomado y tranquilo, con humor y grato y ningún simple, lector empedernido aunque desordenado y errante, con curiosa conversación—, sus mundos estaban demasiado alejados y no habría manera de conciliarlos, ni siquiera de hacerlos coincidir en el espacio y el tiempo. La posibilidad de reducir el contacto a esporádicos encuentros sexuales no le pareció aceptable, no sólo porque esas reducciones son ingobernables y se puede uno acabar encontrando con obligaciones tácitas y horarios y reclamaciones, sino porque en nada variaron, tras aquella tarde doblemente inaugural de dos sangres, sus sentimientos hacia Tomás Nevinson ni la seguridad de que su lugar estaba a su lado, cuando él concluyera sus estudios británicos y todo retornara al curso natural de las cosas, es decir, al madrileño. Tom era para ella lo que suele recibir el nombre de 'amor de mi vida' en el fuero interno de muchas personas —aunque nunca se diga ni se pronuncie ese nombre—, y que se dispensa a menudo a un elegido cuando la vida no ha hecho más que empezar y no se tiene ni idea de a cuántos dará cabida ni de cuán larga va a ser.

Sin embargo Berta no olvidó aquella ocasión, nadie la olvida, por etérea que sea. No le dio su teléfono a Esteban Yanes ni él a ella el suyo. No consintió en que la acompañara en taxi a casa, como era el deseo del banderillero, pese a que ya era bastante tarde cuando Berta recuperó casi todas sus prendas y se puso en marcha hacia una boca de metro, con una tirita en la rodilla y sin medias, porque el joven no bajó a comprarle unas nuevas. Así, Yanes no supo dónde vivía, y, aunque no demasiado corriente, el apellido Isla aparecía una cincuentena de veces en el listín telefónico, no era cuestión de llamar a cada Isla a probar suerte. Sólo ella podía intentar reestablecer el contacto presentándose en el piso de Yanes o enviándole una nota, y aunque era agradable contar con esa posibilidad y esa capacidad de iniciativa, se abstuvo de hacer nada de eso. Y al cabo de unos pocos años supuso que además ya no viviría allí, que se habría mudado y quizá casado, trasladado de ciudad incluso. De modo que se limitó a guardar el recuerdo como refugio, como un sitio cada vez más nebuloso y distante —pero añorado vagamente y privilegiado— al que trasladarse cuando quisiera con la poderosa mente, como quien se consuela diciéndose que si hubo un tiempo de despreocupación e improvisación, de frivolidad y capricho, todavía ha de haberlo en alguna parte, aunque se haga difícil regresar a él salvo con la memoria que se diluye y el pensamiento inmóvil que no avanza ni retrocede: sólo vuelve a la misma escena que se repite inmutable del primer al último detalle, hasta que acaba por adquirir las características de una pintura, siempre idéntica, sin desarrollo ni alteración desesperantemente. Así veía ella aquel encuentro de su juventud temprana, como un cuadro. Lo curioso era que, a medida que pasaba el tiempo y todo trazo se difuminaba en la ausencia, los rasgos del joven banderillero, que sólo había visto aquella vez, se le mezclaban y confundían con los del también muy joven policía a caballo, que había vislumbrado a la carrera un instante y acaso contemplado quieta un minuto —la porra cruzada sobre la muñeca, balanceándose—, y había momentos en los que ya no estaba segura de con quién se había acostado, si con el gris o con el banderillero. Mejor dicho: sabía perfectamente que el inicio de su vida sexual consumada se había producido con este último, pero cada vez distinguía menos su rostro, o el suyo y el del jinete se solapaban o yuxtaponían como caretas intercambiables: los ojos azules y los ojos separados casi de color ciruela, la dentadura con vida propia y la cara meridional campesina, las cejas gruesas y la nariz grande y recta, el casco calado y el sombrero de ala estrecha que escondía un abundante pelo, todo ello formaba un conjunto contenido en el mismo día aventurero.

Lo que sí le resultaba nítido era la memoria del dedo posado bajo la tela fina y de los tanteos y caricias que siguieron, de los besos más afanosos o más impacientes que apasionados, de la rápida pérdida de todas las prendas del hombre y de las suyas menos la falda, que no constituía obstáculo; de la extraña sensación bienvenida de que el sexo de un individuo —cualquier individuo, pero además a aquel no lo conocía poco más de una hora antes— se introdujera en el suyo y permaneciera allí un rato a sus anchas tras el primer forcejeo, apenas hubo resistencia de la protección más tenue que su vieja fama. Entonces ya no le quedaba mucha, hoy ya ni hay fama.

Por su parte, Tomás Nevinson se estrenó de la forma acostumbrada en la Inglaterra de 1969. Sin pensárselo dos veces y con desenfado —casi como quien cumple un trámite que no conviene agrandar por aplazamiento—, con una compañera de estudios ante la que no tuvo reparo y a la que no tardó en seguir una muchacha local trabajadora, él y ellas empeñados en no dar importancia a esas efusiones y en no sentirse afectados para mal ni para muy bien tampoco, eran los tiempos de la llamada liberación sexual, cuando se infiltraba la idea de que apenas había diferencia entre acostarse con alguien y tomarse un café en su compañía, eran actividades de parecido rango y no tenía por qué dejar más huella ni desazón una que otra. (Aunque de lo uno no quede memoria y de lo otro sí, para siempre, por vaga y pálida que se vaya haciendo; o al menos hay constancia del hecho, o quizá es sólo saber y conciencia.) Tampoco él vio contradicción entre esos encuentros de sábanas y su inamovible enamoramiento de Berta, no le supusieron el menor conflicto. Sencillamente lo llevaron a pensar que en una de sus próximas estancias en Madrid les tocaría visitar a ellos las sábanas, ya iba siendo hora, España siempre un poquito atrasada en las modas y en los atrevimientos. No tanto en aquella época: los enterados se preciaban de estarlo y Tom y Berta de contarse entre ellos. Tuvo peso para su futuro el segundo de estos encuentros, porque la muchacha local nunca estuvo muy presente, pero tampoco desapareció nunca del todo durante sus años en Oxford, y ni siquiera desapareció con su muerte: la veía de vez en cuando en la librería anticuaria en la que trabajaba como dependienta, y casi cada vez que frecuentaba el lugar, acababan quedando aquella misma noche o la siguiente, por lo que él prefería espaciar sus búsquedas de libros viejos, al menos en aquel establecimiento. Tom rara vez se preguntó cuáles eran los sentimientos de ella, o sus expectativas respecto a él, si es que las tenía. Tendía a pensar que no, lo mismo que él carecía de ellas respecto a Janet, ese era su nombre. Sabía que tenía un novio o similar en Londres, con el que se reunía los fines de semana. Daba por descontado que para ella él era tan pasatiempo, desahogo o compensación de ausencias como para él lo era ella, algún aliciente hay que encontrar en los sitios en que uno pasa la mayor parte de los días por obligación, aunque sea temporalmente. Él volvería a Madrid antes o después, estaba seguro, pero en ninguno de sus cursos vio a Janet abandonar su empleo y trasladarse a la capital a convivir con aquel novio, ni casarse. Así que no parecía temporal su estancia, al fin y al cabo Janet había nacido allí, y crecido con sensualidad y atractivo.

También tuvieron peso para su futuro sus estudios y su trato con algunos profesores o *dons*, sobre todo con el titular de la Cátedra Rey Alfonso XIII de Estudios Hispánicos —el jefe del Departamento de Español, se habría dicho en una Universidad americana—, adscrito a Exeter College tras haber sido *fellow* de Queen's, el hispanista y lusitanista Peter Edward Lionel Wheeler, hombre agudo y de creciente prestigio, a la vez afectuoso y sarcástico, del que se rumoreaba que había pertenecido a los Servicios Secretos durante la Guerra, como tantos otros reclutados en aquellos tiempos extremos, y que después había mantenido su colaboración a distancia —con el MI5 o con el MI6 o con ambos— en los días de paz aparente, esto a diferencia de tantos que al término de la contienda se habían limitado a regresar a sus puestos civiles y a guardar forzoso silencio bajo juramento sobre sus crímenes ocasionales, o más bien estacionales, legalizados y justificados por la situación de guerra; esos paréntesis de los países, las guerras, esos prolongados carnavales mortalmente serios, cruentos y sin apenas farsa, en los que se da carta blanca a los ciudadanos y aun se los insta y adiestra —a los más brillantes, a los más inteligentes, a los más hábiles y capaces, y así se les fortalece el carácter— para el sabotaje, la traición, el engaño, la trampa, la abolición del sentimiento, la falta de escrúpulos y el asesinato.

Se decía que Peter Wheeler se había sometido a un duro entrenamiento en 1941 en el centro de comandos y operaciones especiales de Loch Ailort, en la costa occidental de Escocia, y que allí había sufrido un grave accidente automovilístico que le dejó parcialmente dañada la estructura ósea del rostro. Ésta le habría sido reconstruida en el Hospital de Basingstoke, en el que permaneció cuatro meses, pero como resultado de las varias operaciones le habían quedado dos cicatrices imborrables (sólo iban blanqueando lentamente, muriendo en su palidez), una en el mentón y otra en la frente, que no mermaban en absoluto su decidido aspecto de galán. Se contaba también que, todavía convaleciente, había recibido una soberana paliza, en plan interrogatorio, a manos de expolicías de Shanghai en el Castillo de Inverailort, requisado a la sazón por la Armada o por el SOE o Special Operations Executive, a fin de endurecerlo en el caso de que fuera capturado un día por el enemigo. Al año siguiente se lo había nombrado Director de Seguridad en Jamaica, y después se le habían asignado destinos en el África Occidental, donde aprovechó vuelos secretos de la RAF para inspeccionar a vista de pájaro detalles geográficos que le servirían para sus libros *La intervención inglesa en España y Portugal en tiempos de Eduardo III y Ricardo II*, de 1955, y *El Príncipe Enrique el Navegante: una vida*, empezado en 1960; en Rangún (Birmania), en

Colombo (Ceilán), donde alcanzó el rango de Teniente Coronel, y en Indonesia, aquí ya tras la rendición del Japón en 1945. Se relataban muchas historias, pero Wheeler nunca hablaba de ninguna, sin duda atado también por el juramento de confidencialidad que prestan cuantos se dedican al espionaje y a labores encubiertas, es decir, aquellas cuya existencia jamás se revelará, o se negará siempre. Sabía que corrían fabulaciones y anécdotas entre sus colegas y alumnos, y las dejaba pasar como si no le concernieran. Y si alguien se atrevía a preguntarle directamente, al instante hacía una broma o lanzaba una mirada severa, según el caso, y desviaba la conversación hacia el *Cantar de Mío Cid*, *La Celestina*, los traductores ibéricos del siglo xv o Eduardo el Príncipe Negro. Todas estas habladurías hacían de él una figura singularmente atractiva para los pocos estudiantes a quienes les llegaban, y Tom Nevinson, que concitó desde el principio el interés de sus profesores por sus excelentes aptitudes —incluso la admiración, en la parca medida en que los maestros se permiten admirar a un discípulo—, fue uno de los que más se beneficiaron de los susurros y chismes que por lo general se reservaban sólo a los 'miembros de la congregación', así llamados clericalmente, esto es, al claustro. Tom era además esa clase de individuo al que las personas tienden a contarle cosas sin sonsacamiento previo —resultaba simpático sin proponérselo, y comprensivo, y era un magnífico oyente que con su intensa atención prestigiaba y alentaba siempre a su interlocutor, a menos que quisiera evitarlo, y entonces lo cortaba en seco—, y a depositar en él su confianza sin ni siquiera preguntarse por qué están hablando tanto de sí mismas o por qué demonios sueltan confidencias impremeditadas sin que se las arranque ni solicite nadie.

Sus destacadas dotes lingüísticas alertaron pronto a sus tutores, y desde luego al antiguo Teniente Coronel Peter Wheeler, que por entonces no había cumplido aún los sesenta y unía sus excepcionales antenas —su mente curiosa y despierta— a su ya larguísima experiencia. Al incorporarse a Oxford, Tomás dominaba a la perfección la mayoría de registros, entonaciones, variedades, dicciones y acentos de sus dos idiomas familiares, hablaba un francés casi impecable y un italiano muy solvente. Allí no sólo mejoró extraordinariamente estas dos últimas lenguas, sino que, tras ser persuadido de matricularse también en Eslavas, en su tercer curso universitario, en 1971 y con casi veinte años, se manejaba en ruso sin apenas dudas ni fallos y lograba entenderse en polaco, checo y serbocroata. Se vio que era un superdotado en ese campo, un portento, como si hubiera conservado la maleabilidad de los niños pequeños para aprender cuantas lenguas se les hablan, adueñárselas y dejarse penetrar por ellas porque para esos niños son todas la propia, o cualquiera podría serlo, según donde los llevara el viento y donde acabaran viviendo; para retenerlas y distinguirlas, y muy rara vez confundirlas o mezclarlas. Sus capacidades imitativas se desarrollaron e incrementaron al estar volcado en esos estudios, y unas vacaciones de Pascua en las que renunció a volver a España y se dedicó a recorrer Irlanda lo facultaron para remedar sin problemas las principales hablas de la isla (esas vacaciones duraban casi cinco semanas). Las de Escocia y Gales, las de Liverpool, Newcastle, York, Manchester y otros sitios las conocía ya bien, tras haberlas oído aquí y allá, también en radio y televisión, en sus estancias veraniegas desde la primera infancia. Cuanto llegaba a sus oídos lo comprendía con facilidad, lo memorizaba sin esfuerzo, y luego lo reproducía con exactitud y arte.

Tomás Nevinson permaneció un cuarto curso, y preveía regresar a España del todo con veintiún años o casi, sus exámenes finales aprobados con las notas más altas y su *Bachelor of Arts* en el bolsillo. Entonces todo iba más rápido y más adelantado que ahora, en contra de lo que se cree, y los jóvenes se sentían adultos desde muy pronto, se sentían listos para acometer tareas, ejercitarse sobre la marcha y encaramarse a los lomos del mundo. No había motivo para esperar ni remolonear, y tratar de prolongar la adolescencia o la niñez, con sus plácidas indefiniciones, parecía propio de pusilánimes y medrosos, de los que la tierra está hoy tan llena que ya nadie los ve como tales. Son la norma, una humanidad sobreprotegida y haragana, surgida en un plazo brevísimo después de siglos de lo contrario: actividad, inquietud, intrepidez e impaciencia.

Wheeler tenía un español muy competente, como era natural dadas su especialidad y su eminencia, pero se notaba inseguro al escribirlo, así que cuando terminaba un texto destinado a publicarse en esa lengua le pedía a Tom, como nativo de su confianza, que se lo revisase y le señalase posibles imperfecciones o torpezas, y lo puliese de formulaciones que, si bien correctas, sonaran inelegantes o impropias del castellano. Tomás lo ayudaba con gusto y orgullo: se desplazaba hasta su casa junto al río Cherwell, donde Wheeler, viudo desde hacía mucho, vivía con un ama de llaves encargada de la intendencia, y juntos repasaban los escritos. (Una muerte misteriosa la de aquella mujer suya remota: a ella la mencionaba a veces, Valerie su nombre, pero de la muerte y sus circunstancias y causas jamás contaba ni decía nada, ni nadie sabía una palabra, extrañamente, en aquella ciudad tan proclive a crear y guardar secretos como a descubrirlos y cotillearlos.) Tom los iba leyendo en voz alta, su tutor los escuchaba complacido, y se detenían cada vez que algo chirriaba, al primero sobre todo. Para él era un honor visitarlo y estar en su compañía privada, no digamos ser el primero en conocer sus aportaciones nuevas, aunque trataran de eruditas cuestiones que poco le interesaban.

En una de esas ocasiones, al comienzo de Trinity o tercer falso trimestre, hicieron una pausa y Wheeler le ofreció bebida; pese a la juventud de Tom, no tuvo reparo en servirle un *gin and tonic* para que lo acompañara. Wheeler se pasó durante un rato la uña del pulgar por la cicatriz de su barbilla, un gesto habitual suyo, era como si la acariciara. La marca arrancaba cerca de la comisura izquierda y corría vertical —o algo en diagonal— hasta el final del mentón, lo cual hacía parecer que ese lado de su cara jamás sonreía (aunque lo hiciera), y le daba un aire levemente mohíno o sombrío. Sabedor de eso sin duda, tendía a ofrecer su perfil derecho, si podía. Esta vez no le importó, sin embargo; miraba a Tomás de frente con sus ojos azules y siempre guiñados como si no pudieran renunciar a escrutarlo todo con suspicacia —eran chispas, de tan penetrantes—, tanto que el azul parecía metamorfosearse en amarillo, como si fueran los de un león soñoliento pero alerta, o quizá de otro felino. Tenía el abundante pelo ondulado y ya muy blanco, y al sonreír o reír se le veían levemente separados los dientes, lo cual le daba un aire malicioso. Poseía malicia, a buen seguro —la de quien es demasiado inteligente para no advertir la frecuente comicidad de las personas, más risibles cuanto más solemnes o severas o intensas—, pero también una benignidad de fondo. Probablemente ya había hecho suficiente daño en su vida y no estaba dispuesto a continuar, a menos que la utilidad fuera grande y compensara.

Al fin y al cabo nunca se sabe si se perjudica a alguien hasta que su historia está completa, y eso tarda.

—¿Ya has pensado lo que vas a hacer, Tomás? Cuando acabes. Entiendo que quieres regresar a España. —Le gustaba llamarlo por su nombre español, aunque hablaran en inglés las más de las veces—. Allí no te quedarán muchas opciones. Dedicarte a la enseñanza, a la edición, ¿o qué, entrar en política? Antes o después se morirá Franco y supongo que habrá partidos, pero quién sabe cuándo, ni cómo serán esos partidos. Sin tradición, será todo improvisado y caótico. Eso si no se arma la de San Quintín, como decís allí. —Y esta última frase la dijo en español, desde luego.

—No lo sé, Profesor. —En Oxford eso es un tratamiento y un título, sólo se llama '*Professor*' a los catedráticos, nunca a los demás enseñantes, por eximios que sean—. Entrar en política ni se me ocurre, mientras siga la dictadura, qué interés tiene ser un pelele, y además mancharse las manos. Y pensar en cuando no la haya... Eso es más que prematuro, la verdad es que nos resulta impensable. Cuando las cosas se eternizan impiden imaginar el futuro, ¿no? No sé, hablaré con mi padre, y con Mr Starkie. Ha vuelto a Madrid tras sus años en América, y, aunque retirado, conserva su influencia. Quizá pudiera surgir algo bueno en el British Council, y después ya se vería.

Inmediatamente apareció la malicia:

—Ah, pobre Starkie —dijo—. Aún me estará haciendo vudú, con un muñequito al que irá encaneciendo. Él y un importante hispanista de Glasgow, Atkinson, se postularon para mi puesto en 1953, a la muerte de Entwistle. Nunca encajaron bien que la Cátedra Alfonso XIII fuera a parar a alguien de treinta y nueve años con pocas publicaciones, en comparación con ellos. Cierto que el pobre Starkie había perdido demasiado tiempo con la gitanería, y no sé si eso se comprendía bien en el Oxford de entonces, ya sabes que este era un lugar muy clasista —añadió con una sonrisa, porque en los primeros años setenta lo era sólo un poco menos que en el siglo XVIII, o incluso que en el XIV—. Al menos le sirvió para aprender el vudú, ¿o no son ellos quienes lo practican? Sea como sea, no le ha valido de mucho en mi caso, o las maldiciones, o lo que sea que usen. Pero en fin, ese porvenir es aburrido y pobre, Tomás, si va a depender de lo que te ofrezca Don Gypsy. Un desperdicio de tus facultades. —Era de suponer que aún había resentimiento mutuo, entre aquellos dos antiguos contendientes—. Si te quedaras en Inglaterra, en cambio, se te abrirían todas las puertas tras pasar por aquí tan brillantemente: finanzas, diplomacia, política, empresas, la propia Universidad si se te antojara. Aunque no te veo aquí metido, dando clases e investigando. Tú eres hombre de cierta acción, me parece, con afán por intervenir en el mundo directa o indirectamente. Tienes la doble nacionalidad, ¿verdad? ¿O no la hay? Si no la hay serás británico, espero. Aquí harías carrera en lo que quisieras. Lo que hayas estudiado es secundario. Con tu expediente se te esperaría en todas partes. Se esperaría a que estuvieras formado en lo que eligieras.

—Le agradezco la confianza, Profesor. Pero mi vida está allí. Allí he nacido y allí me imagino.

—La vida de cualquiera está por doquier; está donde va; está donde cae —le respondió Wheeler concisamente—. Te recuerdo que yo nací en Nueva Zelanda, y ya me dirás qué importa eso. Dado tu talento con las lenguas y la imitación —prosiguió—, ¿has considerado ser actor? Claro que hace falta algo más que esas habilidades, y tampoco creo que te atraiga subirte a un escenario noche tras noche a repetir lo mismo a cambio de unas ovaciones que se te harían monótonas pronto. Eso no moldea el mundo. Ni pasarte la vida rodando películas aquí y allá, los rodajes son lentísimos. Y total para qué: ¿para ser un ídolo de gente sin discernimiento, que lo mismo adora a Olivier que a un perro californiano? —Sí, el clasismo de Oxford era cosa del pasado, era patente. Wheeler, en todo caso, pertenecía a la vieja escuela, se había quedado en la idea de que Laurence Olivier era el más grande intérprete vivo, cuando ya nadie opinaba eso, ni siquiera en su orgullosa patria.

Tom se rió. Era verdad que era inquieto —con una inquietud por lo demás difusa, de las que amainan con el tiempo—, pero no tanto como los hombres de acción, según lo que se entiende por esa expresión normalmente. No era lo bastante aventurero ni lo bastante ambicioso, o aún ignoraba serlo o le faltaba la tentación para serlo —también la necesidad de serlo—. Al menos a su edad de entonces, no se veía con posibilidades de intervenir en el mundo, como había dicho Wheeler, desde ningún sitio. En realidad no se las veía a casi nadie, ni siquiera a los grandes financieros ni a los científicos ni a los gobernantes. Los primeros podían sufrir reveses y brutal competencia, fracasar y arruinarse; los segundos equivocarse, y su destino era ser refutados o superados más pronto o más tarde; los terceros pasaban, caían y se diluían (es decir, los democráticos; hasta Churchill había perdido en 1945, después de su hazaña), y en cuanto dejaban el sillón vacío otros venían a borrar sus hechos y eran pocos los que se acordaban de ellos al cabo de unos años o meses (con alguna rara excepción, como justamente Churchill). Le hizo gracia que alguien tan agudo y curtido como Wheeler se valiera de ese concepto; denotaba cierta ingenuidad por su parte, desde su juvenil punto de vista. Es propio de los jóvenes creerse más *blasés* y más de vuelta que nadie, incluidos sus mentores.

—No, no me veo de actor, francamente. Y aún menos como Olivier, a los de mi generación nos parece anticuado.

—¿Ah sí? ¿Se ha quedado anticuado? Disculpa, no voy mucho al cine ni al teatro. Era sólo un ejemplo, no importa.

—¿Qué es lo que moldea el mundo, Profesor? —le preguntó Tomás, también se había fijado en esa frase; y esperaba que Wheeler le saliera con lo consabido, los grandes financieros y los científicos y los gobernantes, y quizá los militares, capaces de destruirlo con sus armas—. No los actores ni los profesores universitarios, de acuerdo —se adelantó a conceder—. Tampoco los filósofos ni los novelistas ni los cantantes, supongo, por mucho que muchos jóvenes imitemos histéricamente a estos últimos y ellos cambien algunas costumbres, mire lo que ocurrió con los Beatles. Ya se nos pasará, y del todo. Y la televisión es demasiado idiota en general, pese a su influencia. ¿Quiénes lo moldean, entonces? ¿Quiénes están en condiciones de hacerlo?

Wheeler se removió en su sillón, cruzó las piernas elegantemente (era muy alto, largas sus extremidades) y se acarició de nuevo la cicatriz del mentón con la uña, parecía que le gustara recorrer el surco que alguna vez hubo y ya no había, debía de ser algo liso y pulido al tacto, aquel antiquísimo fantasma de un brutal corte o grave herida.

—Claro que nadie lo moldea por sí solo, Tomás, ni tampoco en compañía. Si hay algo que caracteriza y une a la mayoría de la humanidad (y al decir esto me refiero a cuantos han pasado por la tierra desde tiempos inmemoriales), es que a todos nos influye el universo sin que nosotros podamos influir en él lo más mínimo, o apenas. Aunque creamos formar parte de él, aunque estemos en él y nos afanemos por variar algún detalle a lo largo de nuestros días, en realidad somos desterrados del universo, como dijo aquel cuento célebre sobre el hombre que se borró del mundo con tan sólo mudarse de calle y guardar silencio al respecto. —'*Outcasts of the universe*', esa fue la expresión que empleó en inglés, y la repitió, como si le diera que pensar e hiciera mucho que no la recordaba—. '*Outcasts of the universe.*' —Tomás no sabía a qué cuento aludía, pero no quiso preguntarle para no interrumpirlo. Mal que bien, la disquisición le interesaba—. En nada lo alteran nuestra supresión ni nuestro nacimiento, nuestro parsimonioso recorrido, nuestra existencia, nuestra aparición azarosa ni nuestro inevitable aniquilamiento. Tampoco ningún hecho, ningún crimen cometido ni ninguno impedido, ningún acontecimiento. En conjunto sería el mismo sin Platón o sin Shakespeare, sin Newton, sin el descubrimiento de América o sin la Revolución Francesa. No sin todo a la vez, probablemente, pero sí sin uno solo de esos individuos o sucesos. Cuanto ha ocurrido podría no haber ocurrido y todo sería igual, en esencia. O habría ocurrido de otro modo, o con algún rodeo o circunloquio, o más tarde, o con otros protagonistas. Tanto da, no podemos echar de menos lo no sucedido, te aseguro que el europeo del siglo XII no añoraba el Nuevo Continente, ni sentía su inexistencia como una amputación ni una pérdida, así la sentiríamos nosotros tras quinientos años de contar con él. Como un cataclismo.

—¿Entonces? ¿Por qué me habla de moldear, si nada ni nadie lo hacen, Profesor?

—No, nadie lo hace salvo los asesinos de masas, y ninguno queremos ser uno de ellos, ¿verdad? Pero hay grados. A todos nos influye el universo sin que nos sea posible intervenir en él, ni devolverle un arañazo. Pero al novecientos noventa y nueve por mil, además, lo zarandea, lo sacude, lo trata o lo mira pasar como un fardo, ni siquiera como un sujeto dotado de mínima voluntad, o de tenue capacidad decisoria. Ese hombre del cuento optó por convertirse cabalmente en un fardo; a buen seguro ya lo era antes, un londinense insignificante. O quizá dejó de serlo, un poco, justamente al prescindir de testigos, al hacerse invisible y borrarse: tomó la resolución de desaparecer para su mujer y sus allegados, de marcharse y sustraerse. Ya es algo. Pero, sin llegar a ese extremo paradójico, hay medidas: el hombre que se queda en casa está más desterrado que el que sale; el que actúa lo está menos que el que permanece quieto, aunque aquél vaya a malgastar su esfuerzo. Un actor o un profesor universitario lo estamos más que un político o un científico. Éstos intentan al menos turbarlo un poco, despeinarle un mechón, modificarle el gesto, hacerle enarcar una ceja ante el atrevimiento. —Y Wheeler enarcó la suya izquierda con displicencia, como si remedara a un universo muy frío, pero levemente ofendido.

—¿Qué es lo que me está sugiriendo? ¿Que entre en política? ¿Que me meta a científico? No tengo formación para esto último, usted lo sabe, ni dotes ni paciencia para lo primero. Y en España, además, no hay política, sólo órdenes del Generalísimo.

Wheeler se rió enseñando sus dientes algo separados y guiñando sus ojos amarilleantes, y la amable malicia se adueñó de su rostro.

—Oh no, no seas tan literal. No te sugiero eso, en absoluto. No son ellos los que más moldean, por continuar con ese verbo excesivo. Moldean más los que no están expuestos, los que no están a la vista, seres desconocidos y opacos de los que casi nadie está al tanto. Como ese hombre oculto del cuento, sólo que en vez de vegetar pasivos, maquinan y tejen hilos en la sombra. Todo el mundo sabe quiénes son los gobernantes, y aun las grandes fortunas, y los militares con mando, y los científicos que llevan a cabo deslumbrantes avances. Mira ese recóndito Doctor Barnard sudafricano, se ha hecho una celebridad mundial desde que realizó el primer trasplante de corazón humano. Mira ese General Dayan de Israel, otro país al que no se presta especial atención, y sin embargo ahora todo el globo le conoce la cara, con su parche en un ojo y su calva. Las personas conspicuas están hoy tan expuestas que esa misma sobreexposición las anula, y en el futuro lo estarán más todavía. No podrán dar un paso sin que las sigan periodistas y cámaras, sin que se las vigile, y así no hay forma de moldear nada. Nada pesa sin misterio, sin bruma, y nos encaminamos hacia una realidad sin tinieblas, casi sin claroscuros. Todo lo conocido está destinado a engullirse y a trivializarse, a toda prisa, y por lo tanto a carecer de verdadera influencia. Lo que es visible, lo que es espectáculo del dominio público, eso jamás cambia nada. El molde no ha variado un ápice, en contra de lo que la gente cree, porque hace un par de años tres astronautas pisaran la Luna. Todo sigue idéntico después de eso, qué diferencia ha supuesto para la vida de nadie, no digamos para el funcionamiento y la configuración del universo. Hasta se retransmitió por televisión la hazaña, he ahí la prueba de su definitiva irrelevancia. Lo decisivo jamás se muestra, ni siquiera se comunica, o no en su momento; al contrario, se esconde y se silencia siempre, o durante muchísimo tiempo: si acaso se cuenta cuando ya no interesa, cuando es pasado remoto, y a la gente el pasado le trae sin cuidado, cree que no le afecta y que no puede cambiarse, y lleva razón en esto último. Mira: las operaciones más importantes de la Guerra, las que fueron fundamentales para ganarla, son aquellas que se desconocen y que nunca han trascendido, que no constan en los anales y de las que no hay ni rastro. Las que incluso se niega que se efectuaran, con impasible y recomendable cinismo, si salta algún rumor en la prensa o se va de la lengua un vanidoso; faltando a su juramento, eso aparte. Quienes actúan envueltos en niebla y de espaldas al resto, y no reclaman ni necesitan reconocimiento, esos son los que turban más el universo. Muy escasamente, cierto. Pero al menos lo hacen incomodarse un poco en su sillón y adoptar otra postura. Es lo máximo a lo que podemos aspirar los individuos, para no ser tristes desterrados completos. —Y Wheeler volvió a removerse en su sillón y descruzó las piernas y cambió de postura, había decidido interpretar el papel de su figurado universo.

—Me imagino que habla usted por propia experiencia —apuntó con cautela Tom Nevinson—. Sabrá que corren historias sobre sus actividades pasadas, no todas ellas académicas...

—Sí, bueno. Por suerte no todas ellas académicas. La inmensa mayoría son falsas, descuida. Leyendas de toga y birrete, para amenizar nuestras aburridas *high tables*. —Así es como llaman en Oxford a las cenas más pomposas de los *colleges*.

—Ya, pero me acaba de hacer un elogio del secreto, si mal no le entiendo. El secreto como forma suprema de intervención en el mundo. Y una de las cosas que se dan por seguras es que usted trabajó para los Servicios Secretos.

Wheeler exhaló aire entre los dientes, con una mezcla de sorna e impaciencia, como si dijera 'Vaya cosa' o 'Qué tontería'. O quizá era que el pretérito indefinido empleado por Tomás no le parecía el adecuado.

—Y quién no, en aquella época en que se recurrió hasta al último hombre, y hasta a la última mujer también, desde luego. Algunas lo pagaron muy caro. —Se quedó callado un momento, como si rememorara a alguien. Tom se preguntó si Valerie, su mujer muerta de la que poco contaba, habría sido una de ellas, de las que lo habían pagado muy caro—. Nada tiene de particular. Bueno, para ser exactos: quién no, que sirviera más para eso que para pilotar aviones o formar parte de una tripulación o combatir en el frente. Yo no habría sido muy útil en esos quehaceres. Y en cambio hay personas dotadas para las labores turbias y encubiertas. La mayoría no lo están, de hecho: no poseen los conocimientos precisos o no saben lenguas, o son transparentes y sin capacidad de fingimiento, o tienen demasiados escrúpulos y les faltan sangre fría y paciencia, y en tiempo de guerra no se puede desperdiciar a la gente enviándola a ocuparse de lo que no le corresponde. Es lo que habéis hecho los españoles tradicionalmente. —De pronto consideró español a Tom, en general lo juzgaba británico—. Empezando por otorgar el mando a absolutos incapaces, una inveterada costumbre que aún persiste: ese dictador vuestro es un inepto, sólo que lo disimula con fiereza, como todos. De no haber sido por nosotros en la Guerra

Peninsular, en fin, estaríais todavía invadidos… —Así se conoce en Inglaterra a la Guerra de la Independencia contra Bonaparte. Tom no se ofendió, al fin y al cabo se sentía de los dos países.

—Ah ya, el talento estratégico de Wellington y eso —dijo, para evitar un *excursus*. Lo evitó, porque Wheeler regresó a lo anterior:

—También ahora hacéis falta, no creas, los dotados. También en tiempos de paz aparente. La paz, por desgracia, es siempre sólo aparente, y transitoria, un fingimiento. El estado natural del mundo es el de guerra. A menudo abierta, y cuando no latente, o indirecta, o meramente aplazada. Hay grandes porciones de la humanidad que siempre tratan de dañar a otras, o de arrebatarles algo, y siempre reinan el rencor y el desacuerdo, y si no reinan se preparan y están al acecho. Cuando no hay guerra hay su amenaza, y lo que podéis hacer los dotados es mantenerla en esa fase, en la de la postergación, en la sola amenaza. En ciernes y sin desencadenarse. Sois capaces de evitarlas, o al menos de distraerlas y retrasárselas a los actuales vivos, de conseguir que estallen más tarde, cuando ya estén otros para padecerlas y quizá también nuevos dotados para volver a desviarlas. Y eso es intervenir en el universo, Tomás. Levemente. Es como obturarlo y contenerlo… provisionalmente, ¿te parece poco?

Tomás Nevinson era un muchacho listo y simpático, despierto, bromista e incluso afable, pero no sagaz en su juventud, cuando aún no había tomado decisiones de peso ni se había preocupado por saber a qué clase de individuo pertenecía. La liviandad con que miraba el exterior y su propio interior se lo impedían, así como la opacidad y la reserva que se escondían tras ella. Como he dicho antes, nadie veía con claridad a través de él, ni siquiera él mismo, y además nadie lo intentaba. Era una de esas personas con grandes facultades y cualidades, que no saben qué hacer con ellas a menos que se las instruya y se les diga para qué sirven. Si lo dirigían en los estudios, era un excelente estudiante, y quizá echaba de menos que alguien ejerciera la misma función didáctica en los demás terrenos de la vida, sobre todo en los personales y prácticos. Se dio cuenta de que Wheeler bordeaba ese papel aquella tarde —tal vez intentaba ver a través de él, o ya lo había logrado y había divisado su futuro con ello— y le hizo ilusión que se pudiera convertir en su guía; pero aún no fue capaz de entender, ni de adivinar, qué le estaba proponiendo, qué camino le señalaba con aquellas divagaciones, por dónde lo invitaba a adentrarse.

—No le sigo, Profesor. No sé de qué me está hablando. Ya sé que ustedes en Oxford se valen de sobreentendidos y por tanto de pocas palabras ambiguas, de insinuaciones que en seguida son captadas en su sentido. Y sí, yo llevo años aquí, yendo y viniendo, pero tenga en cuenta mi procedencia. En España hay que hablar claro, o nadie se da por enterado de nada. Me incluye usted entre los dotados, como los llama, pero ignoro a qué dotes se refiere, cuáles se figura que poseo. No sé yo cómo podría encontrarme entre los capaces de aplazar una guerra, nada menos.

Wheeler lanzó un suspiro que denotaba cierta impaciencia. Era probable que creyera que había sido transparente y explícito, con sus disquisiciones.

—Vamos a ver, Tomás. Según tú, te he hecho un elogio del secreto, y tú mismo me has recordado los rumores que corren sobre mi pasado. Tienes una facilidad excepcional para la imitación y las lenguas, te puedo asegurar que nunca he visto a nadie con semejante habilidad, y eso que no has recibido ningún entrenamiento específico, a diferencia de muchos otros que se han cruzado en mi camino. Durante la Guerra y después, también después. ¿Qué crees que te estoy sugiriendo? Aquí serías muy útil. Nos serías utilísimo.

Tom Nevinson soltó una carcajada, en parte de incredulidad, en parte de diversión genuina, en parte porque se sentía halagado. Su risa no le favorecía, le ensanchaba la nariz ya ancha y lo vulgarizaba. Perdía la expresión serena, y en sus ojos se acentuaba el elemento anunciador de anomalías. Era como si sus rasgos cobraran una vida ajena, o venidera, y se descontrolaran.

—¿Debo entender que todavía mantiene contactos con los Servicios Secretos? ¿Que me está hablando de formar yo parte de ellos?

Wheeler lo miró con frialdad y pasajero desagrado, quizá por la carcajada, quizá por la excesiva franqueza de sus preguntas. Los ojos siempre guiñados volvieron a su azul original y ya no parecieron de león. Bebió de su copa para apaciguarse, o para hacer tiempo. Por fin contestó:

—Son los Servicios Secretos los que mantienen contacto con uno, una vez que ha estado en ellos. Poco o mucho contacto, como quieran. Uno no los abandona, sería como cometer una traición. Nosotros siempre estamos y esperamos. —'*We always stand and wait*', fue la frase en inglés, y sonó como si fuera una cita o una referencia a algo—. A mí no recurren apenas desde hace años, pero sí, a veces se producen intercambios. Uno no se retira, si aún puede servirles. Se sirve al país de ese modo, y así no se convierte en desterrado. Está al alcance de tu mano, no ser un desterrado completo, vitalicio. Eso es lo que serías si vuelves a España. Quiero decir si vuelves del todo. Nada te impediría vivir allí parcialmente. Es más, sería lo adecuado, que tuvieras una doble vida, y una transcurriera en el extranjero. No tendrías que renunciar a mucho. Sólo durante algunos periodos, como cualquier hombre de negocios, todos pasan temporadas alejados de sus familias, viajando, o montando una empresa en otra ciudad u otro país, a veces son ausencias de meses. Ninguno deja por eso de casarse y tener hijos, sin embargo. Simplemente van y vienen. Como cualquier hombre de mundo.

Tomás ya no se rió más. El tono de Wheeler era profesional, más que serio. Le hablaba con circunspección, como quien cumple un trámite, como quien informa de las condiciones de trabajo o las características de un empleo y sus ventajas. La labor de tentación ya había sido llevada a cabo antes —o era de captación, acaso—. La tentación de intervenir algo en el universo, aunque fuera mínimamente, y de no pasar por él como un baúl o un contenedor de basura o un mueble. Así pasaban por él casi todos los hombres y las mujeres desde el inicio de los tiempos, según Wheeler: toda esa gente que se afanaba a diario y que no encontraba respiro desde que se levantaba hasta que se acostaba, que atendía a mil quehaceres y se deslomaba para traer el sustento a casa, o que jugaba a influir en sus semejantes, o a dominarlos, o a deslumbrarlos, resultaba tan indiferente como el tendero que se limitaba a abrir y cerrar su comercio un día tras otro a las horas señaladas, a lo largo de su vida entera, sin nunca variar su rutina. Desterrados todos desde su nacimiento, o desde su concepción, o aun desde antes: desde que fueron meramente imaginados por unos padres irresponsables o inconscientes, o ignorantes de la enésima pieza sobrante que fabricarían con sus instintivos actos.

—Pero ¿qué tendría que hacer? ¿Qué clase de tareas serían?

—Bueno. Las que se te asignasen, una vez alcanzado un acuerdo. En principio no se te encomendaría nada en lo que no hubieras consentido previamente. Claro que a veces se complican las situaciones y hay que improvisar, surgen imprevistos. Entonces no cabe sino seguir adelante y hacer cosas con las que no se contaba. Para alguien como tú habría muchas labores posibles, serías muy aprovechable. Pero, con tu genio imitativo, con tus aptitudes fuera de serie, serías un magnífico infiltrado. Con el debido adiestramiento en cada caso, podrías pasar por nativo de no pocos lugares. —Tom Nevinson se sintió halagado, y ese era seguramente el propósito de aquellas lisonjas intercaladas; los jóvenes son muy sensibles a ellas—. No sería durante periodos muy largos. Lo más peligroso en estas misiones no es que el agente sea desenmascarado (que también, desde luego), sino que se acabe creyendo su papel en exceso; que pierda de vista quién es en realidad y a quién sirve. No se pueden prolongar los fingimientos. Es difícil ser dos personas a la vez durante mucho tiempo. Para alguien en sus cabales, me refiero. Tenemos la tendencia a ser sólo una, excluyente, y se corre el riesgo de convertirse en la simulada, de que ésta expulse a la original y la suplante. Ya te he dicho: a lo sumo unos meses, como cualquier hombre de negocios con varios frentes, o con sucursales que visitar y supervisar, de las que ocuparse. Nada fuera de lo común, nada raro de cara a la propia familia, a los próximos. Todo sería normal, cuando estuvieras en España. Cuando no estuvieras, no, no te engaño: vivirías vidas ficticias, vidas que no son la tuya. Pero sólo temporales: antes o después las dejarías siempre para regresar a tu ser, a tu antiguo yo. —Y aquí pareció de nuevo estar citando, porque utilizó un posesivo arcaico en inglés, o que sólo pervive en las plegarias: '... *to thy former self*', fue lo que dijo—. Harías mucho bien a los demás, y también a ti mismo. Sabrías que tu paso por la tierra no ha sido enteramente baldío. Quiero decir que habría añadido o quitado, sumado o restado: una brizna de hierba, una mota de polvo, una vida, una guerra, una ceniza, un viento, eso depende. Pero algo.

Tomás no daba crédito a lo que oía, las alabanzas no habían sido suficientes para aceptar la inverosimilitud, para transportarlo a un mundo de espías, de novelas y películas, por más que se le apareciera en medio de la cotidianidad, en una apacible tarde junto al río Cherwell, destinada al pulimiento de un texto. ¿Él, un infiltrado, en quién sabía qué grupos, qué países? ¿Él, fingiendo ser otro, viviendo existencias ajenas, inventadas, engañosas, inoculadas, ficticias como había dicho Wheeler? No acertaba a comprender cómo a éste se le había ocurrido, cómo le estaba planteando semejante posibilidad, cómo habían llegado a sostener aquella conversación para él irreal y fantasiosa. Le parecía como soñada pero no lo era: allí estaba su mentor con su cicatriz en la barbilla, dirigiéndolo, sugiriéndole, proponiéndole, conduciéndolo. Señalándole un camino futuro, ejerciendo de guía. Lo que deseaba, hasta cierto punto. Y sin embargo le resultaba todo disparatado, una entelequia, un imposible. Miró a Wheeler y vio en él una expresión de desentendimiento súbito, de decepción, casi de desdén hacia él, como si ya supiera que no habían surtido efecto sus argumentos y persuasiones. Era un hombre muy perspicaz, que sabía leer en los rostros. Los de los discípulos suelen carecer de misterio para los maestros.

—No sé ni cómo se le ocurre, Profesor. Tiene usted una confianza en mí que no merezco. Una idea equivocada. Se lo agradezco enormemente, pero no estoy capacitado para eso de lo que me habla. Para eso hacen falta sentido de la aventura y valentía, y por supuesto carácter. Yo soy bastante vulgar, y sedentario, y probablemente cobarde, aunque esto último, por suerte, no haya tenido muchas ocasiones de comprobarlo. Y ojalá no se me presenten. Así que lo último que haría es llamarlas, exponerme a ellas voluntariamente. Gracias, pero olvídese, se lo ruego. Yo no podría formar parte de eso. Y me parece que tampoco querría, si pudiera.

Wheeler lo miró un momento a los ojos con intensidad, casi con severidad, una mirada infrecuente en Inglaterra, como si tratara de dilucidar si Tomás estaba siendo falsamente modesto y buscando su insistencia o su refutación, más cumplidos. Debió de decidir que no, porque luego agitó los dedos en un leve ademán de desagrado o de despido, como si fuera un monarca indicando a un consejero que se marche, o como si dijera: 'Estamos en completo desacuerdo. No se hable más. Tú te lo pierdes'. Dio por terminada la pausa y propuso volver a su escrito. Tomás lamentó haberle fallado y que estuviera desilusionado o molesto, pero no veía otra salida. No se imaginaba entre conspiradores, delincuentes, espías de verdad o terroristas, haciéndose pasar por uno de ellos, si mal no había interpretado la palabra 'infiltrado'. Entendió que aquella charla disertativa había concluido y que nada de lo dicho en ella volvería a mencionarse, que era de las de una vez y no más. Quizá no contaba con que hay personas que, si lo divisan a uno y lo eligen, no abandonan ni se retiran del todo, sino que son como el buitre: se alejan y trazan círculos y sobrevuelan y esperan y prueban nueva fortuna. Ya había reanudado la lectura del texto en voz alta cuando lo oyó murmurar en tono cavilatorio, como si las palabras surgieran de un yelmo:

—Piénsatelo un poco más. ¿Tanto me estoy equivocando? Sería la segunda vez en muchos años. No lo creo. No suelo.

Una semana después de aquella tarde, cuando aún no se había alcanzado el ecuador del falso trimestre llamado Trinity, Tom Nevinson hizo una de sus incursiones en Waterfield's, la librería de viejo de varios pisos en la que trabajaba Janet de lunes a viernes, probablemente aguardando siempre a que llegara el fin de semana para encontrarse con su duradero novio de Londres, del que ella nunca le había contado nada, tan sólo había mencionado su existencia y su nombre de pila, Hugh, y, bueno, su perduración. Aquel hombre, a diferencia de él, no era sin duda un pasatiempo, sino el objetivo o la recompensa al cabo de esos cinco días laborables, esto es, la única meta y razón de su tiempo, el eje y la iluminación de su transcurrir. Tom se lo figuraba casado y mayor, un pleno adulto con responsabilidades, pero no sabía. Esos días pasarían tan lentamente que quizá Janet tuviera que matarlos recurriendo a cualquier distracción, meses y años dominados por fechas vacías o entre paréntesis, de esas que uno sólo ansía que lleguen para dar paso a la siguiente y así poder deslizarse del desesperante 'Aún es martes' al impacientado 'Qué largos los miércoles' al esperanzador 'Ya estamos a jueves'. En la vida de casi cualquiera, demasiadas noches de transición acumuladas.

Seguramente por eso Janet recibía con agrado las visitas de Tomás, coronadas unas horas más tarde por efusiones un poco maquinales y utilitarias, y era él quien procuraba espaciarlas, lo he dicho, en parte para no convertirse inadvertidamente en una razón menor de su tiempo (del tiempo de Janet tan sobrante), la costumbre obra milagros y confiere rango de necesidad a lo antojadizo y superfluo. Cuando se decidía, solía hacerlas en martes o en miércoles, porque tenía la impresión de que los lunes ella todavía estaba bajo el encantamiento de su breve estancia londinense y de que los jueves anticipaba ya la venidera: así pues, elegía los días de mayor abatimiento de la joven, de mayores hastío y despecho o incluso rencor hacia su amante, de mayor propensión a castigarlo sin su conocimiento y en silencio, es decir, sólo para sus propios adentros.

Aquel miércoles no fue distinto. Charlaron en la tercera planta de la librería, la más vacía de clientes, y, guarecidos por las estanterías, se ofrecieron un adelanto para la noche: Tomás ya se había hecho más ducho y le metió la mano bajo la falda durante un minuto largo, los lomos de unas obras de Kipling ante su vista, los dos de pie, los dos primitivamente excitados al primer contacto como es frecuente a las edades tempranas, los dos atesorando sus sensaciones para recuperarlas y revivirlas durante el resto de la jornada, hasta que volvieran a encontrarse en el modesto piso que ella ocupaba en St John Street, cerca del Museo Ashmolean y del elegante Hotel Randolph. Ni siquiera salieron a cenar para engañarse a sí mismos, él quedó en dejarse caer por allí hacia las nueve, no precisaban más preámbulos.

Permanecieron juntos algo menos de una hora, pasando en ese tiempo de la ilusión de lo anunciado a la leve melancolía de lo que recién sucedido ya no deja recuerdo ni por supuesto añoranza, y en realidad ha empezado a estar de más y a olvidarse mientras todavía está sucediendo: sexo higiénico y sin elaborar, sexo prescrito porque hay que tenerlo cada pocos días o a lo sumo semanas y quien no lo tiene es un paria y porque ya va tocando —más la idea que la práctica—, sexo desganado una vez consumado y al mirarlo retrospectivamente, tras el que predomina un pensamiento molesto: 'Sentí la urgencia, pero la verdad es que bien podría habérmelo ahorrado, ahora que ha concluido sin alegría y más bien con lástima; no ha valido la pena; si pudiera retroceder me abstendría'. Y a la vez uno sabe que eso no es cierto: si pudiera volver atrás sentiría de nuevo la urgencia y seguiría adelante, elementalmente.

Tomás le tenía lástima a Janet, y no estaba seguro de que ella no se la tuviera a él igualmente. Ni siquiera se desvistieron, fue una verdadera prolongación de lo que habían iniciado por la mañana en la librería, como si el recuerdo de aquello hubiera durado en exceso y se hubiera impuesto a las nuevas y distintas circunstancias, como si éstas se hubieran sometido a lo que había acudido a sus mentes durante la jornada, en oleadas voluntaristas y ocasionales. Tom sí le quitó las medias —medias completas— y las bragas, a sí mismo sólo la gabardina y la chaqueta. La bragueta se la abrió y ya bastaba. Al terminar se fue presto al cuarto de baño para no manchar nada, y cuando regresó a la habitación Janet estaba echada de medio lado en la cama con la cabeza apoyada en la almohada y un libro en las manos, como si ya hubiera pasado a otra cosa o tuviera prisa por reanudar una lectura interrumpida por su llegada. Tenía la falda arrugada y subida hasta la mitad de los muslos, el reloj en la muñeca izquierda y un par de pulseras en la derecha, Tomás las había oído tintinear —un factor de distracción— durante las sacudidas, como también había visto balancearse sus pendientes —eran aros bastante grandes— mientras se afanaban de pie, ella inclinada con los puños sobre la colcha y él erguido detrás, no se habían preocupado de quitarse nada que no constituyera un estorbo. Ahora podía ser más la imagen de una mujer enfrascada en su lectura en un cuarto de hotel, esperando a que le viniera el sueño, que la de una que acabara de prestarse en su casa a una penetración juvenil: Janet era tres o cuatro años mayor que él, muy rubia, probablemente teñida, de rasgos finos pero asilvestrados y decididos, con unas bonitas cejas que se curvaban hacia arriba a medida que se alejaban de su inicio, más oscuras que su cabello. Tenía la boca muy roja, los incisivos separados que le aniñaban la sonrisa y unos ojos inquisitivos que recorrían aquellas páginas como si nada más les interesara en el mundo. Ni siquiera los alzó al volver él, pero notó su presencia y levantó la mano izquierda como diciéndole: 'Aguarda un momento a que llegue a este punto'. Tampoco se había desprendido de los dos anillos que llevaba en esa mano, una especie de alianza en el dedo anular y una especie de sortija discreta de ónix en el corazón. Los dos podían ser regalo de su amante Hugh, pensó Tom, el primero como un simulacro de compromiso y el segundo para agasajarla.

—¿Cómo sigues con tu novio Hugh? ¿Tenéis planes de juntaros, de que te vayas a vivir con él? —le preguntó. No solía interesarse por nada de eso, menos aún inquirirle tan directamente, pero el nulo caso que Janet le hacía lo desconcertó e irritó. Nunca esperaba que después de aquellas sesiones esporádicas ella se mostrara cariñosa ni se acurrucara junto a él, y era lo último que deseaba; pero que se hubiera puesto a leer tan tranquila le pareció excesivo, era como si le diera a entender que había cumplido su función estrictamente física y le indicara la puerta de salida. No se le ocurrieron otras frases, otro tema, para reclamar su atención.

Ella cerró el libro, no del todo, dejó un dedo metido a modo de señal, y Tomás pudo ver bien la cubierta: *The Secret Agent* de Joseph Conrad, una edición de Penguin con su lomo gris. Le extrañó injustificadamente: nunca antes la había visto leer, pero dado que trabajaba entre volúmenes, lo anómalo habría sido que no los abriera ni se adentrara en ellos alguna vez.

—Con él nunca hay planes, sólo costumbre y repetición —contestó—. Está demasiado ocupado para hacerlos, incluso para pararse a pensar que el futuro va más allá del día siguiente, de la semana siguiente. Es de los que viven al día. Para él las cosas están bien como están. Prefiere que nada cambie.

—¿Y para ti? ¿Están bien?

—No, para mí no. Hace años que espero cambios. Sé que no se van a producir.

—¿Y entonces? —Tomás sintió repentina curiosidad, y se reprochó no haber hecho preguntas en anteriores oportunidades.

Janet sacó el dedo del libro, le dobló una hoja y lo dejó sobre la almohada. Se incorporó un poco, apoyó el codo en la cama y la nuca en una mano, y con la otra se acarició la melena, uñas largas esmaltadas, quizá meditaba si responder más o no. Debía de ser rubia original, pero de un color más apagado del que se le veía. Su pelo era fulgurante, de un amarillo escandinavo, tan intenso que resultaba inconfundible si uno la divisaba por casualidad en la calle; a veces parecía un casco de oro iluminado por un sol escondido, que sólo la alcanzara a ella entre las volanderas nubes de Oxford.

—Pues mira, acabo de darle un ultimátum —dijo con frialdad, y se le afilaron todos los rasgos como les ocurre a los muy ancianos, es un aviso de la muerte; como si nariz, ojos y boca se le hubieran vuelto de hielo cortante, también las bonitas cejas curvadas y el mentón—. Le he dado hasta el próximo fin de semana para que cambie la situación.

—Y si no, ¿qué harás? ¿Lo dejarás? Supongo que sabes que casi siempre los ultimátums se vuelven contra el que los da, le salen mal.

—Claro que lo sé, y en este caso más. No espero una reacción. No la que yo quisiera.

—¿No? ¿Y por qué aguardar una semana, entonces?

Se quedó un poco parada. Cogió un caramelo gordo de un bote de cristal que tenía en la mesilla de noche y se lo metió en la boca, en seguida Tom vio cómo se le abultaba un carrillo y después el otro, se lo pasaba como si en ninguno le cupiera del todo bien. Pensó.

—Bueno, la verdad es que siempre esperas algo, por muy convencido de lo contrario que estés. Esperas asustar, y que el otro se imagine cuánto te va a echar de menos, lo difícil que va a serle vivir sin ti. Pero nadie se imagina nada ni se toma en serio lo que se le anuncia. Claro que él está acostumbrado a no verme cinco días a la semana, así es como lo quiso desde el principio. No, no me voy a llevar una sorpresa. Simplemente me pareció que le debía eso, avisarlo, no tomar medidas sin advertirle antes y decirle cuáles iban a ser. Porque no me limitaría a dejarlo, eso se da por descontado. Le hundiría la vida. Irme sería muy poco, tras años de promesas incumplidas, si es que no falsas desde el primer día. A lo mejor sería un favor. Yo los he malgastado, he invertido mucho tiempo, me he tragado noches y noches de soledad. Los he perdido y nadie me los va a devolver. Apartarme sin más no me resarciría de eso. Si para mí todo ha sido un desperdicio, si para mí ha habido un perjuicio, es justo que también lo haya para él.

—Es casado —apuntó Tomás.

Janet cambió de postura y al hacerlo agitó las pulseras, subiéndoselas hasta el antebrazo, y lo miró de pronto extrañada, como si se preguntara por qué estaba hablando de aquello con él al cabo de tantos encuentros, por primera vez. Mordió un trozo de caramelo para que el volumen no le resultara tan incómodo e inmanejable en la boca. Había entreabierto los muslos y no se había vuelto a poner las bragas, allí seguían en el suelo (quizá ni siquiera se había limpiado mientras él había ido al cuarto de baño, acaso un signo de desesperación, sin duda de dejadez). Y aunque Tom acababa de visitar aquella zona, tuvo el impulso de regresar, volvió a sentir una inesperada urgencia a la que no se podía resistir, aunque seguramente era sólo visual. En su visita no había mirado, ella había estado de pie de espaldas a él. Y pensó fugazmente: '¿Cómo es esto posible? Hace nada pensaba que más me hubiera valido ahorrarme lo que ahora quiero otra vez'.

—Hoy estás preguntando mucho —le respondió Janet con recelo; y añadió, no tanto por satisfacer su curiosidad cuanto porque no se supo contener—: Si lees los periódicos, ya te enterarás. En todo caso es lo de menos. Lo de más es que es Alguien. —Así sonó, como si lo hubiera dicho con mayúscula, como si significara 'un hombre importante'—. Y yo lo puedo convertir en Nadie, en uno que fue. Él lo sabe pero no se lo cree. Cree que no me atreveré, o que una vez más me amoldaré y me amansaré, y que continuará todo igual. Que se me pasará. Que el próximo fin de semana iré a verlo y me hará cuatro caricias y cuatro bromas y me olvidaré del ultimátum. Ese es uno de sus encantos, que es un optimista incorregible. Está convencido de que le irá siempre bien. En todo. En todo. Ojalá yo fuera así.

—¿Hugh es Alguien? —le preguntó Tom sin poder evitarlo—. ¿Y quién es? ¿Lo conozco yo?

—Eso sí que es mucho querer saber. Anda, estoy cansada. Es mejor que te vayas ya. —Lo dijo sin moverse, sin hacer el menor ademán de acompañarlo a la puerta, ni siquiera de ponerse en pie para darle un beso de despedida. Tomás veía lo que veía, el sexo aún húmedo y un poco abultado, le parecía que palpitara y sintió la llamada con más fuerza. Deseó entrar de nuevo en él o contemplarlo mejor, y al fin y al cabo, ¿qué se lo impedía? Nada. Se agachó para observarlo con descaro más de cerca y a la altura adecuada, y adelantó dos dedos hacia allí, lo visual como preludio de lo táctil, con frecuencia, no siempre, hay quienes sólo aspiran a mirar y abominan de todo contacto—. ¿Qué haces? —Janet lo interrumpió en seco con tono de incredulidad, casi de ofensa, cerrando los muslos como si se le viniera una daga y privándolo de la perspectiva—. ¿Qué te pasa esta noche? Te acabo de decir que estoy muy cansada. Cómo se te ocurre. ¿Hoy no tienes prisa por largarte? Pues yo sí la tengo por irme a dormir.

Tomás Nevinson detuvo los dedos en el aire y se avergonzó. 'Sí, ¿qué hago?', se preguntó. Improvisó sin convicción una excusa endeble, de las que uno no espera que sean creídas, solamente oídas y pasadas por alto:

—Me has malentendido, disculpa. Creía que se había quedado el tabaco en la cama, por ahí, debajo de ti. Debo de tenerlo en la chaqueta. —Se levantó, fue por ella, se la puso, sacó del bolsillo la cajetilla metálica, Marcovitch la marca, se llevó un cigarrillo a los labios, no se lo encendió. Ya que estaba de pie, se puso la gabardina también, se dispuso a marcharse, allí no tenía más que hacer y en realidad no quería más hacer—. Ya me contarás cómo te ha ido. Con el ultimátum. Que haya suerte.

—No la habrá... —Se quedó callada unos segundos y luego añadió, más para sí que para él—: Me da mucha pereza ponerlo todo en marcha, la venganza lleva trabajo y trae mucha tensión. Pero lo haré. Lo haré...

Janet dijo esto último con la mirada perdida y como por inercia de su voluntad. De pronto sonó agotada de verdad. Cogió *The Secret Agent*, lo abrió y lo miró con estupor. Fingió leer, como si le estuviera diciendo con su actitud: 'Para mí te has ido ya'. Pero ahora no se enteraría de una sola línea. Tom se acercó, le hizo una caricia en la mejilla a modo de despedida, ella alzó la mano maquinalmente para devolverle el gesto, sin levantar la vista del papel, calculó mal, lo arañó levemente con sus uñas largas y le tiró el cigarrillo que sostenía en los labios. Tom apartó la cara pero no se quejó ni fue a mirársela a un espejo, había de ser un rasguño mínimo. El pitillo tampoco lo recogió, había rodado bajo la cama, seguramente. Ella no se dio cuenta del pequeño estropicio, los ojos clavados en las mismas páginas del libro como si estudiaran un mapa que debían memorizar.

Tomás salió a la calle, la noche estaba fresca. Se alejó unos pasos del portal, hasta la esquina de Beaumont Street, sacó otro Marcovitch y lo prendió, decidió fumárselo allí, mirando hacia las ventanas iluminadas del piso de Janet, la segunda e intempestiva urgencia no se le había disipado del todo pese a las reconvenciones, pero sabía que la noche estaba acabada y que en ningún caso cedería a ellas. Esperaba que esas luces se apagaran de un momento a otro, la joven asaltada por tanta fatiga tan súbita, y entonces ya no cabría ni la tentación. A la altura a la que estaba de St John Street no había farola, sí había una cerca del portal. Por eso vio y no fue visto. Iba a arrojar ya la colilla cuando apareció un hombre de mediana estatura y bastante fornido. Surgió de repente, no lo vio bajar de ningún coche y apenas si oyó sus pasos antes de que entrara en el haz de luz. Tenía el pelo ondulado y oscuro, vestía abrigo largo hasta media pantorrilla, negro o azul marino, como si con eso pretendiera parecer más alto y estilizado, el cuello se lo cerraba con bufanda gris claro cuidadosamente metida por dentro, y calzaba guantes del mismo color, como de corredor automovilístico, esos dos accesorios a intencionado juego. Le vislumbró el rostro unos segundos, una ráfaga, una instantánea movida: nariz de aletas anchas, ojos chicos y encendidos, mentón partido, la combinación resultaba atractiva al primer golpe de vista, el único para él. Tendría unos cuarenta años y se movía con resolución. Salvó los escalones con agilidad, de una sola zancada los tres. Lo vio llamar a un timbre, lo vio decir algo muy rápidamente (algo como 'Soy yo, ábreme', más no pudo ser) y en seguida se le franqueó la entrada. Se subió el cuello del abrigo y desapareció tras la puerta, que al instante se volvió a cerrar. Tomás Nevinson siguió mirando hacia arriba el tiempo de otro cigarrillo. Las ventanas continuaron iluminadas, pero no vio ninguna silueta. Aquel hombre iba a otro sitio, y ahora sí que él no tenía nada más que hacer allí.

Al día siguiente, al terminar uno de sus *tutorials* o clases individuales en los aposentos del recientemente incorporado y aún joven profesor o *don* Mr Southworth, en St Peter's College, un policía de paisano estaba esperando fuera, respetuoso y paciente, a que concluyeran su lección. Dijo que quería hablar con Tom y le pidió a Southworth innecesario permiso para pasar. Éste preguntó si podía quedarse o si debía salir, a lo que el policía contestó que a su conveniencia y a la de Mr Nevinson, de momento sólo quería comprobar unos datos y hacer unas averiguaciones. Aquel 'de momento' no sonó muy bien. Se presentó como Inspector o Sargento o lo que quisiera que fuese, hizo preceder su nombre de uno o dos grupos de siglas —DS o DI o CID o DC— con las que Tomás no estaba familiarizado y que fue incapaz de retener, por lo que no le quedó claro su rango, sólo que pertenecía a la Oxford City Police y que se llamaba Morse. Los tres tomaron asiento —a Southworth le pudo la curiosidad, o cierto instinto protector de su brillante alumno— y el policía, un hombre serio de treinta y tantos años, ojos acuosos de color azul claro, nariz algo ganchuda, boca ondulada como si fuera un dibujo y contenida imperiosidad, le dijo, más que preguntarle:

—Mr Nevinson, anoche estuvo usted con Janet Jefferys en su piso de St John Street, ¿verdad?

—Sí, supongo que sí. ¿Por qué?

—¿Supone? —respondió Morse abriendo mucho los ojos con despectiva sorpresa—. ¿No está seguro de si estuvo allí?

—Lo que quiero decir es que, ahora que me doy cuenta, nunca he sabido su apellido, o si alguna vez me lo dijo fue hace tiempo y lo olvidé. Para mí es sólo Janet, trabaja en la librería Waterfield's. Pero será ella, imagino, si vive en St John Street. He estado allí varias veces, desde luego, y anoche también, ¿por qué? ¿Qué ha pasado? ¿Y cómo lo sabe usted?

Morse no contestó a eso.

—¿No le parece un poco raro que yo, que sólo la he visto una vez, y no viva, sepa su apellido y en cambio usted no? ¿Tan superficial era su relación?

—¿No viva? ¿Qué quiere decir, no viva? —preguntó Tomás todavía con más incomprensión que alarma.

—Naturalmente, deduzco que sí estaba viva cuando se marchó. ¿Cuánto rato estuvo? ¿Y a qué hora se fue?

Tomás empezó a hacerse a la idea, o a asimilar las palabras como si fueran de verdad, porque las había oído con nitidez y en efecto eran de verdad. Palideció, notó un mareo y cómo lo acechaba una arcada, pero la controló.

—¿Ha muerto? ¿Qué ha ocurrido? ¿Cómo puede ser? Yo estuve con ella hasta las diez o así, y se encontraba perfectamente. Estuve una hora entera con ella, más o menos de nueve a diez, y en ningún momento se sintió mal.

El policía se quedó callado unos segundos y lo observó con mirada interrogativa, como si esperara que añadiera más o descubrir algo en su expresión. Fueron los suficientes para hacer sentirse incómodo a Tomás y poner en guardia a Mr Southworth, que levantó una mano y abrió la boca como para intervenir. No lo hizo al final, quizá no había formulado mentalmente su frase, y era hombre de gran precisión. Así que se limitó a extender la palma de esa mano hacia Morse, como si le diera paso o lo instara a continuar. Como si fuera el director de una obra de teatro y urgiera a dar su réplica a un actor distraído u olvidadizo. Y lo consiguió:

—No tenía por qué sentirse mal —respondió Morse con una extraña mezcla de dureza y suavidad—. La muerte se la causaron sus medias, con las que fue estrangulada. En la medida en que podemos saberlo, hacia la hora en que usted se fue. O un poco antes o un poco después.

La percepción del peligro se activa tan rápidamente como el instinto de supervivencia, y Tom Nevinson ya no pensó en lo que le había sucedido a Janet, en que estaba fuera del mundo y además había sido expulsada de la peor manera posible, sin aviso y sin oportunidad para prepararse, resistiéndose a la decisión de alguien y a su supresión, luchando en balde, sin dar crédito a lo que le estaba pasando, tratando de pedir auxilio y sin poder emitir ni un sonido. Ni siquiera pensó en lo raro que ha de ser dejar de existir, en la incredulidad que debe de producir en quien aún tiene conciencia, hasta que ésta se apaga, por así decir. Lo que pensó fue en cambio esto: 'Esas medias se las quité yo anoche con despreocupación y quién sabe si no les hice una carrera o las rasgué sin querer; quedaron tiradas por el suelo como sus bragas, nadie las recogió, desde luego yo no me molesté, no me tocaba. Quién podía imaginar que se les daría ese uso, alguien las vio allí y se le ocurrió, alguien tétrico, asesino, cómo es posible: un asesino. Esas medias completas tendrán mis huellas dactilares por tanto, y no las del hombre fornido que llegó después, sin duda no se quitó sus guantes grises de automovilista, en ningún momento se los debió de quitar, ni siquiera estará la huella del índice en el timbre al que llamó desde la calle, yo estaba a demasiada distancia para ver si era el de Janet y seguramente lo fue, aunque no distinguiera su silueta ni la de ella más tarde a través de las ventanas, la puerta y la cama quedaban lejos, ella se levantaría para abrir creyendo acaso que volvía a ser yo para insistir, interrumpiría de nuevo la lectura o la absorta contemplación de las líneas de *The*

Secret Agent, esa novela jamás la acabará...'. Porque la atención se desplaza en seguida hacia uno mismo y su salvación en cuanto se percata de que existe amenaza, y entonces pasan a segundo plano hasta los muertos calientes, al fin y al cabo ya nada puede hacerse por ellos, nada por la pobre Janet con su tiempo desperdiciado y cortado y en cambio hay que ocuparse de Tom.

—Tuvo que ser después —se apresuró a contestar con ingenuidad—. Le aseguro que estaba viva cuando yo me fui. Tuvo que ser el hombre que llegó justo después.

—¿Qué hombre? —preguntó Morse.

Tom contó lo que había visto desde la esquina en sombra con Beaumont Street. Tom describió al individuo y lamentó no haber tenido ocasión de asentar su rostro en la memoria, sólo se le había ofrecido un relámpago y se le volvía más impreciso cuanto más trataba de fijarlo. Southworth, prudente, intentó frenarlo y le dijo a Morse:

—No sé si mi alumno debería seguir hablando sin un abogado. Entiendo que en este punto pueden recaer sospechas sobre él, dadas las circunstancias, ¿no es así?

Pero el policía no le hizo mucho caso. Su función era indagar y preguntar, así que le contestó someramente:

—Mientras no haya un detenido, pueden recaer sospechas sobre el mundo entero. Hasta sobre usted, Mr Southworth, a menos que tenga una coartada verificable. Nunca sabemos quién conoce a quién. —Southworth fulminó a Morse con la mirada; apretó los labios con fuerza como si tomara carrerilla para abrirlos otra vez, pero se refrenó o quizá juzgó que no hacía falta: su expresión decía a las claras: 'Ese comentario es una impertinencia y está de más'—. Prosiga, por favor, Mr Nevinson. Todo esto es de gran utilidad.

El sospechoso inocente tiene prisa por que el ojo se aparte de él, por disipar cualquier duda, y colabora con entusiasmo, con exageración, con avidez, y menciona cuanto considera que contribuye a quitarle el foco de encima, sin darse cuenta de que éste es móvil como una linterna, y viene y va. Así que Tom continuó y también habló de Hugh, de lo poco que sabía desde hacía años y de lo que le había confiado Janet la noche anterior. Era Alguien, dijo. Le había dado un ultimátum, ella a él. Le podía hundir la vida, Janet a Hugh, así lo había expresado Janet. Y había pronunciado la palabra venganza: la venganza lleva trabajo y trae mucha tensión, le daba pereza iniciarla. Pero lo haría por perjudicarlo. Por una cuestión de equidad. Tomás se sorprendió de haber recurrido a ese vocablo, que además era de su cosecha, aunque no contradecía las intenciones de la joven, le parecía inverosímil que ya no viviera, que no respirara ni hablara como él. 'Está muerta', pensó, 'y no debería permitirme desearla más, y sin embargo mi último recuerdo, mi última visión, es la de sus muslos entreabiertos y su sexo en el que quise volverme a introducir. Quizá cuando el tiempo pase por su cadáver desarrollaré ese respeto que se da por los muertos y aún más por los que sufrieron violencia y tenían poca edad, y cancelaré esa imagen que ayer no era impropia y hoy lo empieza a ser. No sé por qué, pero siento que lo es, como si conservar el deseo fuera una especie de profanación, como si estuviera reñido con la piedad y la lástima que se les suele profesar. Y al fin y al cabo, en el pensamiento no hay tanta diferencia entre los vivos y los muertos, y Janet será sólo eso a partir de ahora, pobre Janet, evocación y pensamiento y nada más.'

Morse sonrió con ironía y afabilidad:

—Déjeme a mí decidir qué hacer. Todo eso son conjeturas, aunque están bien. Probablemente habría que buscarlo, sí. Pero dígame tres cosas. ¿Fuma usted?

—Sí.

—¿Me permite ver su paquete de cigarrillos? Si lleva uno encima, claro está.

Tomás sacó su cajetilla metálica de Marcovitch, apaisada: a la izquierda rayas verticales blancas y negras, a la derecha una pequeña viñeta de un caballero con chistera negra encendiéndose un pitillo, las manos enguantadas protegiendo la lumbre, guantes grises y en el cuello un *foulard* blanco cubriéndoselo bien, el hueso de la nariz convexo como el filo de un *tomahawk*, los labios finos y rojo intenso a punto de sonreír, las cejas muy gruesas y los ojos turbios y como maquillados, casi más una máscara que un rostro, bastante siniestro en realidad. Asomaban unas llamas altas detrás de él, quién sabía si infernales. Se la tendió a Morse.

—¿Por qué quiere verlo?

El policía la miró un segundo y se la devolvió.

—Lástima —contestó—. Si no fumara esta marca convendría encontrar a alguien que lo hiciera. No es muy frecuente. Pero veo que sí, la fuma usted. Y dígame, ¿cómo se hizo ese rasguño en el mentón? —Y se señaló a sí mismo en el lugar preciso (más o menos donde lucía Wheeler su vieja cicatriz), para indicarle a Tomás el sitio al que se refería.

Morse era muy observador. Tomás se había olvidado por completo de aquel rasguño hasta vérselo por la mañana en el espejo, y para entonces se le había empezado a formar una mínima costra, sólo se la había limpiado alrededor.

—¿Esto? —Se tocó—. Fue Janet sin querer. Estaba echada en la cama, levantó la mano para hacerme una caricia sin mirarme, calculó mal y me arañó. Llevaba uñas largas, no sé si se ha fijado. ¿No se pensará otra cosa?

—Pienso infinidad de cosas —respondió Morse—. Aunque no lo parezca a veces, en parte nos pagan por ello a mis colegas y a mí. Así que yo las pienso todas, en la medida de mis capacidades. Por último, ¿cuál era exactamente la índole de la relación entre Janet Jefferys y usted?

Tom miró a Southworth interrogativamente. Pese a la juventud de éste, no dejaba de ser su tutor, uno de ellos. Southworth asintió con los labios —los apretó— más que con la barbilla, como dándole el visto bueno o confirmándole que se le preguntaba por el grado de intimidad física.

—Nos acostábamos de vez en cuando, si es lo que quiere saber. De tarde en tarde. Ella tenía a su Hugh en Londres y yo tengo a mi novia en Madrid. Las semanas se hacen largas, y los trimestres más aún.

—¿Y anoche?

—Anoche también, sí.

—¿Cada vez que se veían?

—Sí, más o menos era así con alguna excepción. Pero sólo de tarde en tarde, ya le he dicho. Yo no era quien le importaba a ella, ni ella quien me importaba a mí. Vivía por ese Hugh. Nosotros sólo éramos un entretenimiento recíproco, algo superficial. Debe buscar en otro sitio.

Morse hizo caso omiso de la recomendación.

—¿Desde cuándo eran eso, un entretenimiento recíproco?

—Bueno, en mi primer curso aquí... ocurrió ya alguna vez.

Morse alzó las cejas con sincera sorpresa.

—Algo que se repite —dijo—, algo que permanece durante varios años, curiosa forma de superficialidad.

Entonces fue Southworth quien le echó una mano a su pupilo, sintió que en aquel comentario había más de lo que quizá había, una desconfianza, una incredulidad, una insinuación, aunque las palabras del policía denotaban sólo falta de familiaridad con los usos de quienes tenían entonces entre quince y veinte años menos que él; o a lo sumo una abstracta reprobación de esos usos sexuales que se le antojarían carentes de afecto, de delicadeza y de consecuencias.

—Se puede uno pasar la vida acostándose con alguien y no salir de la superficialidad, ¿no le parece? Debe de haber no pocos matrimonios que se ciñan a eso al pie de la letra, diría yo. —Mr Southworth era un hombre tan justo que le resultaba imposible callarse y no puntualizar, en cualquier circunstancia. Era temido en los seminarios eruditos de la SubFacultad de Español.

Morse se encogió de hombros.

—No lo sé, no estoy casado —respondió—. Pero se me hace difícil imaginar eso en mi caso. —Aquello sonó levemente nostálgico, como si estuviera recordando a alguien concreto con quien no se hubiera podido casar—. Yo no...

Iba a añadir algo más, pero no continuó. Abrió la mano y se miró la palma, lo hizo dos veces, acaso echaba en falta la alianza que no llevaba; fue un gesto como si dijera: 'Pero ¿qué les importa esto a ustedes? ¿O qué importa mi opinión? Dejémoslo'. Dio las gracias, le pidió a Tom que no saliera de la ciudad sin avisarlo y en modo alguno del país hasta recibir autorización, le anunció que probablemente se le solicitaría una declaración firmada en los próximos días, en comisaría, nada distinto de lo que le había contado a él. Y quizá se requiriera su colaboración para que un dibujante construyera un retrato robot a partir de su descripción del hombre llegado al portal de Miss Jefferys nada más marcharse él.

—Bastante persona, ese Morse —le dijo Tomás a su tutor en cuanto oyó los pasos de aquél bajando la escalera.

Pero Southworth no parecía aliviado por eso, todo lo contrario. Le indicó que volviera a tomar asiento y le habló con mucha seriedad:

—No sé hasta qué punto eres consciente, pero esto pinta muy mal para ti. Estoy seguro de que no te encontrarán el menor motivo para querer cargarte a esa chica, pero no siempre hacen falta y de momento serás el principal sospechoso a menos que den con ese individuo y se demuestre que fue al piso de Janet y no a otro cualquiera, ni siquiera sabes dónde fue. No estaría embarazada de ti,

95

¿verdad? Le harán la autopsia y lo verán. —Southworth encadenaba las frases con rapidez, aunque el tono fuera sereno: en eso se notaba su alarma.

—Tomaba la píldora. Y si algo le hubiera fallado, habría tenido muchas más probabilidades de estarlo de ese Hugh. Pero no me pida que me preocupe por eso ahora, que me preocupe por mí. Lo importante es que alguien ha matado a Janet, aún no salgo de mi horror. Anoche estuve con ella, ¿se da cuenta, Mr Southworth? Me acosté con ella y a lo mejor la han matado por eso. —Tomás Nevinson se llevó las manos a la cabeza con desesperación. No se le había ocurrido hasta aquel instante, hasta decirlo.

—Sí, me doy cuenta, Tom. Te he oído antes —le contestó Southworth el protector—. Pero te equivocas. Sí es de ti de quien te debes preocupar. Entiendo tu horror, y tu pena, y tu estupefacción, pero ella ya ha dejado de contar para ti. Para los vivos, quiero decir. El que está ahora en peligro eres tú. Habla con un abogado. Que te aconseje, que te asesore, que te defienda. Que te defienda de lo que pueda venir. Eso es tan urgente que llegará tarde en cualquier caso. No deberías haber hablado tanto con ese policía Morse. Tan abiertamente y sin reservas. Ha sido muy hábil con su buena educación, y se ha aprovechado de tu bisoñez. Te he intentado advertir.

—Yo no tengo nada que ocultar.

—No seas ingenuo, Tom. Uno no sabe nunca cuánto tiene que ocultar. Lo que uno crea es irrelevante, y lo que haya sucedido también, si no lo corrobora nadie. Lo que importa es lo que otros entienden de lo que uno cuenta y dice, o lo que deciden entender. Y el uso que hacen de ello, sobre todo si lo quieren retorcer y volverlo a su favor. ¿Cómo habrán sabido de tu visita anoche? ¿Te vio alguien entrar o salir?

—Sí, me crucé con una vecina al llegar, y no era la primera vez. Creo recordar que hace mucho tiempo Janet nos presentó en la escalera, se pararon a charlar. Es posible que ella retuviera mi nombre, yo el suyo desde luego no. Aunque dudo que mi apellido fuera mencionado en aquella ocasión.

—Da lo mismo, habrán preguntado en Waterfield's, o entre las amistades de la joven. Tú tampoco sabes cuánto habló ella de ti, ni en qué términos ni con quién. Ni si te daba más importancia de la que te imaginas. Si eras algo más que un pasatiempo. Si no esperaba que un día dieras un paso adelante y la salvaras de ese Hugh. —Se quedó callado un momento y añadió en francés, sonó como si citara de un texto—: *Elle avait eu, comme une autre, son histoire d'amour...* No siempre reconocemos las historias de amor de los demás, ni siquiera cuando somos nosotros su objeto, su meta, su fin. Búscate un abogado rápido. En realidad lo ignoras todo.

—¿Y de dónde lo saco, Mr Southworth? Son caros, y no quisiera recurrir a mi familia. No quisiera asustarla ni meterla en gastos sin absoluta necesidad. Puede que al final no ocurra nada, ¿no? Quiero decir a mí. Que encuentren pronto a ese hombre y haya pruebas contra él.

Mr Southworth vestía siempre su toga negra para dar los *tutorials* en sus aposentos y las clases en la Tayloriana. Los faldones le caían como en cascada y sabía colocárselos con distinción, distribuyéndoselos como en un oleaje, parecía una estampa del pintor Singer Sargent. Juntó las yemas de los dedos de las dos manos y eso le acentuó el aire clerical, como si se dispusiera a elevar una plegaria allí mismo y en aquel instante, entre sus paredes cubiertas de libros nada piadosos. Aunque no había cumplido la treintena, algunos cabellos sueltos le habían encanecido, lo cual le confería mayores dignidad y respetabilidad de las que correspondían a su juventud. Era como si prefiriera dejar ésta atrás sin dilación.

—Hmm. Hmm —murmuró pensativo, quizá con algo de teatralidad. Descruzó y cruzó las piernas un par de veces, con notable dominio artístico de la tela negra que lo envolvía—. Hmm. Habla con Peter. —Pese a la diferencia de edad y jerarquía entre ellos, Southworth llamaba a Wheeler por su nombre de pila—. Habla con el Profesor Wheeler —rectificó; se estaba dirigiendo a un alumno al fin y al cabo, por mucho que fuera deslumbrante y lo apreciara el conjunto de sus profesores—. Él conocerá, él sabrá. Él te orientará mejor que yo. Mejor que tu familia y que tu padrino Starkie, mejor que nadie. Tiene infinitos contactos, y raro será el ámbito en que no. Cuéntale lo que ha pasado, aunque lo más seguro es que ya le hayan llegado noticias. Que a estas horas —y miró el reloj sin fijarse en qué marcaba— esté al cabo de la calle, e incluso con más datos que tú.

—¿Y eso? —preguntó Tomás Nevinson sorprendido—. ¿Cómo puede estar al tanto? ¿Y con más datos, si yo estuve allí?

—Bueno. No sobre lo que hiciste anoche con esa joven, tampoco eso le interesaría. Excepto si la mataste, claro; lo cual no creo ni creo que crea él. Pero es probable, por ejemplo, que ya esté enterado de quién era su amante de años, de la identidad de ese Hugh. Y de esta visita de Morse; quizá desde buena mañana supiera que se iba a producir. Y de cuál es su personalidad, si es un hombre facilitativo o no. —Se bajó las gafas hasta mitad de la nariz, para mirar a Tom por encima de los cristales con lo que a éste le pareció una extraña mezcla, de sorna y de gravedad—. A Peter se le escapa muy poco de lo que sucede en esta ciudad. Un asesinato, ciertamente no.

Tan al tanto estaba Wheeler que ni siquiera juzgó necesario verse con Tom, encontrarse con él. 'Esperaba tu llamada', le dijo por teléfono sin aspaviento ni alarma. 'En qué lío te has metido', añadió, no en forma de pregunta, aunque Tomás la tomó por tal y empezó a explicarle con prolijidad, ese defecto de la juventud. Pero Wheeler lo frenó en seco: 'Todo eso ya lo sé y no dispongo de mucho tiempo'. Tomás pensó que estaba ofendido o decepcionado, distanciado por su negativa de días atrás. Desde entonces sólo había asistido a una clase suya y se habían cruzado por los pasillos de la Tayloriana; se habían saludado con normalidad, pero sin pararse a hablar, nada raro en realidad. Sin embargo el Profesor era de esos hombres que consideran tan acertado cuanto se les ocurre y proponen que no comprenden que alguien se les resista y no lo vea con igual claridad. Probablemente se sentía más desconcertado que dolido. 'Escúchame bien, presta atención. Me temo que estás en un aprieto mayor del que te imaginas. Hay elementos que desconoces y que te van a dificultar la salida, no lo tienes nada bien. Te va a echar una mano un conocido mío de Londres, Mr Tupra, a ver qué puede hacer', y le deletreó el apellido, de apariencia nada inglesa. 'Estará en Oxford mañana. Te esperará en Blackwell's a las diez y media, arriba del todo, en la planta de libros viejos. Habla con él, presta atención, algo te sugerirá. Tú verás lo que te conviene, pero mi recomendación es que le hagas el mayor caso posible. Es persona de muchos recursos. Se abstendrá de optimismos infundados, no te dará falsas esperanzas. Pero te aconsejará con buen tino.' '¿Y cómo nos reconoceremos?', preguntó Tomás. 'Sí. Ponte a hojear algún libro de Eliot. Él hojeará uno también.' '¿T S Eliot o George Eliot?' 'El poeta, Tomás, el poeta, tu tocayo', le contestó Wheeler con un asomo de exasperación. '*Cuatro cuartetos, La tierra baldía, Prufrock*, lo que se te antoje.' '¿Y no sería mejor que nos presentara usted, Profesor? ¿Que oyera lo que me tenga que decir?' 'Yo no hago ninguna falta ni quiero tener nada que ver. Esto será entre tú y él. Entre tú y él', insistió. 'Y lo que te diga será sensato, aunque no te gustará. Claro que en tus circunstancias no sé si nada te puede gustar.' Wheeler hizo una pausa. Había hablado con apresuramiento, como quien quiere dar por zanjada pronto una conversación, una encomienda. Ahora, sin embargo, se tomó unos segundos para hacer su pequeña disquisición: 'Peor sería que te detuvieran con una acusación de homicidio en regla, verdad. Un juicio nunca se sabe cómo puede terminar, por mucho que uno sea inocente y crea tenerlo todo a su favor. La verdad no cuenta, porque se trata de que decida sobre ella, de que la establezca alguien que nunca sabe cuál es: me refiero a un juez. No es cuestión de ponerse en manos de quien sólo puede dar palos de ciego, de quien va a jugársela a cara o cruz y tan sólo la puede adivinar o intuir. En realidad, si bien se mira, es absurdo que se juzgue a nadie. El prestigio y la longevidad de esa costumbre, y que esté extendida por el mundo entero con mayores o menores garantías, incluso con nulas garantías de imparcialidad...; que exista, en fin, hasta como farsa...'. Se interrumpió y reinició la frase: 'Que nadie se percate de la imposibilidad de esa tarea inmemorial y universal, de su sinsentido, es algo que siempre escapará a mi comprensión. Yo no le reconocería autoridad a ningún tribunal. Si pudiera evitarlo, no me sometería a un juicio jamás. Cualquier cosa antes que eso. Tenlo presente, Tomás. Piénsatelo bien. A uno lo pueden enviar a la cárcel por capricho. Simplemente por caer mal'. En otra situación Tom le habría preguntado qué proponía en su lugar, y si nadie estaba capacitado para dictaminar qué era mentira y qué verdad, salvo las partes interesadas, a las que precisamente por serlo no se podía dar crédito ni tomar en consideración, una paradoja cabal: los únicos sabedores de lo ocurrido, los acusados, eran los menos de fiar, y encima estaban autorizados a mentir e inventar. También le habría querido preguntar si a él lo creía inocente de la muerte de Janet Jefferys por estrangulamiento. Por sus palabras suponía que sí, y por su actitud de ayuda, pero le habría gustado oírselo, para su particular tranquilidad. Nada de eso pudo ser, porque Wheeler colgó a continuación, sin desearle suerte ni decir adiós.

Tomás Nevinson llegó a Blackwell's a las diez y cuarto, subió hasta la última planta y se dispuso a aguardar. No había mucha gente, la mayoría de los estudiantes y *dons* estaban en sus horas lectivas. Localizó la sección de poesía y comprobó que había suficientes ejemplares de Eliot de segunda mano, pero decidió esperar a la media para quedarse allí delante, coger uno y hojearlo. Dio vueltas por el amplio espacio, curioseó otras estanterías y observó a su alrededor. No tenía ni idea del aspecto de Mr Tupra, ni de su edad. Vio a un hombre gordo en la sección de historia, que sacaba volúmenes, se alejaba el lomo de los ojos como si padeciera presbicia y volvía a dejarlos sin abrir ninguno, con enorme rapidez, como si supervisara quién sabía qué orden, cronológico o alfabético de autor. Vio a una profesora de Somerville College que conocía de vista como toda la ciudad, una mujer tan distinguida como curvilínea, muy atractiva a sus cuarenta años, con una boca grande y sensual que azuzaba la imaginación y unas llamativas formas infrecuentes en su gremio, traía locos a todos los colegas heterosexuales, que no constituían por fuerza mayoría diáfana en aquella Universidad; miraba obras de botánica, tal vez su especialidad. Vio a un cuasi adolescente flaco y de nariz prominente, con una gabardina gastada y demasiado larga, había coincidido con él en las demás librerías de viejo —Thornton's, Titles, Sanders, Swift's, la propia Waterfield's en la que trabajaba Janet—, rebuscando en las escasas baldas de literatura fantástica o de lo sobrenatural, un apasionado de eso y de su perro, que lo acompañaba infaliblemente, educado, silencioso y manso. Vio a un hombre de unos veintitantos años, que apareció a las diez y media exactas, con un traje de raya diplomática y chaqueta cruzada, una corbata de seda roja sobre la camisa azul clara con el cuello blanco y al brazo una gabardina muy nueva, tenía pinta de funcionario de embajada o de ministerio, un cargo menor; de alguien recientemente ascendido que quiere parecer elegante y resulta más bien hortera, precisamente por el visible afán de aparentar lo primero cuando le faltan costumbre y poso y aún carece de edad y de tablas para haberlos adquirido, en el mejor de los casos deberá aguardar unos años. La raya diplomática era ancha en exceso, chillona como sólo puede serlo en Inglaterra, y chillaba a los cuatro vientos la impaciencia de sus aspiraciones sociales. Ninguno de los presentes —la profesora de Somerville descartada, también el cuasi adolescente con perro— le dio la impresión de venir recomendado por Wheeler ni de poder echarle una mano en sus cuitas: el gordo era demasiado gordo y abstraído, el funcionario demasiado joven y carnavalesco, para ser hombres de muchos recursos.

Con todo, pasados dos minutos de la hora Tom se aproximó a la sección de poesía, tomó el librito titulado *Little Gidding* y se puso a hojearlo, y en seguida a leer algún verso aquí y allá mientras esperaba, sin ánimo de enterarse, uno o dos o tres o cuatro:

'Y lo que los muertos no sabían expresar, cuando vivían, te lo pueden contar, al estar muertos', leyó, y al no entenderlo muy bien pasó a otras líneas:

'Ceniza en la manga de un viejo... El polvo suspendido en el aire señala el lugar en el que terminó una historia'. Y pasó un par de páginas:

'Porque las palabras del año pasado pertenecen al lenguaje del año pasado y las palabras del año que viene esperan una voz distinta'. Miró de reojo a un lado y otro y todavía no se acercaba nadie, y eso que notó los bultos de dos nuevos clientes en la planta, pero no quiso levantar la vista y mirarlos abiertamente.

'Y la laceración de reírse de lo que deja de tener gracia.' No, nadie. Aún no es tarde.

'La indiferencia que se parece a las otras como la muerte se parece a la vida, al estar entre dos vidas...' Y ahí se detuvo para preguntarse: '¿La muerte se parece a la vida? Sí, Janet muerta se parecerá a Janet viva y será reconocible, pero ¿durante cuántas horas? El tiempo sigue pasando por los cadáveres y los maltrata más velozmente, y éstos no te cuentan nada, mientras que anteanoche Janet me contó lo que hoy puede salvarme. ¿Y quién la habrá identificado? Porque a mí no me han hecho ir a verla'.

'Lo que llamamos el principio a menudo es el fin', decía otro de los versos, no quiso seguir por ahí, lo encontró fácil sin caer en la cuenta de que a lo mejor no lo era en 1942, cuando se publicó por primera vez, en plena Guerra.

'Y cualquier acción es un paso hacia el bloque, hacia el fuego, por la garganta del mar o hacia una piedra ilegible...' Se paró de nuevo con una rectificación de su bilingüismo y un mal presentimiento: '*block*' debía de ser ahí lo que en español se llama 'tajo', es decir, el bloque o trozo de madera sobre el que los condenados apoyaban dócilmente la cabeza para que el verdugo se la cortara; y acaso era eso —el tajo, el fuego, la garganta del mar que siempre traga hacia el fondo, el texto que ya no puede leerse y nos resulta indescifrable— lo que a él lo aguardaba si aquel Mr Tupra no aparecía y lo sacaba del atolladero. 'Esto pinta muy mal para ti', le había advertido Mr Southworth, 'eres tú el que ahora está en peligro.' Y todavía continuaban los malos auspicios de aquel largo poema del que leía pavesas dispersas:

'Morimos con los que mueren: ved, ellos se marchan, y nosotros nos vamos con ellos. Nacemos con los muertos: ved, ellos regresan, y nos traen consigo'. Y Tomás pensó confusamente, contagiado por aquellas palabras de 1942 o de antes: 'Es verdad que nos vamos con ellos, en el primer instante al menos. Queremos acompañarlos, seguir en su dimensión y en su senda, que es ya el pasado; sentimos que nos abandonan, que han emprendido otra aventura y que somos nosotros los que nos quedamos solos, avanzando por el oscurecido camino que no les interesa y del que han desertado; y como no podemos ir detrás o no nos atrevemos, volvemos a nacer y a dar unos titubeantes pasos, se nace cada vez que se sobrevive a alguien cercano, cada vez que se produce una baja y ésta tira de nosotros pero no logra arrastrarnos por la garganta del mar que la ha engullido. Y qué mayor cercanía que la que yo tuve anteanoche, cuando estuve en el interior de una viva que hoy es muerta, ya fantasma irreversible y recuerdo palideciente para el resto de mis días cortos o largos, y aún quise volver a estarlo. Quién sabe si eso no habría impedido su asesinato, que subiera el hombre y la encontrara sola. Imponer mi voluntad y mi instinto'.

'La historia es un tejido de momentos sin tiempo', vio tres líneas más abajo. Le quedaban pocos versos para el final, había hecho un remedo de lectura, un barrido, saltándose mucho más de lo que leía. Eso es hojear, al fin y al cabo.

'Rápido ahora, aquí, ahora, siempre...'

Eso decía uno de los últimos versos, y entonces salió de su ensimismamiento y levantó la vista y descubrió que había no uno, sino dos hombres, hojeando sendos libros de Eliot: *To Criticize the Critic*, tenía entre las manos el de la raya diplomática; *Ash Wednesday*, sostenía otro que no había advertido, un recién llegado. No quiso volver la cara para mirarlo, se apartó un poco para observarlo con discreción, muy parcialmente: era un individuo corpulento y ancho y alto, mucho más alto que él y que el vanidoso, con una trenca o *montgomery* y en la cabeza una boina idéntica a la del célebre Mariscal Montgomery, que por entonces aún vivía, inclinada por un lado hacia abajo exactamente igual que la suya, pero sin los distintivos militares. Debía de ser un imitador o un entusiasta, para copiarle el atuendo entero. También llevaba un bigote rubiáceo semejante al del héroe de guerra, y ahí acababa el parecido por fuerza: Montgomery of Alamein, como fue llamado al ser nombrado Vizconde, era un tipo enjuto, huesudo y de tez rugosa, y aquel hombre era en cambio un torreón, por altura y solidez y anchura, con carrillos abundantes, rubicundos y tersos. No había tenido la delicadeza de descubrirse pese a estar bajo techado, y figuraba inverosímilmente embebido en aquel otro poema, *Miércoles de ceniza* ('Ceniza en la manga de un viejo', se le había quedado a Tom ese verso, y varios otros). Estaba a su derecha y el funcionario presumido a su izquierda (también podía ser un ejecutivo inexperto de la City tratando de asimilarse a los veteranos en su atildamiento), no daban la impresión de ir juntos y Tomás se preguntó cuál sería Mr Tupra, era mala suerte que a un tercer bibliófilo se le hubiera ocurrido hojear algo de Eliot allí y en aquel instante. Decidió esperar a que uno de los dos le hablara, el otro no tendría por qué hacerlo, y él era el único con inequívoca pinta de estudiante. Pero pasó medio minuto sin que ninguno le dirigiera la palabra ni le hiciera seña. Cada vez más sugestionado de que lo ocurrido no importa sino sólo lo que se decide o se infiere que ha pasado, cada vez más consciente del abismo al que se encaminaba ('Cualquier acción un paso hacia el tajo, hacia el fuego') y de que aquel Mr Tupra era ahora mismo su único asidero conocido, perdió la paciencia y optó por volverse hacia el de porte militar, al fin y al cabo las letras de los más famosos servicios secretos, MI5 y MI6, significaban '*Military Intelligence*'. Cerró su libro y le preguntó con timidez al masivo Montgomery, en un susurro:

—¿Mr Tupra, supongo?

El torreón, con su mano izquierda, señaló al otro sujeto, al aspirante eterno a la elegancia que jamás alcanzaría, y le contestó sin amabilidad:

—Ahí lo tiene a su lado, Nevinson. Desde hace un rato.

Aunque Tomás era muy joven, no le gustó que aquel hombre no le antepusiera 'Mr' a su apellido, era la primera vez que se hablaban y no habría estado de más un respeto mínimo. Menos aún le gustó que Mr Tupra, cuando él fue a saludarlo con la mano tendida, le hiciera con la suya un gesto despectivo de que se esperara, casi como si lo regañara: 'Ahora no, muchacho, ¿no ves que estoy ocupado en otra cosa?'. Ni siquiera se volvió hacia él, y aquellos dos detalles por parte de los desconocidos aumentaron su sensación de dependencia de ellos: lo trataban como a un chisgarabís, como a quien va a solicitar un empleo o a pedir un gran favor; así se llama a los subalternos, a los discípulos y a los aprendices, por el apellido sin más. Aquel Tupra que no se dignaba mirarlo y lo había dejado con la mano colgando se balanceaba suavemente sobre los talones, con las suyas juntas a la espalda, mientras contemplaba a la profesora de Somerville que aún andaba rebuscando libros, ya no de botánica sino de arte: ella se iba agachando para inspeccionar los estantes más bajos, y como en aquella época las faldas se habían acortado mucho, incluidas las de las cuarentonas no poco, mostraba buena parte de unos muslos muy voluptuosos embutidos en unas medias con brillos, y era eso lo que Tupra admiraba sin el menor recato, algo más propio de un extranjero —un español por ejemplo— que de un inglés. Tom se fijó en la escena y eso lo llevó a fijarse más en la mujer y a contagiarse de la visión lasciva de Tupra, y le pareció que la profesora no sólo estaba al tanto, sino que se prestaba a aquel juego sacando altísimos e inmanejables volúmenes con los que accidentalmente se subía más la falda al apoyarlos sobre los robustos muslos; y lanzaba rapidísimos vistazos con el rabillo del ojo hacia aquel hombre indisimulado. Era bastante sorprendente: por lo que Tomás sabía, aquella profesora de desusadas curvas se comportaba altivamente con su legión de cortejadores, tenía fama de inaccesible; y sin embargo allí estaba, sucumbiendo de buen grado a la salacidad de un individuo hortera y más bajo que ella (sucumbiendo a distancia o, por así decirlo, en hipótesis).

Tomás lo miró mientras él miraba. Tenía un cráneo abultado que le amortiguaba un pelo voluminoso y rizado, tanto que en las sienes se le formaban caracolillos o casi. Los ojos eran azules o grises, adornados por unas pestañas demasiado largas y tupidas, femeninas hasta el punto de parecer postizas o pintadas. Su mirada pálida resultaba burlona, tal vez sin la intención de serlo, y bastante acogedora o apreciativa, ojos a los que nunca es indiferente lo que tienen delante y que hacen sentirse dignas de curiosidad a las personas sobre quienes se posan: como si tuvieran una anterioridad que mereciera desentrañarse. Tomás Nevinson pensó que quien sabe mirar así tiene mucho ganado, quien enfoca con nitidez y a la altura adecuada, que es la del hombre; y quien atrapa o captura o más bien absorbe la imagen que está ante él, probablemente acaba haciéndose irresistible para muchas mujeres, sin que importe su clase, profesión, experiencia, belleza, edad o grado de engreimiento. Pese a que aquel conocido de Wheeler no era propiamente guapo y acaso contaba con la osadía como su mayor activo, había que reconocer que en conjunto resultaba atractivo, y que ese conjunto se imponía a algunos rasgos poco gratos o incluso repelentes para la objetividad: una nariz algo basta y como partida por un antiguo golpe o por varios más, como si fuera la de un sujeto que ha andado metido en peleas desde la infancia y quizá ha practicado el boxeo o se ha encargado de propinar palizas y a veces se ha llevado su parte; una piel inquietantemente lustrosa y de un color acervezado infrecuente en Inglaterra, sospechoso de meridionalidad; unas cejas como tiznones y con tendencia a juntarse, sin duda se despejaría con pinzas el espacio entre las dos; y sobre todo una boca demasiado carnosa y mullida, o tan carente de consistencia como sobrada de extensión, labios eslavos que al besar cederían y se desparramarían como plastilina manoseada y blanda o daría esa sensación, con un tacto como de ventosa y de siempre renovada e inextinguible humedad. Pero la objetividad dura poco, y tras perderse ya nada repele, y se pasa por alto cuanto fue desagradable en la primera impresión. Y tampoco faltarían mujeres a las que gustara y encendiera esa boca desde el principio, hay hombres que despiertan impulsos de primitivismo y que con ello seducen sin la menor dificultad, sin apenas tener que esforzarse ni trabajar, como si les bastara con emanar una sexualidad malsana, por directa y elemental. Mr Tupra era joven en años, pero su actitud insolente y bragada indicaba que en realidad era alguien sin edad o que llevaba siglos instalado en una misma invariable, uno de esos individuos que han debido hacerse adultos prematuramente o que lo son desde su nacimiento, que en seguida se dan cuenta de cuál es el estilo del mundo, o del tenebroso fragmento de mundo que les ha tocado a ellos en suerte, y deciden saltarse la infancia, considerándola una pérdida de tiempo y una escuela de debilidad. No muchos años mayor que Tomás, era sin embargo como si lo aventajara en una vida o dos.

'Así que es de estos', pensó Tom, 'de los que son capaces de aplazar o abandonar sus tareas por timarse un rato con alguien que les ha activado las antenas, o tan sólo por recrearse en su visión.' Aguardó con paciencia —o era una especie de sumisión— a que Tupra diera por concluido su coqueteo visual, y eso sólo sucedió cuando la espectacular profesora de Somerville (cada minuto se lo parecía más a Tom, hay lujurias ajenas que se transmiten como una enfermedad) se irguió por fin, se estiró y alisó la falda con garbo (de pie le llegaba hasta por encima de la rodilla, luego mucho se le había levantado al agacharse, mucho para ser casual) y empezó a bajar la escalera con un libro escogido en la mano, las cajas estaban abajo del todo, en la planta que daba a la calle. Con agilidad Tupra tomó de la sección de poesía el mismo pequeño volumen que Tomás había estado hojeando, *Little Gidding*, y, todavía sin saludarlo ni estrecharle la mano ni casi mirarlo, les hizo a él y a Montgomery un gesto para que lo acompañaran sin dilación, como si formaran parte de un séquito. 'No puede ser', dedujo y pensó Tom, 'este tipo va a seguir a lo suyo, quién sabe durante cuánto rato, sin que mi presencia y mi apuro lo condicionen ni le importen nada; va a comprar el tomito para coincidir con ella en las cajas, y a lo mejor proponerle algo; esperemos que sea una cita nocturna y que no me deje ahora plantado, o mi problema se quedará un día más sin solución, y cada hora que pase se me pondrá peor, vendrá ese policía Morse y con su mirada comprensiva y recta me detendrá.' El émulo de Montgomery le apoyó una mano férrea en el hombro y lo empujó suavemente hacia la escalera:

—Nos vamos, Nevinson. En marcha.

De nuevo el apellido a secas. La orden por persona interpuesta. De nuevo se sintió disminuido y obedeció, qué otra cosa podía hacer, no tenía a nadie más de momento, nadie a quien acudir. Una vez en la cola para pagar, vio a Tupra situarse justo detrás de la profesora sin guardar la debida distancia. Estaba tan pegado a ella que ella había de notar su respiración en la nuca, si es que no su roce, el del borde de su traje contra la parte posterior de su falda, la prenda de abrigo la llevaba también al brazo, como él. Lejos de avanzar medio paso y evitar la excesiva proximidad, la profesora de Somerville se quedó donde estaba, aguardando a que terminaran los clientes que la precedían. Tom se maravilló de la habilidad de aquel hombre: no sólo no provocaba rechazo ni recelo en sus presas, coligió, sino que éstas lo alentaban discretamente y sin mediar palabra, sin duda aquellos ojos grises o azules emitían unas señales cálidas y envolventes que en principio no llegaban a ofender ni a intimidar, más bien invitaban a bajar el escudo y a quitarse el yelmo, para dejarse mejor captar por su atención. Entonces Tupra le deslizó alguna observación sobre el libro que ella iba a adquirir (*Tomb Sculpture*, de Erwin Panofsky, leyó Tomás en la sobrecubierta, un volumen de gran formato y pesado, y se preguntó qué diablos podría comentar al respecto aquel sujeto, seguramente educado en billares, sótanos enrarecidos, timbas, boleras, canódromos y peores sitios de barriadas inimaginables: *Its Changing Aspects from Ancient Egypt to Bernini*, nada menos que rezaba el subtítulo). A continuación bromeó, porque ella se rió con menos contención de la previsible en una persona ilustrada (en verdad era sensual, o el contagio iba en aumento, de los ojos que la absorbían a los que contemplaban la absorción, en ésta no había la menor veladura). Tom oía poco, Tupra le hablaba con confidencialidad a la mujer, pero sí le alcanzaron las presentaciones que se hicieron: 'Ted Reresby, a su servicio', dijo él. 'Carolyn Beckwith', dijo ella. '¿Reresby?', se sobresaltó Tomás mentalmente, hasta que cayó en la cuenta de que el torreón le había confirmado que aquel era Mr Tupra en efecto. Así pues, dedujo que éste prefería no dar siempre su nombre, si es que el que había mencionado Wheeler era el verdadero. Quizá no quería ahuyentar a una posible conquista de mérito con un apellido tan escandalosamente extranjero, eso en Inglaterra aún provocaba desconfianza, o era objeto de condescendencia, en ciertos ámbitos clasistas. Su acento y su dicción, sin embargo, le parecieron irreprochables, con un tenue dejo oxoniense, lo cual lo llevó a sospechar una de dos: que Tupra hubiera pasado por aquella Universidad pese al atuendo con ínfulas, o que fuera como él mismo, un artista de la imitación, un superdotado para adoptar en un instante el habla que se le antojara.

El voluminoso General Montgomery y él esperaban detrás como dos esbirros y como si también hicieran cola, y Tomás no se resistió a despejar su inquietud, al fin y al cabo aquél ya le había dirigido alguna adusta palabra y le había dado carta de existencia, a diferencia del que parecía su jefe.

—¿Ha dicho Reresby? —le preguntó en voz baja—. ¿No se llama Mr Tupra?

El robusto Vizconde seguía con su boina negra calada y la trenca puesta y abrochada, sólo le faltaba alzarse la capucha. El bigote era un logradísimo calco del de su modelo, lástima que su constitución fuera la opuesta a la del famoso General Espartano, como también se lo apodaba. Miró a Tom de reojo, tan de reojo que resultó con desprecio.

—Mr Tupra se llama como mejor le parece en cada ocasión, como nos conviene —le contestó cortante—. Todavía no le toca hacer preguntas, Nevinson. —No se apeaba de su adustez el subordinado, era raro que lo estuviera tanto a un individuo claramente más joven, el émulo del vencedor de El Alamein habría cumplido ya los treinta y cinco seguro. A Tomás lo trataba como a un pupilo o como a un inferior jerárquico, sería un militar, no le cupo duda, vestido de semicivil tan sólo. Cada vez tenía más la sensación de que se le estaba dispensando una merced, meramente por quedar con él, por ofrecerse aquellos dos a su vista.

La imponente profesora Beckwith pagó y Tupra lo hizo después, ella remoloneó para poder salir juntos a la luz y a la amplitud de Broad Street. Tupra o Reresby persistía en su actitud de no mirar a Tom ni hablarle, aún se hallaba ocupado en la esfera de la galantería. Montgomery y él los siguieron como sirvientes de antaño, se mantuvieron a respetuosa distancia mientras los flirteadores se intercambiaban teléfonos o tarjetas, breves risas y chanzas y se despedían, Tom supuso que hasta dentro de unas horas. Entonces Tupra se echó la gabardina sobre los hombros con un ademán airoso, casi chulesco, y se encaminó a buen paso hacia la calle llamada St Giles' sin ni siquiera volver la cabeza para instarlos a ir tras él, una capa que flotaba al viento. Al llegar al *pub* The Eagle & Child, que aún pisaba Tolkien de tarde en tarde cerca del final de su vida, entró con decisión, y los dos secuaces se apresuraron a imitarlo, el estudiante guiado por el Mariscal, siempre conducido de aquí para allá por su gran mano en el hombro, una mano muy firme pero que no llegaba a empujarlo.

Sentados a una mesa junto al ventanal con tres cervezas, Tupra se dirigió por fin a Tom, pero sin juzgar necesaria una presentación formal previa. Estaba claro que consideraba que los dos sabían quién era el otro, y tenía todo el aire de no soportar superfluidades. Para entonces Tomás Nevinson estaba achantado y disminuido y era un manojo de nervios, o quizá más bien de miedos: desde que se había despertado aquella mañana había recorrido con su imaginación obstinada todas las peores cosas que podrían acaecerle, desde su detención inminente hasta su condena inapelable hasta una vida de prisión inglesa (legendaria la dureza de estos establecimientos), su entera existencia arruinada casi antes de empezarla. El comportamiento desdeñoso de Tupra, y la inesperada presencia de su áspero acompañante, sólo habían contribuido a intimidarlo y acobardarlo. La mínima serenidad que le había infundido por teléfono Wheeler había desaparecido. Se repetía supersticiosamente y se aferraba a sus más prometedoras frases ('Te va a echar una mano', 'Algo te sugerirá', 'Mi recomendación es que le hagas el mayor caso posible', 'Te aconsejará con buen tino', 'Es persona de muchos recursos'), y así, cuanto menos acogido se sentía por los dos desconocidos, más se convencía de que su suerte dependía de ellos y más proclive se mostraba, en su fuero interno atormentado, a escuchar y aceptar sus instrucciones. Habían acabado de minarle el ánimo con su postergación y su desentendimiento, y él había acabado agarrándose a ellos como si no hubiera nadie más en la tierra.

Mucho había tardado Tupra, pero al fin levantó la vista, la mantuvo fija en él mientras bebía de su jarra parsimoniosamente, a pequeños sorbos. Y, tras dejarla en la mesa, intensificó el escrutinio y lo miró con aquella atención halagadora que prestaba a cuanto cayera ante sus ojos; al instante Tomás se sintió arropado y por lo tanto bien predispuesto hacia él, que hasta entonces no le había concedido ni que su figura ocupara espacio, ni siquiera la categoría de obstáculo. Con los versos de *Little Gidding* todavía en la cabeza, Tom acertó a decirse: 'He sido para este individuo como un muerto que se hubiera marchado, un desterrado del universo. Ahora quizá soy como uno que regresa, y lo trae consigo'.

—El panorama está sombrío, Nevinson —le dijo Tupra sin preámbulos; su voz era bastante más grave que al departir con la profesora, acaso la había impostado o lo hacía ahora—. Ha tenido mala suerte. El Profesor Wheeler me ha contado. También he visto el informe de ese honrado policía, Morse. No le ha caído usted mal del todo, pero eso aquí sirve de poco. Eso aquí no basta. Así que estoy al tanto de su versión, no hace falta que me la repita. Le voy a enseñar unos retratos, a ver si le dicen algo. Blakeston. —Alargó una mano hacia el General, que seguía conservando en el *pub* su boina heroica, quizá no se la quitaba nunca, quizá no se lavaba el pelo, o quizá no tenía ni un pelo, imposible saberlo. Así que se llamaba Blakeston, a menos que también se llamara como le pareciera oportuno en cada situación o contexto. Abrió una cartera sin asas que portaba bajo el brazo, como de estudiante femenina; le entregó un sobre a Tupra y éste sacó de él ocho fotos de tamaño cuartilla. Con un gesto de jugador de naipe las puso encima de la mesa en dos filas, como si en efecto fueran las cartas de un póker descubierto—. Mírelos sin prisa y con cuidado. A ver si está entre estos hombres el que llegó a la casa de Janet Jefferys después de salir usted. Bueno, según sostiene. Quién sabe si no llegó nadie.

A Tomás no le hizo gracia aquel recelo, pero ¿por qué había de creerle nadie, bien mirado? ¿Por qué habrían de creerle un juez o un jurado que no tendrían ni idea de nada, como había apuntado Wheeler? Calló y observó los rostros. Tenían todos un aspecto más bien distinguido, o no tanto, respetable, o no tanto, acomodado. En todo caso no parecían delincuentes, gente torva ni bronca ni patibularia, iban bien vestidos y peinados. Y las fotos no eran policiales, tomadas en una comisaría. Se les adecuaba más la palabra que Tupra había empleado, retratos. No de estudio, pero tal vez sí de prensa. Alguno llevaba la consabida raya diplomática, una manía entre los poderosos de Inglaterra. No tardó en centrar su atención en dos de ellos, los otros seis ni le sonaban.

—Podría ser uno de estos —dijo señalando a dos cuyas facciones coincidían bastante con las que había entrevisto a distancia: nariz de aletas anchas, uno con ojos chicos pero adormecidos y otro con ojos vehementes pero grandes, o deslumbrados por un *flash*; ambos con el mentón levemente partido, aunque el de uno era más alargado que el del otro (como el del actor Christopher Lee, que en aquellos años interpretaba a Holmes y a Drácula), y en la instantánea la partición podía ser una sombra, un engaño; el cabello oscuro, sin embargo menos ondulado que el que él recordaba a la luz de la farola, se le escapaba la imagen que nunca había hecho cautiva. Es desesperante que cuanto más intenta uno retener unos rasgos y representárselos, más se esfuman y se confunden y huyen. Sucede hasta con los de los muertos queridos, a los que uno vio a diario durante años; sucede con los de los ausentes, que tienden a helarse en una única expresión o mirada; le sucedía a Tomás con los de Berta tan pronto como se separaban, una y otra vez le aparecían quietos en sus evocaciones, como si pertenecieran a un cuadro y no a alguien con respiración y movimiento—. Sí, yo diría que es este —añadió escogiendo a uno, el de los ojos vehementes y la barbilla más corta—. ¿Quién es? ¿Cómo se llama? —Y deseó que Hugh fuera su nombre, fuera quien fuese.

Tupra recogió los seis retratos descartados y los quitó en seguida de en medio, los devolvió a su sobre.

—¿Está seguro, Nevinson? Fíjese bien. ¿Vio usted llegar a este tipo? —Ese fue el término que utilizó, '*bloke*', no muy respetuoso—. Porque si lo vio, mal asunto para usted, ya se lo anuncio. Mejor será que se cerciore.

—¿Para mí? ¿Qué culpa tengo? Seguro del todo no puedo estar. Tenga en cuenta que lo vi de noche, un segundo. Esto es sólo una foto, y no sé si reciente. Quizá si lo viera en persona lo reconocería más, o lo contrario: por la estatura, la constitución, los andares. Si este tipo mide uno noventa no será él, cómo decirle.

—No creo que mida más de uno setenta y cinco.

—Pues entonces probablemente sí, me inclino a pensar que es este. ¿Por qué mal asunto?

El Mariscal Blakeston se atusó el bigote como si necesitara alguna preparación maquinal, manual, nerviosa, antes de intervenir en presencia de su jefe y sin indicación previa suya, e intervino dando golpes con el índice en la foto de aquel sujeto. Habría que limpiarla a conciencia, de huellas y quizá de sudor y de alguna gota de cerveza.

—¿Nunca lo había visto antes, Nevinson? Quiero decir en la tele o en la prensa. No es que salga mucho, pero a veces. Este hombre es Alguien. —Y sonó así, como también lo había dicho Janet en su última noche o más bien hora, con mayúscula. Había utilizado la misma expresión exactamente—. ¿Tal vez le suena de eso, y no del portal de su amante? Piénselo bien. —A Tomás le chirrió la palabra 'amante', ya entonces era anticuada, y jamás había pensado en la dependienta de Waterfield's de aquella manera pomposa. Era simplemente una chica con la que se acostaba de tanto en tanto, sin propósito de continuidad ni reflexión ulterior ni trascendencia.

Eso sucedía sin cesar entre la gente de su edad, estudiantes o no estudiantes. Si de alguien era 'amante' era de aquel Hugh de Londres: llevaban años, ella estaba descontenta, cansada de que no hubiera cambios, y le acababa de dar un ultimátum.

—No, apenas veo televisión, y la prensa la miro por encima. No tengo ni idea de quién pueda ser, no me suena de eso. Sólo de haberlo visto anteanoche en St John Street, llamando a un timbre que ni siquiera sé si era el de Janet, esa es la verdad. Tampoco podría jurar que es él. Me lo parece mucho, sí, pero qué quiere que le diga, certeza no tengo. ¿Quién es? ¿Cómo se llama? —volvió a preguntar, y ahora dudó si desear que se llamara Hugh u otro nombre, después de haber oído aquel anuncio, 'Mal asunto'.

Tupra tomó de nuevo la palabra, tras apartar con mano imperativa el dedo de Blakeston sin llegar a tocarlo, como quien espanta un insecto. Éste lo había dejado clavado en la foto en un exceso de énfasis.

—Es un MP —dijo. A Tomás, que no había vivido tanto en Inglaterra, le costó unos segundos recordar con qué se correspondían esas iniciales: 'Member of Parliament'. Son de uso coloquial frecuente—. Se llama Hugh Saumarez-Hill, y que fuera el que usted vio resultaría verosímil, porque sabemos desde hace tiempo que mantenía una relación sexual con Janet Jefferys. Tiene sentido que la visitara, por tanto.

—¿Lo sabían? ¿Quiénes? ¿Ustedes dos? Está claro que será el mismo, entonces.

—Nosotros dos somos más de dos, y más de cien, qué sé yo cuántos.

—Seguramente más de mil, Bertram —apuntó el Vizconde Blakeston con orgullo, tras tocarse rápidamente el bigote. Pero Tupra siguió sin hacerle caso:

—Y los más de cien sabemos bastante. No todo, pero bastante. Unos unas cosas y otros otras, pero entre todos casi todo, al menos sobre los MPs y sobre quienes ocupan cargos de responsabilidad. Con esos datos, resultaría verosímil que fueran el mismo, pero no pueden serlo, porque Mr Saumarez-Hill está fuera de toda sospecha. Nuestro diligente Morse ya ha estado hablando con él y con algunas personas de su entorno, se desplazó a Londres ayer mismo. Mr Saumarez-Hill no le negó su relación con Janet Jefferys, eso habría sido muy tonto. La vio por última vez el pasado fin de semana, como de costumbre, y no tiene ni idea de quién podría desearle mal a esa joven, a la que no visitaba aquí nunca, ella iba siempre allí, se encontraban en un pequeño piso propiedad de su familia, que él utiliza como despacho ocasional y para reuniones informales de trabajo. Mr Saumarez-Hill reconoce estar distanciado de su mujer, no tienen muchas actividades comunes, ni siquiera en sábado y domingo. La política le absorbe todo el tiempo, un pretexto socorrido pero más o menos creíble o que se puede fingir que se cree.

—Si yo fuera su mujer, no me lo creería —apuntó Blakeston, y de nuevo Tupra siguió como si no le hubiera oído.

—El tipo, así pues, desconoce qué vida hacía Jefferys en los días laborables, quiénes eran sus amistades. De usted ni había oído el nombre; claro que eso es explicable. —Era extraño que pasara de llamarlo respetuosamente a referirse a él con desdén, de aquel modo; parecía algo deliberado, no un descuido—. No mucha curiosidad por ella, según eso, pero bueno, hay gente que está para lo que está y el resto es superfluo. Lo cierto es que la noche del miércoles la pasó entera en Londres y cuenta con testigos. No pudo estar en Oxford, salvo que sus testigos se equivoquen o mientan. Lo primero es improbable, anteanoche está muy cerca; lo segundo no tendría nada de particular, se da mucho, en todos los ámbitos. Pero como no hay prueba de ello, los testimonios son válidos. Por eso le he dicho que si este era el tipo que vio, mal asunto, porque está descartado y se queda usted como principal sospechoso, casi único. Todo lo señalará porque no hay nadie más, ¿comprende? Echarle la culpa a un ladrón o a un maniaco, bueno, a eso se recurre sólo en casos de perplejidad extrema, o cuando ya ha pasado mucho tiempo y se continúa a ciegas. Hoy es prematuro.

—Hoy sería inadmisible, habiendo un sujeto que mantuvo relaciones carnales con ella en torno a la hora en que la mataron —corroboró Blakeston, esta vez tras enderezarse la boina que no necesitaba enderezamiento.

—Como ha dicho Blakeston de manera simple y gráfica, Mr Saumarez-Hill es Alguien. Es influyente e importante y está arropado por su partido. Un *whig* con futuro, ¿sabe? La policía no le va a buscar las vueltas sin motivo ni indicios. Al revés, incluso si hubiera alguno tendería a esperar, a investigar por otros lados, a inhibirse, por ser quien es. Usted, en cambio. —Tupra hizo una pausa y miró a Tomás de arriba abajo con sus ojos abarcadores, como si lo que le estuviera mirando fueran el miedo y el abatimiento, y la inminente rendición que viene luego—. Usted, en cambio, no es nadie.

'Un desterrado del universo', pensó Tom Nevinson en el acto, haciéndose eco de las palabras de Wheeler, copiándoselas mentalmente, 'sólo que expresado de forma aún más cruda y sin apoyo literario. Lo dicen como si no fuera ese el destino de casi todos nosotros, como si eso no fuera lo que le espera a todo el mundo desde su nacimiento, pasar por la tierra sin que su presencia la altere lo más mínimo, como si todos fuéramos sólo adornos, figurantes de un drama o figuras de fondo inmóviles hasta la eternidad en una pintura, masa indistinguible y prescindible y superflua, conmutables e invisibles todos, todos nadie. Las excepciones son tan escasas que se puede considerar que no cuentan, y aun de esas no queda ni rastro al cabo de poco tiempo, de un siglo o de diez años: la mayoría se iguala con los que jamás importaron y es como si ninguno hubiera existido, o acaso como una brizna de hierba, una mota de polvo, una vida, una guerra, una ceniza, un viento, lo que para Wheeler es algo y sin embargo nadie recuerda. Ni siquiera las guerras se recuerdan, una vez limpiado el campo.' No quiso adentrarse más, tenía que ocuparse de su situación, de sí mismo con urgencia. Todavía se le deslizó un fogonazo, a modo de pueril resarcimiento: 'Hasta ese Saumarez-Hill lo será ya, en contra de lo que creen: también él será nadie, si compartía su amante conmigo y se me asemejaba a través de ella, sabiéndolo o sin saberlo'.

—¿Tendería a inhibirse? —preguntó con sincera sorpresa y algo de desolación intempestiva. Eso habría sido lo normal en España, un país dictatorial, con una policía a la vez arbitraria y sierva, corrupta en origen. Pero no se lo habría imaginado en Inglaterra. Quizá había sectores, esferas, en los que todos los países se parecen, se gobiernen como se gobiernen—. ¿También ese Morse? No me pareció que fuera de esos, de los que desvían la mirada y se cruzan de brazos.

—Quizá él no —contestó Tupra, y volvió a beber de su cerveza sin perderlo un instante de vista—, pero pesa poco, es un peón y da lo mismo. Nunca ascenderá demasiado si no contemporiza. Depende de sus superiores y obedece órdenes, y cuanto más altos más sensibles. Sensibles a los favores, quiero decir. No tanto a recibirlos cuanto a hacerlos. Hacer favores es lo que más gusta a la gente, Nevinson; lo habrá observado pese a su juventud, eso lo sabe hasta un niño, le basta con tratar con adultos para percibirlo. Recibirlos disminuye, hacerlos agranda.

—Se siente uno genial haciéndolos —apuntó Blakeston, que no disentía de su jefe joven, por lo visto—. Aunque no vayan a devolvérselos. Hay quienes no los agradecen ni los tienen en cuenta, y esos no se empequeñecen. Ingratos y soberbios, que piensan que todo les es debido. Hay bastantes. Pero se siente uno genial, incluso en esos casos de balde. —Debía de hablar por experiencia, tal vez era de esos hombres sin iniciativa a los que hay que encaminar y dirigir como a juguetes de cuerda, que sólo sirven para servir y nunca esperan nada a cambio, nada más que nuevas instrucciones y cometidos que los mantengan en marcha. Sin un estímulo externo hibernarían, desde la cuna hasta la tumba sin pausa.

—Ya —dijo Tomás—. ¿Y entonces qué? ¿Qué me recomiendan? Me van a hacer un favor, deduzco, pese a no ser yo nadie, y bien que lo necesito. Sin él ya estoy disminuido, un poco más no me importa si así salgo de este lío. El Profesor Wheeler me dijo que usted me aconsejaría, Mr Tupra, que atendiera a sus sugerencias, pero aún no me han hecho ninguna, ¿no? Sólo me presentan un panorama muy negro, más de lo que estaba antes de verlos. Tenía esperanza de que ese Hugh me salvara, de que el foco se centrara en él si había suerte, y ahora me cuentan que, precisamente por ser él el hombre que vi, o eso creo, mi acusación está más próxima y mi condena es más probable, ¿no es eso? —Y se acordó de que Wheeler también le había advertido: 'Estás en un aprieto mayor del que te imaginas. Hay elementos que desconoces y que te van a dificultar la salida'. Se referiría a la condición de MP del novio de Janet, luego ya estaba al tanto de eso, había de ser fluida y constante la comunicación entre él y Tupra, cuál sería la relación entre ellos. Los dos individuos callaron, una forma de asentimiento; o cuando algo es evidente no hay que malgastar ni una palabra. Tupra lo miraba con un destello de guasa, como si la situación lo entretuviera, más que divirtiera abiertamente. Debía de estar acostumbrado a crear desconcierto o desesperación, a hacer creer a la gente que no tenía escapatoria o que ésta dependía de él (acaso ese era su trabajo, arrinconar a sus interlocutores y forzarlos a pedirle una solución, un arreglo, una mediación, una huida; forzarlos sin brusquedad, como si él no impusiera nada, el desdén ya hace su labor, desalienta y mina). Blakeston trataba de imitar a su superior, pero no acertaba: su mirada fija en Tom era neutra, o aún peor, inextricable. Su cerveza no la había probado, se había limitado a soplarle la espuma varias veces, incluso cuando ya no había. Tom se restregó los ojos con las yemas del pulgar y el índice, no aguantaba el escudriñamiento a que los dos lo sometían, como si le correspondiera a él proponer algo, en vez de a ellos. Sacó un cigarrillo, la bruma en que estaba envuelto lo llevó a incurrir en la mala educación de no ofrecerles, Tupra cogió uno de los suyos, un paquete con coloridas figuras egipcias, faraones, la marca era Rameses II; cada uno encendió el suyo, Tomás su Marcovitch como el que le había tirado Janet a la vez que lo arañaba. 'Qué raro que esos dedos ya no puedan acariciar ni arañar ni coger nada', pensó, 'anteanoche podían hacer lo que quisieran y ahora nada, eso no tiene sentido y la muerte no se parece a la vida, no tiene el menor sentido que la una suceda a la otra, y aún menos que la sustituya.' El rasguño y el pitillo hallado por Morse obrarían también en su contra, se tocó la mínima costra. Se irritó al verlo todo tan estúpidamente tenebroso, su futuro apagado, o tan nublado—. Y a todas estas, ¿quiénes son ustedes? ¿A quién representan? —Se dio cuenta de que lo ignoraba. Se lo suponía, pero ni Tupra ni Blakeston ni Reresby ni Montgomery se le habían presentado de hecho, ni le habían informado de cuáles eran sus competencias, ni de a qué cuerpo pertenecían si pertenecían a alguno (a lo mejor eran particulares, mafiosos con capacidad de transacción, de chantaje, Wheeler conocía gente de todos los ámbitos, según Southworth), ni por supuesto le habían enseñado carnet ni placa alguna, no sabía cuánto influjo tenían ni por encima de quién estaban, si su poder era de alcance, más largo que el de la policía, el de la justicia, el del Gabinete incluso. Se hizo la ilusión de que fueran omnipotentes y borraran el episodio entero, hasta la muerte por estrangulamiento, y trajeran a Janet consigo; pero eso le duró sólo un segundo. Ni siquiera se habían ofrecido a ayudarlo, todavía. Más bien le habían planteado inconvenientes, de momento eso era todo. La verdad era que no tenía ni idea de con quiénes estaba hablando. Sin embargo se había puesto en sus manos, se había entregado a ellos.

Entonces Tupra se echó a reír brevemente, con simpatía. Era un hombre simpático en conjunto, pese a su displicencia: aunque se dedicara a acorralar y a disuadir, a ennegrecer las perspectivas y a hacer perder toda esperanza, acaso a atemorizar a cuantos con él se cruzaran, lo hacía con suavidad y donaire. Seguro que podía ponerse violento fría y metódicamente (aquella nariz basta y partida, aquel cráneo abultado por mucho rizo que lo atenuara), pero mientras no lo fuera prevalecía en él cierta afabilidad (aquellas pestañas tupidas, la boca de humedad permanente). Blakeston se echó a reír también, con retraso. Le habían dado permiso o ejemplo.

—A quién representamos, pregunta el muchacho, ¿te das cuenta, Bertram? Nos pregunta a quién representamos, la pregunta más absurda —exclamó jocosamente, y eso le dio mucha más risa, empezó a reírse de manera imparable y estridente, una risa infinitamente más aguda que su voz y que continuaba en aumento, un ataque en toda regla, jajajá, jajajajá, cada carcajada un poco más escandalosa y prolongada, hasta el punto de que los parroquianos de The Eagle & Child volvieron la vista hacia su mesa, cuello erguido y perturbados, toda la conversación hasta entonces había sido en tono quedo, ninguno quería llamar la atención y ahora Blakeston la concitaba a chillidos, y como tampoco era muy normal ir disfrazado del héroe de guerra, bigote incluido, todo el mundo lo recordaría a partir de aquel instante, un Vizconde histérico—. A nadie, Nevinson, a nadie. Precisamente esa es la gracia, que nunca representamos a nadie —acertó a intercalar en medio de su hilaridad exagerada. Aquella risa era contagiosa y embarazosa a la vez, una risa así Tom se la había oído sólo a algunos homosexuales candorosos y joviales, el verdadero Mariscal Montgomery la habría desaprobado, se habría indignado al verse asociado a ella, aunque solamente fuera por imitador poco logrado interpuesto. Los botones de la trenca, abrochados a sus presillas, impedían a Blakeston la expansión plena de sus carcajadas. Tomás creyó que se le iban a saltar, pero lo que le vino fue un acceso de tos mientras no paraba de reír, las dos cosas mezcladas.

—Basta, Blakeston —le dijo Tupra—. Para de reír y bebe algo. Te vas a ahogar si no paras. —Pero se había contagiado un poco de la risa floja y no sonó autoritario. También Tom, pese a su angustia.

Montgomery se subió la capucha, se la colocó sobre la boina calada y se tapó la boca con dos o tres servilletas de papel, poco a poco se fue calmando. Por fin bebió de su cerveza, la mitad de un solo trago.

—*Pardon, pardon* —dijo en francés—. Es que me ha parecido una pregunta muy buena para hacérnosla a nosotros. —Y estuvo a punto de reiniciar la risa en condiciones más dificultosas (apretado por la capucha ahora, más tieso), por fortuna se contuvo.

—No le falta razón a Blakeston en lo que dice —dijo Tupra dirigiéndose a Tomás—, aunque no es para tanta risa. El amigo Blakeston a veces se pone así de risueño, por suerte le ocurre de tarde en tarde. Lo que le hace tanta gracia es que nosotros no constamos en ninguna parte, ni oficial ni oficiosamente. Somos alguien y no somos nadie. Estamos pero no existimos, o existimos pero no estamos. Hacemos pero no hacemos, Nevinson, o no hacemos lo que hacemos, o lo que hacemos nadie lo hace. Simplemente sucede. —Aquellas frases a Tomás le sonaron a Beckett, que en aquellos años estaba de moda entre la gente intelectual y cuyas obras se estrenaban en Londres con veneración elitista; al fin y al cabo le habían otorgado el Premio Nobel poco antes. Tom entendía pero no entendía, por seguir en la estela—. Podemos cambiar las cosas pero de nosotros no hay rastro, luego los cambios no nos son achacables. Nadie nos pediría cuentas de lo que hacemos pero no hemos hecho. Y tampoco nadie nos da órdenes ni nos envía, puesto que no existimos.

—No estoy seguro de comprenderle, Mr Tupra.

Blakeston se había serenado del todo, así que se bajó la capucha, y al hacerlo de golpe arrastró la boina y dejó su cabeza al descubierto un instante, mostrando una inesperada melena corta y rojiza que se habría recogido hacia arriba escrupulosamente, y que de pronto lo transformó en una especie de motero aún más intimidante. Adquirió un aspecto asalvajado, perdió toda marcialidad durante unos segundos, sólo segundos, porque con gran pericia volvió a levantarse el pelo con una mano y con la otra se encasquetó la boina del General (sin distintivos), al que habría repugnado tal melena aún más que las carcajadas agudas. El resultado de la operación fue que las servilletas con que Blakeston había sofocado su tos fueron a pararle a la capucha del *montgomery*, sin que él se diera cuenta. Tom no podía quitarles ojo, estaban hechas un amasijo, pero asomaban como grumos de coliflor en un capazo.

—Somos como el narrador en tercera persona de una novela, algo así, Nevinson, usted ha leído novelas —prosiguió Tupra didáctico—: es él el que decide y cuenta, pero no puede interpelárselo ni cuestionárselo. No tiene nombre ni es un personaje, a diferencia del que relata en primera persona; se le da crédito y no se desconfía de él, por tanto; se ignora por qué sabe lo que sabe y por qué omite lo que omite y calla lo que calla y por qué está capacitado para determinar el destino de todas sus criaturas, y aun así no se lo pone en tela de juicio. Es obvio que está, pero a la vez no existe, o al revés, es obvio que existe, pero a la vez es inencontrable. Es incluso indetectable. Hablo del narrador, ojo, no del autor, que está metido en su casa y no responde de lo que su narrador refiere; ni siquiera puede explicar por qué éste sabe cuanto sabe. Dicho de otra manera, el narrador en tercera persona, omnisciente, es una convención que se acepta, y quien abre una novela no se suele preguntar por qué ni para qué toma la palabra, y no la suelta durante centenares de páginas, esa voz de hombre invisible, esa voz autónoma y exterior que no viene de ningún sitio. —Hizo una pausa, se retorció un caracolillo de la sien, bebió un trago, sin presión ya su cerveza—. Pues nosotros somos algo aproximado, una convención que se acepta, como se acepta y no se objeta el azar, como se aceptan y no se discuten los hechos y los accidentes, las enfermedades, las catástrofes, las fortunas y las desgracias. Nosotros podemos parar una desgracia, pero como un salto de viento que al cambiar de dirección salva a un barco, o como una bruma que al caer esconde a los perseguidos de sus perseguidores, o como una nevada que borra las huellas de aquéllos, desorientando a éstos y a sus perros, o como la noche que impide avanzar y ver nada. O incluso como el mar que se abre dejando paso a los israelitas, y se cierra luego sobre el ejército del Faraón que va tras ellos para aniquilarlos. Así somos nosotros, y en efecto no representamos a nadie.

'Ya estamos otra vez', pensó Tomás: 'son una brizna de hierba, una mota de polvo, una vida sin origen y una guerra sin procedencia, una ceniza, una humareda, un insecto, a la vez algo y nada'. Pero el mensaje que retuvo fue este: 'Podemos parar una desgracia'. Quizá era verdad, quizá podían parar la que sobre él se cernía, pero continuaban sin decirle cómo, qué necesitaban para convertirse en salto de viento, en nevada, en bruma o noche o en mar que se abre. No se pudo refrenar de hacerle a Tupra una observación, sin embargo:

—Usted ha estudiado Literatura, ¿no, Mr Tupra? Para haberse parado a pensar eso.

Tupra volvió a reír, con una especie de condescendencia que parecía decirle a Tom: '¿Por quién me has tomado? ¿Por un mero hombre de acción, que no reflexiona? Sí, soy capaz de entrar en acción dejando de lado todo escrúpulo, pero lo hago sabiendo, lo hago pensando'. Era como si le llevara veinticinco años, en vez de unos cuantos.

—Yo he estudiado muchas cosas —contestó—, aquí mismo, aquí en Oxford, y también en otros sitios. Llevo toda la vida aprendiendo. Mi especialidad fue Historia Medieval, pero hemos compartido algunos maestros, y serán ellos quienes acaso lo salven indirectamente,

Nevinson. —Eso explicaba el leve dejo oxoniense que Tomás le había notado. Se preguntó cómo habría sido admitido en aquella Universidad clasista alguien que, por lo demás, bien podía proceder de un barrio deprimido como Bethnal Green, al este de Londres, o aun de sitios peores como Streatham, Clapham o Brixton. Debía de tener muchas virtudes, mucha astucia o muchos recursos, como había dicho Wheeler. Debía de convencer a la gente, o la gente debía temerlo.

—¿Indirectamente?

—Sí, a través de nosotros —dijo Tupra sonriendo—. A través de la bruma que cae. Usted sabe quién ha mediado.

Entonces Tomás se atrevió a preguntarlo sin rodeos:

—¿Ustedes pueden parar mi desgracia? —Sí, esa era la frase a la que se había aferrado.

—Tal vez. Depende. Tal vez podamos conseguir que deje de ser nadie y se convierta también en Alguien, ¿no, Blakeston? —Blakeston asintió a medias, con dudas—. En ese caso podría quedar blindado, como Hugh Saumarez-Hill. No de la misma forma ni por los mismos motivos, pero en grado semejante. Claro que sería un problema sustraer a los dos individuos que estuvieron en el piso de Janet Jefferys la peor noche para visitarla, no digamos para acostarse con ella. Bueno, usted seguro y Mr Saumarez-Hill sólo quizá, o quizá no. Sea como sea, los dos fuera del cuadro de golpe. Sí, eso sería un pequeño problema, pero subsanable. En fin, eso ahora depende de usted, Mr Thomas Nevinson. Que nos compense nevar, o cambiar la dirección de nuestro viento. —Y por primera vez no lo llamó por el apellido a secas y le antepuso 'Mr', como si así lo tentara, como si así le anunciara la considerable diferencia entre no ser nadie y ser Alguien.

—Y si nos sustrajeran a los dos, ¿qué pasaría? ¿No sería escandaloso? ¿Qué diría ese Morse? ¿Qué explicación habría?

—Sí, ese hombre se enfadaría y protestaría, y a lo mejor su inmediato superior también, si fueran de la misma pasta. Pero sus quejas no llegarían muy lejos. Se encontrarían con un tapón en seguida, como en todos los cuerpos con jerarquías. El de Janet Jefferys se quedaría como caso irresuelto, por el momento: falta de pruebas, falta de base para una acusación sólida; nadie quiere iniciar un proceso que no vaya a ganar. Son muchos los que se quedan así. A veces se espera años a descubrir a un culpable, y a veces no se lo descubre nunca. Mire los archivos de hace medio siglo, de hace veinte, diez años. En este país el público presta mucha atención a los crímenes y se apasiona por ellos. Pero después los olvida completamente si no hay continuidad ni desenlace, con la salvedad de algún chiflado que continúa enviando cartas a la policía hasta que se cansa. Si la gente supiera el número de los que no se resuelven, pondría el grito en el cielo y viviría permanentemente asustada. Pero está distraída con los que sí, hay los suficientes juicios y condenas para dar una impresión de eficacia. Si se pregunta a la población, la mayoría estará convencida de que nuestra policía y nuestro sistema judicial funcionan mejor que los de cualquier otro sitio, y de que aquí un asesino lo tiene mal para salir impune. Pero la gente no lleva el cómputo de lo que se diluye en el olvido. O de lo que flota en un limbo que nadie mira. —Esta última frase debió de complacer a Tupra, porque la soltó tras una pausa, como un estrambote—. Dentro de seis meses nadie se acordaría de Janet, excepto sus allegados. Ni siquiera se acordarían los habitantes de Oxford que hoy están revolucionados y a la espera de noticias, y que seguirán así varias semanas. Luego ya no, un mes o dos sin novedad no se aguantan en ascuas.

—Pero se correrá la voz de que yo estuve con ella. La vecina que me vio ya la habrá corrido. Se me mirará mal, se sospechará de mí, se preguntarán por qué no me detienen y me harán el vacío. O peor aún, se me mostrarán hostiles.

—Puede, durante esas semanas —dijo Tupra con tranquilidad—. Luego deducirán que no tuvo nada que ver, que es inocente, precisamente porque no lo habrán detenido ni acusado. Hasta cabe que lleguen a pensar: 'Pobre muchacho, mataron a su amiga la noche que había estado con ella, qué mal lo tiene que haber pasado. Él le hizo caricias y después la estrangularon'. Por otra parte, no le falta mucho para acabar aquí el curso, y con él sus estudios, ¿no? No permanecerá aquí mucho tiempo. Regresará a España o será destinado temporalmente a otro sitio, para perfeccionarse. Y cuando venga de visita a Oxford, nadie lo recordará ni lo asociará con nada.

—Todo eso, claro, si paramos su desgracia. Quiero decir si se para —apuntó Blakeston.

'Si no se para es posible que me quede aquí muchos años, en cambio', pensó Tomás en una ráfaga. 'Entre rejas y detrás de un muro, conviviendo con asesinos.'

Observó que Blakeston se había dejado fuera de la boina un mechón de su roja melena, le caía por la parte izquierda del occipital y le confería un aire absurdo de mongol o de tártaro, y además daba grima aquel largo colgajo. Le hizo un gesto para advertirle y el Vizconde se apresuró a guardárselo. Tomás aprovechó para meterle la mano en la capucha y sacarle las servilletas, que dejó sobre la mesa con asco, para pasmo de los dos hombres.

—Dicen que de mí depende. ¿Cómo, exactamente? ¿Qué tendría que hacer? —Tomás ya lo sabía, pero necesitaba oírlo. La decisión era demasiado vital para tomarla por conjeturas, aunque en realidad no fueran tales, sino certidumbres.

—No hace mucho —dijo Tupra—, uno de nuestros maestros comunes le hizo una proposición atractiva que rechazó, tengo entendido. Para ser de utilidad al país y servirlo con sus capacidades excepcionales. El nuestro es agradecido y fiable, a diferencia de ese otro suyo, según mi conocimiento, aunque sólo haya pasado en él cortas estancias. Usted no confiaría en lo que le prometiera un español, ¿verdad, Nevinson?, o muy poco. Menos aún si fuera uno con poder y mando, me refiero a uno que pudiera precipitar la noche, abrir las aguas para que pasara... Nunca tendría la seguridad de que no fuera a cerrárselas encima antes de tiempo, o de que no levantara la bruma cuando ya se sintiera a salvo y sin embargo aún estuviera a la vista de sus perseguidores. Aquí cumplimos la palabra, en cambio. Si aceptara colaborar con nosotros pasaría a ser Alguien, y la pobre Janet Jefferys debería esperar algo de tiempo para que se le hiciera justicia. Total, tenemos la superstición de que a los muertos les importa eso, que se castigue a quienes los mataron. Y sí, quizá fue lo que más les importó justo antes de su último aliento, mientras aún intentaban vivir y luchaban y forcejeaban o se resistían a sus asesinos; pero ese momento en seguida queda lejos, se convierte en pasado remoto en cuanto ya no respiran. Sufrimos la superstición de seguir atribuyéndoles propiedades y reacciones de los vivos, nuestra imaginación no da para más, pero el abismo es demasiado profundo y ahora ya no les importa nada de lo que quisieron en vida, ni siquiera lo último. Están dispuestos a esperar hasta el fin de los tiempos si es preciso, porque ni siquiera saben que esperan ni entienden ya ese concepto, el de la espera. De hecho no saben ya nada. No pueden sentir impaciencia, ni tener deseos.

'No es eso lo que piensa el poeta', pensó Tom rápidamente. 'Y lo que los muertos no sabían expresar, cuando vivían', recordó, 'te lo pueden contar, al estar muertos.' Claro que esos versos le habían resultado incomprensibles, y además tenía prisa por dejar algo establecido:

—Janet debería esperar igualmente a que se le hiciera justicia aunque a mí se me detuviera y acusara, si he entendido bien lo que me ofrece. Porque yo no la maté, creía que eso lo tenían claro. Nuestro maestro común sí lo tiene, al menos. Y se lo habrá dicho.

Tupra se encogió de hombros y sonrió, otra vez con simpatía, casi con ufanía. Era un hombre satisfecho de sí mismo, de su personalidad y de su aspecto, a menudo les ocurre a quienes tienen éxito con las mujeres. Sin duda estaba convencido de que su ancha raya diplomática era el colmo del buen gusto.

—Da lo mismo lo que él crea. Da lo mismo lo que creamos nosotros. Da lo mismo lo que usted diga. Nadie puede tener certeza de nada salvo la muerta, y eso si vio a su asesino, pudo no verlo siquiera si la pilló de espaldas; y ella es incapaz de articular palabra. Usted pudo matarla, eso lo ignoramos todos y no está descartado, eso será siempre una posibilidad, y a un juez o a un jurado les podría parecer probable o incluso probado. Y es lo único que cuenta, lo que queda en los registros y la ley dictamina. Allí donde la ley se pronuncia y hay registros, claro, de muchas cosas no existen, lo sabemos bien nosotros. Parte de nuestro trabajo consiste en que no haya constancia de nuestro trabajo. Pero si sigue siendo nadie, Nevinson, se arriesga a exponerse a ese criterio de un juez o de un jurado, a ponerse en sus manos y a acabar de muy mala manera. —Era algo semejante a lo que le había dicho el protector Mr Southworth, también tenía que ver con el desprecio de Wheeler hacia la justicia. En aquella ciudad nadie la consideraba imprescindible, ni la tenía en alta estima. O acaso era en el ámbito en el que se movían Tupra, Blakeston y Wheeler (y el ascendiente de éste sobre Southworth era fuerte); quizá ellos la sorteaban, o pasaban por encima de ella, como si en efecto fueran viento, noche, nieve o bruma, y no hubieran de rendir cuentas, y sus actividades no estuvieran sujetas a ley y de ellas no hubiera registro—. Es tan joven que sería una lástima —añadió Tupra con tono de circunstancias—. Apenas ha iniciado su vida, apenas es un principiante.

—¿Y quién cumple la palabra? —preguntó Tomás de pronto—. ¿Quién, si ustedes no representan a nadie? ¿Si están pero no existen, o existen pero no están, da lo mismo? No sé cómo ha dicho. ¿Si hacen pero no hacen, si son alguien y a la vez no son nadie? Este país es agradecido y fiable, según usted, pero yo no sé con quién de este país estoy hablando, quién me hace esta promesa de sacarme del cuadro. ¿Cómo quiere que le responda, si a usted nadie le pediría cuentas, ni lo envía ni le da órdenes? ¿Con quién hablo, pues, con un fantasma?

—¿A qué viene todo esto, Nevinson? —intervino Blakeston con impaciencia—. Está hablando con Mr Bertram Tupra, y por eso ha acudido a esta cita, para que lo ayude. —Y pronunció el nombre de su jefe en un tono rayano en la idolatría, como si para él fuera una especie de institución, un tótem. Era llamativa tanta admiración por alguien claramente más joven.

—¿Ah sí? —contestó Tomás levemente irritado—. A lo mejor resulta que estoy hablando con Mr Ted Reresby, como ha creído hacerlo esa Beckwith. Ni siquiera su nombre parece muy firme.

Tupra pareció divertido, o complacido, por la capacidad de atención de Tomás Nevinson. Debió de hacerle gracia que hubiera aguzado el oído cuando él se presentó a la explosiva profesora de Somerville. Pero hizo caso omiso de su comentario.

—¿Todavía no lo sabe, Nevinson? ¿De veras no sabe con quién está hablando? Vamos, vamos, nuestro maestro común fue explícito, eso me dijo. Como lo fue usted en su rechazo, vaya desilusión se ha llevado. Pero por seguir con los ejemplos: si la niebla lo saca de un atolladero, no le va a pedir garantías ni duración de antemano. La aprovechará sin más, ¿no es cierto?, confiando en que permanezca y lo oculte el suficiente tiempo para ponerse a salvo. Aún es más, se envolverá en ella, se fundirá y se mezclará con ella, y a partir de entonces se convertirá también en niebla. Niebla inglesa, famosa por su espesor durante siglos. Y se fiará plenamente, ya lo creo que se fiará, porque ahora será parte de ella y lo acompañará donde vaya. Formará usted parte de los accidentes, del azar, de las enfermedades, de las fortunas y las desgracias. Y con el tiempo será igual que nosotros: sucederá, simplemente. Algo indistinguible de usted no podrá dejarlo en la estacada, ni abandonarlo. Porque usted no se abandonará a sí mismo, no sé si me sigue.

Lo seguía y no lo seguía. Sí en el sentido general de su discurso, pero no en aquellas disquisiciones metafóricas en las que captaba la huella del maestro común, el Profesor Wheeler, era muy posible que Tupra también hubiera sido discípulo favorito suyo, incluso que el propio Wheeler lo hubiera reclutado en su día para los menesteres imprecisos y fantasmales a los que ahora se dedicaba. De ser así, al Profesor no le habría costado persuadir a Tupra o Reresby, porque su vida anterior a Oxford habría sido probablemente una vida no sólo de acción e improvisación y de tumbos, sino de delincuencia. Cuanto más hablaba Tomás con él, más advertía en su rostro —basto en origen, poco a poco afinado— y en su dicción —quizá barriobajera al principio, ahora artificialmente esmerada— un pasado de falta de escrúpulos y de soluciones drásticas y aun violentas al que no habría renunciado del todo pese a su proceso de civilización y voluntarioso refinamiento, todavía no coronado. Seguramente era un hombre que se había esforzado en mejorar no por convencimiento, sino por conveniencia, para ser más presentable en el mundo y facilitarse una ascensión; habría entendido que tenía que aprender a pisar moquetas y alfombras para conseguir sus propósitos, pero no habría amainado su desprecio último por ellas y por los despachos y salones. Se habría forjado en la calle y sin duda sabía que lo callejero es lo que se impone y cuenta, aquello a lo que siempre hay que recurrir al final para salir adelante y resolver los problemas y vencer las dificultades, sobre todo cuando las situaciones vienen mal dadas. Tupra no habría tenido una vida cómoda anterior, una vida encaminada que dejar atrás o dejar de lado. Meterse en lo que se había metido, fundirse con la niebla en sus palabras, habría supuesto una especie de salvación para él, o de enderezamiento, un borrón y cuenta nueva o la legitimación de sus impulsos torcidos.

'Yo sí tengo una vida encarrilada', pensó Tomás, 'y resulta que en cualquier caso la he perdido, se me ha escurrido de pronto y es irrecuperable, pertenece ya a lo malogrado. Qué estúpidos son los días, qué estúpido puede ser cualquier día, uno ignora cuál y se adentra festivamente en el que debería haber evitado, no hay forma de adivinar cuál será el de maldición y tajo y fuego, el de garganta del mar y el que lo quiebra todo... Y qué estúpidos, qué fútiles los pasos de ese día en el que no debería haber dado ninguno, ni atravesado el umbral siquiera. Se levanta uno como si nada, se acerca a una librería, se excita con una amante intermitente que carece de importancia y queda con ella para la noche, por aburrimiento o por controlable y trivial deseo o por no sentirse un solitario y un paria, tampoco habría sido muy grave no salir esa noche de casa y ahorrarse el pensamiento molesto *a posteriori*: "No ha valido la pena, ahora que ha concluido sin alegría y más bien con lástima; si pudiera retroceder me abstendría". Y esa estúpida cita y ese polvo superfluo le arruinan a uno la trayectoria prevista, establecida. Lo que tenía pensado ya no sirve, mi futuro ha desaparecido o ha sido sustituido, quizá tendré que renunciar a Berta o a la vida regular con ella, más o menos armoniosa y sin secretos extremos; o éstos, en vez de la excepción obligada en toda existencia, serán el fundamento y la regla y lo que nos domine. Se me ofrecen en su lugar dos opciones, y ninguna de las dos la quiero (pero se ha acabado elegir lo que quiero). Una detención y un juicio incierto, con posible condena y años de prisión en el peor de los casos, o una tarea inimaginable y turbia, de duración indefinida y para la que no estoy preparado: hacerme pasar por quien no soy y tratar con individuos desconocidos y horribles, de hecho con enemigos de los que debería hacerme amigo para después traicionarlos, algo así me sugirió Wheeler, mencionó la palabra "infiltrado", ya lo creo, no lo he soñado. "Serías un magnífico infiltrado"; "podrías pasar por nativo de no pocos lugares", dijo, y luego intentó suavizarlo: "no sería durante periodos muy largos"; "nada fuera de lo común, nada raro de cara a la propia familia, a los próximos. Todo sería normal, cuando estuvieras en España. Cuando no estuvieras, no, no te engaño: vivirías vidas ficticias, vidas que no son la tuya. Pero sólo temporales: antes o después las dejarías siempre para regresar a tu ser, a tu antiguo yo". Sí, fue claro y explícito, y yo he procurado olvidarlo, no es lo mismo una proposición hecha por él cuando todo estaba en orden, una proposición rechazable, que una casi imposición de estos dos, Blakeston y Tupra o Montgomery y Reresby o como se llamen... Pero la cárcel sería aún peor, peor que cualquier otra cosa, y además mi vida también seguiría arruinada cuando saliera de ella, con qué edad, qué expectativas, qué ánimo: ¿quién me querría, quién contrataría a un convicto de asesinato, a un apestado? Berta se habría apartado y se habría casado con otro y tendría hijos suyos no míos, puede que no quisiera volver a verme ni a saber de mí, ni siquiera oír mi nombre, sólo borrarme como quien se sacude una pesadilla que oprime o un error que avergüenza. Si acepto aún no la pierdo, aunque eso suponga una convivencia confusa y oscura, plagada de silencios y engaños y ausencias, o de medias verdades en el mejor de los casos, y extensísimas zonas de sombra; si la rechazo podría quedar libre de culpa y absuelto, o incluso no llegar a juicio y proseguir mi camino como si el día estúpido nunca hubiera ocurrido, al fin y al cabo yo no he matado a Janet ni a nadie. Pero el riesgo es demasiado alto y quién sabe, quién sabe, tengo miedo y el miedo nubla la vista y el razonamiento, el miedo no se soporta y sólo quiero quitármelo...'

—Estoy pensando —acertó a decir, en el aire notó la creciente impaciencia de los dos hombres—. Pensando un poco.

—Pues ya va siendo hora —le contestó Tupra, y tamborileó en la mesa para subrayarlo e hizo batir sus femeninas pestañas—. No disponemos del día entero. Le estamos ofreciendo una salida, Nevinson, más le vale aprovecharla. Usted dirá, pero dígalo ya rápido.

'Rápido ahora, aquí, ahora, siempre...', pensó Tomás, recordando aquel verso rápido de la parte final de *Little Gidding*. 'Lo que ahora sea será siempre, y es curioso: la decisión que tome, lo más probable es que me convierta con ella en un desterrado del universo; lo que Wheeler me instaba a evitar es precisamente lo que me aguarda. Seré quien no soy, seré ficticio, seré un espectro que va y viene y se aleja y vuelve. Y sucederé, como dice Tupra, seré mar y nieve y viento.' Se dio cuenta de que ya había decidido, pero prefería no reconocerlo aún en voz alta, prefería guardárselo unos segundos y mantenerlo sólo en su pensamiento, todavía puede uno echarse atrás mientras calla. 'El polvo suspendido en el aire señala el lugar en el que terminó una historia', lo asaltaron de nuevo estos dos versos. 'Aquí ha terminado la mía. Qué me espera, porque a la vez sigo ahora aquí, y ahora es siempre. Esta es la muerte del aire.' También había visto al vuelo esa línea. 'Pero se lo sobrevive. Qué fortuna y qué desgracia.'

III

Me casé con Tomás Nevinson en mayo de 1974, en la iglesia de San Fermín de los Navarros, muy cerca del colegio al que los dos habíamos ido, en el que nos habíamos conocido y al que él había llegado tardíamente, con catorce años. Aún no teníamos veintitrés cuando salimos de esa iglesia absurdamente cogidos del brazo (nunca habíamos caminado así, ni lo hicimos luego), yo vestida de blanco, con un ramo en la mano, un velo alzado y una sonrisa de triunfo en los labios. Supongo que fue el cumplimiento de una determinación antigua, uno de esos propósitos que se fija uno en la niñez o en la adolescencia y que son difíciles de erradicar, incluso de moderar, por mucho que las circunstancias hayan cambiado. Los sentimientos también, pero para ver y admitir esto último ha de pasar mucho más tiempo y, sobre todo, parece necesario coronar los viejos proyectos antes de plantearse renunciar a ellos. Hay que cruzar una línea que ya no puede descruzarse para comprender y arrepentirse, para querer echarse atrás y aceptar que se ha metido la pata; hay que cometer un error hasta el fondo para comprobar que era un error, y entonces se intenta salir de él cuando ya es tarde para deshacerlo sin daños, o sin estropicios. Para mí era impensable separarme de Tomás antes de haberme unido a él cabalmente y con todas las consecuencias, que se veían como semidefinitivas en un país en el que todavía no existía el divorcio, aunque muchos matrimonios tomaran sus distancias; a veces hace falta anudar algo bien fuerte para atreverse a desanudarlo, si es el caso. Como si tuviéramos debilidad por las tareas ímprobas o imposibles, y algunos se pasan la vida en ellas porque no conciben otra forma de pasarla que en agonía, forcejeo, conflicto y drama: se enredan para desenredarse, y así recorren ocupados todo el tiempo que se les asigna.

No me casé con esa intención, desde luego, eso habría sido cinismo. Al contrario, pensé que el casamiento pondría fin a las anomalías, a las rarezas que llevaba percibiendo desde hacía tiempo, desde que él terminó sus estudios en Oxford y regresó a Madrid, no del todo o no como yo esperaba. Las cosas le iban viento en popa, aparentemente: era evidente que un título de esa Universidad proporcionaba grandes ventajas, porque siendo tan joven como era, había conseguido en seguida un puesto en la embajada británica, a las órdenes del agregado cultural, con un sueldo bastante aceptable que nos daba para vivir con desahogo, más aún cuando yo empecé a tener también unos ingresos modestos pero complementarios como profesora de niños en el propio colegio Estudio, en el que con frecuencia recurrían a ex-alumnas responsables cuando se encontraban con vacantes de última hora al comienzo de un curso. A Tomás lo consideraban muy bien en la embajada o quizá en sitios más altos, y por eso lo mandaban temporadas a Inglaterra —un mes entero, o más a veces— para que allí completara una formación semidiplomática o semiempresarial, enseñarle protocolo, gestión de crisis y emergencias, dirección de personal, manejo de presupuestos y asuntos por el estilo, cuyo relato me aburría y que además no me parecían muy necesarios para el cargo que ocupaba ni para los que en principio tenía visos de ocupar. Eso fue lo que me contó él, por lo menos. Si lo adiestraban así, sin embargo, era porque le veían futuro y preveían ascenderlo y sacarle más partido, pero dado que no había cursado la carrera diplomática, me inclinaba a pensar que tal vez, más adelante, lo reclamaran de algún ministerio en Inglaterra, por ejemplo el Foreign Office: un funcionario listo y eficaz, superdotado en lenguas y que solía caer bien a la gente. Trasladarnos allí era, por tanto, una posibilidad siempre abierta, como también que lo destinaran a otro país en el que pudiera ser de utilidad, uno americano quizá.

La única que especulaba con esto era yo, curiosamente. Tomás se limitaba a cumplir con sus quehaceres cuando estaba en Madrid, sin preguntarse nunca por su porvenir ni darle vueltas, casi como si no lo tuviera o como si estuviera ya escrito y él hubiera leído ese texto. No parecía intrigado por lo que la vida iba a depararle, ni con metas ni con ambición ni con inquietud, ni siquiera con interrogantes. A veces tenía la sensación de vivir con alguien cuyo destino ya está trazado, o que se siente cautivo y sin escapatoria, y que por lo tanto mira sus días con indiferencia, sabedor de que sorpresas grandes o gratas no le van a traer. En cierto sentido alguien envejecido que no aguarda más que el paso de los días para ver caer la noche, más que el paso de las noches para ver alzarse el amanecer. Y esto lo digo con literalidad: cada vez que yo abría los ojos, fuera en mitad de la noche o por la mañana, lo notaba ya despierto, como si sus pensamientos continuos no lo dejaran dormir o sólo muy ligeramente, tanto que el más mínimo cambio de postura o roce míos lo desvelaran por completo al instante. En ocasiones le preguntaba muy quedamente y no solía responderme, y yo no insistía, temerosa de poder estar equivocada y de interrumpirle el sueño si lo hacía. Pero invariablemente sentía la respiración de alguien en vela, de alguien que cavila o que maldice su suerte en silencio, con la conciencia siempre alerta emanando una mezcla triste de insatisfacción y resignación. Y unas cuantas noches vi la brasa de su cigarrillo en la oscuridad, como si fuera la de un soldado en la trinchera, tan exhausto y asqueado que ya no le importa delatar su posición y morir de un certero disparo guiado por su persistente lumbre. Entonces me atrevía a elevar más la voz, segura de que estaba despierto, y le preguntaba:

—¿No puedes dormir? ¿En qué estás pensando?

—En nada. No pienso en nada, sólo fumo.

Le ponía la mano en el hombro o le hacía una caricia, por si el contacto lo tranquilizaba.

—¿Puedo ayudarte en algo? ¿Quieres que hablemos?

A veces me contestaba 'No, duérmete', y otras aplastaba el pitillo en el cenicero, tiraba de mí hacia sí, me levantaba el camisón y en seguida se introducía en mi interior de manera casi animalesca, sin preámbulos, con una súbita erección o acaso es que ésta siempre lo acompañaba en su insomnio, al fin y al cabo era muy joven. Yo tenía la sensación de que buscaba cansarse o descargar tensión más que otra cosa, de que lo mismo le habría valido yo que cualquier otra mujer que hubiera acertado a estar allí, sólo que, claro, era yo la que por fortuna estaba allí, aquella era también mi cama y a mí no tenía que tantearme ni pedirme permiso o lo daba por concedido, como acostumbran a creer muchos hombres una vez que son maridos. Quizá era uno de los escasos recursos de que disponía Tomás para vaciar un poco la mente, para descansar de sus extrañas cuitas nocturnas o matinales o al menos hacerlas convivir con un requerimiento y un estremecimiento físicos, quizá sólo quería que el cuerpo engañase durante un rato al espíritu, o lo confundiese, o lo callase al cubrirlo con su elementalidad (el sexo resulta siempre rudimentario, por mucho refinamiento que se le intente agregar; no era este el caso). Al terminar yo iba al cuarto de baño y al volver a la habitación lo encontraba adormilado. Si aún no era hora de levantarse, entraba de nuevo en la cama con gran sigilo y me quedaba vigilando unos minutos, interpretando su semblante y su respiración. Y si no eran los de alguien completamente dormido, le acariciaba con suavidad la nuca y le susurraba:

—Quédate muy quieto, amor mío. No te muevas ni te des la vuelta, así te vendrá el sueño profundo sin darte cuenta y poco a poco dejarás de pensar. Ojalá me dijeras en qué piensas. Tantas horas. Aunque lo niegues piensas sin parar en algo que te impide dormir. Algo te ocurre y no sé qué.

Pero esto último lo decía más para mí que para él.

Durante el día atendía su trabajo con diligencia y se esforzaba por aparentar normalidad. Seguía gastando sus bromas amables y bien recibidas, sonreía con generosidad y no escatimaba sus celebradas imitaciones cuando se le solicitaban en las numerosas cenas y actos sociales a los que teníamos que acudir. Divertían tanto como en el colegio, sólo que ahora a adultos, más ruidosos y exagerados. Desde entonces las había perfeccionado, había alcanzado un gran virtuosismo, no había acento ni voz ni personaje público ni individuo particular que se le resistieran, y más de una persona le sugería que se dedicase a eso, que se ofreciese a la televisión británica o a la española como profesional. Pero en medio de nuestra cotidianidad más bien liviana y risueña yo sentía aquella indiferencia de fondo hacia su existencia, aquella enigmática falta de curiosidad por lo venidero que le impedía disfrutar del presente. Luego, su estado de ánimo cambiaba cada vez que se avecinaba una de sus estancias inglesas: entonces alternaba momentos de nerviosismo y alteración con otros en que se ponía mohíno y se le acrecentaba el viejo malestar con el que ya había vuelto de Oxford. El hombre joven que regresó con sus estudios concluidos no era el mismo muchacho que se había marchado, lo cual no tenía nada de raro, sino tampoco el que había ido viniendo a lo largo de los años durante los extensos periodos de vacaciones, y que yo había ido viendo y con quien me había ido acostando en cada visita, con deseo y apasionamiento crecientes tras la primera vez decepcionante y tardía. Ni siquiera era el mismo de la vez anterior, de las cinco semanas que había permanecido conmigo en Madrid entre el final de Hilary y el comienzo de Trinity, despreocupado de sí mismo, incluso desinteresado, el conjunto de su figura dominado aún por la serenidad. Se había convertido en alguien con una faceta sombría y medio huidiza, con ratos de taciturnidad, mientras que en sus estancias entre trimestre y trimestre oxoniense todavía había sido el de toda la vida, más o menos. A sus ojos apaisados y grises se les había acentuado la inquietud que los había caracterizado siempre y que contrastaba con su general afabilidad: ya no parecían reposar en ningún instante, como si reflejaran una incesante tormenta, la de un solo pensamiento fijo que no avanza ni evoluciona ni llega a ningún lugar. Al principio yo lo achacaba al desconcierto del que ha cerrado definitivamente una etapa, a la inadaptación temporal —pero muy larga a veces— del que vuelve al punto de partida para quedarse inmóvil en él, tras haber pasado unos años de provisionalidad y trasiego, sin estar nunca del todo aquí, tampoco del todo allí. Pero en seguida me sacó de mi error, cuando me contó que su itinerancia no había acabado, que tendría que estar temporadas en Londres por aquellos cursos de perfeccionamiento con vistas al empleo ya prometido o apalabrado, empezaría probablemente en septiembre u octubre. Yo le pregunté, desde luego, por su intermitente pesar:

—¿Te ha pasado algo en estos últimos meses? Te noto distinto, como si de repente te hubieras hecho diez años mayor. Como si llevaras un peso encima que hasta hace poco no existía.

Me miró con perplejidad, como si le sorprendiera que yo hubiera percibido ese cambio que él trataba de disimular con fases de ligereza y chanza y buen humor. Se echó dos veces el pelo hacia atrás, cuando ya lo llevaba hacia atrás como de costumbre, quizá una manera de retrasar la respuesta. Luego los ojos se le cubrieron de opacidad y tuve la impresión de que dudaba si contarme algo o no. Pero, si así fue, finalmente optó por la esquivez:

—No —me contestó—, nada en absoluto, ¿qué me habría de pasar? Supongo que es el hecho de haber terminado la carrera. De que la fiesta haya tocado a su fin, y la irresponsabilidad. De que los pasos que dé a partir de ahora me condicionarán el resto de mi vida. De que ya no haya más periodos de pruebas. De que se haya acabado el tiempo de la rectificación. La sensación de que lo que haga ahora tendrá consecuencias dentro de veinte años, y sin embargo no me siento más capacitado para elegir que cuando tenía quince, o qué digo, ocho años. De que esta senda sí lleva a algún sitio del que no se puede regresar, y el camino que uno emprenda será difícil torcerlo, no sé. A ti te ocurrirá lo mismo el año que viene, seguramente. —La carrera universitaria en España duraba cinco cursos, y a mí me faltaba el último cuando él volvió; era cierto que aún tenía aplazado decidir qué iba a hacer después, aparte de casarme con él, eso estaba decidido desde hacía tiempo inmemorial, era algo que yo tenía que ver y que por fin se iba acercando. No había esperado, no había combatido la nostalgia con todas mis fuerzas, no había aguantado la larga separación para nada; y si ésta debía proseguir de vez en cuando, bien estaba, aunque durara la vida entera. En aquellos momentos no iba a permitirme ninguna vacilación, no en mí, no en mí. Ya podía Tomás haber vuelto cambiado, ya podía haberse hecho mayor de golpe, ya podía acumular pesadumbre o turbiedad, que yo conviviría con ello y maduraría a marchas forzadas si él me requería a su nivel; pero no iba a echarme atrás. No era sólo por la inversión, era que estaba resueltamente enamorada de él, y si utilizo ese adverbio es a conciencia: no sólo lo estaba desde la adolescencia, sino que había resuelto estarlo y había aprobado esa resolución, y no hay nada más inamovible que la conjunción de sentimiento y voluntad. Había tenido alguna aventura sexual en su ausencia, qué menos a mi edad de entonces y en aquella época de incitación ambiental, pero ninguna había puesto en tela de juicio, ni siquiera menoscabado, mi determinación y mi certidumbre, mi incondicionalidad por él. Lo había señalado muy joven con mi tembloroso dedo (tembloroso de emoción) y eso era definitivo, nada iba a hacerme dudar. Pero ¿y él? Daba por descontado que también había tenido aventuras intrascendentes, pero nunca había advertido variación alguna en su relación conmigo, el menor enfriamiento ni un entusiasmo menor. Su desasosiego podía afectarme, pero yo no era el origen, de eso estaba casi segura. Y la idea inicial era esa, casarnos más o menos a los doce meses, cuando yo me hubiera sacado la licenciatura. Y Tomás añadió, como para afianzar su negación—: Además, ¿qué me iba a pasar en Oxford? Ya sabes que allí no sucede nada. Quiero decir nada grave, ni siquiera nada imprevisto. Es un lugar resguardado, y regido por el ceremonial, en el que todo está momificado o conservado en formol. Con lo que tiene de bueno y de malo, o de irreal, es un lugar... —Dudó, hizo una pausa, como si le diera grima la expresión que estaba a punto de utilizar—. Es un lugar desterrado del universo.

—¿También me incluyes a mí, en lo que temes que no podrás rectificar? ¿En lo que quizá te sea una carga dentro de veinte años, en lo que podrías desear que no existiera, que no hubiera ocurrido? ¿Me ves así, como un posible paso sin retroceso, como un camino obligado del que ya no te podrás salir? No sé, nada es seguro y nadie puede responder de cómo será en el futuro, y yo no te pido eso, no te lo puedo pedir. Pero no quisiera que me sintieras como una amenaza más. Si no te sientes más capacitado para elegir que cuando tenías ocho años, no voy a ser tan ingenua como para pensar que eso no me incluye a mí. Pero lo último que quisiera es que ya ahora me vieras como una atadura. Tan pronto. Que me vieras con temor.

—No, Berta, no —contestó escuetamente, para mi escasa tranquilidad. Y al no responder yo nada, y quedarme mirándolo con preocupación, volvió a echarse el pelo hacia atrás con su gesto nervioso y superfluo y al cabo de unos segundos añadió—: Claro que no. Claro que tú estás excluida. En realidad eres de lo poco que no me resulta obligado, que he podido elegir con libertad. En otros aspectos tengo la sensación de que mi suerte está echada, de que yo no he escogido tanto como se me ha escogido a mí. Tú eres lo único que de verdad es mío, lo único que sé que he querido yo.

Aquellas palabras me parecieron exageradas y un poco crípticas. No entendía qué quería decir al decir que su suerte estaba echada y su libertad limitada. Nada lo obligaba a aceptar el trabajo que le habían ofrecido; aún más, era un privilegio contar con uno tan bueno tan pronto, nada más finalizar los estudios, a la mayoría de nuestros coetáneos los aguardaba un periodo de zozobra, de empleos provisionales y tumbos, incluso de paro forzoso a los más torpes. Tampoco entendía ese sentimiento de haber sido escogido, más que de haber escogido él. 'Algo le ha pasado sin duda, algo raro y desazonante que por ahora prefiere no contarme', pensé. 'Bueno, ya lo hará. Tenemos años por delante y todo el mundo acaba contándolo todo a quien duerme a su lado una noche tras otra; con esa persona es difícil guardarse nada hasta la eternidad.' Como acontece en los momentos de inseguridad y miedo, prevaleció el egoísmo y me quedé tan sólo con lo que me atañía, con lo que se asemejaba a una ratificación, casi a una declaración de amor. Respiré aliviada y ahuyenté lo demás, no me paré mucho a pensar. Y aún pensé menos cuando él me atrajo hacia sí y me abrazó con un solo brazo, que es una forma un poco desesperada de abrazar, apretando mi cara contra su pecho con suavidad, de manera que dejé de verlo al instante y me concentré en su olor a colonia fresca, a tabaco y a buen paño inglés. Me sentí reconfortada y a salvo y le acaricié la nuca como para serenarlo, y más adelante, al recordar aquella escena y aquella conversación, me he preguntado si en parte no me sentí así porque de mi vista había desaparecido de golpe su semblante atormentado: con la cara hundida en su chaqueta, ya no le veía los labios carnosos que me gustaba siempre palpar y besar, ni el pelo rubiáceo como de aviador, ni los turbulentos ojos que ya nunca más volví a ver sosegados ni límpidos, ni del todo reposar.

Pero tardó mucho en contar y jamás lo contó todo, yo me acostumbré a no pedirle detalles y él fue muy capaz de ocultar, a eso ayuda sobremanera la absoluta prohibición de revelar. Cada vez que uno siente la tentación de confesar, recuerda las represalias que podría sufrir, y el riesgo a que sometería a otros, y además se da cuenta de que abriría la puerta a preguntas sin fin. Mejor ser hermético, no soltar ni una palabra, mejor inventar mentiras y, si se tercia, negar.

Llevábamos dos años casados y había nacido nuestro primer hijo cuando no tuvo más remedio que hablar. No demasiado, sólo lo que se le autorizó, y hubo de consultarlo pese a mis presiones, pese al aparente peligro al que nos había expuesto con sus actividades lejanas. Al menos supe en qué consistían, entonces. O más bien me imaginé en qué podían consistir, y ya se sabe que la imaginación a menudo es más salvaje que la realidad, si bien carece de su concreción y de su horrible fuerza, así que siempre cabe desechar lo que trae y decirse: 'Pero esto puede no haber ocurrido, y lo que haya ocurrido no lo sé ni de hecho lo voy a saber. Para qué mortificarme con conjeturas'. A partir de aquel momento empecé a vivir con un miedo difuso, sobre todo por él pero también por el niño y por mí, y por la niña más adelante, claro está. Me juró que lo que había pasado no volvería a suceder, ni por supuesto nada malo, y pensé con cuánta facilidad algunas personas hacen juramentos sobre cosas que no dependen de ellas, que no está en su mano evitar o cumplir. (Suelen ser personas desahogadas o acorraladas.) Y sin embargo le creí estúpidamente, o fue por necesidad. No tenía más alternativa que creerle si quería seguir viviendo una vida seminormal. Bueno, después ya nada fue muy normal. Él juraba en vano para salvar la situación (luego se debía de sentir acorralado), yo le creía en vano para que el miedo fuera sólo eso, difuso, transitorio y latente, y no punzante y abarcador.

Sí, habían transcurrido unos tres años desde su regreso cuando tuvo lugar aquel episodio que lo obligó a contarme lo que le permitieron contarme de la verdad. Tomás, como estaba previsto, había ocupado su puesto en la embajada y alternaba sus periodos en Madrid con otros en Londres o en otros lugares de su segundo país, que tenía todas las trazas de haberse convertido ya en el primero, puesto que trabajaba para él y era el que le pagaba un salario que fue rápidamente en aumento, mis aportaciones a la economía familiar pasaron pronto a ser simbólicas por contraste, y así disponía de ellas para mí o para gastos del niño, los niños suponen una sangría incesante y sin límite. Sus cursos de formación se prolongaron tanto que llegó un día en el que Tomás tuvo que fabricarse un pretexto más estable: por su condición de bilingüe, y por su don de gentes y sus capacidades (era lo habitual que cayera en gracia a las gentes, y que éstas sintieran debilidad por él), el Foreign Office deseaba contar con sus servicios en Londres durante temporadas, de asesoría e intermediación y persuasión, lo mismo que la BBC Radio para sus emisiones en castellano, y en inglés sobre asuntos españoles e hispanoamericanos; de modo que sus estancias en Inglaterra continuarían indefinidamente y unas veces serían más largas y otras más cortas, difícil saber de antemano sus duraciones.

Nos convertimos en un matrimonio de vida en común intermitente, pero a eso ya estábamos acostumbrados y no nos costó mucho aceptarlo. Es más, queriéndonos como nos queríamos o creíamos querernos (hablo sobre todo por mí), hasta cierto punto nos alegramos de poder mantener el privilegio de la añoranza, de otorgarnos tiempo para la condensación del deseo (del deseo físico y del deseo de vernos), de evitarnos la agradable rutina de la presencia, que sin embargo, al carecer de término y de interrupción, puede acabar siendo una carga o, si no tanto, algo que uno da por descontado y jamás se esfuerza por alcanzar; pues está ahí todos los días, incluidos aquellos en los que se ansía estar a solas con los pensamientos y los recuerdos, o coger el coche y perderse y vagar con él, rodar sin rumbo de aquí para allá y pernoctar en un hotel de una ciudad nunca vista, elegida sólo al azar del anochecer: fingir que uno está soltero y sin responsabilidades, y sin nadie a quien regresar. Yo acogía los meses que él pasaba en Madrid con renovados entusiasmo e ilusión, como un regalo, como algo que al principio resultaba siempre excepcional, el vacío llenado y todo en su sitio, su cuerpo en la cama durante las noches despidiendo tibieza o calor: cuando lo sabía despierto o en duermevela yo extendía la mano y le rozaba la espalda con la yema de un dedo para cerciorarme de que estaba allí y sentir el regocijo incrédulo de que estuviera allí, tan cerca, a mi lado, tras meses de encontrar sólo aire sobre la almohada y las sábanas y de pensar medio en sueños: '¿Cuándo vendrá? No ha sido mi imaginación, alguna vez ocupó este hueco, alguna vez estuvo aquí'.

Y saber que esa convivencia tocaría a su fin, que él se ausentaría de nuevo al cabo de un tiempo y que entonces se iniciaría otro periodo de nostalgia y espera, me hacía celebrar como un acontecimiento cada mañana en que nos levantábamos juntos, y cada clausura de la jornada en que volvíamos a reunirnos para cenar en casa o para salir, los actos sociales no cesan nunca para quien trabaja en una embajada. No, no era el mismo joven que había sido y yo le notaba una aflicción de la que nunca hablaba sino para negar su existencia y que para mí no tenía explicación; pero el joven ligero e irónico no había desaparecido del todo y retornaba a veces, luego no estaba para siempre perdido, no había sido cancelado por el hombre cada vez más adulto, y hasta envejecido misteriosamente en su desinterés por el porvenir; si pervivía en algún lugar, era sin duda en él. Así, cuando estaba conmigo, tanto daba que hubiera cambiado y se mostrara atormentado o huraño y padeciera un insomnio que las más de las veces yo no podía remediar; lo importante era ver su sonrisa cuando sonreía, su mirada gris mate alerta, oírle sus bromas y sus imitaciones cuando se prestaba a hacerlas, besarle los labios con cuidado o sin él y tenerlo junto a mí un día tras otro, aunque fuera incompleto o desfigurado, por así decir, respecto al Tomás primero y de muchos años.

Una vez estabilizadas sus estancias en un sitio y otro, eso además, solía regresar a Madrid muy alterado y exhausto, como si saliera de una pesadilla o de una prolongada y excesiva tensión, pero a las pocas fechas parecía calmarse y recuperar la energía, como si lograra zafarse a ratos de lo que hubiera vivido y abrazar la tregua de que disponía hasta su siguiente marcha. Dentro de su nebulosidad, a medida que avanzaban las semanas en mi compañía se sosegaba y le mejoraba el humor, y se concedía cierto respiro, se acostumbraba de nuevo a su familia y amigos y a la vida rutinaria de la ciudad, en la que se incluían los atentados de ETA y de algún otro grupo y los ocasionales crímenes de la extrema derecha, los conflictos y los altercados y las amenazas de golpe de Estado militar, la permanente incertidumbre que nos esperanzaba e intranquilizaba a todos tras el acabamiento del inacabable Franco. Todo eso lo afectaba poco, como si no fuera con él o estuviera hecho a cosas peores, lo cual no tenía mucho sentido si en Inglaterra se limitaba a pisar moquetas y a trabajar en despachos, a asistir a recepciones y hacer de intérprete o de mediador. No puedo decir que yo nunca sospechara nada, que no se me pasara por la cabeza que algo más llevaba a cabo, sobre todo cuando tras una ausencia de dos meses y pico volvió marcado, quiero decir con una visible cicatriz en una mejilla, un corte producido no por una cuchilla de afeitar sino por una navaja o un puñal. Para cuando se lo vi la herida estaba cerrada. No había sido profunda pero seguramente le dejaría señal durante bastante tiempo o quizá para siempre ante quien supiera mirar, a menos que se sometiera a cirugía plástica, como me anunció que haría y como sin duda así fue, porque a la siguiente venida no quedaba rastro de ella, increíblemente: como si jamás lo hubieran rajado, allí había intervenido una eminencia, un consumado profesional. Pero cuando se la vi me asusté:

—¿Qué te ha pasado ahí? ¿Quién te ha hecho eso, esa cicatriz?

Se pasó la uña del pulgar por la mejilla como si ya fuera un gesto adquirido y frecuente, se la acarició.

—Ah, un mal encuentro hace ya tiempo. Me atracaron una noche que salí de trabajar muy tarde y decidí andar hasta casa, al poco de llegar. Dos tipos con navajas, no les quise entregar la cartera. Le di una patada en el pecho a uno y salí corriendo, pero el otro me lanzó un tajo y me arañó. Por suerte fue con la punta, no con el filo. Un corte leve, lo más aparatoso fue la sangre hasta que la pude parar. Ya está curado, como ves.

—Sería leve, pero bastante largo. —Le iba desde el comienzo de la patilla hasta casi la mandíbula; claro que entonces se llevaban las patillas largas, arrancaban muy abajo—. Esa marca te va a quedar. ¿Cómo no me dijiste nada cuando pasó? —Y ahora fui yo la que le acarició la cicatriz con dentera y con compasión. Hablábamos por teléfono cuando era posible y ni siquiera había mencionado el ataque, ni cuando sucedió ni después—. Te debió

161

de doler mucho. —Noté una textura parecida a la de sus labios, a la vez suave y con pliegues.

—Para qué te iba a alarmar. Habrías querido venir. Respecto a la señal no te preocupes: en cuanto se haya reducido al máximo, me enviarán a un especialista que me la borrará. Según mis jefes haría mal efecto un cara cortada en ciertos ambientes, inspiraría desconfianza. Parecería un patibulario, un hampón. Me aseguran que no se verá la menor huella y quedaré liso. Como si el asalto jamás hubiera tenido lugar.

Y así fue en verdad. Nunca le volví a ver vestigio de aquel incidente en el rostro, y eso que, por asombro, lo intenté y miré bien, miré a conciencia, mientras él dormía o fingía dormir y ya entraba luz en la habitación. Lo que sí conservó, extrañamente, fue el gesto de pasarse la uña por la mejilla vacía, como si lo complaciera el ademán: al fin y al cabo, en el conjunto del tiempo, poco le había durado esa cicatriz. Con todo, y pese a su explicación verosímil (en la época abundaban los '*muggers*' en Londres, como se los llamaba y llama allí, en parte secuela de la detestable película *La naranja mecánica*, que causó fascinación), no pude evitar pensar si andaría metido, de vez en cuando, en quehaceres más arriesgados de los que se le suponían. Cuando se trabaja para el Estado, éste pide y va pidiendo sin límite, va tirando de la cuerda, exprime a sus servidores y a los ciudadanos en general ('Esto por patriotismo, esto otro por lealtad, aquello por solidaridad con los débiles y aquello otro por el bien común'), y jamás se sabe lo que acabará por exigir o extraer, de qué aberraciones o sacrificios convencerá. Pero siempre fui discreta, y también he sabido siempre que es mejor no preguntar lo que en ningún caso va a ser respondido, o no con la verdad. Eso sólo trae frustración. Más vale esperar a que el otro cuente cuando no le quede alternativa, cuando su situación sea desesperada o esté al descubierto, o ya no aguante más callar (y casi nadie aguanta callar hasta la sepultura, ni siquiera lo que lo mancha y perjudicará su memoria). Y si sé esto tan bien es por propia experiencia, por práctica: casi nunca he contestado con veracidad a nada que prefiriera no hacer saber.

Sin embargo llegó ese día en el que tuve que preguntar a sabiendas de que no obtendría más que una esquirla de verdad, y en el que Tomás se vio obligado a contármela, a satisfacerme con una brizna, una mota, una pavesa, una ráfaga, o quizá no fue tan poco, para él fue sin duda mucho más, fue excesivo y odió dármelo a conocer. Como he dicho, hubieron de pasar dos años desde nuestra boda y tres desde su regreso definitivo de Oxford, bastante tiempo para guardar casi absoluto silencio, para ocultar por completo la verdadera índole de sus actividades en el segundo o primer país, y a buen seguro en otros también, comprendí que nunca sabría a ciencia cierta dónde estaba cada noche ni en compañía de quién, dónde pasaba sus días, sus semanas y sus meses. Si pregunté pese a mi costumbre y a mi discreción, fue por susto, por alarma, por miedo, por tomar precauciones y averiguar cuáles eran, por saber hasta qué punto me debía preocupar. Si uno está amenazado es preciso estar al tanto, porque lo más peligroso es no enterarse. Luego uno puede hacer caso omiso si se atreve a ello y es capaz, pero más le vale no ignorarlo.

El episodio se inició en los Jardines de Sabatini, a los que procuraba ir a media mañana con el niño en su cochecito, durante mi baja, a tomar el aire y pasear; vivíamos muy cerca, en la calle Pavía, prolongación de la Plaza de Oriente, enfrente del Palacio Real, al lado de la iglesia de la Encarnación. Caminaba por el parquecito y luego me sentaba un rato en un banco, casi siempre el mismo, sosteniendo en una mano un libro y meciendo con la otra a Guillermo, el nombre un capricho de Tomás que a mí me pareció bien: un homenaje a su ídolo literario de infancia, Guillermo Brown o Guillermo el Travieso o Guillermo el Proscrito, como se llamaba en España al personaje de Richmal Crompton cuyas aventuras, pese a ser bilingüe, él leía en traducción para poder comentarlas adecuadamente con sus compañeros, ellos no habrían sabido a quién se refería si les hubiera hablado de '*Just William*' o '*William the Outlaw*'.

Yo nunca leía más de diez líneas seguidas en los Jardines, para una madre —o para la madre que era yo— es casi imposible no comprobar con la vista, sin cesar, que su niño sigue ahí por mucho que le conste que sigue ahí, emitiendo sonidos o callado y dormido o callado y despierto. Y en ese lugar dieciochesco no muy grande ni frecuentado (por turistas más que nada), con sus modestos laberintos de setos y su pequeño estanque con pocos patos, cada vez que oía pasos sobre la tierra o aparecía alguien en mi campo visual, en seguida alzaba los ojos y controlaba, por así decir, cuál era la nueva y pacífica situación. De modo que vi venir a distancia a aquella pareja, hombre y mujer, tenían todo el aspecto de ser matrimonio, ella iba cogida del brazo de él y parecían inofensivos e incluso bonachones, esa es la impresión que convencional y estúpidamente transmiten los gordos en primera instancia, como si un gordo no pudiera ser tan dañino como los esbeltísimos Drácula y Fu Manchú. El gordo era él (un gordo ágil y de zancada rápida), ella no; pero los voluminosos contagian a quienes tienen alrededor.

Tomaron asiento en un banco de piedra, justo enfrente del de madera que yo ocupaba bajo la sombra de un árbol, ellos quedaron en cambio al sol, era una mañana muy templada de mayo. En seguida vi que me miraban los dos con velada intensidad, casi como si me reconocieran o lo intentaran, como si les sonara mi cara y estuvieran haciendo memoria. Para mí eran nuevos, desconocidos completos. Me sonrieron y yo les sonreí cortésmente a mi vez. El hombre llevaba una gabardina de color gabardina que seguramente le sobraba a aquella hora, tendría unos cuarenta años, el pelo rizado castaño y corto, unas gafas de pasta de innecesario tamaño para sus ojos normales tirando a chicos; era de rasgos menudos o se los empequeñecía la carne abundante, nariz breve y labios finos, su sonrisa era abierta y bonita y simpática, con unos dientes ordenados y regulares como teclas de máquina, una figura afable. La mujer llamaba la atención por sus grandes ojos azules y estrábicos, alguien malintencionado los consideraría bizcos; de edad aproximada a la de su marido, se le adivinaba una piel menos tersa bajo una capa de maquillaje quizá exagerada o un poco anticuada, los labios muy pintados de *rouge* y el cabello rubio recién salido de la peluquería o de una entretenida sesión ante el espejo. Ella parecía extranjera y él podía serlo o no serlo: si se dejara crecer aquel pelo rizado hasta la melena (o más bien el abultamiento horizontal), se le pondría cabeza de rumbero o de cantaor, pero su tez era demasiado blanca y sin curtir, casi como de pecoso sin pecas aunque de muy buena calidad: ni un anuncio de arruga, envejecería mucho más tarde que su pareja. La mujer tenía un aire más elegante y cuidado que él, una señora fina y bien vestida, de sonrisa asimismo cordial y busto menos provocativo que maternal: no era gorda en absoluto, pero tampoco flaca, y el traje de chaqueta no conseguía amortiguarle unos pechos prominentes y redondeados (picudos no obstante al final), casi avasalladores para un hombre adulto, acogedores para un niño o un joven y quizá para otra mujer. Los ojos estrábicos, sin embargo, causaban cierta desazón, uno no sabía del todo hacia dónde miraban a cada instante, aunque sin duda los cuatro —los de ella y los de él— pasaron por mí, por el cochecito con la capota subida (sentían curiosidad por la criatura, eso es normal), incluso por el libro que yo sostenía en la mano, probablemente trataban de distinguir el título y el nombre del autor. Tanto insistían en observarme y sonreír que empecé a estar incómoda y tentada de volverme a casa. Entonces el gordo me dirigió la palabra:

—La señora de Nevinson, ¿verdad? —Y se levantó y se acercó, ampliando la sonrisa, y me tendió la mano para que se la estrechara.

Se la di maquinalmente, es casi imposible no corresponder a ese gesto amistoso.

—¿Nos conocemos? —le pregunté—. No recuerdo...

—Es natural que no nos recuerde. Nosotros no llamamos la atención, un matrimonio maduro y corriente. A diferencia de su marido y usted, tan jóvenes y apuestos los dos. Nos vimos en un *cocktail* en la embajada hace unos meses, quiero decir en la de Thomas. —Era raro que en España se llamara así a Tomás, siempre era Tomás o Tom—. Estuvimos charlando un rato, pero claro, es imposible acordarse de toda la gente con la que uno cruza unas frases en ocasiones así. Y nosotros no dejamos huella, tch-tcha —insistió modesta y falsamente chasqueando la lengua para afianzar su negación: de hecho eran fácilmente memorables, él por su obesidad y ella por su bizquera azul—. Miguel Ruiz Kindelán, para servirla. Mi mujer, Mary Kate.

La señora se acercó entonces también y me estampó dos besos en las mejillas, a la usanza española entre mujeres ('No, no te muevas, querida', me dijo poniéndome una mano fuerte y pesada en el hombro para impedir que me levantara, con la tendencia femenina a tutearnos entre desconocidas), aunque por el nombre y por el acento comprobé que en efecto era extranjera, si bien su castellano era muy correcto y fluido, llevaría tiempo viviendo aquí. Él en cambio hablaba como Tomás o como yo, más como Ruiz que como Kindelán. Ahora los dos le vieron la cara a Guillermo, se llenaron de aspavientos de admiración. Un tanto exagerados ('Pero qué sueño, qué divinidad', exclamó Mary Kate), la gente suele exagerar con los bebés, hasta con los espantosos, que los hay.

—¿Kindelán? —Me sonaba ese apellido, no parece español y sin embargo no es muy raro en España, sin duda lo había oído o visto escrito con anterioridad, y más de una vez—. Hay alguien famoso que se llama así, ¿verdad? Pero no caigo.

—Bueno, hubo un general que murió hace unos años, Alfredo Kindelán. Fue el primer español que tuvo título de piloto aviador y escribió algunos libros. Quizá le suene de eso, del General Kindelán. Creo que participó en el Alzamiento y no sé si fue Ministro del Aire durante la Guerra Civil. Me parece que tiene una calle; no —se corrigió—, ese es el General Kirkpatrick. Los apellidos irlandeses, ya sabe, hay unos cuantos aquí, por el catolicismo, ¿no? A O'Donnell sí que le dieron una buena calle, bien céntrica, ¿verdad? Y al General Lacy no le tocó una mala, tuvieron más suerte que O'Farrill, O'Ryan, Wall y O'Donohue y otros, y eso que este último fue Virrey de México; claro que facilitó la independencia y su gestión no gustó. ¿Sabe que se lo convirtió en O'Donojú, escrito así, con *j* y tilde en la *u*? Qué chistoso, Juan O'Donojú, ese era su nombre oficial. Sevillano tenía que ser. También era un muy notorio masón. —Todos estos apellidos los pronunciaba como un anglohablante (excepto O'Donojú), no como un español, quizá era bilingüe como Tomás.

No se me escapó el término 'Alzamiento', podía indicar que no desaprobaba la sublevación militar contra la República en el 36, aunque a algunas personas les salía involuntariamente por costumbre o contagio, habían sido décadas de oír a la propaganda referirse de ese modo al golpe de Estado primero fallido y triunfante tres años después. (Bueno, aún se oía mucho en 1976.) Al menos no lo había acompañado del habitual adjetivo franquista, 'glorioso'.

—¿Kindelán es irlandés?

—Por lo visto, aunque en España existe de toda la vida, desde el siglo XI o XII o por ahí, tengo entendido. En origen era O'Kindelan, vaya usted a saber. Caballeros de la Orden de Santiago, varios de sus miembros.

—¿Y usted pertenece a tan antiquísima e ilustre familia? —le pregunté con un dejo de ironía, él no daba el tipo aristocrático o de alcurnia, aunque vestía con gran pulcritud salvo por los zapatos, manchados de la tierra de los Jardines, y la camisa, que por culpa de su barriga le huía un poco del pantalón. Debía de usarlas de faldones muy largos para que no se le salieran del todo, verdaderas sábanas. Me hacía gracia aquel gordo ágil, como su inicial conversación. Sabía cosas, de españoles irlandeses un montón (yo no había oído hablar más que de O'Donnell), y es entretenido escucharlas sobre nombres y hechos extraños y desconocidos, por lo menos para mí. Pese a mi familia y mis amistades, pasaba mucho tiempo sola. Cuando se tiene un niño pequeño, se está muy a solas con él.

—Oh no, tch-tcha. —Sí, chasqueaba para negar—. A ver, alguna relación remota tendré, supongo; pero vaya, pertenezco a una rama desgajada de todo eso, caballeros medievales y de Santiago y demás. Quizá un antepasado mío cayó en desgracia o cometió una deshonra y fue apartado y repudiado, enviado al ostracismo, desterrado para siempre del universo Kindelán. De ahí debo de venir yo. En mi vida he conocido grandeza. Clase media, clase media a lo sumo. —De nuevo aquella modestia. Se rió con ganas, pese a que lo reconvino Mary Kate:

—No sé por qué tienes que decir esas tonterías siempre. Tú no sabes qué pasó. Seguro que estás emparentado con los caballeros y con el General aviador. Miguel es muy bromista, Berta querida. Es Berta, ¿verdad? Si no recuerdo mal.

—Sí, qué memoria —respondí con asombro. Ellos recordaban hasta mi nombre de pila y yo seguía sin recordarlos en absoluto, y, cuanto más los veía y oía, más pensaba que no se me habrían olvidado, borrado, si hubiera charlado un rato con ellos en una recepción. La mirada de la mujer casi daba miedo cuando los ojos se le quedaban parados y bizcos como en un trance, en cambio se convertía en ingenua y desamparada cuando los movía de aquí para allá.

—Bueno, bien —se defendió él—. Pongamos que fue él quien se alejó, ese noble antepasado mío. La gente reniega a veces, ¿verdad?, hasta de los privilegios, o de la felicidad, hasta de lo mejor, por supuesto de la tranquilidad. Hay gente que viaja y no regresa, desaparece, se va, en todas las familias hay descastados, individuos con malestares profundos que no quieren ser quienes son o están destinados a ser. Deciden llevar la vida que no les corresponde, ni por nacimiento ni por educación. A veces no dejan rastro y sus parientes exclaman 'Good riddance!', como se dice en inglés, ¿conoce la expresión? 'Qué alivio perderlo de vista', vendría a ser. —De nuevo le salió como a un anglohablante, seguro que era bilingüe como Tomás—. No es lo mismo que 'A enemigo que huye, puente de plata', porque no es un enemigo en principio, todo lo contrario, pero por ahí se anda el sentido. Y claro, si un día se tornara enemigo, no los hay peores que los de la propia sangre, o que un cónyuge. Pero perdona —reaccionó—, soy muy dado a hablar. Dígame, ¿cómo está Thomas? Hace tiempo que no coincido con él.

—Está en Londres. Pasa temporadas allí por su trabajo.

—¡Cómo! —dijo con cierto escándalo Mary Kate—. ¿Y te deja aquí sola con el tesorito, con esta divinidad?

—Y le hizo unas cucamonas a Guillermo, agitando las

manos como para llamar su atención. Le sonaron sus varias pulseras como si estuviéramos en una cacharrería siniestrada. Al niño le hizo gracia el ruido y Mary Kate insistió en mover los brazos como una loca, una vez o dos.

—Bueno, qué remedio. El trabajo es lo primero, ya saben. Y a Tomás lo requieren mucho allí. —Cuando me dirigía a los dos mantenía el 'ustedes', al fin y al cabo a Ruiz Kindelán sólo se le había escapado tutearme una vez y en seguida había rectificado. No iba a ser yo quien se tomara las confianzas, era bastante más joven que ellos—. Pero me manejo bien. Tengo una niñera parte del día y algunas noches, cuando he de salir, y también me echan una mano mi madre y mi suegra y mi hermana, y una amiga. Los niños se pasan entre mujeres los primeros años de su vida, somos su universo, su único asidero y casi lo único que sienten y ven. Dependen de nosotras para todo, para subsistir. Es curioso que eso les deje a muchos tan poca huella, ¿no? Me refiero a los varones. Quizá se rebelan contra sus inicios, contra ese mundo más suave que el que descubren después. Quizá les da rabia haber estado a nuestra merced. Espero que Guillermo no sea muy así.

—No te creas, querida Berta —respondió Mary Kate con su marcado acento, posiblemente irlandés—. Dicen los psicólogos que los primeros meses y años son fundamentales para la personalidad, y somos nosotras las que los controlamos. Somos las civilizadoras, no te cabe duda —ahí le falló el subjuntivo irregular, hay extranjeros que nunca lo aprenden—, y no quieras imaginar cómo serían los niños más brutos si no hubieran pasado por nuestros cuidados al principio de todo. Apenas se diferenciarían de un animal. Tú no sabes qué críos hay en Irlanda, peores que los de España e Italia, que ya es decir.

—Bestezuelas inmundas —apuntó Ruiz Kindelán. Rápidamente se dio cuenta de que su comentario era excesivo e inmisericorde, intentó arreglarlo aunque tenía difícil arreglo en presencia de una madre reciente—. Quiero decir que los hay muy salvajes, muy asilvestrados, sobre todo en las poblaciones pequeñas. Los españoles y los italianos están muy consentidos y pésimamente educados, pero los irlandeses son más fieros. Hay mucho atraso por allí. —Se me ocurrió que a lo mejor lo habían hecho sufrir o le habían tirado chinas con tirachinas, por gordo, en la infancia si la había pasado allí, o incluso en visitas de adulto, alguien obeso es siempre blanco favorito de los malévolos en todas partes—. Los curas hacen lo que pueden, pero no basta —añadió para mi sorpresa, yo habría pensado que los curas contribuían no poco al atraso general.

—¿Más atraso que en los pueblos de aquí?

Lo pensó un segundo.

—Tiene usted razón. En los pueblos de aquí hay verdaderos niños cabestros. Que serán hombres mastuerzos, no los salvará la edad.

—¿Son ustedes irlandeses? —Fue entonces cuando lo pregunté—. ¿Tienen hijos? —Hasta aquel momento sólo me habían dicho sus nombres, sin apellido en el caso de Mary Kate. No sabía a qué se dedicaban ni por qué habíamos coincidido en un *cocktail* de la embajada. Éstos no eran muy restringidos, pero tampoco se abría la puerta a cualquiera. Para entonces los dos habían tomado asiento a mi lado, en mi banco, yo me había tenido que correr hasta un extremo para hacerles sitio, estábamos un poco estrechos. Eran gente invasiva, aunque agradable y cordial.

Mary Kate sí era irlandesa, y antes de su matrimonio se había llamado Mary Kate O'Riada ('Como el músico, que en paz descanse', dijo; 'algunos lo pronuncian O'Reidy, otros no.' Yo no tenía ni idea de quién era ese músico). Ruiz Kindelán no, era español, pero había vivido parte de su vida en Dublín y había viajado por todo el país, se lo conocía a la perfección. Los dos trabajaban en la embajada irlandesa, por eso eran colegas de Tomás, por eso se los invitaba a fiestas y cenas diplomáticas de vez en cuando. Y no, no tenían hijos. Ahora se les iba haciendo ya tarde, un poco tarde.

—Tampoco los hemos buscado con ahínco, no creas. Siempre hemos estado demasiado ocupados. —Y Mary Kate se quedó mirando con absoluta bizquera a una pareja de patos jóvenes que nadaban en el estanque, como si le evocaran a los hijos que no habían tenido, o acaso como si para ella los niños no se diferenciaran mucho de unos animales tontos a los que hay que dar de comer—. Nos dedicamos el uno al otro —concluyó sin pesar—. Miguel cuida de mí y yo cuido de Miguel. No sólo somos un matrimonio, sino que formamos un equipo y no nos separamos nunca. Hasta que la muerte nos separe y ojalá se nos lleve al mismo tiempo a los dos, ¿verdad que es así, Miguel?

—Verdad. Gran verdad.

A lo largo de las siguientes cuatro o cinco semanas
—lo que duró el episodio, por continuar llamándolo así;
sin duda fue más, fue susto y fue pánico—, tuve la sensación de que en efecto formaban un equipo y no se separaban jamás. Nunca vi al uno sin el otro. Sus apariciones
en los Jardines de Sabatini se hicieron frecuentes (tal vez
ya lo eran antes, pero yo no me había fijado en ellos), y si
no era allí me los encontraba en otras zonas del barrio,
dijeron vivir cerca, sin especificar dónde, alguna vez se-
ñalaron hacia el Paseo del Pintor Rosales, con vaguedad.
Como corresponde a un tipo de matrimonio sin hijos,
me 'adoptaron' con facilidad, incluso con alacridad. Se
mostraban risueños y amables, protectores y preocupa-
dos, se ofrecían a ayudarme en lo que necesitara, también a quedarse con el niño cuidándolo si era menester
(esto no era menester, y tampoco se lo habría confiado a
unos conocidos recientes que se habían presentado a sí
mismos, por cariñosos que fueran, por incondicionales
que se declararan). Yo me dejé cortejar hasta cierto punto. A ratos me sentía muy sola cuando Guillermo era demasiado pequeño para perderlo de vista un instante, al
principio cuesta horrores apartarse un momento de ellos,
no tenerlos permanentemente abrazados y oliéndolos
y no desear que el mundo se detenga ahí, que los niños
nunca crezcan y todo se paralice y se eternice esa situación, yo y ellos, ellos y yo, y que el resto desaparezca. Sin
embargo hay aislamiento, y era grato tener compañía y
conversación regaladas, sentirse arropada por unos vecinos
paternales a los que en caso de apuro podría recurrir. Me

dejaron su teléfono, yo les di el mío, y a partir de entonces empezaron a llamarme a menudo con desenvoltura, para saber cómo iba todo y si requería algo, que me hicieran algún recado o favor o servicio, que me trajeran algo que hubiera olvidado o no hubiera podido comprar. A veces me extrañaba que no estuvieran en su embajada a media mañana, justo cuando todo el mundo está más atareado; por ese motivo me era imposible contar a esas horas con mi madre, mi suegra, mi hermana ni ninguna amiga, todas mujeres activas y con quehaceres. Un día se lo pregunté, dijeron que sus horarios eran flexibles, no le di más importancia al detalle.

En una de las espaciadas y siempre apresuradas llamadas de Tomás le mencioné a los Ruiz Kindelán, le conté que los había conocido, le pregunté si los recordaba, dada la familiaridad con que el gordo compacto se refería a él, a 'Thomas', lo mismo que Mary Kate, aunque ella tal vez lo hacía por imitación.

'De nombre no me suenan, no me acuerdo', me contestó. 'Quizá si les viera la cara... Pero no tiene nada de particular. Hay tantos *cocktails* y reuniones y encuentros de toda clase que uno acaba saludando a centenares de personas a lo largo del año. Habla unos minutos con cada una y las olvida al instante a todas, a no ser que sean importantes o muy deslumbrantes y le causen gran impresión.'

'Tanto como muy deslumbrantes. Pero una vez vistos resultan inconfundibles, por eso me extraña no recordarlos en absoluto de antes. Él es llamativamente gordo y ella estrábica. Guapetona, pero estrábica hasta crear inquietud.'

'No sé, ni idea, a lo mejor he coincidido con ellos en alguna actividad de la AHGBI. Tengo que dejarte, ando mal de tiempo.'

';La AHGBI?' Esas siglas las había dicho en inglés. 'Nunca tienes tiempo, ¿no? No sé qué te hacen hacer.'

'La Asociación de Hispanistas de Gran Bretaña e Irlanda, se organizan cosas con esa gente, algunos vienen de visita a España y no desaprovechan la ocasión de dejarse caer por el British Council, por la embajada, sobre todo si se da copichuela. Desde los tiempos de Starkie los irlandeses se han pasado mucho por allí. No te olvides de que él lo es. Está muy orgulloso de haber sido el primer catedrático de Español del Trinity College de Dublín, y tuvo a Samuel Beckett de alumno. Pregúntale, si tienes curiosidad. Seguro que él conocerá a ese matrimonio.'

Walter Starkie había sido fundador y director del Instituto Británico, en el que Tomás había estudiado hasta entrar en mi colegio. Buen amigo de mi suegro, Jack, había apadrinado en lo posible a Tomás, yo suponía que en parte éste le debía su pronto cargo. Ahora, tras una larga etapa enseñando en California, Starkie volvía a vivir en Madrid, donde moriría por un grave ataque de su asma crónica unos meses después.

'No, no quiero molestarlo, está mayor. Y tampoco tengo tanta curiosidad. La verdad es que son muy afectuosos conmigo. Le hacen muchas fiestas al niño. El otro día se pasaron por casa y trajeron varios regalitos para él. Son muy agradables y atentos.'

Debería haberla tenido, más curiosidad, y acaso así me habría ahorrado el incidente, el susto y el pánico. Aunque fue eso lo que me permitió averiguar algo de Tomás.

Con frecuencia me preguntaban por él, los Ruiz Kindelán o Miguel y Mary Kate (pronto pasamos a tutearnos todos, en España se hacía ya difícil mantener largo rato el 'usted' en 1976), con un interés un poco insistente que yo tomaba por deferencia, tentativas de consuelo, solidaridad y preocupación por mí.

—¿Qué novedades tienes de Thomas? ¿Sabes algo nuevo de él? ¿A qué se dedica ahora en Londres? ¿O no está en Londres? Según cuáles sean sus funciones lo harán viajar. ¿Qué hace exactamente en el Foreign Office? ¿Para quién trabaja? ¿En qué sección está? ¿Y a las órdenes de quién? Nosotros conocemos a gente de allí, a lo mejor está con Gathorne, buen amigo nuestro, pregúntale si ha tratado con él, Reggie Gathorne. Pero pasa demasiado tiempo alejado de ti, ¿no te parece? Si colabora con ellos a temporadas, son temporadas demasiado largas, ¿no? Deberían tener en cuenta sus circunstancias, con el niño tan pequeño no tiene perdón de Dios. Entiéndeme, no es que quiera criticarlo y el trabajo es el trabajo, sí; pero debería estar más contigo, el primer año de una criatura es el más difícil y el que requiere más cuidados y esfuerzo, se ve que estás agotada por ayuda que tengas. Y no está bien que él se lo pierda, eso además, los niños cambian muy rápidamente y Guillermo no será nunca el que es hoy. Si puede saberse, ¿qué es lo que lo reclama tanto allí? ¿Cuándo prevé regresar? ¿Qué lo retiene? Será una labor complicada, una misión. Y os echará enormemente de menos, ¿no? Arderá en deseos de veros, sobre todo a ti.

Yo apenas podía contestar, con precisión ni con imprecisión. En realidad lo ignoraba casi todo, hasta la fecha de su regreso. No había oído el nombre de Reggie Gathorne y nunca me había hecho una composición acabada de su día a día londinense. A él parecía aburrirle contármela cuando venía y a mí desde luego me habría aburrido escuchársela. Jamás he sido inquisitiva y él siempre tuvo, desde muy joven —desde que nos conocimos en la adolescencia—, un elemento de opacidad que no había hecho sino acrecentársele con los años. La única esfera que en verdad compartíamos —y era la máxima y la esencial, la que contaba y en toda pareja debería contar— era la de la casa y la cama y el niño, la de las risas y los besos y la conversación sin informes ni detalles tediosos sobre nuestros quehaceres, la del placer de estar y salir juntos y vernos el uno al lado del otro, o enfrente, o encima, o notar de espaldas nuestras respiraciones. Supongo que alguien menos pudoroso diría 'la de nuestro amor'. Y sí, yo lo echaba enormemente de menos y me imaginaba que él a mí también. Pero lo del otro pertenece siempre a ese terreno, al de la imaginación. Uno nunca sabe a ciencia cierta, ni siquiera sabe si las declaraciones más encendidas son verdad o interpretación o convención, son sentidas o lo que el otro cree que le toca sentir y está dispuesto a decir. Yo ardía en deseos de verlo. Si él se consumía a su vez, no lo puedo asegurar. Como he dicho, un peso silencioso lo enajenaba, el que llevase, el que se había cargado a los hombros al término de sus estudios en Oxford, el que lo había escogido a él. Los deseos se mitigan, se adormecen cuando la suerte está echada y no se elige con libertad. En cierto sentido ya no hay lugar para ellos, o aparecen sólo como quimeras y ensoñaciones, y su destino es ser desechados tras unos momentos de debilidad.

Hacía un mes aproximado desde el primer encuentro con los Ruiz Kindelán cuando vinieron a casa un día, a media mañana. Guillermo había pasado la noche con fiebre y yo prefería no sacarlo a la calle, no exponerlo a nada. Así que se acercaron a vernos y a interesarse por él, la temperatura ya le había bajado con el amanecer, pero todavía se lo notaba adormilado y fatigado, había llorado mucho y no habría dormido lo suficiente. Yo apenas había pegado ojo.

Miguel, que era un hombre bromista y animado y hablador, permaneció bastante callado y con expresión contrariada durante los primeros minutos. Los dos se sentaron en el sofá y yo en un sillón a su izquierda, tras traer al niño en su moisés para tenerlo a la vista, quedó entre ellos y yo, a nuestros pies. En aquellos años se fumaba hasta en presencia de los bebés, y fumaban los Ruiz Kindelán. No exageradamente, pero fumaban, lo mismo que Tomás y que yo, yo había vuelto a tomar el hábito, suspendido nueve meses o diez. Ruiz Kindelán sacó un cigarrillo de su pitillera de cuero, pero aún no lo encendió, jugueteó con él en las manos, pasándoselo de una a otra o incluso colocándoselo sobre la oreja como un mecánico o tendero antiguo.

—Berta, de una cosa tenemos que hablar —me dijo de pronto, poniendo fin a la cháchara previa sobre menudencias. También dejó de lado la expresión contrariada y procuró sonreír enseñando sus dientes pequeños y cuadrados como teclas de miniatura, mostrarse cordial y simpático como de costumbre, utilizar un tono de ligereza que no me provocó preocupación pese a esas palabras preambulares que nunca anuncian nada bueno, sino desgracias y abandonos y conflictos y malas noticias.

—Tú dirás. ¿De qué se trata?

—Bueno, son dos cosas en realidad. Una es que venimos a despedirnos, con todo el dolor de nuestro corazón. Nos trasladan, imagínate. Después de tanto tiempo aquí. Es injusto. Uno se monta la vida poco a poco en un sitio, se acopla a él, y de pronto tiene que largarse y empezar en otro donde nada se le ha perdido. Eso puede ocurrir en cualquier instante, ya lo sabes, en nuestra profesión; nos lo veníamos temiendo, pero hasta ahora lo habíamos ido evitando un año tras otro. Se acabó la suerte, y a saber cuándo podremos volver o si podremos volver. Por lo menos hemos logrado que nos envíen juntos a donde sea. No podríamos separarnos. Y existía ese peligro. Levemente, pero existía.

—Miguel cuida de mí y yo cuido de Miguel —intervino Mary Kate, repitiendo la misma frase que me había soltado el primer día.

—Vaya, cuánto lo lamento, por vosotros y por mí. Sí que es un disgusto. —Era verdad que también lo sentía por mí, uno se habitúa en seguida a quienes están de su parte, a las figuras protectoras y facilitativas—. ¿Todavía no sabéis dónde os destinan?

—Hay un par de posibilidades —contestó Ruiz Kindelán—. A veces te lo comunican muy a última hora y te organizan una mudanza a toda prisa. Puede ser Italia, donde ya estuvimos, pero también puede ser Turquía. Eso no nos haría ninguna gracia. No son católicos, ni cristianos siquiera, hay cuatro gatos. El idioma es endiablado, nunca mejor dicho, y no se parece a ninguno. Al húngaro lejanamente, dicen, figúrate qué consuelo. Por lo menos en Hungría estaríamos entre cristianos, aunque por lo visto quedó bastante judío, o no sé si se las han apañado para regresar. —Aunque no hablaban directamente de religión, ya había observado, por pequeñas referencias, la importancia que le concedían. Iban los domingos a misa, eso sí, lo habían mencionado con naturalidad; y quizá no sólo los domingos—. Total, en Ankara no seríamos de gran utilidad, pero allí andan faltos de personal. En fin, los que mandan mandan, eso no quiere decir que lo hagan bien. En todo caso será inminente, el traslado está al caer.

—¿De verdad? ¿Cómo de inminente? —Sentí cierta desolación superficial.

—Dentro de una semana, creemos. Diez días a lo sumo. Pero, aparte de eso, querida Berta, nos tenemos que despedir porque seguramente tú tampoco nos querrías volver a ver. No después del otro asunto. —No dijo esto con gravedad, siguió sonriendo. Sacó el mechero Zippo negro que solía usar. Ni siquiera le abrió la capucha, se limitó a manosearlo. Todavía estaban muy de moda por haberlos llevado los soldados norteamericanos durante la Guerra de Vietnam, acabada hacía un año. Se decía que con ellos incendiaban poblados y aldeas, mucho más eficaces que las antorchas.

Ahí ya sí me preocupé un poco.

—¿Qué otro asunto? ¿Por qué no os iba a querer ver?

Entonces inquirió de nuevo por Tomás:

—Dime, ¿tú estás segura de que se dedica en Londres a lo que te dice que se dedica? Aún es más, ¿estás segura de que es en Londres donde está? ¿De que está ahora mismo allí?

—Bueno, sólo sé lo que él me cuenta. Ya os he dicho que no es mucho, no entra en detalles que a mí ni me van ni me vienen, y además yo presto poca atención. —Me quedé pensativa un segundo—. De lo que a uno le cuentan nunca puede tener seguridad, cómo es posible tenerla, ¿verdad? Pero vamos, aunque es él quien suele llamarme, tengo dos teléfonos suyos de Londres por si surge una emergencia. ¿Por qué no iba a estar donde dice?

—¿Esos teléfonos los contesta siempre él? —se sumó al interrogatorio Mary Kate—. ¿Son de su casa, de un piso, o del lugar de trabajo, de un despacho, una oficina, del Foreign Office?

Ya me parecía rara tanta insistencia, por parte de los dos; pero todavía no vi nada anómalo en sus preguntas. Lo cierto es que eran curiosos y preguntaban mucho, en general.

—Pues mira —le contesté—, no he utilizado más que una vez cada uno, y en ninguna me lo cogió él; lo lógico, por otra parte: uno es del trabajo, donde pasa más tiempo que en casa, y el otro de un edificio de apartamentos con centralita, cerca de Gloucester Road. Allí vive o más bien duerme. Las dos personas que me respondieron quedaron en darle el recado, y en efecto él me llamó poco después. No sé si el de su trabajo está en el mismo Foreign Office o en otro lugar. ¿Por qué? ¿A qué viene todo esto?

—Nos han llegado noticias de que no es allí donde está empleado, sino que más bien trabaja para el MI6. —Ante mi cara de extrañeza Ruiz Kindelán juzgó conveniente explicármelo, por si acaso, aunque mi extrañeza no reflejaba ignorancia, sabía lo que eran el MI6 y el MI5, por lo menos esos dos, como todo el que ha leído novelas o visto películas de James Bond—. El Servicio Secreto para el exterior. —Y como me quedé callada (eso provoca el estupor divertido, cuando uno sospecha que se le está hablando en guasa, o no del todo en serio), añadió para hacerme mejor comprender, como si fuera tonta o más joven de lo que era—: Espías, en una palabra.

Ahora me eché a reír brevemente, con incredulidad. Me había hecho gracia la innecesaria aclaración. Tanto que casi resultaba ingenua.

—Nunca me ha dicho nada. Claro que si son espías; claro que si el servicio es secreto, no lo van a contar por ahí —bromeé. Los Ruiz Kindelán seguían sonriendo y mantenían el tono amable, aunque a los dos les había asomado una sombra de involuntaria dureza al encadenar preguntas—. Pero ¿y qué, si fuera así? La idea no me gustaría mucho, pero en fin, supongo que no es difícil deslizarse desde el Foreign Office a eso, ocasionalmente. Quizá le hayan pedido que interrogue a alguien extranjero, que haga de intérprete de vez en cuando. Se le dan muy bien las lenguas, sabe unas cuantas, la mayoría las habla a la perfección. No lo van a desaprovechar si resulta de utilidad para el MI6.

—No tan fácil, no tan fácil. MI significa *Military Intelligence*, por si no lo sabes, eso lo sabrás. Es un cuerpo militar, no diplomático, no civil. Depende del Ejército, está por encima de la policía y de casi cualquier autoridad. Sus agentes poseen rango, graduación, y están sujetos a su disciplina. Pertenecen, en suma... —Torció el gesto y se corrigió—. Son oficiales, son responsables de un Ejército invasor.

—¿Invasor? ¿Invasor de qué?

—De Irlanda, claro está. De nuestro país —se apresuró a contestar Mary Kate con su acento, y al decirlo sus ojos se quedaron fijos e irritados en mí, o eso me pareció. Una vez más se les acentuó el estrabismo, de nuevo me causaron un miedo momentáneo y leve, era un miedo irracional mientras duraba, unos segundos por lo regular. Ahora me duró un poco más. Tardó en volverlos a su ser más benigno, y era como si esos ojos, clavados y desviados al mismo tiempo, me reprocharan con acritud: '¿Es que no te das cuenta, chica idiota? ¿Tan ajena estás al mundo, tan fuera de él? Un Ejército invasor de nuestro país'.

Aparté la vista y la bajé hasta el niño, creo que busqué refugio en él. Su mirada era suave y errática, aún no fijaba del todo las personas ni los objetos, zigzagueaba sin brújula y no podía clavarse, era lo contrario de la de Mary Kate. Hacía rato que estaba tranquilo con los ojos abiertos, sin rastro ya de malestar. Gorjeaba distraído a nuestros pies.

Me incliné, le acaricié una mejilla con un solo dedo, allí estaba mi niño tan nuevo, tan suave y redondeado, tan sin gastar. Por absurdo que parezca, su visión me serenaba, como si junto a él nada pudiera pasarme y el resto se difuminara; como si nos protegiéramos mutuamente, y, pobre, cómo iba a protegerme él a mí. El ruido del mechero Zippo me hizo alzar la vista. Ruiz Kindelán se había llevado por fin el cigarrillo a los labios, había abierto el capuchón con un golpe del pulgar y había intentado encenderlo, pero no había brotado llama. Lo agitó con brío y volvió a probar, pero no. Le miré los zapatos, siempre estaban un poco sucios, o al menos nunca relucientes, los debía de descuidar, a muchos hombres les dan una pereza invencible el cepillo, el paño y el betún, de ahí la tradición de los limpiabotas, se me ocurrió; contrastaban con sus trajes bastante buenos y muy aseados, alguno con un asomo de brillo quizá. La gabardina que aún llevaba en junio, echada al brazo, la había dejado a su lado en el sofá, de cualquier manera.

—Mira, Berta querida —dijo, y nada más decirlo se rió sin venir a cuento, como si quisiera imprimir un tono festivo a aquella conversación—. Nos han llegado noticias de que hay un individuo del MI6 que está haciendo mucho daño en Belfast, o al que van a soltar allí o en otro sitio para que lo haga, aún no sabemos si está en camino o ya en destino. —Lo pronunció como palabra aguda, el nombre de esta capital, como no lo habría hecho casi ningún español; casi ningún español sin mezcla, quiero decir. Y de nuevo la misma fórmula de antes, 'Nos han llegado noticias'; ¿de quién venían? ¿Y quiénes eran 'nos'? ¿Tan sólo él y Mary Kate o alguien más? ¿Una organización, un Gobierno, todo un país?—. No tenemos certeza de quién es ni de por quién se hace pasar, no conocemos bien su aspecto porque lo puede haber alterado ya una vez o dos. Acaso era rubio y ahora es moreno y ha pasado por pelirrojo en el trayecto. Quizá tenía una buena mata de pelo y ahora se lo corta al uno. Ahora tal vez luce barba y antes iba afeitado y en medio se dejó unas largas patillas que se le juntaban con un bigote, bigote a lo Crosby y patillas a lo Stills o Neil Young. —Entonces aún sonaban los ecos de aquel supergrupo musical, Crosby, Stills, Nash & Young. Con todo, me sorprendió que un tipo como Ruiz Kindelán estuviera familiarizado con él—. No usaba gafas y ahora lo mismo se gasta unas tan grandes como las mías. —Se las tocó, se las recolocó con el dedo corazón; aprovechó para atusarse el cabello rizado—. Es normal que esconda su verdadero rostro, o que procure ofrecer varios para parecer personas distintas y despistar, sembrar la confusión. —Se rió otra vez, aparentemente con espontaneidad, como si todo aquello fuera un juego o un acertijo—. Tenemos sospechas de que pueda ser un agente bastante nuevo, entrenado recientemente, no utilizado, no gastado, probablemente para ejercer misiones de topo, de infiltrado, bueno, ya sabes. Y de que pueda tratarse de Thomas, en fin. ¿Qué tal se le da a Thomas el acento irlandés? ¿Crees que podría pasar por uno de nosotros? Al parecer es un prodigio imitando acentos y hablas y voces. Al parecer la gente se troncha al oírlo, nosotros no hemos tenido oportunidad de admirarlo, dicen que es fantástico. —Rió por tercera vez como si estuviera asistiendo al alarde, y a continuación echó mano de la gabardina y se puso a rebuscar en sus bolsillos con gran parsimonia, una de esas prendas con un montón de ellos, al tiempo que seguía hablando casi en tono de chanza, sin el menor dramatismo—. Ojo, no decimos que sea él, no nos consta, es muy difícil averiguar eso, natural: la tarea de sus superiores es dificultarlo al máximo. Ni siquiera estamos totalmente seguros de que lo emplee el MI6. En realidad esperamos que no, deseamos que no, que todo sea una equivocación. Sería muy penoso que alguien a quien estimamos tanto estuviera perjudicando a Irlanda, eso nos descolocaría mucho. El marido de alguien a quien adoramos, además. Imagínate.

—El padre de esta preciosidad, nada menos. De esta divinidad —apuntó Mary Kate, era su palabra favorita para el bebé; y se inclinó para hacer bailar sus pulseras ante la carita del niño, a éste siempre le llamaba la atención el sonido, eran un sucedáneo de sonajero.

—Pero hay rumores feos, ¿sabes? —continuó Ruiz Kindelán—. Y algunos no suelen fallar, no nos han fallado en otras ocasiones, ojalá esta vez sí. —Mantenía el cigarrillo en los labios, el Zippo en una mano, cerrado por su capuchón, y con la otra seguía tanteando en la gabardina con enorme calma, sin prisa alguna y sin aplicarse, sin apenas prestar atención, como si no le cupiera duda de que lo buscado iba a aparecer antes o después—. Convendría comprobarlo, descartar la posibilidad. Cuanto más pronto mejor, para nosotros y para vosotros. Para todos, ¿verdad? Creo que podrías, Berta, que te toca indagar y hablarlo con él. Y convencerlo de que se abstenga, si resultara cierto ese feo rumor, a ti no te mentiría, ¿no?, en un asunto de gravedad que también te atañería a ti, y al niño, a los tres. Por lo menos en Irlanda. Que se abstenga en Irlanda o saldremos todos perdiendo e iremos mal mal, no sé si lo ves. —Y por fin sacó el objeto de un bolsillo interior: un pequeño bote de gasolina o fuel, también de la marca Zippo, negro como su mechero, coronado por un tapón rojo de plástico rematado a su vez por una especie de pitorro que lo mantenía cerrado, en una posición, y en otra lo abría y permitía que el combustible saliera por él, por un diminuto orificio, cuando había que recargar el encendedor. No era que la piedra estuviera inservible, que se le hubiera acabado, las dos veces que Ruiz Kindelán había intentado darse lumbre había sonado normal y había saltado chispa, pero llama no, esa llama algo aparatosa e inicialmente bailona de los Zippo, de apariencia menos gobernable que otras, quizá por eso el aire no la apaga tan fácilmente, a veces ni siquiera una leve ráfaga, quizá por eso eran más eficaces que las antorchas, a la hora de prender fuego a algo, de incendiar. Se había quedado sin fuel y Kindelán iba preparado para rellenarlo, todo el mundo conocía el mecanismo en aquellos años, todo fumador: se extraía el mechero de su vaina metálica y se inyectaba el petróleo por un agujerito que había abajo en el algodón o la gomaespuma o lo que quisiera que fuese, hasta impregnarlo, y ya estaba listo para funcionar otra vez—. Vaya dilema, si no se dejara convencer —añadió con una sonrisa, simpática y bonita como eran las suyas, y fue entonces cuando me di cuenta de que el pitorro del bote estaba levantado y no bajado como debería, y al agitar de inmediato ese bote Ruiz Kindelán antes de usarlo, como si contuviera zumo, cayeron unas gotas de aquel líquido inflamable sobre el moisés de Guillermo (o fue un chorrito), sobre las minúsculas sábanas y sobre su pijamita. Todo pareció involuntario, un descuido, el bote ya surgió mal cerrado del bolsillo, y fue todo tan rápido, desde su aparición hasta la caída del combustible en el peor de los sitios (fue en un solo movimiento del brazo, en realidad), que no me dio tiempo a hacer nada para evitar la imprudencia. Mi primer impulso fue sacar al niño de allí, cogerlo en brazos y llevármelo al cuarto de baño, quitarle la ropa, limpiarlo, mojarlo, bañarlo, apartarlo de aquella pareja que en un brevísimo lapso de tiempo había pasado de inspirarme confianza y darme protección a provocarme pavor. Pero fue precisamente ese pavor lo que me impidió moverme, porque antes de que pudiera agarrar al crío Ruiz Kindelán volvió a abrir la capucha del mechero con el pulgar, como si quisiera intentar de nuevo obtener una llama para su pitillo, aunque todavía no había inyectado la gasolina en la espuma; y tampoco bajó el pitorro del tapón, como habría hecho en seguida cualquier persona tras el desaguisado. El cigarrillo continuaba en sus labios, en una mano el bote y en la otra el encendedor abierto. Me frené en seco, comprendí lo que había preferido no comprender, me frené en seco y me mantuve quieta en mi sillón, no fuera todo a ser peor, contraproducente y peor, irremediable y peor. 'La piedra funciona', pensé a toda velocidad, y empecé a jadear con angustia, hoy se diría a hiperventilar, 'y cabe la posibilidad de que de pronto le arranque llama esta vez, si vuelve a probar. Y si hay llama la puede arrojar al moisés de mimbre, a las sábanas y al pijamita, cuán poco tardaría todo en arder. O, si no lo hace a propósito, se le puede resbalar el mechero con su fuego que no se apaga así como así.' Permanecí inmóvil pese a lo mucho que me costó, quería correr, huir con mi niño, pero no me atrevía, me obligué a paralizarme. Le imploré como si aún no hubiera comprendido nada y la situación fuera normal. Fingí, le hablé con aplomo y naturalidad, aunque me delatarían el jadeo y una vibración de pánico en la voz. Hice como que no, pero en realidad le imploré:

—Por favor, Miguel, cierra la caperuza, no vayas a encender ahora. Has rociado el moisés, no sé cómo se te ocurre manejar eso aquí, encima del niño. Y cierra también ese bote, cómo es que lo llevabas abierto. Te habrá empapado la gabardina. Te apestará.

Desde donde yo estaba olía el petróleo, Guillermo lo estaría oliendo mucho más, aspirar sus vapores sería malo para sus pequeños pulmones, qué podía hacer. Se me ocurrió arrebatarle una de las dos armas o las dos con un gesto enérgico y rápido, cualquier cosa se puede convertir en un arma, el ingenio humano es atroz por su celeridad. Pero las tenía bien cogidas, observé, corría un riesgo grande si fallaba. 'No puede hacer nada', procuré convencerme, ahuyentar el miedo. 'Si quema a un niño lo meterán en la cárcel, no podría escapar, a menos que me quemase a mí también. Pero a mí de qué me sirve que después vaya a la cárcel, si hace eso estará hecho y no se podrá deshacer.' Él enarcó las cejas como si nada pasara, como si no hubiera peligro de ninguna clase y lo sorprendiera mi aprensión. Se rió.

—Mujer, no seas exagerada. Nada malo va a suceder, tch-tcha —me dijo con su habitual refuerzo para negar. Bajó el pitorro del bote pero no el capuchón del mechero. 'Una amenaza menos', lo agradecí mentalmente, pero en seguida me di cuenta de que no era así, el combustible ya había caído, no hacía falta que cayera más. 'Cuánto tardará en evaporarse', pensé, no tenía la menor idea. Por fortuna el niño seguía sin llorar ni quejarse, a su aire, con los puñitos cerrados y alzados, miroteando el techo sin rumbo, emitiendo sus sonidos guturales, gorjeando de vez en cuando. Pese al penetrante olor, quizá mareante para él.

Eché una ojeada a Mary Kate en busca de ayuda, de apoyo, quizá de solidaridad femenina, y no me tranquilizó lo más mínimo. Miraba a su marido, a su izquierda, con fijeza y expectación, como si estuviera a la espera de que hiciera lo que debía hacer o lo que habían acordado hacer. Y su consiguiente bizquera me pareció ahora un rasgo fanático, de iluminada, como si sus ojos de espectacular azul se hubieran despojado no sólo de la ingenuidad y el desamparo que a veces mostraban en movimiento, sino también de toda piedad, y aguardaran lo contrario que yo, es decir, lo irremediable y peor. Los hijos de los que carecía eran para ella como un par de patos tontos nadando, recordé. Y para él bestezuelas inmundas, recordé también.

—Nada malo, Berta querida, seguro —repitió Mary Kate sin apartar apenas la vista de Kindelán, sólo lo justo para captar mi mirada de súplica mal disimulada—. Nada malo puesto que depende de ti y tú eres la mejor de las madres. Si lo sabré yo —añadió un poco castizamente para ser una extranjera. Dirigí los ojos a su busto prominente y masivo, no sé por qué: simplemente para dejar de contemplar su estrabismo aterrador, o para persuadirme de que una mujer con un seno tan acogedor no podría hacerle daño a nadie, y aún menos a un bebé. O como si de ese modo apelara al instinto materno que seguramente ella no había conocido jamás. Mi cabeza estaba cada vez más aturdida y además ninguna consideración optimista me resultaba de utilidad: en el fondo estaba convencida de que aquella mujer era capaz de hacerle daño a quien fuese, si lo exigía su causa, intuía cuál era, o su país. Demasiada gente se nombra a sí misma intérprete de las necesidades de su país, en cualquier país, y a la larga acostumbra a adueñarse de él con su vehemencia contagiosa.

—Claro —contesté, y me sentí como alguien que está dando la razón a unos locos para aplacarlos, y los locos siempre se percatan de eso y no les gusta, a menudo los irrita y encoleriza más, pero no sabía qué otra cosa decir, qué otro tono emplear—. Claro que sí —insistí—, hablaré con Tomás lo antes posible, le preguntaré y lo convenceré, descuida. Si hay algo de cierto; a lo mejor no lo hay, a lo mejor es un falso rumor, es todo una confusión y él no es él. —Esto último no tenía el menor sentido, pero me habrían entendido, supuse. El prolongado miedo lleva a pensar y hablar como entre brumas.

—Ya. ¿Y si lo niega? —dijo Mary Kate.

—Si lo niega será porque no es verdad.

—¿Cómo podrías saberlo? Podría negarlo también siendo verdad. Si trabaja para el MI6, lo habrán aleccionado para negar hasta lo innegable, las cosas van así. Estará en un sitio y allí mismo jurará que él no está allí.

Mi mente era incapaz de seguir aquel intercambio, por breve que fuera. Estaba enteramente ocupada por mi niño indefenso y por el mechero abierto, si Ruiz Kinde-lán le daba al pulgar y brotaba llama esta vez, una sola vez, el siguiente paso podría ser catastrófico, por accidente o por intención. La angustia de saber que no estaba en mi mano proteger a Guillermo, salvarlo, se me hacía insoportable. Estaba pendiente de aquel dedo, mi jadeo era cada vez más ruidoso y acelerado, me delataba, y en efecto estaba dispuesta a cualquier cosa, aquel matrimonio podría haberme ordenado lo más humillante, indecente o abyecto y yo habría cumplido y obedecido. Por supuesto habría traicionado a mi país, por el que tampoco tenía gran estima, difícil tras cuatro décadas de dictadura; o a mis padres, o a Tomás, no habría dudado un instante con tal de alejar del fuego a mi niño. No me permitía imaginármelo ardiendo, porque si lo hacía perdería el conocimiento y ya no podría ni vigilar siquiera.

Ruiz Kindelán seguía sonriendo con su ligereza habitual, incluso soltó una risita como si le hubiera hecho gracia la última frase de Mary Kate.

—Cómo se le ha ocurrido a Thomas meterse en eso —dijo como si lo interesara o divirtiera la especulación; y no en tono interrogativo, sino dándolo por hecho, por cierto—. Habiendo pasado la mayor parte de su vida aquí, no puede ser un gran patriota inglés. De ahí se sale siempre mal, querida Berta, si es que se logra salir. Yo he conocido a un par de ellos y he estudiado a unos cuantos más, y lo normal es que salgan trastornados o muertos. Y los que no son ajusticiados ni enloquecen del todo, acaban por no saber quiénes son. Pierden su vida o se la parten en dos, y esas partes son irreconciliables, se repelen. Pierden su identidad y hasta su memoria anterior. Algunos intentan volver a la normalidad años después y no son capaces, no saben reincorporarse a la vida civil, llamémosla así; a la vida pasiva, sin sobresaltos ni tensión, a la jubilación forzosa. Da lo mismo la edad que tengan. Si ya no sirven o se han quemado, se los retira

sin contemplaciones; se los envía a casa o a vegetar en una oficina, y hay individuos que antes de cumplir la treintena languidecen con la conciencia de que su tiempo ya ha pasado. Como si fueran jugadores de fútbol. Añoran sus días de acción, de vileza, de engaño y de falsedad. Se quedan prendidos en su pasado más turbio, y a veces los abruma el remordimiento: cuando se detienen se dan cuenta de que lo que hicieron fue sucio y de que sirvió para poco o nada. De que no eran imprescindibles, en el mejor de los casos. De que otro cualquiera podría haberlo hecho por ellos y todo habría sido igual. De que sus afanes y riesgos resultaron indiferentes, casi inútiles, una sola persona nunca puede ser decisiva ni cambia nada esencial. También descubren que nadie les agradece su esfuerzo ni su talento, su astucia ni su paciencia, ahí no existe la gratitud, tampoco la admiración. Lo que para ellos fue importante no lo es para nadie más. Qué digo: lo que para ellos fue crucial... Cómo ha podido Thomas ser tan tonto de meterse en eso. Y tan imprudente. De ahí sólo se sale mal, ya te digo. Muy mal.
—No prestaba mucha atención, pero alcancé a pensar: 'Mientras siga perorando todo irá bien. Estará distraído y olvidado de su pitillo, no probará a encenderlo'. Y a continuación pensé: '¿Y él qué es, ellos qué son? Quizá se esté refiriendo a sí mismo al decir todo esto porque sabe lo que un día lo aguarda, sus tareas deben de ser semejantes a las que atribuye a Tomás o si no no me estaría advirtiendo, no me estaría obligando a apartarlo a él de las suyas. Yo no creo que lo sean, seguramente hay un error y lo han confundido con otro. Pero cuán poco sé, en realidad'—. Y os está poniendo en peligro a los demás. ¿O qué te crees, querida Berta? ¿Que aquellos a los que perjudique no intentarán evitarlo? ¿Que no lo neutralizarán por todos los medios? ¿O que no se vengarán? —'Aquí sí está hablando de sí mismo', pensé, 'de él y de Mary Kate, forman un equipo, no son sólo un ma-

trimonio, pero lo hace como si los encargados de disuadir o vengarse fueran otros y no ellos. Tiene el cuajo de hablar así después de haber echado gasolina al moisés y sostener largo rato en la mano un Zippo abierto, un mechero al que le falta fuel pero al que le puede quedar una gota que dé llama en cualquier instante, algo parece seco del todo y sin embargo no lo está, lo he visto en el cine con las cantimploras, están vacías y se les dan unos golpes y al final cae lentamente una gota como si fuera de sudor...'

Guillermo empezó a toser, no aguanté más.

—Haré lo que tú quieras, Miguel. Por favor, cierra esa tapa y déjame coger al niño, déjame que lo limpie y lo lave, debe de estar ahogándolo el olor tan fuerte, mira qué tos. Si me llega a mí, imagínate a él. Y es tan pequeño, todo es tan pequeño en él. Déjame, por favor.

'Mejor mencionar el olor y no el fuego, mejor no dar ideas', pensé estúpidamente, estaba claro cuál era la idea desde el principio de aquel accidente fingido, se trataba de infundirme pavor, de que me plegara a cualquier exigencia, de que prometiera lo que ni siquiera estaba en condiciones de prometer y no dependía de mí. Me incliné y extendí los brazos, decidida a sacar a Guillermo de allí, me diera permiso o no. Pero no me lo dio, porque fue justo entonces, al ver mi gesto determinado que no llegué a completar, cuando su pulgar se movió y le dio a la rueda del Zippo para encenderlo, el cigarrillo entre los labios siempre. No salió llama tampoco esta vez. Pero no me dio tiempo a respirar aliviada —había contenido el aliento una fracción de segundo, o mi pulso se saltó un latido—, porque Kindelán cerró el capuchón para en seguida volverlo a abrir y volver a amenazar. Yo había parado en seco mi movimiento, mi ademán, tan en seco que mis brazos se quedaron extendidos, paralizados a mitad de camino, como si no pudieran alcanzar al niño, separados de él por una barrera invisible, por unas rejas, un cristal, por la mayor fuerza que existe, la del temor. Kindelán me miró sonriendo como de costumbre, soltó una de sus risitas, se hacía gracia a sí mismo.

—Qué asustadiza eres, mujer —me dijo con benevolencia—. Ya te he dicho que nada malo va a pasar. ¿Ves?

Y entonces volvió a darle con el pulgar a la rueda y ahora, quizá para su sorpresa, sí surgió una llama minúscula y fluctuante que no duraría, lo que yo había previsto que podría ocurrir.

Hice lo que cualquier madre habría hecho, supongo. La soplé instintivamente con fuerza y la apagué. Y acto seguido cogí al niño en mis brazos, no esperé más. Había visto una llama débil durante un instante y aquello era suficiente. Estuve segura de que Ruiz Kindelán había concluido su sesión, y lo mismo Mary Kate. Estuve segura de que el peligro del día había pasado ya, pero también de que podría volver, aquel era un peligro inaugural. Él cerró el mechero con el chasquido correspondiente, inconfundible, y se lo guardó en un bolsillo de la chaqueta. 'Sí, puedo descansar ya por hoy', sentí, 'pero a partir de ahora ya no podré descansar nunca más, porque estos son capaces de regresar. O quizá es todo una broma pesada y mañana lo veré así.' Es increíble con qué facilidad apartamos de nuestra mente lo que nos preocupa y angustia, lo que nos impide vivir con normalidad; entre un bombardeo y otro, en las guerras, la gente aprovecha el paréntesis y hace como si no existieran y sale a la calle y se reúne en los cafés, yo necesitaría creer que no había pasado lo que aún estaba pasando, todavía no había perdido de vista a los Ruiz Kindelán, me pregunté quiénes eran en realidad, de pronto me pareció imposible que unos funcionarios de embajada se comportaran así, aunque ya se habían cuidado de que todo fuera fortuito en apariencia, yo sabía que no pero cómo lo iba a demostrar, no podría denunciarlos ni elevar una protesta ante sus superiores, sólo podía hablar con Tomás, contárselo y preguntarle cuánto había de cierto, si es que había algo de cierto. Yo seguía jadeando pese a sentirme ya a salvo, no se para de golpe una respiración agitada, ni se cercena un horror.

A continuación Kindelán hizo lo mismo con el botecito de gasolina, lo devolvió bien cerrado a un bolsillo de su gabardina, las dos armas desaparecidas. Cogió la prenda arrugada, se la echó al brazo como la había traído, se puso en pie casi de un brinco —siempre ágiles sus movimientos, en contradicción con su obesidad— y su mujer lo imitó. A ella se le había corrido un poco el *rouge*, le había rebasado el borde de los labios, lo notó entonces, abrió el bolso, sacó un espejito y un *kleenex* y se limpió con detenimiento (también se miró bien los dientes, por si se los hubiera tiznado el carmín) como si allí no hubiera sucedido nada. Con todo, los ojos se le desviaban del espejo inquietos, volvían a ir de aquí para allá por todo el salón, pero ahora evitaban posarse sobre Guillermo, era como si la divinidad hubiera dejado de existir. Yo lo abrazaba con todas mis fuerzas, cubriéndole la cabeza con una mano para protegérsela, alejándolo lo más posible de aquellos dos. Pegado a mí le notaba más el olor a petróleo destilado, pobrecito, temía por sus pulmones, aunque la tos se le había parado al incorporarlo, al sacarlo del moisés, lo llevaría corriendo al pediatra, por si acaso, al Doctor Castilla o al Doctor Arranz.

Estaba claro que los Kindelán ya se despedían, se iban, ojalá se marcharan de verdad a Turquía o a la Mongolia Exterior, una vez cumplida su encomienda, su repugnante misión. Se encaminaron hacia la salida con calma, yo no los acompañé, cuanta más distancia mejor. Esperé a que estuvieran al otro lado de la puerta y entonces me precipité a echar el cerrojo, una mera superstición. Antes de tirar del pomo desde el descansillo, el gordo sonrió una vez más y lanzó su risita una vez más:

—¿Lo ves, querida Berta, como teníamos razón? Ya te lo he dicho antes. Que después de hoy no nos querrías volver a ver.

IV

Aquella misma tarde, en cuanto se hubo marchado el Doctor Castilla (que acudió presto y amable y me tranquilizó con su masculleo habitual), llamé a Tomás a sus dos teléfonos, sin resultado. La centralita del edificio de apartamentos se limitaba a conectarme con el suyo, en el que no respondía nadie. Volví a marcar y le rogué a la telefonista que diera a Mr Nevinson el recado de que lo buscaba su mujer con urgencia desde Madrid. En el del trabajo me pedían que aguardara, me conectaban igualmente con una extensión y el timbre sonaba y sonaba inútilmente, hasta que se interrumpía la comunicación. Me di cuenta entonces de lo aislada que estaba de él. Ni siquiera estaba al tanto de quiénes eran sus colegas o compañeros más cercanos. Haciendo un esfuerzo de memoria, recordé que había mencionado a un tal Mr Reresby en un par de ocasiones, otra vez a Mr Dundas (de hecho había dicho 'Dundás', pero en inglés no hay tildes) y otra vez a Mr Ure, apellido que yo no había sabido visualizar escrito (lo había pronunciado 'Iuah', algo así) y él me había deletreado para mi estupor. 'Es escocés de origen', me había aclarado refiriéndose al nombre, no al hombre, y lo mismo había precisado en su día respecto a 'Dundás'. De modo que marqué de nuevo y pregunté por Mr Reresby, allí no había nadie llamado así; probé a interesarme por Mr Dundas y recibí idéntica contestación. '¿Puedo entonces hablar con Mr Ure, por favor?', insistí, y procuré pronunciarlo como lo había hecho Tomás (mi inglés era bastante aceptable, pero nada que ver con el suyo, claro está). Me sentí ridícula soltando 'Iuah' y deletreándolo a continuación para asegurarme de que se me entendía lo que para mí era interjección, y encima no me sirvió de nada, tampoco trabajaba allí ningún Ure. La desesperación trae relámpagos, y me quiso sonar de pronto haber oído en sus labios 'Montgomery' una vez, inquirí por Mr Montgomery, aunque eso podía ser también un nombre de pila, al menos en los Estados Unidos, pero no estábamos en ese país. La persona al otro lado del teléfono se impacientó con educación: 'Ningún Mr Montgomery, señora. ¿Está usted segura de llamar al lugar indicado, señora?'. 'Eso es el Foreign Office, ¿verdad?', respondí. 'Y Mr Nevinson sí trabaja ahí, ¿no es verdad?' Hubo un sorprendente silencio para la primera pregunta, como si no estuviera previsto o bien visto satisfacer esa curiosidad; y lo cierto era que al descolgar no recitaban el nombre de la institución, uno era saludado por un mero '*Hello?*', como en un domicilio particular. 'Sí, Mr Nevinson se cuenta entre nuestro personal, la paso con su extensión.' 'No, ya lo hizo antes y no contesta', le corté. Entonces se me ocurrió deslizar un nombre más, el del supuesto gran amigo de los Ruiz Kindelán, Reggie Gathorne, y con él hubo más suerte, pero insuficiente. 'Lo lamento, Mr Gathorne lleva una semana ausente, y no sabemos cuándo se reincorporará.' En algo el matrimonio no había mentido, y si allí había un Reggie Gathorne aquello debía de ser el Foreign Office o una dependencia de este Ministerio. Rogué que se diera a Mr Nevinson el recado de que necesitaba hablar con él lo antes posible. 'Ha sucedido algo muy serio. Soy Mrs Nevinson, su mujer', añadí para investirme de una vaga autoridad (no se tiene muy en cuenta la autoridad conyugal). 'Debo advertirle que también lleva días ausente, señora', me dijo el individuo que me atendía, 'y tampoco sabemos cuándo se reincorporará; dudo que pueda transmitirle su mensaje con prontitud.' '¿Y no sabe usted dónde puedo encontrarlo, dónde está?' 'Lo siento, señora, yo no poseo esa clase de información.'

Me quedé largo rato mirando el teléfono colgado con impotencia. De vez en cuando probaba en el otro número, siempre lo mismo, siempre sin éxito. Por 'ausente' aquel telefonista había dicho '*away*', lo cual, bien mirado, sonaba más como 'fuera', 'fuera de la ciudad'. Si Tomás no estaba en Londres no tenía medio de localizarlo, y en verdad necesitaba hablar con él, contarle lo que había pasado, preguntarle qué diablos hacía y en qué problemas nos había metido, a qué se dedicaba en realidad, si llevaban razón aquellos Kindelán a los que esperaba, en efecto, no volver a ver aparecer, ni en los Jardines de Sabatini ni en ningún otro lugar. Necesitaba pedirle que pusiera remedio, aquello no se podía repetir.

Todavía estaba mirando el teléfono cuando sonó, una media hora después de mi frustración. Me abalancé sobre él. 'Le habrán dado el recado, será Tomás.' Pero una voz inglesa preguntó en su lengua por Mrs Nevinson, es decir, por mí.

'Soy Ted Reresby', se presentó. Desde el primer momento su tono era desenfadado y lleno de confianza, nada que ver con la rigidez del empleado anterior. 'Perdone que la moleste, pero al parecer llamó usted a su marido hace un rato y luego preguntó por mí y por otras personas, y su interlocutor se equivocó en lo que a mí respecta, le dijo que yo no existía aquí. Bueno, es obvio que ignoraba mi existencia hasta hace unos minutos; ahora ya no la olvidará. No lo culpe, es bastante nuevo y no conoce a todo el mundo aquí.' 'Aquí', decía. Habría querido preguntarle si 'aquí' era el Foreign Office para salir de dudas sobre eso al menos, pero su primera parrafada fue un torrente y no me dejó, y yo ponía toda mi concentración en entenderle, su manera de hablar era un poco arrastrada y a la vez cantarina, no muy fácil para quien está acostumbrado a oír sólo a diplomáticos en actos formales o sociales, y el teléfono —no ver la boca de quien nos habla— añade dificultad. 'Tom no está en Londres', continuó sin permitirme intercalar una palabra, 'está con una delegación cerca de Berlín y tardará varios días en regresar. Espero que sean sólo unos días, que no surjan complicaciones que retrasen su vuelta, en estas cosas nunca se sabe. Me han dicho que tenía usted urgencia en hablar con él y por eso le devuelvo la llamada, Mrs Nevinson, por si puedo serle yo de alguna ayuda, ya que ahora mismo no hay forma de comunicar con Tom.'

'¿No hay forma de comunicar?', intervine por fin. '¿Cómo puede ser? ¿No le puede usted avisar?'

'No, señora, me temo que eso no es posible. La delegación tiene prohibido contactar con el exterior mientras duren las negociaciones, las conversaciones. A veces ocurre así. Son condiciones un tanto absurdas, extremas. Vaya en nuestro descargo, nos las suele poner la otra parte, cuando las hay. Aquí no somos tan susceptibles.'

'¿Me está diciendo que esa delegación está aislada y que ustedes no pueden contactar con ella durante días?'

'No exactamente. Podemos contactar con el jefe de la delegación y él con nosotros, pero ninguno de sus componentes está autorizado a comunicarse por su cuenta con el exterior. Podríamos transmitirle su problema, su mensaje al jefe de la delegación, y éste tal vez a Tom, lo cual sería contraproducente y acaso inquietante para él, ya que poco o nada podría hacer al respecto mientras permanezca allí, lo lamento. Dígame, por favor. Si se trata de algo en verdad grave o urgente, veríamos qué podemos hacer desde aquí. ¿Ha hablado ya con la embajada en Madrid?'

No tenía sentido relatarle lo sucedido a un desconocido, por teléfono y en mi limitado inglés. Tampoco sabía quién era aquel Ted Reresby, su apellido en boca de Tomás un par de veces, pero no recordaba que me hubiera explicado nada de él o yo no había prestado suficiente atención. Ignoraba si eran amigos o meros colegas, o quién estaba a las órdenes de quién. Cabía que se lo hubiera oído sólo en una conversación con otra persona.

'No', contesté. 'Aún no. Es algo que primero debo contarle a Tom.'

'Le sugiero que hable con la embajada, Mrs Nevinson. Será más fácil ayudarla desde Madrid, si necesita ayuda. ¿Quiere que haga yo la gestión? Puedo llamarlos desde aquí.' Guardé silencio unos segundos, extrañada de tanta solicitud. 'Por favor, dígame, ¿está usted bien? Tienen un niño pequeño, ¿verdad? ¿Está el niño bien?'

La verdad era que sí, que yo estaba bien y Guillermo también. No necesitábamos ayuda inmediata, no era eso, aquella mañana sí pero ya no. Aquella mañana mucha, había estado en un tris de ver arder a mi hijo, 'Y cualquier acción es un paso hacia el fuego', le había oído recitar a veces a Tomás, de un poema que se sabía, lo murmuraba para sus adentros en inglés. Quizá todo podía esperar, tendría que esperar. No era cuestión de hablarle ahora a aquel Reresby de los Kindelán, de su sinuoso acercamiento, de su mechero y su gasolina Zippo, de sus acusaciones, de sus sospechas respecto a Tomás. Si éste estaba cerca de Berlín, entonces no estaba en Irlanda ni en Irlanda del Norte, no podría estar haciéndole daño a aquel país. Todo ello suponiendo que aquel hombre me dijera la verdad.

'Sí, los dos estamos bien ahora, no es eso.'

'¿Ahora? ¿Antes no?' Guardé silencio, me molestó que mi interlocutor se fijara tanto en todas mis palabras, así que pasó a otra cosa: '¿Me permite una pregunta, o mejor dicho dos? Si no es demasiada indiscreción. ¿Se trata de un asunto personal o tiene relación con el trabajo de Tom? El motivo de su urgencia, quiero decir'.

La pregunta me pareció rara, viniendo de un completo desconocido que además era inglés, todavía en aquellos años gente reservada por lo general. Mi urgencia podía haberse debido a cualquier capricho, a añoranza, a un ataque de celos lejanos, a una incertidumbre, al deseo de escuchar su voz.

'No veo qué importancia tiene eso, Mr Reresby', le respondí, una manera educada de decirle que no era de su incumbencia. 'Si no puedo hablar con él, no puedo hablar con él. Ya lo haré cuando regrese. Cuando no esté incomunicado. Cuando no tenga prohibido saber de su mujer, de su hijo. Es extraño que no me advirtiera de que iba a darse esta situación. Durante días, además.'

'Cierto, cierto', se disculpó, haciendo caso omiso de mis últimos comentarios, casi reproches. 'Se lo preguntaba porque, en el segundo caso, quizá yo podría haberle sido de asistencia.'

No insistí.

'¿Y la otra pregunta?' Estaba cansada de aguzar el oído para entenderle. Empezaba a impacientarme, y a pensar que a lo mejor los Kindelán llevaban razón. Que Tomás no trabajaba para el Foreign Office y que no estaba hablando con nadie de ese Ministerio, sino con alguien del MI6.

'Oh nada. Curiosidad. Según el telefonista, usted preguntó por mí y luego por Mr Dundas, Mr Ure, Mr Montgomery y Mr Gathorne. ¿Puedo preguntarle de dónde ha sacado esos nombres? Pura curiosidad. Mr Gathorne y yo sí existimos, pero los demás no. No existen aquí, claro está. En algún otro lugar del Reino me imagino que sí.' Esto último pretendió ser una broma, pero yo no estaba en disposición de reír ninguna gracia, ni siquiera por cortesía.

'No sé bien', respondí. 'Son los apellidos que me ha sonado haberle oído a mi marido alguna vez. El telefonista no sabía o no quería indicarme su paradero, así que pensé que alguno de ustedes me podría informar, como así ha sido. Mr Reresby, dígame, estoy hablando con el Foreign Office, ¿verdad?'

'Claro, desde luego', dijo Reresby. '*Of course, naturally*', sus palabras. 'Perdone que no se lo haya especificado cuando me presenté. Di por sentado que lo sabía. ¿Dónde creía que llamaba usted, si no, cuando llamó?'

'Claro. Claro. Bien, muchas gracias por devolverme la llamada, Mr Reresby. Ha sido muy amable. Al menos ahora sé dónde está Tom y que debo esperar unos días.'

'Puede ser más, Mrs Nevinson, puede ser más.'

'Ya. No deje de avisarle de que necesito hablar con él cuanto antes. Dígaselo si tiene oportunidad, por favor.'

Y con eso puse fin a la charla. Sí, tendría que esperar. Tendría que esperar a que volviera de aquella estricta negociación en Berlín. Y fue entonces cuando caí en la cuenta de que Reresby había dicho 'cerca de Berlín', no 'en Berlín'. Tal vez yo estaba mal informada, pero se me ocurrió que cerca de allí, es decir, fuera de Berlín Oeste, sólo había territorio de la Alemania comunista, del Este, de la RDA. Por eso, creía yo, había que llegar a esa ciudad en avión, o quizá había también una carretera-corredor, en la que los coches no se podían parar ni de la que se podían salir. ¿Cómo era entonces posible que Tomás estuviera 'cerca de Berlín'? Como los demás del llamado Telón de Acero, la República Democrática Alemana era un país muy hermético, sin apenas trato con los occidentales. Pero ¿quién era yo para saber si no había contactos a nivel diplomático o gubernamental? 'O de otra índole', pensé. 'Bajo cuerda. De otra índole más secreta aún.' Me parecía extrañísimo que Tomás no me hubiera advertido de su marcha, de que iba a estar ilocalizable para mí.

A la mañana siguiente telefoneé a la embajada de Irlanda en Madrid y pregunté por Don Miguel Ruiz Kindelán. Me arriesgaba a que me pusieran con él, y lo último que deseaba era oír de nuevo su voz bromista y ahora odiosa en el recuerdo, pero siempre estaba a tiempo de colgar sin soltar una palabra. Y de decir un nombre falso si me pedían '¿De parte de quién?'. Nada de eso hizo falta, porque una mujer con acento en su castellano excelente me contestó que allí no había nadie llamado así. Le pregunté si no lo había habido antes, tenía idea de que lo iban a transferir en breve, y quizá por eso ya no aparecía en la nómina del personal.

'No, aquí no ha habido nunca nadie con ese nombre, señorita. Ni remotamente parecido.' Mi voz y mi tono debían de resultar juveniles. Pregunté entonces por Mary Kate O'Riada, y el apellido lo pronuncié de las dos maneras, a la española y 'O'Reidy', por si acaso. 'Tampoco', fue la respuesta. '¿Quién le ha dicho que esas personas trabajan en esta embajada?'

'Ellas mismas, la verdad', contesté con candidez provocada por el desconcierto.

'Pues me temo que la han engañado, señorita. Jamás ha habido en esta embajada ningún O'Riada ni ningún Ruiz Kindelán. Como el General Kindelán, ¿verdad? Será gente que se ha querido dar importancia ante usted.'

Llamé entonces a Jack Nevinson, mi suegro. Ni a él ni a su mujer, Mercedes, ni siquiera a mis padres, solía contarles nada de mis amistades y andanzas: rescoldos de la adolescencia, de la de los miembros de mi generación, dada a callar, celosa de sus mundos propios. Nada les había contado de mis tratos con el matrimonio, pero ahora le pregunté si había oído hablar de esas personas alguna vez, si tenía idea de quiénes eran.

'Nunca he oído hablar de ellas', me dijo. '¿Por qué?'

'Por nada. Las he conocido y me da curiosidad.' El primero en saber lo ocurrido tenía que ser Tomás. No iba a alarmar a nadie en vano ni quería meter la pata: para todos, suponía, Tomás trabajaba en lo que trabajaba y nada más.

Y aún me atreví a molestar a Walter Starkie, ahora sí, pese a su avanzada edad. Él conocía a todo el mundo del ámbito diplomático y de varios más, los había conocido a todos a lo largo de décadas y además poseía una memoria extraordinaria. Pero su respuesta fue la misma:

'Jamás he oído esos nombres con anterioridad, querida Berta'. Y él ni siquiera me preguntó por qué.

'Cuán fácil es estar en la oscuridad, o es nuestro estado natural', pensé en los días y semanas siguientes, mientras aguardaba pacientemente a que Tomás diera señales de vida, o se presentara en Madrid sin avisar. Cada vez que oía pasos en la escalera o subir el ascensor tenía la injustificada esperanza de que fuera él, de que hubiera decidido no hablar por teléfono sino venir sin más para verme, para vernos al niño y a mí, al regreso de su misión, quién sabía, quizá alertado de mi angustia por Reresby y directamente desde Berlín. 'De lo que no se nos cuenta nada sabemos, y tampoco de lo que sí, tampoco de lo que sí. Tenemos la tendencia a dar por bueno esto último, a pensar que la gente dice la verdad y no prestamos mucha atención ni nos dedicamos a desconfiar, la vida no sería vivible si lo hiciéramos así, si pusiéramos en duda las afirmaciones más triviales, por qué nadie habría de mentir respecto a su nombre, a su trabajo, a su profesión, a su origen, a sus gustos y costumbres, a la ingente información que intercambiamos todos gratuitamente, a menudo sin que se nos pregunte, sin que nadie haya mostrado el menor interés por enterarse de quiénes somos ni qué hacemos ni cómo nos va, casi todos contamos más de lo que nos corresponde o aún peor, imponemos a otros datos e historias que no les importan nada y damos por sentada una curiosidad que no existe, por qué alguien habría de sentir curiosidad por mí, por ti, por él, pocos nos echarán en falta si desaparecemos y aún menos se interrogarán. "Sí, no sé qué se hizo de aquella mujer", dirán. "Tenía un niño pequeño, vivió un tiempo en el edificio, el marido aparecía a temporadas, con frecuencia estaba ausente, era ella la que permanecía aquí. Se debió de mudar, no sé si ella sola o los dos, no me extrañaría que se separaran, se la veía un poco solitaria, a su aire, más contenta cuando venía él. En todo caso el niño iría con ella, así es como suele ocurrir." Sí, uno cree lo que se le cuenta, es lo normal, y sin embargo Tomás puede no ser lo que me ha dicho que es ni estar donde me dice que está, y no existen esos nombres que yo he retenido tras oírselos a él, no recuerdo en qué ocasión, no existen Dundas ni Ure ni Montgomery en el Foreign Office, mientras que Reresby sí, aunque vaya usted a saber si lo que éste me ha explicado es verdad, ignoro si Tomás está en Alemania Occidental u Oriental o en ninguna de las dos, si se encuentra en Belfast o en cualquier otro lugar; los Ruiz Kindelán nunca han sido vistos en la embajada de Irlanda ni por lo tanto van a ser trasladados a Ankara ni a Roma ni a Turín, todo eso es una ficción y lo más probable es que ni siquiera se llamen O'Riada ni O'Reidy ni Ruiz Kindelán, ni Miguel ni Mary Kate, escogerían esos apellidos por su fama y su sonoridad, por el músico que yo no conocía y por el General franquista aviador.' Ella probablemente sí era irlandesa o norirlandesa, acaso miembro del IRA, raro que hablara tan bien español, aunque esa organización contaría con colaboradores y apoyos en muchos sitios, en los países católicos fanáticos a buen seguro, y el mío lo era aún. Pero ¿él? Quizá pertenecía a ETA o era próximo a ella, las dos bandas estaban en contacto y se prestaban ayuda, eso era sabido, un miembro de ETA que a su vez tenía un perfecto inglés, pocos —si alguno— debía de haber, tal vez sí era bilingüe de veras, medio vasco y medio irlandés. Tal vez era un cura, la Iglesia tuvo mucho que ver en la creación, el amparo, el auge y la impunidad de esos grupos terroristas, un hombre instruido y con conocimientos. O a lo mejor era medio americano, desde los Estados Unidos se enviaba al IRA mucho dinero.

'Qué fácil no saber nada, qué fácil andar a tientas, qué fácil ser engañado y no digamos mentir, algo sin mérito y al alcance de cualquier tonto, es curioso que los embusteros se crean listos y hábiles, cuando para eso no hace falta la menor habilidad. Cuanto se nos dice puede ser y no ser, lo más decisivo y lo más indiferente, lo más inocuo y lo más crucial, lo que afecta a nuestra existencia y lo que ni siquiera la toca de refilón. Podemos vivir en un continuado error, creer que tenemos una vida comprensible y estable y asible y encontrarnos con que todo es inseguro, pantanoso, inmanejable, sin asentamiento en tierra firme; o todo una representación, como si nos halláramos en el teatro convencidos de estar en la realidad y no nos hubiéramos dado cuenta de que se apagaban las luces y se levantaba el telón y de que además nosotros estábamos sobre el escenario y no arriba ni abajo entre los espectadores, o en la pantalla de un cine sin poder salirnos, atrapados en la película y obligados a repetirnos a cada nueva proyección, convertidos en celuloide y sin capacidad para alterar los hechos, el argumento, la planificación ni el punto de vista ni la luz, la historia que alguien decidió que fuera para siempre como es. Uno se da cuenta, en la propia vida, de que hay cosas tan irreversibles como una historia ya vista o leída, es decir, ya contada; cosas que nos conducen por un camino del que apenas nos es posible apartarnos o en el que a lo sumo se nos permite improvisar, quizá sólo un gesto o un guiño inadvertidos; al que debemos atenernos incluso para intentar escapar, porque sin haberlo querido ya estamos en él y condiciona nuestros movimientos y nuestros envenenados pasos, para seguirlo o para huir, tanto da. Lo cierto es que transitamos por él en contra de lo que creíamos y de nuestra voluntad, alguien nos ha metido en él y ese alguien es mi marido en mi caso, el hombre al que quiero hace siglos y al que he unido para siempre mi existencia o esa ha sido mi intención, ese alguien es Tomás.'

Durante aquellos días y semanas de espera me sentí en medio de una densa niebla, haciéndome conjeturas, alternando el optimismo con el mayor pesimismo, pensando que todavía, en efecto, todo podía ser: que Tomás fuera él, fuera el que era, y estuvieran equivocados los Kindelán; o que Tomás me hubiera mentido desde el principio y llevara una vida tan distinta y secreta que tenía que ocultármela incluso a mí. En estas oscilaciones me sentía tan ahogada que en mi cabeza se repetía otro de los versos que Tomás recitaba a veces distraídamente, por ejemplo mientras se afeitaba, en ocasiones canturreaba y en otras murmuraba aquellos versos memorizados, muchos y largos, no estaba segura de si eran todos del mismo poema ni del mismo poeta, sabía que algunos eran de Eliot, eso sí, al que leía a menudo, en voz alta a veces y a toda velocidad, tenía que preguntárselo en cuanto lo volviera a ver, y cuándo diablos lo volvería a ver. Ese verso resonaba en mí ahora: 'Esta es la muerte del aire', decía. Y en efecto no era como si a mí me faltara, sino algo peor; era como si ya no corriera por ningún lugar, como si ya no lo hubiera en el universo y hubiera dejado de existir. Y al cabo de unas líneas más que yo no entendía ni por tanto recordaba, Tomás añadía: 'Esta es la muerte de la tierra', '*This is the death of earth*'. Y tras unos cuantos versos más venía la condena de los otros dos elementos: 'Esta es la muerte del agua y el fuego', ojalá hubiera estado el fuego muerto la mañana de la gasolina y el encendedor. Pero el que a mí me rondaba era el primero, '*This is the death of air*', así lo recitaba él en inglés.

Y sin embargo yo sabía, pese a las especulaciones y las incertidumbres, pese a las esperanzas de estar en el error, pese a las dudas necesarias para pasar de un día a otro y vivir. Lo que habían sugerido, lo que sospechaban los Kindelán explicaba demasiadas cosas para no ser verdad. Explicaba el cambio de carácter y el ánimo tan variable de Tomás, desde el término de sus estudios en realidad. Y sus dificultades para dormir y su nerviosismo o su abatimiento en aumento cada vez que se avecinaba una de sus estancias en Londres. Explicaba que en poco tiempo se hubiera hecho tanto mayor que yo, teniendo la misma edad, su extraño envejecimiento de espíritu y su taciturnidad ocasional; su manera de hacerme el amor en las noches o madrugadas de insomnio, como si yo fuera el mero receptáculo de sus tensiones mentales acumuladas o de la maldición de su destino ya trazado y descifrado y leído, de las que aspiraba a deshacerse momentáneamente sacudiendo y vaciando el cuerpo, otorgándole durante unos minutos —o son segundos para el varón— la prevalencia que sólo suele adquirir en la enfermedad y en el dolor y, claro está —ese era el caso—, asimismo en el placer. Explicaba su falta de curiosidad por el porvenir, su indiferencia ante el mañana y el pasado mañana y el de aquí a un año también, su escepticismo ante lo inesperado, como si lo inesperado ya no pudiera ocurrir, o no a él. Incluso explicaba en parte lo que me había dicho una vez, tiempo antes de casarnos: 'Eres de lo poco que no me resulta obligado, que he podido elegir con libertad. En otros aspectos tengo la sensación de que mi suerte está echada, de que yo no he escogido tanto como se me ha escogido a mí. Tú eres lo único que de verdad es mío, lo único que sé que he querido yo'. Habían pasado los años y aún guardaba aquellas palabras como un tesoro, quizá porque no había habido muchas más tan explícitas, con idéntico valor. Me había quedado tan sólo con su aspecto halagador, como si fueran exclusivamente una declaración de convencimiento, de reafirmación, de excepción y de amor. Ahora se me aparecía claro que en ellas había habido mucho más, para empezar contraposición. Lo había percibido en el instante, cierto, pero después lo había apartado, conservamos los significados que nos favorecen y descartamos o empalidecemos los demás, sobre todo en la memoria y en el eco y la repetición.

Si Tomás estaba bajo disciplina militar, podía tener la sensación, ya entonces, de que su suerte estaba echada y de que en su vida futura no habría mucho lugar para las sorpresas, de que estaría siempre obligado a cumplir órdenes y a desempeñar las misiones que se le encomendasen, de que carecería de libertad para elegir. Cada vez que regresara a Inglaterra estaría a disposición de sus superiores sobre el terreno, sin aplazamientos ni mediación, y eso fácilmente lo pondría mohíno o lo sacaría de quicio, le impediría conciliar el sueño. Lo peor imaginable siempre es no poderse negar, ni apenas poder discutir ni razonar ni argumentar, deber obedecer a cuanto se le ocurra a cualquiera con más alta graduación, incluso a aquello que uno reprueba o le provoca repugnancia, tener que tragarse el nauseabundo vino que otro individuo nos da a ingerir. Con más o menos matices, eso es lo que nos toca a casi todos, sea cual sea nuestro quehacer, desde la cuna a la tumba: casi siempre hay alguien por encima que nos indica lo que hemos de hacer y a quien no podemos contradecir, pero en un cuerpo militar todo eso es más acusado, las jerarquías son más visibles y son el gran fundamento. Tenía razón aquel matrimonio diabólico, el MI5 y el MI6 no dependían del Ministerio de Exteriores ni del de Interior, sino del Ejército, aunque probablemente sus miembros jamás se enfundaran un uniforme, precisamente ellos jamás. Pero si los Kindelán acertaban y Tomás trabajaba para los Servicios Secretos, habría habido voluntariedad y aceptación por su parte, y también, me figuraba, se podría retirar, echar atrás. Claro que, según Kindelán, 'De ahí se sale siempre mal, muy mal. Lo normal es que salgan trastornados o muertos, y los que no son ajusticiados ni enloquecen del todo, acaban por no saber quiénes son'. ¿Cómo se había metido en eso Tomás, si en efecto estaba allí? ¿Y qué significaba aquella enigmática frase de sus palabras ya antiguas y tan queridas por mí, 'Tengo la sensación de que yo no he escogido tanto como se me ha escogido a mí'?

Al cabo de un par de semanas de silencio absoluto, y de no verlo aparecer, me atreví a llamar de nuevo a Ted Reresby, supuestamente del Foreign Office. Pregunté directamente por él, ya no por Tomás. No se puso al teléfono, estaba ilocalizable, pero me devolvió la llamada a la media hora, más o menos como la otra vez. Aquella voz se había convertido en mi único vínculo con mi marido.

'Mr Reresby', le dije, 'desde que hablamos no he tenido noticias de Tom. ¿Sabe si sigue fuera, si todavía está en Alemania? ¿Pudo hacerle llegar mi mensaje de alguna forma? ¿Está enterado de que necesito hablar con él o aún no tiene ni idea de que llevo quince días buscándolo, esperando oír de él?' Y añadí, quizá imprudentemente: 'Ah, una cosa no me quedó clara. ¿Está en Alemania Occidental o en Alemania Oriental? Si es que se puede saber'.

Reresby se mostró mucho menos considerado y atento, como si mis preguntas lo molestaran y encontrara mi segunda llamada del todo fuera de lugar. Me pareció que me había perdido el respeto. O acaso se lo había perdido a Tomás, por no saber mantener a su mujer a la debida espera y callada. O tal vez era, me pregunté, que Tomás le estaba fallando y en esos momentos no le resultaba vital. Había en Reresby un tono de imprecisa decepción.

'Mrs Nevinson', me dijo, sin contestar a ninguna de mis preguntas, 'está siendo usted demasiado impaciente y así no ayuda a su marido. Ya le dije que el asunto podía alargarse. Si Tom no se ha puesto en contacto, será porque aún no le es posible, ¿verdad? ¿A qué viene entonces insistir? Déjelo terminar. Ya volverá.'

Esta vez decidí contarle algo, para que calibrara la importancia de lo sucedido, también para alarmarlo un poco y suscitar su curiosidad.

'Mr Reresby, a nuestro niño se lo ha puesto en peligro de muerte. Comprenda que eso no es una nimiedad. Comprenda que deba hablar urgentemente con él. Tiene que tomar medidas, tiene que hacer algo para que esto no vuelva a ocurrir. No sé lo que está pasando ni en qué trabaja realmente Tom. Sólo sé que es su trabajo la razón por la que nuestro niño ha podido morir abrasado. Alguien me ha dicho que está al servicio del MI6. Usted ha de saberlo. ¿Es verdad?'

Pero Reresby no era de los que se dejan arrastrar por las palabras ni por una repentina vehemencia, quizá había notado que la mía era calculada, artificial, lo natural habría sido ceder a ella en la primera conversación, cuando los hechos acababan de tener lugar, no dos semanas después. Tampoco era de los que pican el cebo y al hacerlo se dejan sonsacar, ni de los que responden a lo que no quieren responder. No me preguntó qué había ocurrido, ni quién había amenazado la vida del niño, ni qué era eso de morir abrasado, ni quién me había hablado del MI6. Apenas si se inmutó.

'Lamento oír eso, Mrs Nevinson', se limitó a decir. 'Pero Tom no debería haberse permitido un hijo en esta fase de su vida, quizá, cuando está en construcción. No puedo decirle más. En lo que a mí respecta, Tom trabaja alternativamente en el Foreign Office y en nuestra embajada en Madrid, con gran eficacia en ambos sitios, tiene un futuro muy prometedor, créame. Y si lo hubiera reclutado el Servicio Secreto, le aseguro que yo no lo podría saber. Lo habitual es que nadie esté enterado de quiénes forman parte de él, me imagino que lo entiende, es lo normal. ¿Qué sentido tendría la palabra "Secreto", si no? Cuando regrese a Madrid, hable con él, pregúntele lo que me pregunta a mí. Yo no puedo contestarle a lo que en modo alguno sé.'

'Cuán fácil es creer que se sabe y no saber nada', pensé. 'Cuán fácil estar en la oscuridad, o es nuestro estado natural. En ella, seguramente, estará también Tomás, no sólo yo, no sólo yo. También él en su mundo encontrado de zozobra y turbiedad, y desde luego respecto a mí.'

Tomás tardó cuatro semanas en reaparecer desde el episodio, desde el incidente, desde el inmenso susto del que jamás me he recuperado, todavía sueño a veces con esa escena y me despierto jadeante y bañada en sudor como si aún estuviera en el día y no hubieran transcurrido años. Llamó por teléfono el día anterior y aplazó cualquier conversación hasta su llegada.

'No tiene sentido que me cuentes ahora nada, apresuradamente. Ni que discutamos. Ni que me recrimines. Mañana cenaremos juntos. A la noche estaré ahí.'

'Pero yo ya no puedo esperar más', le dije. 'Lo que ha sucedido es muy gordo, no te lo puedes ni imaginar. No sé lo que estás haciendo, pero esto no puede seguir así. ¿Por qué no has sido claro conmigo? ¿Por qué no me has contado la verdad? ¿A qué estás jugando, Tomás? Has puesto en peligro la vida del niño, ¿tú te das cuenta? Lo han amenazado a él.'

'Algo me han dicho aquí en Londres, a mi regreso. Lo siento. Volví ayer mismo, déjame al menos respirar hoy.'

'¿De dónde? ¿De dónde has vuelto? Tanto tiempo y sin advertirme, cómo has podido.'

'De por ahí', me contestó como si fuera un adolescente al que sus padres han preguntado de dónde viene a las tantas. Eso me indicó que no estaba demasiado dispuesto a ser reconvenido ni a entonar un *mea culpa*. Añadió, sin embargo, menos en tono de excusa que de simple explicación: 'Fue todo muy precipitado, un imprevisto. Así es el trabajo. No te pude avisar'.

'¿De dónde has vuelto?', insistí yo. '¿De Alemania, como me dijo tu amigo Reresby, o has estado en Belfast?' Y lo pronuncié como lo había pronunciado Miguel, cuando aún era 'Miguel'.

'Te he dicho que de por ahí', repitió, y esta vez sonó exactamente igual que si me hubiera soltado 'Eso no es asunto tuyo, Berta, y por mucho que te empeñes no lo vas a saber'. 'Mañana hablamos, mañana te explicaré hasta donde te pueda explicar. Todavía no sé cuánto, lo he consultado, lo están estudiando, hoy me lo dirán. Y claro que puedes esperar. Es solamente un día más. En todo caso descuida: lo que quiera que haya pasado no volverá a pasar, eso te lo prometo, eso es seguro.' La gente siempre promete cosas que no está en condiciones de prometer.

Por suerte para mí, durante mi inacabable espera, no habían vuelto a hacer acto de presencia los Kindelán. Al cabo de bastantes días desde el incidente, me había atrevido a salir sola con Guillermo otra vez, incluso a acercarme a los Jardines de Sabatini y a pasear por ellos como solía. Eso sí, con un ojo alerta y sobresaltándome en cuanto captaba una figura humana, hasta las estatuas de reyes me hicieron dar algún respingo ridículo. No se presentaron, no volví a verlos por allí ni por el vecindario, procuraba no adentrarme en el Paseo del Pintor Rosales, por donde vivían, quién sabía si eso era verdad, nada de lo que habían contado durante un mes de trato o más. No, no los vi para mi alivio, pero una tarde, para mi espanto, pocas fechas antes de que Tomás diera señales de vida, se permitió telefonearme Mary Kate. Se me figuraron sus ojos bizcos azules, en sus peores momentos, nada más reconocer su voz. También sus labios pintados como una mancha sangrienta en su rostro.

'No me cuelgues, Berta querida', me imploró en seguida, aunque también había en su tono un dejo de autoridad. 'Te llamo ya desde Roma, más o menos instalados. En la medida en que se lo puede estar en Italia, claro, no sabes lo mal que funciona lo práctico en este país. Por fin nos han mandado aquí, mucho mejor, menos mal.'

Me asombró que todavía pretendiera mantener aquellas ficciones, alguien que ya no podía resultar amigable y que seguramente jamás había trabajado en una embajada. Claro que tal vez sí los habían destinado allí, cerca del Papa y la curia, quienes les dieran órdenes y me los hubieran enviado antes a mí para aterrorizarme. Sin duda por necesidad, quise creer que la llamada era en verdad conferencia, que en efecto estaban lejos y yo fuera de su alcance.

'Cómo te atreves, Mary Kate, si es que te llamas así. Nadie ha oído hablar de vosotros en la embajada de Irlanda, nadie os conoce allí.'

Ella hizo caso omiso y prosiguió:

'No podía dejar pasar un día más sin saber cómo estabais, el tesorito y tú. Me acuerdo mucho de vosotros y os echo de menos. ¿Todo bien?'.

Estuve tentada de colgarle. Quizá debía iniciar los trámites para que nos cambiaran el número y el nuevo no figurara a nombre de Nevinson sino al mío, así la gente indeseable no lo podría tener ni averiguar fácilmente, hay bastantes Isla en el listín. Pero no caí en la tentación de inmediato, pensé que más valía saber qué quería, seguro que no era interesarse por nuestra salud.

'Sí, todo bien. Estando vosotros lejos, todo infinitamente mejor.'

'Ay, qué empeño en echarnos la culpa de un accidente sin consecuencias. Fue una torpeza de Miguel, está cada vez más distraído y torpe, no sabes qué meteduras de pata ha tenido ya aquí', respondió con despreocupación. 'Pero no pasó nada, Berta, ya viste que no. ¿A que Guillermo está sanísimo y preciosísimo, a que sí? Y dime, ¿has hablado ya con Thomas? ¿Ha regresado? Según nuestros cálculos, debe de haber vuelto o estará al caer. Ya sabes lo mucho que desaprobamos que te deje tan sola.'

'¿Cálculos? ¿Qué cálculos? ¿Vosotros sabéis algo de él, dónde está?' Me hicieron picar el anzuelo su prolongado silencio y su inaccesibilidad, también mi desesperación.

'Ah, aún no ha vuelto', se limitó a contestar Mary Kate. 'Interesante.'

'No, no ha vuelto ni me ha llamado desde que estuvisteis aquí, Mary Kate. No sé absolutamente nada de él.' Tuve la prudencia de no mencionarle mis conversaciones con Mr Reresby. 'Ya me gustaría haber podido hablar con él, y contarle lo que hicisteis con su hijo, lo que estuvisteis a punto de hacer. No creo que él se atemorice tanto como yo.'

Tampoco a esto reaccionó apenas, sólo con la primera frase, de nuevo restando importancia:

'Hay que ver qué exagerada eres, Berta. Como la madre más vulgar'. Y a continuación, lo que al principio había sido un dejo predominó sin disimulo sobre lo demás. El tono fue de autoridad, de advertencia, de recomendación o instrucción: 'Cuando llegue no te olvides de hablar con él. Que nosotros estemos lejos no significa que el asunto esté resuelto. Y se tiene que resolver a satisfacción. Dale muchos besos al niño, anda, hazme el favor. Y Miguel envía sus cariños torpes para los dos. ¿Te crees que ha engordado aún más?'.

No fui a recibir a Tomás al aeropuerto. Llegaba un poco tarde para pedirle a nadie de nuestras familias que se quedara con el niño sin que le supusiera incomodidad. Podía haber recurrido a una canguro, pero pensé que sería mejor para él no verme la cara de angustia nada más bajar del avión ni ver luego cómo me mordía los labios al no poder hacerle preguntas en presencia de un testigo, y disponer de un rato más a solas y sin interrogatorio, ya en Madrid, el trayecto del taxi desde Barajas hasta nuestra casa de la calle de Pavía, justo al lado del Teatro Real y con tantos árboles de gran altura a la vista, qué suerte teníamos, a veces se me pasaban las horas mirándolos embobada y escuchando los días de viento su rumor. Que le diera tiempo a hacerse a la idea de que estaba de regreso aquí, a familiarizarse con el paisaje de siempre, ver el edificio de Torres Blancas anunciando por la Avenida de América su definitiva entrada en la ciudad, llegar hasta la Castellana por la curvada cuesta de Hermanos Bécquer, y después encaminarse hacia el centro, el mismísimo centro de la capital; a darse cuenta de que lo que le habría parecido lejanísimo, tal vez un sueño de un pasado remoto imposible de recuperar, se encontraba de nuevo ante sus ojos, dónde habría estado y metido en qué. Decidí aguardarlo en casa, con algo de cena fría, esperar a oír su llave, o el timbre si la había perdido, es fácil perder u olvidar una llave que no se utiliza ni de nada sirve durante un par de meses o más, ya no recordaba exactamente en qué fecha se había marchado, aquella ausencia se me había hecho eterna, por las circunstancias, por el miedo, por las sospechas cada vez más fundadas, ahora estaba casi segura de que los Kindelán habían dicho la verdad, o una parte de la verdad. Decidí que tuviera una prórroga para concretar y ordenar, incluso para ensayar mentalmente lo que me iba a confesar, algo me tendría que confesar. Lo había consultado con sus superiores, quienes quisiera que fuesen, y éstos lo estaban estudiando, había dicho, 'me dirán algo hoy', y eso significaba ayer, luego contaría ya con su venia, o acaso no y callaría, y me contestaría tan sólo: 'No me preguntes, Berta, ni lo vuelvas a hacer jamás. Si aun así quieres seguir a mi lado, tendrás que permanecer a ciegas respecto al Tomás que se va y no está aquí. Ahora bien, si no te conformas con el que volverá y sí estará aquí, adelante, eres muy libre y yo no te lo reprocharé. Se me partirá el alma, no me quedará ni un resquicio escogido por mí y toda mi vida estará hipotecada. Pero eso no será culpa tuya y lo comprenderé. Y tampoco protestaré'.

Pero a medida que avanzaba el atardecer fui incapaz de esperar sin más. Ya antes de que se hiciera la hora más o menos calculada para su llegada a Pavía (si no había habido retrasos; calculada optimistamente por mí), empecé a asomarme al balcón y a mirar a la calle, lo más probable era que el taxi lo dejara junto a la iglesia de la Encarnación, así que mi vista se dirigía hacia la derecha cada vez que abría los ventanales, pero no sólo, también hacia la Plaza de Oriente y Lepanto y Bailén, hacia todas partes en realidad, había demasiado campo visual. No sé cuántas veces lo hice, lo que sé es que la tormenta que se desató cuando aún quedaba una esquirla de luz (esos días interminables de junio y julio y agosto en nuestro país) no me disuadió de volver a abrirlos y asomarme a uno o a otro o a otro, disponíamos de tres. Aunque fueron salidas breves (entraba en cuanto arreciaba el chaparrón), me mojé el pelo y la cara, me mojé la blusa y la falda, me mojé los zapatos de tacón, que quedarían inservibles, no me importó. No pensé en cambiarme, cualquier prenda seca se me empaparía igualmente al siguiente ataque de impaciencia que no sabría controlar, no podía estarme quieta, no podía no llamarlo, no intentar atraerlo con mi irracional presencia en un balcón, cómo iba a detectarla él. Tras tanto tiempo separados, tampoco estaba dispuesta a que me viera con otra cosa que no fueran falda y zapatos de tacón: a él le gustaba yo así, sobre todo así aunque no sólo, y me daba cuenta de que además de mi inquietud y mi temor y mi desconcierto general tras los fogonazos de revelación, además del pánico que me había vuelto a ratos con fuerza por la llamada reciente de Mary Kate, me importaba su deseo, la renovación inmediata de su mirada más apreciativa y mejor, o de la más elemental. Al cabo de su larga ausencia y de lo que me imaginaba sus mil vicisitudes ajenas a mí, esa mirada se habría perdido, o vitrificado, o tornado indiferente, o aletargado, no habría tenido capacidad para recobrarla ni acaso interés en hacerlo y había que reavivarla en el acto, sin demora, del primer golpe de vista tras un periodo sin vista depende mucho de lo que viene después. El rostro que ponemos especial empeño en recordar al principio es muy nítido y omnipresente, pero a medida que pasa el tiempo —y seguramente por ese ahínco, que lo desgasta y lo desvirtúa y deforma— empieza a difuminársenos, y acaba por resultar casi imposible que los ojos de la mente lo convoquen y se lo representen con fidelidad. De pronto nos sorprendemos mirando una fotografía para conseguirlo, y aun así: la foto quieta va suplantando a la cara real, con sus gestos y su movimiento, las facciones se congelan y ya sólo existen las de la instantánea, que de tanto mirarla sustituye a la persona y la borra o la destierra o expulsa, por eso cuesta tanto recordar de veras a los muertos que se nos alejan. Si a mí misma me había sucedido eso, qué no le habría sucedido a Tomás respecto a mí, a él que habría estado ocupado en lugares distantes, tal vez en misiones que habrían requerido toda su atención y el persistente olvido de su antiguo yo.

No me llamaba a engaño: también era bien posible que hubiera habido otras mujeres, por gusto o por cansancio o descanso o por obligación. Quizá habría debido ganarse la confianza de alguna metiéndose en su cama o dedicándole palabras de insincera pasión; o no le habría quedado más remedio que doblegarse al capricho de otra, tal vez una fea, una disuasoria gorda, una solitaria entrada en años, una desdeñada a la que es muy fácil complacer, para conseguir él sus propósitos o tan sólo información, un dato o dos. Pero todos sabemos que lo que se empieza con desgana, incluso con aversión, puede acabar seduciéndonos por la fuerza del acostumbramiento y un inesperado afán de repetición. Uno puede descubrir que quien no lo atraía al principio lo ha atrapado a la postre contra todos los vaticinios y en contra de su voluntad inicial. De la misma manera que cuando nos sobreviene un sueño sexual con alguien inimaginable, la siguiente vez que nos lo encontramos no podemos evitar considerarlo con una vaga, reticente y hasta culpable lascivia, como si se nos hubiera inoculado un virus mientras dormíamos desprevenidos; por mucho que la rechacemos en la vigilia, esa persona ha adquirido en nuestra conciencia una dimensión de la que carecía y que con nuestros sentidos despiertos estaba condenada a no tener jamás. Y tanto más puede adquirirla quien además nos ha probado y vencido, quien ha sabido estimularnos pese a nuestra falta de deseo y nuestra resistencia y pasividad, quien nos ha hecho sentir vergüenza y lamentarnos de nuestro consentido placer, contra todo pronóstico y *à contrecoeur*. Y quién no ha conocido eso alguna vez...

Así que no sólo estaba indignada con Tomás por ocultarme la verdad y habernos puesto en peligro al niño y a mí, por haber desaparecido cuando más lo necesitaba durante un tiempo tan largo como para que sus rasgos se me desdibujaran. También estaba temerosa de su reacción al verme de nuevo —lo reconozco, de la más lasciva, de la más vulgar—, como si tuviera que reconquistarlo, como si tuviera que ahuyentar en seguida el aroma o el mal olor, la tersura o la suciedad, la memoria de la piel suave o áspera, de las carnes firmes o fláccidas, el atractivo o la fealdad de otra mujer u otras mujeres que quizá habrían estado con él y a las que se habría habituado mal que bien, eso en el más benigno de los casos para mí. Me mojé entera y los zapatos se echaron a perder, aguantarían aquella noche pero tendría que tirarlos después de los chaparrones intermitentes y de aquel frenesí de abrir y cerrar ventanales y asomarme a los balcones una y otra vez convocándolo, pensando 'Ven ya, ven ya, ¿dónde estás? No te pueden haber negado el permiso a última hora, no puedes haber perdido el avión, ni puedes haber decidido aplazar venir, no puedes desaparecer de mi vida un día más, apenas si te recuerdo ya'. En un momento determinado me fui al dormitorio, donde había espejo de cuerpo entero, y me miré. En un ataque de inseguridad o vanidad (tantas veces son lo mismo o conviven, o es más bien que forcejean), juzgué que estar tan mojada me convenía y me sentaba bien, atendiendo a lo que me dominaba de pronto, lo más lascivo y vulgar. La blusa transparentaba, la falda se me había arrugado, subido un poco y pegado a los muslos, y a las nalgas que me observé de perfil como las contemplaría un hombre, algo parecido a obscenidad. El pelo era lo peor pero no importaba, me daba un aire desmañado, asalvajado, quizá así podría rivalizar mejor. Ahora temí secarme antes de tiempo y que ya no lloviera más, y entonces me sentí rebajada y ridícula, y lo que más me molestó fue esa palabra (o fue idea), rivalizar. ¿Por qué tenía ese sentimiento, por qué me sentía amenazada en ese campo, cuando la amenaza verdadera era otra e infinitamente más grave, y no me incluía sólo a mí sino a los tres? Y con todo, con todo, era eso lo acuciante y lo que me preocupaba, el terreno principal.

En aquel instante oí la llave, la puerta, me sobresalté, no había podido verlo llegar desde arriba y bajarse del taxi, no había podido decidir si por fin me cambiaba o no. Ahora ya era demasiado tarde, salí a toda prisa de la habitación tal como estaba y lo vi dejando la maleta en la entrada, con gesto de resignación o fatiga y con un aspecto distinto, me costó un segundo reconocerlo, se había dejado una barba corta y clara y los cabellos crecer, no tanto como melena, se los vi más rubios también; había adelgazado unos kilos y era como si hubiera perdido en su ausencia todo rastro de juvenilidad, como si hubiera dado el paso irreversible que nos introduce en una madurez de la que ya no habrá marcha atrás. Sí, aquel era un hombre hecho y derecho y era un hombre atractivo que ahora parecía definitiva y cabalmente extranjero, como si se le hubiera ido asimismo su mitad de nuestro país, es decir, del mío, del único que tenía yo, a diferencia de él.

Me miró con sorpresa, como si tampoco me recordara ya bien o al menos se le hubiera olvidado cómo era en carne y hueso, y durante aquellos meses de quién sabía qué andanzas y encargos, o qué servidumbres, hubiera prevalecido en su memoria una imagen estática, helada, sin mirada ni habla ni intensidad ni palpitación, una imagen mortecina de mí, acaso de mujer madre, a veces los hombres desarrollan un pernicioso respeto hacia sus mujeres una vez que han dado a luz o incluso antes, una vez que las ven deformarse, sabedores de que ya no están solas sino con una criatura invasora que no cesa de crecer y exigir. De todo eso hacía ya tiempo, pero quizá Tomás se había llevado consigo la estampa de mi embarazo y luego la de mi amamantamiento, la de alguien que de repente tiene otra prioridad y atiende poco a los demás. Yo había recuperado mi figura del todo, nadie que me viera por primera vez habría sido capaz de atribuirme un hijo pequeño, no con seguridad. Tomás pareció ser uno de esos, uno que me avistara o me descubriera por primera vez, y me sentí tontamente halagada al notar que la mirada era de sorpresa apreciativa, esto es, de inconfundible admiración sexual, casi como si se dijera con la mayor zafiedad: 'Mira tú qué suerte, tú. No me acordaba ya yo'. Muchas mujeres se quejan de ser vistas con codicia, lo que llaman hoy 'como objeto de satisfacción', y casi ninguna admite cuán fastidioso resulta, por no decir cuán vejatorio, y deprimente, y desalentador, no ser vista nunca así, o no serlo por quienes determinamos que tienen esa obligación. O es que pretendemos elegir presuntuosamente y cribar: este me mire, este también, este en cambio no. Pero hacía ya muchos años que yo había elegido a Tomás Nevinson y además lo había esperado, de jóvenes a su codicia y después entero a él, que por fin volvía a estar ante mí.

—¿Qué haces así empapada? —me preguntó. Bajo techo, tenía que llamar mucho la atención.

Yo no contesté, es posible que me ruborizara. Me llevé la mano derecha a la blusa y a la falda, me palpé, como si no hubiera sido consciente y tuviera que comprobar lo que él veía, y con la izquierda hice un ademán impreciso de señalar hacia el balcón, un balcón.

Él se me acercó, dio cuatro pasos —uno, dos, tres; y cuatro—, me abrazó. Pero ese abrazo no duró nada, porque en seguida hizo lo que yo le había indicado, queriendo o tal vez sin querer, no lo sé, me palpó la blusa y la falda, o la carne bajo la blusa y la falda. Y al poco me dio la vuelta y me abrazó por la espalda, las manos sobre mis pechos y su cuerpo contra mis nalgas, acaso le había dado tiempo a observármelas también de perfil, con algo parecido a obscenidad. (No se le ocurrió preguntar por el niño, que hacía rato que dormía; habría sido incongruente y así lo preferí, la verdad.) Me subió la falda y me bajó las bragas de golpe y reconocí la manera frecuente de sus muchas noches de insomnio, casi animalesca, sin preámbulos, sin tantear, cuando me transmitía la sensación de que en su angustia yo le valía lo mismo que cualquier otra mujer que hubiera acertado a estar allí, sólo que claro, era yo la que por fortuna estaba allí, siempre había estado aquí hasta el día de hoy. Hoy volvía a estar aquí y hoy volvía a ser yo.

Intentó que aquella noche fuera sólo de descarga y tregua, de reencuentro y de cansancio físicos; intentó que aún no habláramos ni le contara ni le preguntara y por eso quiso repetir al cabo de un rato, ya en seco, tras ducharme yo, ya sin ropa mojada y en el dormitorio, en la cama que cada vez era más mía y menos de él, durante demasiado tiempo no la visitaba y me la convertía en un 'lecho afligido', como dijo el clásico que no era Eliot. A éste también lo iba yo leyendo en su lengua, dentro de mis posibilidades y con el diccionario al lado, por curiosidad, para saber qué le decía y entender mejor a Tomás. 'Rompía el día. En la calle desfigurada él me dejó, con un vago gesto de adiós, y al sonar la bocina desapareció.' También yo me iba sabiendo algunos versos sueltos que no comprendía del todo, ni falta que me hacía en realidad, se me repetían como fragmentos de una oración, lo mismo acaso que le sucedía a él, era eso y no más. 'Repite una plegaria también en nombre de las mujeres que han visto a sus maridos o hijos zarpar, y no volver.' Pero tú has vuelto por fin, al menos esta vez. 'Así encuentro palabras que nunca pensé decir en calles a las que nunca pensé regresar cuando dejé mi cuerpo en una costa distante.' Pero ¿y la próxima? ¿Volverás? ¿O dejarás tu cuerpo en la costa distante? Frases aisladas y versos al azar, seguramente los que recordamos no son del todo al azar.

Yo me había puesto un albornoz tras la ducha y no me había recostado junto a él, ni siquiera echado sobre la colcha, sino que me había sentado en el borde de la cama muy erguida —me había retornado el enfado, no tanto como indignación—, a la mayor distancia posible pero compartiéndola con él, si hubiera tomado asiento en una silla habría parecido un arrepentimiento inmediato, un lamento por lo recién ocurrido y no era así; él se habría cerrado en banda o habría encontrado una pasajera justificación para huir de toda cuenta y desentenderse de todo relato hasta el día siguiente, hasta la mañana o la tarde o la noche o la madrugada.

—'En la calle desfigurada él me dejó' —le dije desde allí e hice una pausa—. 'Con un vago gesto de adiós' —añadí, e hice otra pausa.

No se pudo resistir a completar, pero lo hizo en inglés, la lengua en que se lo sabía él:

—*'And faded on the blowing of the horn.'*

—Cuántas veces me has dejado ya, Tomás, y cuántas más vas a dejarme. Va a ser siempre así, ¿verdad? Cada vez más largo y más incierto.

Se había metido bajo la sábana, una única sábana por el calor, había apartado la colcha por el lado que ocupaba él; se tapó un instante la cara con aquella sábana, como si comprendiera y admitiera que ya no podía aplazarlo más, que yo no iba a prestarme a una segunda vez, ya sin impaciencia y sin nervios ni inseguridad, había sido colmada mi vanidad más superficial. (Él había hecho ademán al verme salir en albornoz, me había tirado del cordón y me lo había abierto, yo me lo había vuelto a cerrar.) Que le había llegado el indeseado momento de explicar lo que le hubieran autorizado a explicar.

—Sí, Berta, verdad. Sí, Berta, es verdad —repitió, y se levantó de la cama y se abotonó la camisa, y se puso los pantalones que se había quitado y se calzó, con calcetines y todo se calzó, como si tuviera que estar completamente vestido, protegido para la conversación—. Y sí, será siempre así, aunque 'siempre' es siempre sólo una inexactitud, una manera de hablar. —Y una vez protegido volvió a echarse, la nuca sobre la almohada y los zapatos sobre la sábana, qué más daba, no lo iba a regañar por eso—. Si es que tú quieres continuar a mi lado, claro está. Si no, será siempre así para mí, pero no para ti. Bien, anda, dime. Dime exactamente qué es lo que ha pasado.

Entonces empecé a contarle lo sucedido con los Kindelán, su acercamiento taimado, amistoso, cómo se habían ganado mi confianza, cómo se habían interesado por sus actividades y lo que finalmente habían dicho de él, las noticias que les habían llegado y los feos rumores sobre él. El episodio del mechero y aquellas frases, tal vez las peores: 'Y os está poniendo en peligro a los demás. ¿O qué te crees, querida Berta? ¿Que aquellos a los que perjudique no intentarán evitarlo? ¿Que no lo neutralizarán por todos los medios? ¿O que no se vengarán?'. A las que yo había respondido con mi rendición incondicional: 'Haré lo que tú quieras, Miguel'. Lo que Miguel quería era que averiguara —mucho estaba ya medio averiguado—, y que luego, según el caso, convenciera y disuadiera a Tomás. Me tocaba disuadirlo ahora y, si lo conseguía, sin duda sería lo mejor para todos. Incluidos los enemigos, incluidos los Kindelán.

—Cómo has podido. Dónde has estado de verdad todo este tiempo. Tú te das cuenta de lo que has hecho. —Con estos tres serenos reproches (quería conservar a toda costa la serenidad, no desesperarme ni enfurecerme antes de que él me confirmara nada) concluí mi relación.

Él me contestó lo que pudo, supongo, lo que le permitieron y lo que no lo dejara en muy mal lugar. Yo intercalaba preguntas pero éstas se me han borrado, sólo recuerdo frases de él, algunas como si las tuviera memorizadas o se las hubieran dictado, a veces me parecía que no era Tomás quien hablaba sino alguien por encima o detrás de él. También pensé que no se había vuelto a vestir para protegerse, sino para dominar y mandar: está más seguro alguien con ropa y calzado que quien está desnudo bajo un albornoz.

—Llegados a este punto —dijo—, algo tienes que saber, o si no será peor. Algo. Lo menos posible, lo imprescindible. No es mucho lo que te puedo contar. Y hazte a la idea de que todo no te lo contaré nunca. No puede ser, y además para qué. Te debe bastar con esto: sí, no sólo trabajo para el Foreign Office, también para los Servicios Secretos, ocasionalmente. Hace ya tiempo de eso, no es ninguna novedad, aunque sí lo sea para ti. Pero viene de lejos, luego nada cambia respecto a la vida que hemos llevado y con la que has estado conforme, que llevamos tú y yo. Me destinan a sitios, sí, y a veces no se tiene idea de cuánto me durará ese destino, sólo cálculos aproximados que no se suelen cumplir. La verdad es que cuando me voy de aquí, ignoro cuándo voy a regresar, incluso ignoro dónde tendré que ir, estoy a expensas de lo que se me encargue, de las urgencias y necesidades, de dónde pueda ser más útil. No creas, no siempre es así, hay temporadas en las que no me muevo, en las que permanezco en Londres con tranquilidad. No debes preguntarme qué voy a hacer, porque eso no lo sabré. Ni qué he hecho, porque en realidad no habré hecho nada, lo que yo haga no habrá ocurrido, no consta en ninguna parte, no hay registro de ello ni lo debe haber. Lo que quiera que ocurra no habrá sido por mí, porque quienes participamos en esto estamos pero no existimos, o existimos pero no estamos. Hacemos pero no hacemos, o no hacemos lo que hacemos, o lo que hacemos no lo hace nadie. Simplemente sucede, como un fenómeno atmosférico. Nadie nos pediría cuentas de eso. Y tampoco nadie nos da órdenes ni nos envía. Por eso, si decides continuar a mi lado, no me debes preguntar, nunca debes preguntarme, una parte de mi vida no te incumbe, eso es así, porque aunque ocupe tiempo no existe, ni siquiera para ti. Ni para mí. Pero no tienes que preocuparte. Esos Kindelán... No volverá a pasar algo así. Sin duda ha habido un error, me han confundido con otro o con alguien que no hay. Gente como ellos cree que hay lo que no hay. A estas alturas ya lo sabrán. No te volverán a molestar.

—¿Ah no? —Eso sí recuerdo habérselo dicho, con irritación—. Entonces, ¿por qué me ha llamado hace pocos días Mary Kate, desde Roma o desde donde fuera? ¿Por qué volvió a preguntarme por ti? ¿Y cómo sabía que estabas a punto de regresar? ¿Y quién es 'gente como ellos'? ¿Son del IRA o quiénes son? ¿Has estado en Belfast? —Aparte de todo, esta posibilidad no me hacía ninguna gracia, por otra clase de motivos. Sólo cuatro años antes, en 1972, había tenido lugar lo que se llamó el 'Domingo Sangriento' en la ciudad de Londonderry, en Irlanda del Norte. No podía gustarme la idea de que Tomás estuviera allí ayudando a los ingleses, cuyo Ejército había abierto fuego contra los integrantes desarmados de una manifestación pacífica y había matado a trece personas y herido a unas cuantas más, sin que sus responsables fueran castigados ni tan siquiera amonestados. De hecho fueron condecorados por la Reina algún tiempo después. Si el IRA ya hacía el bestia con anterioridad, esa matanza contribuyó a justificarlos a los ojos de la población y los fortaleció.

Pero Tomás sólo me contestó a la primera pregunta, llevando a rajatabla lo que me acababa de anunciar, 'Nunca debes preguntarme'.

—Aún no les habrían llegado las noticias de su equivocación. Te aseguro que ahora ya las tendrán. Algo así es imposible que vuelva a ocurrir. No debes temer por Guillermo ni por ti. Nada de esto va con vosotros ni os concierne ni nadie va a saber de mí. Esto ha sido una casualidad. Tanto que no puede darse por segunda vez. Sólo ha sido un exceso de celo, por así decir. Quienes viven acosados y en la permanente sospecha sospechan de todo el mundo, y así pueden acertar parcialmente sin querer. Es como el policía que no descarta a nadie como autor de un crimen. Si no descarta a nadie, es seguro que entre sus sospechosos estará el criminal, lo cual no significa que sepa quién es. Esa gente probablemente ha sospechado del Foreign Office entero, y eso me incluía a mí. Puedes estar tranquila, te juro que no volverá a suceder.

—Ya —dije, y la irritación me fue en aumento. Me puse en pie, encendí un cigarrillo y di una vuelta por la habitación. Al caminar me asomaron las piernas por el albornoz, lo supe porque capté de nuevo una mirada apreciativa de Tomás, es increíble que algunos hombres estén pendientes de eso en cualquier momento, hasta en medio de una explicación importante o de una discusión. O quizá es que llevaba tiempo sin estar con ninguna mujer, pensé, y me avergoncé al descubrirme pensándolo con un deseo pueril de que en efecto fuera así. Tampoco iba a saberlo, no iba a saber nada de nada, ni dónde había estado ni qué había hecho, y empecé a hacerme a la idea de que así sería siempre si seguía junto a él. Pero yo no tenía otro proyecto en la vida que seguir junto a él, y de pronto tenía que someterlo a consideración—. Ya, tú eras sólo uno entre mil y por eso se han tomado la molestia de perder un mes conmigo. ¿Qué me quieres decir, que habrá habido otros como los Kindelán haciendo lo mismo con la familia de cada funcionario del Foreign Office? Ninguna organización tiene tanta gente. Vamos, venga, por favor, no me hagas reír.

Fue él el que se rió inoportunamente, como si le divirtiera mi reacción, o mi manera de razonar.

—No, no es eso, Berta, era una manera exagerada de hablar. Habrán sospechado de gente relativamente nueva y con ciertas cualidades, no gastada, y entre ella estaba yo. Por lo que me has contado, están bien al tanto de mis dotes imitativas. No es nada raro, están al tanto medio Madrid y medio Oxford y algunos círculos londinenses. Y lo mismo que nosotros tenemos infiltrados, ellos también, en la medida de sus posibilidades. —No pude evitar reparar en aquel 'nosotros', fue la primera vez que me sonó como algo extrañamente patriótico, no sé decir. Aunque poco antes hubiera empleado expresiones como 'quienes participamos en esto', venía a ser parecido y sin embargo no ('Así, el amor a un país empieza...', ese verso también aparecía en Eliot, pero no recordaba cómo seguía)—. Mira, lo que te voy a decir no debería decírtelo, pero quede como excepción, porque algo tienes que saber. Hoy, mañana o pasado ya no. Si te aseguro que a estas alturas tendrán noticias de su equivocación, si toda sospecha se habrá alejado de mí y esos Kindelán ya no te molestarán, es porque esta misma semana ha caído el individuo que pensaban que podía ser yo; el que, según te dijeron, estaba haciendo mucho daño o a punto de hacerlo en Belfast. Por suerte, antes de caer, había cumplido con lo principal. Pero ahora ya saben seguro que no soy yo.

—¿Ha caído? ¿Qué quieres decir? ¿Lo han matado?

—No. Simplemente lo han descubierto, o él se ha destapado, no lo sé. En todo caso ya no sirve, ya no puede continuar ni hacer más, está quemado allí. Si pudieran lo matarían, supongo, pero estará ya muy lejos, con otro nombre y con otro aspecto, con otra cara quizá.

—Lo mismo que te borraron a ti la cicatriz. —No lo pregunté, lo afirmé. Él se llevó a la mejilla la uña del pulgar, no contestó—. Si ese hombre ha caído —añadí—, entonces sí hay lo que no hay, ¿no? —Me miró sin comprender—. Has dicho que gente como ellos cree que hay lo que no hay. Pero sí lo hay. Siempre lo hay, ¿no es así? Y tú te dedicas a eso, estás en ello, estás ahí. En lo que hay. —Ahora no temía tanto por mí y por el niño cuanto por él: tal vez otros, si no el IRA, lo querrían matar si pudieran, por el mucho daño infligido.

Se levantó, se acercó a mí, yo había seguido dando pequeñas vueltas por la habitación mientras hablábamos. De nuevo me cogió la punta del cordón del albornoz, ahora como si me pidiera permiso para tirar y abrírmelo. Cómo podía pensar en eso otra vez. Pero si lo piensa y lo manifiesta uno, hace que el otro lo piense también. Volví a sentirme estúpidamente halagada, no lo pude remediar. Pero le aparté la mano y se lo negué.

—Mejor digámoslo al revés, Berta —respondió, echándose atrás y levantando las manos como quien renuncia (yo no quería que renunciara, sólo que lo aplazara)—: incluso lo que hay, no lo hay.

Hubo una pausa, hubo una tregua, hacía rato que no me acercaba al niño, no lo había oído quejarse ni llorar, tenía ya su propio cuarto con la puerta siempre abierta, día y noche, y Tomás no lo había visto hacía meses, lo quiso ya ver. 'Qué cambiado está', dijo, y eso que lo iluminaba sólo la luz del pasillo y sus ojos estaban cerrados, mejor no despertarlo si no había necesidad. Durante un par de minutos lo miramos juntos, como lo habríamos mirado todas las noches antes de acostarnos, levemente inclinados sobre la cuna, de no haber estado yo sola las más de esas noches y él lejos en algún lugar, quién sabía con quiénes y haciéndose pasar por quién, no siendo él. Me pasó el brazo por encima del hombro para completar la estampa escamoteada durante mucho tiempo, como si con ese gesto me dijera: 'Míralo, es tuyo y mío, lo hemos hecho entre los dos'. Se atrevió a hacerle una caricia en la mejilla, muy suave para no sacarlo del sueño, creo que no con la uña que se reservaba a sí mismo, sino con la yema del pulgar. 'Se va pareciendo más a ti, ¿no?', dijo también. Además, no había cenado, estaba cansado del viaje y tenía hambre, y estaría cansado de algo más, de infinitamente más, por qué habría atravesado, ahora sus vivencias eran opacas, impenetrables para mí, y las venideras lo seguirían siendo si una parte de su vida no me incumbía. Sí, se lo notaba cansado, acababa de regresar de Alemania o de donde hubiera estado, apenas una escala en Londres, quizá se había pasado dos meses cumpliendo con lo principal como aquel individuo de Belfast, quizá lo habían descubierto o se había destapado él, estaba quemado para continuar. Se había dejado barba y el pelo más largo, pero el rostro era aún el suyo. Tal vez sí venía de Alemania, tal vez sí de una negociación diplomática nada más, si Mr Reresby me había dicho la verdad. Y si un día se cambiaba la cara, ¿entonces qué?

—Ese Reresby con el que he hablado. Ese Reresby que te habrá contado de mis urgencias por hablar contigo. ¿Es tu jefe? ¿También él se dedica a lo que tú, a lo que no hay? —No debía preguntarle nunca, pero esa instrucción, al principio al menos, me resultaba imposible acatarla. Y entendía que aquella noche era una excepción, debía aprovecharla. No perdía nada con probar, él me pararía y no contestaría a lo que no quisiera.

Nos habíamos sentado a la mesa, le había sacado melón con jamón, puntas de espárragos, unas navajas, algo de queso, algo de paté, tostadas, membrillo, unas nueces, él diría si se le antojaba más. Seguía vestido, yo envuelta en el albornoz.

Como era de prever, a eso no me quiso contestar.

—Lo que no hay no se cuenta —dijo—. Si no hay nada, qué se puede contar.

—Dime al menos por qué.

—¿Por qué qué?

—Por qué te metiste en esto. Cuándo, desde cuándo. ¿Fue ya en Oxford o después? No me digas que fue antes de casarnos. ¿Fue después? Nada te obligaba, ¿no? Ni siquiera eres inglés del todo, y tu vida estaba aquí. —Me di cuenta de que repetía o hacía míos argumentos de Ruiz Kindelán. Qué más daba, si en el fondo aquel gordo tenía razón: carecía de sentido un compromiso tan firme, tan arriesgado de Tomás—. Kindelán, fuese quien fuese en realidad, me dijo que había conocido a unos cuantos y que todo el mundo sale mal de ahí. Trastornados o muertos, dijo, enloquecidos o ajusticiados. Pierden su vida y su identidad, y acaban por no saber quiénes son. Nadie los admira ni les agradece nada, ni siquiera sus sacrificios. Y cuando ya no sirven los retiran sin contemplaciones, como máquinas inservibles. Daba la impresión de saber bien de qué hablaba, como si él fuera uno de ellos. Supongo que los peligros son parecidos para quien pertenece a una organización, sea legal o ilegal, clandestina u oficial. Por qué te metiste en esto. No lo puedo entender.

Tomás levantó la vista del plato, iba comiendo con parsimonia, de aquí y de allá. Me miró con una especie de superioridad moral, casi con conmiseración, como se mira a un absoluto ignorante o a alguien muy superficial.

—¿Tú nunca has oído hablar de la defensa del Reino?

—¿Qué defensa? ¿Qué Reino? ¿De qué me hablas?

—El Reino, el que sea en cada caso, en cada época y en cada lugar. Los Reinos siempre han necesitado defensa. ¿Cómo te crees, si no, que hemos llegado hasta aquí? ¿Por qué te crees que la gente vive tranquila, dedicada a sus asuntos, incluso a sus sufrimientos y penalidades, a mirar por sí misma y por los suyos, que son siempre muy pocos, a maldecir su negra suerte sin ocuparse de nada más? ¿Por qué crees que la gente vive tranquila para dedicarse a su propia intranquilidad, cada uno a la suya particular? Nada de eso sería posible sin la defensa. ¿Por qué te crees que cada mañana todo está en orden, más o menos en orden, y la gente sale a sus quehaceres, y llegan el correo y los repartidores, se abastecen los mercados y funcionan los autobuses y el metro, los trenes y los aeropuertos, los banqueros abren sus bancos y los ciudadanos acuden a hacer sus gestiones y a poner sus ahorros a buen recaudo? ¿Por qué hay pan en las panaderías y pasteles en las pastelerías, por qué se apagan las farolas y a la noche se vuelven a encender, por qué sube y baja la Bolsa y cada uno recibe su salario alto o bajo a fin de mes? Todo esto nos parece normal y en realidad es extraordinario, es insólito que se ponga en marcha y continúe un día tras otro. Si sucede es porque hay una defensa permanente y silenciosa del Reino, de la que casi nadie se entera ni se debe enterar. Y a diferencia de la del Ejército, que se hace muy ruidosa y visible sólo en tiempo de guerra, la nuestra está siempre activa y callada, por supuesto en tiempo de guerra pero también en el de paz. Lo más probable es que, sin ella, ni siquiera hubiera paz, o aparente paz. No hay Reino en la historia que no haya sido atacado, saqueado, invadido, minado, desestabilizado desde fuera o desde dentro, y eso es así sin cesar; incluso cuando parece que no hay amenazas, las hay. Europa está llena de castillos, murallas, torres y fortalezas, o de sus restos y ruinas. Que ya no los construyamos no quiere decir que no existan y que no sean necesarios. Nosotros somos las atalayas, los fosos y los cortafuegos; somos los catalejos, los vigías, los centinelas que siempre estamos de guardia, nos toque esta noche o no. Alguien tiene que estar atento para que el resto descanse, alguien ha de detectar las amenazas, alguien ha de anticiparse antes de que sea tarde. Alguien tiene que defender el Reino incluso para que tú puedas salir con Guillermo a pasear. ¿Y me preguntas por qué?

No esperaba oírle un discurso así, tan convencido y cargado de razón, en el fondo tan impropio de él, que había sido distraído y sin interés por conocerse, casi indescifrable para sí mismo y para los demás. En eso residía su atractivo, en gran medida, en que estaba en el mundo sin preocuparse mucho del mundo, todavía menos de su presencia en él. Luego se había tornado mohíno y turbio a temporadas, entendía ahora por qué, pero nunca había mostrado convicción. 'Sin duda lo han adiestrado, lo han persuadido de la importancia de su tarea', pensé. 'A casi todos nos gusta creer que somos imprescindibles, que aportamos algo con nuestra existencia, que ésta no es inútil ni indiferente del todo. Yo misma, desde que he sido madre, me considero una especie de heroína por ello y camino por las calles sintiéndome acreedora de respeto y gratitud, como he visto a otras madres hacer. Ahora creo haber contribuido al conjunto: he traído a la tierra a alguien que acaso resulte fundamental. Pobre niño, pobres niños, si supieran cuánta fe abstracta ponemos en ellos. A casi todos nos gusta creer eso, pero la mayoría sabemos que no es así. Todo eso que ha enumerado Tomás, todo funcionaría igual sin nosotros, porque somos intercambiables y sustituibles, de hecho hay una interminable cola aguardando a que dejemos nuestro espacio libre, por modesto que sea. Si desaparecemos no se notará nuestra falta, el hueco será rellenado sin solución de continuidad, como un tejido que se regenera rápido, como el rabo de una lagartija que le vuelve a crecer, y quién se acuerda ya del que se le cortó. Él, en cambio, tiene la oportunidad de pensar que es trascendente, acaba de decirlo, el centinela que está siempre de guardia, el conjurador del peligro y el defensor del Reino, el que permite a los demás dormitar. ¿Cómo puede ser tan ingenuo y tan maleable, cómo se ha dejado embaucar por palabrería? Todo esto es palabrería patriótica, aunque a esa clase de palabrería seguramente nunca le falte cierta dosis de razón, porque se inspira siempre en una media verdad: claro que hay asechanzas, enemigos, riesgos. Por eso arrastra a menudo a las masas ansiosas de simplificaciones y de apariencias de verdad. Pero Tomás no es masa, o no lo fue, luego quizá ha debido procurarse una coartada para su decisión y ha tenido que justificarse a sí mismo, nadie es capaz de sumergirse en ese tipo de vida ficticia, en esa renuncia a la propia, a la que deseaba y se había trazado, sin creer que está rindiendo un servicio esencial a los demás, es decir, a lo que le ha dado por llamar el Reino, a su país. ¿Y desde cuándo es Inglaterra su país?

Dejó de comer o hizo una pausa para fumarse un cigarrillo. Se levantó de la mesa, se acercó a un balcón para mirar la tormenta y los árboles agitados a través del cristal. La lluvia había parado mientras estábamos en el dormitorio, pero ahora volvía a arreciar. Lo seguí, fui con él, me puse a su lado, le dije:

—¿Y cómo es que has estado dispuesto a formar parte de eso, habiéndote criado aquí? No me vengas con historias, eres tan español como yo. Siempre lo has sido. ¿Cuándo te ha surgido ese patriotismo inglés? ¿Desde cuándo ya no es este tu lugar? Tu hijo y yo estamos aquí.

—No, tan español como tú, no, Berta —me contestó—. Tú eres madrileña por los cuatro costados, yo no. Y es allí donde se me han acercado. Es allí donde han visto mis posibilidades, y han requerido mi participación. Donde han apreciado mis facultades, y uno es en gran medida del sitio que lo valora, y sobre todo del que lo reclama, del que lo atrae hacia sí. Nadie me ha reclamado nunca aquí: lo propio de este país, que siempre desaprovecha lo útil que tiene, cuando no lo expulsa o lo persigue. Y además, ¿qué pretendes? Aquí no sabemos en qué vamos a parar. En el supuesto de que se hubieran interesado por mí, no me iba a poner a las órdenes de una dictadura. Eso no te habría gustado nada, y te habría extrañado aún más, seguro que no me lo habrías perdonado. Hace cuatro días el Presidente del Gobierno todavía era Arias Navarro. Este Suárez no se sabe. Nos consta que quiere hacer un cambio de verdad, pero ya veremos si es así, o si se lo permiten, por mucho respaldo que tenga del Rey.

Lo dijo no como si fuera el rumor que corría, sino como si poseyera información fidedigna ('Nos consta', otra vez aquel 'Nos'). Si estaba en los Servicios Secretos ingleses, qué menos, pensé. En efecto, el 1 de julio, hacía no muchos días, el Rey Juan Carlos había forzado la dimisión de Arias Navarro, un hombre de Franco y designado por Franco, de hecho el hombre que con tono plañidero y lágrimas exhibicionistas había anunciado su muerte por televisión, seis o siete meses antes nada más, parecía que hubieran transcurrido años, pese a la continuidad de aquel secuaz. Tenía el apodo de 'Carnicerito de Málaga', si no recuerdo mal, por la implacable represión que había llevado a cabo en esa provincia, en la que había sido fiscal, al término de la Guerra Civil: centenares de ejecutados sin juicio o con simulacros, juicios de farsa, un tipo sanguinario y sentimental como tantos otros a lo largo de la historia, con cuánta frecuencia se da esa mezcla y cuán temibles son los sensibleros, con sus emociones particulares a flor de piel y su fiereza con las de los demás. El día 3 se había nombrado a Adolfo Suárez, que en verdad cambió las cosas más adelante, pero entonces era una incógnita y mucha confianza no podía inspirar. Tampoco Inglaterra estaba en un gran momento. El Primer Ministro Harold Wilson había dimitido unos meses atrás, y lo había sustituido James Callaghan, laborista como él. Callaghan fue bastante culpable del ascenso y la victoria de su rival Margaret Thatcher tres años después, pero nada sabíamos de ella entonces, en aquel año de 1976 que marcó mi vida para siempre, al enterarme de cómo era esa vida en realidad, más que nada por saber. Fue aquella noche cuando comprendí que se me planteaba un dilema y me tocaba tomar una decisión, seguir o no al lado de Tomás, seguir más intermitentemente de lo que lo había hecho, ignorando la mitad de su existencia o acaso más, desconociendo la mitad de su tiempo o acaso más, sin saber en qué andaba metido ni cuánto se manchaba las manos y el ánimo, si engañaba mucho, si traicionaba a quienes lo considerarían compañero o amigo, si los enviaría a prisión o a la muerte, y todo ello sin preguntar. Con riesgos para mí y para el niño, aunque me jurara que no los iba a haber más, y con enormes riesgos para él. Empecé a pensarlo allí mismo, mirando la lluvia de la Plaza de Oriente desde detrás del balcón, el uno pegado al otro, no tenía más que mover la mano para rozar la suya, más que inclinar la cabeza para apoyarla en su hombro, más que darme la vuelta para abrazarlo y ser abrazada por él: 'Tal vez un día no vuelva, tal vez se prolongue una ausencia y pasen los meses y después los años sin tener noticias de Tomás. Tal vez me instale indefinidamente en la espera, sin ni siquiera saber si está vivo o si lo han matado en algún lugar, si lo han descubierto y ajusticiado como dijo Kindelán. O tal vez sea él el que decida desaparecer y no regresar, el que rehaga su vida en otro sitio, convertido en alguien que no es. Qué sentido tiene eso, tenerlo pero no tenerlo y pasar el tiempo aguardándolo, preguntándome cada vez si volverá junto a mí o se desvanecerá en una niebla, en una nevada o en una humareda, en la noche cerrada o en una tormenta, si será uno de esos maridos que se van y no dejan carta ni cadáver ni rastro, a los que engulle la garganta del mar. La alternativa es renunciar a él ya, separarnos y lentamente olvidarlo o hacerlo palidecer para buscar lentamente a otro hombre, otro amor, muy lentamente tendría que ser. (Soy joven, habría tiempo de sobra, dicen que se olvida hasta lo inolvidable, lo dicen las personas de más edad.) Desentenderme de sus andanzas y de su paradero, no estar pendiente de sus reapariciones ni preocuparme de cómo le vaya en su porción de mundo elegido y secreto, que no es el mío ni lo puede ser; no saber nada ante la imposibilidad de saber suficiente, clausurar del todo lo que ya nunca será terso ni liso ni estará abierto de par en par, lo que será siempre arrugado y brumoso o ni siquiera: será pura oscuridad. Pero en realidad hace mucho que nada es diáfano y todo está entrecerrado, en parte por mi desinterés. Hace tiempo que sus estancias en Londres, o las que yo creía allí, para mí no existían y eran sólo engorrosos paréntesis a los que ya me había acostumbrado desde su época de la Universidad, la verdad es que llevamos años viviendo a trozos, viviendo así, luego qué diferencia hay. Oh sí, hay mucha, una cosa son labores diplomáticas en el Foreign Office y otra ser un topo, un infiltrado, un impostor, cambiar de aspecto y valerse de sus idiomas y de sus acabadas imitaciones y perfeccionados acentos para hacerse pasar por un enemigo del Reino, y confraternizar con éstos y fingirse uno de ellos, pensar como ellos y conspirar quizá, estar expuesto a un desenmascaramiento o a una delación y al consiguiente ajuste de cuentas, un espía es un espía también en tiempos de paz, o de aparente paz, se los debe de ejecutar igual, y desde luego en esa Irlanda del Norte de los Kindelán no existe paz...'.

—Tomás, esa no es la cuestión —le dije—. La cuestión es que nada te obligaba a prestarte a ello, ni en España ni en Inglaterra, no alcanzo a explicármelo en ti. Podías no haber entrado ahí y nada habría ocurrido, ese matrimonio no se habría presentado en mi vida ni habría amenazado con prender fuego al niño, ¿te das cuenta de la barbaridad, te das cuenta de lo que pasé? —Calló como si admitiera su culpa indirecta, lejana—. Tampoco tendríamos que pensarnos ahora si seguimos juntos o no. O bueno, por lo que dices, no tendría que planteármelo yo. Entiendo que tú sí quieres, pese a todo, pese a lo que me anuncias, pese a la anomalía que me propones. Sin que yo pueda hacerte preguntas, imponiendo tus reglas, de ese modo tan particular. Tan insatisfactorio para mí. No sé cómo no calculaste, cómo no calibraste las consecuencias.

Ladeó la cara, me miró. Yo continué mirando hacia el frente, hacia los árboles y la tormenta, hacia el exterior; pero con el rabillo del ojo capté su expresión. Esta vez no era de superioridad moral. Al contrario, era de inferioridad. La de alguien pillado en falta o que ha echado algo valioso por tierra. La de alguien que deplora unos hechos imposibles de anular.

—No estaría autorizado a contestártelas, Berta, podría acabar en la cárcel si lo hiciera. Y claro que quiero seguir contigo. No te imaginas. Eres lo único que me permite a veces recordar bien quién soy. Pero tú no sabes qué cosas obligan. No sabes qué cosas obligan —repitió.

—Pues dímelas.

Se quedó en silencio bastantes segundos, como si sopesara la conveniencia o la mera posibilidad de decírmelas, como si lo tentara hacerlo y supiera que no debía, que se arrepentiría todos los días futuros si caía en la tentación. Luego serenó aquella expresión de lamento y contestó:

—Obliga el poder parar una desgracia, Berta, ¿te parece poco? Y eso es lo que nosotros hacemos. Nosotros paramos desgracias. Una y otra y otra más. Desgracias sin fin.

Tuve la certeza de que no era a eso a lo que se refería, pero lo di por bueno aquella noche, sonó bien. Cesó de nuevo la lluvia. Ahora yo estaba cansada y él debía de estar rendido, a saber qué fatigas y pesares traía, desde dónde y desde hacía cuánto. Al fin y al cabo había llegado, estaba en casa, dormiría a mi lado, vería su bulto en la cama, su rostro o su nuca sobre la almohada, con barba. Parecía inverosímil después de todo, pero eso me tranquilizaba. Mañana pensaría qué hacer. Apoyé la cabeza en su hombro. Seguramente entendió mi gesto mal.

V

Aquella noche en verdad no sabía, pero claro que seguí con Tomás, mucho hay que haber perdido antes de renunciar a lo que se tiene, más aún si lo que se tiene responde a un propósito antiguo, a una determinación con elementos de obstinación. Uno va reduciendo sus ímpetus y sus expectativas, se va conformando con versiones deterioradas de lo que quiso alcanzar o creyó haber alcanzado, en todas las fases de la vida se admiten rebajas y desperfectos, se van dejando de lado exigencias: 'Está bien, esto no ha podido ser', se reconoce uno; 'pero todavía queda bastante, todavía compensa y es posible disimular, peor sería que no hubiera nada y se hubiera ido todo al traste'. Cuando alguien se entera de una infidelidad (de lo que se llama coloquialmente así, poco imaginativamente así), se permite montar en cólera en primera instancia, tratar a patadas al infiel, echarlo de casa y cerrarle las puertas. Hay personas muy orgullosas, o quizá son puritanas y muy virtuosas, que llevan esta actitud hasta el final. Pero la mayoría, tras el acceso de furia, empieza a rogar para sus adentros que la cosa haya sido venial, una veleidad, un capricho, un aburrimiento, una vanidad, una obnubilación temporal; que no sea algo serio que amenaza con despedir del todo a la parte engañada, como se suele decir, con sustituirla y usurpar su lugar. En esa reacción no sólo interviene un factor conservador de lo que se consiguió y aún se posee —el miedo al vacío y la pereza infinita de volver a dar primeros pasos—, sino también la ventaja de tener al otro en deuda. Si uno se mantiene a su lado, si uno pasa la falta por alto, siempre estará en condiciones de mostrar la cicatriz y de recriminar, aunque sea sólo con la mirada, o con los andares, o con la manera de respirar. O con la de callar, sobre todo si no viene a cuento callar y el cónyuge se preguntará: '¿Por qué no contesta, por qué no dice nada, por qué no alza la vista? Estará reviviendo lo que pasó'.

No era ese mi caso, o al menos las infidelidades probables se habrían debido en principio a la necesidad, al trabajo, incluso a la supervivencia, quizá tenían más que ver con los besos y las escenas sexuales que a los actores y actrices les toca representar. Se supone que son fingimiento, que en el momento en que el director dice 'Corten' esos actores y actrices se frenan, se separan y se tratan como si no hubiera existido entre ellos la menor intimidad. O sólo de cuerpo pero no de alma, tal vez sea uno de los pocos ámbitos en que se mantiene la separación. Claro que en las actuaciones de Tomás no habría ningún director, ni cámaras, ni un equipo, no habría testigos de ninguna clase ni orden de finalización. Al contrario, todo tendría que parecer muy sincero y real, y tendría que parecérselo sobre todo a la otra persona, a la que acaso se enamorara tan estúpidamente como para contarle de más a quien menos debía, a quien le buscaría la ruina, a un enemigo emboscado, a un farsante, a un traidor. Contarle para demostrarse enterada y de utilidad, para obsequiarlo, para ofrecerle una fecha o un nombre y delatar sin querer, para darse importancia y presumir. En ese campo amoroso es inevitable presumir un poco, antes o después, hacerse valer para hacerse más querer. Y en ese campo se cuenta, se acaba contando sin cesar, como si eso fuera el máximo regalo posible, satisfacer la curiosidad y brindar información, ni siquiera requerida a veces. Son regalos dilapidados, porque la mayoría de la gente olvida en seguida cómo llegó a saber tal o cual cosa y por lo tanto no siente agradecimiento ni admiración hacia quien se las reveló. Al poco cree haberlas averiguado por sus propios medios, una vez que se posee un conocimiento o un dato lo que se recuerda menos es su procedencia y el camino de su adquisición, y la figura del mensajero se difumina con rapidez.

Un día intenté que Tomás me hiciera un modesto regalo de esa índole. Ya que los tenía prohibidos, procuré que fuera inconcreto y no lo comprometiera, y me atreví a preguntarle directamente:

—Si has de hacerte pasar por quien no eres cuando estás por ahí, me imagino que a veces tendrás que acostarte con alguna mujer, aunque sólo sea para sonsacarle o para ganarte su confianza, para crear un vínculo propicio a las confidencias. ¿Es así? Puedes decírmelo, lo entenderé. No te lo reprocharé.

No era imposible creerme, creer que lo entendería, al fin y al cabo los años setenta fueron muy permisivos y comprensivos en ese terreno: nadie era propiedad de nadie, los contratos y las ataduras eran despreciables, si estoy contigo y me abstengo de estar con otros no será por obligación sino por mi deseo y mi voluntad, somos libres y cada día empezamos, todo eso era moneda corriente entre numerosas parejas de la época, por mucho que nos casáramos con idea de perduración. Además, Tomás y yo habíamos estado mucho tiempo separados desde muy pronto y desde muy jóvenes, cuando se cede con mayor facilidad. Ni siquiera él había sido el primero en mi vida ni yo la primera en la suya, eso se nos hizo patente cuando por fin estuvimos juntos él y yo, quiero decir hasta el final, hasta el fondo, o lo que antigua y legalmente se llamaba la consumación. No nos habíamos confesado detalles ni siquiera encuentros ni nombres, pero los dos dábamos por sentado que los había habido y que los del uno no eran asunto del otro. Eran pretérito; y hasta cierto punto, en consecuencia, también habían pasado a ser ficción. Y luego, se suponía que habían tenido lugar antes de nuestra boda. Aunque ésta no hu-

biera cambiado esencialmente las cosas para nosotros
—quizá algo más para mí, que con ingenuidad la viví
como una especie de consecución—, hay una heredada
y extraña mística del matrimonio a la que casi nadie permanece inmune ni se sustrae enteramente, lo mismo que
hay una mística de la maternidad. Sentimientos atávi-
cos, seguramente. La mujer que se ha casado, el hombre
que se ha casado, ya no serán nunca idénticos a los que
jamás lo habían hecho. Aunque no se crea en ellas, aunque sean sencillas y se les dé apariencia de trámite, las
ceremonias producen su efecto, y por eso se inventaron,
supongo: para marcar una línea divisoria, establecer un
antes y un después, para convertir en serio lo que no lo
era, para subrayar y solemnizar. Para dar una noticia y
que así ésta sea asumida, sancionada por la comunidad.
¿Acaso no se sabe siempre quién es el nuevo Rey (a menos que no haya heredero y se sucedan disputas dinásti-
cas), y sin embargo no ha habido nunca monarca que
haya renunciado, que se haya saltado una ceremonia de
coronación? Puede que aquella pregunta mía tuviera más
gravedad de la que yo misma le otorgaba al hacerla.

Estábamos sentados en una terraza de Rosales entre
los árboles, ya a la vuelta del verano, ya en septiembre, y
estábamos solos, el niño en casa de sus abuelos paternos.
Tomás me miró sorprendido y también algo violento, lo
cual ya me dio la respuesta en parte, o eso fue lo que creí.

—¿A qué viene eso ahora? —me contestó—. Hemos quedado en que no me harías preguntas, ¿no?

—Ya, pero no te estoy preguntando nada concreto,
ni dónde has estado ni por qué, ni con quiénes ni contra
quiénes, ni qué has hecho o dejado de hacer. Sólo si eso
se da. Así, en general. Es una curiosidad natural. ¿O no
la tendrías tú en mi caso, si yo estuviera en tu posición,
si yo me hubiera de fingir otra persona y mezclarme con
desconocidos como si no estuviera casada ni tuviera un
hijo? Dime que sí, que sentirías toda la curiosidad del

mundo. O si no me ofenderé. —Traté de aligerar la pregunta con una broma, sonreí al decir esto último. Pero la broma no me salió.

Ahora apartó la mirada, se quedó pensativo. Bebió de su cerveza, la dejó en la mesa y sin pausa volvió a beber.

—¿Y qué ganas con saberlo? ¿Vas a estarte preocupando de eso cada vez que me vaya? ¿De si me estaré acostando con alguna mujer por el bien de la misión? Nada de lo que ocurra en ellas te atañe, creía que eso había quedado claro y que lo aceptabas. Nada de eso existe para ti. No debería existir ni para mí. De hecho no existe, cómo quieres que te lo diga. No acontece, no tiene lugar. ¿Tú no has oído hablar de esos soldados que, cuando regresan a casa, jamás cuentan lo que han vivido en la guerra ni lo que tuvieron que hacer? ¿Que no sueltan una palabra acerca de lo que vieron y que se mueren sin haberla soltado al cabo de cincuenta años o más? Como si no hubieran entrado en combate en su vida. Pues esto es igual, con la diferencia de que ellos eligen callar y nosotros ni siquiera podemos elegir. Estamos obligados. Para siempre. De lo contrario nos acusarían de revelar secretos de Estado, y eso no es ninguna broma, te lo aseguro. —Una y otra vez aparecía aquel 'nosotros', era indudable que se sentía miembro de un cuerpo, o quizá de un club, y que eso lo reconfortaba.

—Sigo sin entender que te metieras en esto —le dije—. No sólo defendéis el Reino, según tu expresión, sino que nadie lo puede saber, y desde luego no os podéis jactar. ¿No es ese un precio demasiado alto? Entiendo que todas, absolutamente todas vuestras actividades son lo que llamáis 'classified' en inglés, secretas, confidenciales, y que lo serán hasta que os muráis y más allá. No acabo de ver qué ganáis, aparte de una buena paga, me imagino que vivimos de eso en gran medida. Pero nadie os verá nunca como héroes, ni siquiera como patriotas. Lo que hagáis yacerá en el olvido, o en el desconocimiento. Por fundamental que haya sido, por grandes que fueran las desgracias que hayáis logrado parar. Si nadie se entera de ellas... Una amenaza abortada, una desgracia impedida, eso queda reducido a un temor. Y los temores que no se cumplen la gente acaba por verlos como temores injustificados, es decir, como exageraciones y paranoias, casi como algo objeto de broma, *a posteriori*. Todas esas personas que en los años cincuenta y sesenta se montaron sus refugios antinucleares, sobre todo en los Estados Unidos, deben de mirarlos ya como una ridiculez. No sé, lo que no sucede es como si careciera de prestigio, algo así. Y lo que no se sabe también, todavía más, claro está. El abismo entre lo que pasa y lo que no pasa es tan enorme que lo segundo se disuelve y pierde importancia y apenas si se tiene en cuenta. Obedecemos a la fuerza de los hechos y nos guiamos por ella, nada más. Fíjate en lo que me ha pasado a mí. Si Kindelán hubiera prendido fuego a Guillermo y yo hubiera visto arder a mi niño, si estuviera muerto, nuestras vidas estarían destrozadas para siempre y yo no te lo habría podido perdonar. Probablemente habría enloquecido allí mismo, o tal vez habría corrido a la cocina, habría cogido un cuchillo y los habría apuñalado a los dos, a Miguel y a Mary Kate. Posiblemente estaría en la cárcel por ello, o en el mejor de los casos trastornada, recluida. Pero como fue sólo una amenaza y un susto, como eso no sucedió, te lo he podido contar a toro pasado con relativa calma, porque lo fundamental no ha variado, el niño está ileso y sigue creciendo y tendrá una existencia normal o eso espero, y quién sabe si un día no le contaré, como anécdota llamativa y hasta con algo de humor, el inmenso peligro que corrió cuando aún estaba en su moisés. La distancia entre lo que puede ocurrir y lo que ocurre efectivamente es tan gigantesca que lo primero se acaba olvidando, incluso si estuvo en un tris de pasar. No digamos si además se ignora que pudo pasar, entonces ni siquiera cabe olvidarlo, es aún peor. ¿Te imaginas que el golpe de Estado de Franco hubiera fracasado a los pocos días? Habría quedado como una nota a pie de página en los libros de Historia, como un incidente más en el periodo de la República. ¿O que se hubiera temido y rumoreado mucho pero no se hubiera llegado a producir? Nadie conocería los nombres de quienes lo hubieran desarticulado, ¿verdad que no? De quienes habrían evitado una Guerra Civil y cerca de un millón de muertos. Como no habría habido esos muertos, el desmantelamiento de la sublevación habría quedado como algo sin consecuencias dramáticas, por tanto sin prestigio y menor. —Guardé silencio unos instantes, mientras Tomás me miraba sorprendido por mi verbosidad, y añadí—: Por lo que me dices, tú perteneces a esos y siempre vas a pertenecer. A esos cuyo nombre no se recuerda o se ignora. Y además estás conforme.

Tomás hizo ahora un gesto con la mano vacilante hacia arriba, como si sostuviera en ella un pesado globo terráqueo o quizá la calavera ligera de Yorick, con el codo apoyado en la mesa. No sé por qué, noté condescendencia en ese gesto.

—No lo entiendes porque no lo puedes entender, Berta. Pero como no te toca, nada tiene de particular. La prueba de que no está a tu alcance es que has equivocado el tiempo verbal, piensas en términos que no son. Has dicho que lo que hagamos yacerá en el olvido o en el desconocimiento. Lo justo es decir que lo que hacemos yace *ya* en el olvido, en el mismo momento de hacerlo. Y desde luego en el desconocimiento. Como todo lo que haría el que no ha nacido, por ejemplo. Es algo así. Incluso antes de que lo hagamos, yace ya ahí. En realidad no hay diferencia entre el antes y el después. Cuando no se ha hecho no se ha hecho, y luego tampoco se ha hecho, de modo que todo está siempre como estaba y sigue exactamente igual. Ni siquiera durante el durante se ha hecho, o, mejor dicho, no se hace. Admito que no es muy fácil de entender.

'Tampoco es tan difícil. Esto se lo han enseñado', pensé. 'Esto se lo han inculcado y él se lo ha acabado aprendiendo. Ahora se está jactando ante mí, ya que le han dado permiso para contarme algo, lo indispensable, y por fin puede jactarse. Aunque sólo sea ante mí, ante su mujer, ya soy más que nadie, ya soy alguien. Todo el mundo se jacta un poco, es inevitable, incluso si ha renunciado a ello y está conforme, incluso si lo tiene prohibido y está dispuesto a obedecer.'

—Tampoco es tan difícil —dije, y volví a lo que había iniciado aquella conversación bajo los árboles: cuanto más se negaba a contestarme, más se me acentuaba la curiosidad—. Respecto a esas mujeres desconocidas y probablemente extranjeras, dime al menos si estamos en el antes o en el después de lo que no ha ocurrido ni ocurre ni por supuesto va a ocurrir. En el durante me imagino que no.

Esta vez sí me salió la broma, algo mejor. Me sonrió con el globo terráqueo todavía en la mano y se avino a responder. Claro que su respuesta no tenía por qué ser verdad y seguramente no era verdad. Apuró su cerveza y dijo con complacencia leve:

—Eso no se ha dado hasta ahora. Pero se podría dar.

—Y si se da, no se habrá dado, según tú.

Se dio cuenta de que había hablado demasiado y de que se había contradicho en un descuido. Con sólo dos frases breves y desprevenidas —o acaso eran presumidas— había incurrido en contradicción y me había entreabierto una puerta para el futuro, una rendija a más preguntas, me había dado algo a lo que agarrarme. Era como si inadvertidamente, en un desliz, hubiera encendido una cerilla fugaz en medio de la oscuridad. Era como si el que no había nacido hubiera empezado a nacer. Había admitido que algo, 'eso', se podría dar. Quiso arreglarlo o rectificarlo pero ya era tarde. Aun así lo intentó, contestó:

—Eso es, no se habrá dado, porque de hecho no se dará aunque se dé.

Y así pasaron un año y dos, tres y cuatro y cinco y seis. Desde que Tomás pudo contarme a qué se dedicaba parcialmente en realidad, lo vi más despreocupado, más ligero, de mejor humor cuando estaba en Madrid; sus brumas y sus insomnios ya no fueron constantes sino solamente temporales, le aparecían o se le agravaban justo antes de marchar a Londres y también los traía consigo al volver, como si necesitara tiempo para zafarse de su otra vida, de sus otras vidas pasajeras pero probablemente vividas con mayor intensidad; para hacerse a la idea de que la anterior, la que fuese en cada ocasión, había quedado ya atrás y no tenía vuelta de hoja, y de que la única reincidente, la única que se repetía y se recuperaba, era la que le brindaba yo en nuestra ciudad. Poco a poco al principio, luego con cada vez más rapidez, se iba apaciguando y parecía lograr desprenderse de lo que quisiera que hubiera hecho durante sus largas ausencias, de lo que hubiera experimentado y de las personas con las que hubiera tratado quién sabía dónde, a las que hubiera engañado seguramente fingiendo ser una de ellas durante semanas o más bien meses, fingiéndose un correligionario o un paisano o un compatriota con su capacidad increíble para la imitación y la representación, para el embaucamiento y la farsa, al fin y al cabo se trataba de eso. Porque yo daba por supuesto que se iba a Londres y que después, desde allí —aunque no siempre—, se lo enviaba a algún otro lugar. Aprendí a saber, o mejor dicho a suponer, cuándo estaba en algún otro lugar, porque mientras permanecía en Londres, presumiblemente en el Foreign Office o en las dependencias del MI5 o del MI6, si es que eran distintas, llamaba con cierta regularidad, más aún desde que nació Elisa, la niña, por la que siempre sintió una debilidad masculina, la propia de casi todos los hombres ante una niñita, las ven más graciosas y desprotegidas, y nunca jamás como venideros rivales, como individuos que un día se creerán superiores a ellos y los despreciarán y los desplazarán, como sí ven en cambio, a menudo, a los hijos varones desde su nacimiento.

Disminuía la frecuencia de los contactos cuando se encontraba en algún punto de Gran Bretaña recibiendo un adiestramiento específico, según colegí o me dio a entender. En aquel raro oficio, por lo visto, nunca se paraba de instruirse, de estudiar, de aprender, de pulirse y de perfeccionarse, lo más probable era que cada misión requiriera un entrenamiento o preparación *ad hoc*, el impecable dominio de una lengua o de un acento, la soltura y la naturalidad absolutas en un habla determinada, conocimientos precisos de Historia, familiarizarse con fechas, topónimos, geografía, costumbres y tradiciones. En mi imaginación me parecía posible que alguien, Tomás o quien fuese, se hiciera pasar con éxito por otro alguien, pero imposible que se hiciera pasar por varios distintos en diferentes sitios y circunstancias, por mucho que mudara de aspecto o se disfrazara, tal es la cantidad de factores que intervienen en la memoria de cualquiera y que se deben tener en cuenta a la hora de encarnarlo o interpretarlo, de inventarlo o suplantarlo. Fuera como fuese, deducía que había emprendido otra tarea o misión 'de campo', como le había oído referirse a ellas, cuando dejaba de llamar. Cuando cesaba, cesaba del todo, y los silencios se prolongaban durante un mínimo de un mes, por lo general dos o tres y algo más en una ocasión, y no podía dejar de vivirlos con zozobra e intranquilidad y aprensión. Pasaba esos periodos sin una letra ni una palabra y sin saber si seguía vivo, preguntándome si lo habrían descubierto y qué medidas se tomarían en ese caso contra él, si conseguiría salir de donde se hubiera metido y volver alguna vez a mi lado; si contaba con apoyos o con posibilidad de rescate cuando las cosas se ponían feas o lo apresaban, si aquel Reresby o algún otro colega suyo le echarían una mano o lo abandonarían a su suerte y lo darían por desaparecido, por perdido en otra región.

Pero no sólo temía por su destino, sino también por la índole de sus actividades. Deseaba que le salieran bien en abstracto, de todo corazón, y estaba de su parte como era natural: era mi marido y el padre de mis hijos, era el Tomás de siempre aunque hubiera cambiado y hubiera optado por una vida extrema y oscura que escapaba a mi comprensión, no veía la necesidad. Pero a veces no podía evitar el pensamiento de que seguramente hacía mal al hacer, intrínsecamente mal: de que se ganaría con hipocresía la confianza de hombres y de mujeres que lo acogerían como a un hermano, o como a un amante, o incluso como a un amor, y él luego los traicionaría, los delataría, daría sus nombres y su descripción y sus fotos si a escondidas se las había logrado sacar, informaría acerca de sus planes y actos y tal vez con ello los conduciría a la muerte ('Y cualquier acción es un paso hacia el tajo, hacia el fuego, por la garganta del mar o hacia una piedra ilegible...'), y cómo se puede causar o propiciar la muerte de quien ha sido amigo afectuoso o colega fiel, de quien lo ha abrazado a uno en la cama sin separación entre piel y piel, de quien ha estado dispuesto a morir por salvarlo, todo eso podía ocurrir, Tomás era de los que se hacían querer y hasta la gente más despiadada y dura se encariña a su pesar o tiene momentos de debilidad, la simpatía no se domina y aún menos el enamoramiento, ni siquiera se domina siempre un mero deseo sexual. Qué poco cuenta nuestra voluntad. Tomás facilitaría la detención o el fracaso de esos ingenuos que habrían depositado su fe en él, y en algunos países y organizaciones no se perdona fracasar, no digamos dejarse engañar por un topo, por un agente enemigo al que se proporcionan demasiados datos de lo ya hecho y por hacer.

Entendía que ese era precisamente su trabajo y que además así paraba desgracias, pero en los odios y en los enfrentamientos todo depende del punto de vista, y lo que para un bando es una desgracia para el otro es una bendición. Él estaba entregado a la causa de Inglaterra, del país que había elegido, fueran sus causas justas o no, suponía que a él no le tocaba juzgarlo sino tan sólo asumirlas y obedecer. Pero yo no estaba en condiciones de compartir su patriotismo, por así decir, no podía estarlo. Y en aquellos años la mayoría de los españoles (bueno, los que no habíamos sido franquistas) sentíamos una invencible aversión hacia la policía secreta y un desprecio infinito hacia los infiltrados. Los había habido sólo de una parte, de la dictadura, sólo en una dirección, y habían sido los detestados miembros de la Brigada Político-Social, los llamados 'sociales' para abreviar, que se habían hecho pasar por obreros en las fábricas, por mineros en las minas y por trabajadores en los astilleros, por sindicalistas en los sindicatos ilegales, por militantes o dirigentes en los partidos (clandestinos todos), por presos políticos en las prisiones y por estudiantes en las Universidades. Incluso habían arrastrado a muchos, con su fingido radicalismo, a cometer delitos que sin su presión y su azuzamiento, sus arengas farrucas, su persuasión y su extremismo exhibicionista, jamás habrían cometido. Numerosas personas habían acabado en la cárcel por culpa de aquellos impostores, que no sólo habían actuado como delatores sino también como instigadores, con vistas a agravar las penas que recayeran sobre los 'subversivos': no era lo mismo repartir octavillas que lanzar piedras contra las vitrinas de un banco o de un gran comercio, correr ante los grises en una manifestación que revolverse contra un guardia y tirarlo de su caballo con una barra de hierro, estar afiliado a un partido que ponerle una bomba en el coche o pegarle un tiro a un coronel del Ejército. A los sociales les interesaba que la gente pacífica dejara de serlo, que los que iban por libre se organizaran y se asociaran, no se limitaban a averiguar y dar nombres, sino que hincaban las espuelas para desbocar a quienes caían bajo su influencia, y así poder acusarlos de los cargos más graves. También eran los que torturaban y los que arrojaban a detenidos por escaleras o por una ventana, como sucedió con el estudiante de mi época Enrique Ruano y con otros, que según ellos siempre intentaban escapar donde no había escapatoria y se caían o 'saltaban', pese a estar esposados con las manos a la espalda y permanentemente vigilados. Y aquel cuerpo siniestro todavía no había sido enteramente disuelto ni desmantelado, en todo caso a ninguno de sus componentes se lo había castigado ni suspendido ni aún menos juzgado, a lo sumo se les habían buscado destinos y quehaceres más disimulados y acordes con los nuevos tiempos de la democracia.

Me afanaba en pensar que Inglaterra era otra cosa, que allí no había habido dictaduras nunca y que sus Servicios Secretos se atendrían a leyes estrictas y estarían controlados por políticos elegidos y por jueces honrados e independientes, era una nación con separación de poderes y prensa libre, lo que apenas empezábamos a disfrutar nosotros. Que no cometerían abusos ni crímenes equiparables a los de los sociales y que si los cometían no saldrían impunes, como salieron cuantos sirvieron a Franco durante cerca de cuarenta años, cada uno en su puesto más anodino o más nocivo. Pero no tenía la absoluta certeza. Saqué algunos libros de la biblioteca del Instituto Británico de la calle Almagro y leí episodios de la Segunda Guerra Mundial, operaciones crueles del SOE, del SIS, del PWE (me familiaricé con esas siglas), que me pusieron los pelos de punta. Me esforzaba por pensar que en las guerras todo es distinto y exagerado, que en ellas todo está permitido y que se hace cuanto es necesario para vencer al enemigo y sobre todo para sobrevivir y no ser aplastado; que aquellos excesos eran cosa del pasado y de las circunstancias atroces de aquella contienda. Pero también me decía que cuando se prueba algo, aunque sea obligado por una situación extrema —y tanto da si el que prueba es un país o un individuo; o el país a menudo lo ignora y prefiere no enterarse—, algo queda siempre de ese algo y se recurre a ello con más facilidad de la que imaginamos. Si una vez nos saltamos las reglas con éxito, ya no vemos muy dañino volver a saltárnoslas, aunque no parezca imprescindible. Simplemente es el camino más eficaz y más corto, del que no hay que dar explicaciones ni rendir cuentas a nadie. Es lo que se suele decir de los asesinos: una vez que han dado el primer paso, una vez que han inyectado el veneno o asestado el primer tajo y descubren que se sigue viviendo con ese peso en la conciencia o que cada día éste es más llevadero; que de hecho no es tan difícil hacerlo y que uno logra medio olvidarse de la vida quitada porque en efecto se está mejor sin ese estorbo, ese obstáculo o esa amenaza, o sencillamente sin esa presencia; que se respira mejor sin esa otra vida en el mundo y se comprueba que eso ayuda a conducir más ligeramente la propia; una vez que todo eso ha pasado, que se ha cruzado la raya y se han experimentado las consecuencias que resultan no ser tan gravosas, entonces el asesino tiene menos inconveniente en reincidir y en cometer un segundo y un tercero y hasta un cuarto asesinato. Es casi un lugar común pensar eso, pero tendrá bastante de verdad, como todos ellos.

No, no tenía certeza absoluta, y en alguno de aquellos libros que hojeé o leí a medias con mi inglés ya muy solvente, tal vez en el titulado *Trail Sinister*, la autobiografía de Sefton Delmer, el principal encargado o cerebro del PWE o Political Warfare Executive, un organismo clandestino dedicado a la guerra sucia y a lo que llamaban 'propaganda negra' durante el conflicto con la Alemania nazi, me encontré con unos párrafos que me trajeron ecos de lo que decía Tomás sobre el hacer y no haber hecho, sobre lo que no se daba aunque se diera, sobre la inexistencia de lo existente y —ese imposible que deseamos todos— las acciones borradas. (O seguramente era a la inversa, y las palabras aprendidas por Tomás eran un eco de aquello.) A los alemanes que se incorporaban a su equipo (antiguos brigadistas internacionales, emigrados, refugiados, algunos prisioneros de guerra dispuestos a colaborar, desertores), en cuanto llegaban al cuartel general secreto del PWE, situado en un lugar llamado Woburn, Delmer les soltaba este discurso o uno parecido: 'Libramos contra Hitler una especie de guerra de ingenios total. Todo vale, siempre que sirva para acelerar el fin de la Guerra y la derrota completa del Reich. Si tenéis el más mínimo escrúpulo respecto a lo que aquí se os pueda exigir que hagáis contra vuestros compatriotas, debéis decirlo ahora. Yo lo entenderé. En ese caso, sin embargo, no nos serviréis y sin duda se os encontrará otra tarea. Pero si queréis uniros a mí, debo advertiros que en mi unidad estamos dispuestos a todas las jugadas sucias que podamos concebir. No hay ningún conducto obstruido de antemano. Cuanto más sucias mejor. Mentiras, escuchas, desfalcos, traición, falsificaciones, difamación, encizañamiento, falsos testimonios y acusaciones, tergiversación, cualquier cosa. Hasta el puro asesinato, no lo olvidéis'. Aún recuerdo la expresión en inglés, 'sheer murder'.

Casualmente, en aquellos años, había aparecido en la prensa un artículo relacionado con el caso Watergate que había traído cierta cola en el mundo anglosajón, al que por razones obvias yo atendía cada vez más, y en él el autor, un tal Richard Crossman, Ministro con Harold Wilson en los sesenta y en su día hombre importante del PWE, tanto como Delmer o casi, reconocía que, entre 1941 —cuando se había creado ese organismo implacable y sin limitaciones— y el término de la Guerra, había habido en Inglaterra 'un Gobierno interno' con unas normas y códigos completamente distintos de los del Gobierno público y visible; y añadía que eso era un aparato necesario en la guerra total. Al haber sido un muy alto cargo, no era fácil contradecir ni desmentir sin más a aquel Crossman, quien también admitió que la propaganda negra, como los bombardeos 'estratégicos' contra las ciudades y la población civil alemanas —Dresde, Hamburgo, Colonia, Mannheim y demás—, era 'nihilista en sus fines y únicamente destructiva en sus efectos'.

También leí, no sé si en el mismo volumen *Trail Sinister* o en su secuela *Black Boomerang* o en otro, que la unidad de Sefton Delmer no existía oficialmente y que la consigna de sus integrantes era negarla ante todo el mundo, incluidas otras organizaciones casi igual de herméticas y con las que de hecho colaboraba en la práctica (no en la teoría, claro, puesto que de ella no había registro), como el SOE encargado de los comandos y los golpes de mano y el MI6 encargado del espionaje. Ni su nombre ni sus siglas fueron conocidos por la gente hasta mucho después. Numerosos individuos que trabajaban en el PWE ignoraban que trabajaban en él, y creían prestar servicio en el PID o Political Intelligence Department del Foreign Office, en principio una pequeña sección no secreta del Ministerio. Los que se ocupaban de la propaganda blanca (las emisiones de la BBC para Alemania y la Europa invadida, por ejemplo) solían desconocer absolutamente que también existía la propaganda negra y que la llevaban a cabo compañeros suyos, en divisiones aparte y en el mayor secreto. La enorme ventaja de ésta, y de sus tremendos daños para los que no había límite, era que nunca se admitía su origen británico; y con firmeza se negaba la autoría de toda barbaridad y todo exceso, cuando trascendían y hacía falta. Lo cual permitía operar con las manos libres, es decir, sin escrúpulos ni cortapisas.

El PWE se consideró tan anómalo incluso mientras funcionó (y no cabe duda de que ayudó crucialmente a ganar la Guerra), que no sólo se disolvió nada más firmarse la rendición incondicional alemana el 7 de mayo de 1945, sino que la despedida y las instrucciones finales a sus miembros fueron más o menos estas: 'Durante años nos hemos abstenido de hablar de nuestro trabajo con toda persona ajena a nuestra unidad, incluidos maridos, mujeres, padres e hijos. Queremos que sigáis igual, que así se mantenga. Que nada ni nadie os lleve a jactaros de las tareas que hemos realizado. Si empezamos a presumir de nuestras ingeniosidades porque salieron bien y fueron superiores a las de los cerebros más malvados, quién sabe en qué pararía eso. Así que punto en boca'. Leyendo todas estas cosas, a veces a trozos y salteando, se hacía difícil determinar si aquella unidad se había desmantelado tan rápido por prudencia o por vergüenza, por no dar información a enemigos futuros o por ocultar lo que se había visto obligada a llevar a cabo, o quizá no obligada. Tal vez ser superior a los cerebros más malvados implicaba, en un sentido, ser aún más malvado. Fuera como fuese, al PWE se lo había sepultado en vida y también en muerte. O, dicho de otro modo, no existió mientras existió y cuando dejó de existir no había existido. Supongo que hasta que mucho después habló alguien. Hasta que a alguien, malvado o no, le resultó imposible no jactarse.

Tomás aguantó bastante bien, apenas cayó en la tentación de jactarse. Quiero decir que cumplió sus órdenes de no revelarle a nadie la naturaleza de sus viajes, ni los lugares a los que lo llevaban, ni la verdadera razón de sus ausencias o de algunas de ellas, ni los nombres de las personas con las que se involucraba, probablemente para destrozarlas y arruinarlas. Asumo que no se los revelaba a nadie porque ni siquiera a mí me los confiaba, y dentro de todo yo debía de ser la única informada de sus actividades, en Madrid al menos; la única a la que, por fuerza mayor y para evitar mis suspicacias y otros males —quizá hasta mis espionajes, o mis registros caseros de sus pertenencias—, se había puesto al tanto de sus dobles funciones. Habíamos quedado en que yo no le haría preguntas sobre la parte de su vida que transcurría lejos, fuera de mi vista y mi oído, y que no me incumbía, pero había momentos en que se me disparaba la curiosidad y no podía resistir preguntarle, abierta o sibilinamente. (El ansia de saber, una maldición y la fuente mayor de desgracias; la gente está al tanto o lo intuye y aun así no sofoca esa ansia.) Entonces él me frenaba en seguida, con pocas y previsibles palabras: 'Es mejor que lo ignores', o 'Ya sabes que eso no puedes saberlo', o 'Hay que agradecer que no esté autorizado a contestarte. Que exista la Official Secrets Act y yo esté sujeto a ella' (con lo cual ya me decía que lo que había pasado o había hecho resultaba sombrío o no era para enorgullecerse), o simplemente 'No preguntes. Recuerda lo que acordamos'. O a veces me metía miedo, la forma más eficaz y vulgar de disuadir a cualquier persona, y también a las masas: 'Si te contara algo de esto te pondría en peligro, a ti y a los niños. Y eso no lo queremos, ¿verdad? No queremos otros Kindelán. O alguien peor, alguien capaz de arrojar el mechero en lugar de guardárselo. Al fin y al cabo ellos se lo guardaron, ¿verdad?, y ahí están los niños viviendo sin preocupaciones y a salvo'.

Pero hay muchas maneras indirectas de presumir, aunque con la razón se renuncie a hacerlo. Tomás tenía entereza, era discreto, pero se hacía el interesante en ocasiones, se daba velada importancia o acaso buscaba un poco de compasión y de aprecio, después de todo era él el que más se afanaba y sufría y el que traía más dinero a la casa, mucho dinero, le pagaban cada vez mejor, de eso me daba cuenta, vivíamos con suma holgura. Tal vez al regreso de alguna misión particularmente esforzada o peligrosa, o que hubiera requerido altas dosis de ingenio, o que hubiera salido a pedir de boca, soltaba un comentario o dos imposibles de no recoger verbalmente. 'No te imaginas los padecimientos de esta vez', por ejemplo. O 'Vengo exhausto. Necesitaré dormir tres días seguidos, más que nada para dejar de representarme las cosas que he visto, dejar de verlas despierto'. O 'No te haces idea de lo que cuesta hundir a quienes toca hundir, aunque sea vital para nosotros y ellos se lo merezcan. Y se lo merecían con creces, los muy hijos de puta'. Y yo siempre caía en la trampa inicial, cómo no: '¿Qué padecimientos? ¿Qué has visto? ¿A quiénes te tocaba hundir? ¿Qué hijos de puta? Si no me cuentas algo no podré consolarte. Ni siquiera podré nunca entenderte'. Pero Tomás se cerraba al instante, y lo máximo que se permitía eran disquisiciones sobre la índole de su labor, qué menos que permitírselas ante su mujer, quizá el único ser en el mundo con el que eso era posible, colegas aparte; pero ellos nunca lo admirarían ni se quedarían intrigados y boquiabiertos. 'No, disculpa el desahogo, Berta. No, más vale así, que no sepas nada sobre mi vida a la que no asistes. A menudo es poco agradable, contiene historias bastante tristes, condenadas a finales desgraciados, para unos o para otros', decía, y entonces disertaba un rato.

No, Tomás era disciplinado y nunca soltó apenas prenda, aunque le notaba las ganas, seguramente tenía que rememorar su juramento y morderse la lengua tras cada retorno (qué triste no poder relatar lo que ha ocurrido y se ha vivido, los peligros pasados y las argucias urdidas, los dilemas planteados y las decisiones tomadas, muchas vicisitudes se aguantan sólo para contarlas más tarde, y yo me imaginaba que su oficio estaba lleno de esos gajes), y luego cada pocos días mientras permanecía a mi lado. Porque desinterés o resignación en mí no veía, todo lo contrario. Yo le tiraba de la lengua, de hecho, hablándole de mis lecturas y de las hazañas pretéritas de sus antecesores remotos. Le hablaba del PWE durante la Segunda Guerra Mundial y del MI6 y del SOE con sus incursiones audaces, del SIS y del SAS y de la NID y del pequeño PID, todas aquellas siglas con las que me había familiarizado. (Hasta de las novelas de Fleming y Le Carré le hablaba, que eran ficción y contemporáneas.) No había nada malo en investigar el pasado, menos aún uno de los periodos más apasionantes de la historia, y todo eso se encontraba en los libros, al alcance de cualquiera. Era evidente que mi interés por todo aquello había surgido a raíz de mi descubrimiento, de su confesión tan escueta y autorizada: si no podía saber de sus andanzas, al menos me haría una idea estudiando las de sus predecesores en la época más gloriosa y activa, tres o cuatro décadas antes. Y sin embargo tenía una coartada que me permitía fingir que mis motivos eran ajenos a él y a la existencia que había elegido en la que yo no entraba: a lo largo de aquellos años de aceptación y paciencia me saqué el doctorado, me volqué en la especialidad que había estudiado en los tres últimos cursos de la carrera, que además coincidía con el ámbito que tenía más a mano, quiero decir biográficamente. Conseguí una plaza de profesora no numeraria en el Departamento de Filología Inglesa de la Universidad Complutense, y como tal me vi utilizada a modo de comodín: tan pronto había de enseñar Literatura Inglesa como Fonética Inglesa como Historia de Inglaterra, dependía de cuál fuera la disponibilidad o indisponibilidad de los catedráticos y profesores titulares, a menudo perezosos, pasivos u oficialmente enfermos, continuaba la laxitud de los tiempos franquistas. Pude compaginar mis estudios y clases con la crianza de los niños, como hicieron tantas mujeres de mi generación pionera. Bien es verdad que, gracias a la elevada remuneración de Tomás (procedía toda del Foreign Office, en teoría, y se la ingresaban en libras), no me faltaron considerables ayudas que la mayoría no tuvieron. Mi inglés mejoró sobremanera por fuerza, pero siempre lejos del bilingüismo innato de mi marido, no digamos de sus superdotes para los idiomas. Así que hube de renovar y ahondar mis conocimientos, y la larga Historia de Inglaterra me obligaba a mucho.

—¿Cómo es que te centras tanto en la Segunda Guerra Mundial? —me preguntó Tomás una vez con suspicacia, tras escucharme unos comentarios sobre Vivian, Menzies, Cowgill, Crossman y el propio Delmer, así le demostraba que estaba al cabo de la calle; hasta sabía que Menzies se pronunciaba 'Minguiss', por lo menos aquel jefe de los Servicios Secretos—. Seguro que a tus alumnos tendrás que explicarles también Alfredo el Grande y Guillermo el Conquistador, la Guerra de las Dos Rosas y Cromwell. No te dará tiempo a todo en un curso.

—Bueno, como a nadie le importa lo que hago ni me lo controla, yo impongo mis predilecciones —le respondí—. Y me parece más importante que conozcan lo relativamente reciente, lo que nos ha llevado a donde estamos. Lo que en buena medida continúa vigente. ¿O no siguen vigentes y activos el MI6 y lo que quiera que sustituyese al Political Warfare Executive? Porque no me cabe duda de que algo lo habrá sustituido. Es más, no me extrañaría que se hubieran extendido sus prácticas negras y supersecretas a los demás países democráticos. Los que no lo son las tienen todos, ya se sabe. —Cuanto decía lo creía de verdad, pero también intentaba picarlo para que hablase, si no de lo concreto sí de lo abstracto. Y en ese campo, en efecto, él sí me discutía.

—¿Por qué dices eso? ¿En qué te basas? —Y se lo percibía molesto por mis observaciones—. Si tanto has empollado, sabrás que el PWE fue liquidado nada más acabar la Guerra. Que duró lo imprescindible, ni un minuto más, y que fue algo excepcional de aquel periodo. Aquel sí que fue a vida o muerte. O se derrotaba a Alemania o se sucumbía a ella, qué quieres. Hay circunstancias en las que no es posible actuar según la ley ni andar pidiendo permiso para cada iniciativa. Si el enemigo no lo hace, el que conserva los escrúpulos pierde, está condenado. En las guerras es así desde hace siglos. Ese concepto moderno de 'crímenes de guerra' es ridículo, es estúpido, porque la guerra consiste sobre todo en crímenes, en todos los frentes y del primer al último día. Así que una de dos: o no se libran, o hay que estar dispuesto a cometer los crímenes que surjan, los que se tercien para alcanzar la victoria, una vez se han empezado.

—¿También el puro asesinato? ¿*Sheer murder*', como he leído que exigía Delmer a sus peones y acólitos? —No perdía ocasión de restregarle lo enterada que estaba de las cosas del pasado; mis lecturas de la calle Almagro eran desordenadas, incompletas y erráticas, pero bastaba con dejar caer nombres y algún hecho para aparentar lo contrario: yo sí que alardeaba. E ignoraba hasta qué punto él había estudiado; le habrían impartido cursillos, pero tal vez carecía de curiosidad y de tiempo—. Quiero decir en la retaguardia y contra civiles, sólo para desmoralizar y sembrar el pánico y para que nadie se sienta a salvo. No en combate ni en misiones, no en golpes de mano. No me dirás que eso no sigue existiendo.

—Desde luego que no. —Y ese 'Desde luego' enfático me hizo pensar que mentía—. Ahora no estamos en guerra; o no en guerra abierta. ¿De dónde sacas eso?

—De una convicción muy sencilla. Una de las características del hombre es que nunca renuncia a nada que haya probado, si lo ha probado con impunidad o con éxito, tanto da. Lo que se hace una vez se hace más veces, en lo individual y en lo colectivo. Lo que se inventa se pone en práctica, antes o después, aunque no haga falta; simplemente porque es factible y se ha inventado. Lo que se puede hacer se hace, a la ciencia le trae sin cuidado la materialización de sus descubrimientos y avances, o aún es más, la desea y aguarda con impaciencia. Todo se acumula y nada se desecha. Con todo el horror obligado y retórico hacia ellos, las lecciones de los nazis están bien aprendidas y asimiladas, también por sus enemigos; como las de los soviéticos. ¿Y cómo no va a conservarse, cómo no va a aprovecharse lo que contribuyó a superar y vencer a los nazis, nada menos? Si no de manera continua, como entonces, sí al menos ocasional, esporádica, para quitarse a alguien drásticamente de en medio o conjurar una gran amenaza. Nada se abandona jamás del todo, está todo en la reserva. Cuanto se ha probado y se ha descartado por excesivo, criminal o injusto, en realidad no se ha descartado, está solamente a la espera, latente, dormido, llámalo como prefieras, y pidiendo regresar, ser despertado, aguardando tiempos menos contemplativos, más viles, que siempre acaban volviendo. Y cada vez que es preciso, se echa mano de ello, estoy segura. Tú mismo me has dicho que lo que hacéis tú y tus amigos no lo habéis hecho, no ha sucedido. Eso alguien como yo sólo lo puede entender de una forma: que no consta, que se niega, que jamás se reconoce y debe permanecer escondido, exactamente la doctrina que aplicaba el PWE a su existencia y sus actividades.

No le gustó que me refiriera a él y a sus amigos, torció el gesto en seguida. Tampoco la comparación tan directa con la unidad de Delmer y Crossman o de quienes fuese. Lo noté muy nervioso, hizo ademán de dar un puñetazo en la mesa baja, estábamos en el salón, sentados en el sofá que habían ocupado los Ruiz Kindelán el día que no olvidaba, el día que nunca he olvidado. Se contuvo, no llegó a darlo. Se fue poniendo cada vez más tenso, quería que me parara.

—Déjalo estar. Déjalo ya. —Y sonó como una orden, a las que Tomás no era propenso, rarísima vez daba una—. Ya te he dicho que hoy eso no ocurre. Dejó de ocurrir en 1945. No me vas a explicar tú lo que pasa en mi trabajo. Sería el colmo. Qué sabrás tú. Lo sabré yo mejor, ¿no te parece?

El tono fue irritado y despectivo, asimismo desusado en él, debió servirme de aviso. Pero yo me había embalado, y no iba a pararme porque él lo dijera:

—Tienes razón en que aquel sí que fue un periodo a vida o muerte. Lo fue de veras, y el mundo sería un infierno si le hubiera tocado muerte a Inglaterra. Bueno, aquí lo hemos vivido en una versión menos feroz; también menos feroz para nosotros que para nuestros padres. Pero cada época es exagerada y necesita pavonearse, y todas sienten que sus conflictos son de esa gravedad y de esa índole, a vida o muerte. Todas consideran que sus circunstancias justifican las medidas extremas, y que los peligros que corren son inconmensurables; son incapaces de no darse importancia. No hay ninguna que no crea estar expuesta a los mayores riesgos, ninguna que no se salte las reglas establecidas por ellas mismas, ninguna a la que no le estorben sus propias restricciones y que no encuentre fórmulas para sacudírselas, y si no atajos para esquivarlas. La gente como tú vive en el miedo.

También me lo dijiste: 'Nosotros paramos desgracias', y quien se dedica a eso las verá cernirse por todas partes y a diario, y lo más probable es que se exceda en su afán por prevenirlas. De cualquier cosa hará una montaña, cualquier movimiento raro lo llevará a hacer sonar las alarmas, a ponerse en guardia y en marcha, a vigilar ese movimiento y luego a aplastarlo. Es aquel verso de tu querido Eliot: 'Y en resumen, tuve miedo'.

Lo intercaló en inglés al instante, como activado por un resorte. Cuántos tendría memorizados. Y aunque su intervención fue brevísima, su voz sonó ronca y ajena, como si no fuera suya o le surgiera de una armadura y no del pecho:

—'*And in short, I was afraid.*'

Yo proseguí como si nada:

—Si continúas donde estás, si no te apartas, ese será el resumen de tu vida, ese verso. Y al miedo le trae sin cuidado casi todo, no se detiene en lo que está bien o mal, en lo que es proporcionado o desproporcionado, en los crímenes, en las consecuencias, y desde luego la justicia le trae sin cuidado. Tengo miedo de lo que estés haciendo por miedo, Tomás, de todo eso que ignoro y al parecer voy a ignorar siempre. No puedo más que imaginármelo y, por lo que me imagino, pienso que apenas se diferenciará de lo que hacían aquí los sociales, salvando las distancias. También ellos estaban instalados en el miedo y veían enemigos por todas partes. También ellos se dedicaban a impedir lo que para el régimen de Franco eran desgracias. También ellos se hacían pasar por otros, se infiltraban y delataban. Y luego, las acciones no se borran.

Ahora sí soltó el puñetazo en la mesa, bailaron los ceniceros y los objetos que había encima —una lupa, un relojito, una brújula, cayó una figurita de plomo que representaba a dos duelistas a sable—, los vasos de whisky que estábamos tomando, tintineó mucho el hielo, temí que se despertaran los niños recién acostados en su habitación, al caer la tarde. Su cara por lo general amable —incluso cuando atormentada— se transformó en una de ira, los ojos disparados sin brújula. Pero lo más irreconocible fue la voz de nuevo, me pareció la de un viejo. Colérico, pero un viejo:

—Ni se te ocurra compararme con los sociales. No vuelvas a hacerlo nunca. Qué diablos tiene que ver un régimen dictatorial que salió de una guerra espantosa y fue contra sus compatriotas durante décadas. Qué tiene que ver con una democracia antigua que luchó contra lo peor que ha habido en la historia, de hecho contra los aliados y protectores de Franco. De ahí es de donde viene Inglaterra: de la guerra contra esta gente, del bando opuesto. No te atrevas a compararme. Tú qué sabes. Tú qué sabes lo que evitamos, el bien que hacemos y a cuántos. Tú qué sabes lo que se cuece en el mundo, en cualquier sótano o taberna, en cualquier granja. Tú qué sabes.

Tuve la sensación de que estaba a un paso de ponerse violento, algo insólito en él, quiero decir físicamente. 'Así que es capaz', me vino como una ráfaga, 'lo habrá aprendido en sus entrenamientos.' Ahora fui yo quien tuve un poco de miedo, pero era otra clase de miedo, el del instante, el repentino, el del grito y el golpe y el tono

279

áspero y airado; no el suyo silencioso constante, el vigilante, el despiadado, el vengativo, el que monta incesante guardia y escruta el horizonte buscando una amenaza para machacarla, en el que llevaba años aposentado y de él no sabría salirse. Y era la voz inverosímil, ya digo, lo que más temor me infundía, mucho más que el puñetazo en el cristal grueso de la mesa y la expresión de fiereza en su rostro: aquella voz de hombre anciano y sin embargo vigoroso, como correspondía a la edad que tenía. Pero ya que había avanzado, no iba a callarme a las primeras de cambio, al primer sobresalto. Había respetado sus condiciones durante años y había seguido a su lado, bien es cierto que por mi voluntad y porque continuaba queriéndolo, no es fácil dejar de querer a quien se ha resuelto querer desde muy pronto, se fraguan en las edades tempranas las mayores persistencias; quizá también por mi conveniencia, aquella vida era aceptable dentro de todo, y hasta privilegiada a ratos; a todo se acostumbra uno y a las separaciones llevábamos acostumbrados desde el inicio y la impaciencia se va amortiguando, no va en aumento, cómo no iba a vadearla ahora, con los treinta ya cumplidos. Tampoco le estaba haciendo preguntas concretas sobre sus viajes ni sus misiones ni sus posibles crímenes con beneplácito, sobre lo que no estaba autorizado a contarme. Supongo que sólo lo estaba amonestando y disuadiendo vagamente, claro que son dos de las cosas más irritantes para cualquiera. Eso sí, procuré hablar con suavidad y que mi decir fuera pausado:

—No, yo no lo sé, Tomás, tienes razón, no lo pretendo ni tampoco aspiro a saberlo. —Ahí mentí, a veces ardía en deseos y quería enterarme de qué hacía al detalle; de quiénes se fingía amigo para después traicionarlos, cómo y a quiénes chafaba sus planes y qué terribles desgracias paraba; y a qué mujeres engatusaba, a qué viudas o jóvenes o solteronas, a cuáles sacaba información para condenar a sus padres o hermanos, y si ninguna le dejaba nunca huella o nostalgia—. Pero sí sé una cosa, porque pasa en todas partes: tú crees trabajar para un Gobierno democrático y supuestamente intachable, y defender su seguridad y sus valores, discutibles, bueno. Pero a los responsables de ese Gobierno nunca los ves ni los oyes más que en la televisión y en la prensa, nunca en privado, y en eso no te distingues del más insignificante ciudadano. Tú tratarás con los tenientes y con los sargentos, por así decir; jamás con los generales. Y los tenientes y los sargentos deciden lo que les viene en gana, por lo menos ante sus inferiores. Y ya les va bien que así sea a los generales, no digamos a los ministros. Ya les va bien no tener que dar órdenes y limitarse a ser interpretados, no verse comprometidos y poder decir un día, si hace falta: 'Yo lo ignoraba todo, esto se hizo sin mi conocimiento y por supuesto sin mi consentimiento'. Tú crees trabajar ahora para Mrs Thatcher, que vaya elemento para prestarle servicios: sin golpe de Estado ni Guerra Civil ni dictadura, que ya es mucho, no sé si en lo demás es muy distinta de Franco. —Exageré para chincharlo y ver su grado de patriotismo. No reaccionó, sin embargo—. Como antes creerías trabajar para Callaghan, Wilson o quien fuera, ni siquiera me has dicho cuándo empezaste en esto, espero que no siendo estudiante.

—Heath —dijo.

—¿Cómo?

—Edward Heath fue el *Premier* antes de Wilson. —Esto me lo dijo en inglés, extrañamente (por muy bilingüe que fuera y mucho que yo mejorara, nunca hablábamos en esta lengua), y además me pareció percibir un acento americano, como si lo estuviera imitando. Mantenía la voz de viejo.

—Quien fuese. Da lo mismo —proseguí yo—. Lo más seguro es que ninguno de esos Primeros Ministros esté ni haya estado al tanto de lo que hacéis vosotros, tú y tus amigos, la tropa, aunque a lo mejor tú seas ya sargento o teniente. Ni aún menos lo haya dictado. Y lo que llamáis la Corona no digamos, la Reina no tendrá ni idea ni estará dispuesta a tenerla, pobre mujer, más le vale. Y nada habrá cambiado en ese aspecto desde la Segunda Guerra Mundial, Tomás, ni en Inglaterra ni en ningún sitio. La gente que trabajaba para el PWE creería trabajar para Churchill, para la patria encarnada en él entonces; pero eso sería muy de refilón, si es que lo era en absoluto. Trabajaban para Lockhart o Crossman o Delmer —seguía lanzándole nombres, además de siglas, para impresionarlo con mis falsos conocimientos—, o para otros por debajo de ellos. Y los del MI6 para Menzies o Vivian o para sus subordinados más cercanos o lejanos; tanto daba que Menzies despachara a diario con Churchill, que no lo sé, posiblemente: de Churchill la tropa estaba a mil leguas, como lo estarás tú de Thatcher y de quien hoy os dirija, y esto es así en todas partes y en todo. Los responsables últimos de las decisiones delegan y se desentienden, y se cubren con un velo. El velo ofrece la ventaja de que se ve y no se ve, o se ve mal si uno quiere, basta con hacerle un pliegue para duplicar su espesor cuando conviene, dos para cuadruplicarlo y no ver nada. Así que casi nadie sabe para quién trabaja, ni de quién proceden realmente las órdenes que ejecuta. Es absurdo: todo el mundo cree saber a qué o a quién sirve... y está a tuertas o a ciegas. Pero aunque lo supiera uno.

Me callé, hice un alto para tantear su estado de ánimo, para averiguar si seguía iracundo o me escuchaba mínimamente. Me pareció que el arrebato le había amainado y que estaba más o menos atento.

—Dick Franks, tengo entendido. —Supuse que era el individuo que los dirigía entonces—. Continúa. ¿Qué, aunque lo supiera? —No abandonaba el inglés ni el acento arrastrado americano, y eso me desconcertaba y me hacía sentirme insegura. Pero sus frases eran tan cortas que no me paré mucho, proseguí:

—¿Tú recuerdas aquella escena del *Enrique V* de Shakespeare? —Mis clases de Literatura Inglesa en la Facultad me habían obligado a leerlo a fondo, si tenía que explicarlo.

—¿Qué escena?

—La noche antes de la batalla, el Rey se emboza en una capa y se mezcla con tres soldados insomnes que aguardan la llegada del día con gran temor y con las armas prestas, a mano. Se presenta como amigo, se hace pasar por uno de ellos, toma asiento junto a su fogata y conversan. Los soldados hablan con la libertad habitual entre iguales, e incluso dos se ponen farrucos con él en un momento determinado, porque para ellos no es Rey ni nada, como tampoco son ellos sus súbditos en ese instante, le pueden discutir y decir lo que quieran, el Rey está disfrazado y se ha ocultado.

—Sí, es muy famosa esa escena, vaya si es famosa. Le sigue el monólogo sobre el ceremonial, creo. ¿Qué pasa con ella?

Tomás se había calmado en apariencia, pero aquella voz casi decrépita y aquel acento de lo más impropio me estaban dando más miedo que sus gritos ofendidos y su puñetazo en la mesa. No sabía a qué estaba jugando ni por qué lo hacía, aquello no tenía que ver con sus imitaciones festivas de toda la vida, tampoco era ocasión para ellas. De pronto era como si me hablara un desconocido, alguien remoto, otra persona. Lo veía a él y era él, pese a los cambios de aspecto con que regresaba cada vez tras una de sus ausencias largas: el pelo más crecido o más corto o rapado al uno, y más claro o más oscuro, barba o bigote o patillas en hacha o la cara bien afeitada, kilos de más o de menos, el rostro y la figura más enjutos o más gruesos, casi hinchados, la nariz ensanchada y más ojeras; una cicatriz nueva en la espalda, producto de un accidente automovilístico, cosa menor, había dicho. Pero sus pocas frases me creaban desasosiego, es más, me causaban un inicio de pánico, como si estuviera poseído por el espíritu de un viejo actor de *westerns* o algo así, Walter Brennan por ejemplo, que había salido en cien películas y había ganado Óscars a mejor secundario; hablaba como si mascara tabaco o le faltara la dentadura, y con frecuencia no le entendía en versión original, lo había visto así en la Filmoteca en clásicos como *Pasión de los fuertes, Río Rojo* y *Río Bravo*, a los dos nos encantaban. La disociación entre Tomás y su voz y su acento me hacía sentirme insegura, o incomprensiblemente en peligro, como si pisara un terreno inestable: si podía transmutarse de aquel modo, sería capaz de cualquier cosa, pensé, de no ser él tampoco en sus actos. Pero me apremió con un ademán impaciente y enérgico, del hombre joven que era, y me apresuré a contestarle:

—Esos soldados saben que sirven al Rey, aunque jamás lo hayan visto en persona, y están bien dispuestos a ello, como lo estás tú desde hace años a servir a tu querida Inglaterra, tan inesperadamente querida. Pero incluso esos hombres sencillos se preguntan por la causa de la batalla que librarán con el alba y en la que quizá pierdan la vida. Y uno de ellos anuncia: 'Arduas cuentas habrá de rendir el Rey si no es buena causa la de su guerra, cuando todas esas piernas y brazos y cabezas segadas en la batalla se junten el día final y griten todas "Morimos en tal lugar"', eso dice. Y en efecto, nadie sabe nunca si son buenas las causas ajenas, aunque sean las del propio país y éste no sea una vergüenza en sí mismo, como lo era el nuestro hasta hace cuatro días; o bueno, debería decir el mío. Las causas son sólo de sus representantes, tenlo en cuenta, que siempre son temporales y se desautorizan unos a otros a medida que se van sucediendo. Mira esta moda de ahora, todo el mundo pidiendo perdón por lo que hicieron compatriotas suyos que llevan siglos criando malvas, es ridículo. Así que dime cómo puedes tú dar tus causas por justas, si te llegan por intermediarios y tenientes y sargentos, seguramente desfiguradas y desvirtuadas o falseadas, tal vez ni explicadas; dudo que se molesten en justificarte lo que te ordenen. A ti te enviarán aquí o allá y te dirán 'Has de hacer esto' o 'Debes acabar con aquellos', no mucho más, me juego el cuello. Si a menudo nos cuesta decidir si son buenas nuestras causas, o nos engañamos respecto a ellas, imagínate las ajenas. Ni siquiera las conocemos.

Iba a seguir, porque lo que más me interesaba señalarle no era esto, esto era sólo un preámbulo. Pero él aprovechó mi respiro para interrumpirme y esta vez dijo más frases, todavía —desesperantemente— con la voz de Walter Brennan, más siniestra a mis oídos cada segundo que pasaba. Que brotara de su garganta y sus labios me sacaba de quicio.

—Si no me falla la memoria, también se dice en esa escena famosa que 'si es mala su causa, nuestra obediencia al Rey nos limpia a nosotros de lo criminal que haya en ella', algo así dice otro soldado, no te creas que no estudiamos a Shakespeare en nuestro trabajo. No es esa la doctrina actual del mundo, desde luego, que responsabiliza y acusa hasta al pobre grumete de un barco cuyo capitán cometiera una felonía. Quizá ese modesto soldado de Enrique V tuviera más razón que este mundo nuestro, más hipócrita que ninguno anterior, por sus ínfulas de beatífico. Pero no sé dónde quieres ir a parar ni qué me estás contando, muchacha. —'Girlie', me llamó, como si en verdad fuera un viejo *cowboy* y yo una chicuela, o, quién sabe, una yegua—. Así ha sido todo siempre desde que hay jefes y jerarquías: existe una cadena de mando y cada cual recibe instrucciones del que está inmediatamente por encima y se las transmite al de abajo. Si cada eslabón las cuestionara y se hiciera consideraciones morales como esos soldados de Shakespeare, nada funcionaría y todo sería imposible, un puro caos. En los ejércitos como en las empresas como en unos ultramarinos, en cualquier negocio. Y nadie sería eficaz ni ganaría nunca una guerra, ni una escaramuza siquiera. Bien es cierto que en España hay larga tradición de esto: tropas indisciplinadas y con ideas de bombero —pasó al español para soltar esta expresión: toda lengua tiene añoranza de otras—, que lo discuten todo y aspiran a imponer sus criterios, y si no lo consiguen van por libre. Claro que eso también lo han propiciado unos jefes incompetentes y desastrosos desde tiempos inmemoriales. Inglaterra se rige de otro modo, no es tan extraño que la haya elegido. Aunque históricamente también haya contado con unos cuantos patanes al mando...

Desde la mitad de su parrafada la niña estaba llorando y llamando, pero Tomás no se había detenido, había hecho como si no la oyera, o quizá pensaba que no sería tan urgente como para impedirle terminar su disquisición. Y sin duda no la había acabado, como yo tampoco la mía, pero en aquel punto no aguanté más y me levanté y fui a buscarla, no sin antes decirle a él:

—Deja de hacer eso, ¿quieres? ¿A qué viene hablarme en inglés como un viejo del Oeste? ¿A qué juegas? Me estás poniendo de los nervios y me estás dando miedo. Suenas como si fueras otro, qué sé yo, Walter Brennan. Ni siquiera te entiendo bien todo y no te reconozco. Para ya, déjate de bromas.

Cogí a la niña en brazos. Tenía sed, le di de beber, luego me la llevé al salón con nosotros, la sostuve con la cabeza contra mi hombro, la acuné de pie para que se calmara y volviera a dormirse con el murmullo de nuestras voces y mis pasitos breves. No sería muy fácil si Tomás no regresaba a la suya normal. Su relación con Guillermo y Elisa era contradictoria. A buen seguro los quería muchísimo y le enternecían, y con la niña se le caía la baba. Pero procuraba mantener un leve distanciamiento cuando estaba en Madrid con ellos. Se refrenaba en sus cariños y los refrenaba a ellos en los suyos instintivos, como si no quisiera acostumbrarse demasiado a las efusiones para después no echarlas con dolor de menos durante sus inevitables ausencias venideras. Aunque permaneciera aquí varios meses, sabía que sería llamado de nuevo y de nuevo se alejaría, que sus estancias en casa eran provisionales y no podía descartarse que alguna vez no retornara. Eso me daba pena y mi desaprobación disminuía. Tomás tenía conciencia de que un día podría quedar desterrado de nuestro universo, y en consecuencia se esforzaba por no apegarse a él nunca del todo, por estar de visita hasta cierto punto, en la medida de lo posible. Alargó los brazos pidiéndome a la niña, se la pasé y se la colocó contra su hombro, mientras le daba palmaditas en la espalda y la mecía sin mucho garbo. La niña cesó en sus lloriqueos y los sustituyó por unos pequeños gemidos que preanunciaban la vuelta del sueño, momento que él aprovechó para contestarme, todavía sin cambiar de lengua pero con una voz y un acento completamente distintos: ahora sonó como un inglés poco educado, de esos que tienden a aproximar a la *o* casi todas las vocales, y en vez de 'laik' o 'maind' para '*like*' o '*mind*', pronuncian algo semejante a 'loik' y 'moind', por poner un par de ejemplos. Claro que yo no distinguía en exceso. La voz era recia, la de un hombre joven y bruto, ya no la de un vejete.

—Más bien Charley Grapewin —dijo. No sabía quién era ese, deduje que otro actor secundario. A lo mejor le ponían películas en sus adiestramientos, recientes y antiguas, para aprender a imitar toda clase de voces, dicciones y acentos. Además de cintas grabadas de diferentes idiomas y hablas, suponía—. Si tanto te saca de quicio, a ver si te gusta más esta otra.

Aquella me desazonaba igualmente, lo que me ponía nerviosa y me asustaba era verlo a él y no oírlo a él, sino a desconocidos que se hubieran colado en mi casa y se hubieran apropiado de Tomás, o lo hubieran suplantado: de haber hecho eso en otros tiempos se habría llamado a un exorcista. Sus imitaciones eran ahora de una perfección inquietante por no decir aterradora, podría fingirse quien quisiera. Le habían enseñado bien, durante aquellos años habían pulido sus dotes a conciencia, lo habían convertido en un actor camaleónico o en un imitador profesional de los que actúan en la radio y hacen creer a sus oyentes que el que de verdad está hablando es el Presidente del Gobierno, el Rey o el Papa. Aquellas encarnaciones verbales ya no estaban concebidas para divertir y hacer gracia, como antes, sino que iban en serio y en su seriedad resultaban tenebrosas; aquello era una falsificación en regla, como lo es una pintura falsa que se presenta y vende como auténtica, como lo es el seductor que en tantas comedias clásicas se desliza en la cama de una mujer aprovechándose de la oscuridad sin luna y se hace pasar por su amado y la penetra: aquello era materia de engaño. Alguien capaz de semejantes farsas podía burlar a cualquiera y encerraba mucho peligro, pensé, y me desagradó ese pensamiento, la idea de que mi marido, mi amor antiguo, estuviera facultado de tal modo para el simulacro y además lo pusiera en práctica y se sirviera de él cuando estaba lejos, en la parte de su vida a la que yo no tenía acceso. Razón de más para que volviera a lo mío pese a mi desasosiego, a lo que más me interesaba decirle y había dejado a medias. A la niña no parecía importarle la voz impostada y bien sonora de su padre, se estaba quedando dormida abrazada por él, sin duda oliéndolo, acaso cualquier voz tranquiliza a los niños, la que sea, les basta con saber que no están solos y que cerca hay un centinela.

—Escucha, Tomás, dime qué te parece esto. Uno de los soldados de esa escena, el que se llama Bates si mal no recuerdo, o no, es Williams, se enzarza en su discusión con el Rey embozado o cubierto por su capa, no sé, en todo caso su cara está medio oculta y encima es aún de noche. Williams dice algo despectivo de su monarca y el Rey lo defiende (es decir, se defiende a sí mismo como si fuera otro), los dos se encrespan y prometen saldar cuentas tras la batalla, si para entonces siguen vivos. Y se intercambian un guante para reconocerse, a modo de prenda: el uno lo llevará en su casco y el otro en su gorro hasta que vuelvan a encontrarse, si se encuentran. Y así sucede unas cuantas escenas más tarde. Enrique V ha sobrevivido, obviamente, y ve pasar a Williams mientras recibe el recuento de las bajas del enemigo francés y de las propias. El Rey se muestra como tal ahora, rodeado de edecanes, y es él quien se dirige al soldado al verlo con su guante prendido en el gorro. Le pregunta al respecto, por qué lo lleva así, y éste le cuenta lo sucedido la noche anterior con un inglés o galés desconocido. '¿Y si ese hombre fuera un caballero?', le suelta con malicia Enrique. A lo que Williams contesta, con el asenso de un capitán que está presente, que, por elevada que fuera la alcurnia de aquel con el que aplazó la reyerta, aun así debería honrar su juramento y darle un bofetón si lo viera vivo y de una pieza. Hay unas idas y venidas que no hacen mucho al caso, pero por fin el Rey le enseña la pareja de su guante, del que le entregó entre las sombras a Williams cuando él iba de incógnito. Y entonces se atreve Enrique a afearle que le faltara a él, a su Rey, de la forma en que lo hizo: 'Fue a mí a quien prometiste pegar, y a quien obsequiaste con los términos más acerbos', le dice. E incluso una vez recurre al plural mayestático para intimidarlo, me fijé la última vez que lo leí para mis clases: 'Fue a nos a quien denigraste'. Y el capitán que presencia el diálogo cambia de opinión rápidamente e insta a Enrique a castigarlo: 'Y plegue a vuestra majestad que responda el rufián con su cuello', le aconseja, 'si hay ley marcial en el mundo'.

—No recuerdo nada de eso. Sí la otra escena famosa, pero esta no, en absoluto —dijo Tomás, y lo dijo en español y con su voz normal o verdadera, como si de repente hubiera vuelto a su ser, quizá interesado, intrigado, por lo que yo le contaba—. ¿Y qué hace el Rey? ¿Lo manda ejecutar? Eso sí sería injusto, estaría cometiendo un abuso. Qué sabía el soldado con quién hablaba de verdad esa noche, para él era otro combatiente, era un igual con el que podía discutir y entablar querella.

—Eso es lo que Williams viene a responderle: 'Vuestra majestad no se presentó como vos mismo, sino que se apareció ante mí como un hombre corriente; y de lo que vuestra alteza sufrió bajo esa figura, os ruego que os atribuyáis a vos y no a mí la culpa, porque de haber sido aquel por quien os tomé, no incurrí en ofensa alguna; en consecuencia suplico que vuestra alteza me perdone'. Cito de memoria, claro —añadí—, pero esa es su argumentación en esencia.

—Ni siquiera tendría que suplicar perdón, ese Williams —dijo Tomás con algo de vehemencia (la que sienten los lectores y espectadores más inocentes, los niños y los muy jóvenes)—. Es evidente que no ha habido agravio. Si el Rey no actúa como tal, si se suplanta a sí mismo y se disfraza, no es el Rey a ningún efecto mientras mantiene esa farsa. Lo que se le diga bajo su falsa apariencia no cuenta, así sea ofensivo, subversivo, hasta insurrecto; es como si nunca se hubiera dicho, ha de hacer caso omiso, ha de borrarlo. ¿Y qué hace entonces Enrique? ¿Lo ejecuta o lo perdona? —Tenía prisa por saber el desenlace del lance, si Enrique V se aprovechaba de su averiguación engañosa, de saber que aquel soldado lo menospreciaba (de ahí habían venido la discusión, la riña, el emplazamiento), o si eximía a Williams de culpa, opinase lo que opinase y retase a quien retase, por su ignorancia de con quién se enzarzaba y ante quién se manifestaba.

Me quedé mirando a Tomás un momento, no sé si con perplejidad o con ternura y lástima o bien con sorna involuntaria, puede que esta última no pudiera evitarla. Seguía meciendo a Elisa con escasa maña, aunque ella ya estaba profundamente dormida, su pequeña respiración uniforme y plácida. Estuve tentada de cogérsela para devolverla a su cuna, pero esperé, aún no lo hice.

—Tienes toda la razón, yo creo, como también la tiene el soldado, así lo vemos ahora. Por así decir, la víspera de la batalla el Rey se ha infiltrado entre los suyos, entre los que le sirven y están dispuestos a morir por él o por su país, que en aquella época eran indistinguibles, para la tropa eran lo mismo. Si bastantes políticos de hoy pretenden que no haya diferencia entre el país y ellos, y no pocos logran convencer de semejante soberbia a mucha gente pese a los infinitos cambios del mundo, imagínate en 1415. Los soldados se preguntaban por la causa de la guerra, buena o mala, pero no iban a rehuirla ni a desobedecer a su jefe. Por eso precisamente, como infiltrado, el Rey no tendría derecho a hacer uso de lo que escucha, de lo que sin temor y con buena fe se le dice. Si saca ventaja de ello, si castiga por ello, está abusando de la confianza que le otorgó uno de sus súbditos, inconsciente de que al hablar libremente se exponía a perder la cabeza a manos de su propio interlocutor amistoso, sin igualdad de condiciones ni posibilidad de defenderse. Así lo juzgamos ahora, ¿verdad?, y seguramente también se veía así en tiempos de Shakespeare, dos siglos después de esa batalla. Ese comportamiento de Enrique nos parecería taimado, aberrante. Pero el Rey era omnipotente y su voluntad no se discutía, y probablemente por eso el capitán veleidoso lo urge a escarmentar sin más al soldado, a quitarle la vida que no le quitó el enemigo en la lucha recién terminada, con victoria. Qué importa, según este capitán, cómo haya sabido el Rey de la desconsideración de ese Williams, qué importa a quién creyese éste que amenazaba con un bofetón y el consiguiente duelo: amenazaba al Rey en todo caso, el Rey sigue siendo el Rey aunque se vista de pordiosero, como en los cuentos. Ese es el razonamiento del capitán, o más bien su convicción, su creencia. Fluellen se llama...

Me interrumpí, me di cuenta de que Tomás se había puesto alerta, algo en guardia, tras oírme la palabra que quizá debería haber retenido más tiempo. 'La palabra "infiltrado" lo ha hecho darse por aludido', pensé; 'es posible que ahora sepa o se malicie por dónde voy, por qué le he sacado a colación esta escena y qué pretendo decirle, y que deje de opinar lo que acaba de opinar, a saber, que el soldado carece de culpa y que el Rey sería injusto si lo condenara; que las consecuencias de los dichos y hechos, su gravedad incluso, también dependen de la limpieza o suciedad con que se averigüen, de las buenas o malas artes que se empleen.' No contestó a mi discurso, no en seguida, sino que inquirió nuevamente por la resolución del dilema:

—No me obligues a ir a buscar el texto, Berta. Acto cuál, escena cuál. Dime qué hace el Rey de una vez. Ya te he dicho que no recuerdo ese episodio para nada, como si jamás lo hubiera leído. Lo manda ahorcar, supongo. O no, lo deja ir, se lo ha ganado en el combate. No es cuestión de ser severo con quienes han luchado por él y le han dado una inesperada victoria que pasará a los anales heroicos.

Aún decidí hacerlo esperar un poco más, para que volviera a bajar la guardia. Me acerqué, cogí a la niña, 'Dámela, estará mejor en su cuna', la llevé a su cuarto, comprobé que en el entretanto no se había despertado Guillermo, aguardé para cerciorarme de que a Elisa no la había desvelado el traslado, regresé al salón, tomé asiento, bebí un trago de mi copa y lo saqué de dudas:

—No, Enrique no hace caso al Capitán Fluellen. Le ordena al Duque de Exeter, su tío, que llene de coronas el guante que Williams ha conservado a lo largo de una noche y un día muy largos. 'Quédatelo, compañero', le dice, 'y llévalo como una distinción en tu gorro hasta que yo lo reclame.' Un poco raro este anuncio, pero no entiendo de otra forma la frase. No sé tú, tu inglés es infinitamente mejor que el mío, me acabas de hacer dos alardes. Por si te molestas en mirarla. —Estaba convencida de haber suscitado su curiosidad, y de que iría a consultar la obra cuando estuviera a solas.

—¿Y cómo reacciona el capitán a eso? Enrique lo ha desautorizado ante testigos.

—Ah, vuelve a cambiar, es un veleta. Reconoce el valor del soldado y le añade doce peniques de su bolsillo, aconsejándole con paternalismo que sirva a Dios y en el futuro evite pendencias y riñas, que así le irá mejor en la vida. Pero Williams se los rechaza. 'No quiero vuestro dinero', le dice.

—Un tipo orgulloso, consecuente, el peón Williams.

—Sí. Pero Shakespeare, con su habilidad, no le deja la última palabra del encuentro, eso habría sido barato. El capitán le insiste, le asegura que la buena voluntad lo guía y aun así todavía lo ofende: 'Te servirá para remendar tus zapatos. Vamos, a qué ser tan remilgado. No tienen buena pinta, esos zapatos'. Mirarle a alguien el calzado, hacerlo objeto de comentario. Bueno, tú ya lo sabes. Las indicaciones escénicas callan al respecto y no aclaran nada, pero se supone que Williams al final coge el chelín, la limosna de quien sólo un minuto antes quería enviarlo al patíbulo. Seguramente los zapatos de Williams estaban hechos una verdadera pena.

Tomás me tomó de la barbilla y me miró a los ojos, treinta segundos o quizá sesenta, sin decir nada, con una sonrisa en la mirada cuyo significado se me escapó, si tenía alguno. Tal vez le había hecho gracia mi último comentario, no lo sé. O tal vez adivinaba lo que vendría a continuación, lo que yo le plantearía. Después desvió la vista, la dirigió hacia el balcón y más allá, hacia las copas de los árboles altos de la Plaza de Oriente, nos quedábamos observándolas los dos a menudo, juntos o por separado y de noche o de día, yo mucho más, yo estaba en Madrid casi siempre y él no, él se largaba lejos sin saber cuándo volvería, o si volvería. En un instante se abstrajo, se quedó pensativo ('En la calle desfigurada él me dejó, con un vago gesto de adiós') y murmuró como si hablara solo:

—Zapatos de 1415, imagínate. Y las tropas habían marchado hasta Francia. Una buena caminata. No sé cómo las aguantaban los ejércitos de tantos siglos, como iban de cargados. De casi todos los siglos. Y aún hay quienes hoy se quejan de lo que les toca, hay que joderse.

Él no se quejaba de lo suyo, eso era cierto, acaso no estaba tampoco autorizado, porque si lo hacía se le escaparían datos concretos, detalles. Y sin duda pertenecía a un ejército, '*Military Intelligence*' el nombre, aunque nunca librara combates abiertos como Williams y Fluellen y demás soldados de seis siglos atrás o casi. Me preguntaba qué rango tendría ahora, con el tiempo habría ido ascendiendo; sería oficial, qué menos. Desde que me había contado lo que se le había permitido contarme, hacía varios años, habían disminuido hasta sus silenciosas quejas o inexpresadas angustias. (No se había lamentado nunca, en todo caso, con palabras.) A todo se acostumbra uno, sí, como se dice vulgarmente, y gran verdad vulgar es esa. Debía de haber aceptado sus cometidos, o quién sabía si los había abrazado con algo semejante a excitación o entusiasmo intermitentes. Si opta uno por un camino, con dudas o a regañadientes, es probable que al final le parezca que esa senda tomada es la correcta, y aún es más, puede descubrir que no es capaz de apartarse de ella ni lo desea en modo alguno, y que si lo relevaran o lo jubilaran le faltaría el aire ('Si esta resulta ser mi vida, he de hacerla, he de creerla, provechosa y buena por fuerza, y aun insustituible'). Al cabo de aquellos años, cinco o seis o más, los que fueran, Tomás debía de ser un convencido de sus quehaceres, tal vez un entregado a su causa. Si no lo había sido desde el comienzo: jamás me había explicado suficientemente, ni yo había alcanzado a entenderlo por mi cuenta, por qué se había metido allí desde tan joven y no había declinado el ofrecimiento, entonces no estaba sujeto a disciplina militar ni a ninguna otra; por qué había elegido una existencia de duplicidad y secretismo, incómoda como mínimo si es que no mortificante. A mí me mortificaba que él la llevara. Su alteridad, su penumbra, su turbiedad, su nebulosa. Su ambigüedad moral, por decirlo suave. La traición como principio y guía y método.

—A ti te parece mal que Enrique se infiltre, que se haga pasar por quien no es y se valga del engaño —le dije—. O bueno, te parecería mal que se aprovechase de ese ardid y castigase a los incautos. ¿Cómo casa eso con lo que tú haces, Tomás? ¿Cómo te lo justificas?

Se levantó y se fue hasta el balcón con paso rápido, irritado, como si le diera repelús estar a mi lado, rozarme, tras haberme oído ese reproche. Lo abrió, salió, encendió un cigarrillo, antes de hablar le dio dos caladas.

—Otra vez haciendo comparaciones odiosas e improcedentes, Berta. Está mal que el Rey se infiltre entre los suyos precisamente por eso, porque son los suyos. De los que se juegan la vida por uno no debe desconfiarse, a los fieles no se les tienden trampas. El Rey en el fondo lo sabe, y por eso no toma represalias contra el menosprecio ni el desaire de Williams. Cómo no va a saberlo. ¿Acaso no es ahí mismo, en esa obra, donde está la famosa arenga antes de la batalla? ¿Acaso no les dice a sus tropas, inferiores en número, aquello de 'Nosotros pocos, dichosos pocos, nosotros banda de hermanos'?

—Sí —me apresuré a contestarle—. El día de San Crispín. Y añade: 'Porque el que hoy derrame su sangre conmigo será mi hermano'. Cuántos no te habrán considerado a ti su hermano, para encontrarse a la noche con un Judas, o al día siguiente o un mes más tarde. Desde su punto de vista, claro.

Su tono de voz se alteró más, pero ahora no sonaba tan enfadado como desesperado, con la desesperación del que no es comprendido y se ve obligado a explicar lo evidente.

—Qué tendrá que ver todo esto con lo que ni siquiera sabes si hago. Tan sólo te lo imaginas, lo deduces.

—No, no lo sé a ciencia cierta. Siempre has dejado bien claro que tú no podías contarme ni yo podía preguntarte, y lo hemos cumplido a rajatabla. No me queda más remedio que hacer suposiciones, si voy a ciegas, qué menos. ¿O es que además pretendes que no me pregunte al respecto? ¿Que no piense dónde estarás y qué harás, qué peligros correrás y qué daño harás y a quiénes, cuando te pasas media vida ausente? No me gusta, no me gusta lo que me imagino, por ningún lado me gusta. Y si tú no me cuentas nada, estoy abocada a mis imaginaciones. No las elijo, te lo aseguro. Las que me vienen me vienen. Lo mismo que mis miedos y aprensiones. También mis celos, que los tengo, aunque ya sé, ya sé que en teoría eso no debe entrar o no entra, exigencias del papel o como se diga... —En realidad no sabía qué decir, no concluí la frase, la abandoné sin más o la aplacé para otra ocasión, otro día—. Mis imaginaciones son las que son, qué quieres que le haga. Dime que han de ser de otra índole, dame otro contenido cualquiera, y entonces, quién sabe, a lo mejor consigo modificarlas. No lo puedo hacer si ante mí sólo hay años de incógnitas y un completo vacío.

—Suponiendo que me infiltrase, como dices —me respondió, ahora con deliberada lentitud, con la voluntad de mostrarse paciente, casi didáctico—. Suponiendo que me infiltrase de la manera novelesca que crees, nada tendría que ver con mi opinión sobre el Rey y Williams. Se trataría de infiltrarse entre enemigos, no entre los propios, no entre hermanos. Sería como reprobarle a un soldado que mate en el combate a un adversario que a su vez intenta matarlo a él por cualquier medio.

—No, no es lo mismo. El espía, el infiltrado, entabla relación con ese enemigo, se gana su confianza y se finge su amigo, y después, si puede, le asesta una puñalada por la espalda. Nada de eso lo hace el soldado, que va de cara sin esconder su propósito. No sonsaca, no seduce, no traiciona. No es artero.

Tomás se rió con una risa defensiva sarcástica. No le salió muy espontánea.

—Pero ¿qué es lo que estás criticando, Berta? ¿El espionaje? ¿Qué es lo que te parece mal, que se intenten anticipar los movimientos del que quiere perjudicarnos o aniquilarnos? ¿Que se averigüen y desbaraten sus planes y sus atentados, sus asesinatos premeditados? ¿Que se le impida cometerlos? Eso forma parte de la defensa...

—¿Qué defensa? ¿La del Reino? —Era posible que no se acordara de haber utilizado esa expresión conmigo. Los Reinos que nunca atacan, solamente se defienden todos.

—Sí, la defensa. —Evitó repetirla entera, quizá le pareció pomposa de pronto—. Exactamente igual que las batallas a campo abierto y la guerra en el mar y los bombardeos que no se prevén ni se esperan. ¿Crees que en estas acciones no hay engaño, no hay alevosía? Hay una cosa llamada estrategia y otra llamada táctica, y en ambas son fundamentales el factor sorpresa, la emboscada, la maniobra de diversión, el camuflaje, el disimulo, la ocultación, la perfidia para ti tan condenable. Nadie usa ya esta palabra, ni sabe lo que significa. ¿Por qué crees que hay submarinos, santo cielo? ¿Verdad que no están a la vista? Por algo será, ¿no te parece? Así es y así ha sido todo desde el principio de los tiempos. Hasta en las Termópilas hubo un infiltrado o un traidor, como prefieras. ¿Y cómo crees que se ganó la Guerra de Troya? ¿Qué fue el caballo sino una estratagema, un regalo envenenado, un engaño? La culpa no fue de quien lo abandonó en la playa, sino de los que lo metieron dentro. La culpa es del que se deja burlar, no del que burla, porque su obligación es hacerlo. Los dos bandos lo saben y los dos bandos la tienen. En las guerras se es siempre artero, en eso consiste librarlas.

Durante un instante me sentí ingenua. No le faltaba razón en lo que decía. Y aun así no me gustaba, encontraba miserable lo que él hacía o yo imaginaba. Más miserable que la guerra.

—Insisto en que no es lo mismo. La tripulación de un submarino no establece relación *personal* —y subrayé esta palabra— con la del barco que hunde, que ni siquiera lo ha detectado. No hablan, no se ven las caras, no se cobran afecto, no se tienen por compañeros ni hermanos. Quizá en una guerra en regla está todo más justificado, no sé; luego resulta que no, que no lo está según los que vienen después, los que no la padecieron y se beneficiaron de ella y de que se ganara de cualquier manera... Pero tampoco veo que ahora haya guerra en el mar, ni combates a campo abierto ni bombardeos. No en los que participe Inglaterra. Me estás hablando como si la Segunda Guerra Mundial siguiera en marcha. Terminó hace casi cuarenta años. Antes has dicho que lo que el Rey encubierto hubiera oído a sus soldados, o los desplantes de éstos a su figura cuando su figura no es la suya (ya me entiendes), no deberían contar ni merecer castigo, así fueran ofensivos o subversivos. O hasta insurrectos, eso has dicho.

—Lo sostengo —contestó; y sin embargo me pareció que preferiría no haber hecho aquella afirmación tan tajante—. Esos pobres soldados temerosos y desprevenidos, la víspera de una batalla, de su muerte, nada tienen que ver con los individuos que espiamos, a los que hoy se espía. Aunque no haya guerra manifiesta o declarada, son enemigos. Enemigos acérrimos. Además, siempre hay guerra. Otra cosa es que la gente no la vea ni se entere y así viva mucho más tranquila. Nosotros nos encargamos de que esté fuera de su vista. No sabes el bien que hacemos. —Apagó el cigarrillo y encendió otro en seguida. Ya no fumaba sus antiguos Marcovitch, no se fabricaban, creo. Se quedó mirando por el balcón y añadió—: Son hijos de puta, esos individuos.

Me extrañó el calificativo abrupto, a los que Tomás no era muy dado. De pronto había introducido una apreciación personal, subjetiva. Él los conocía, al fin y al cabo. Los había tratado de cerca, por mucho que a veces se refugiara en hipótesis absurdas, según le diera, como si aún creyera posible la ambigüedad sobre sus actividades.

—Lo mismo pensarán ellos de ti, de vosotros. Lo mismo pensarían los sociales de quienes detenían y torturaban o arrojaban por una ventana. Total, hijos de puta todos.

—Otra vez confundiendo. Yo nunca he amenazado con quemar a un bebé delante de su madre, eso puedo jurártelo. Siempre hay líneas que no se cruzan, siempre hay grados.

Cada vez que recordaba al matrimonio siniestro me entraban escalofríos. Por fortuna hacía años que no habían reaparecido, tras aquella llamada de Mary Kate desde Roma, supuestamente. Por culpa de aquella conferencia (si lo era), no descolgaba nunca el teléfono sin una mínima aprensión, conteniendo la respiración un segundo hasta oír la voz de quien fuese.

—¿Alguna vez aclaraste quiénes eran? ¿Se confirmó que eran del IRA?

—No lo sé, puede ser. Nunca he sabido. Mejor así, más fácil que se olvide alguien de ti si también te olvidas tú de ese alguien y no lo buscas ni lo hostigas. Te aseguro que nos habrán olvidado para siempre.

No era la primera vez que se mostraba rotundo. En una ocasión me había dicho: 'Algo así es imposible que suceda de nuevo'. Entonces no, pero ahora se me pasó por la cabeza que quizá se los habían cargado, a Miguel y a Mary Kate. Quizá los habían identificado con precisión, los habían localizado y los habían quitado de en medio. No Tomás en persona, quise creer, claro (aunque quién sabía, con sus ausencias tan largas de las que no rendía cuentas podía haberse desplazado a Roma en cualquier instante), sino alguno de aquel 'nosotros', algún colega de los que paraban desgracias. En realidad era inexplicable que los Ruiz Kindelán u otros afines no hubieran vuelto a dar señales, tal como había terminado aquella conversación, para mí era como si hubiera tenido lugar hacía tres días: 'Cuando llegue Thomas no te olvides de hablar con él', me había instruido Mary Kate en tono semifrívolo pero imperativo. 'Que nosotros estemos lejos no significa que el asunto esté resuelto. Y se tiene que resolver a satisfacción.' Y a continuación se había atrevido a mandarle besos al niño, como desagradable recordatorio. A satisfacción de ellos, holgaba decirlo. Y como no creía que Tomás o sus superiores se hubieran amedrentado y hubieran desistido de lo que se trajeran entre manos en Irlanda del Norte (si es que en efecto allí operaban), se me ocurrió que Miguel y Mary Kate habían quedado fuera de juego porque estaban muertos, 'puro asesinato' como en los viejos tiempos. Por eso Tomás estaba seguro de que nos habían olvidado 'para siempre'.

Mi sorpresa vino no tanto por esa idea, en la que no había pensado ni una vez durante años, como por mi reacción ante ella. Descubrí que no me importaba si aquella pareja había sido eliminada de la faz de la tierra, con violencia, antes de tiempo. Es más, me parecía bien, un alivio. Se habían granjeado mi confianza, me habían engañado y utilizado y habían puesto premeditadamente en peligro la vida de mi hijo indefenso, lo peor que se le puede hacer a una madre y lo que la convierte en despiadada. Y la posibilidad de que el propio Tomás se hubiera encargado no me provocaba el horror ni la náusea que me habría causado saberlo capaz de matar en persona y a sangre fría a cualquier otro ser humano, aunque fuera un enemigo hijo de puta y desconocido. Si se trataba de los Ruiz Kindelán era aceptable y quizá justo; quizá incluso encomiable. Se lo tenían bien empleado, se lo habían ganado a pulso aquella mañana eterna en mi casa, es verdad que hay líneas que no se cruzan y ellos las habían cruzado, con una sonrisa hipócrita para mayor recochineo. Y luego, al fin y al cabo, cualquier acción es un paso hacia el tajo, hacia el fuego, sólo por estar en el mundo nos arriesgamos a ir hacia ellos, no cabe protestar siquiera. Cuántos pasos habrían dado Miguel y Mary Kate en su vida de crimen, o como se llamaran de veras. 'Tal vez Tomás me está contagiando su visión de las cosas, como a él se la han contagiado otros. Basta escuchar para exponerse', pensé. Pero no quise mencionar mi ocurrencia, o no todavía. Me quedaba algo pendiente de *Enrique V*:

—Y dime, ¿qué debería haber hecho el Rey si las palabras de sus soldados hubieran sido conspirativas? Si lo que hubiera descubierto esa noche hubiera sido un plan para asesinarlo antes del amanecer y así abortar la batalla en la que perderían sus cabezas y piernas y brazos. ¿Tampoco entonces le correspondía tomar medidas, aplicar castigos, hacer uso de lo averiguado bajo su capa? Bajo su falsa apariencia ha de hacer caso omiso de lo que escuche, ha de borrarlo, es lo que has dicho. ¿Qué le tocaría aquí, según tú? ¿Dejarse asesinar en su tienda pasivamente, echarse a dormir para no despertarse, aguardar la llegada de los soldados con sus puñales?

Tomás sonrió, esta vez con simpatía, como si le hicieran gracia mis elucubraciones, o lo estimularan. Supongo que lo pasaba bien conmigo, había sido así desde el principio y eso no se había agotado. Lo pasábamos bien juntos, pese a las brumas y las humaredas en que vivíamos envueltos. Pese a mi visión tan reducida, pese a todo. Era como si asistiera a su vida con sólo un ojo, el otro tuerto. A veces me resultaba difícil de soportar, pero lo soportaba. Y aun así seguía queriéndolo, imperfectamente y con mezcla, como todo el mundo. No, como los que mejor quieren. Prefería tener parte de él que despedirme, perderlo de vista definitivamente y que se convirtiera en recuerdo.

—No, eso cambiaría la situación radicalmente. Si ese fuera el caso, Williams y los otros dos ya no serían los suyos, habrían dejado de serlo, sino enemigos. Y si el Rey ya sospechara esa noche de una conspiración para matarlo y así suspender la batalla y rendirse, tendría todo el derecho a disfrazarse y espiar a sus soldados y oficiales y nobles, del primero al último. Serían hijos de puta y no se les deberían miramientos. Y el capitán veleta estaría en lo cierto al apelar a la ley marcial y reclamar su cuello. Ejecutarlos no sería abuso, sino lo aconsejable y pertinente, para que no hicieran más daño al Reino.

Volví a acordarme de los sociales de Franco. Todo es justificable desde el propio punto de vista, y cada cual tiene el suyo, cargarse de razón es muy fácil. Pero lo dejé correr, porque ahora sí me vino al pelo sacar a colación mi ocurrencia:

—¿Eso es lo que habéis hecho con los Kindelán? ¿Ejecutarlos? ¿Por eso estás tan seguro de que nos habrán olvidado para siempre? —Y añadí con ligereza, para hacerle entender que no lo condenaba enteramente (si aquel matrimonio era cadáver, estarían más a salvo mis hijos, y nada era más importante, sobre todo cuando eran pequeños)—: No sólo nos habrán olvidado a nosotros. Lo habrán olvidado todo, si os los habéis cargado. Hasta sus rostros. Y sus nombres.

Mi pregunta lo pilló desprevenido (había transcurrido mucho tiempo y jamás se la había hecho), o se esforzó por que así pareciera. Me respondió sin responderme del todo, naturalmente:

—Qué ideas, Berta. Claro que no, nosotros no hacemos eso, qué disparate. ¿Por quiénes nos tomas? ¿Por el KGB, por la Stasi, por el Mosad, por la DINA? ¿Por James Bond, por la CIA? —Si todos esos servicios secretos ajusticiaban a enemigos sin juicio, no veía por qué no

iban a hacer lo mismo los suyos. Fue un pensamiento relámpago—. O peor aún, ¿por la Mafia? Ya te he dicho
que no sé nada de ellos, por suerte. —Se interrumpió, se
acarició la cicatriz borrada, ni rastro; estaba sólo en su memoria. Luego dijo—: Y además, ¿por qué me haces preguntas, si no puedes? Ni yo podría contestártelas.

VI

A Tomás aún le dio tiempo a restregarme lo que me había dicho aquella tarde, apenas un mes después, cuando los militares de la dictadura argentina invadieron insensatamente y con patriotismo falso las Islas Malvinas o Falklands, según el bando y la lengua que se refirieran a ellas, posesión británica desde 1833. Como era natural, con razón o sin ella, Gran Bretaña no iba a quedarse cruzada de brazos ante semejante apropiación por la fuerza, ante el hecho consumado, todavía menos con Margaret Thatcher la Despiadada al frente de su Gobierno, y por mucho que las mencionadas islas estuvieran donde Cristo perdió el mechero, como se dice en español a menudo: al este del Estrecho de Magallanes y al noreste de la Tierra del Fuego, es decir, no muy distantes de la Antártida.

El hecho de que el país invasor fuera una dictadura justificaba más, formalmente, la previsible reacción bélica británica, pese a que el vecino dictador Pinochet, de Chile, gozara de las simpatías de la señora, entonces y hasta el final de su vida, de él o de ella, no recuerdo quién murió antes: la mayoría de los políticos hacen caso omiso de las contradicciones si son ellos quienes incurren en ellas. Se veía avecinarse una guerra absurda e inimaginable hasta el día anterior al desembarco y la toma de Stanley, capital de las Falklands, entre dos naciones remotas entre sí geográficamente y no tanto ideológicamente, al fin y al cabo los militares argentinos llevaban seis años en el poder, cometiendo atrocidades, sin que el llamado 'mundo libre' se inmutara demasiado ni les mostrara una hostilidad manifiesta. Pero una agresión era una agresión, de hecho un acto de guerra, y no podía quedar sin respuesta si se agotaba, como se agotaría, la breve vía diplomática de las conminaciones.

—Mira esto —me dijo Tomás enseñándome la portada de un periódico inglés beligerante—. No veías que hubiera guerra en el mar, ni batallas a campo abierto ni bombardeos, hace bien poco. Pues me temo que vas a verlos muy pronto, sobre todo de lo primero, por allí no hay más que océano, las Falklands están a trescientas millas del continente. La principal fuerza serán barcos: fragatas, destructores, submarinos, portaaviones, cruceros, transportes de tropas, barcazas y lanchas de desembarco. Verás combates navales en mar abierto con la participación de Inglaterra, qué remedio. Siempre hay guerra, te lo dije, aunque sólo de vez en cuando resulte visible. Esta lo será, para el mundo entero, a fin de que no se olvide completamente. Eso sí, durante escaso tiempo. No durará, te lo aseguro. Esos militares fanfarrones han cavado su propia tumba con esta acción desesperada. —'Por la garganta del mar', me vino esa parte del verso, esta vez con fundado motivo.

Sonaba casi satisfecho, jactancioso. No sólo de restregarme cuánta razón había tenido, también parecía alegrarse del inminente inicio de un conflicto armado en el que habría muertos por las dos partes; quizá no en enormes cantidades si se resolvía rápidamente, pero eso no lo haría menos luctuoso. Tampoco era del todo raro aquel conato de entusiasmo, estaba en el ambiente, azuzado por Thatcher y Galtieri, el General argentino y usurpador Presidente, y Tomás, aunque de lejos, servía a la primera, de ella partían todas las órdenes menos las que era mejor que ignorara; se hacen interpretar los que están blindados, sin necesidad de pronunciarse. De manera incomprensible, después de siglos de experiencias, sobre todo inglesas, tanto la población argentina como la británica estaban ya enardecidas y pidiendo escarmiento, entre las cosas que más gustan a la gente —gente desaprensiva, pero siempre hay millones que además creen no serlo— está la perspectiva de una buena guerra chulesca. Exactamente la perspectiva, mientras aún no ha comenzado.

La siguiente idea me asaltó muy pronto: si se iba a luchar contra un país de lengua española, sería cuestión de días que Tomás fuera reclamado de Londres para tareas de interceptación, traducción, tal vez interrogatorio y similares. No creía que le tocara infiltrarse en ningún sitio, parecía muy improbable que aquí se requiriera espionaje, las cartas estaban boca arriba desde la invasión de las islas, no habría mucho que averiguar, suponía, ni a lo que anticiparse, y la fuerza militar británica era exageradamente superior a la argentina, tanto que causaba estupefacción el atolondramiento y la irresponsabilidad suicidas de esta última. En todo caso no me cabía duda de que, si se precisaba, Tomás sería capaz de un fingimiento impecable: si podía imitar en inglés aquellas hablas, alterando la voz hasta darme miedo y transformarse, poco le costaría hacerse pasar por argentino, el acento bonaerense de muchos suena ya a caricatura del acento bonaerense, al menos a nuestros oídos españoles, y alguien con sus habilidades lo reproduciría sin levantar sospechas. Y claro, en mi absoluta ceguera yo jamás descartaba nada, ya he dicho que me veía condenada a ser esclava de mis conjeturas y especulaciones. Podían destinarlo a Buenos Aires o a Río Gallegos o a la mismísima Tierra del Fuego, todo cabía en mis fantasías.

Si he dicho que a Tomás aún le dio tiempo a restregarme lo que él vivió como un triunfo, es porque todo sucedió como yo preví en seguida. El 3 de abril de 1982, en que el Consejo de Seguridad de la ONU exigió sin éxito el cese inmediato de las hostilidades y la retirada de todas las fuerzas argentinas de las Falklands (me acostumbré a llamarlas como él las llamaba), y exhortó a los dos Gobiernos a buscar una solución diplomática a la disputa, Tomás me comunicó que debía marchar a Inglaterra sin tardanza, al día siguiente. Y sólo uno después, el 5, la Task Force británica zarpó de Portsmouth, despedida y vitoreada por una multitud belicosa y sorprendentemente sedienta de sangre, que clamaba por la restauración de un honor abaratado, si se comparaba con el de tantas gestas y resistencias pasadas. Al fin y al cabo, en el último siglo y medio largo, la nación se había enfrentado a Napoleón, al Zar, al Kaiser y a Hitler, entre otros muchos, demasiados.

El día 4 fui a decirle adiós al aeropuerto. Pocas veces lo hacía, cuando se iba. Estaba habituada a sus partidas, y aunque no se sabía nunca cuándo regresaría, procuraba otorgarles el mismo rango que a los viajes de negocios de un ejecutivo inquieto, enfermizo si se quiere, de esos que alargan imprevistamente sus periplos por el mundo, como si sólo se sintieran a gusto en la ausencia y el movimiento constantes. Pero en esta ocasión había una guerra verdadera en ciernes, una visible, como él decía, y aunque lo que no temía en principio era que lo mandaran al frente, a bordo de algún barco como apoyo lingüístico o cosa semejante, lo cierto es que estaba en edad militar y para mí todo era posible. Visualizaba el tipo de riesgo al que podría estar expuesto, a diferencia de otras veces envueltas en niebla: todos hemos visto películas de batallas navales espantosas, barcos ardiendo y hundiéndose, tripulaciones pereciendo en el agua o desmembradas. Lo acompañé con serenidad y naturalidad, sin hablar apenas, por supuesto sin preguntarle qué misión tenía encomendada, quizá ni él lo sabía, todavía. Él se mostraba excitado en el buen sentido de la palabra (para el que siente la excitación, se entiende), no tanto por lo que fuera a hacer personalmente cuanto por la atmósfera guerrera, plenamente contagiado por la impropia bravuconería que se había apoderado de Inglaterra. Debo confesar que a mí me sacaba de quicio y me repugnaba esa atmósfera, poco menos que la de los argentinos que el día 2 se habían manifestado masivamente en la bonaerense Plaza de Mayo para apoyar la recuperación de las Malvinas por las bravas y aclamar a sus generales que llevaban años cometiendo crímenes y ahora se aprestaban a sacrificar a sus jóvenes soldados, sin beneficio ni victoria posibles, es decir, con muy mala causa. Tampoco era buena la de Mrs Thatcher, a diferencia de la de Enrique V en Agincourt, según la Historia o según Shakespeare, pero ella no había lanzado la primera flecha y eso cuenta algo al principio, hasta que se olvida si se responde con desproporción, cañonazos y *gurkhas*, feroces en el cuerpo a cuerpo con sus *kukris* nepalíes de tremendas hojas curvadas.

—No tienes ni idea de cuándo volverás, claro —fue de lo poco que le dije, en el taxi hacia Barajas—. Incluso menos que otras veces, me imagino. Nunca se sabe lo que duran las guerras, aunque parezcan fáciles de ganar, ¿verdad?

—¿Quién te ha dicho que me vaya a la guerra? —me contestó con un ápice de coquetería, como si disfrutara inquietándome más de lo habitual—. Yo no, desde luego. También cabe que en esta ocasión no deba moverme de Londres. —No añadió si lo ignoraba o si ya lo sabía. Se guardaba de dar ningún dato.

—Es cierto, no me lo has dicho. Pero no hace falta ser Sherlock Holmes. Si te convocan con urgencia cuando se está preparando una flota para reconquistar esas islas contra un país de nuestra lengua, vaya, algo tendrá que ver la llamada con eso, probablemente. No digo que te vayan a meter en un destructor rumbo a las Falklands (eso espero), pero en un conflicto así serás muy útil, seguro. ¿O no vas a ser útil?

—Yo siempre soy muy útil, Berta —contestó con una sonrisa de vanidad, a veces era incapaz de resistirse. 'Cuánto ha cambiado', pensé, 'cuán distinto es del que fue hace años, con esta vida absurda y clandestina que lleva, de la que quizá sólo puede presumir ante mí, y bien poco. Debe de sentirse frustrado a menudo, el pobre, qué menos que esta vanidad conyugal, doméstica. Pero cómo puede ser que esté tan convencido, que se haya convertido en un patriota inglés sin fisuras ni criterio propio, o si lo tiene lo deja a un lado y se lo guarda bajo siete llaves, manifestar desacuerdo con la Corona sería como poner en tela de juicio sus actividades y su trayectoria, su camino recto, su existencia. En lo único que no ha variado es en su desinterés por conocerse y cuestionarse, en su absoluta falta de introspección, hace lo que le toca hacer y basta, o a lo mejor lo que decide, siempre le pareció una pérdida de tiempo auscultarse. A estas alturas sabrá qué clase de individuo es y de qué es capaz, y lo acepta y está conforme, acaso orgulloso a ratos, o no tanto, satisfecho de su utilidad bien probada. Dudo que se plantee nada más, su servicio y su habilidad son lo que cuenta. Claro que añoro al de antes, por descontado, pero lo sigo queriendo y lo último que desearía es perderlo, aunque ahora sólo tenga fragmentos. Al fin y al cabo, el que fue lo contiene el de ahora, el que está y no está y el que va y viene, nadie más puede albergarlo. Ahí andará, semidormido, o víctima de un encantamiento muy largo. Ojalá regrese pronto. Ojalá no le pase nada en esas islas. Ojalá sea corta esta guerra estúpida.' Y añadió—: Sigue habiendo otros conflictos, no te engañes. Lamentablemente, nada se para porque un hecho más llamativo, un acto bélico, cubra el resto en apariencia. Los enemigos jamás descansan, nunca. Mientras uno duerme, están activos. Y cuando duermen ellos, sueñan maquinaciones fructíferas, que les valen luego. Y al contrario, aprovechan la apertura de otro frente, nuestra distracción y nuestra diversificación de energías, para incrementar sus hostilidades y asestar golpes más bajos. ¿O es que te crees que el problema de Irlanda, por ejemplo, se estuvo quieto o nos dio una tregua durante la Segunda Guerra Mundial? En modo alguno. Irlanda se declaró neutral. Neutral, hace falta cuajo. Y en 1944, en 1944 (llevábamos ya cinco años sufriendo guerra y asedio, date cuenta), se negó a expulsar a los representantes del Eje allí asentados, como le habíamos pedido no sólo nosotros, sino también los Estados Unidos. —Aquel 'nosotros' lo extendía al pasado, a épocas en las que él ni había nacido, era increíble; supongo que lo extendía hasta la batalla de Agincourt en 1415, como mínimo—. No fueron pocos los irlandeses que de hecho colaboraron como espías y saboteadores con los alemanes, porque éstos, después de todo, nos querían destruir a nosotros y eso les parecía de maravilla. Lo que no se paraban a pensar es qué habría sido de Irlanda de haber ganado los nazis. En comparación, nuestra bota, nuestro sojuzgamiento, como lo consideran ellos, habría sido puras benevolencia y cortesía. Así que todo sigue, cuando parece que se detiene. Siguen los países del Telón de Acero y los terroristas internacionales y el Ulster, y otros enemigos de los que ni la prensa está al tanto. Hay mucho en el mundo. Así que no deduzcas dónde iré por las circunstancias. Lo mismo no salgo ni del Foreign Office, ya te he dicho.

—Está bien, no haré asunciones. Ojalá sea esto último.

La mera mención del Ulster me encogió aún más el ánimo, casi preferí que lo metieran y lo sumergieran en el *HMS Conqueror*, un submarino nuclear que quizá iban a enviar a las Falklands, según había leído. Había aprendido a temer aquel conflicto por propia experiencia, a los malditos Kindelán nunca pude sacudírmelos del recuerdo. Me había acostumbrado a seguir las noticias de Irlanda del Norte, no obsesivamente, pero si un periódico español traía algo, nunca lo pasaba por alto. De manera absurda, me preocupaban menos los países del Este y los terroristas hiperactivos como el archicélebre 'Carlos', cuando a lo mejor, quién sabía, Tomás estaba entregado a la persecución de este último, en origen de habla española, se creía que era venezolano. Me callé durante un rato, le cogí la mano, él me la apretó con fuerza un momento y luego me la soltó para sacar y encenderse un cigarrillo. Me dio la impresión, sin embargo, de que me la soltaba tan rápido por su excitación más que nada, como si el contacto lo distrajera de sus pensamientos. Andaba absorto, en sus cosas, se me ocurrió que debía de saber con exactitud cuál era su papel, qué lo aguardaba de inmediato, al día siguiente o aquella misma noche, qué le tocaba hacer y dónde iría; y ya estaba allí mentalmente, concentrado en sus próximos pasos. Tanto como ilusión no me atrevo a decir que le hicieran, pero se acercaba. Participaba de la impaciencia nacional por entrar en acción, por que la flota británica alcanzara aquel confín del globo y les diera una buena lección a aquellos argentinos insolentes y dictatoriales, ¿qué se figuraban, que podían desafiar impunemente al antiguo Imperio? Sí, de pronto Inglaterra recuperó puerilmente la memoria y se creyó en siglos pretéritos, un fantasma de su Imperio perdido.

—Adiós, ten cuidado. Me dirás algo mientras puedas, por favor. Como siempre. O cuando vuelvas a poder, si te vas lejos. Espero que no sea muy largo. —Esas fueron mis últimas palabras antes de su embarque. Le toqué los labios, se los recorrí con el dedo, le acaricié la mejilla lisa, nos abrazamos con normalidad, es decir, con el inmenso afecto de antiguo, pese a mi descontento.

—Claro —contestó él—. Como siempre. Si no doy noticias es que no puedo darlas, ya lo sabes. Si pasa tiempo no te impacientes. Por mucho que sea. Como siempre. En todo caso durará poco esta guerra, ya lo verás. Y a lo mejor a mí ni me atañe. Ni me roza.

Aquella guerra de dos meses y medio la seguí a diario, al detalle, del 5 de abril en que zarpó la Task Force de Portsmouth, al 14 de junio en que el nombrado Gobernador de las Malvinas, el General Menéndez, capituló ante el General Moore, comandante de las fuerzas británicas, con grandes protestas y desmanes de una parte de la población bonaerense aquella noche.

Compraba dos o tres periódicos ingleses y me los zampaba. A veces pensaba que era una tarea inútil, que quizá a Tomás aquel conflicto ni lo rozaba, como había insinuado. Pero no las tenía todas conmigo, obviamente no podía, con tanto despiste y secretismo y silencio. Me incliné por creer que sí, que su súbita partida del 4 de abril estaba relacionada con la invasión de un modo u otro, porque no me llamó ni una vez desde el Foreign Office o desde el MI6 o desde donde fuera, como seguramente habría hecho de permanecer allí a la espera de destino, aunque hubieran sido unas pocas fechas. Inferí que nada más aterrizar en Londres lo habrían trasladado a otro sitio, y lo urgente entonces eran las islas perdidas, y lo nuevo, y lo que debía de estar ocupando a Thatcher la Intransigente y a su Gabinete, al Ejército, a la RAF, a la Armada, a la diplomacia y a los Servicios Secretos, a tiempo casi completo a todos ellos. Pero era verdad que lo demás no se detiene, no hay razón para que los enemigos amainen (más bien para que arrecien) ante una emergencia del adversario, y me imagino que no se debe descuidar ningún frente, por secundario o menor que se aparezca. Lo ignoraba todo, en definitiva, también como siempre, como siempre. Decidí seguir la guerra paso a paso, como por otra parte el mundo entero, era lo bastante insólita para mantenerlo pendiente de ella y atraer todas las miradas, empezando por las de Reagan y el Papa viajero Wojtyla.

El 2 de mayo sentí gran lástima y gran alivio. El submarino nuclear *Conqueror* torpedeó y hundió el crucero argentino *General Belgrano*, del que murieron más de trescientos tripulantes. Me acongojó esa cifra tan exagerada, pero pensé que peor habría sido que las bajas fueran británicas. No descartaba que Tomás se encontrara a bordo de cualquier embarcación de cualquier clase.

El 4 de mayo no pude sentir alivio: aviones navales argentinos, equipados con misiles Exocet, hundieron el destructor *Sheffield*, y esta vez los que perecieron fueron veinte marinos ingleses. Quién sabía si también iba con ellos un mediador, un intérprete, un espía destacado a la zona.

El 10 de mayo fue la fragata *Alacrity* la que hundió el *Isla de los Estados*, causando la muerte del capitán y de veintiún marineros. Para entonces se me imponía claramente el alivio sobre la lástima. Es más, empezaba a desear que Inglaterra machacara lo antes posible a aquella Argentina siniestra en manos de los militares, por muchos pobres soldados que perdieran la vida, a fin de que dejaran de perderla todos pronto y la paz se reestableciera. Prestaba más atención a los reveses que a los avances, a las situaciones desfavorables para los 'nuestros' que a las triunfales, eran aquéllas las que me alarmaban.

El 20, el 24 y el 25 de mayo sufrí enormes sobresaltos: los británicos vieron hundirse su fragata *Ardent* y les derribaron tres aviones Harrier y dos helicópteros, eso el primer día, y en seguida se me ocurrió pensar que a Tomás podían llevarlo de aquí para allá en helicóptero; el segundo se fue a pique la fragata *Antelope* en aguas de no sé qué estrecho, y el tercero los aviones argentinos hundieron el destructor *Coventry* y el transporte pesado

Atlantic Conveyor. El número de muertos era impreciso, o acaso Thatcher, a la que no le gustaba oír 'historias tristes', según he leído hace poco —y me imagino que tampoco contarlas—, prefirió que quedara en neblina por el momento.

La guerra la ganaban los ingleses y la acabarían ganando, todo era cuestión de tiempo, pero no sin daños excesivos. Me convertí en una forofa de la Navy a distancia, desde la televisión y los periódicos, con la paradoja de mi creciente antipatía hacia Thatcher y hacia aquella Inglaterra folklóricamente aguerrida y matona, transformada, sin templanza. Cada manifestación o celebración en las calles de Gran Bretaña me producía vergüenza ajena y casi propia, quizá por ser yo europea (los americanos suelen ser más teatrales y exaltados, la exageración no sorprende tanto en ellos). Lo cual no impidió que el 8 de junio maldijera el hundimiento del transporte de tropas *Sir Galahad*, o que el 12 se me cayera el alma a los pies al enterarme de que un misil Exocet desde la costa había puesto fuera de combate el *Glamorgan*, cargándose a trece de sus tripulantes.

Todas esas pérdidas resultarían a la postre meros gajes del oficio que olvidan todos menos las familias de los muertos, contratiempos menores en el conjunto de la contienda, pero, mientras ésta persistía, cuanto fuera un retroceso en su conclusión me desalentaba, cuanto no fuera un paseo militar incesante me desesperaba. El Papa Juan Pablo II se presentó en Buenos Aires el 11, para orar por la paz con el masivo fervor de los fieles que el día antes y el día después se mostrarían beligerantes y vengativos. El 28 de mayo se había plantado en Londres, donde no se le hizo tanto caso (caso aparente el argentino, de todas formas). Aquel seguimiento cotidiano me dejaba extenuada, dos meses y medio de atención y susto continuos se hacen interminables. Mis únicos descansos venían cuando me aferraba a su ambigüedad premeditada y pensaba —pobre consuelo— que estaría en otro lugar, en un país báltico, en uno árabe, en la Alemania del Este o en Irlanda del Norte temida. Este último sitio, sin embargo, lo procuraba apartar con celeridad de mi mente, no sólo por lo ya dicho. Hacía ya no sé cuánto (o tal vez fue después de 1982, pero yo lo he situado antes), había aparecido en la portada de varios periódicos una de las fotos más espantosas que he visto. Tanto que la miré muy de prisa y le di la vuelta al diario, y antes de que llegara la noche lo tiré sin haberlo leído; y aun así, con la imprecisión de un solo vistazo, el recuerdo de la confusa imagen perdura, se me representó muchas veces y todavía lo sigue haciendo. No sé si en Belfast, en Derry o en un pueblo, una turba había atacado a un soldado inglés y lo había despellejado, siempre confié en que no vivo, las circunstancias del asunto me las ahorré en lo posible, mucho no quise leer (solamente el pie de foto, supongo), preferí ignorar los detalles. Tengo la vaga idea de que el cadáver del soldado estaba boca abajo y en aspa, como un San Andrés crucificado, lógicamente desnudo o casi y apoyado contra algo, una pared, una pila de neumáticos, quizá unos barriles de cerveza, no lo sé ni se me ocurriría recuperar la foto, ahora que hay Internet y todo vuelve y nada se borra. Pero a su alrededor había gente, no aparecía solo, ya abandonado. Gente de aspecto normal, como se puede encontrar en Madrid o en cualquier otra ciudad europea o en nuestras aldeas, gente que se acercaba a mirarlo y acaso no había intervenido en la atrocidad, o que acaso había tomado parte, la había llevado a cabo y observaba sin pesar su obra —tal vez eso vino después, o no vino nunca—, si acaso con el estupor que sucede a ciertas acciones, una vez terminadas e irreversibles. En todo caso aquella gente miraba, miraba el cuerpo de un color más oscuro del habitual en un hombre blanco —el cuerpo sin piel será rojizo, mejor no pensarlo, la imagen se reproducía en blanco y negro—, más o menos como se contempla el cuadro de un *Ecce Homo* en un museo, sólo que a Cristo lo dejaron como lo dejaron dos mil años atrás y en una zona remota del globo, y además está siempre ahí, pintado, sin volumen y plano, nunca es real ni reciente como aquel joven soldado.

La mayoría hemos sentido odio concreto o abstracto alguna vez en la vida; lo sentimos pero casi nunca lo vemos, muy de tarde en tarde; y la representación de sus resultados es difícil encajarla, admitirla, aceptarla, se nos hace insoportable, y eso que en Europa estamos acostumbrados por fuerza, la fuerza de demasiados siglos recordados. Algunos militares británicos en el Ulster se comportaban como bestias a veces, pero quién sabía de aquel muchacho, quizá no había hecho nada más que vestir un uniforme detestado, quizá estaba recién llegado. Sea como sea, lo que más impresiona (hablo por mí, desde luego) son las turbas furiosas y desatadas y comprobar de qué son capaces. Años más tarde vi otra secuencia (se mostró en la televisión parcialmente) que me trajo a la memoria de nuevo aquella foto de Irlanda del Norte, con ser la de mi país menos grave y truculenta: unos *abertzales* vascos le pateaban la cabeza con ganas a un *ertzaina* caído en el suelo, ya indefenso, en plena calle y ante impasibles testigos, o que más bien jaleaban la hazaña. Ni siquiera era un policía 'invasor', sino uno de allí, local, autonómico, tan vasco como sus agresores. El hombre no murió, por fortuna, pero creo que estuvo hospitalizado largo tiempo y no sé si le quedaron irreparables secuelas. Seguro que jamás olvidará ese día, a diferencia de los 'patriotas' ufanos, imitadores de los irlandeses sin el ápice de razón de estos últimos. Algo o alguien los interrumpió; de no haber sido por eso habrían matado al *ertzaina* sin problemas, a patadas entre varios, con jolgorio.

Así que ahuyentaba el pensamiento: mejor que Tomás se hallara en el Atlántico Sur, en una fragata, en un helicóptero, en una guarida de Buenos Aires, antes que en Irlanda del Norte. Qué no podrían hacerle, si estaba allí y lo descubrían, a un infiltrado inglés, a un traidor, a un espía. Sobre él caerían todo el odio concreto y el abstracto, y el más feroz: el de los engañados.

Sí, la Guerra de las Malvinas o Falklands terminó oficialmente el 20 de junio con la restitución de las islas y todo el mundo empezó a desentenderse rápidamente de ella. Lo que acaba de suceder pero ya no sucede no interesa, la atención de las gentes se va tras lo siguiente, cualquier cosa que esté a punto de acontecer o acontezca, que todavía encierre una incógnita o no haya ofrecido un desenlace, en el fondo se desea vivir vicariamente en la inestabilidad perpetua y bajo amenaza constante, o al menos sabiendo que hay otros que lo pasan peor que nosotros en algún punto del globo, otros que nos recuerden cuánto peligro hay por ahí acechando. Así era ya entonces, como continúa siendo ahora pero elevado al cubo, nos hemos acostumbrado a que siempre se cierna alguna catástrofe, y a la idea de que nos va a afectar directa o indirectamente, se acabaron los tiempos (duraron siglos y siglos, casi toda la historia y hasta parte de mi propia vida, yo he asistido a ese cambio) en que no nos concernían las cuitas de Afganistán o de Irak o de Ucrania, las de Siria o Libia o Etiopía o Somalia, ni siquiera las de México o las Filipinas, que al fin y al cabo nos habían pertenecido en una época, quiero decir a los españoles.

Hasta los periódicos ingleses empezaron a desentenderse poco a poco, tras sacarle el máximo provecho a lo que calificaban de proeza y halagar rastreramente el orgullo nacional de quienes se habían quedado cruzados de brazos en casa, mirando la BBC y sin oler pólvora ni carne abrasada ni destrozada, ni correr un minuto de riesgo. Yo no pude desentenderme, en cambio. Seguí atenta día a día, la paulatina repatriación de los contingentes de tropas, sus escalonados recibimientos cada vez más entibiados, las disposiciones tomadas para la futura defensa de las Falklands y que no volviera a ocurrir lo ocurrido; también el desprestigio de los militares argentinos y la inmediata dimisión de Galtieri: algo bueno trajo esa guerra a la nación vencida, el comienzo del fin de la dictadura. Incluso seguí su posterior procesamiento en 1985 u 86, acusado el General de negligencia y otros cargos, culpable de haber llevado a la muerte a tantos y a su país al desastre, encarcelado durante varios años. No se le perdonó la contienda que muchos de sus compatriotas habían vitoreado y alentado, se busca un chivo expiatorio en las derrotas —aunque sea uno justo, que merezca serlo— y nadie más se responsabiliza, el pueblo siempre sale inocente. El pueblo, que a menudo es vil y cobarde e insensato, nunca se atreven los políticos a criticarlo, nunca lo riñen ni le afean su conducta, sino que invariablemente lo ensalzan, cuando poco suele tener de ensalzable, el de ningún sitio. Es sólo que se ha erigido en intocable y hace las veces de los antiguos monarcas despóticos y absolutistas. Como ellos, posee la prerrogativa de la veleidad impune, no responde de lo que vota ni de a quién elige, de lo que apoya, de lo que calla y otorga o impone y aclama. ¿Qué culpa tuvo del franquismo en España, como del fascismo en Italia o del nazismo en Alemania y Austria, en Hungría y Croacia? ¿Qué culpa del stalinismo en Rusia ni del maoísmo en la China? Ninguna, nunca; siempre resulta ser víctima y jamás es castigado (naturalmente no va a castigarse a sí mismo; de sí mismo se compadece y apiada). El pueblo no es sino el sucesor de aquellos reyes arbitrarios, volubles, sólo que con millones de cabezas, es decir, descabezado. Cada una de ellas se mira en el espejo con indulgencia y alega con un encogimiento de hombros: 'Ah, yo no tenía ni idea. A mí me manipularon, me indujeron, me engañaron y me desviaron. Y qué sabía yo, pobre mujer de buena fe, pobre hombre ingenuo'. Sus crímenes están tan repartidos que se desdibujan y se diluyen, y así los autores anónimos están en disposición de cometer los siguientes, en cuanto pasan unos años y nadie se acuerda de los anteriores.

Llegó agosto y me fui con mi familia a San Sebastián, y con los niños, claro, donde yo iba iban ellos. Mis padres me acogían con discreción cuando me notaban demasiado sola, durante demasiado tiempo. Estaban hechos a las ausencias de Tomás y no me preguntaban apenas. Ahora, además, había una fácil explicación a su tardanza: el Foreign Office, después de una guerra que no había sabido prever, tenía que reorganizarse, había allí mucha tarea pendiente y delicada; rodarían cabezas y quizá Tomás se viera obligado a ocupar el lugar de alguna caída, añadí yo de mi cosecha, para insinuar que prosperaba, que sus demoras estaban justificadas por nuestro bien presente y mejor futuro.

Ante ellos, ante las amistades y los conocidos, ante mis colegas de la Facultad, fingía tener más contacto con mi marido del que tenía durante sus temporadas fuera. En cuanto abandonaba Londres (o suponía yo que lo abandonaba), lo habitual era no tener ninguno, al menos desde que me había contado su fragmento de verdad, años atrás, el autorizado. Ese fragmento, con ser esencial, era pequeño, pero había bastado para convertirme en cómplice de su secreto y de su doble vida, ahora yo también mentía para no levantar sospechas ni delatarlo involuntariamente, para que nadie en Madrid se extrañara más de la cuenta o viera nuestra situación anómala demasiado anómala. Ni siquiera tenía certeza de que en la embajada británica estuvieran al tanto de sus actividades reales, quizá el embajador, como máximo responsable, o quizá no: si se reclamaba de Londres a un empleado suyo, él acataría las órdenes y no objetaría nada, ni curiosearía.

Y así fue esta vez, de nuevo: a mi regreso, en septiembre, continué sin recibir ni una llamada, ni una carta ni una postal ni un telegrama, tampoco una noticia indirecta de Mr Reresby ni de ningún otro superior o compañero suyo. 'Definitivamente estará en otro sitio', pensaba, 'y me habré preocupado por las Falklands en vano, a lo largo de dos meses y medio de enfrentamientos y más allá, con las secuelas. Ya me advirtió que tal vez la guerra ni lo rozara. ¿Dónde diablos estará entonces, dónde lo habrán destinado? El mundo es ancho y puede haber frentes en todas partes, en países desconocidos.' Me decía eso pero no podía estar segura, y que hubiera habido una guerra visible con muertos visibles lo cambiaba todo, necesitaba cerciorarme de que allí no le había sucedido nada, de que no se contaba entre las bajas inconfesables, las que no se comunican oficialmente ni se hacen públicas ni aparecen en los expedientes ni se les rinden honores por la índole clandestina y vil de sus misiones que deben ser negadas hasta el fin de los tiempos por cuantos hayan participado en ellas, las hayan conocido o encomendado (veía a Margaret Thatcher capaz de desmentir cualquier hecho notorio, de omitir o ignorar toda 'historia triste'), como en la época del PWE, probablemente éste continuó con otras siglas y desde entonces nada ha cambiado en esencia; aquellas bajas cuyos nombres jamás figurarán en las placas de interminables listas a que tan aficionados son en Inglaterra —o a lo sumo con misteriosas iniciales—, por las muertes traicioneras que causan y el carácter ruin de sus tareas.

Estuve tentada de llamar al número antiguo del Foreign Office o de lo que fuera, de inquirirle a Reresby (si es que allí seguía y no había sido trasladado o defenestrado) o a quien me contestara el teléfono, de preguntar por Reggie Gathorne, era indudable que éste existía en aquel sitio, a diferencia de Dundas, Ure y Montgomery. Sin embargo Tomás me había dicho que no me impacientara por tiempo que transcurriera, esas habían sido sus penúltimas palabras en el aeropuerto. Debía hacerle caso, debía aguantar como tantas otras veces, aunque esta fuera distinta, el aguante se hiciera más arduo y la inquietud insoportable cuando llegaba la noche y me metía sola en la cama palpando su bulto que no estaba, su vacío subrayado por el temor de que ahora fuera definitivo. Para resistir la tentación recordaba y me repetía, cada vez que iba a levantar el teléfono, y eso me ocurría a diario (me lo repetía en voz alta para darle mayor consistencia): 'Si no doy noticias es que no puedo darlas, ya lo sabes. Como siempre'. Y yo lo había aceptado: 'Me dirás algo mientras puedas, por favor. Como siempre. O cuando vuelvas a poder, si te vas lejos'. Me tocaba respetar ese acuerdo.

Pero en esta ocasión no fue como siempre. Pasaron septiembre, octubre y noviembre en silencio. Diciembre me pareció un mes propicio para su vuelta, y conté sus días con supersticiosa esperanza: en Navidad todo el mundo se toma un asueto, pensaba, hasta los topos y los terroristas se quedan sin mucho que hacer, las acciones se aplazan, se produce una especie de tregua ambiental y todos han de pasar esas fechas en algún sitio; los verdugos y las víctimas también tienen familias que los reclaman, o bien los primeros no desean levantar sospechas, llamar en exceso la atención, y las segundas llevan su vida normal, casi nunca se imaginan que van a ser víctimas. Claro que hay solitarios en todas partes, personas a las que no aguarda nadie y que no se desplazan ni tampoco reciben, para las que esos días son iguales que el resto del año, individuos que se esconden en un hotelito campestre aislado, para disimular, que fingen irse a casa y regresar. Confié en que Tomás no se hubiera convertido en uno de ellos y no hiciera eso, estuviera donde estuviese, en Irlanda, en Escocia, en Israel, en Palestina, en Siria, en Rusia o en Checoslovaquia o quizá en la Argentina, de la que por motivos de seguridad todavía no se había atrevido a salir. Todo conjeturas siempre, todo fantasías más bien.

Pensé que al menos telefonearía para saludar, para tranquilizarme, para saber de los niños y que Guillermo no lo olvidara completamente, Elisa carecía aún de recuerdos. Pero a medida que avanzaba el mes y seguía sin dar ninguna señal de vida, me desesperé. Si no las daba entonces, cuándo iba a ser, podrían transcurrir el invierno y la primavera sin noticias suyas, y el verano y el otoño, por qué no. Ya no me limitaba a mirar fijamente el teléfono con ganas de llamar al número del Foreign Office, sino que llegué a marcarlo muchas veces. Sin embargo, tras los primeros dos o tres timbrazos —incluso tras oír la palabra '*Hello?*' en varias oportunidades—, colgaba sin decir nada ni preguntar por nadie, temerosa y arrepentida. En mi cabeza resonaba entonces la letanía, o era un conjuro contra mis peores miedos: 'Si no doy noticias es que no puedo darlas. Si pasa tiempo no te impacientes. Por mucho que sea'. ¿Cuánto más tenía que pasar? A ratos el conjuro obraba con un efecto adverso: tal vez no podía darlas porque ya no estaba entre los vivos, tal vez era eso lo que había querido decir también.

Walter Starkie, que lo sabía todo, había muerto hacía años, pero Jack Nevinson, el padre de Tomás, mi suegro, continuaba vivo aunque retirado de sus quehaceres tanto en la embajada como en el British Council, rondaba ya los setenta, Tomás era el menor de sus vástagos. Para combatir la inactividad, había aceptado con gusto dar las clases de Fonética Inglesa de mi departamento, el de Filología Inglesa de la Complutense, por una baja temporal o un sabático del titular, no estoy segura, otro inglés españolizado, el excelente Jack Cressey White, había sido profesor mío. Así que aquel curso coincidía con mi suegro más en los pasillos de la Facultad que en mi propia casa o en la suya, en la que con frecuencia dejaba a sus nietos pero nunca me quedaba demasiado rato, precisamente para evitar hablar de Tomás, siempre nuestro mayor punto de unión. Pero ahora sí quería hablar con él de Tomás, antes de ceder y molestar a aquel Reresby que ya no se acordaría de mí, antes de entrometerme. Un día le pregunté a Jack si podíamos hablar, mejor sin niños por medio y sin su mujer delante, Mercedes, la madre madrileña de Tomás. Me condujo al despacho de Mr White, a su disposición mientras lo sustituía, y me ofreció asiento como si fuera una mera colega o una estudiante y no su nuera, es decir, con circunspección o timidez. Era un hombre de ojos azules un poco abombados y piel muy sonrosada, pelo blanco con grandes entradas y una cara llena de hoyuelos —uno llamativo y hondo en el mentón— que inspiraba confianza, un rostro que denotaba ingenuidad y bondad naturales no menoscabadas por la edad. Parecía incapaz de engañar, incluso de mentir. Había estudiado en Oxford (Pembroke College) y allí, pese a la diferencia de edad con los dos primeros, había hecho cierta amistad con Tolkien, su amigo Lewis e Isaiah Berlin, pero no solía relatar anécdotas de ellos ni presumir.

—Tú me dirás, querida Berta —me dijo en español, lengua que nunca había dominado del todo pese a su larga vida en Madrid y que hablaba con un fuerte acento del que no se había logrado desprender.

—Jack, te lo ruego, dime la verdad. ¿Tú qué sabes de Tomás? —le pregunté.

Pareció sinceramente sorprendido y me contestó en inglés. Aprovechaba mis continuas mejoras en ese idioma para descansar del que tanto se le resistía.

—¿Cómo que qué sé? Lo que tú nos cuentas, Berta. En Londres está tan ocupado que sólo le queda tiempo, supongo, para llamarte a ti. A nosotros nunca nos llama, cuando está fuera. Lo comprendemos, no nos lo tomamos a mal. Tú eres su mujer y a los padres les toca quedarse atrás. Tampoco establece contacto con sus hermanas ni con su hermano, que yo sepa. Ya nos lo advirtió hace mucho, que cuando estuviera en Inglaterra se comunicaría a través de ti, sobre todo a través de ti.

—¿Nunca habla contigo? ¿Nunca te hace confidencias o te pide consejo?

—¿Consejo? —Se rió un poco—. No, yo creo que a mí me ha mirado siempre con un poco de condescendencia. Un padre bastante inútil en las funciones de padre.

Él es un hombre muy distinto de mí. Más seguro y decidido que yo. Sus dudas, si las tiene, a mí no me las consulta desde que era muy joven. Si acaso me informa después de haberlas resuelto.

—¿Y de qué te ha informado, Jack? Desde la última vez que se fue, al inicio de la Guerra de las Falklands, no he sabido una palabra de él, nada de nada. Cuanto os he ido contando en este periodo, sus vagas noticias, sus breves llamadas, todo era mentira, una invención. Para no preocuparos. También para que no pareciera que nos tenía abandonados, a los niños y a mí. Se marchó el 4 de abril. Hace ocho meses. Nunca había pasado tanto tiempo sin saber. Dos, tres meses sí, quizá más, no lo sé, es mejor no llevar la cuenta de los días con exactitud, a eso estoy acostumbrada y he aprendido a no preocuparme en exceso y esperar. Pero claro, esta vez se fue cuando empezaba una guerra, y tampoco nadie me ha dicho nada desde que terminó, nadie del Foreign Office ni de la embajada ni de ningún sitio. Si le hubiera ocurrido algo grave se me habría informado, ¿no? Y a vosotros también. ¿O no? ¿Tú sabes algo más? ¿Sabes a qué se dedica en realidad?

Jack Nevinson abrió mucho los ojos, era alguien tan inocente que abría los ojos para mirar con intensidad. Entendí a qué obedecía esa intensidad, trataba de descifrar qué era lo que sabía yo. Sin duda no quería mentirme, pero tampoco poner a su hijo en un compromiso, o contravenir unas instrucciones suyas.

—Ah, eso —se limitó a decir.

—Sí, eso, Jack. Eso. Me parece que algo sabemos los dos. Dime lo que sepas tú, por favor.

Mi suegro se quedó parado, momentáneamente sin palabras. Estaba buscando una forma de decir sin decir. Me ofreció un té, negué con la cabeza, balbuceó ininteligiblemente y por fin se arrancó:

—Probablemente no más que tú, Berta. Probablemente a ti te haya dicho más. Pero no soy tan distraído como parezco, y he visto volver a mi hijo de sus ausencias y viajes con una expresión que no se adquiere en las labores diplomáticas, por arduas y complicadas que sean. Es una expresión que he visto en otros, durante la Guerra se la vi a bastantes, me refiero a la Segunda Mundial. Una expresión a la vez de orgullo y espanto, las dos cosas mezcladas hasta formar un todo indistinguible. Espanto por lo que se ha contemplado y orgullo por haberlo encajado, por no haber perdido el juicio ni haber salido corriendo. Espanto y orgullo juntos por la barbaridad que uno ha hecho, por lo que ha sido capaz de hacer. Con esa expresión se regresa del frente y también de otras actividades ocultas. Y como guerras abiertas no ha habido hasta ahora, bueno, creo que sé en qué anda metido desde hace años.

—¿Nunca te lo ha confirmado?

—Eso es mucho querer saber, Berta. En todo caso no me pega que haya estado en las Falklands, habría sido un desperdicio enviarlo allí.

—A mí sí me lo ha confirmado, Jack —confesé con cautela, titubeé—, y no creo que meta la pata diciéndotelo a ti. —Ni siquiera parpadeó, y asumí que estaba al tanto, aunque no lo fuera a reconocer—. Sé que trabaja para los Servicios Secretos, el MI5 o el MI6, el que sea. Pero nunca he sabido dónde va, ni qué hace, ni qué ha hecho, ni qué riesgos corre. Él no me cuenta y yo no le pregunto. Ese es nuestro acuerdo.

—Será el MI6 las más de las veces, creo yo, allí será más útil —dijo Jack, como quien corrige una imprecisión—. Aunque no son raros los préstamos de uno a otro, según la misión.

Hablaba con la serenidad que a mí me faltaba cada día más. Allí mismo, por contraste, me desesperé. Me llevé las manos a la frente, con los codos apoyados en la mesa de Mr White. Estuve a punto de llorar.

—No sé qué hacer, Jack. He sido paciente como me recomendó Tomás, pero necesito saber si está vivo o no.

—No tiene por qué no estarlo. Esas cosas llevan mucho tiempo a veces. A veces son operaciones de años, no de meses. En realidad habéis tenido suerte hasta ahora, tres o cuatro meses no es demasiado. Y lo último que se puede hacer es dar un paso en falso, como llamar a casa, alguien lo puede a uno oír. O mandar un telegrama, aún peor. Alguien lo puede leer.

No quería escuchar eso, no quería imaginar escenas concretas, a Tomás yendo a Correos o buscando una cabina a escondidas, temiendo por su vida si lo descubrían en acciones naturales para el resto de la humanidad. Quería ahorrarme la sordidez.

—Ocho meses sí es demasiado. Para mí. Ya no aguanto más, Jack, algo he de averiguar. Una vez, hace años, hablé con un tal Ted Reresby en Londres. Había sucedido algo alarmante aquí, no os lo conté, y no lograba dar con Tomás. Si tú no sabes nada de su paradero actual, volveré a llamar a ese Reresby. Bueno, lo intentaré.

—¿Ted Reresby? —repitió mi suegro—. Nunca he oído hablar de él. Para mí el nombre clave sería Tupra, Bertram Tupra. Bueno, al que me agarraría en caso extremo, al que trataría de localizar. Me lo presentó Tom en un viaje que hice a Londres, estando él allí. La verdad es que me los encontré por la calle, fue casual, en el Strand. Me dio la impresión de que era su superior, de que estaba a sus órdenes directas. En lo que quisiera que fuese, de eso no tengo certeza. 'Trabajamos juntos', me dijo. Un tipo simpático, un tipo temible, vestido con un traje de raya diplomática demasiado ancha, con chalequito y todo, demasiado puesto para ser diplomático de verdad o funcionario ministerial. Por temible quiero decir muy resolutivo, muy capaz —rectificó pensando que aquel adjetivo habría contribuido a asustarme—. Desahogado, con aplomo. Mira, Berta, de nada tengo seguridad. Tengo convencimiento, pero no seguridad. Estoy convencido de saber qué hace Tom —él sí lo llamaba Tom—, pero no lo podría demostrar. Sea lo que sea, está entregado a ello en cuerpo y alma, eso sí lo intuyo, lo alcanzo a ver. Al menos cuando no está aquí. Cuando no está aquí se olvida de aquí, no existimos. Tú, yo, su madre, hasta los niños, todos dejamos de existir. Se instalará en otra vida, se convertirá en otra persona y a ratos se creerá esa persona. Y así es como debe ser para que todo salga bien. Pero luego regresa, ¿no?, y en la medida de lo posible vuelve a ser el de siempre, vuelve a su ser.

Jack Nevinson estaba enterado, o le bastaba sospechar los hechos para darlos por descontados. Se tomaba aquello con notable calma, como si supiera que, cuando alguien ha elegido una senda, no queda sino contemplarlo con anteojos, desearle suerte y esperar a que la desande.

—¿Sabes cómo podría ponerme en contacto con ese Tupra? Vaya apellido raro, ¿no?

—Inglés no es, desde luego. Pero él sí lo era, cabalmente, hablaba a la perfección. No lo sé. Llamando al Foreign Office, supongo. O al MI6, pero llamar allí será como entrar en un laberinto, y acabarían haciéndote las preguntas a ti. Creo que debes esperar aún. Un poco más. Ya te he dicho, operaciones de dos o tres años no son excepcionales. Espera a que se cumpla un año, eso al menos.

—¿Hasta abril? Cómo voy a esperar tanto, Jack.

—Hasta abril, mayo, junio. No te figures que yo no padezco por él, que no me asaltan la inquietud y el temor cada vez que se va lejos y no sé dónde, es mi hijo pequeño. Pero me aguanto, qué otra cosa me cabría hacer. Tampoco podría criticarlo porque haya decidido servir a mi país, con lo que sabe, con lo que tiene. Ni intentar disuadirlo. Es más, me siento orgulloso de él. Lo que te aseguro es que en estos asuntos una esposa dando la lata y queriendo averiguar es un serio engorro. Podría dificultarle sus maniobras a Tom, incluso añadirle peligro. Lo mismo que un padre o una madre, o un marido respecto a su mujer, tanto da.

Al mencionar a una madre caí en la cuenta.

—¿Y Mercedes? ¿No se extraña? ¿No se impacienta, no se angustia? ¿Sabe algo de algo?

Jack se llevó el índice a los labios, como si me indicara silencio. Fue un gesto gentil, acompañado de su mirada limpia. Era un ruego y no una orden.

—Ella prefiere no preguntarse. Se contenta con las mentiras que tú nos cuentas. Conviene que sigas con ellas, por favor. Que sigas inventándote llamadas sin entrar en detalles. Como has hecho hasta ahora. Aunque quizá tú no lo sepas, se te da muy bien fingir.

Así que le hice caso y esperé un poco más y mucho más. Esperé hasta abril y mayo y junio, y seguí aguardando sin mover un dedo —literalmente: sin marcar el número del Foreign Office ni ningún otro inglés— durante julio y agosto y septiembre de 1983, y cuando uno espera demasiado se le acaba creando un sentimiento ambivalente o contradictorio: descubre que se ha acostumbrado a esperar y que tal vez ya no quiere otra cosa. No quiere que eso se interrumpa o toque a su fin con la llamada esperada, con la llegada esperada, con la reaparición ansiada, y aún menos quiere lo contrario, que se le anuncie que eso no se va a producir, que se le diga que su marido jamás va a dar señales de vida ni a regresar. Esto segundo es más grave y más dramático, claro, pero las dos posibilidades suponen lo mismo: el término de la expectativa y de la incertidumbre, a las que uno se acomoda tanto que prefiere no salir de ellas, que no le quiten el motivo por el que se levanta ni el pensamiento con el que se acuesta, que no lo muevan de ahí. 'Si Tomás vuelve, ya estará aquí', me decía sin decírmelo abiertamente, era menos una reflexión que una sensación, 'y todo será otra vez como antes, sin cambios, igual; sí, habrá pasado más tiempo y yo me habré angustiado hasta el infinito, pero en el fondo será un capítulo más de esta vida absurda que tenemos de idas y venidas y opacidad por su parte, se superpondrá a las anteriores ausencias y habrá un momento en que no distinguiré esta desaparición de las demás, sobre todo si las futuras se alargan también, si ya no son de dos o tres meses sino de año y medio como esta, o quién sabe cuánto más se dilatará. Casi año y medio del que no soltará una palabra y sobre el que yo no preguntaré, como ha sido siempre y siempre es. Y así pasaremos un nuevo periodo de aparente normalidad hasta que lo llamen y se vuelva a marchar. Es mejor lo que tengo ahora, quizá. Es la ilusión de lo venidero, a la que puedo dar cualquier forma, lo venidero se puede moldear. Puedo fantasear con que el día que reaparezca me anuncie que se retira, que esta misión ha resultado tan larga porque quería despedirse con un servicio crucial y es la última que aceptará; que lleva gastados los mejores años de su existencia y que nada dura eternamente, que anhela pararse y quedarse aquí; que ha conocido suficiente del mundo más tenebroso, el que la mayoría de los ciudadanos jamás nos vemos obligados ni nos atrevemos a hollar ni a atisbar. Puedo fantasear con que me confiese que está fatigado y harto, que tan nauseabundo es lo que ha hecho como lo que ha visto hacer, que no desea quedarse sólo con la visión de lo feo, lo desagradable y lo desconfiado, lo decepcionante y lo cruel, ni habitar indefinidamente en las traicioneras márgenes del universo. Esta idea puedo acariciarla mientras Tomás no regresa, porque sé que, cuando lo haga, la idea se desvanecerá y se verá desmentida por la inercia de los acontecimientos, es decir, del hábito. "Sea lo que sea, está entregado a ello en cuerpo y alma, eso lo intuyo, lo alcanzo a ver", me dijo Jack, y Jack es su padre y lo conoce bien, desde mucho antes que yo. Tomás no sabrá zafarse de lo que ha elegido, de lo que ha emprendido, estará ya cautivo. A estas alturas debe de necesitar no estar aquí, dejar de ser él y ser otro o ser varios distintos, seguramente no soportaría ser inequívoco y único incesantemente. "Cuando no está aquí se olvida de aquí, no existimos. Tú, yo, su madre, hasta los niños, todos dejamos de existir", eso dijo también Jack, y, no me engaño, tendrá razón: a Tomás le será preciso que nos borremos y nos evaporemos a temporadas, que salgamos de su campo visual, aún es más, del campo de su imaginación y del campo de su memoria, del mismo modo que Hyde no recuerda a Jekyll ni Jekyll recuerda a Hyde, o se recuerdan sólo cuando ya se abandonan, en el momento de la transformación. Sólo se retirará si lo fuerzan, si son otros los que lo jubilan por inservible y quemado, por habérselo exprimido hasta el fin; si Tupra o Reresby lo licencian o quien tenga mando sobre él, quizá el propio jefe del Servicio Secreto de Inteligencia, el SIS, antes de partir me dijo que había o iba a haber uno nuevo de extraño apellido, Figures, parece que los relevan a todos cada pocos años, tal vez para que ellos no se trastornen, sólo sus subordinados. Eso sucederá antes o después, que prescindan de él, y entonces qué.'

Me molestaba recordar a Ruiz Kindelán, pero éste me había dibujado el panorama de los agentes retirados, quizá no era muy distinto del de los terroristas retirados y por eso él lo conocía de primera mano, asumía que sería ese su sino y el de Mary Kate. 'Trastornados o muertos', había dicho, así salen la mayoría. 'Y muchos de los que sobreviven acaban por no saber quiénes son. Da lo mismo la edad que tengan. Si ya no valen y son desechados, se los envía a casa sin contemplaciones o a vegetar en una oficina, y hay individuos que antes de cumplir la treintena languidecen con la clarividencia de que su tiempo ya ha pasado. Se quedan prendidos en su pasado más turbio, y a veces los abruma el remordimiento. Los actos que cometieron los difumina el presente con su inclemencia, y lo que para ellos fue importante no lo es para nadie más.' Tampoco eso resultaba atractivo ni consolador, recibir a un nostálgico de treinta y dos años que creería haber vivido setenta, a alguien consciente de que su periodo de plenitud está concluido, a alguien descontento y acaso amargado permanentemente, ofendido por no ser ya de utilidad. No, ninguna solución era buena, nada podría devolverme al Tomás del que me enamoré muy joven (siempre había querido ser Berta Isla de Nevinson, cuando se estilaba que las mujeres se añadieran el apellido de sus maridos con ese 'de' de propiedad), al que no se auscultaba a sí mismo ni tenía interés en entenderse. Si lo jubilaban, en cambio, se miraría retrospectivamente sin cesar y todo lo que viviera conmigo se le haría monótono y pálido, pálido y decepcionante, un perpetuo declinar y motivo de insatisfacción.' 'Por lo tanto es mejor seguir esperando', me decía sin decírmelo abiertamente; 'será para mal que vuelva, o que un día haya carta suya en el buzón; y será para mal saber que no vuelve ni va a volver, que murió en un lugar remoto y que a mí sólo me resta el proceso de perder y olvidar. Mejor que todo continúe así como está: indeciso y flotante y en la absoluta indefinición.'

Por eso sentí como un desastre aquel timbrazo en la puerta en noviembre de 1983, el mes húmedo y llovizante que hace fácil presa en las almas inquietas o melancólicas, se apodera de ellas como una zarpa y las lleva a la insensatez para evitar que cometan la mayor y más tentadora de todas; y así las insta a encontrar un 'sustitutivo de la pistola y la bala', como dicen Melville y su narrador al comienzo de *Moby-Dick*, que también he debido enseñar en mis clases más de una vez. Para entonces ya no lograba mantener mis alteraciones a raya, o no siempre, y los ojos se me nublaban con demasiada frecuencia. Aún prefería que nada ocurriese, que nada cambiase mi estado de espera y cada día fuese idéntico al anterior, pero eso se alternaba con momentos de desequilibrio, incluso de acechante exasperación, en los que ansiaba cerrar el largo capítulo de mis primeros treinta y dos años y decirle adiós, hasta aquí; que algo me sacudiese y me obligara a marcharme sin volver la vista atrás, a moverme, a coger el coche y vagar con él por las carreteras sin rumbo fijo, o perderme en ciudades provinciales desconocidas, a ser yo quien desapareciese como Tomás. De tal manera que, si él regresaba, anduviera tan desconcertado como yo lo estaba y tan temeroso, y preguntara por doquier: 'Pero ¿dónde está Berta? ¿Cómo es que nadie sabe de ella, cómo es que no se ha avisado a la policía para que la busque, cómo es que ni siquiera tenemos certeza de si está escondida y viva por voluntad propia o escondida y muerta por voluntad de otros, cómo ha podido no dejar rastro ni nota de despedida ni palabras de advertencia, ni tampoco sospechosas que anunciaran su resolución?'.

Sin embargo los hijos nos frenan a la mayoría de las mujeres, y por eso no lo confesamos, pero a menudo deseamos que no existieran y nos dejaran libres y en paz, que no hubieran nacido o que fueran autosuficientes desde el principio, que no pidieran sin cesar ni preguntaran sin cesar, que no dependieran de nosotras en todo, hasta para vestirse por las mañanas, no digamos para desplazarse y alimentarse, para combatir sus miedos y sentirse alegres, como es su natural inclinación. (Lo que nunca deseamos es que mueran, eso jamás.) Estaba atada a Guillermo y Elisa y eso no tenía vuelta de hoja, y a veces me sublevaba contra esa determinación. Eran tan míos como de Tomás (no, en la práctica eran más míos, sólo míos), pero él traía el grueso de las ganancias a casa y además prestaba servicios vitales a su país, no hay coartada comparable, la dejación permanente justificada por el deber. Al menos no faltaba el dinero: durante aquellos diecinueve meses su variable salario (debía de haber bonificaciones según los méritos, duración, penalidades y riesgos de sus misiones) había sido ingresado con puntualidad en la cuenta que compartíamos, así sucedía desde hacía años, estuviera él en Madrid, en Londres o en paradero secreto y por mí ignorado. Sabía que no era todo lo que le pagaban, que también había una parte —quizá extras no sujetos a declaración, cobros en negro— que no salía de Inglaterra y que se le transfería directamente a una cuenta de allí a la que yo no tenía acceso y sobre la que lo desconocía todo salvo su existencia, ni idea de la cuantía, quiero decir de lo que había acumulado en ella. 'Más vale disponer de fondos en el extranjero', aseguraba Tomás, 'más vale contar con libras, de España uno nunca sabe cuándo habrá de largarse ni con cuánta rapidez. Puede uno hartarse o lo pueden echar, un país con vocación suicida que ha obligado a exiliarse a su mejor gente desde hace siglos, a la que podía mejorarlo o salvarlo; eso cuando no la ha asesinado; carece de equivalente, de parangón.'

Fue un timbrazo bastante enérgico a media mañana, a las once, un día que yo no tenía clases y los niños estaban fuera como solían, Guillermo en el colegio al que fui yo desde párvulos y Tomás desde la adolescencia, Elisa en la guardería. Estaba preparando precisamente una lección sobre *Moby-Dick* para el curso de literatura norteamericana que me tocaba impartir aquel año ('la parte acuosa del mundo', qué extraña manera de llamar al océano, acababa de fijarme en eso, acababa de pensar), alcé la cabeza sobresaltada como un animal, no esperaba a nadie, me acerqué con cautela hasta la mirilla para que mis tacones no delataran que estaba en casa (desde los Kindelán no me fiaba de las visitas), miré y vi a un individuo con un cráneo abultado y un pelo rizado y voluminoso que procuraba disimulárselo, no lo había visto jamás. La imagen aparecía deformada por el minúsculo cristal convexo, era posible que aquel abultamiento no fuera real. En esa primera ojeada me pareció un inglés, no tanto por sus facciones cuanto porque alcancé a distinguirle un traje gris oscuro con chaqueta cruzada de corte inequívocamente inglés, el abrigo lo llevaba echado sobre los hombros con chulería o coquetería, como si fuera un *gangster* no sé si del Soho o del East End o bien un pijo de Madrid. Su aspecto no era inofensivo, pero si era un inglés podría traerme noticias de Tomás, pensé. Sin abrir la puerta, le pregunté:

—¿Quién es?

—*Mrs Nevinson? Mrs Berta Nevinson?* —Sin duda era inglés—. Mi nombre es Bertram Tupra y quisiera hablar con usted, si es tan amable. Soy un colega de su marido y estoy de paso en Madrid. Si tuviera la bondad de abrirme... —Todo esto lo dijo en su lengua, claro está, no sabría una palabra de español.

Al oír aquel nombre que ya le había oído a Jack Nevinson no vacilé más y le abrí, me pudieron el pánico —o era horror— y la curiosidad. Y me dio tiempo a sentir como una ráfaga: 'Si ha venido en persona el jefe de Tomás, será para darme la peor noticia', y me hice a la inverosímil idea de que mi marido había muerto. 'Tomás está muerto', pensé, y a la vez no lo creí. '¿Y ahora qué? ¿Ahora qué?' Y seguí sin creerlo, como si eso sólo pudiera ser un embuste o una equivocación.

El hombre sonrió al contemplarme, lo cual me hizo corregir momentáneamente mi deducción: no se sonríe cuando se viene a comunicar una desgracia, cuando lo que se le va a decir a una mujer casada es que se ha quedado viuda y sus hijos huérfanos, tan pequeños aún. En esa sonrisa un poco burlona y en su mirada azul o gris pálida noté una especie de apreciación viril que estaba fuera de lugar en una ocasión luctuosa, en la preparación de un pésame. Pero sé que algunos hombres no la pueden evitar, aunque estén viendo a la víctima de un atropello tirada en la calle y se apresten a socorrerla, si por ejemplo a ésta se le ha subido la falda o los botones de la blusa se le han saltado por el impacto. No saben resistirse y no apreciar. Bertram Tupra podía ser de esos. No abundan en Inglaterra, es verdad, pero aquel individuo tenía una tez lustrosa y más tostada de lo habitual allí, una nariz ancha que habría recibido golpes, una boca rusa y unas pestañas largas meridionales. Era de esos a buen seguro, algunas mujeres los sabemos distinguir al primer vistazo, no somos inmunes a su veloz repaso y ellos lo captan en seguida a su vez. Le calculé treinta y bastantes años, quizá unos cinco más que yo, pero su físico era tan inquietante y esquivo que podía tener o adoptar casi cualquier edad.

—Mr Tupra, pase, por favor. Creo que sé quién es usted. ¿Se sabe algo de Tom? ¿Está bien? Está vivo, ¿verdad?

Levantó una mano para detener mis preguntas, era como si con ese ademán me advirtiera: 'Paciencia, paciencia. Todavía no nos toca hablar de eso. Todo a su tiempo'. No había otra cosa de la que hablar, pero su gesto fue tan imperativo que en seguida me recompuse, aplacé mi ansiedad y obedecí. Supongo que su calma me calmó provisionalmente, el efecto no me duraría.

—¿Ah sí? —contestó como si ni siquiera me las hubiera oído—. ¿Tom le ha hablado de mí?

—No, lo cierto es que no. Mi suegro, Jack Nevinson. Lo saludó a usted una vez.

—En efecto. El padre de Tom —dijo mientras se quitaba el abrigo de los hombros con gracia casi torera y me lo tendía como si yo fuera la encargada del guardarropa en una discoteca. Parecía un hombre muy seguro de sí mismo y nada propenso a los ambages—. ¿Dónde nos sentamos?

Lo hice pasar al salón, se sentó donde se había sentado Miguel Kindelán la mañana de mis pesadillas, yo en el sillón a su izquierda, también como aquella vez, ahora no había moisés. Le pregunté si quería tomar algo, un refresco, un café. Negó con la cabeza y haciendo ondear una mano casi con displicencia, casi como si me reconviniera: 'Déjese, déjese, esto no es una visita de cortesía'.

Mi ansiedad se permitió volver parcialmente, tan pronto. Pero la mantuve a raya. 'Si vamos a ir al grano, vayamos al grano', pensé. Aún me sentía medio apaciguada, como quien ya lo ha dado todo por perdido y se ha anticipado lo peor. No es lo mismo oírlo que anticipárselo, sin embargo, y yo todavía no lo había oído.

—Dígame, ¿qué noticias hay de Tom? Desde el 4 de abril del año pasado no he sabido nada de él. Ya se puede imaginar cómo estoy. Dígame la verdad, se lo ruego. ¿Está vivo?

Me miró de frente con sus ojos acogedores o en realidad absorbentes. En ellos no había tanta seriedad como para anunciarme una muerte, pero tampoco eran tranquilizadores. Había algo de insolencia, acaso involuntaria, acaso a su pesar, la llevaban consigo como se lleva el color del iris. Sacó un paquete de tabaco raro, una cajetilla historiada, me preguntó si podía fumar, le dije que sí, me ofreció, le cogí uno, él cogió otro, y mientras me encendía el mío (mientras yo estaba atenta a la llama), me soltó:

—Espero que sí, pero no lo sé. —Eso fue lo que duró la llama; cuando habló de nuevo (y ni siquiera hizo pausa) yo ya me había apartado y había notado el sabor picante de aquel tabaco (me había acercado un poco para que me prendiera el pitillo, olía algo a menta y a una colonia fresca de hierbas, Tupra olía bien)—. Eso es lo que he venido a decirle, hemos apurado al máximo antes de comunicárselo, y le estamos muy agradecidos por su entereza y por su paciencia. Hay esposas que habrían removido cielo y tierra ante un silencio tan prolongado, habrían inquirido a diario perturbando nuestro funcionamiento. Lo cierto, lo que quiero decirle es que tampoco nosotros sabemos nada de él. No desde hace tanto tiempo como usted, eso no. Pero hace varios meses que no sabemos. Nada. Ha desaparecido sin dejar rastro. No ha vuelto cuando le tocaba, en la medida en que se sabe cuándo a alguien le toca volver, eso es muy variable y nunca está muy claro, está sujeto a imprevistos, demoras, complicaciones y contrariedades. No se ha puesto en contacto con quienes debería. No ha pedido auxilio ni ser relevado, no ha avisado de dificultades, no ha anunciado ningún peligro inminente. Por eso confío en que siga vivo, un agente suele saber cuándo le conviene quitarse de en medio con antelación, cuándo es aconsejable abandonar el campo. Obviamente, tampoco ha aparecido muerto en ningún sitio, y eso es fundamental para no alarmarse en exceso ni ponerse en lo peor, porque los cuerpos son más fáciles de encontrar que los vivos. Aquéllos, al fin y al cabo, no huyen ni se trasladan, permanecen quietos donde están y eso permite hallarlos antes o después, salvo excepción. Todo es posible. No quiero quitarle esperanzas ni tampoco dárselas. Todo es posible aún. Puede que haya desertado, por utilizar un término militar; puede que su desaparición sea voluntaria, que se haya cansado de nosotros, de esta vida que sin duda desgasta, que no esté dispuesto a colaborar más. No sería el primer caso. La manera más eficaz de salirse de algo es largarse sin decir adiós, no informar, no responder. A eso, de hecho, lo llamamos hacerse el muerto, cuando se da, así es como lo llamamos. Ha habido gente a la que se ha dado por perdida durante años y que luego ha reaparecido, o se ha averiguado que llevaba todo ese tiempo escondida en tal o cual lugar. Bajo una identidad falsa y ejerciendo una profesión insospechada que nada tenía que ver con sus aptitudes ni con su formación, uno aprende lo que sea si se trata de escapar; a pastorear ovejas, a ordeñar vacas, a lo que pase más inadvertido. En fin, si nosotros mismos lo propiciamos a veces, cuando hay que retirar a un agente de la circulación y ponerlo a salvo de represalias, no hay que desdeñar la capacidad de los propios agentes para planear y organizar su ostracismo, y ejecutarlo. También puede haber caído prisionero. Si ese fuera el caso, tardaríamos en enterarnos tal vez, es posible que no lo supiéramos hasta que al otro lado le interesase un intercambio. No es raro que al cabo de años se saquen de la manga un nombre y lo pongan sobre el tapete, un nombre que nosotros habíamos dado por definitivamente desaparecido y perdido, incluso por muerto. Y puede, por último, que por algún motivo esté bloqueado, oculto y sumergido a la espera de salir a flote. Que no haya tenido más remedio que convertirse en durmiente, sin perspectivas de despertar a corto plazo. Así que aún es posible que un día se presente sin más. Aquí o en Londres o en cualquier otro lugar que le dé ciertas garantías de estar a salvo. Sea como sea, mi recomendación es que no espere a Tom, Mrs Nevinson, no de momento, no en largo tiempo. Tampoco le estoy diciendo que desespere, claro que no. Pero debe hacerse a la idea —se detuvo un instante para que yo sola me hiciera a la idea de a qué idea me debía hacer; fue eso, más que titubear— de que podría no regresar.

Entonces volvió a acudirme algún verso de los que Tomás recitaba desde hacía años y que sin querer me había transmitido; y de pronto le vi pleno sentido: 'Como la muerte se parece a la vida', por ejemplo, describía la situación que Tupra acababa de exponerme. No eran muy distintas ahora la posible muerte de Tomás y su posible vida. Podía no regresar nunca, en todo caso, aunque aún respirara en un lugar lejano. Yo podía optar por no esperarlo más o seguirlo esperando, cabía 'declararlo' muerto a todos los efectos o 'decidir' que todavía pisaba la tierra y cruzaba el mundo; todo interiormente, para mis adentros, para mi gobernación por así decirlo. Y exteriormente, ¿qué pasaba?

—¿Dónde estaba la última vez que supieron de él? ¿Dónde marchó? ¿Dónde lo enviaron?

Tupra abrió las manos con un gesto universal expresivo, que denota impotencia ante lo irremediable.

—Lo lamento, pero eso no puedo decírselo. No hasta que haya transcurrido más tiempo y todo esté más distante. Hasta que sepamos algo a ciencia cierta.

—¿No me pueden decir ni siquiera eso? —pregunté, mitad sorprendida y mitad indignada. La indignación me ayudaba a conservar la compostura, suele ocurrir. No había acabado de asimilar la noticia ni de darle crédito (aún estaba en el terreno de la irrealidad), pero a la vez notaba que se me saltaban las lágrimas y el mentón me temblaba, y que, a poco que me descuidara, me invadiría un llanto desconsolado que me impediría hablar, sostener una conversación, entender lo que me tuviera que decir aquel hombre. Si lloraba lo obligaría a abrazarme y los ingleses no hacen eso, a lo sumo me daría unas palmaditas en los hombros; aunque quién sabía, no era un inglés muy típico, su mirada era abarcadora, no velada. En principio no estaba dispuesta a ceder a eso, a los incontenibles sollozos, no hasta que me quedara a solas, me mordí el labio inferior. Tupra parecía considerado, pero frío y expeditivo. Ya lo había dejado claro: no quería quitarme esperanzas, tampoco dármelas. No suavizaba la información ni la endurecía. Me decía la verdad, contaba lo que sabía, lo que estaba autorizado a contarme. No me iba a derrumbar en su presencia. Supuse que me restaba un buen rato de diálogo, incluso sobre asuntos prácticos—. Creo que tendría derecho a saber dónde ha muerto, si es que ha muerto. O dónde puede estar prisionero. ¿Me van a condenar a especular el resto de mi vida? Dígame al menos si lo destinaron a las Falklands. Se fue al empezar esa guerra.

Hizo caso omiso de mi última pregunta, como si no hubiera existido.

—La entiendo bien, Mrs Nevinson, no crea que no. Pero Tom no era el único que estaba donde estaba, donde quizá esté todavía, contra su voluntad o por precaución, o quizá esquivándonos. Hay otros que permanecen allí y a los que cualquier filtración podría poner en peligro. No es que no me fíe de usted, es que nuestra regla es no fiarse de nadie ni contarle nada a nadie. Pero no especulará el resto de su vida, se lo aseguro. Antes o después tendremos noticias, en un sentido o en otro. No lo averiguaremos todo, sí lo bastante. Y Tom puede entrar por esa puerta mañana, eso no está excluido. También puede no volver a verlo, ya se lo he dicho. —Me impedía caer en el pesimismo absoluto, luego se cuidaba de cercenarme el optimismo—. Si ese es el caso, y confío en que no, entonces le notificaremos cuanto nos sea posible sobre su pérdida. No antes, lo siento mucho.

—¿Y qué debo hacer yo mientras tanto? ¿Me pongo de luto o continúo aguardando? ¿He de considerarme viuda o aún estoy casada? ¿Mis hijos tienen padre o se han quedado huérfanos? ¿Cuánto tiempo pasará? Ni usted lo sabe. No sé si se da cuenta de lo difícil que es esto, Mr Tupra. De lo... —No me salía la palabra—. De lo inmanejable. De lo imposible.

—Puede llamarme Bertram si quiere. ¿Puedo llamarla yo Berta? —Así seguidos, me pareció ridículo que nuestros nombres de pila se asemejaran tanto. 'Oye, Bertram.' 'Dime, Berta.' Casi era mejor que no pasáramos a ellos.

—Llámeme como prefiera —acerté a contestarle. Me traía sin cuidado en aquellos momentos, y total, en España se llama de tú todo el mundo a las primeras de cambio.

—Todo es manejable, Berta, todo es manejable o acaba por serlo. Piense en las mujeres de los marinos que tardaban años en regresar o no regresaban y de los que nada se sabía en pasados siglos. En las de los soldados cuyos cuerpos no se recuperaban del lugar de emboscada o del campo de batalla, podían ser desertores a los que convenía pasar por difuntos. En las de los cautivos para los que no había rescate. En las de los secuestrados. En las de los exploradores que no volvían. Los cadáveres nunca se encontraban, luego de su muerte no había constancia. Era sumamente probable, pero no segura. Algo les decía a esas mujeres si debían mantener la esperanza o abandonarla. Cuándo, hasta cuándo. Algo se lo dice también hoy, aunque esos casos sean mucho más infrecuentes. Su necesidad, seguramente; o su falta de necesidad, su hartazgo, su desapego creciente, su rencor hacia el desaparecido, por haberse marchado y expuesto, como Ulises. Incluso si el que se marchó lo hizo obligado, ese rencor nace igualmente. Así que se olvida cuando se desea olvidar, cuando ya se está listo o cuando recordar no trae placer ni consuelo y es sólo una carga que no permite dar un paso, ni respirar siquiera. Ahora no es capaz de concebirlo, Berta, pero lo irá descubriendo. Claro que es un proceso largo, no es como una flecha que va recta a su diana sin desviarse, sino que tiene avances y retrocesos y se extravía en las bocacalles. Hasta que se sabe qué ha ocurrido, si llega a saberse. Entonces la flecha alcanza su destino o se rompe en el aire, me imagino. —'Esta es la muerte del aire', pensé. Aunque en inglés no existe ese tratamiento, supuse que de haberme hablado en español Tupra no me habría apeado el 'usted' todavía, pese a llamarme Berta por vez primera—. A ese respecto de la viudez posible —prosiguió tras cambiar de tono, el que ahora adoptó era más administrativo—. La ley inglesa es variable según las circunstancias y las probabilidades, pero cuando alguien desaparece sin prueba irrefutable y definitiva de su fallecimiento, por lo general han de transcurrir siete años y un día desde la última vez que fue visto o se supo de él con certeza, antes de que se lo declare oficialmente muerto. Sólo entonces pueden heredar los herederos, o el viudo o la viuda volver a casarse. A no ser que haya habido divorcio *in absentia*, aún no he estudiado si esa posibilidad existe, disculpe, a usted podría interesarle eventualmente. En fin, al cabo de ese periodo suele certificarse la defunción legal y a todos los efectos. Muerte *in absentia*, ese es el nombre. Huelga decir que si el desaparecido reaparece vivo más tarde, tal declaración carece de validez las más de las veces.

Aquel absurdo me interesó, inopinadamente. Nada como la curiosidad y lo cómico para apartarnos —aunque sea un instante— de nuestros pesares y angustias.

—¿Las más de las veces? ¿Quiere decir que hay ocasiones en las que a un vivo innegable se lo considera muerto? Aunque hable y respire, camine y proteste, ¿la ley le dice 'Cállese, usted no puede alegar ni reclamar nada porque está oficialmente muerto y así consta en este escrito'?

Tupra sonrió con una sonrisa simpática, captó en seguida que aquello me hacía gracia, en la medida en que me lo permitían mi desolación y mi anonadamiento más amplios. Lo abarcaban todo, de hecho, excepto aquel breve intercambio.

—Seguramente no ha leído *El Coronel Chabert*, de Balzac. A ese desdichado militar todo el mundo le niega la existencia y lo tacha de impostor, porque en los Anales del Ejército figura como caído y fenecido en la batalla de Eylau, durante las guerras napoleónicas. Aunque se trate de una obra de ficción, así puede ser a veces la burocracia; o peor, no se sorprenda. La gente no se da cuenta y cree tener derechos y garantías intocables, pero el poder del Estado ha de ser y es absoluto: sólo así funcionamos, también en nuestras democracias, por mucha separación de poderes que proclamemos. Y basta con cambiar las leyes, o inventar unas nuevas, para que la gente se quede sin dinero y sin trabajo y sin casa, o para que se decida que no existe; se la priva de la nacionalidad, de la ciudadanía, se la declara intrusa y apátrida, se la confina o se la expulsa; se la declara loca, incapacitada o difunta. La gente es muy temeraria cuando nos desafía, y muy ingenua. —No se me escapó aquel 'nos', distinto de los anteriores. Los anteriores se referían al MI6, o al SIS que lo engloba, y aquel otro al Estado omnipotente al cual él pertenecía y servía, como Tomás desde hacía tiempo, la influencia de Tupra en él era palpable—. Pero lo que le he dicho más bien significa que si los herederos se han repartido la herencia, no se ven forzados a devolverla, sobre todo si se la han gastado, lo más probable. O si el viudo o la viuda se han casado de nuevo, no quedan automáticamente invalidadas esas segundas nupcias, porque todos actuaron de buena fe y legalmente, después de que un juez dictaminara. Son casos rarísimos, de todas formas. Lo habitual no es *El Conde de Monte-Cristo*, y en Inglaterra menos. —'Así que lee novelas, este Tupra', pensé fugazmente. A medida que hablaba, su voz y su tono me iban sonando, como si aquella no fuera la primera vez que los oía. Miraba moverse sus labios esponjosos, abundantes, a toda velocidad ahora, y estaba segura de no haberlos visto, no eran de los que se olvidan. En medio de mi confusión me percataba de que era un hombre con algún elemento poco agradable, pero extrañamente atractivo (también en la congoja, también en la perturbación, nos fijamos en eso sin asumirlo y sin querer). Su rostro singular era un imán; sus pestañas largas y sus ojos grises. Creo que aprovechó mi intriga para seguir distrayéndome de lo principal; o para que fuera encajando gradualmente, sin ahogarme en ella, la noticia de que nadie sabía nada de mi marido desde hacía meses, ni siquiera los que sobre él mandaban y determinaban sus pasos; y de que podía haberlo ya visto por última vez, el 4 de abril de 1982—. Los ciudadanos están convencidos de que los protege el Estado, y así es normalmente, es lo fundamental, nuestra prioridad, doy fe de ello. Pero lo que ignoran es que, si esa protección lo requiere o se resisten a ella (si yerran de mala manera), se impide que estorben y se los anula. ¿Cómo? Se los desposee: quien no tiene nada, nada puede hacer. Se les confiscan los bienes, se les expropian las tierras y los inmuebles, se les arrebata la fortuna a base de impuestos sobrevenidos y multas, para todo hay siempre margen, ya se encargan los Gobiernos y los Parlamentos de que lo haya, todos ellos. Prediquen lo que prediquen con anterioridad, todos abren los ojos cuando les toca gobernar y legislar. Pero no continuemos por ahí, comprendo que asusta, y sin embargo así sucede por el bien mayor, en situaciones difíciles no hay otra opción. ¿Se imagina el guirigay, el caos, si se consultara a la gente cada decisión vital? Sería la parálisis, porque las decisiones vitales se toman a diario, no de tarde en tarde. —'*For the greater good*', eso fue lo que dijo, 'por el bien mayor' o 'de los más'. Había momentos en que se embalaba y mi inglés, más leído que hablado, lo seguía a rastras—. También he mirado la legislación española un poco, de la que usted depende. Respecto a los presuntos muertos, me refiero, y ofrece ventajas si lo que me han pasado es correcto. No hay que esperar tanto tiempo cuando lo más verosímil es el perecimiento del desaparecido. Sólo dos años —y levantó dos dedos como si fuera el signo de la victoria, de lo más inadecuado en aquel contexto— cuando ha habido un naufragio o un siniestro aéreo sobre zona desértica o deshabitada, cosas así. O no sé, quizá eran tres. —Ahora alzó tres dedos—. Sea como sea, hay una estipulación muy clara que podría convenir a nuestro caso, aquí la tengo, traducida y en español. —Se sacó de un bolsillo de la chaqueta dos hojas escritas a máquina, y me alcanzó la que estaba en mi lengua para que la leyera—. Dice más o menos esto, ¿verdad? 'Procede la declaración de fallecimiento de los que, perteneciendo a un contingente armado, o unidos a él en calidad de funcionarios auxiliares voluntarios, o en funciones informativas, hayan tomado parte en operaciones de campaña y desaparecido en ellas, luego de que hayan transcurrido dos años' —no se abstuvo de imitar a Churchill—, 'contados desde la fecha del tratado de paz, y, en caso de no haberse concertado, desde la declaración oficial de fin de la guerra.' Santo cielo —añadió; '*Good gracious*', dijo—, la prosa administrativa es espantosa en todas partes. Ya es mucho si resulta inteligible.

La había entendido, pese a lo farragoso. Por eso le dije:

—La única guerra que ha habido es la de las Falklands, y no me ha contestado si Tomás fue enviado allí.

—Eso no importa —respondió, y así, siguió sin decírmelo—. A efectos de conseguir lo antes posible su viudez legal, nosotros certificaremos que estuvo allí y desapareció allí. Sin embargo —prosiguió—, la ley española establece un periodo más largo para heredar. —Sacó un tercer papel—. A ver, aquí está: 'Hasta pasados cinco años de la declaración de fallecimiento' —y esta vez alzó la mano entera—, 'no se entregan legados ni se permite a los herederos realizar disposiciones gratuitas (regalos, donaciones, etc) de los bienes que les han sido atribuidos'. Bien, el cese de las hostilidades en la Guerra de las Falklands tuvo lugar el 20 de junio de 1982, luego el próximo 20 de junio, dentro de unos ocho meses, podría declararse a Tom legalmente muerto en España, según esto. Y no creo que hubiera objeciones por parte de nuestro país para que prevaleciera su legislación, ya veríamos que no. El problema, Berta, es que usted no heredaría efectivamente hasta 1989, cinco años después. Pero no se preocupe, también hemos pensado en eso. No va a vivir usted sólo de su pequeño sueldo de la Universidad, no sería justo. Ni siquiera si el caso de Tom es una deserción. Mientras no lo sepamos, no lo es.

Todo aquello me pareció una falta de tacto. O tal vez no lo era, tal vez era una forma delicada —delicada por aséptica y dosificada y pragmática— de aconsejarme que perdiera toda esperanza y no aguardara ya más; que diera a Tomás por muerto y nunca enterrado. Se me volvieron a llenar los ojos de lágrimas, pero no quería que Tupra me viera. Me levanté, le di la espalda, fui hasta un balcón, me apoyé la mano en la frente y un pómulo para mejor aguantar las lágrimas (tres dedos sobre la frente y en el pómulo el pulgar), miré la fea estatua que está en la plaza más allá de los árboles, me sabía de memoria la inscripción: 'Iniciado por mujeres españolas se eleva este monumento a la gloria del soldado Luis Noval. Patria, no olvides nunca a los que por ti mueren'. Era de 1912, y nunca me había molestado en averiguar quién era ese soldado cuya efigie había contado con el patrocinio, entre otras, de la Reina Victoria Eugenia y de la escritora Emilia Pardo Bazán, que figuraba como 'Condesa de Pardo Bazán'. Tampoco sabía en qué guerra había muerto, quizá en la de Cuba catorce años antes, al otro lado del océano como quizá Tomás: 'por la garganta del mar o hacia una piedra ilegible'. Me había dado siempre igual, nuestra patria es muy ducha en olvidar y en hacer que sus inscripciones y piedras se difuminen y resulten pronto ilegibles, se aplica a eso sin descanso, le trae sin cuidado quién muera por ella y desconoce la gratitud, tal vez la aborrece más bien. Luis Noval es una sombra, un nombre hueco, un espectro; aunque tenga un monumento, a nadie le suena ni nadie se fija en él. Y aún sería más sombra Tomás, un fantasma no vivo ni muerto al que ni siquiera recordarán sus hijos, y quién entonces, si ellos no. Una brizna de hierba, una mota de polvo, una niebla que se disipa, una nieve que cae y no cuaja, una ceniza, un insecto, una ráfaga, una humareda que por fin se apaga.

'¿Dónde estará su cadáver?', pensé, y contuve a duras penas el llanto. 'Nadie lo habrá llorado ni le habrá cerrado los ojos, tal vez nadie lo habrá sepultado, o tal vez sí, pero de prisa y corriendo y sin que lo parezca, la tierra bien aplanada y sin túmulo, para esconderlo y que nadie lo encuentre, si es que alguien quisiera buscarlo.' Suspendí un instante los pensamientos porque Tupra me habló de nuevo sin respetar mi silencio ni mi espalda vuelta, seguramente no quería dejarme cavilar ni abismarme, quería que mi mente se ocupara de asuntos prácticos y legalismos y curiosidades.

—Y mire, Berta —dijo—, aquí, en su legislación, se especifica qué pasa si el difunto vuelve después. Escuche esto: 'Si con posterioridad a la declaración de fallecimiento, aparece el ausente o se prueba su existencia, puede recobrar sus bienes, pero lo hará en el estado en que éstos se encuentren en el momento de su aparición'. Imagino que quiere decir 'reaparece' y 'reaparición'. 'También tiene derecho', así sigue, 'a que se le entregue el importe obtenido con la venta de sus bienes o a que se le entreguen los bienes que se compraron con este dinero. Sin embargo, sólo puede reclamar los frutos o rendimientos que produzcan sus bienes desde el momento de su aparición.' Otra vez debería decir 'reaparición', creo yo; más exacto —añadió con puntillosidad, dando un leve papirotazo de reproche al papel—. En suma, que si los herederos se lo han gastado todo, no ve un penique de su antigua fortuna, no recupera nada. De qué viviría el hombre, el pobre reaparecido (o la mujer, claro está). Además de difunto, desposeído. ¿De la caridad de sus amistades? No sé si la amistad dura tanto, quiero decir más allá de la muerte. ¿De la de sus vástagos? No hay que descartar que éstos se sintieran horrorizados, amenazados al verlo resucitar, y en el fondo de sus corazones desearan devolverlo a la tumba. No parece que el Estado prevea compensarlo de ninguna manera, u otorgarle una pensión. Yo diría que si alguien ha sido dado por muerto durante años, debería ser tratado como un jubilado a su vuelta, como mínimo. Incluso mejor.

La verdad es que casi no lo escuchaba. 'Una de cal y otra de arena, pero lo que este Tupra lleva rato diciéndome es que me haga a la idea: sólo atiende a los aspectos legales y a mi futura manutención, en realidad me habla como si ya fuera una viuda. Una viuda singular a la que conviene ser reconocida como tal lo antes posible, porque podría encontrarme con trabas si no hacemos las cosas bien. También para que rehaga mi vida, para que me pueda volver a casar si lo deseo, sin duda piensa que no me faltarían pretendientes a mi edad y con mi aspecto, he notado cómo me mira, hay un aprecio sexual sofocado pero para mí evidente, a Tupra le gustan mucho las mujeres y está acostumbrado a tener éxito con ellas, eso salta a la vista y se palpa en su actitud, y debe de estar maldiciendo haberme conocido en estas circunstancias luctuosas o pesimistas, como portador de una noticia que abruma y desconsuela, que acapara el ánimo y la atención y excluye cualquier avance, hoy estaría abocado al fracaso por improcedente e irrespetuoso y totalmente fuera de lugar. Eso lo frena y se lo impide, no el hecho de que sea la mujer de un colaborador suyo cercano, a esta clase de individuos no les hacen mella esos escrúpulos, cuentan con la ocultación y el silencio de lo que se debe ocultar y silenciar, es su medio natural, viven en ello. Sí, este hombre me ve casada de nuevo en cuanto yo lo quiera, no ve como impedimento la carga que llevo y llevaré siempre conmigo, dos niños pequeños, es muy generoso en su consideración. En todo caso viene a ayudarme incluso si Tomás es un desertor o se ha pasado al enemigo, un tránsfuga, también podría haber sucedido esto último. Debe de estar seguro de que no es así y por tanto lo da por muerto, lo da por muerto, lo da por expulsado del mundo, aunque oficialmente esté obligado a dejar un hilo de esperanza, una rendija abierta. Nada es definitivo sin cadáver, nada lo es sin testimonio directo, y Tomás se ha evaporado sin que nadie viera cómo ni asistiera al momento de su desaparición.'

No me había movido del balcón, continuaba de pie, dándole la espalda, seguía aguantando las lágrimas que me nublaban la vista, me las tragaba, por así decir, una y otra vez. Por fin las engullí del todo, o eso creí. Le oí encender uno de los cigarrillos de su cajetilla historiada y egipcia.

—Si Tomás volviera un día, su dinero permanecería intacto, se lo aseguro. Yo no lo tocaré mientras haya la más mínima posibilidad de que esté vivo. Aunque sea en el último confín de la tierra —dije sin mirarlo, bastantes segundos después.

—No me cabe duda de sus intenciones, Berta. Pero no sea ingenua, las intenciones pueden cumplirse en la medida de lo posible nada más. Para eso necesitará ingresar, vivir de algo. 1989 está muy lejos, y más lo está 1990, cuando la ley inglesa declararía muerto a Tom y usted podría beneficiarse de una pensión de viudedad del Foreign Office. No sería justo, entretanto, que la posible viuda de un hombre nuestro pasara apuros. Solemos procurar que eso no ocurra, nosotros no abandonamos a la familia de un caído, nosotros la proveemos de medios.

Lo interrumpí. La palabra 'caído' cayó como una losa sobre mi espíritu, como una constatación. Pero no fue de ella de lo que le hablé.

—¿1990? —repetí—. ¿Eso quiere decir que aún tuvieron contacto con Tom este año, en 1983? ¿No desapareció en 1982? Entonces no fue en la Guerra de las

Falklands, ¿verdad? ¿Dónde fue? Dígame eso al menos, por favor.

Ahora sí me había dado la vuelta y me había acercado un par de pasos a Tupra. Sonrió como si le hubiera hecho gracia mi rapidez calculadora, o tal vez su propio descuido: ahora ya estaba advertido de que no podía permitírselos. No le importó gran cosa, tenía muchas tablas y sabía no contestar.

—Más adelante, Berta. Cuando hayamos reconstruido los hechos. Ya se lo he dicho. —Y prosiguió como si nada—: Así que hemos ideado lo siguiente para usted: figurará en nómina, como traductora, algo perfectamente verosímil, de uno de los organismos internacionales con sede en Madrid, el COI o la OMT. Quienes trabajan para ellos, como para la ONU y la FAO y demás, están exentos de pagar impuestos, por lo que el sueldo que perciben se lo embolsan íntegro, y no es nada malo, nada malo. Un privilegio para esta clase de funcionarios, que a menudo viven fuera de sus países de origen, una compensación. No sería su caso, pero gozaría igualmente de él. De hecho figurará en nómina pero no tendrá ni que aparecer por allí. Podrá seguir con sus clases, con su vida habitual, y hemos calculado que apenas sufrirá merma de ingresos, recibirá más o menos lo mismo que aportaba oficialmente Tom. En la práctica algo menos, claro, no lo notará en exceso. Verá, a él se le retribuía con bonificaciones en metálico de vez en cuando, cantidades inexistentes a todos los efectos, si llevaba a cabo una tarea de mérito, dificultosa, larga o especial. Eso, obviamente, ya no se dará más.

—No sé lo que son el COI ni la OMT.

—En español, el Consejo Oleícola Internacional y la Organización Mundial del Turismo, respectivamente. —Pronunció los dos nombres con torpeza en mi lengua, sobre todo la palabra 'Oleícola', incapaz de ponerle el acento bien—. Ambos organismos tienen sede en

Madrid, ya le digo, y por su parte no hay objeción, ya han dado su consentimiento. A nosotros se nos hace caso en muchos sitios, vea, es una gran ventaja. A la gente le gusta complacernos cuando pedimos un favor.

Aquel 'nosotros' nunca explícito, una y otra y otra vez. A él había pertenecido Tomás, y seguía perteneciendo tras su muerte o desaparición, tras su deserción o traición. Le otorgaban el beneficio de la duda, o del sincero desconocimiento, supuse que era de agradecer. Podían haberse lavado las manos, un caído ya no es nunca un activo, es un inútil cuando no un engorro, mala suerte para él. Pero quizá, si no estaba caído, a su regreso sería de enorme valor.

—¿Quiere decir que se me pagará por un trabajo que no haré?

—Esa es una pregunta superflua, Berta. No me diga que le suscitaría reparos. Si usted supiera la cantidad de gente en el mundo que cobra por no hacer nada, por figurar en un consejo de administración o ser miembro de un patronato, por asistir a un par de reuniones al año, por asesorar sin asesorar. En realidad cobra por estarse quieta y callar. Los Estados cargan con parásitos, y lo hacen de sumo grado. Se quitan muchos problemas de encima, aplacan mucho descontento, se considera una inversión. Y mire, en su caso está más que justificado. Es una cuestión de justicia. Qué menos, si ha perdido al marido; su marido rindió servicio al país. Esto es lo que más conviene, créame. La manera más sencilla, la mejor.

Volví a darle la espalda y a acercarme al balcón. Esta vez lo abrí, miré. Una sombra con estatua, el soldado Luis Noval. 'Si ha perdido al marido', había dicho. Y en efecto lo había perdido, estuviera todavía vivo o fuera ya un largo difunto. No volvería, había que contar con que no. Llevaba más de año y medio sin él, diecinueve meses, pensé. Y toda la vida acostumbrada a su ausencia, a su intermitencia, pero esto era distinto. 'Ya no lo veré nunca más, es lo probable, es lo seguro', pensé. 'Nunca más.' Y entonces, sin poder ya evitarlo, me eché a llorar silenciosamente, sin sollozos ni gemidos. Las lágrimas rebosaron los ojos y en seguida noté mojadas las mejillas, el mentón y hasta la blusa, ya no fui capaz de contenerlas. (Sí, en la calle desfigurada él me dejó, sin ni siquiera un vago gesto de adiós.) Tupra lo advirtió de inmediato, hombre atento, y en lugar de permanecer en su sitio esperando a que me recompusiera, como habría hecho casi cualquier inglés, oí cómo se levantaba y se aproximaba con pasos lentos, sosegados, seguramente los iba contando —uno, dos, tres, cuatro; y cinco—. Eran pasos de aviso, como si quisiera darme la oportunidad de detenerlos con una palabra o un ademán, el ademán de 'Espere', o 'Déjeme', o 'Quédese donde está'. Pero estaba demasiado desvalida en aquel momento, no podía rechazar ninguna vecindad humana, daba lo mismo cuál fuera. Noté su leve respiración en la nuca y luego su mano en el hombro, la mano derecha sobre mi hombro izquierdo, con el brazo por delante de mi cuello como un falso abrazo desde atrás. Hundí la cara en aquel brazo, buscando refugio o en lo que apoyarla, y al instante le humedecí la manga. No creo que le estropeara el traje por ello.

VII

Pasaron los años y pasaron los años. Los años fueron pasando, pasando, y yo me fui haciendo menos joven primero y luego algo mayor, y quizá empecé a envejecer. No mucho, según parece, mi aspecto ha ido siempre rezagado respecto a mi edad, en eso soy afortunada y no tengo queja, todavía suelen calcularme diez años menos de los que he cumplido. Tal vez me resistí a alejarme de los que Tomás contaba cuando desapareció, como si el aumento de la diferencia fuera una forma de abandono, o de traición.

La asunción de su probable, cada vez más segura muerte no fue inmediata. Eso nunca lo es, ni siquiera cuando uno ve con los propios ojos morir a alguien y contempla el cadáver quieto y callado y lo vela y lo entierra con todas las de la ley, paso a paso, y la duda no ha lugar. Incluso en esos casos, que son lo habitual, se da un larguísimo periodo en el que la ausencia se siente como transitoria, como algo que va a tocar a su fin antes o después. Uno tiene la sensación —y es duradera, a veces enfermizamente— de que el acabamiento de una persona cercana y querida, que forma parte de nuestra vida lo mismo que el aire, es una especie de falsa alarma o de broma o de ficción, una conjetura o un producto de nuestra imaginación más medrosa, y por eso el sueño nos confunde a menudo: soñamos con el difunto, lo vemos moverse y acaso tocarnos o penetrarnos, lo oímos hablar y reír, y al despertar creemos que está escondido y va a aparecer, que no puede haberse desvanecido para siempre, que fue la vigilia la que nos engañó. Que tardará más o menos, pero volverá. La razón no es muy capaz de aceptar la idea de la extinción ni el concepto de 'para siempre', que con tanta despreocupación manejamos en el habla coloquial. 'Para siempre' hace referencia al futuro, en nuestro entendimiento común, pero 'siempre' incluye en realidad el pasado, eso también, y éste jamás caduca ni se borra del todo. Lo que fue será y lo que estuvo estará. Lo que pasó pasará y se repetirá. Y si la razón encuentra dificultades para admitir y encajar esos conceptos, no digamos el sentimiento. La mano se va instintivamente hacia el lado de la cama que solía ocupar el marido cuando estaba en casa, y uno cree percibir el bulto que allí no está, sentir el roce de la pierna y oír la respiración insomne en la almohada de quien no respira ya en ningún lugar. Les cuesta mucho comprender, al sentimiento y a la razón, que ese ser tan próximo se haya convertido incongruentemente en un desterrado del universo.

Pero todo llega si se le da tiempo y la insistencia obtiene sus frutos, y de pronto hay un día en el que eso cesa, la ausencia pierde su demorada sensación de provisionalidad y se impone como definitiva e irreversible, y ni siquiera los sueños nos confunden más: son confinados a su esfera de espejismo e irrealidad, al despertar son puestos entre paréntesis que ya no cuentan y que uno puede saltarse y se salta, y para la figura del muerto también pasan los años que nos la van distanciando y desdibujando; a la vez envejece y se hace más joven, lo primero porque su muerte va quedándose antigua y ya no es novedad ni es tanta calamidad, lo segundo porque a medida que maduramos los vivos, el muerto nos parece más ingenuo y más pueril, aunque sólo sea por la edad en que se paró o congeló, que nosotros dejamos atrás con inesperada celeridad; y también porque ignora lo que ha ocurrido con posterioridad. Llega un día en que empezamos a preguntarnos si alguna vez existió, si alguna vez fue presente y no sólo pasado, si alguna vez no hubo que recordarlo porque estaba al alcance, estaba aquí. ('Esta es la muerte del aire', ahora ha muerto de verdad.)

Nunca supe con certeza. La promesa de Tupra jamás se cumplió. 'No especulará el resto de su vida, se lo aseguro', me había dicho. 'Antes o después tendremos noticias. No lo averiguaremos todo, sí lo bastante. Entonces le notificaremos cuanto nos sea posible sobre su pérdida. No antes, lo siento mucho. No hasta que sepamos a ciencia cierta', y eso no sucedió.

Antes de volverse a Londres me vino a visitar otra vez, previa llamada para asegurarse de que estaría sola, y al teléfono me sonó igual que aquel Reresby de tiempo atrás, tampoco le dediqué un pensamiento a la semejanza, quizá les daban a todos cursillos, en el Foreign Office o en el MI6, de cómo tratar a los familiares desasosegados. En aquella segunda visita, dos días más tarde, 'sucumbí', como solía decirse de las mujeres en las novelas de unos cuantos siglos y no de los hombres. No tenía mucho de extraño, ni siquiera de particular: llevaba más de año y medio sin estar con nadie, desde la madrugada del 4 de abril de 1982, ahora era noviembre del 83, demasiado tiempo sin calor humano, hay quienes lo echamos en falta, hay quienes no lo precisan y viven tranquilamente sin él. El hombre me había resultado atractivo desde el primer momento pese a su pretencioso traje y a algún elemento que repelía, pero también lo que repele al principio puede acabar atrayendo, tras el rápido acostumbramiento o tras el visto bueno, tras tomar nuestra decisión. Me había sentido inconscientemente tentada (es decir, con aplazamiento de la tentación) incluso en medio de mi pesar, de mis lágrimas prisioneras y luego sueltas, de mi estupor, y cuanta más pesadumbre y más estupor, cuanta mayor desolación, más aturdimiento y abandono de uno mismo, menos defensas y menos reparos, los seductores profesionales lo saben bien y están al acecho de las desgracias. Las ausencias de Tomás habían tenido un efecto acumulativo a lo largo de lustros y cada vez pesaban más y alimentaban mi resentimiento, acaso ya no tocaba mantenerlo a raya. La actual tenía todas las trazas de ir a ser definitiva, *sine die* al menos. Y total, qué más daba, él nunca iba a saber. Tupra me había rodeado el cuello el día anterior y me había posado la mano en el hombro en un gesto de afecto que agradecí, yo había hundido la cara en su manga y había olido su olor, había habido contacto y ese es siempre el primer paso, aunque parezca que no tiene importancia ni está sexuado, que se trata sólo de consuelo y de apoyo, de sostener el rostro o de mantenernos en pie.

Aquella intimidad de una sola mañana me dio licencia, por así decir, para no aguardar pasiva y eternamente, para llamarlo yo a Londres de tarde en tarde e inquirir si había novedades respecto a Tomás, si se iba averiguando algo, aunque aún no fuera 'lo bastante' para telefonearme y comunicármelo. Él, cuando podía o estaba allí (no siempre daba a la primera con él, era viajero y sólo contaba con el número de su trabajo), me atendía con cortesía levemente impacientada, la impaciencia se la notaba en el tono de sus contestaciones, más circunspectas a cada ocasión, más fatigadas. Me trataba como se trata a alguien con quien se ha contraído una deuda azarosa e inmaterial, o es sólo un vínculo de la conciencia: con deferencia y solicitud, pero no con confianza, desde luego sin denotar deseo de volverme a ver, o de repetir la experiencia carnal. Acaso yo habría viajado a Londres —acaso—, de habérmelo propuesto él. Debía de ser uno de esos individuos a los que basta con una vez (quizá de los que trazan en su cabeza una muesca y tras trazarla ya no hay más aliciente), y aunque no la lamentan ni intentan borrarla, procuran que tampoco se convierta en una especie de salvoconducto para acceder a ellos ni pedirles trato de favor. En Madrid le había preguntado si estaba casado, y había dejado que la pregunta se perdiera en el aire sin responderla, luego yo había deducido ingenuamente que sí. Hay hombres que se fingen casados para que luego no les dé la lata una amante ocasional.

'No, Berta, no hay noticias, nada de nada. Si las hubiera habido te habría llamado. Es como si se lo hubiera tragado la tierra, una tierra muda hasta la exasperación. Seguimos sin saber qué fue de él.'

Entonces, invariablemente, yo me atrevía a preguntar:

'¿Y eso qué indica, cómo lo interpretáis? ¿Aumentan las probabilidades de que haya muerto o de que esté vivo en algún lugar? Y si estuviera muerto, ¿lo habrían matado seguro? ¿Su muerte habría sido violenta? ¿No me puedes decir dónde estaba? Ha pasado tiempo y me gustaría saber eso al menos, qué tierra se lo tragó. Y si pudo sufrir mucho o no'.

Y él respondía esto, con variaciones:

'Cuanto más tiempo pasa, más probabilidades de que haya muerto, no te voy a engañar. Pero, puesto que nada sabemos, pudo sufrir un accidente o un infarto, nada es descartable. Y no, aún no puedo decirte dónde se le perdió el rastro, dónde desapareció. No tenemos certeza absoluta, para empezar. Tomás se desplazaba, pero no solíamos estar enterados de cuándo lo hacía exactamente, no de antemano. Dependía de muchos factores. Ahora bien, si transcurren meses más sin noticias, haremos pública una versión oficial con vistas a que se lo declare legalmente fallecido. La versión interna, la nuestra, la que de momento manejamos aquí, es que desapareció en Buenos Aires en mayo del 82. A efectos de conveniencia. Ya te dije, es más fácil que se expida un certificado de defunción *in absentia* si alguien ha desaparecido en una guerra, en un naufragio, en un siniestro aéreo o en una catástrofe. Misiones de espionaje en su caso. Cuando se formalice del todo esa versión, sin embargo, cuando la acepten sus padres y los demás, no la tomes por verdadera, tú no. La verdadera te la contaré yo, si es que la averiguamos alguna vez'. Y la siguiente vez que hablamos, es decir, que lo llamé arriesgándome a resultar fastidiosa, volvió a contestarme con paciencia lo mismo, porque nunca había novedad. Pero añadió: 'Ahora soy pesimista, empiezo a pensar que nos quedaremos a ciegas. Por eso, en contra de lo que te he recomendado otras veces, quizá te ayude creerte también la versión oficial, si eso te sirve. Por lo menos dispondrás de una historia. Incompleta o vacua, pero una que contar y contarte. Alguna explicación habrás de dar a tus hijos, cuando sean mayores'. Hizo una pausa. 'A la larga, una que recordar. Es muy probable que jamás haya otra. Que nunca sepamos más.'

Y en efecto no hubo otra, no hubo nada, no hubo absolutamente nada más, y a partir de cierto momento dejé de molestar a Tupra, no tenía sentido, también él desapareció de mi vida, él con naturalidad. La burocracia siguió sus dilatados pasos, y al cabo de un tiempo Tomás Nevinson pasó a ser un muerto con todas las de la ley, en España y en Inglaterra y supuse que en cualquier otro país; y yo pasé a ser viuda y mis hijos huérfanos de padre, quiero decir nuestros hijos, él había estado tan poco presente en sus existencias breves que a menudo se me olvidaba que también eran de él. Los niños siempre estuvieron conmigo y me pertenecieron, conmigo nada más.

En seguida empecé a recibir el sueldo mensual de la OMT que Tupra me había preparado y propuesto, libre de impuestos, para que no pasara ninguna estrechez mientras se esperaba la declaración de muerte *in absentia* y mientras lentamente llegaban 1989 y 1990, y la herencia que nos tocaba percibir a mis hijos y a mí. En Inglaterra ni siquiera hubo que aguardar hasta entonces, los siete años preceptivos: se admitían excepciones —es decir, acortamientos del plazo— según las circunstancias dadas y las probabilidades de fallecimiento, que en el caso de Tomás eran muy altas: oficialmente se había esfumado en un escenario bélico, por mucho que con el tiempo la confrontación por las Falklands acabara viéndose como una guerra en miniatura. Las cuales dejan cadáveres como las grandiosas, aunque se les conceda menor importancia y se les dedique menor recuerdo. Así que a partir de su defunción legal, el Gobierno británico me asignó una pensión de viudedad, era la viuda de un empleado de la embajada en Madrid, de un *civil servant* como allí son llamados los funcionarios de la administración. Y ese complemento me facilitó aún más (ya me lo permitían el inmerecido sueldo más el que sí me ganaba en la Facultad, y ahora era ya numeraria o fija) cumplir mi propósito de no tocar el dinero de Tomás, por lo menos no el que guardaba en su cuenta inglesa, seguramente de procedencia oficiosa u oscura y que acaso el mismísimo Tupra le entregaba en mano una vez completada una misión, un fingimiento, una infiltración, una abominación.

Hay en casi todo el mundo un elemento de superstición con los cuerpos: mientras no aparecen, nadie se atreve a considerarlos cadáveres, no del todo. Aún menos si no existen testimonios orales ni escritos de quienes los vieron morir, y a Tomás nadie lo había visto morir. Tras el comentario de Tupra al respecto, había leído *El Coronel Chabert* y no quería que le sucediera a Tomás, si resucitaba un día, lo mismo que a aquel pobre militar cuya supervivencia era negada hasta por su propia mujer horrorizada por su resurrección, vuelta a casar con un Conde y con hijos de ese segundo marido de mayores provecho y rango y mucho mejor porvenir; aquel Coronel con la tremenda cicatriz de un sablazo en el cráneo, que podía convertirla en bígama y a sus vástagos en bastardos; al que se había privado de su fortuna y ahora, necesaria y consecuentemente, también de su identidad; al que se acusaba de impostor y que acababa engañado y mal, desvariando en un asilo, o desmemoriado como convenía a los vivos (a los vivos ininterrumpidos), su porfía abandonada al fin. Ya digo que era una superstición. La verdad es que no creía sinceramente que Tomás fuera nunca a reaparecer, aquella novelita de Balzac era ficción.

No lo era en cambio el asunto de una película francesa que vi poco después y que gozó de popularidad, *El regreso de Martin Guerre*. Era de 1981 o 1982 pero debí de verla en 1984, cuando vencí mis resistencias y finalmente me atreví: varias personas me habían hablado de ella y su tema me causaba temor. Estaba basada en una historia real, acontecida en el sur de Francia, muy cerca de España, en el siglo XVI, y también —supe luego— en una excelente novelización de 1941, *La mujer de Martin Guerre*, escrita por una autora americana para mí desconocida hasta entonces (pese a mis clases y a mi especialidad), Janet Lewis. Los juicios a que dio lugar adquirieron tanta fama en su tiempo que hasta un joven Montaigne se desplazó hasta Rieux o hasta Toulouse para asistir a sus sesiones, a las que se refirió en uno de sus *Ensayos*. Contaba la desaparición voluntaria de un marido acomodado y rural, sin ninguna explicación. Y cómo, al cabo de unos cuantos años, ese hombre había vuelto, o uno que no sólo se le asemejaba mucho, sino que recordaba con gran detalle el pasado de Martin Guerre, luego sólo podía ser él. Como tal lo aceptaban sus hermanas, su tío, cabeza de la familia, y también su mujer, Bertrande de Rols de soltera, que ahora tenía con él un segundo hijo, tras el primogénito engendrado por Martin antes de su misteriosa marcha. Ya no sé si todo esto lo relataba la película, la novela de cuarenta años antes o un libro de 'microhistoria' posterior, de una profesora de Princeton, que asimismo me molesté en leer una vez atravesado el umbral del miedo y despertada mi curiosidad. Probablemente lo relataban los tres, ninguno se apartaba en lo fundamental del resto, ninguno faltaba a la verdad. Lo cierto es que, tras la primera reacción de alegría y bienvenida (larga fue esa reacción), a Bertrande la fueron corroyendo poco a poco las dudas y el remordimiento, para acabar convencida de que el segundo Martin era un farsante que la había llevado a cometer adulterio (o la había violado con engaño, poniéndose en lo peor), a concebir y dar a luz a una criatura ilegítima y a entregar los bienes del ausente a un aventurero, a un timador. De ahí la denuncia y los juicios, el primero en la pequeña localidad de Rieux y el definitivo en la ciudad de Toulouse. Lo paradójico y sangrante del caso era que el supuesto impostor había sido más amable y afectuoso, más benévolo y trabajador que el joven desabrido, algo torpe, descontento, que la había abandonado tiempo atrás. Y sí, aquella historia era real, había sucedido, y además de las reconstrucciones y reelaboraciones artísticas existían crónicas de la época e incluso el acta de uno de los juicios; había documentación. Pero el siglo XVI quedaba tan lejos que para mí era tan irreal como lo imaginado por Balzac. Seguro que los recuerdos eran más oscilantes entonces, sería más difícil reconocer un rostro, una piel o un olor.

Así que pasaron los años y pasaron más años, y cada mes que pasaba daba por más fenecido a Tomás, antes y después de los certificados que lo condenaban a serlo a ojos del mundo, que lo consagraban como tal. Pero lo que uno ve, lee y escucha resulta imposible de desestimar. Uno olvida pronto las peripecias, y no digamos los pormenores de cualquier historia, de las verdaderas como de las ficticias, que tienden a nivelarse a medida que se les deposita el tiempo. Sin embargo, cuanto se nos cuenta permanece agazapado en los recodos o esquinas, en los confines o bordes de nuestra imaginación. Forma parte de nuestro saber, por tanto de la posibilidad. Y aunque estaba segura de que Tomás no reaparecería, ni como Chabert ni como Martin Guerre, no podía evitar fantasear tenue y pálidamente con esa idea, sobre todo en los momentos de mayor soledad. 'Como la muerte se parece a la vida, al estar entre dos vidas', volvía entonces a recordar, aguardando la segunda. Y también recitaba, en susurros o para mis adentros, esos versos más adecuados a las ensoñaciones de la desesperación: 'Nacemos con los muertos: ved, ellos regresan, y nos traen consigo'.

No me estuve quieta durante aquellos años, no me hundí ni me paralicé. Coqueteé ocasionalmente con la desesperación, nunca por gusto sino porque ataca sin avisar; pero en modo alguno me sumí en ella ni se me ocurrió guardar ausencias a quien jamás iba a retornar. Al cabo de no mucho tiempo me consideré viuda a todos los efectos; es más, así me sentí. Ahuyenté la niebla, levanté la vista y miré a mi alrededor, dispuesta a rehacer mi vida, como se dice comúnmente de quien quiere emparejarse de nuevo tras una pérdida o una mala experiencia, tras un matrimonio desdichado o carcelario, rutinario, mortificante u opresor. No era mi caso. El mío era el de alguien convencido y contento desde el principio, pero cuyo marido se había comportado como un fantasma o como un Doctor Jekyll, con demasiadas dosis de sombra y tormento, de veneno desconocido y acumulado lejos de mí, con reiterados adioses hasta el adiós final. No consentí que mi lecho se convirtiera en una 'cama afligida', o si se convirtió a ratos en eso fue en contra de mi voluntad. Por ella pasaron unos cuantos hombres, de los que Tupra fue el primero y temprano, aquella única vez, podría haberla frecuentado más, pese a su distanciamiento no sé si espontáneo o deliberado y a su intuible tenebrosidad. Ninguno duró mucho allí, ninguno se quedó para siempre, por unas razones u otras, quién sabe por qué, ninguno sustituyó a Tomás. Un colega estúpido de la Universidad, un amigo de amiga demasiado entregado y adorador, el pediatra de mis hijos, un inglés de la embajada a la que había estado adscrito Tomás, a todos les di cabida con un propósito de durabilidad, pero no hubo larga duración, si consideramos larga la que cubre un año o más, a eso nunca llegué, lo habitual fueron meses, y los meses terminan y se suceden a grandísima velocidad, también los que son solitarios, también los que duelen y se eternizan y parece que no se van a acabar, también esos se escapan y en seguida son pretérito.

Uno de aquellos hombres me rehuyó en cuanto le mostré afecto y un poco de sentimentalidad: se asustó, me creyó necesitada y a la caza, por así decir; y mis niños le dieron miedo, temió tener que hacerse cargo de ellos si continuaba demasiado tiempo a mi lado, aunque sólo fuera por acostumbramiento; y en cuanto le remitió el deseo físico, o lo juzgó semisatisfecho, pasó de acogerme con entusiasmo a saludarme con una inclinación de cabeza cuando nos cruzábamos por los pasillos de la Facultad. Un imbécil. Otro se me hizo pesado muy pronto, uno de esos admiradores silenciosos que no se creen su suerte cuando de repente se les hace caso y se ven en el lugar ansiado e inalcanzable. Les aterra tanto perder el milagro que se tornan susceptibles y posesivos, en realidad están esperando ser expulsados de un momento a otro, se saben no merecedores y viven en constante alarma, en todo ven síntomas de hartazgo y el anuncio del fin. Con ello lo precipitan, claro está, uno no tolera al medroso, al demasiado inseguro, al ferviente, al que tiene la sensación de haber accedido a un puesto privilegiado o de habitar un sueño. No quería yo ser un sueño, ni sentirme observada con devoción en cualquier circunstancia, hasta en las más corrientes y hasta en las vulgares, si le hubiera dado oportunidad. Lo despedí con tacto y con buenas palabras, nada grave había hecho, sólo ser empalagoso, sólo acostarse conmigo con nervios y ceremonial, como si yo fuera de cristal o aún peor, una especie de divinidad.

El pediatra de mis hijos era un hombre reidor y adulador, que inspiraba confianza inmediata, uno sentía que se hallaban en muy buenas manos y no me costó trasladarme a mí misma esa convicción, hay temporadas en las que uno precisa un simulacro de protección. Al contrario que el idólatra, era desenfadado y bromista, probablemente mujeriego, más de una vez me malicié que yo no sería la única madre de pacientes suyos con la que establecía esa clase de vínculo cómodo, las visitas se prolongaban un rato y se veían coronadas por un premio en especie, un premio discreto y rápido (jamás nos quitamos la ropa), tan rápido como para que los niños no se preguntaran dónde estábamos. Sabían cuándo abandonaba la casa (venía a la casa por la cuenta que le traía, supongo), porque antes de marcharse se asomaba siempre al cuarto del pequeño enfermo para despedirse con alguna chanza o aleluya improvisada (a los críos les hacen gracia las rimas) y darle tranquilidad. Era un hombre demasiado fugaz para permanecer en ningún sitio. Acababa de divorciarse y quería gozar de un periodo de absoluta libertad. Fui yo la que decidió interrumpir aquellos encuentros, ya he dicho que aspiraba a cierta estabilidad. Hube de pedirle que me recomendara a un colega, única forma de salir del círculo, si aparecía no sabía decirle que no, con su fonendoscopio en el pecho y su maletín. No se lo tomó bien, pero aceptó, comprendió. 'Si cambias de idea', me dijo, 'estaré a vuestra disposición. Día y noche, a cualquier hora, con niño enfermo o sin él.'

En cuanto al inglés, duró más tiempo que ninguno, once meses contados. Un tipo sereno y algo reservado, respetuoso y solícito sin agobiar, no muy interesante ni hablador y sin embargo con una extraña capacidad para transmitir pasión en la intimidad, para conseguir que me olvidara momentáneamente de lo que me había pasado y de casi todo el pasado, para lograr que cada vez pareciera la inaugural. No ya con él, sino en general, como si retrocediera a los tiempos en que nadie se había introducido en mí. El problema es que fuera de ese terreno contribuía justamente a lo opuesto: su trabajo era el mismo que el de Tomás. De hecho era quien había ocupado su puesto, el de la embajada, que en el caso de mi marido había sido más bien nominal, tanto se había ausentado, tanto había descuidado sus funciones en aras de un servicio mayor. Aquel inglés no compaginaba ambos servicios, en el otro frente no había reemplazado a Tomás, era seguro, debía de carecer del carácter y las dotes, no tendría especial utilidad (por no hablar, ni siquiera aprendía con facilidad el español; por qué lo iban a reclutar). Pero aun así viajaba a Londres y a otros lugares, se lo requería de tanto en tanto, y cada vez que me anunciaba una partida, cada vez que le decía adiós, aunque sólo fuera para un fin de semana, revivía las despedidas incontables de Tomás: oscuras y sin fecha de regreso, envueltas en la bruma antes y en el silencio de lo inexistente después. Eso no me ayudaba a enterrarlo. No había ni habría cadáver, pero al menos enterrarlo en mi imaginación. La única manera de hacerlo era no acordarse más. Instalarse en una vida tan distinta que en ella no interfiriera jamás lo inconcluso, lo perdido, lo anterior. El pediatra me habría servido, tal vez, de no haber sido como una ráfaga que azota el rostro con brío y en seguida se va. Su mundo no tenía nada que ver. El inglés me traía reminiscencias constantes, me impediría sacudirme a Tomás. Con gran pesar de mi cuerpo, lo fui alejando poco a poco, poco a poco lo dejé marchar. Y así nunca vi el polvo suspendido en el aire, el que según el poema señala el lugar en el que terminó una historia.

A mis padres les habrían parecido muchos hombres, de haber estado enterados, no digamos si se los hubiera enumerado de golpe como acabo de hacer. Pero en realidad no lo eran, y quién lo va a saber mejor que yo. Desfilaron a través de los años, y fueron infinitamente más numerosos los días de soledad que los acompañados, y las noches fueron todavía más, ni una se quedó a dormir el pediatra, los demás sí, o yo fui a dormir a sus camas o a las de algunos hoteles de las cercanías de Madrid (El Escorial, Ávila o Segovia, Aranjuez o Alcalá), pocas veces, cuando podía dejar a los niños con mis padres o con los de Tomás, pretextando un congreso o simposio de especialistas en mi especialidad. No eran escapadas alegres, estaban teñidas de provisionalidad, de excepción y artificialidad, como si fuéramos amantes que deciden interpretar el papel de amantes alguna vez, casi como obligación: alejarse de la ciudad, pasar el día juntos sin saber en qué emplearlo aparte de pasear, comer y aprovechar la habitación, dormir juntos sin verdadero deseo de rozarse en sueños con el cuerpo desacostumbrado y quizá invasor y molesto, en el fondo esperando a que acabase el fin de semana para regresar a la normalidad y a Madrid.

Y cada vez que fracasaba o se diluía una historia, o cuando se veía que no llegaría lejos, más fuerza recobraba o cobraba el fantasma de Tomás, o acaso era la fantasía. No es raro, es lo habitual: si alguien nos falla en quien pusimos fe, o se desinfla una ilusión, tendemos a cobijarnos en lo que ya no puede fallarnos porque su tiempo para fallar ya pasó. Y no importa mucho que también fallara en su día estrepitosamente, que nos trajera sinsabores y frustración e incomprensión, que nos resultara opaco y desalentador, que nos hundiera en la permanente insatisfacción. Lo que está perdido y en el pasado es siempre más confortable que lo presente tibio y lo improbable por venir. El daño que nos causó se distancia y se convierte en irreal. Lo que ocurrió ya no amenaza ni nos sume en la zozobra ni en la desesperación mayor, que es la anticipada. Lo vivimos con tristeza, sí, pero sin temor. En los temores, una vez aplacados por cumplidos, uno puede refugiarse, porque ya no se volverán a cumplir.

Así que después de cada fracaso, de manera instintiva, si se quiere irracional (pero quién no recurre a veces a la irracionalidad), acariciaba la duda última: no había habido cadáver ni tampoco definitivo relato, las predicciones iniciales de Tupra habían sido equivocadas: 'No especulará el resto de su vida', me había asegurado. El resto de mi vida tal vez fuera larguísimo, pero transcurrían los años y yo seguía especulando. No continuamente, pero de tarde en tarde, sobre todo tras las decepciones. Entonces me acudían también sus otras palabras, las que había pronunciado para salvarme del pesimismo extremo y suavizarme la situación: 'Y Tom puede entrar por esa puerta mañana, eso no está excluido'. A un mañana le sucede un mañana, siempre hay otro, eso es lo bueno y lo malo: lo bueno porque nos ayuda a despertar y levantarnos, lo malo porque nos paraliza y nos lleva a pasar las jornadas aguardando su conclusión. E incluso hacía caso de sus interesados consejos y reconocía que me habían precedido millares, que mi caso no era excepcional: pensaba en las mujeres de los marinos que tardaban años en regresar, en las de los soldados huidos que no podían arriesgarse a volver; en las de los cautivos y los secuestrados, en las de los náufragos y los exploradores perdidos. La historia había estado llena de mujeres que se quedan y esperan, que miran hacia el horizonte todos los días al atardecer tratando de divisar una figura familiar, y que justamente se dicen eso: 'Hoy no, hoy tampoco; pero quizá mañana sí, mañana quizá'.

En una cosa había tenido Tupra razón: algo les decía a esas mujeres si debían mantener la esperanza o abandonarla. Su necesidad o su falta de necesidad, su hartazgo, su desapego creciente, su rencor hacia el desaparecido, por haberse marchado y expuesto, no sólo como Ulises sino como cuantos se habían embarcado hacia Troya y habían asediado durante años la ciudad, inaugurando así las largas ausencias de la literatura y por tanto de la realidad (sólo existe lo que se nos cuenta, lo que se alcanza a contar). 'Así que se olvida cuando se desea olvidar.' Y en lo que había tenido más razón era en esto: 'Claro que es un proceso largo, no es como una flecha que va recta a su diana sin desviarse, sino que tiene avances y retrocesos y se extravía en las bocacalles'. Y así era, en efecto: cada vez que me distraía o ilusionaba con un proyecto, cada vez que surgía un amante prometedor, la flecha del olvido adquiría potencia y velocidad y parecía que fuera a clavarse en el blanco sin que nada pudiera apartarla de su trayectoria. Tomás se me desdibujaba y en mí crecía el resentimiento: ¿por qué había elegido aquella absurda existencia, por qué había optado por una doble vida que lo alejaba de mí, hasta convertirse en una hoja de otoño que se balancea y cae? Entonces lo rechazaba, lo detestaba, lo maldecía. Entonces lo sepultaba. Y en cambio la flecha se torcía cuando el amante dejaba de prometer y yo volvía a sentirme sola; daba media vuelta para desandar el camino e iniciar el contrario, el del recuerdo, el de la nostalgia, el de la paciencia y la esperanza sin causa. Y me asaltaba esa duda última: '¿Y si no hubiese muerto? ¿Y si un día reaparece porque ya no tiene donde esconderse o no sabe donde ir? Sólo entonces se regresa, cuando no se sabe donde ir'. En esas rachas me esforzaba por recuperar su rostro, y descubría con consternación que cuanto más intentaba representármelo más imprecisos se me aparecían sus rasgos, más se me escapaban y me costaba visualizarlos, y tenía que mirar las fotografías para verlos con nitidez, con la engañosa nitidez de lo que sólo responde a una luz, un ángulo y un instante. En cuanto cerraba el álbum, volvía a no imaginármelo, y nada es sin imaginación. Incluso cuando las cosas suceden y son presente, también se requiere la imaginación, porque es lo único que da relieve a los hechos y nos enseña a distinguir, mientras acontece, lo memorable de lo que no lo es.

Por costumbre o por melancolía adquiridas, entraba a diario en su despacho y miraba alrededor. Allí era donde trabajaba cuando estaba en casa, donde hacía anotaciones y croquis o preparaba informes, o escribía cosas que no me daba a leer; y, con la puerta cerrada, mantenía conversaciones por teléfono en inglés. No era que lo utilizara mucho, pero nadie utilizaba esa habitación más que él. No me había decidido a vaciarla ni a desmantelarla, la conservaba exactamente igual que su último día de estancia, el 3 de abril de 1982. Qué lejos iba sonando esa fecha —más la fecha que el recuerdo, más que su despedida— cuando estábamos en 1987, 1988 o 1989 y más tarde, tantos años transcurridos ya. Limpiaba un poco ese despacho, quitaba el polvo inexistente, echaba un vistazo al globo terráqueo preguntándome en qué punto se habría detenido Tomás, de un manotazo lo hacía girar. Y todas las mañanas, al elegir qué me iba a poner, veía de refilón su ropa colgada del armario común, el de nuestro dormitorio. Tampoco había sido capaz de tirarla. Si alguna vez me paraba a olerla o tocarla, me sentía ebria de tristeza un instante; era como una vaharada, aunque ya nada oliera a él. Si observaba una pequeña mancha en una chaqueta, pensaba que debía llevarla al tinte, pero ahuyentaba el pensamiento en seguida, diciéndome 'Para qué'. Y si veía algún pliegue, me figuraba que era producto de los viejos movimientos del cuerpo; y los abultamientos y los bolsillos hundidos me parecían huellas de su cartera, sus llaves, el paquete de tabaco y el encendedor o de sus gafas cuando las llevaba en la funda, casi siempre las llevaba allí, un día descubrí que eran de pega, sin graduar, y en un cajón de su escritorio encontré tres más, con monturas muy distintas pero todas con inocentes cristales, las caras cambian según lo que se les ponga encima, probablemente eran elementos de disfraces, se me ocurrió.

Y a veces me quedaba pensando, o hablándole con el pensamiento: 'Qué poco he sabido de ti. No te conozco en tu media vida, quizá la de más valor para ti. No te conozco en la lejanía, en tus viajes ni en tus misiones pueriles que seguramente te han conducido a una muerte violenta. Cuántas penalidades habrás pasado, que te podrías haber ahorrado. Cuánto miedo habrás tenido. Cuántas infamias habrás cometido, cuánto habrán pesado como plomo sobre tu alma y te habrán herido como hierro afilado. Cuántas noches en vela o de insomnio, cuántas pesadillas como si te aplastara una rodilla en el pecho, o qué digo, el cuerpo de un animal grande e inerte —un caballo, un toro— que nadie es capaz de mover por sí solo. Cuántas mujeres te habrán querido y a cuántas habrás engañado y decepcionado. Cuántos secretos habrás arrancado a quienes llegaron a confiar en ti, cuántas muertes habrás causado, que los muertos no se esperaban y habrán afrontado con incredulidad. Qué oficio tan torcido el tuyo, por mucho bien que hagas con él. Nada sé de eso y nunca lo sabré, puesto que no vas a volver. Y aunque volvieras, nada me contarías, supongo, tampoco esta vez. Ni dónde has estado estos años ni qué te pasó, por qué no pudiste o no quisiste regresar, ni dar señales de vida, al menos llamarme y decirme: "Estoy vivo.

Espérame". No sé por qué me quedé contigo ni por qué aún no me he ido del todo, cuando ya no estás, nunca aquí ni en ningún lugar. Tu vida se paró y la mía siguió caminando, pero sin mucho sentido, sin rumbo, o contentándome con el que me señalan mis hijos, tus hijos —son mi brújula—, a los que no has conocido ni conocerás. Cada vez que he intentado encontrar un rumbo propio, apartado de ellos y de ti, la senda se ha visto cortada o me he desviado yo. Sí, miro tus trajes vacíos y se me ocurre que si te tuviera delante y pudiera mirarte a ti, también te me aparecerías vacío, con bolsillos hundidos y abultamientos y manchas y pliegues, tú mismo una oquedad. Ausencia y silencio; o a lo sumo la repetición de un verso como la inscripción ilegible de una lápida cubierta de nieve. A lo sumo un susurro al oído que no entenderé. Te conozco desde la adolescencia. Desde entonces te he querido con determinación. Pero después, en el largo después que ya arrastro y me aguarda, qué poco he sabido de ti'.

En el plazo de once meses, murieron mis padres y después Miss Mercedes, como la llamaban sus alumnos del Instituto Británico, la madre de Tomás. Fue como si se hubieran puesto de acuerdo en señalar el final de una historia, el término de una generación, y el único que faltó a la cita fue Jack Nevinson, que se quedó muy mohíno y muy solo. Sus dos hijas y su otro hijo llevaban tiempo alejados, ni siquiera vivían en Madrid. Una de mis cuñadas se trasladó un par de semanas a la ciudad, para acompañarlo en los primeros momentos; pero su casa, su marido y su niña eran barceloneses, y al poco hubo de regresar a ellos. La otra, que era funcionaria en Bruselas, sólo vino para el entierro, y mi cuñado, Jorge, pretextó la distancia y sus obligaciones para ni siquiera aparecer: nada interesado en las letras ni en la diplomacia, hacía años que dirigía una empresa de saneamiento en el Canadá. Descastado desde muy joven, no solía ver motivo para cruzar el Atlántico y tampoco lo vio esta vez. 'Total', le dijo por teléfono a una hermana, 'a mamá le va a dar lo mismo que yo esté ahí o aquí. No me vengas con que le habría gustado que la despidiéramos los cuatro. Ella no se va a enterar y en todo caso Tom no está. Y mi pena no es menor en Montreal.' Allí respondía por George.

Tuve la sensación de que Jack, privado de su mujer, se preguntó por primera vez qué diablos hacía en un país extranjero cuya lengua nunca había dominado del todo y en el que nada lo retenía de pronto, ni el afecto ni el trabajo. Sí, se pasaba de vez en cuando por el British Council y por la embajada, pero ya casi nadie lo conocía en esos sitios y la gente, en esa época, había dejado de ser leal. Retornar a Inglaterra, sin embargo, no era para él una opción: la nación tendría que haberse parado o tendría que haberse parado su edad, y esas dos cosas jamás se detienen, en ningún tiempo ni en ningún lugar. Los países los usurpan quienes van naciendo sin querer, a nosotros nos usurpan los adultos o los viejos en que nos convertimos sin querer.

Quizá eran Guillermo y Elisa, y también yo, sus mayores asideros, quienes le podíamos ofrecer compañía y cierta justificación para continuar aquí: sus nietos sin padre casi desde su nacimiento, su nuera oficialmente viuda y ahora huérfana. Él siempre había intentado, con los niños, a su manera modesta y tímida, suplir en lo posible la figura de Tomás, y, tras sufrir nuestras nuevas pérdidas, se brindó discretamente a hacerme a mí de padre también. Dadas las circunstancias, me veía más como a una hija que a sus verdaderas hijas, y Guillermo y Elisa eran sus nietos por antonomasia, por la frecuentación y porque eran la herencia de su vástago muerto en el cumplimiento del deber, al que no había podido enterrar ni llorar con claridad de una sola vez. (Es otro de los inconvenientes de los que no dejan cuerpo ni rastro, que el pesar va por etapas, nunca es entero, es gradual, y no hay duelo como es debido si se atraviesa con vacilaciones y plazos.) Pero nosotros no estábamos en su cotidianidad, aunque desde que murió Miss Mercedes y él se quedó a solas en la vivienda familiar de la calle Jenner, yo le hacía una llamada diaria, antes de irme a la Facultad o de ponerme a trabajar en casa, para comprobar que había amanecido bien. No era delicado reconocerlo ni verbalizarlo: la comprobación era en realidad que hubiera amanecido *tout court* y no se hubiera muerto durante la noche, en su silencio y soledad. Entonces no había móviles, sí contestadores automáticos. Si alguna vez no respondía a mi llamada, le dejaba recado instándolo a devolvérmela, y no me quedaba tranquila hasta que él satisfacía mi petición.

No es que esperara lo contrario, pero el hecho de que Tomás no apareciera a la muerte de su madre fue otro clavo en su imaginario ataúd. A su manera, estaba muy unido a ella (si bien era más protector de su padre, y de haber sido él el fallecido, el féretro se habría cerrado aún más), y la noticia fue tan pública como podía serlo. Jack pagó un par de esquelas en la prensa y otra el Británico, y a los pocos días un colega suyo de allí logró que un periódico le admitiera una breve necrológica o semblanza, llena de elogios afectuosos y cándidos. Claro que, de haber estado vivo en un país muy lejano, difícilmente podría haberse enterado de nada de eso Tomás.

Fue tras clavar ese clavo cuando hice una tentativa absurda y sin propósito: la de dar con el joven —ya no lo sería mucho— con el que me había acostado la primera vez, quiero decir con el que me estrené. Había sido algo azaroso y sin continuidad. Acababa de conocerlo en la calle huyendo de los grises en una manifestación de estudiantes en la que él ni siquiera participaba, en 1969, yo todavía no había cumplido los dieciocho. Me había ayudado a escapar de un caballo, me había protegido y había amansado al guardia que lo montaba, me había curado en su casa una herida en la rodilla, y al hacerlo me había tocado los muslos, primero con naturalidad (por fuerza tocan las manos que sanan), luego ya con intención. Era un banderillero que vivía cerca de la Plaza de Las Ventas, se llamaba Esteban Yanes y nunca he sabido por qué pasó aquello. Fue tan impremeditado que sólo me ha cabido achacarlo a la laxitud de la época en materia sexual, a mi pasividad tras el susto sufrido y a mi curiosidad. Y a una fuerte atracción primitiva, claro está. Tenía una buena mata de pelo negro, ojos de color azul o ciruela, cejas pobladas meridionales, una dentadura envidiable, una sonrisa sin doblez y mucha serenidad.

Tomás ya había iniciado sus ausencias, se había ido a estudiar a Oxford y volvía por vacaciones, poco podía imaginarme que aquella alternancia iba a prolongarse indefinidamente, que esa iba a ser nuestra forma de estar juntos: juntos y separados a la vez, hasta que había vencido la separación.

Al banderillero no le había dado mi teléfono ni él a mí el suyo. Ninguno se esforzó por encontrar al otro, el breve rato que compartimos debió de bastarnos para darnos cuenta de que poco teníamos en común, y yo tampoco abrigaba intenciones de mantener una relación paralela, por entonces Tomás estaba alejado sólo provisionalmente y yo estaba decidida a ser 'Berta Isla de Nevinson' antes o después. Pero a lo largo de los años me acordé muchas veces de Esteban Yanes, tanto cuando estaba sola como cuando estaba acompañada. Era un recuerdo agradable, bonito si se le puede aplicar ese adjetivo, aunque sólo fuera porque pertenecía a los tiempos de despreocupación y capricho, de improvisación y frivolidad. A los que aún eran claros y despejados, cuando Tomás no me había obligado a ver el mundo mediado y con ojo tuerto. Era un pequeño recuerdo-refugio, por así decir, y la verdad es que no disponía de muchos en mi vida. Conocía a Tomás desde hacía tanto que sólo los de mi infancia no se habían contaminado de su turbiedad. Sí sabía dónde vivía el banderillero, reconocería el portal aunque hubieran transcurrido veinte años. Lo que resultaba improbable era que él siguiera habitando aquel piso bastante amueblado, con fotos y carteles taurinos y un montón de libros, un lector ávido pero desordenado, según me contó o yo inferí.

No sé bien qué me llevó allí. Supongo que mi afán de no estarme quieta, de no enviudar definitivamente y a todos los efectos, o quizá el deseo de averiguar si había dejado memoria en mi juventud. (Cuando uno vive en el vacío, necesita llenarlo de cualquier manera, aunque sea recurriendo al pasado difuso e insignificante.) Era peregrino pensar que nada pudiera salir de aquel reencuentro, si se producía. Lo más seguro era que Yanes estuviera casado y con una reata de churumbeles, o que se hubiera mudado a otra ciudad, o que hubiera abandonado la profesión: no es lo mismo recorrer las plazas a los veintipocos años que hacerlo ya cuarentón. Me vinieron dudas una vez en la calle. En su día no me había fijado en el número y había dos portales muy parecidos, el uno al lado del otro. Entré en el que me quiso sonar más y le pregunté a una portera por 'Don Esteban Yanes', así lo dije. 'Aquí no vive. ¿Yanes dice? No, aquí Yanes no', me contestó con sequedad. Pasé al otro edificio y le pregunté lo mismo al portero, con nula esperanza. Para mi sorpresa me respondió: 'Don Esteban está de viaje, no regresa hasta el mes que viene. Bueno, con él nunca se sabe. Eso si no se retrasa más'. '¿Le podría usted entregar una nota cuando vuelva, si es tan amable?' 'Como quiera. Démela y se la dejaré en el buzón con el resto del correo.' No lo había previsto, tendría que irme a una cafetería a escribirla y comprar un sobre en alguna papelería del barrio, mejor que no la pudiera leer cualquiera. No por nada, por costumbre. Antes preferí cerciorarme de que aquello no era una coincidencia. 'Hablamos del torero, ¿verdad?' El hombre me miró con condescendencia. 'Hombre, torero... Don Esteban está en el mundo del toro, pero torero no es. Querrá usted decir apoderado.' 'Sí, eso quería decir. Ha sido un lapsus, perdone.' Ahora me miró, con superioridad impostada, como si al utilizar esa palabra lo hubiera hecho de menos, no debía de conocerla. 'La escribo y se la traigo dentro de un rato', añadí. 'Muchas gracias por el favor.' Pensé que le daría una propina a la vuelta.

Lo que le escribí a Yanes fue más o menos esto: 'Querido Esteban Yanes: Seguramente no te acordarás de mí. Soy Berta Isla, a la que salvaste de un caballo al galope y de la porra de un gris hace veinte años, cerca de Manuel Becerra. Luego me llevaste a tu piso y me curaste una herida'. No me pareció prudente mencionar lo que había pasado después, hay gente a la que le desagrada recordar los episodios de la juventud. 'Me dice tu portero que tardarás en regresar a Madrid. He pasado por esta zona y me he acordado de aquel día y de ti. Me gustaría volver a verte y saber de ti, si tienes tiempo para una conocida desconocida y no te parece mal. Este es mi teléfono por si me quieres llamar. Espero que la vida te haya tratado bien. Media vida, como quien dice, desde la última vez que nos vimos. La única, en realidad. Con mis mejores deseos, Berta Isla.' Volví al portal, le di al portero el sobre y quinientas pesetas, no estaba mal por tan poca labor, así me aseguraba de que no lo tiraría ni lo rompería en dos, por antipatía o porque sí. Y al llegar a casa inicié una larga espera. Estaba tan habituada a ellas que a los dos días me olvidé.

Por eso me pilló desprevenida la llamada de Esteban Yanes, casi un mes más tarde. 'Claro que me acuerdo de ti', me dijo. 'Cómo no me voy a acordar. He lamentado muchas veces no haberte pedido el número aquella noche. Y bueno, tampoco habría querido molestarte. Ahora que tú has dado el paso, pues encantadísimo de que nos veamos, guapa. Dime hora y lugar y ahí estaré con drasticidad.' Me divirtió que todavía empleara aquella palabra inexistente, recordaba habérsela oído veinte años atrás y me había llamado la atención. Lo de 'guapa', en cambio, me sonó menos a él, había sido muy discreto hasta en la intimidad. 'Me dijo tu portero que te has convertido en un señor importante', le comenté. 'Nada menos que apoderado. Los profanos os imaginamos con un puro en la boca, un montón de billetes y mucho mando, ya sabes.' Se rió: 'Pobre de mí. De momento sólo llevo a novilleros, poca cosa. A ver si alguno se me convierte en figura y me llena de fajos de esos, Dios te oiga, preciosidad'. De nuevo me chirrió ese vocativo, habría desarrollado vulgaridad. '¿Y qué, las banderillas quedaron atrás?', le pregunté. 'Muy atrás, muy atrás. Para eso hay que correr mucho y bien.' Le propuse tomar un café en una de las terrazas de la Plaza de Oriente. Me daba pereza desplazarme de nuevo a su barrio, que nunca me había gustado y por el que sólo había vuelto una vez más desde enero del 69, una visita a la Editorial Siruela para una posible antología de cuentos ingleses raros fantásticos que no cuajó, tenía la sede en la propia Plaza de Manuel Becerra, en un local mucho más grato de lo que podía esperarse en zona tan desangelada. Esteban Yanes sonaba simpático de todas formas, y me lo representé complacida con su gran sonrisa africana. Tendría gracia encontrarme otra vez con él al cabo de los siglos, y quién sabía si pasaría a ser alguien a quien ver de vez en cuando y con quien contar. Aunque el recuerdo sea tan tenue como el de una imagen estática, como el de un cuadro visto en el extranjero en una sola ocasión, uno siempre sabe con quién se ha acostado en la vida. Y aunque al final hayan resultado decepcionantes o insoportables, a esas personas se les guarda algo parecido al involuntario afecto, o a la lealtad. Al banderillero no le había dado tiempo de hacérseme insoportable ni decepcionarme, estaba intacto.

La tarde señalada, sin embargo, me vino un arrepentimiento anticipado, si eso se puede decir, o me entró cierta aprensión. Temía que el apoderado no me reconociera, o no reconocerlo yo a él. Temía sobre todo que se llevara un chasco, nadie es del todo consciente de cuánto ha cambiado en dos decenios, no era lo mismo una estudiante jovencísima que una mujer que se iba acercando a los cuarenta, con dos hijos que la reclamaban a diario y a los que le tocaba educar en soledad, y que además había vivido en la incertidumbre y la pérdida (la pérdida sin clausura ni corroboración, la que más encadena y la peor), lo había pasado mal. Y me retraje. Me probé varios vestidos sin que ninguno me satisficiera. Me maquillé de diversos modos y unos me parecieron pacatos y otros exagerados. Me miré al espejo desde todos los ángulos y ninguno me ofreció una estampa halagüeña, lo cual no me sucedía los demás días, no solía tener queja de mí misma aún y por lo regular no me sentía insegura, al menos físicamente.

Me di cuenta de que con unos prismáticos divisaba desde casa a las personas sentadas en el café, unas cuantas, era el mes de mayo con su tempranero calor. Así que cinco minutos antes de la hora fijada me puse a otear desde un balcón. Esperé. Esperé. No vi a nadie que pudiera ser él, el de la vieja pintura, y en principio tampoco se me ocurrió que lo fuera un individuo bastante obeso que apareció muy puntual y miró insistentemente a su alrededor antes de escoger asiento. Se tocaba con un sombrero de ala ancha, algo infrecuente entonces, resul taba anticuado. También el banderillero llevaba sombrero en el 69, me había olvidado de eso y ahora lo vi, de ala demasiado estrecha. Yo se lo había criticado con impertinencia y él lo había tirado a una papelera de la calle sin más, diciendo algo como esto: 'A tus órdenes. Si a ti no te gusta, no hay más que hablar'. Ya me había parecido anticuado en aquella época, no sólo por el sombrero: por su atildamiento, por la corbata, por el largo abrigo.

El hombre de ahora vestía un traje de color crudo, con una chaqueta que no habría acoplado a su quizá paulatina gordura, se notaba que le tiraba el único botón abotonado. Antes de sentarse a una de las mesas se lo soltó, la chaqueta se le abrió de par en par y le vi una corbata larga, como si con ella aspirara a disimular su voluminosa barriga; tan larga le quedaba que le invadía parte del pantalón. 'No puede ser él', pensé. 'Sería demasiado cambio. Pero veinte años son muchos, y a veces son muy crueles, eso no se puede prever.' Se quitó el sombrero un momento (de color a juego con el traje, todo era de buena calidad pero no le hacía favor), se sacó un pañuelo de un bolsillo y con leves toques se secó no sólo la frente y las sienes, sino la calva casi completa que dejó al descubierto. 'Tenía un pelo abundante', pensé, 'luego no puede ser él. Pero es posible perder todo el pelo en poco tiempo si el proceso es raudo, como se puede encanecer en cuestión de días si hay sufrimiento o hay pánico, y veinte años dan de sobra para eso, para cualquier deterioro o impensable y nefasta evolución. Hay quien envejece y sin embargo resulta reconocible hasta el fin de sus días, y hay quien se convierte en otro de pronto, como si su rostro y su cuerpo se los hubiera robado un ser distinto, la gordura y la calvicie obran milagros en los varones, o más bien metamorfosis.' Si aquel era el banderillero, si aquel era el apoderado, no me sentía con ánimos de bajar a verlo y charlar con él. No tenía nada que ver con el joven apuesto de mi memoria, en el que me había refugiado con imprecisa nostalgia en más de una oportunidad. ¿Qué iba yo a hablar con aquel señor calvo y gordo al que no conocía, dedicado a un oficio que no me interesaba y del que nada sabía ni quería saber? Y me vino a la cabeza la frase que había leído en un libro de un escritor contemporáneo llamado Pombo: 'El regreso es la infidelidad más profunda'. Ah sí, era muy probable que tuviera razón. Si aquel individuo era el banderillero con el que me había acostado en mi juventud temprana, acababa de arruinarme un recuerdo que me había acompañado y durado media vida.

Seguí mirando con los prismáticos hacia otras mesas y hacia los transeúntes, por si aparecía algún otro hombre, alguien que se compadeciera con mi memoria mejor. Pero no. Así que intenté afinar el enfoque al máximo. Llevaba ya un retraso de cinco minutos respecto a la hora convenida, estaba dentro de lo perfectamente aceptable, pero pronto habría de decidir si bajaba o no, si cumplía con el trámite que yo misma me había impuesto o le daba definitivo plantón. Por fin se le acercó una camarera a preguntarle qué deseaba, y entonces él le sonrió abiertamente y ya no me cupo duda de que se trataba de Esteban Yanes pese a la transformación. La sonrisa era idéntica a la de 1969, no la había perdido. Su dentadura poderosa y un poco saliente le iluminó la cara de simpatía, era de las que semejan tener vida propia al mostrarse con generosidad, una sonrisa limpia y llena de encanto en medio de aquellos carrillos inflados. Pero también me percaté de un detalle que anuló ese efecto positivo y grato: al volverse hacia la camarera, observé que lucía en la coronilla una especie de moñito japonés, o mejor dicho de samurái, es decir, enhiesto, hacia arriba, como si fuera un pompón. Ya empezaban a verse coletas en los hombres en aquellos años, lo del moñito era una innovación (luego todo ello ha proliferado *ad nauseam*, trillada originalidad). Una innovación espantosa, a mi parecer. Tenía la intuición de que los que llevaban

397

coleta no eran gente de fiar; alguien con un moñito japonés era como para cruzar de acera y salir corriendo, más aún si estaba concebido para compensar una calva y desviar de ella la atención. Todos tenemos algo de frívolos y arbitrarios, así que me aferré a aquel grotesco adorno capilar para resolverme a no bajar. Lo encontraba el colmo de la afectación y la imbecilidad.

No obstante, me quedé observando un poco más, bastante más. Pasaron los minutos. Lo vi mirar a todo el mundo en busca de mí y numerosas veces el reloj, lo vi encender y consumir tres cigarrillos, lo vi pedir un segundo café, ponerse y quitarse el sombrero varias veces. Y de repente sentí que me había visto, que había individualizado en la distancia mi figura asomada al balcón. Él carecía de prismáticos, claro está, de modo que guiñaba los ojos para distinguirme mejor. Se caló el sombrero por si acaso (el gesto fue exactamente el de encasquetarse una montera) y se puso en pie con la vista fija en mí, o eso creí. Las lentes de aumento me hicieron sentirme escrutada. Agitó las manos para saludarme, o para avisarme: '¡Eh, eh! Si eres Berta estoy aquí, yo soy yo', o eso creí. Entonces me sentí descubierta y me sonrojé y me alarmé; me aparté del balcón, me metí en la casa, me escondí, como un espía que de pronto se sabe avistado. Tras el sobresalto, poco a poco me calmé. Al fin y al cabo, él no podría estar seguro. Ni siquiera me habría visto la cara, tapada por los anteojos. Y también yo había cambiado, aunque infinitamente menos que él. Dejé transcurrir unos minutos antes de asomarme de nuevo, ahora lo más oculta que me fue posible, con precaución. No estaba, no lo vi. Y acto seguido sonó el teléfono y eso me volvió a asustar. 'Quizá se haya metido en el café para llamarme, le di mi número, qué error, lo tiene y lo va a tener.' Decidí no cogerlo, fueron diez timbrazos; luego volvió a sonar y fueron cinco, a la segunda tuvo ya menos fe. Aguardé un rato más antes de salir otra vez, y al hacerlo comprobé lo acertado de mi conjetura:

había regresado a la mesa, ya no estaba levantado ni saludaba; se había vuelto a sentar y allí continuaba incansable, fumando pacientemente, bebiendo más café.

Miré el reloj, aquel hombre llevaba esperándome cuarenta minutos, cuándo se hartaría, cuándo se cabrearía, cuándo comprendería que no me iba a presentar a la cita que había propiciado y le había solicitado yo. Ese pensamiento me alteró, me avergonzó. 'Qué injusta y caprichosa soy. He ido a buscarlo a su casa, le he pedido que me llame, le he propuesto vernos y ahora lo dejo ahí tirado porque ha cambiado para fatal. Por su aspecto físico, nada más. Claro que eso es lo único que tenía de antaño, eso y haberme ayudado, haberse portado bien. Y haberse acostado conmigo, sobre todo eso, haber puesto fin a mi virginidad que tanto respetaba Tomás, el muy tonto.' La idea de acostarme ahora con aquel obeso me cruzó la mente y me provocó rechazo. Me dio grima. Aunque quién sabía, tal vez si bajaba y charlaba con él, si le volvía a mirar la sonrisa que conservaba intacta, me acostumbraría muy rápido a su nueva apariencia y a través de ella acabaría viendo al de antes. 'Pero es improbable', pensé, y me reafirmé: 'Si lo estoy plantando también es por haberme dicho "preciosidad"; y por el moño de samurái. Pobre hombre, a lo mejor es su modesta manera de sentirse aún torero, no le dará para la coleta taurina el pelo de atrás, y cómo va a ponerle banderillas a un toro con ese estómago, ya me dijo que hay que correr mucho y bien'.

Y entonces me di cuenta de que estaba haciendo una transposición. Hacía muchos menos años que no veía a Tomás, siete se habían cumplido, pero eran los suficientes para que, de seguir vivo y aparecer, de retornar como los personajes de las novelas y de la realidad, como el Coronel Chabert y Martin Guerre, hubiera cambiado brutalmente, tanto como Esteban Yanes o más, si había padecido penalidades y persecución, si había huido sin cesar, si era un desertor a quien todo el mundo querría castigar. Tuve una prefiguración de lo que podría haber sido un hipotético reencuentro entre él y yo, y así confirmé mi desgracia: no lograba abandonar la esperanza irracional, aún creía fantasiosamente que podría volver. 'Más vale que no', pensé para ahuyentarla. 'Más vale que no se presente como ese apoderado de novilleros al que he convocado y que me aguarda ahí en vano con incomprensible tesón, quizá gordo y calvo como él y además transformado, con el carácter agriado del todo, taciturno y huraño y sin ganas de nada, ni siquiera de contarme qué ha sido de él; sabedor de que cualquier futuro le resultaría pálido en comparación con las emociones vividas en sus años de itinerancia y maquinación, inmerso en su larga existencia conclusa de sufrimientos y peligros y abominables acciones, acaso devorado por los remordimientos o lo contrario, endurecido hasta extremos insoportables, jactancioso de sus correrías y de haber desencadenado la peste y el cólera en todos los sitios a los que fue, de haber sembrado cizaña y propagado incendios, de haber llevado a la muerte a sus enemigos o haberlos matado con sus propias manos estranguladoras o una pistola o un puñal, qué sé yo, nunca sabré. Sí, el regreso es lo peor y, pasado demasiado tiempo, nadie debería nunca regresar. Y no, no sabré.'

E imprevistamente me eché a llorar. Ah sí, me ocurría bastante, de vez en cuando no lo podía evitar. Era un llanto breve que me asaltaba sin apenas aviso, en circunstancias normales o neutras, por así decir. No siempre me lo traían mis pensamientos errantes, como sucedió en aquella ocasión. Las lágrimas me brotaban de pronto, mientras estaba en el cine o veía las noticias en televisión, mientras reía con amigas o daba clase (y entonces tenía que contenerlas por fuerza), mientras iba sola por la calle a hacer mis recados, o jugando con los niños que ya no eran tan niños, si no conseguía pararlas me miraban con preocupación, a los hijos los descompone ver desvalidos a los padres, porque si éstos lo están sienten que a ellos nadie los protegerá. Bueno, a su padre no lo podían ver ni contento ni triste: a medida que fueron creciendo y haciendo preguntas se les contó la versión oficial, la de Bertram Tupra, la del Foreign Office o la de la Corona, una baja más de las Falklands, uno más de los muertos de aquella guerra pequeña y poco heroica, uno de los allí caídos que casi nadie recuerda, en aquella absurda confrontación a mayor oprobio de los militares y a mayor gloria de la soberbia Thatcher, buenos réditos le dio. Un desperdicio de vidas, unos malgastados muertos, como suele suceder.

Habían transcurrido sesenta y cinco minutos desde la llegada del banderillero a la terraza cuando miré la siguiente vez, nada habría visto con los ojos llenos de lágrimas, esperé a que se me pasara el llanto y me lavé bien la cara, ese llanto me duró. Sesenta y cinco minutos y allí seguía. El teléfono había vuelto a sonar, diez timbrazos, era de imaginar que el hombre iba probando discretamente, no insistía sin cesar. Aquella larga paciencia me conmovió. ¿Tanto le importaba verme, tantas ilusiones se había hecho? ¿Tanto me había recordado durante veinte años, tras un polvo fugaz y azaroso, para él ni siquiera inaugural, perdido en la noche de los tiempos todavía sin estrenar? Dudé un momento. Puesto que no se había marchado, aún cabía la posibilidad de bajar, inventar cualquier excusa para el imperdonable retraso y charlar un poco con él. Me dio lástima su lealtad. Escasos quehaceres tendría, para regalar más de una hora a una completa desconocida, a un fantasma del pasado que tal vez estaba también gorda y deteriorada y ajada, tan desesperada como para haberlo buscado a él. Dudé, dudé. Y estaba en esa duda tardía cuando lo vi pedir la cuenta a la camarera, setenta minutos después de que comenzara la cita frustrada a la que él había acudido tan puntual. Pagó, se levantó, cruzó unas palabras con la joven (abochorna-do por su espera en balde, quizá le dio una explicación), echó un último vistazo a su alrededor, se ajustó más el sombrero, se cerró el botón de la chaqueta y se fue en di-rección al Palacio Real, a Bailén, con paso pausado, o fue muy lento, o acaso era vencido y decepcionado.

No me llamó con posterioridad. No intentó recom-poner la cita, saber si se me había olvidado o si él se había equivocado de fecha, hora o lugar. No quiso averiguar, ni ponerme en el compromiso de preguntarme si había esta-do asomada a un balcón de la calle Pavía, si yo había sido yo. Se conformó con lo ocurrido, o lo entendió.

Sí, llegaron 1990 y 91 y 92, este último con sus grandes festejos y sus juegos olímpicos y su optimismo generalizado en España, un país que súbitamente se fingía próspero. Pero para mí fue el año en que se cumplieron diez desde la marcha de Tomás, desde nuestro adiós temporal en Barajas el 4 de abril. Me resultó inverosímil que se me hubiera escapado un decenio, aquello estaba lejos y cerca, cerca y lejos, pero cuando estaba cerca parecía anteayer. El anterior septiembre yo cumplí los cuarenta y no di crédito, me sentía mucho más vieja y también mucho más joven, como si fuera una mujer sin edad que ya ha atravesado cuanto le tocaba atravesar y en realidad no ha recorrido más que un corto trecho, con la vida simultáneamente acabada y sin empezar del todo, soltera y viuda y casada a la vez, con esa vida suspendida o interrumpida o extrañamente aplazada. Era como si el tiempo no corriera de veras, aunque siempre corre, siempre corre, incluso cuando creemos que nos está aguardando o que nos da moratorias con benignidad. Hay cientos de miles de personas que se enquistan en la adolescencia o en la juventud, que se niegan a abandonarlas y se eternizan en la creencia de que todas las posibilidades permanecen abiertas y de que nada está afectado por la rugosidad del pasado porque el pasado no ha llegado aún; como si el tiempo las hubiera obedecido cuando le dijeron un día distraídamente, ni siquiera con intensidad: 'Detente, estate quieto, detente, que me lo tengo que pensar'. Es una enfermedad tan extendida que hoy ni se percibe como enfermedad. No fue ese exactamente mi caso, sino más bien que se me abrió un paréntesis en 1982 y que nunca encontraba el momento de cerrarlo. En mis clases había tenido que enseñar a Faulkner (superficialmente), y leí que en una ocasión, al preguntársele por qué sus frases eran tan largas, tan kilométricas, tan interminables, había contestado: 'Porque nunca estoy seguro de continuar vivo para empezar la siguiente', algo así. Quizá a mí me pasaba lo mismo con aquel paréntesis infinito: si lo cerraba temía morir, o mejor dicho, temía matar. Matar definitivamente a Tomás.

No podía por menos de asomarme de vez en cuando a un balcón, a uno u otro, sobre todo al atardecer, al anochecer, y mirar la extensión de la plaza —la que entraba en mi campo visual— tratando de divisar y discernir su figura, su figura familiar, caminando hacia casa, o bajándose de un taxi junto a la iglesia de la Encarnación; y si veía a alguien con una maleta o con una bolsa de viaje (lo cual no era infrecuente dados los muchos turistas de la zona), corría palpitante a coger los prismáticos con los que había espiado a Esteban Yanes y los dirigía absurdamente hacia el individuo en cuestión, pensando siempre que si reaparecía Tomás tras tantísimo tiempo ausente, algún equipaje habría de traer. Y olvidaba, como una tonta irracional, que su figura, si no estaba bajo tierra o hundida en el mar, podría ser ya cualquier cosa menos familiar; que podía haberse tornado tan irreconocible como la del banderillero paciente y conformista y leal.

Era un acto de superstición, al que por otra parte contribuyó una mañana Jack Nevinson, o era cerca de la hora de comer. Como todos los domingos desde la muerte de su mujer, venía a almorzar con nosotros. Guillermo y Elisa (el niño tendría ya trece años) habían salido a jugar a los Jardines de Sabatini o al Campo del Moro y apuraban al máximo para volver. Aunque no lo sospechábamos, ni él ni yo, a Jack le quedaba poco tiempo de vida: a los dos meses de aquel domingo sufrió un infarto nocturno y se murió. Cuando yo le hice la consabida llamada matutina de control, no respondió. Le dejé recado en el contestador y tardó más de la cuenta en devolvérmelo, así que cogí un taxi y me fui hasta su casa de Jenner con angustia o asumiendo ya el dolor, convencida de que aquel era el día que no lo había visto despertar. Tenía llave y entré, y lo encontré tirado en el suelo junto a la cama, con su pijama claro y una mano agarrada a la bata oscura de seda que no había llegado a ponerse, como si se hubiera caído intentando alcanzarla o tal vez levantar el teléfono que tenía en la mesilla de noche, en este caso para avisarme a mí, seguramente. El ataque habría sido tan fulminante, tan paralizador, que no lo habría conseguido, y se habría resbalado al estirarse. O quizá buscó el frío de la tarima antes de morir, el frescor nos alivia un poco cuando nos sentimos mal. Quizá fue eso, quiso zafarse del calor acumulado en las sábanas y ni siquiera trató de pedir auxilio, ni de salvarse. Hay personas que cuando les llega el momento lo admiten y piensan con el pensamiento último que está bien o no tan mal, que es suficiente y que carece de sentido luchar, esforzarse por prolongarse unos meses o semanas más. Hay pocas con ese aplomo, pero las hay, y a veces quisiera ser una de ellas, o lo quería entonces, cuando eso sucedió. Con la muerte de Jack, Miss Mercedes ya difunta desde hacía años y los hermanos de Tomás alejados, fue como si mi largo vínculo con los Nevinson hubiera tocado a su completo fin. Aunque mis hijos lleven ese nombre y vayan a llamarse siempre Guillermo y Elisa Nevinson. Mis tarjetas, sin embargo, ya no ponen 'Berta Isla de Nevinson', hace mucho que cayó en desuso en España que las mujeres casadas se añadan el apellido de sus maridos de ese modo algo posesivo. En ellas vuelvo a ser 'Berta Isla' nada más. En mi recuerdo y en mi imaginación, en cambio, no.

Pero aquel domingo Jack estaba bien, sin que hubiera ningún indicio que nos debiera preocupar. Me había pedido un vino blanco y se sentaba donde solía, de hecho donde la mayor parte de la gente que venía a casa (no era tanta) tenía tendencia a tomar asiento, es decir, el mismo lugar desde el que Miguel Ruiz Kindelán me había dado el susto de mi vida muchos años atrás. Apoyaba la mano en un bastón ligero con pomo que se acababa de comprar. Me hizo una demostración muy satisfecho: ese pomo se desenroscaba y dejaba al descubierto un punzón estrecho y muy agudo, el bastón quedaba convertido en una especie de pequeña lanza o pequeño arpón, con aspecto arrojadizo además, desde luego podía resultar mortal.

—Con la actual inseguridad de las calles —me dijo—, nunca se sabe si se puede necesitar un arma disuasoria. Yo ya no puedo defenderme a golpes ni echar a correr. Me darían caza como a un conejo. Qué digo, como a un caracol.

—Pero se tarda tanto en desenroscarlo, veo —le objeté—, que para cuando hubieras liberado el arma te habrían reducido ya. O te habrían arrebatado el bastón y lo habrían vuelto contra ti. Aún peor.

—Bueno. —Se encogió de hombros—. Sirve si uno ve venir el peligro con antelación, y yo voy ojo avizor. Entonces da tiempo a desenroscar y enseñarles el pincho. ¿Verdad que asusta? Esto tiene que doler.

Muchas vueltas había que darle al pomo, no le vi verdadera utilidad. Pero bien estaba si lo hacía sentirse más protegido, o simplemente ilusión.

—¿Te acuerdas de que a Tomás lo hirieron unos *muggers* londinenses hace años? Le pegaron un buen corte, le dejaron la cara marcada y luego la cicatriz le desapareció enteramente, como si jamás se la hubieran hecho. Fue muy misterioso. Cirugía plástica del Foreign Office, dijo, si no recuerdo mal. Eso contó entonces, vete a saber qué le ocurrió de veras.

Jack apoyó ahora las dos manos en el mortífero pomo metálico, y sobre ellas el mentón con su hoyuelo, se le había ahondado en la vejez. Se quedó pensativo y me respondió:

—Todo ha sido siempre muy misterioso con Tom. —En seguida reparé en el tiempo verbal: no dijo 'fue', como correspondería a una acción terminada (y a una persona también), sino 'ha sido'—. Bueno, siempre desde que se fue a Oxford, o desde que acabó allí. Me pregunto si no fue un error por mi parte insistir en que estudiara allí. Algo pasó. Algo le pasó y lo cambió, no sé el qué. ¿A ti te lo ha dicho alguna vez? —Seguía sin emplear el pretérito indefinido, el natural para referirse a un muerto. Claro que el español de Jack Nevinson distaba de ser perfecto, pese a tanta vida aquí. Alternábamos las dos lenguas, a ratos hablábamos en una y a ratos en otra, según su comodidad—. Pero cómo podía yo saber que iba a pasarle lo que quiera que le pasó. ¿No lo sabes tú? —Repitió la pregunta, como si le costara creer que no.

—No, Jack —le contesté—. Tomás siempre fue hermético. Siempre se amparó en que no estaba autorizado a revelar sus tareas, ni sus destinos, nada. En que si me contaba algo cometería una ilegalidad, violaría la Official Secrets Act o como se llame, a la que estaba sujeto, y eso nadie puede hacerlo sin sufrir graves consecuencias. Hasta después de retirado, silencio hasta la muerte, supongo que a quienes la infringen se los acusa de alta traición, todavía hoy. Bueno, todo esto fue tras confesarme para quiénes trabajaba en realidad. Pero antes tampoco contaba apenas, y la verdad es que a los asuntos diplomáticos les prestaba yo poca atención. —Me quedé callada unos segundos, rememorando, y añadí—: Pero sí, algo le pasó en Oxford sin duda, hacia el final. El cambio se lo noté también yo. Antes de casarnos, incluso. Debieron de reclutarlo entonces. Se echó encima unas responsabilidades que nunca habría imaginado cuando se marchó. Empezó a llevar una doble vida, y las dos consistían en fingir y ocultar. Suficiente para modificarle a cualquiera el carácter, ¿no?

—Sí, suficiente —dijo Jack—. Y con todo, con todo... Siempre he pensado que había algo más. Tom es demasiado misterioso —insistió, y esta vez ni siquiera dijo 'ha sido', sino 'es'.

—¿Por qué dices 'es'?

Jack levantó la barbilla del bastón, sorprendido, pero mantuvo las manos sobre el pomo, se veía que le tomaba afición a esa postura.

—¿He dicho 'es'?

—Sí, 'es demasiado misterioso', es lo que acabas de decir.

Miró hacia el exterior, hacia los árboles, con los inocentes ojos azules abstraídos.

—Ah ya. Es posible. No sé —dijo—. Supongo que uno nunca se hace a la idea de que un hijo, al que vio tan minúsculo y a la vez con tanta energía vital, haya dejado de ser. Desde que nace está seguro de que ese niño lo sobrevivirá, de que no le tocará verlo morir. Y ten en cuenta que, al fin y al cabo, yo no lo he visto morir, ni tampoco he visto su cadáver ni lo he enterrado. —En seguida rectificó—. Es la respuesta fácil. Pero no se trata sólo de eso, Berta, a ti por qué te voy a mentir. Soy el primer interesado en que rehagas de una vez tu vida y te olvides de él. Con otro hombre, entiéndeme. No quiero que la menor incertidumbre te ate ni que su recuerdo te sea una carga. Pero Tom es tan misterioso, en efecto, tan escurridizo y camaleónico, desde pequeño tan inaprehensible, que no logro creerme que esté muerto de veras. Llámalo como prefieras: intuición paterna, corazonada, suspicacia, escepticismo ante las versiones oficiales, *wishful thinking* (nunca sé cómo decir eso en español). Tal vez negación de la realidad. Pero estaría en mi derecho, los viejos nos ganamos eso. No nos queda demasiado tiempo y la realidad nos afecta ya poco, se desentiende de nosotros y nos pasa por alto. Casi todas las cartas están jugadas y apenas nos aguardan sorpresas. Y como la realidad nos va dando la espalda, nosotros podemos hacer lo mismo con ella y negarla a nuestra conveniencia. A poco resquicio que nos deje, claro está, tampoco es cuestión de delirar. Yo no voy a negar que Mercedes ha muerto, desde luego que no. Pero tengo la sensación de que Tom sigue vivo en algún lugar. Huido, escondido, bajo otra identidad. Operado de esa cirugía plástica incluso, puede ser. No lo sé ni sé por qué. Y probablemente no lo podré comprobar, a no ser que de pronto se encuentre su cuerpo y entonces sí, deba aceptar el hecho. Lo que no creo es que reaparezca antes de que me muera yo. Si se ha ocultado diez años, nada impide que sean quince, o veinte, hasta que se olvide todo, lo que se haya de olvidar. Al final todo se olvida, o resulta indiferente a los que vienen detrás, a los que nos suceden. Obviamente, yo me moriré sin saber nada a ciencia cierta. Por un lado es una pena. Por otro es una ventaja, porque así nadie podrá disuadirme de mi idea, y con ella me quedaré.

Me sentí sobrecogida. 'También él ha hecho sus conjeturas', pensé. 'Cuántos años elaborándolas.'

—¿De verdad tienes esa sensación? —le pregunté.

Jack apartó la vista de los árboles y me miró. Era su mirada limpia habitual.

—¿De verdad, de verdad, de verdad? —Calló un momento, como si dudara—. Quizá no debiera decirte esto, Berta, porque carezco de todo fundamento. No creas que sé algo que tú no, no es así. Pero lo que tengo es más. Es convicción.

Seguramente tenía razón, seguramente no sólo los viejos, sino todos los vivos, tenemos derecho a rechazar las partes de la realidad que no son fehacientes y que nos amargan o nos desconsuelan, o nos privan de toda esperanza, o sencillamente nos contrarían. Siempre podemos decir 'No me consta' de aquello que no nos consta, y lo cierto es que nos consta muy poco, quiero decir que casi todo lo que sabemos es porque nos lo han contado otras personas, o los libros y los periódicos y las enciclopedias, o la Historia con sus crónicas y archivos y anales, a los que damos crédito por aposentados y antiguos, como si no se hubiera mentido y tergiversado en sus tiempos y no hubieran prevalecido las leyendas. Apenas asistimos a nada, apenas presenciamos nada, no somos capaces de afirmar casi nada, aunque lo hagamos constantemente. Así pues, no es muy difícil negar un hecho o la existencia de algo cuando preferimos negarlos, la turbiedad del mundo y la mala memoria (efímera, dubitativa, cambiante) nos lo suelen poner en bandeja. Si alguien admirado o querido lleva a cabo una fechoría, las más de las veces nos cabe decir: 'No, no era él, o no era ella, esto es impropio. Me pareció él pero debí equivocarme. No veía del todo bien, estaba oscuro y alterado mi ánimo, mi perspectiva no era la mejor y no llevaba puestas las gafas. Lo confundí con otra persona que se le asemejaba, eso habrá sido'. Cómo no pensar entonces que un hijo desaparecido, el más joven, seguirá vivo en algún sitio. Príamo vio morir con sus ojos a su primogénito, Héctor, morir a hierro, y por eso fue a suplicarle a Aquiles que le

411

entregara su cuerpo arrastrado y maltrecho para darle sepultura; si se avino a humillarse fue por certeza, porque le constaba. Pero si no lo hubiera visto, si tan sólo le hubieran traído noticia de que Héctor había caído en combate singular en un campo lejano, podría haber esperado su regreso, haber confiado en el error de los testigos, en su mala visión o en su asunción precipitada, y nada le habría impedido aguardar su venidera muerte en un estado de incertidumbre. No por nada existen esos verbos: confirmar, comprobar, constatar; verificar, reafirmar, reasegurar; y cerciorarse. No son superfluos ni están de adorno, responden a necesidades.

Yo no podía confirmarle nada a Jack Nevinson ni tampoco desmentirle, no se desmienten las sensaciones, menos aún las convicciones. Pero me abstuve de decirle cuáles eran o habían sido las mías, con especial intensidad en 1988, luego se me habían aplacado. Le habría tenido que contar el viejo episodio de los Kindelán, que siempre les había ocultado a él y a su mujer, para no alarmarlos ni inquietarlos. Era aquello, sin duda, lo que en más de una ocasión me había hecho temer, sospechar, que Tomás hubiera cumplido misiones sucias en Irlanda del Norte; y veía a las gentes de allí irascibles y llenas de odio y me daban más miedo que otras. No ya los miembros del IRA y los unionistas armados, sino las poblaciones; las imaginaba tan poseídas por el salvajismo y el afán de venganza como a las nuestras, las españolas, en los años treinta del siglo pasado, al que no me acostumbro a llamar 'pasado' porque es el mío y yo estoy presente. (O como a la vasca de entonces, de los ochenta, la parte dominada por ETA.) La Unión Soviética, Cuba y la Alemania del Este, por mencionar otros escenarios en los que se me ocurría situar a Tomás desde mi completa ignorancia, no me provocaban el mismo pánico, quizá absurdamente. Podían ser más peligrosos, pero pensaba que allí, por lo menos, las poblaciones no intervenían, de tan sojuzgadas.

El 19 de marzo de 1988 sucedió lo que se ha conocido como 'la matanza de los cabos', o *the Corporals Killings* en lengua inglesa, la que hablaban los implicados, víctimas y verdugos y testigos. Tres días antes, durante el entierro en Belfast de tres miembros del IRA prestos para atentar y muertos por tropas británicas, un paramilitar unionista, Michael Stone de nombre, había atacado el cortejo fúnebre con pistolas y granadas de mano y se había cargado a tres personas, entre ellas a otro miembro del IRA, Caoimhín Mac Brádaigh o Kevin Brady. Se comprende que el sepelio de éste, el 19, estuviera nublado por la tensión, la ira, el temor y las suspicacias. Para no calentar más los ánimos, la policía decidió hacerse a un lado y dejar la ceremonia sin vigilancia. Un buen número de miembros del IRA y del IRA Provisional se encargaban del servicio de orden, y asistieron bastantes periodistas, un equipo de televisión incluido. Se cree que por accidente, o porque desconocían las instrucciones últimas, dos cabos del Ejército inglés, vestidos de paisano y a bordo de un Volkswagen Passat plateado, irrumpieron en la zona del cortejo, encabezado por taxis negros. La multitud creyó que se trataba de un nuevo ataque y que los ocupantes del vehículo volvían a ser paramilitares de la Ulster Defence Association, como aquel Stone de tres días antes que había matado a su difunto. El automóvil de los cabos, desorientado y sin apenas margen, hizo maniobras para retirarse, y en una de ellas se subió a una acera sembrando el pavor y mayor furia y dispersando a los asistentes. Finalmente se vio atrapado, bloqueado por los taxis negros, y entonces la muchedumbre se abalanzó contra el coche, rompió las ventanillas e intentó sacar por allí a los dos cabos. Uno de ellos, Derek Wood, de veinticuatro años, hizo asomar un arma corta por su ventanilla, pistola o revólver, y disparó un tiro al aire que obligó a retroceder a la masa. Pero sólo momentáneamente, y al poco ésta, con la cólera en aumento, logró sacar a los soldados a rastras, a Wood y a David Howes, un año más joven que su compañero, y los arrojó al suelo, donde fueron golpeados y pateados. Una periodista relató el instante en que los cabos se vieron perdidos, y dijo que uno 'no gritaba ni profería alaridos, se limitaba a mirarnos con ojos aterrorizados, como si todos fuéramos enemigos en un país extranjero que no habríamos entendido en qué lengua hablaba si hubiera pedido auxilio'. Fueron arrastrados hasta un campo de deportes cercano, donde un grupo de hombres los desnudó, dejándolos en calzoncillos y calcetines. Un cura católico redentorista, el Padre Alec Reid, intentó detener aquello y que alguien llamara a una ambulancia, pues según la BBC se estaba torturando a los soldados. Pero al cura lo quitaron de en medio y lo amenazaron con pegarle un tiro si se inmiscuía. Se siguió con la paliza a los cabos y se los arrojó por encima de un muro, al otro lado del cual los aguardaba uno de aquellos taxis negros de muy amplia cabida, parecidos a los londinenses, que se alejó a gran velocidad del lugar. En su interior iban los soldados medio linchados y dos o tres individuos, además del conductor. Al que ocupaba el asiento de copiloto se lo vio alzar el puño un par de veces, en gesto de triunfo iracundo, por fuera de la ventanilla. Hoy es posible contemplar parte de la escena en YouTube, lo que pudo filmar el equipo de televisión hasta que la multitud, consciente de lo que iba a venir, le impidió continuar y apartó las cámaras a empellones. El gesto del puño se aprecia con claridad, es el de alguien que escapa con un botín prometedor.

Lo que prometía no tardó nada en cumplirse, o había prisa por que se cumpliera. El taxi no se alejó mucho, tan sólo unos doscientos metros, hasta llegar a un terreno baldío, donde, tras comprobar las identidades de los asaltantes, 'los ejecutamos', según el comunicado de la Brigada Belfast del IRA emitido poco después. Ese término no casa muy bien con el estado del cadáver de Wood, el que había disparado al aire tras verse rodeado por la muchedumbre: su cuerpo presentaba seis tiros, dos en la cabeza y cuatro en el pecho, cuatro puñaladas en la nuca y múltiples heridas en otras partes. Aquello parecía la obra de numerosas manos descontroladas, no la de un solo verdugo aséptico. El Padre Alec Reid había seguido a pie al taxi presuponiendo el destino final de los cabos y con la intención de evitarlo. Pero para cuando llegó al terreno baldío ya era demasiado tarde (todo el incidente duró doce minutos), y se limitó a darles la extremaunción a los muertos, recién muertos. Un fotógrafo captó ese momento, y la foto se hizo tan famosa que la revista *Life* la escogió entre las mejores imágenes de los últimos cincuenta años, y eso es la mitad de un siglo. En ella se ve al Padre Reid arrodillado, con una especie de chubasquero o de anorak con cremallera, junto al cuerpo ensangrentado y casi desnudo del cabo Howes, el más joven. El cura mira hacia la cámara, o más bien hacia la persona que la sostiene (quizá buscando a otro ser humano que comparta su desolación y la comprenda), con una expresión de impotencia o de modestia, como si en el fondo supiera que de nada le sirven ya al cadáver esos últimos ritos con que lo atiende. Pero es lo único que sabe hacer, y hay gente que siente la necesidad de hacer algo, también ante lo que no tiene remedio.

Huelga decir que cuando se reprodujo esa estampa, en 1988, no pude por menos de recordar aquella otra de la que he hablado y que nunca he vuelto a encontrar, ni siquiera en Internet, en cambio. Mejor así, por otra parte: era mucho más insoportable. A quien mata una multitud o una chusma se le arrancan siempre las ropas antes, no sé si para humillarlo o por mera furia o para que se sienta más indefenso, o para anunciarle lo que le espera, o para animalizarlo. Desde que vi las imágenes de la matanza de los cabos me entró de nuevo un mal presagio, si es que puede llamarse presagio a lo que, si ha sucedido, está ya por fuerza en el pasado, tal vez lejano. Vista la rabia colectiva con la que se actuaba a veces en Irlanda del

Norte, no me cabía duda de que, si Tomás había estado allí, y se había hecho pasar por irlandés y hasta por miembro del IRA durante un tiempo; si se había ganado la confianza de éstos para emboscarlos o delatarlos y había sido descubierto, algo no muy distinto de lo que habían sufrido los cabos (peor acaso), y otros soldados británicos, y quizá algún otro agente infiltrado y desde luego confidentes, le habría tocado padecer a él. Sólo que su cuerpo destrozado y desnudo no habría sido dejado a la vista como escarmiento ni como alarde ni como mensaje ni demostración de fuerza, y aún menos se habría permitido que un cura lo ayudara a viajar hasta el otro mundo. Se lo habría enterrado en secreto una noche sin luna en medio de un bosque, se lo habría arrojado al mar o al Lago Neagh con pesadas cadenas para que nunca emergiera; se lo habría dado a comer a los perros o a los cerdos, se lo habría troceado o quemado hasta convertirlo en ceniza que vuela hasta la manga de un viejo y éste se sopla. Se lo habría hecho desaparecer a conciencia, se lo habría escamoteado a sus superiores y a sus deudos como aumento del castigo, se me habría escamoteado a mí, su mujer desconocida y distante, Berta Isla. No habría habido piedad con él sino saña, se lo habría desterrado del universo, sus restos y también su rastro, como si nunca hubiera pisado la tierra ni cruzado el mundo. Del mismo modo que a lo largo de la historia se han arrasado lugares y se ha aniquilado a su población entera para que no hubiera descendencia, y al no podérsela matar dos o más veces, como habrían deseado sus verdugos, se la ha castigado con la supresión de toda huella y la cancelación del recuerdo. Del mismo modo que hay el odio al lugar, el odio espacial, que lleva a su reducción a escombros y a la nivelación del terreno (una cosa malsana, la inquina a los sitios), también hay el odio biográfico, el odio a la persona. No sólo se acaba con ella, sino que se borra todo vestigio de su nefasta existencia, se la anula como si no hubiera nacido ni vivido ni muerto ni recorrido ningún trayecto; como si no hubiera hecho nada bueno ni malo y fuera sólo una página en blanco o una inscripción ilegible, alguien de quien no queda registro, es decir, como si no fuera nadie. Ese podía haber sido el destino de Tomás, hundirse en la niebla de lo sucedido y no sucedido, en la negra espalda del tiempo, engullido por la garganta del mar. Y ser eso: una brizna de hierba, una mota de polvo, una ráfaga breve, una lagartija que trepa por un muro en verano, una humareda que por fin se apaga; o una nieve que cae y no cuaja.

No podía hablarle a Jack Nevinson de aquellos temores míos de 1988 y de antes, ni de los Kindelán, ni de Irlanda del Norte ni de Irlanda. Tal vez lo habrían hecho dudar, habrían minado su convicción, y qué sentido tenía, estaba ya envejecido, estaba solo, y conviene aferrarse a algo cuando se está viejo y solo, al más insignificante detalle de la jornada y si no a una fantasía. Cuando murió un par de meses más tarde, me alegré aún más de no haberle dicho una palabra. Así, al caerse de su cama en pijama pudo seguir pensando que su misterioso hijo menor estaba vivo y que regresaría, aunque él no fuera a verlo. Y cuando a su muerte me quedé yo un poco más sola (pero mis hijos me acompañaron siempre durante todos aquellos años, y algún hombre más que vino para no durar ni permanecer a mi lado), no pude por menos de sentirme a ratos contagiada de su sensación, de su convicción basada en nada. 1988 ya se había disipado y con él lo ocurrido en Belfast a los cabos Wood y Howes, medio linchados por la comitiva de un entierro y después asesinados por varias insaciables manos que necesitaron matarlos diez veces, cuatro puñaladas y seis disparos. Sí, aquella aprensión se fue alejando y lo que dijo mi suegro se quedó conmigo, en cambio. Por eso, y por la superstición que a menudo arraiga y se convierte en un acto reflejo (como tocar madera, o santiguarse antaño), me seguía asomando a un balcón

u otro de vez en cuando, sobre todo al atardecer, al anochecer, al amanecer cuando me pillaba despierta, y oteaba
la Plaza de Oriente donde se pintó *Las Meninas*, con mis
prismáticos o sin ellos, y la calle de San Quintín y la de
Lepanto, donde había estado la Casa de las Matemáticas,
y la Plaza de la Encarnación, y la explanada del Palacio
Real con sus muchos visitantes, esperando ver en algún
punto una figura familiar transformada por el tiempo y
las penalidades. O quizá por una vida mejor de la que
habría llevado conmigo, con otra mujer y otros hijos. Tomás había resultado, en efecto, demasiado misterioso, y
en el reino de las quimeras todo era posible.

VIII

—No se imagina usted, Mr Southworth, la cantidad de veces que he vuelto a pensar lo que pensé en el momento de decidir qué hacer, hace unos veinte años, ¿no es así?

Tom Nevinson no era mucho más joven que su antiguo tutor, pero siguió dándole el tratamiento respetuoso de entonces, de unos veinte años atrás. Hay casos en que se hace imposible cambiarlos, por ejemplo con los profesores, sobre todo si en ese tiempo el profesor y el alumno no se han vuelto a ver, si no ha habido continuidad.

—¿Qué pensaste? —le preguntó Mr Southworth, quizá más por deferencia que por verdadera curiosidad. Todavía no se había repuesto de lo inesperado de la visita, sin anuncio, sin llamada previa; de la intempestiva irrupción de aquel hombre de mediana edad que decía ser Tomás Nevinson, tan distinto del que recordaba él. Ahora Mr Southworth tenía el pelo casi blanco, prematuramente blanco, por lo demás no había cambiado en exceso. Seguía en sus aposentos de siempre en St Peter's College, seguía siendo muy diestro con el oleaje de la toga negra que le caía como una catarata en torno a las piernas y jamás se le enredaba en ellas, y que él se empeñaba en vestir para sus *tutorials* y clases pese a que eso empezara a estar ya mal visto en los años noventa que anunciaban el nuevo, rencoroso siglo: como un rasgo de autoridad y elitismo. Ya empezaba a estar todo mal visto, cualquier signo de cortesía, distinción o saber a sentirse como un agravio. Pero Mr Southworth era naturalmente cortés, distinguido y sabio, como lo era el Profesor Wheeler, aún más (sería nombrado Sir Peter Wheeler poco más tarde), y no estaba dispuesto a ir contra su ser por contentar a una masa manipulada, educada en el victimismo congénito y azuzada al complejo de inferioridad como pasaporte, coartada y motor de la existencia.

—Le parecerá exagerado, un alarde de clarividencia —contestó Tom Nevinson—, pero estuve seguro de que la decisión condicionaría mi vida, como así ha sido. No los siguientes días ni los siguientes meses ni siquiera los siguientes años, sino el resto, mi vida entera a partir de aquel instante, y apenas había iniciado el recorrido entonces, usted me conoció entonces y algo me recordará, cómo era. No tiene ni idea de cómo soy ahora. Lo que pensé y me he repetido con frecuencia fue esto: 'Lo que ahora sea será siempre. Seré quien no soy, seré ficticio, seré un espectro que va y viene y se aleja y vuelve. Y sucederé, seré mar y nieve y viento'. Me lo he repetido para constatarlo. —Se quedó callado, mirando con ojos desconcertados e intensos a su alrededor, a la acogedora habitación llena de libros en la que había pasado tantas horas lectivas hacía una eternidad o dos, como si no diera crédito a la inmutabilidad del lugar tras sus años de errancia, y además hubiera caído en la cuenta de que sus palabras carecían de sentido para Mr Southworth, al que le faltaban los antecedentes.

En su día no le había informado de su posterior conversación telefónica con Wheeler, o sólo someramente. Ni de su encuentro con sus reclutadores Tupra y Blakeston, ni de las condiciones que éstos le habían impuesto. Una de ellas fue que se incorporara de inmediato, otra que no contara nada a nadie. Si iba a trabajar para los Servicios Secretos y a ser entrenado por ellos, desde aquel mismo instante todo pasaba a ser eso, secreto. Nevinson se había acercado a despedirse de Mr Southworth un par de fechas más tarde, y respecto a su problema, de cuyo nacimiento había sido testigo, se había limitado a decirle: 'Tenía razón,

Mr Southworth, muchas gracias. El Profesor Wheeler me fue de ayuda. Me aconsejó bien y ya está todo solucionado. La policía no me molestará más, ha visto que nada tengo que ver con la muerte de esa pobre chica'. '¿Y ese Morse?', le había preguntado Southworth. 'Parecía hábil y meticuloso.' 'No se preocupe, también con él está aclarado. He contado con asesoramiento legal, y el Profesor es muy convincente.' '¿Han encontrado al hombre?' 'No que yo sepa. Pero lo encontrarán, supongo.' Mr Southworth era discreto y no quiso insistir, ni tirarle de la lengua. Si acaso, ya le preguntaría a Peter, con quien tenía confianza, para él era 'Peter'. Y así lo había hecho una semana después, cuando coincidieron en la Senior Common Room de la Tayloriana a solas, pero Wheeler no le dio muchas explicaciones, como si aquello fuera agua trivial, aburrida y pasada: 'Ah, el joven Nevinson', le había dicho. 'Nada. Un error, un malentendido, un susto. Estará ya de vuelta en Madrid, bajo el ala de Starkie. O a punto de irse.'

Sí, el hombre ya nada joven que decía ser Tom Nevinson y que a buen seguro lo era (¿por qué habría nadie de hacerse pasar por un antiguo estudiante suyo al cabo de veinte años, por qué habría de mentirle tan tontamente?), el hombre que se había presentado en sus habitaciones de St Peter's con una mirada febril y un aspecto erizado, como si acabara de ver una aparición o de salir del agujero de un largo y profundo engaño, o quizá de atravesar un calvario o superar una ordalía, se dio cuenta de que Mr Southworth no estaba enterado de casi nada. Pero continuó. No había sabido por dónde empezar y le había costado arrancarse; una vez que se había lanzado, no iba a perder el impulso, aunque fuera un impulso atropellado y rayano en lo incoherente.

—También me acordé de dos versos que había visto por primera vez un rato antes: 'El polvo suspendido en el aire señala el lugar en el que terminó una historia'.

—Y antes de que pudiera añadir más, Mr Southworth,

que era culto y leído, mencionó su procedencia con naturalidad, sin pedantería, como quien reconoce un pasaje de la *Biblia*.

—Ya veo. Eliot. *Little Gidding*, si mal no recuerdo.

—Sí. Lo había leído por casualidad, salteado, fragmentos, no entero. Ahora hace mucho que me lo sé de memoria, de arriba abajo. Y entonces pensé también: 'Aquí ha terminado la mía, mi historia. Qué me espera, porque a la vez sigo ahora aquí, y ahora es siempre. Esta es la muerte del aire. Pero se lo sobrevive'. Eso fue lo que pensé, Mr Southworth, y que eso era una fortuna y al mismo tiempo una desgracia.

—Por ahí anda otra vez Eliot, ¿no?

Tomás no se lo confirmó en esta ocasión, estaba a lo suyo y demasiado alterado, en cuestión de segundos los ojos se le extraviaban o se le reconcentraban, los dirigía con vivacidad hacia su antiguo tutor y el entorno o hacia dentro mortecinos, hacia algún recuerdo o hacia muchos alborotados, hacia la nada.

—Se sobrevive a esa muerte, Mr Southworth. Se sobrevive al aire muerto, yo lo sé y puedo decírselo. Yo he experimentado eso. —Sacó un pañuelo de un bolsillo y se lo pasó por la frente y las sienes, aunque pese a su agitación no sudaba. El pañuelo apareció limpio y doblado, siguió limpio tras pasárselo—. Es muy difícil acabar con la vida, cuando ésta no quiere marcharse. Es difícil hasta matar a alguien, cuando la vida decide que aún no es tiempo de abandonarlo, no está dispuesta a retirarse. También que lo maten a uno, si uno se opone con todas sus fuerzas, con la voluntad sobre todo. Usted no sabe de cuánto es capaz la voluntad si se la ataca, aquí en Oxford no puede saberlo. Este es un lugar pacífico, está fuera del universo.

Mr Southworth fue dejando de lado su incomodidad inicial y su sorpresa para tratar de yuxtaponer al joven brillante y dotado para las lenguas que tanto había llamado la atención durante sus años en la Universidad, la suya y la de los demás profesores, y al hombre que tenía delante. El hombre que tenía delante andaría por los cuarenta y tantos (quizá habían pasado más de veinte desde la última vez que lo viera). Lucía un bigote y barba con canas y se había ensanchado, tanto de cuerpo como de cara. El pelo estaba veteado de gris y ya no era abundante, lo llevaba peinado hacia atrás y no ocultaba sus considerables entradas. Los rasgos gratos del muchacho se habían vulgarizado: era como si la nariz se le hubiera achatado y el mentón cuadrado se le hubiera hecho trapezoidal, como un dibujo de tebeo vetusto; los ojos grises carecían del brillo ocasional de antaño, parecían definitivamente atormentados y mates, su color oscurecido y las pupilas desenfrenadas, antes sólo penetrantes e inquietas; lo único que no le había cambiado era la boca carnosa y bien dibujada, aunque el bigote la tapaba un poco y se veía menos roja y menos tersa. Tenía profundas arrugas en la frente, horizontales, y en las mejillas, verticales, y una cicatriz ya vieja bajo la comisura izquierda del labio, muy semejante, pensó Southworth, a la que nunca se le había borrado a Peter tras su lejano accidente automovilístico de 1941, durante su adiestramiento en Loch Ailort, en la costa occidental de Escocia, le había oído contar ese episodio. A Nevinson, cuando pasara más tiempo, también se le emblanquecería la suya (moriría en su palidez sin morir nunca del todo), era extraño que los dos se la hubieran hecho en el mismo sitio y con el mismo recorrido, a los dos les atravesaba en diagonal la barbilla entera.

El nuevo Nevinson hablaba con precipitación y de manera un tanto inconexa, pero a la vez daba la impresión de ser alguien resuelto, que no se andaría por las ramas cuando estuviera sosegado y sereno, en posesión de la claridad, recompuesto. Tampoco se andaría con miramientos, probablemente. Había en él un gesto soliviantado, de impaciencia, de hartazgo, de dureza interior, que el joven no había tenido, hasta donde le alcanzaba a él la memoria. El joven era liviano e irónico, en el hombre se advertía gravedad y enfado, había poco espacio para las bromas. Hacía mucho que no pensaba en aquello, pero ahora le vino el recuerdo de lo temeroso que estaba, casi aterrado, después de la visita de Morse a la que él quiso quedarse para protegerlo. Claro que su encogimiento, su desorientación absoluta y su espanto se deberían también al mazazo, a la noticia recién recibida de que la joven con la que se había acostado la noche anterior y otras veces había sido asesinada al poco de separarse él de ella, de marcharse de su casa. ¿Cómo se llamaba? El policía Morse había mencionado su nombre, y había resultado sorprendente que Tom, ahora se acordaba, hubiera ignorado el apellido hasta aquel momento. Era una chica que trabajaba en la librería Waterfield's, y el nombre y el apellido eran con J, algo así como Joan Jefferson, o Jane Jellicoe, o quizá Janet Jeffries. No había leído nada en los periódicos al respecto, pero eso no era extraño, Mr Southworth no los veía a diario ni mucho menos, pasaban jornadas enteras en las que no disponía de tiempo ni para echarles un vistazo en el *college*, solía ir a la carrera, de reunión en *tutorial* y de clase en seminario, y las horas que le restaban las dedicaba al estudio y a la lectura de mil libros. Era verdad que Oxford y los oxonienses estaban fuera del universo, ensimismados en sus pequeñeces. Tom le había dicho luego que todo estaba arreglado y, como la mayoría de sus colegas, no era un hombre curioso del mundo exterior a la 'congregación', como si lo que aconteciera fuera de la Universidad en realidad no les concerniera. Se había olvidado del episodio en seguida, él no conocía a la muchacha o al menos no la identificaba, casi todas le parecían iguales; y si ya no afectaba a un pupilo suyo, aquello le incumbía tan escasamente como un crimen cometido en Manchester, en París o en Varsovia.

El hombre que ahora tenía delante no se habría asustado por eso, por una muerte violenta aunque le resultara cercana, ni por las preguntas de un policía aunque lo involucraran, o no de la misma manera. 'Tal vez', pensó E A Southworth (así rezaba el letrero en su puerta), 'ni siquiera se habría inmutado. Este individuo lo habría encajado como un incidente más del mundo, el mundo siempre fiel a su estilo, el mundo que ahora él conoce. ¿Qué habrá visto este Tom durante todos estos años?', le dio tiempo a preguntarse mientras aún lo observaba. '¿Qué habrá hecho o qué le habrán hecho, para ser tan despiadado? Iba para diplomático en España o para funcionario del Foreign Office, tenía esas vías abiertas, hablando la cantidad de lenguas que hablaba y todas perfectamente. Pero esta no es la cara de un diplomático ni de un funcionario. Es la de alguien desarraigado y desengañado, y seguramente desesperado. Pero también es despiadado.'

Mr Southworth sacó un cigarrillo y le ofreció uno a Tomás. Éste lo aceptó, cada uno encendió el suyo con su mechero y aquél le dijo:

—¿Qué te ha pasado, Tom Nevinson? ¿Qué ha sido de ti todo este tiempo? No sé de qué decisión me hablas, no te entiendo. ¿Qué puedo hacer por ti, si es que algo? No es que no me alegre tu visita, pero ¿por qué diablos has venido a verme, al cabo de tantos años?

Nadie supo nunca qué le había pasado a Tom Nevinson, ni qué se había hecho de él, no con exactitud, no con detalle; ni siquiera a grandes pinceladas. En qué lugares ni con quiénes había estado, de qué misiones había sido responsable, cuántos males había causado, cuántas desgracias había evitado. Lo supo él solamente, en realidad como cualquiera (cualquiera respecto a sí mismo), y en menor grado Tupra o Reresby o Ure o Dundas, el hombre con todos esos nombres y otros que no se conocen, así como Blakeston: sus inmediatos superiores, sus reclutadores, los ladrones de su vida trazada. También es posible que supieran algo, muy vagamente, los diferentes y altos jefes a los que es de suponer que sirvió, en última instancia y en la teoría: Sir John Rennie y Sir Maurice Oldfield, Sir Dick Franks y Sir Colin Figures, Sir Christopher Curwen y Sir Colin McColl, es difícil que llegara a estar a las remotas órdenes de Sir David Spedding, el siguiente director del Secret Intelligence Service, de 1994 a 1999. Pero quizá él jamás vio a ninguno ni ellos estaban al tanto de sus andanzas concretas, probablemente preferían enterarse lo menos posible de lo que acontecía en los diversos terrenos y de los métodos allí utilizados por sus subordinados, prudentemente alejados de sus despachos. Darían instrucciones desde su cúspide y esperarían verlas cumplidas al cabo de un tiempo, sin saber quiénes las habían cumplido ni cómo lo habían logrado. Agradecerían que los mandos intermedios los engañaran y los mantuvieran a oscuras y les ahorraran los pormenores siniestros o desagradables que ellos habían desencadenado sin manchar sus alfombras, y que tomaran sus propias medidas sin pedirles autorización ni consultarles. Agradecerían estar envueltos en opacos velos de ignorancia, para eximirse de culpa si una operación o un dispositivo fracasaban clamorosamente o acababan en catástrofe. Exigirían no mezclarse. Aunque quién sabe si alguno se prestó a conocer a Nevinson en persona, si éste había sido muy útil o se había destacado, o si había ido ascendiendo hasta convertirse también en mando intermedio, acaso por encima de Blakeston, por debajo de Tupra siempre, no era Tupra de los que permiten que un inferior los adelante. Nadie supo nunca, tampoco, qué galones alcanzó Tomás Nevinson. Nadie fuera de la Inteligencia Militar, se entiende.

La persona a la que más contó fue Mr Southworth, pero no le contó lo que éste le había preguntado, qué le había pasado, qué se había hecho de él todo aquel tiempo. Era una pregunta más bien retórica o una forma de hablar, nadie es capaz ni está dispuesto a relatar veinte o más años de golpe y casi nadie está dispuesto a escucharlos, a no ser que se trate de una narración escrita y ficticia sobre alguien inexistente, inventado, y aun así no se hace fácil atender a una historia tan larga. Así que Tomás le resumió cuanto pudo lo que le había sucedido antes de su marcha de Oxford, cuando aún era estudiante o estaba dejando de serlo.

—Claro, usted no sabe. No sabe ni siquiera el principio. —Y al decir esto, al caer en la cuenta, Tom Nevinson se serenó y se recompuso un poco y se centró, eso suele ocurrirles a quienes deben dar explicaciones, cuando reparan en que deben darlas para ser mínimamente entendidos—. En su día le dije que estaba todo arreglado. Que yo había quedado fuera de toda sospecha en aquel crimen, se acordará, el de aquella chica, Janet Jefferys, la habían estrangulado la misma noche que yo había estado con ella. El asunto pintaba mal para mí, ¿se acuerda? Le dije que había quedado descartado. Pero no cómo lo conseguí, no a cambio de qué, porque entre las condiciones se me impuso una regla, la del absoluto secreto, a la que todavía estoy atado. Pero esto sí puedo contárselo ahora. —Y le contó cómo el Profesor Wheeler le había recomendado y concertado una cita con Bertram Tupra, 'persona de muchos recursos'. Cómo éste se había presentado en Blackwell's con Blakeston. Qué era lo que le habían propuesto. Y la decisión rápida que él había tomado, aquel momento que tan bien recordaba y que se le venía repitiendo media vida.

—¿Debo entender que desde entonces has trabajado para el Servicio Secreto? ¿Todos estos años? Me había llegado alguna noticia de que estabas en la embajada en Madrid y al servicio del Foreign Office. —El tono de Mr Southworth denotaba una combinación de incredulidad, guasa y espanto, como si no pudiera concebir semejante cosa desde su paz universitaria, desde su puesto ajeno al universo. Habría pensado que Tom le tomaba el pelo de no ser porque saltaba a la vista que su turbación no era fingida y que hablaba muy en serio, casi con dramatismo. Era alguien a quien lo último que se le ocurriría sería bromear sobre su situación, sobre sí mismo. Era como si su juvenil ligereza le hubiera desaparecido con la edad sin dejarle el menor vestigio, y le hubiera cambiado el carácter. Ahora era un hombre introspectivo, agobiado, que cargaba fardos y arrastraba lastre.

—También he estado allí, no se crea, he compaginado. Pero sí. Más o menos todos estos años —respondió Tomás—. Aunque he debido pasar unos cuantos fuera de la circulación, fuera de juego. Las circunstancias. Y ahora ya no, ya no trabajo, ahora ya me he salido. Aun así no puedo contarle mucho, la prohibición es de por vida. Ni dónde he estado ni qué he hecho. Sólo puedo hablarle en términos generales. En bastantes sitios he estado y he hecho bastantes cosas. Algunas útiles, sin duda, pero la mayoría feas y sórdidas. Ya no sé enorgullecerme de casi nada, como hice en otro tiempo: la juventud ayuda, es autocomplaciente. De hecho hay días en que me cuesta tolerarme, vivir en mi compañía constante. Uno va haciendo lo necesario, está metido en la tarea y no piensa. Uno no tiene perspectiva, no da tiempo a tener eso, y más vale así mientras se está activo. Se pasa de un día a otro y cada uno está lleno de problemas acuciantes y riesgos, sólo cabe buscar soluciones y para nada más queda hueco. A uno le dan órdenes y no es cuestión de discutirlas, ni siquiera de analizarlas. En cierto sentido se vive cómodamente, cuando a uno se le dice qué hacer en todo momento. Se entiende a los que quieren cadenas, nada tienen que cuestionarse. Instrucciones precisas, esto, aquello y lo otro. O imprecisas, conseguir resultados. Yo he vivido así mucho tiempo, convencido de lo que hacía, limitándome a cumplirlo lo más eficazmente posible. Cuando uno está obligado a algo, lo mejor es convertirse a la causa, hacerse fanático de ese algo. Yo servía al país, a la Corona, en su sentido abstracto. Obviamente la Reina no está al tanto de nada, pobre mujer, para su suerte; se pegaría un tiro si supiera para qué se invoca su nombre. —Se había acabado el cigarrillo, así que sacó uno suyo, le ofreció a su antiguo tutor, que no quiso empalmar dos tan seguidos. Mr Southworth se acordó de los que antaño fumaba Tom Nevinson, la marca Marcovitch le acudió a la memoria, el policía Morse se había interesado por ellos. Ya no se fabricaban, ahora vio que Nevinson llevaba un paquete también original, infrecuente, George Karelias and Sons, se leía, el apellido sonaba a griego. Mientras se encendía su Karelias, Tomás se quedó callado, en realidad más rato del que tardó en prendérselo. Luego continuó—: Claro que a veces hay que elegir, normalmente entre dos males, decidir sobre la marcha. Una de las acciones que más me atormentan es haber participado en la muerte de tres compañeros. Bueno, no eran compañeros, no los conocía. Pero sí compatriotas, soldados ingleses, luchaban en mi bando. Y hubo que sacrificarlos, se emplea ese término. Permitir que se los cargaran sin alertarlos, sin avisarlos. Ya ve, me tocaba callar sin remedio. Es más, me tocaba colaborar en la ejecución, fingiendo enardecimiento. Era más importante no echar por tierra una operación de largo tiempo, no levantar sospechas, no correr el riesgo de descubrirme. Si me hubiera abstenido de tomar parte, si me hubiera contenido incluso, si no hubiera mostrado una alegría salvaje por el éxito del atentado, me habrían mirado con desconfianza o algo peor, con inquina. Y a lo mejor habría acabado yo muerto. Y uno mira siempre por sí mismo antes que por los demás, eso se comprueba pronto. Si su supervivencia está en juego, hasta es capaz de desobedecer las órdenes, o de no esperar a recibirlas. Ateniéndose a las consecuencias, claro, pero en ellas se piensa luego, no en el instante. Además, si a uno lo cazan, ya no hay misión ni hay nada, así que lo primero es seguir vivo. E indetectado. Al menos no fui mano ejecutora, se reservaron el privilegio. Pero si me lo hubieran encomendado, habría apretado el gatillo, supongo. Qué otra. ¿Me da algo de beber, por favor, Mr Southworth? Se me está secando la boca, llevo varias noches sin dormir apenas. Hablo en sentido figurado, la cosa no fue con gatillo, sino con detonador, vaya estropicio.

Southworth le enumeró lo que tenía en sus aposentos, y de pie, mientras le servía un vino blanco no muy frío pese a estar en una mininevera (todavía era un poco temprano para eso, las nueve y media de la mañana, pero fue lo que prefirió Tomás Nevinson entre la variedad escasa), le preguntó lo que ya había entendido perfectamente:

—¿Estabas infiltrado? ¿Eras un topo? ¿Es a eso a lo que te has dedicado? Eso que cuentas suena a Irlanda del Norte. —Seguía habiendo un tono de escepticismo en Mr Southworth, como si todo aquello le pareciera un cuento absurdo, aquel mundo tan distinto del suyo. Mr

Southworth no iba al cine ni veía series de televisión ni leía otras novelas que las de Galdós y Clarín y Pardo Bazán, Valle-Inclán y Baroja, para sus clases, y si acaso se asomaba por gusto a las de Flaubert y Balzac, Dickens y Trollope. No estaba familiarizado con las de espías. Ni siquiera podía apoyarse en la ficción para hacerse una idea.

Tomás no contestó a lo último.

—No sólo me he dedicado a eso. Pero sí varias veces, en diferentes lugares, el lugar es lo de menos, siempre se trata de lo mismo, de hacerse amigo de los enemigos y engañarlos si es posible. No digo que no sea interesante, incluso apasionante: uno llega a conocerlos. ¿Y a qué otra cosa me iban a destinar, Mr Southworth, teniendo mi dichoso don de lenguas? Hablando tantas como hablo y pudiendo imitar cualquier acento. ¿Ya no se acuerda? Pues por eso fui reclutado, qué se piensa. Por eso principalmente. Y el primero que me lo propuso fue el Profesor Wheeler, me imagino que no tiene ni idea, él no debe de hablar de esos asuntos con nadie, fuera de sus compañeros del SIS, o del SAS, o del PWE si es que aún existe. Antes me ha preguntado por qué diablos he venido a verlo al cabo de tantísimo tiempo. En parte he venido a que me diga hasta qué punto el Profesor es responsable. Usted es amigo suyo. Usted lo conoce bien y le tiene confianza. Usted lo admira, lo adoraba. Siguen siendo amigos, ¿no? Aunque él se haya jubilado y ya no esté al frente del departamento. Ahora está un galés nada menos, tengo entendido, ¿Ian Michael?

—¿Responsable de qué? —lo interrumpió Mr Southworth.

—De lo que me ha sucedido. De lo que creo que me hicieron. De que me sustituyeran la vida por otra. Ahora ya es tarde para recuperar la mía, la que tenía prevista. El tiempo paralelo también corre. El tiempo paralelo —repitió meditabundo. Se bebió la copa de vino de un trago.

—Tom, no te entiendo. Pero sea lo que sea a lo que te refieres, me temo que yo no estoy capacitado para decirte hasta qué punto Peter, el Profesor, es responsable de nada. Mejor que le preguntes a él. Está en Oxford estas semanas. Luego se marchará a Austin unos meses. Las Universidades americanas lo invitan con frecuencia desde que se jubiló. Pasa allí parte del año. Lo tratan como a una eminencia y redondea ingresos.

—No, no quisiera ir a verlo si no es del todo necesario. No quisiera ponerme violento con alguien de su edad, ¿qué tendrá ya, más de ochenta?, y a quien respetaba mucho. No quisiera pedirle cuentas si usted cree que no hay motivo. Usted sabrá interpretarlo.

—¿Violento? —Southworth no pudo evitar reírse, por la inverosimilitud del anuncio. Se animó a servirse vino y tomó asiento de nuevo, con una floritura de sus faldones—. ¿De qué hablas? Tampoco sé si le importaría gran cosa, siempre que remataras la faena y fueras rápido. La última vez que le pregunté cómo estaba me respondió: 'Esperando una visita de la Parca, a ser posible una indolora y de aviso, como las salvas de los barcos antes del primer cañonazo con bala'. Es muy consciente de su mortalidad, a estas alturas. Está activo y con buena salud, pero también hecho a la idea de que poco a poco se irá apagando. Quizá no le molestase una muerte violenta. Quizá lo divertiría, por insospechada. —A todos los *dons* de Oxford les acababa saliendo el lado sarcástico.

—Ríase si quiere —le dijo Tomás con gravedad—. Me refería a violencia verbal, no física, aunque no me faltarían ganas. Mire, usted siempre me ha parecido honrado, una persona muy justa, de las que no se callan lo que piensan. Quiero que me diga hasta qué punto el Profesor estaba enterado. No lo sabrá a ciencia cierta, evidentemente, no puede saberlo. Pero me valdrá su criterio y lo daré por bueno. Usted conoce a Wheeler mejor que casi nadie. Con su opinión me conformo. Si cree que no estaba al tanto, no iré a verlo. Pero si lo cree culpable, no se salvará de una visita mía, y no iré sólo con salvas.

—¿Culpable de qué? ¿Al tanto de qué? —dijo South-worth entre impacientado y desconcertado—. El Servicio Secreto te ha hecho críptico. Bueno, es lo suyo, ¿no?

Tomás Nevinson dejó pasar la nueva broma.

—Luego iré a eso. Vamos por partes.

—Si no son demasiado largas... —contestó Mr South-worth, todavía con humorismo y echando una ojeada al reloj—. Tengo una clase a las doce en la Tayloriana. Por suerte para ti, la única de esta mañana. Iba a dedicar este rato a prepararla, pero bueno, la verdad es que la doy todos los cursos, hasta tú me la habrás oído probablemente, a Valle-Inclán no me lo salto. No me saldrá mucho peor por no repasarla.

Tom Nevinson se dio cuenta de que no era fácil arrancar de sus hábitos a Mr Southworth, de su mundo y de su ritmo apacibles. Creía haberlo logrado con su irrupción, al principio, con su aspecto trastornado y su incoherencia, un espectro irreconocible y airado. Pero en cuanto se había centrado y había empezado a explicarse, había prevalecido el tono cortés de Oxford, irónico, escéptico, teñido de displicencia, él lo recordaba bien, aparecía hasta en los miembros de la congregación más serios y nobles. Ahora Mr Southworth llevaba allí mucho tiempo y lo habrían maleado, le habrían rebajado sus dosis de ingenuidad y rectitud, es difícil no contaminarse de un sitio clerical con ocho siglos. Pero él no era ya un estudiante sino un veterano de más duros ámbitos, le traían sin cuidado las jerarquías. Se levantó abruptamente, se acercó a Mr Southworth y le agarró la toga por las falsas solapas, con las dos manos, un gesto agresivo, insólito.

—No me acaba de tomar en serio, ¿verdad, Mr Southworth? Pues le toca hacerlo, me va a escuchar hasta que me canse. Esto no es un juego. Mi vida no ha sido un juego, no ha tenido ninguna gracia. Me la quitaron hace veinte años entre todos ustedes, cómo se puede hacer eso, mis servicios no eran tan importantes, no creo que yo fuera único. Pero el Estado es caprichoso y no desaprovecha a ningún ciudadano. También usted tuvo su parte: me aconsejó que hablara con Wheeler y que me pusiera en sus manos, Wheeler me condujo a Tupra y de ahí no he salido. Hace sólo dos semanas que salí, dos semanas. —To-

437

davía no le soltó la toga, se la cogía con fuerza, y se le cruzó un pensamiento: 'Así verá que puedo ser violento, que lo sería con el Profesor si hiciera falta, si se lo mereciera. No me costaría nada. La edad no absuelve'. Y a continuación este otro, contradictorio: 'Pobre Mr Southworth, él no ha hecho nada, tan sólo quiso protegerme, ayudarme'. Entonces lo soltó avergonzado, retrocedió un par de pasos, volvió a sentarse—. Disculpe, Mr Southworth, me he excedido y usted no tuvo que ver, estoy seguro. Le ruego que me disculpe. Pero es que son más de veinte años perdidos, ¿qué le parece?, eso perturba y desespera a cualquiera. Usted no los concibe. Los ha pasado aquí tranquilamente curso tras curso, con sus clases, su Valle-Inclán y sus seminarios, un *continuum*, casi no se habrá percatado del avance del tiempo. Yo, en cambio, los he pasado esperando a la Parca, cualquier día, a cualquier hora, con unas pocas treguas de vez en cuando. Pero uno sabe que son sólo eso, treguas, y no descansa. La última verdadera, además, fue hace ya muchos años. Y no he esperado esa visita porque por edad me tocase, como al Profesor ahora, sino porque me obligaron a ponerme muy cerca, a andar por los territorios que más frecuenta. Hay unos que son más suyos que otros, ya le he dicho lo que les ocurrió a esos soldados. Ese es el terreno que yo he estado pisando. No. Uno más pantanoso, y con más peligro.

Mr Southworth se recolocó la toga con calma, se alisó las largas solapas falsas, cosidas por arriba a la pechera; mantuvo la compostura en todo instante e incluso cruzó las piernas con donaire. Aún tenía su copa de vino en la mano, no se le había vertido una gota porque no se había resistido. Había dejado hacer a Tomás, su expresión no varió siquiera, si acaso apretó un poco los labios —menos con indignación que con cautela— mientras éste lo agarraba, no llegó a zarandearlo.

—Estás disculpado —le dijo—, pero si se repite te echaré de aquí y no te oiré ni una palabra. Cuéntame lo que sea, pregúntame lo que sea y a las doce menos cuarto acabemos. A las doce daré mi clase rutinaria.

Sonó firme y algo ofendido, no tanto como enfadado ni tanto como autoritario. Tom Nevinson pareció desorientado un momento, como si en realidad no supiera bien qué contar, ahora que se lo instaba a ello; por dónde empezar o por dónde seguir, porque empezar ya había empezado, de forma desorganizada.

—He servido de buena fe, Mr Southworth —dijo por fin—. Al principio de mala gana, pero después de buena fe, durante muchos años. He hecho lo que se me pedía, lo que se me ordenaba. Más o menos bien, hasta donde estaba en mi mano. He ido a bastantes sitios, ya le digo, y he cumplido. Me he convencido de que mi tarea era útil, y más que eso: de que era crucial para la defensa del Reino. Empecé reacio, luego me convertí en un entusiasta. Con el entusiasmo se justifica todo.

—Tu tarea. La infiltración, entiendo.

—Sí. Bueno, no siempre. Bastantes veces. Pero no sólo, también he hecho trabajo de oficina, investigaciones, informes, averiguaciones. Y escuchas, y seguimientos, guardias. Me he pasado noches enteras metido en un coche, vigilando un portal, una ventana. Y he visto infinidad de vídeos. Mejor decir el espionaje, es más amplio y lo abarca todo. Pero sí, mucho disfraz desde luego, mucho cambio de personalidad y de aspecto, y hablar como no hablo, alterar la voz y el acento. Es lo más sucio. Lo que hizo Enrique V cuando se mezcló con sus soldados oculto bajo una capa, de noche, para departir con ellos y sondearlos. O sonsacarles. —Mr Southworth era tan leído que a Tom no le cabía duda de que cazaría la referencia al vuelo—. Quizá sea el espía de mayor alcurnia, en la ficción al menos. Me lo señaló mi mujer un día, la verdad es que yo no había caído. —La palabra que empleó fue 'wife', 'esposa', no 'woman', 'mujer' a secas.

—Tienes mujer, claro —dijo Mr Southworth. Era lo natural, que la tuviera a su edad mediana.

—Sí, me casé hace muchos años, en 1974, en Madrid. Ya era mi novia cuando estudiaba aquí. Berta, no sé si le hablé entonces de ella. Tuvimos dos hijos, un niño y una niña. Ahora hace doce años que no los veo ni hablo con ellos, me lo he tenido prohibido, por seguridad, por la supervivencia. Ellos me creen muerto, si es que eso se lo han creído, me refiero a Berta. Supongo que sí, pero no estoy en su pensamiento, que es lo que cuenta. Porque oficialmente estoy muerto, Mr Southworth, ya no existo. Y tengo otra hija, de otra mujer con la que conviví unos años y que desconoce mi verdadero nombre. —Aquí la palabra no fue '*wife*', fue '*woman*'—. La niña no lleva mi apellido, por tanto, sino uno inventado, el que me vi obligado a adoptar tras mi muerte y aún figura en la documentación que tengo. Pero pronto volveré a ser Tomás Nevinson, y saldré del archivo de los difuntos. Esa niña, sin embargo, conservará siempre su falso apellido, me temo. No creo que yo pueda seguir su vida, ni siquiera enterarme. Bueno, la de mis hijos españoles me la he perdido ya en gran medida, me tocará perderme la de mi hija inglesa, qué remedio. Su madre no querrá que aparezca. Conviví con ella hasta que se cansó, de mis misterios, de mis silencios, de mi vida pasiva y rara. Y se quedó a la niña, claro, los hijos son de las mujeres las más de las veces. Tampoco a ellas las veo desde hace tiempo, no tanto. ¿Y usted? ¿Se ha casado? ¿Tiene hijos?

—Oh no. Eso no es para mí —respondió Mr Southworth sin más explicaciones, ya serenado. A Tomás siempre le había parecido un hombre dedicado casi religiosamente a la enseñanza, a la música y a la literatura, un apasionado de todo ello. Su vida fuera de la Universidad era un completo misterio, si es que la tenía—. ¿Y dices que de tu mujer no sabes nada? ¿Desde hace doce años? Qué extraordinario.

—No la veo ni he hablado con ella, es lo que he dicho. Pero sí sé algo, y de los niños que ya casi no son niños. Tupra me informa de lo esencial, de tarde en tarde. Me informa de que están bien, de que nada les falta. Para que esté tranquilo, dentro de lo que cabe, y no sucumba a tentaciones. Bueno, así ha sido durante años. Sé que a Berta se le reconoció la viudez a todos los efectos, aquí y en España. Y que en todo este tiempo no se ha casado de nuevo, siendo libre de hacerlo. Eso es lo que me hace pensar que quizá no se ha creído del todo mi muerte. Obviamente no hubo cadáver, Mr Southworth. La versión oficial es que desaparecí en la Argentina. Y como de eso hace mucho, acabó por declarárseme legalmente muerto. También hace mucho que lo estoy, no se crea.

—En la Argentina, de entre todos los sitios posibles... —murmuró Mr Southworth con un dejo de ironía—. Un poco rebuscado, ¿no? Un poco demasiado lejos. Hasta Borges se fue de allí, por algo sería.

—Veo que ni siquiera usted tiene presente que libramos una guerra contra ese país. Es llamativo con qué facilidad se la ha olvidado. Excepto cuando hay un partido entre las selecciones de fútbol, y entonces todos se enardecen un rato.

—Ah sí, tienes razón, es cierto. La mayoría nos acordamos ya poco de eso. ¿Participaste en esa guerra? ¿Un partido de fútbol? —Mr Southworth tampoco tenía idea de fútbol.

—Si participé es lo de menos. El informe relativo a mi desaparición dice que sí, que allí se me perdió el rastro y que de mí ya no ha vuelto a saberse. Víctima de argentinos furiosos, se supone. Qué más da, ya le he dicho que he estado en bastantes sitios, alguna explicación había que darle a mi familia. Y a un sector del Foreign Office que no se entera de mucho. Al que se le cuenta poco, con su beneplácito.

—De ahí los doce años.

—De ahí los doce años. Me despedí de Berta nada más iniciarse esa guerra. Pero la historia es otra, claro, o no estaría con usted ahora. Mire, uno cree que no va a suceder, pese a los riesgos de que suceda. En el fondo todos somos optimistas, nos acostamos pensando que nos levantaremos a la mañana siguiente. Así que uno se crece a medida que va cumpliendo misiones y encargos y no sale mal parado de ellos. Casi todo éxito trae soberbia, y uno desarrolla una sensación de invulnerabilidad, inconscientemente. Si esta vez ha ido bien, por qué no la próxima, piensa uno. Y cuantos más obstáculos salvados, cuantos más alivios, más lo piensa y más se atreve. Hasta que por fin algo falla y uno fracasa. O no fracasa, pero tiene que quitarse de en medio y queda amortizado, inservible. Lo que se dice quemado. No se sabe durante cuánto tiempo, o si será para siempre. Bueno, tuve que desaparecer de verdad, tuve que ocultarme, convenía que estuviera muerto para todo el mundo, para mi mujer la primera, eso es de abecedario, prohibida toda comunicación, cualquier contacto. Imagínese, una gente se había acercado ya a ella hacía muchísimos años, otra gente, 'por si acaso', dándole un susto de infarto. Si se me creía muerto, había menos posibilidades de que me buscaran, pero los enemigos tienden a ser incrédulos, siempre quieren ver el cuerpo. A un topo se lo persigue y castiga. Sólo se lo acaba olvidando si pasa el tiempo y no se lo encuentra, y cuando aquellos a los que perjudicó se mueren o se retiran, pasan a la reserva o también se queman. Para eso han de transcurrir años, a no ser que haya mucha suerte y se los carguen o los encarcelen de golpe. No mil años, sin embargo: en la vida clandestina se dura poco, los relevos se suceden muy rápido, los que vienen después no lo conocen a uno y tienen sus propias querellas. No se dedican a vengar a sus padres ni a sus abuelos, eso es leyenda. Uno pasa pronto a ser prehistoria.

—No sé si te sigo, Tom. No del todo.

Tomás hablaba ahora con velocidad, como si hubiera asumido que Mr Southworth se marcharía a su hora.

—Claro que me sigue, Mr Southworth. Usted es muy inteligente. Así que me borré del mapa. Adopté otra identidad, me proporcionaron papeles y un pasado laboral para que pudiera llevar una vida corriente en la ciudad a la que me mandaron, abrir una cuenta bancaria, alquilar un piso, tener tarjeta de la National Insurance, lo que todo el mundo. Una ciudad de provincias de tamaño mediano en la que nadie me buscaría en principio. Allí sólo viven los que son de allí o los allí destinados por trabajo. Pasé a ser un discreto profesor de colegio.

—De español, de lenguas, supongo.

—No, no de lenguas, eso podría haber levantado sospechas, hablo demasiado bien las que hablo. De Historia, de Geografía, de Literatura, según las necesidades del centro cada curso. Un quinquenio o por ahí, figúrese, uno pierde la cuenta, enseñando a chicos de doce y trece, de catorce y quince, a los que todo les trae sin cuidado. Menos mal que no les enseñaba lenguas, hasta hablar bien inglés les parece mal a esas edades, es encomiable el esfuerzo que hacen por maltratarlo. Por fortuna no vivía de ese sueldo solamente, pero como si viviera: debía no propasarme en mis gastos, no hay que llamar la atención en nada, en ningún aspecto de la existencia. Un aburrimiento, claro, estar parado, estar lejos, moderarse. Pero a uno le va la vida: un paso en falso y todo se puede ir al traste. También los enemigos tienen topos. Menos capacidad que nosotros, pero los tienen, todas las causas reclutan gente inactiva y sin brújula, la gente busca motivos para pasar sus días y se apunta a lo que sea, no hay bando sin sus fanáticos. Así que uno obedece las instrucciones y se aguanta, se conforma. Paciencia y barajar, como dijo Cervantes. Lo malo es que no hay ni baraja, en esas circunstancias. Allí está uno sujeto, pegado con pegamento, hasta que alguien le diga un día: 'Está bien, el peligro ha disminuido. Puedes salir de ahí con cautela si quieres. Todos te creen ya muerto o ya nadie te recuerda. Nadie se molestará por ti, nadie perderá el tiempo contigo'. En fin, por lo menos viví dignamente y sin hacer economías, sólo me habría faltado, gracias al dinero que me pasaban en metálico cada seis meses, no podía aparecer en mi cuenta. Uno se tiene que poner paranoico, tiene que pensar que está vigilado aunque no lo esté seguramente y nadie conozca su paradero. Que todo puede ser detectado. Tupra enviaba a alguien, siempre un mandado distinto, un desconocido, que además me informaba brevemente de cómo andaban en Madrid las cosas. Bueno, también con él crucé algunas llamadas, siempre desde una cabina. —Tomás se calló un momento y miró hacia abajo, hacia el suelo, con un gesto de pesar sobrevenido, o quizá recuperado tras un breve aplazamiento, el de su visita a Mr Southworth. Luego añadió—: Tiene su gracia, su ironía: cuando el Profesor Wheeler me sugirió que prestara servicio, uno de sus argumentos fue que de ese modo intervendría un poco en los hechos del mundo, en las decisiones. Que no sería un desterrado del universo, dijo, como lo son y han sido siempre los habitantes de la tierra, con unas cuantas excepciones en cada lugar y en cada tiempo. Y justamente es así como me he sentido y me siento desde hace mucho, desterrado del universo. Resulta que lo que me interesa y me salva es que se me crea muerto, y que nadie me recuerde.

Mr Southworth se levantó y le sirvió más vino, tras inquirirle con la mirada, con la botella en la mano. Tomás Nevinson se había acabado su copa de un trago y encendió maquinalmente otro Karelias, ni siquiera le ofreció a su antiguo tutor en esta ocasión. Se lo veía taciturno, abstraído, la mirada aún clavada en el suelo. Mr Southworth consultó su reloj de nuevo, todavía disponían de bastante tiempo.

—Tu caso es especial, por lo que cuentas. Pero sí, supongo que figurar como muertos es lo que nos pone a todos más a salvo. Nadie nos pide ni nos pregunta nada, nadie fuerza nuestra voluntad ni nos da órdenes, nadie se molesta en buscarnos ni pretende hacernos daño —dijo, quizá por decir, o para sacar a Tom de su melancolía—. ¿Qué me querías preguntar respecto a Peter? Ya que has vuelto a mencionarlo.

A pesar del aspecto tan distinto, a pesar de los malos modos de Tom un poco antes, Mr Southworth se dio cuenta de que le iba recobrando algo del viejo afecto superficial, de la vieja estima, de los tiempos en que Nevinson era un estudiante destacado, deslumbrante hasta cierto punto; no por inteligente, sino por superdotado, por su facilidad extrema para aprenderlo y hablarlo todo, para imitarlo y reproducirlo. No le había dedicado un pensamiento durante veinte años —acaso uno, acaso dos, al poco de su partida; acaso otros tantos cuando alguien le comentaba que trabajaba para el Foreign Office o en la embajada—, pero ahora iba recordando la preocupación que sintió por él una mañana, cuando se vio envuelto en el asesinato de aquella chica de Waterfield's y el policía vino a interrogarlo en aquellas mismas habitaciones. No le sonaba que se hubiera esclarecido el asunto, que se hubiera encontrado a un culpable, pero tampoco había estado atento, una vez Tom dejó de ser sospechoso y se hubo marchado. Southworth tenía un desarrollado instinto de protección hacia sus alumnos. Había logrado yuxtaponer, a duras penas, el rostro ensanchado y curtido de aquel hombre con bigote y barba, cicatriz y entradas al del joven prometedor remoto y bastante agraciado. El físico del hombre que tenía delante era soso, como el de tantos ingleses, como el de tantos españoles. Y lo seguía viendo despiadado, incluso en su ensimismamiento repentino. Quizá la taciturnidad se debía a que estaba tramando venganza, o la estaba alimentando. Desprendía un rencor a la vez abstracto y concreto, y parecía pertenecer al más feroz de todos, el de los engañados. Él se había dedicado a engañar, por la índole de sus actividades, pero seguramente también se consideraba víctima de un gran y primigenio engaño. En ese sentido entendió su respuesta:

—Sí, bueno, quiero saber hasta qué punto participó, qué opina usted al respecto. No voy a enfrentarme con él si usted no cree que debo. Si lo ve inocente, o ignorante. Con el principal ya me he enfrentado, en la medida de lo posible, claro. Hay gente contra la que no se puede, por mucho que quisiera uno matarlos. Eso se aprende, eso es un hecho. Las putadas de algunos hay que tragárselas, a lo sumo reprochárselas. —Recurrió a la palabra española, 'putadas', Mr Southworth era hispanista como Wheeler, al fin y al cabo—. Y no se puede contra el Estado, contra la Corona. La Corona siempre tiene las de ganar, es demasiado grande, es más fuerte, tiene leyes que cambia o se salta, las incumple impunemente. Y te aplasta. Cuando las cosas no tienen vuelta de hoja, cuando no hay retroceso posible... Mire, lo último que debe esperarse del mundo es justicia, resarcimiento. Eso no existe. Uno puede tomar represalias si puede, y sentir una pequeña satisfacción momentánea, no dura. Pero nada restituye lo perdido. A menudo le decía esto último a Meg y eso la sacaba de quicio, porque lo que no le decía nunca era a qué me refería, por qué lo decía. Me miraba con curiosidad y temor, se preguntaba qué me había ocurrido y qué había perdido. Nunca supo nada de mí, sólo mi presente y un vago pasado inventado. Se extrañaba de que no tuviera familia y de que no hablara de ella, ni padres ni hermanos ni nada. Nunca nadie vino a verme a esa ciudad de provincias, ni me escribió una carta. Al principio fingí un par de viajes, pero me aburrí en seguida: en realidad me metía en un hotel dos o tres noches y apenas salía de la habitación durante el día, por si tenía la mala suerte de encontrármela por la calle, cuando se me suponía ausente.

—¿Meg? ¿La otra mujer?

—Sí, la madre de mi hija pequeña. En principio no contaba con que sucediera eso, nada parecido. Creí que no sería mucho tiempo y no deseaba establecer allí ningún vínculo, ninguno fuerte. Lo aconsejable era limitarme a dar mis clases y pasar inadvertido, un tipo gris, un tipo soso. Los sábados iba a ver al equipo local de fútbol, estaba en la Premier luchando por no descender, no hay que pasarse de raro, ni de huraño. Creí que aguantaría la soledad sin problemas, estaba acostumbrado a situaciones peores. Pero claro, la falta de actividad y de tensión no ayuda, de adrenalina, eso es un lastre. El tiempo se alarga y uno necesita compañía, y desahogarse. Tampoco es bueno adquirir fama de putero, en esas ciudades la gente acaba enterándose de todo. —Aquí volvió a recurrir al vocablo español, como si los términos derivados de 'puta' fueran en esta lengua más gráficos o contundentes—. Y en fin, no me tuve que esforzar, en realidad se encargó ella de la tarea. La de aproximación, la de conquista, ya me entiende. Trabajaba de enfermera en la consulta de un dentista. Yo fui al dentista y allí nos conocimos. Unos roces involuntarios o voluntarios mientras me atendía, el pecho delante de la cara unos segundos. Un par de bromas al llegar, otro par al despedirnos, tenía la risa fácil, de esas que halagan. Está mal que lo diga, pero se encaprichó rápidamente, me puso en el punto de mira. Y bueno, ya sabe, no se le hacen ascos a una bata blanca ajustada. —Se paró, se preguntó si Mr Southworth era sensible a esa clase de curvas, le dio igual, continuó, no era asunto que le importara—. A los pocos meses ella estaba dispuesta a casarse, quería que viviéramos juntos en todo caso. Bastante más joven que yo, no tanto en términos absolutos, o así lo sentía ella. Nada me habría impedido casarme, en mi nueva identidad era soltero. Podría haberlo hecho y haberme esfumado luego, sin adiós ni explicaciones, cuando me permitieran regresar al mundo. También a eso estaba acostumbrado, a aparecer y desaparecer de las vidas de las personas. Unos meses aquí o allá, fingiendo, en una ocasión fueron dos años, y luego largo, una vez la misión concluida. Dejando incluso sentenciados a muerte o algún cadáver, y a otros camino de la cárcel, gente con la que uno ha convivido. —Tomás se calló un instante, sólo un instante—. Larga tradición de maridos que dejan a sus mujeres colgadas, más que a la inversa. Sin una palabra. Pero prefería no dar pasos llamativos, no ser objeto de fiestas, y que la familia de Meg no entrara en escena, vivían en otro sitio y no venían, ella iba a verlos. Cuanta menos gente me conociera, mejor. Quiero decir de cerca. —Hizo una nueva pausa.

—Y sin embargo tienes una hija con ella —dijo Mr Southworth aprovechando—. ¿Cómo fue eso? —Ahora estaba entretenido como mínimo, cruzaba y descruzaba las piernas en señal de interés, hacía ondear sus faldones.

—Un truco, al cabo de cierto tiempo. Un truco suyo. Por muchas precauciones que uno tome, si una mujer se quiere quedar embarazada se queda. Siempre que sea fértil, claro, y que yo lo soy ya lo sabía. Así que me vino con la noticia un día ('No sé cómo ha podido ocurrir, un descuido'), y entonces sí, no me quedó sino vivir juntos, por el crío, no iba a ocuparse ella sola estando en la misma ciudad los dos. Le tanteé la posibilidad de abortar, no crea, sin esperanza. ¿Cómo iba a haberla si lo había procurado, si lo había planeado a conciencia? No me hizo gracia, pero nada cambiaba mucho en el fondo, y desde cierto punto de vista me beneficiaba: cuanta más normalidad, menos riesgo, ¿y qué hay más normal que asentarse en un lugar, echarse una novia y tener un hijo? La vulgaridad misma, al alcance de cualquiera. Eso sí, me resistí a que nos casáramos; le puse pretextos, le di largas. Empezó a sospechar de mis silencios y de mi ausencia de pasado concreto, mi pasado era una nebulosa para ella. Hube de improvisar un poco sobre la marcha, rellenar algún hueco, inventarme episodios que me costaba recordar más tarde. Pero bueno, en general yo no era muy hablador y fui tirando. Ella se conformaba, era olvidadiza y se olvidaba.

—¿Y por qué tanta resistencia? Tú mismo lo has dicho: eras otro y eras soltero, sin problemas para tomar las de Villadiego cuando llegara el momento. Sin escrúpulos, entiendo. —Aquí le salió el hispanista a Mr Southworth, suelen gustar de las expresiones coloquiales leídas en libros y que ya casi nadie usa.

—Verá, yo era otro por fuerza pero también era yo. En todos estos años he sido muchos, en eso ha consistido mi trabajo en parte, pero siempre he sido yo además de los otros, y yo estaba casado con Berta. Le parecerá incongruente: he estado con bastantes mujeres, a veces por gusto, a veces por soledad o urgencia y a veces porque me convenía, porque me facilitaba las cosas o me proporcionaba información o me protegía. Pero si uno no mantiene alguna lealtad simbólica, digamos simbólica, está perdido del todo y se olvida de quién fue, de quién es verdaderamente. Y por muchas anomalías que recorran su vida, uno espera volver a ser ese algún día. Ya se tambalea la identidad bastante, cuando uno finge largo tiempo y se acomoda a una existencia prestada. Algo hay que conservar intacto. Ya le digo, algo simbólico, lo demás es casi imposible. No sé, como el exiliado que no cambia de nacionalidad aunque lleve fuera de su país treinta años y su país lo haya maltratado y echado. Conozco varios ejemplos. —Pidió más vino alzando la copa, y añadió, como para que Mr Southworth no lo tomara por un sentimental o un trastocado—: Claro que me habría casado con Meg, no se crea, de haber sido necesario, si mi supervivencia hubiera dependido de ello. Tampoco es que hubiera hecho un voto. Pero no lo fue, no lo era. Tan sólo prefería evitarlo. Por fortuna ya no se mira mal a las parejas que no contraen matrimonio, ni siquiera en una ciudad de provincias, ni siquiera en un colegio. Bah. Me fui bandeando. Así que nació la niña y todo siguió su curso normal. Normalísimo. Cada día estaba más a salvo, cada día era un día menos para salir de aquel agujero. Aunque todo fuera lentísimo, es lo que me decía.

—Pero Berta era oficialmente viuda —dijo Mr Southworth. Dudó si servirle más vino, pero tampoco iba a negárselo. A Tom no le hacía mella, sería buen bebedor, si empezaba tan temprano. O un alcohólico, algunos de éstos aguantan impávidos unos cuantos tragos—. Podía casarse en cualquier momento, según has dicho. Tu lealtad, por llamarla como la llamas, habría caído en el vacío. ¿O ni siquiera?

—No lo sé. Puede. Yo soy yo y ella es ella, y a ella le han contado que llevo un montón de años muerto, es distinto. Pero no se casó. Que yo sepa, no se ha casado. Eso es lo que me ha dicho Tupra, que va averiguando. No es que me fíe de su palabra. Todo lo contrario: desde hace dos semanas no me fío lo más mínimo. A él lo creo capaz de cualquier cosa, pero no ganaría nada mintiéndome en eso. Él sí que carece de escrúpulos. Bueno, es mejor que yo en nuestro trabajo, ya no el mío. Seguro que él sí se ha casado varias veces, bajo sus diferentes nombres. Puede que eso lo haya hecho hasta Blakeston cuando era agente de campo, con su físico grotesco. Hay muchas mujeres desesperadas por tener un hombre, el que sea. Tantas como hombres desesperados por tener una mujer, la que sea. Suelen acabar juntándose unos con otros, y así sale el mundo insatisfecho. —De pronto no estuvo seguro de si había mencionado a Blakeston por el apellido, porque añadió—: Mi otro reclutador, le he hablado de él. El disfrazado de Montgomery.

Mr Southworth no contestó, le preguntó:

—Ya. ¿Y ahora qué? ¿Qué ha pasado para que estés aquí? Hace dos semanas.

La vida siguió su curso, en efecto, para el que había sido Tomás Nevinson y se había criado en Madrid, y había estudiado en el Instituto Británico de la calle Martínez Campos primero y después en el colegio Estudio de la calle Miguel Ángel, un chico de Chamberí que ahora, hacia los cuarenta años, vivía en una ciudad inglesa de mediano tamaño con una ayudante de dentista llamada Meg y una niña pequeña llamada Val, es decir, Valerie. En parte aquella vida sosegada y monótona le resultaba agradable, un descanso tras tantas vicisitudes y tan dilatada errancia, quién no desea de vez en cuando retirarse a una de esas ciudades en las que las horas se notan y ser un señor de provincias con metódicas costumbres y sin sobresaltos, un Mr Rowland cualquiera, el nombre que le habían dado para su tiempo de ocultación y huida, para su periodo vital de destierro.

Tom Nevinson quiso en seguida a la niña, no se refrenó a la hora de adorarla, sobre todo cuando ya tuvo unos meses y empezó a sonreírle, a sonreírle a él con algo parecido a conciencia o al menos con reconocimiento, aunque fuera animalesco, y no a esbozar una mera mueca sin destinatario. No se refrenó en sus amores pese a saber que antes o después se separaría de ella y que quizá ya no volvería a verla, o fue precisamente por eso. 'Mientras dure, esto hay que aprovecharlo', se decía. 'Qué importa que no vaya a dejar huella ni recuerdo en ella, eso será mañana y hoy es hoy, es lo que cuenta, lo único que para mí siempre ha contado, he ido de día en día y de noche en noche. En mí sí los dejará, conservaré estas imágenes y la memoria de este tacto suave y mullido, apenas me ocupé de Guillermo y Elisa y estarán ya muy crecidos, poco estuve presente en sus primeros años y los que me alcancen de Val no voy a perdérmelos, ya que aquí estoy recluido, varado. Y aunque ella no vaya a enterarse, nadie le quitará su primera historia amorosa, y de ella podrá afirmarse: "*Elle avait eu, comme une autre, son histoire d'amour*", así acabe siendo una mujer insensible y adusta, o desalmada como yo, así aleje a las personas, imposible vaticinar en quién va a convertirse una criatura, pueden resultar decepcionantes y acaso sea mejor no asistir a ello, me lo digo para consolarme. Qué atrevimiento, decir "como cualquiera". Esa frase fue la que musitó Mr Southworth aquella mañana en su francés casi perfecto, la última de libertad, la última inocente que tuve. Si alguna vez vuelvo a verlo, he de preguntarle qué cita era esa, porque sin duda era una cita. Y luego había agregado: "No siempre reconocemos las historias de amor de los demás, ni siquiera cuando somos nosotros su objeto, su meta, su fin". No me han faltado ocasiones de comprobarlo, y de sufrir las consecuencias.'

Así que aguardaba con ansia la hora de regresar a casa tras su jornada de clases. En cuanto la niña pudo andar, en cuanto descubrió la velocidad por tanto, echaba a correr hacia la puerta de entrada nada más oír su llave, tambaleándose, cayéndose, incorporándose con voluntad inverosímil, impulsándose contra el suelo con la fuerza de sus diminutas manos, hasta recuperar el equilibrio efímero y seguir trompicándose ilusionada. Y se lanzaba a sus brazos. Él la levantaba y la arrojaba al aire y la recogía un par de veces, los dos riéndose y la madre detrás, preocupada por la carrera, complacida por la escena. No, no estaba mal del todo aquella vida, casi una bendición por contraste con las que le habían tocado. A veces se preguntaba si no tendría algún hijo más por ahí sin saberlo, otra niña o un niño de otra nacionalidad, de otra lengua, o que viviría en la otra isla, criado por sus enemigos, educado en el odio a los que eran como él, adoctrinado. Se encogía de hombros: no eran de su incumbencia, si los había, aunque él los hubiera engendrado distraídamente. Tampoco Val lo sería, en cuanto la abandonase. Los niños olvidan pronto, los adultos recuerdan.

Pero también, al mismo tiempo, Tomás se desesperaba. Pacientemente y sólo por dentro, como lo hacen quienes aguardan sin plazo y se saben sin escapatoria; los que deben ser rescatados. Cuando la niña no estaba presente, cuando estaba en la guardería o dormida, el peso de cada hora notada se le caía encima. La apacibilidad, la grisura, la repetición, la parsimonia, la sensación de inutilidad y de habitar en las márgenes, de estar apartado de lo que movía el mundo, de lo significativo —de resultar prescindible y de estar siendo sustituido—, todo eso lo mortificaba y consumía. No se engañaba: estaba al tanto de que llegaría un día en que se habría de jubilar del todo, como tantos compañeros y todos sus predecesores desde los tiempos de Sir Mansfield Cumming, desde 1909, y de que lejos no se hallaba ese día, la clandestinidad desgasta el cuerpo y el alma y mina la personalidad, y sin embargo es adictiva, casi nadie sabe renunciar a ella. Sí, estaba cansado, y al parar se dio cuenta de cuánto. Pero a la vez se sentía aún joven, cuarenta años no son nada en otros ámbitos, en la mayoría. En todo caso no aceptaba que su retirada por causas de fuerza mayor acabase siendo la definitiva. Llevaba demasiado entregado a sus actividades para acatar la orden de ponerles fin para siempre. De momento esa orden no lo había alcanzado pese a que el tiempo pasaba indiferente y pasaba, luego se podía permitir fantasear con salir de allí, con su retorno. Aunque fuera a elaborar estrategias y tácticas en una oficina, como cada vez hacía más Tupra, seguramente. Mal no estaría, planear operaciones, si bien ya no había tantas desde la caída del Muro en el 89 y la desintegración de la Unión Soviética en el 91. Se habían quedado un poco vacíos y en el vacío, los miembros del MI6, y había agentes ofreciéndose al sector privado, a multinacionales, partidos políticos, grandes compañías extranjeras. Él se había perdido aquellos acontecimientos históricos, encerrado en su ciudad adoptiva; se consolaba, se amargaba, pensando que algo había contribuido a ellos, quién se acordaría a estas alturas.

Sólo se le encendió la alarma en una ocasión, durante su eterno periodo de estabilidad en la provincia, y fue al principio de su estancia, cuando ni siquiera había conocido a Meg y todavía no se sospechaban ni la desintegración ni la caída. Se presentó una mujer en su colegio preguntando por Mr James Rowland, ese era su nombre allí, invariablemente lo llamaban Jim los que tenían venia, claro que no sus alumnos, todavía no se había impuesto la falsa camaradería. Estaba dando clase, el portero le dijo a la mujer que no podía interrumpírsele. Cuando Tom terminó la lección no estaba libre, empalmaba con otra en seguida. Aun así el portero, ante la insistencia de la visita, se acercó al aula mientras salían unos chicos y entraban otros y le comunicó que había una mujer esperándolo en su garita, no había querido irse para volver a una hora más adecuada, había preferido no moverse hasta verlo.

—¿Le ha dicho cómo se llama? —le preguntó Tom, o más bien Mr Rowland.

—Verá, esa es la cosa. Primero ha dicho Vera Algo. No la he entendido, un apellido extranjero. Y tiene acento.

—¿De dónde?

—Ni idea, Mr Rowland. Eso yo no sé distinguirlo. Me lo ha repetido, y como he seguido sin entenderla, ha añadido que ahora era también Mrs Rowland. Y bueno, yo creía que usted no tenía esposa, si me permite la observación, Mr Rowland.

—Y no tengo, Will, no se preocupe.

—Entonces no es su esposa.

—Desde luego que no, Will. Hable con libertad. ¿Qué aspecto tiene? ¿Edad?

—Unos treinta. Bastante bien vestida para ser extranjera. Quiero decir que no parece una de esas inmigrantes que llegan. Tampoco exactamente una señora, si sabe a qué me refiero. —En realidad fue '*ladylike*' el término que empleó, más equivalente a 'distinguida'.

—¿Entonces?

—No sé. Podría ser una actriz, una presentadora de televisión, ese estilo. No que yo haya visto ninguna fuera de la pantalla, pero vamos. Va muy perfumada, se me quedará su olor en la garita durante días. Descuide, es un buen olor. Un poco fuerte, pero bueno. —Esto lo dejó caer como si fuera responsabilidad de Mr Rowland—. ¿Qué le digo? ¿Que espere una hora más? Es un poco embarazoso tenerla ahí en un taburete. No tengo conversación que darle. Bueno, le cederé mi silla, claro.

—No. Dígale que me he ido y que ya no regresaré en todo el día.

—¿Está seguro? Parece muy decidida a verlo hoy como sea.

—Sí, estoy seguro. Debe de tratarse de una equivocación, se habrá confundido de Rowland. —No era un apellido raro en modo alguno, pero tampoco demasiado frecuente. En Londres habría unos treinta en el listín telefónico, en Oxford seis o siete. Por eso se lo había elegido: a la postre un Smith o un Brown resultan menos creíbles.

—Perdone, Mr Rowland, ya sé que no es asunto mío, pero ¿no sería mejor que lo aclare?

—Hoy no dispongo de tiempo. Haga lo que le pido, Will, si me hace el favor.

Aquello no le gustó nada, le dio mala espina que alguien lo hubiera localizado tan pronto en aquella ciudad, con su nueva identidad que tan pocos conocían. También en el MI6 había topos, en todas partes los hay, y por entonces aún se sentía en gran peligro, la sensación no empezó a disminuirle hasta pasados un par de años de absoluto y excesivo sosiego, de aburrimiento, rutina y espera, espera sin duración fijada. Al concluir su jornada, se acercó con precaución a la garita de Will, y al verlo solo sentado en su silla, se asomó a indagar:

—¿Se marchó mi falsa mujer? ¿Dijo algo más?

—Me preguntó dónde vivía usted, para ir a verlo. 'No estoy autorizado a darle esa información', le dije. ¿Y el teléfono? 'Tampoco, lo siento.' Ha dicho que se hospeda en el Jarrold y que tenga usted la bondad de pasarse cuando acabe. —No era el mejor hotel de la ciudad, pero sí el segundo y el de más solera, confortable y anticuado—. Me parece que no se ha creído que se hubiera usted marchado. Si no se pasa por el hotel, volverá aquí mañana.

—Está bien. Gracias por todo, Will.

Nada de aquello le hizo gracia. Incluso si en verdad era una equivocación, con aquella visita rara estaba llamando la atención del portero, y eso significaba llamar la de sus colegas, quizá la del director y la de sus alumnos, y el primer mandamiento era pasar inadvertido en todo, no dar que hablar a nadie por ningún motivo. Y como no le pidió a Will que fuera discreto, pues su curiosidad habría aumentado y se habría hecho más preguntas, nada le impedía a éste hacer comentarios. Se alimentaba de las novedades minúsculas y de lo escaso inesperado.

Tomás pensó que no podía arriesgarse a encontrarse con aquella mujer, nadie le aseguraba que no fuera a descerrajarle un tiro nada más tenerlo delante, aun en lugar público y con testigos, no sería la primera vez que eso ocurría, que se ajustaban cuentas y después ya se veía, ajustadas quedaban. Tampoco era aconsejable no hacer nada y que aquella Vera Algo o Mrs Rowland se presentara en el colegio un día tras otro, quizá no siempre se comportara con el mismo comedimiento, y en todo caso sería imposible esquivarla indefinidamente. Así que volvió a su piso, cogió el Charter Arms Undercover que le habían permitido llevarse al exilio por su pequeño tamaño y su facilidad para ser escondido, se lo metió en el bolsillo del abrigo y se encaminó hacia el Jarrold. Mejor aclarar aquello cuanto antes, pese al mal presentimiento.

Preguntó en recepción por Mrs Rowland. Con el teléfono ya descolgado, el conserje quiso saber a quién debía anunciar.

—A Mr Rowland.

—La señora dice que suba. Habitación 38, tercer piso.

—No, dígale que mejor la espero en ese salón. —Había dos, uno a cada lado del vestíbulo, señaló el que vio más concurrido.

Se fue hasta allí y tomó asiento, con los ojos fijos en la entrada pero alejado de ella, al fondo, la espalda contra la pared, bien cubierta. Aguardó cinco minutos, durante los cuales entraron más personas y solamente una mujer sola, pero de edad mediana y sin la menor pinta de actriz ni de nada que se le pareciera. Pidió un té, y antes de que se lo trajeran vio por fin aparecer a quien podría ser Mrs Rowland. Bastante bien vestida como había dicho Will, en un estilo más frívolo que el de las inglesas, más cuidado; de unos treinta años, nada fea, tampoco guapa (la nariz a un milímetro de resultar larga), con buena planta en conjunto. Se quedó parada en la puerta, mirando aquí y allá, a las mesas ocupadas, obviamente buscando a alguien concreto, inconfundible. Su vista pasó por Tom, en primera instancia no se detuvo en él, no lo reconocía. Él alzó entonces dos dedos con timidez, como inquiriendo, la otra mano hundida en el bolsillo del abrigo que no se había quitado, agarrando la culata de madera. Advirtió un mohín de decepción en la mujer, casi de desolación; indisimulado, en seguida se convirtió en uno de menosprecio o fastidio. Tampoco esa reacción era inglesa, demasiado espontánea y cruda. Se sobrepuso, borró la expresión malamente y avanzó hasta su mesa. Él se levantó para saludarla, la mano siempre en el bolsillo.

—¿Mrs Rowland? Soy Jim Rowland. Tengo entendido que quería verme. Pero no nos conocemos, ¿verdad?

Ella no hizo ademán de sentarse, tampoco de estrecharle la mano. Se quedó de pie, parada, sin centrar la mirada, como si ya tuviera prisa por irse. Se tocó el pelo con nerviosismo, llevaba una media melena pajiza. A los ojos claros les faltaba un mínimo de abombamiento para resultar saltones, y un ápice de palidez para ser de color vino blanco, es decir, amarillentos. Todos sus rasgos estaban a punto de hacerla una mujer poco agraciada; bordeaba la fealdad y sin embargo era bastante atractiva.

—No es usted, perdone —dijo, y el acento le pareció a Tom italiano. Tendría que oírla más para saberlo, podía ser yugoslavo o de algún otro país del Este. La idea lo puso más en guardia.

—Bueno, yo soy yo —respondió—. No sé a quién esperaba encontrar. Esta mañana ha venido usted a verme a mi colegio.

—Esperaba encontrar a mi marido. Pero no es usted, discúlpeme. Ha sido un error. Mismos nombre y apellido. Lamento que se haya tomado molestias. Lamento haberlo importunado. Buenas tardes le deseo.

También era casualidad, pensó Tomás en una ráfaga, elegir el mismo nombre de un hombre al que su mujer reciente buscaba. Ella no estaba dispuesta a darle explicaciones. Dio media vuelta para marcharse, tras murmurar otra disculpa apresurada. Con él no tenía nada que hablar, estaba claro, él no era su Jim Rowland y no iba a contarle su vida. El acento seguía siendo difuso. Apreciable pero no muy marcado, no terrible.

En ese momento le trajeron el té que había pedido, la mujer hubo de frenarse para facilitarle el paso a la camarera.

—Espere. Ya que estamos aquí, ¿no le apetece tomar algo? —le dijo Tom, y en el instante de decirlo se dio cuenta de que ahora la curiosidad más elemental le estaba vedada.

De haber insistido, estaba seguro, no le habría costado gran cosa convencer a Mrs Rowland de acompañarlo unos minutos y exponerle su caso, su historia y la de su marido. Pero no debía llamar la atención de nadie en aquella ciudad de provincias. Si alguien lo veía departir en el hotel con una probable extranjera, en aquel lugar en el que aún no abundaban, se fijaría y cotillearía, él no parecería tan anodino y se le harían preguntas. Y si ella por algún azar lo enredaba; si él se interesaba y sentía la tentación de ayudarla a encontrar al otro Jim Rowland, por ejemplo (era ducho en encontrar a gente), se estaría saliendo de su papel asignado. 'Soy un profesor gris e insípido, corriente a más no poder, al que no le puede suceder nada imprevisto', se recordó. 'Mi vida de aventura está terminada, al menos mientras aquí permanezca.' Y a continuación lo asaltó otra ocurrencia: 'Y quizá esta mujer esté fingiendo. Quizá haya sido enviada a verme la cara y comprobar que soy Tom Nevinson, le habrán enseñado fotos mías y me habrá reconocido pese a las gafas, el bigote y esta estúpida barba recortada con ínfulas intelectuales. Ella no va a hacerme nada, pero tal vez vaya con el cuento y confirme: "Sí, ese James Rowland es Tom Nevinson sin duda. Ya podéis encargaros". O acaso me conocerán por otro nombre, los que la hayan mandado y vendrán luego. Por eso no quiere hablar conmigo, sentarse como si nada. Ha visto lo suficiente, su misión está cumplida y sabe que me darán matarile por culpa de su testimonio'. Le salió esa palabra española, 'matarile', le salió en su mente. Es lo que tiene ser bilingüe, que los dos idiomas le flotan a uno todo el rato, a veces simultáneamente.

—No, gracias —contestó Vera Rowland, si es que aquel era su nombre. Sorteó a la camarera y abandonó el salón con paso rápido. Seguramente regresaría a su habitación 38 y cogería un tren a la mañana siguiente, quién sabía hacia dónde.

IX

Ese fue el único sobresalto que sufrió durante su larga y mortecina estancia en aquella ciudad que nunca estaba del todo despierta, como tantas en el mundo. En sí mismo le duró pocas horas, pero tardó meses en ahuyentarlo, a la espera de que llegara alguien más algún día, un hombre o una mujer con un encargo. O dos hombres, como Lee Marvin y Clu Gulager al comienzo de la película de los años sesenta *The Killers*, le sonaba que se presentaban en un sitio parecido, en una escuela o en una residencia en la que John Cassavetes llevaba años escondido dando clases o algo por el estilo, *Código del hampa* la habían titulado en España, la había visto siendo un quinceañero. Estaba vagamente inspirada en un relato de Hemingway que apenas recordaba: sólo que la víctima de los asesinos a sueldo —el Sueco Ole Andreson, el nombre sí lo recordaba— no intentaba huir ni se defendía, aceptaba su ejecución —el eufemismo justificatorio de quienes necesitan justificarse, también del SIS y por consiguiente de él mismo— como si estuviera cansado de aguardar o cansado del miedo, y se dijera: 'Por fin han dado conmigo. No debo quejarme. He tenido una prórroga. Inútil y sin sentido, pero una prórroga en el universo. Y como éstas siempre se acaban, que así sea'. Esa actitud llamaba la atención de los sicarios, Marvin y Gulager en la película, y los intrigaba tanto que iniciaban su propia investigación a partir de entonces. Si algo así le pasara a él, pensaba Tom Nevinson, no se quedaría quieto ni se mostraría pasivo, no dejaría que lo acribillaran contra un encerado sin oponer resistencia. Durante los meses que tardó en sacudirse el susto se echaba su revólver Undercover al bolsillo, incluso para ir a impartir sus lecciones. Sabía que se cansaría de aguardar si su situación se prolongaba mucho, pero no de vivir con miedo, porque el miedo no se había separado de él desde muy joven, desde que habían matado a Janet Jefferys una noche tras acostarse con ella. Estaba demasiado acostumbrado para cansarse, había convivido con él bajo casi todas las formas posibles.

Pero el tiempo fue transcurriendo y nadie apareció, nadie vino por él ni intentó darle matarile. Poco a poco se fue confiando; nunca en exceso, mantenía las antenas alerta: hay gente que justamente espera a que uno baje la guardia y que no tiene prisa. A veces se acordaba de aquella mujer, Mrs Rowland, y no podía evitar entretenerse pensando posibles historias, su curiosidad para siempre insatisfecha, se lamentaba de no haberla retenido en el Jarrold y no haberla interrogado, le habría sido fácil exigirle: 'Me lo debe usted, por las molestias'. Si no había venido para identificarlo, andaría de verdad tras su marido, algo bien extraño. Quizá era una esposa contratada o comprada, por correspondencia. Se había trasladado a Inglaterra, se había casado o había creído casarse con aquel James Rowland ('Ahora también soy Mrs Rowland', dijo Will que le había dicho como último recurso, después de que él no entendiera dos veces su apellido extranjero; lástima, eso le habría proporcionado a Tom más datos), y éste, por el motivo que fuera —por chasco, por arrepentimiento, por tardío espanto, por bigamia—, había tomado las de Villadiego, según la expresión vigente para Mr Southworth, y la había plantado. O acaso la habían traído con engaño para una red de prostitución. Si ese era el caso, había logrado salirse, era evidente, de puta maltratada y sometida no tenía el menor aspecto. Tomás la había visto muy resuelta, casi mandona, sin desvalimiento; su maquillaje era discreto; su ropa continental y frívola para la isla gazmoña, pero sin estridencias. Tal vez quería vengarse del marido taimado y rastreaba a todos los Rowland existentes en Gran Bretaña, descartando uno tras otro. O tan sólo reclamaba explicaciones, después de un abandono vulgar y corriente. Todo sonaba raro, pero la imaginación no era el fuerte de Tom Nevinson, nada más se le ocurría. Sólo, eso sí, que era un poco como si Berta se hubiera lanzado a recorrer el mundo en su busca, él sí que era un marido desaparecido. Pero para Berta estaba muerto, no tenía sentido buscarlo, ni siquiera su cadáver perdido en cualquier punto del globo, y además ya se encargaban otros de eso, en teoría, o se habían encargado sin éxito.

Al cabo del tiempo se le difuminó el episodio, o lo guardó en la recámara hasta que lo vio como vaticinio o presciencia. Más tarde conoció a la enfermera Meg, la dejó embarazada imprevistamente, se fue a vivir con ella y tuvieron a su hija Valerie, a la que tanto quería y a la que no vería crecer muchos años. A ratos se le figuraba que llevaba en aquella ciudad toda la vida, que había nacido allí y que allí moriría de viejo; que todo lo anterior era sólo un sueño, por variado e intenso que fuera. Le pasa a casi todo lo que cesa: que por cesar parece sueño. Lo que ya no está se asemeja a ceniza en la manga.

Hasta que en 1993 recibió la visita. Tupra se la anunció un día antes, pero no se dignaron venir él ni Blakeston, ni siquiera ninguno de los individuos que le habían llevado dinero en efectivo cada seis meses, eso no había fallado jamás en tantos años, probablemente meros recaderos. Enviaron a alguien nuevo, posiblemente a un subalterno, a un meritorio, a un principiante. Pese al aviso, Tomás lo fue a ver con cautelas y con su viejo Undercover a mano, como le correspondía hacer con cualquier desconocido. Se reunieron en uno de los salones del Jarrold, Tomás le cogió afición al hotel en seguida, a veces se iba allí a leer a solas la prensa, como si estuviera en la ciudad de paso. Era un joven lechuguino y algo fofo, de apariencia inofensiva y dicción pedante, atildado y con una absurda ondulación dickensiana sobre la frente, como si llevara allí plantada una moldura policromada (el pelo era a dos colores, rubio y castaño, se daba mucho en los noventa). Dijo llamarse Molyneux, apellido de aspecto francés pero no infrecuente en Inglaterra y quizá allí con cierto abolengo, y le vino a decir lo siguiente: con la caída del Muro y la galopante desmembración de la URSS, nadie de los países del Este estaba ya muy atento ni activo. La Stasi y los demás servicios secretos andaban ocupados consigo mismos, con su paulatino desmantelamiento y viéndolas venir, temían que un día se los represaliara o linchara, según el rumbo de los acontecimientos (después de lo ocurrido al matrimonio Ceauşescu en Rumania, nadie se sentía seguro del todo). Todo el mundo tomaba posiciones, si es que no se había iniciado una desbandada y la destrucción de archivos comprometedores.

'No creemos', empleó un plural pomposo que sin duda incluía a Tupra, 'que se preocupen de saldar cuentas pretéritas, debe de ser lo último que ahora esté en sus cabezas.' En cuanto al Ulster, iba habiendo progresos callados pero reales, era improbable que quisieran estropearlos con una acción extemporánea, vengativa. Siempre cabía que algún elemento suelto, algún obstinado irredento, lo intentara, en la psique de los individuos nadie manda (Molyneux utilizó esa palabra, 'psique', también era pedante de vocabulario). 'Todavía habrá destrozos y atentados antes de alcanzar la paz o algo que se le parezca. Eso lo tenemos asumido, no en balde llevamos tres mil muertos en los últimos veinte años, contando los de todos los bandos.' Pero la tendencia actual era a amansar, a dejar lo irresuelto irresuelto, al menos hasta las reencarnaciones, y esa metáfora suya lo complació, se la rió a sí mismo con risa escueta. 'En suma', añadió el joven fofo, 'nos parece que es hora de que pueda volver, salir de aquí, Mr Nevinson, perdón, Mr Rowland. No del todo, eso no, no para reincorporarse al servicio. Eso sí es que un día se le requiriera, puede ser, puede no ser, nada podemos asegurarle. Usted se desgastó, y ahora lleva desentrenado mucho tiempo.' Esa fue su manera displicente de anunciarle la posibilidad de la jubilación definitiva. 'Poco a poco. Pero puede regresar a Londres, vivir allí y ver cómo se desarrollan las cosas. A una zona céntrica, descuide, no tendrá que irse a una barriada remota, como si siguiera en el destierro. Pero alejado de nosotros, al menos por el momento. De los poquísimos que conozcan su identidad y su cara, la mayoría lo creerá muerto, no estará usted en peligro a estas alturas. Pero mejor cerciorarse. Mejor que mantenga su actual aspecto y que no asome por nuestras dependencias, ni por el Foreign Office.'

Aquel mequetrefe, pensó Nevinson, se permitía hablarle a él de 'nosotros', excluyéndolo; se mordió la lengua, prefirió no ponerlo en su lugar de inmediato, lo salvaba ser emisario de Tupra. A Tomás lo irritaba la onda napoleónica absurda, posada como una cucaracha, le daban ganas de coger unas tijeras o un peine y suprimírsela de la frente.

Pero a la vez no podía evitar sentirse emocionado y agradecido, también sentía el ridículo impulso de besarle aquella frente abombada y con mancha, por ser el portador de tan buenas noticias: salir de allí, volver a Londres. No habían sido escasas las tardes en que, al terminar sus clases, se había acercado a la estación y se había deslizado hasta el andén con el cartel '*Trains to London*', a lo largo de los años lentos. Los había visto entrar, a esos trenes, detenerse un par de minutos, llamarlo con sus portezuelas abiertas, invitarlo. Había sentido inmensas ganas de dar unos pasos y subirse a ellos, ya habría pagado el billete a bordo. Era tan sencillo, tan normal, y tantos pasajeros lo hacían sin pensárselo, de manera rutinaria. Para él, en cambio, se había convertido en un imposible, en algo tan inimaginable como embarcarse desde allí rumbo a Java.

Una vez en Londres, el trayecto hasta el aeropuerto eran unas cuantas paradas de metro, y entonces un avión directo hasta Madrid, hasta Berta y sus verdaderos hijos, o los primeros. Había visto partir esos trenes con añoranza, casi con dolor en ocasiones, los días más débiles. Los había visto alejarse como un pueblerino decimonónico que los contempla pasar en lontananza desde la senda o los campos.

'¿Cuándo podría trasladarme?', le preguntó a Molyneux.

'Dentro de una semana estará listo del todo un pequeño apartamento en Dorset Square, al lado de Baker Street, ya sabe. Muy pequeño, en realidad una buhardilla, pero suficiente para un interregno. Usted nos dirá cuándo quiere mudarse. Tómese el tiempo que necesite, allí seguirá la buhardilla.'

El joven Molyneux ignoraría que durante la Segunda Guerra Mundial una sección del famoso SOE había tenido su sede en el número 1 de Dorset Square. Tomás se preguntó si le tocaría vivir en aquel mismo edificio, aunque fuera para un 'interregno'; si seguiría siendo propiedad de los Servicios Secretos al cabo de medio siglo. 'Las propiedades de la Corona las conserva la Corona para siempre, seguramente', se dijo. 'La Corona sólo nos suelta cuando no le hacemos falta.'

'¿Dentro de una semana estará lista? Pues dentro de una semana.'

Largarse sin más no era una opción, largarse sin adiós ni explicaciones, como tantos maridos carentes de escrúpulos a lo largo de la historia, también como algunas mujeres. Para que Meg no armara ruido y no lo buscara, para que no denunciara su desaparición a la policía, decidió contarle la verdad parcialmente. Nadie habría encontrado al James Rowland que él era, puesto que no existía. Pero lo angustió imaginarse a Meg recorriendo el país inútilmente, como aquella Mrs Rowland extranjera, nunca se sabe de qué son capaces las personas desesperadas, es decir, las que no entienden qué les ha ocurrido.

'Tengo una mujer desde hace muchos años. Y dos hijos suyos', vino a decirle. 'Me alejé, vine aquí para olvidarme de ellos, para no aumentar mi dolor con la cercanía. Por eso no he querido casarme contigo, porque ya estoy casado y lo sigo estando, nunca ha habido divorcio. Al menos no he llevado el engaño hasta las últimas consecuencias, ni he infringido ninguna ley. Ahora se me abre la posibilidad de volver a mi vida anterior, sobre la que tienes toda la razón del mundo, he guardado demasiado silencio, habría sido mejor contártela, para ti más justo. Si me la he callado no ha sido con mala intención, sí con absoluto egoísmo. Uno va sobreviviendo como puede, día a día, se defiende de la pena infinita y echa mano de lo que sea, sin pensárselo. Te he utilizado, desde luego. Te recuerdo, sin embargo, que no quise llevar todo tan lejos, no quise que tuviéramos a la niña. Ahora no me arrepiento, todo lo contrario, doy gracias, ya lo sabes. No puedo pedirte que me perdones, no lo espero ni lo merezco. Se me rompe el corazón al pensar que no voy a verte a diario, ni a Val tampoco. Pero tienes que entender que llevo años con el corazón hecho trizas por mis otros hijos, los conozco desde hace más tiempo.' Le dio vergüenza utilizar esas expresiones, hablar de su dolor, del corazón y de la pena infinita, santo cielo; pero era lo que le tocaba. No iba a suavizar las cosas con ello, pero aún habría sido peor que no hubieran salido de su boca esas palabras triviales, la gente necesita las frases triviales en algunas circunstancias, sin duda en las de abandono. Son un paripé, pero hay que soltarlas; no sirven de nada, pero palian el efecto del golpe, retrospectivamente, no en el momento. Y al fin y al cabo, no era la primera vez en su vida que recurría a ellas, quien finge ha de saber manejarlas, aunque le den siempre vergüenza. 'No os faltará de nada. Cada mes te ingresaré una cantidad suficiente para los gastos. Por eso no debes preocuparte. Ya sé que ahora mismo esto te trae sin cuidado, es lo de menos. No lo será, más adelante.'

Tomás Nevinson sabía que lo aguardaban unos pocos días de psicodrama, de llantos, de reproches, de ruegos, de furia ocasional y de mutismo ofendido, todo ello en alternancia. Ese precio lo pagaba gustoso, quería salir de allí por encima de todo, regresar al universo, no seguir marchitándose lenta e indefectiblemente, no enmohecerse definitivamente. Esos días y noches de forcejeo inútil eran un peaje barato. Transcurrirían, y de pronto estaría fuera, estaría en Londres, y desde Londres, quién sabía. Le causaba más pesar separarse de la niña que de su madre, pero estaba acostumbrado a separarse de las personas, dejándolas malparadas a veces, o condenadas. Hizo una tentativa: 'Yo quisiera venir a veros de vez en cuando, pasar alguna semana aquí con vosotras, al menos hasta que me sustituyas. Porque me sustituirás, en el fondo lo sabes, aunque eso hoy te parezca imposible. Te suplico que me lo permitas. Si no estás dispuesta lo entenderé, por otra parte. Cómo no voy a entenderlo si yo me aparté de los míos para no ponérmelo más difícil, para no echarme sal en la herida. Yo he estado en tu mismo lugar. Yo conozco bien esa herida. Yo he pasado por esto'.

No le habló de Madrid, no le dijo que era medio español ni su verdadero nombre, no le contó a qué se había dedicado gran parte de su vida (no estaba autorizado, eso además, y nunca iba a estarlo). Mejor no tentar a la suerte, mejor que no indagara, que el nombre de Tom Nevinson careciera para ella de significado, aunque ignoraba si alguna vez podría recuperarlo, para cuantos lo recordaban era el de un muerto. Mejor que, si lograba volver a Madrid algún día, la enfermera Meg no apareciera por allí con una niña, una niña suya, a la gente desesperada no hay que darle nunca ideas, las pueden poner en práctica.

'No, no quiero volver a verte, ni que te vea la niña', vino a ser la respuesta final de Meg, su veredicto tras aquellos días de acusaciones y gritos y lágrimas y duermevelas, a lo sumo duermevelas, agotan hasta al hombre frío. 'Si ha de tener otro padre en el futuro, más vale que a ti no te recuerde. Será más feliz si dentro de poco ya no te echa de menos, y después te olvida completamente, como si no hubieras existido. Ojalá mi memoria fuera igual de frágil, los adultos no tenemos esa suerte. Yo a ti te voy a recordar, te voy a odiar hasta que me muera.'

Tomás Nevinson aguardó pacientemente a que transcurrieran esas jornadas. Todos los días llegan. Aguardó triste, sin duda, pero más ilusionado. Prefirió ahorrarse una despedida en regla, con conciencia de despedida por parte de los tres, o de dos al menos, la niña no podría ni concebirlo. Estaba ya todo hablado, así que no anunció cuándo se marcharía, en qué fecha. Aprovechó una mañana en que Meg y la niña estaban fuera, la una en la consulta y la otra en el parvulario, y entonces hizo una maleta escasa en la que incluyó su Undercover, no era cuestión de que lo encontrara Val y sufriera un accidente. Tiró sus llaves sobre la cama de matrimonio, salió, cerró la puerta tras de sí, le pareció superfluo escribir una nota. En cuanto entrara en la casa, Meg sabría que se había ido, lo olería. Con paso ligero se dirigió a la estación, esta vez se subiría al *train to London*, no se quedaría en el andén mirándolo alejarse. Iría a bordo, y al cabo de unas pocas horas se bajaría en Paddington, creía, nunca había viajado a la capital desde la ciudad de provincias. De allí el metro hasta Baker Street, solamente tres paradas, y Molyneux lo esperaría delante del Dorset Square Hotel, para conducirlo a su buhardilla, darle las llaves y seguramente instrucciones. Sería libre y su destierro habría acabado. Qué vendría luego, eso ya se vería, en aquellos momentos carecía de importancia.

Cuando vio entrar el tren en la estación no se movió, no se puso en pie ni se aproximó al borde, impaciente. Solía quedarse sentado en un banco, cuando iba allí algunas tardes, y lo rondó el acto reflejo de hacer lo mismo de siempre. Quizá padeció unos instantes de vacilación tardía. Miró el gran reloj colgante. Perdería el tren si dejaba pasar dos minutos quieto, tres a lo sumo. Había un elemento de apacibilidad en aquel sitio que no había conocido en ningún otro, en aquella existencia monótona y mortecina y sesteante. Y es grato no sentir responsabilidades, o sólo las de cualquier vecino. Cuando las cosas concluyen, incluso las que más desea uno que acaben, de pronto lamenta su término y las empieza a echar en falta. Pensó: 'Lo que queda atrás nos parece inofensivo, porque lo hemos superado con éxito, es decir, seguimos vivos y sin absoluto quebranto. Quisiéramos volver a ayer porque el ayer está vencido; sabemos el resultado y quisiéramos repetir el día. "¿Cuál iba a ser el valor de la ansiada calma, de la serenidad otoñal y la sabiduría de la edad?" Aquí he estado a salvo y seguro, he llevado una vida ordenada y tranquila. Aburrida en conjunto, pero añoraré ese aburrimiento. Añoraré las clases y a mis alumnos, las caminatas junto al río y la contemplación de su avance, e incluso a mis colegas. Añoraré los partidos de fútbol en el campo y mis pausas en el salón del Jarrold tomando un té y leyendo la prensa, como un viajante de paso o un desocupado señor de provincias. Añoraré a Meg y su cuerpo caliente, y sobre todo a Valerie, sus pasos cortos y rápidos, sus carreras hasta mis brazos y sus risas sin porqué, que son las más frescas y con el tiempo desaparecen. "Porque sé que el tiempo es siempre tiempo y el lugar es siempre lugar y solamente, y lo que es real es real para un tiempo tan sólo y para un lugar solamente'". El tren estaba allí con sus portezuelas abiertas, atrayéndolo como de costumbre. Tomás no tenía más que dar unos pasos: uno, dos, tres, cuatro; acaso cinco. Pensó, recordó: "'La historia es un tejido de momentos sin tiempo... Rápido ahora, aquí, ahora, siempre...'". Cuántos años llevaban acompañándolo aquellos versos, leídos en Blackwell's distraídamente. Se levantó, cogió la maleta, dio los pasos, estaba dentro; pero bastaba con uno en sentido contrario para estar otra vez fuera, en el andén de nuevo. Miró aquel andén y miró la hora en el reloj colgante. Se cerraron las puertas.

Al arrancar el tren, él ya en su asiento, solamente se permitió un pensamiento más, tan breve como estas palabras, antes de aplicarse al olvido como tantas otras veces: 'Adiós, río. Adiós, mujer. Adiós, niña. Cuánto sigo acumulando, cuánto he ido dejando a mi espalda'.

Pasaron unos meses y llegó 1994. Tomás Nevinson se encontró con lo anunciado: nada de acercarse al MI6 ni al MI5 ni a sus varios edificios dispersos y semiclandestinos, ni al Foreign Office; nada de procurar verse con Tupra ni Blakeston ni con ningún compañero, nada de llamarlos ni de asomar la oreja. Nada de intentar establecer contacto con Madrid, ni de caer en la tentación de revelarle a nadie que estaba vivo y de regreso. Ya no era James Rowland, mejor no seguir utilizando el nombre por el que lo conocían ya muchos, los habitantes de la ciudad mediana en la que había pasado unos cuantos años y había creado vínculos excesivos, había dejado descendencia. Molyneux le entregó nuevos papeles, ahora se llamaba David Cromer-Fytton, ignoraba por qué le habían adjudicado un apellido raro y compuesto (parecía sacado de una novela o del generalato, o de la Guerra de Crimea directamente), siempre son más llamativos y memorables y él entendía que aún le convenía pasar inadvertido lo más posible. Tom Nevinson continuaba muerto oficialmente, y cada vez menos gente se acordaba de él, las personas pasajeras o dañinas que mueren son dadas de baja y se difuminan, al no contarse ya con ellas, y resulta tan inútil guardarlas en la memoria como sus números de teléfono en la libreta. Por mucho que uno se resista a hacerlo, al final ambos se tachan con una raya. Pero también es cierto que los recuerdos se activan muy fácilmente, basta con mencionar un nombre o contemplar otra vez un rostro. Y aunque Tom había cambiado numerosas veces de aspecto, sería inoportuno que lo re-

conociera alguien de los viejos tiempos. Se encontró con
que le tocaban más espera, más pasividad, más inacción,
más invisibilidad y disimulo. Estaba por fin en Londres,
pero como un turista o un jubilado. Estaba allí, pero seguía exiliado. Al menos en la otra ciudad tenía sus lecciones y a la niña.

—¿Qué debo hacer? —le preguntó al joven fofo convertido en su único enlace, a las dos semanas de instalarse en la buhardilla. Era pequeña pero cómoda, no le faltaba de nada. Había estado en sitios infinitamente peores
y allí tenía luz y una buena vista a la plaza, que le ofrecía
el distraído espectáculo de quienes entraban y salían del
Dorset Square Hotel, donde Molyneux y él quedaban.
No estaba en el Strand ni en St James's, pero aquello era
céntrico, en efecto: abundaban los visitantes del Museo
Sherlock Holmes, aún bastante nuevo, y del de Madame
Tussauds de figuras de cera, bien cercanos; también había masas que iban a pasear por Selfridges y unos pocos
refinados por la Wallace Collection.

—Nada, nada de nada por ahora —le contestó Molyneux soplándose su moldura de la frente, se la había dejado
crecer demasiado y ahora era como si tuviera posada allí
una lagartija petrificada, pues le aplicaba laca probablemente—. Haga con su tiempo lo que más le plazca. Dedí-
quese a ver la ciudad a fondo, seguro que nunca ha dispuesto de tanta ociosidad como ahora. Seguro que no ha
visto mil cosas que valen la pena, al fin y al cabo usted es de
España. ¿La Casa de Sir John Soane, por ejemplo? Cada
vez la descubre más gente. Dentro de poco no habrá quien
dé un paso en ella, y es un lugar de detalles. O vaya a Kew
Gardens.

—¿Qué me está diciendo, que me compre una guía?

—Eso es asunto suyo. Como si le apetece ir al cine
sin parar, o a todos los teatros, o a ver porno. Tiene dinero. Le damos dinero. —Seguía empleando el plural con
el que se concedía importancia, pero de pronto pasó al

singular, Tomás interpretó que para vejarlo—. Yo le traigo hoy dinero, y se lo traeré cada dos semanas, en metálico. Distribúyaselo como le convenga. Entre unas cosas y otras, nos sale usted caro.

—Cuidado, Molyneux —le dijo Tom Nevinson con seriedad, molesto; o se lo dijo ya Cromer-Fytton—. Por ahí no vaya. ¿Quién dice eso? ¿Tupra? Si lo dice él, transmítale este mensaje: por mucho que gasten en mí y en mis familias a lo largo de una vida, siempre les habré resultado barato. Que no me obligue a enumerar lo que he hecho. También los fondos que les he conseguido o ahorrado. Él lo sabe bien, y no tendría que recordárselo.

Molyneux no quería problemas con su jefe, evidentemente, así que rectificó de inmediato:

—Disculpe, el comentario era de mi cosecha. Mr Tupra no ha dicho nada al respecto, ni se ha quejado. Él sabrá lo que hace. Es sólo que he visto que lleva usted mucho tiempo en el dique seco. Pero claro, yo desconozco las épocas remotas. No he debido hacer esa observación, lo lamento. La retiro.

—Le recuerdo que tenemos rangos aunque no los utilicemos, Molyneux, y usted será cabo a lo sumo. No se permita confianzas conmigo, ni impertinencias, si no quiere encontrarse con un paquete. No hable de mis años activos como de 'las épocas remotas'. Nadie tiene la culpa de que usted sea un jovenzuelo ignorante. No sé por qué no me han asignado a alguien con mayores conocimientos. Y lo que ansío es justamente salir de una vez del dique seco. No tengo el menor deseo de seguir fuera de la circulación, ni de convertirme en un pasivo. Según usted, en un lastre. ¿Cuándo podré hablar con Bertram?

El fatuo Molyneux se asustaba en seguida. Se jactaba primero y se asustaba luego. Poco le faltó para cuadrarse, después de la reprimenda. Debió de pensar que Nevinson era un duro de la vieja escuela, y que llevaba mucho a sus espaldas. Que habría cometido salvajadas que él ni siquiera era capaz de imaginarse. Para las generaciones más nuevas, los tiempos del Muro y de la Unión Soviética empezaban a resultar tan míticos como arcaicos, casi ficticios. Ya, tan pronto, así es la progresiva aceleración del mundo. Ahora le respondió con delicadeza y respeto:

—¿Con Mr Tupra? No lo sé, quizá ni él lo sepa. Ese es el obstáculo para que se incorpore, Mr Cromer-Fytton. —Por lo menos no se olvidaba de cómo debía llamarlo en todas las circunstancias—. Hay que esperar, hay que comprobar que está seguro, que nadie lo busca y que nadie va a pegarle un tiro en cuanto asome la cabeza. Hablo metafóricamente, pero no sólo; bueno, ya me entiende. Tómeselo con paciencia. No serán menos de meses, pero en comparación se le harán cortos. Por eso le he sugerido que aproveche, que se distraiga lo más que pueda. No pretendía hacerlo de menos.

—Ya. Pues tampoco me diga que al fin y al cabo soy de España, como si fuera un extranjero. ¿Me ve algo extranjero, Molyneux? ¿Me nota algo? ¿Le parezco menos inglés que usted? ¿Qué acento quiere que le ponga?

—No, en absoluto. Es sólo que he estudiado su ficha, hasta donde se puede, claro, hasta donde llega. Como se imaginará, hay muchos periodos en blanco. Disculpe de nuevo, si eso lo ha molestado.

—¿Y me ve cara de querer ver porno, Molyneux? No se vuelva a equivocar conmigo.

Durante las semanas siguientes, las primeras semanas de unos cuantos meses, si es que había suerte y la espera no se alargaba, Tomás Nevinson recordó aquel breve intercambio más a menudo de lo que habría supuesto, en sus interminables paseos sin rumbo o encerrado en su buhardilla. Todavía no había cumplido los cuarenta y tres años y ya pertenecía a las épocas remotas, como un mamut, para cualquier jovenzano. Inconvenientes de haber empezado tan temprano, tal vez. Era verdad que parte de aquellos años los llevaba en el dique seco. Y era verdad que era de España, allí habían transcurrido su infancia y su juventud primera, y también trechos de su vida adulta. Allí se había casado, eran españoles su mujer y sus hijos. Ahora hacía doce que no pisaba el país, que no veía a Berta ni a los niños, a los que quedaría ya poco o nada de niños. En la inactividad forzosa a que se vio sometido, le dio tiempo a echarlos agudamente de menos, quizá más que en todo su destierro en la ciudad de provincias. Allí tenía que fabricarse un personaje, hacerse pasar por quien no era, por otro inventado, algo en lo que era diestro y que lo mantenía ocupado y despierto, aunque no fuera con vistas a ninguna averiguación ni tarea, sólo a permanecer escondido. En Londres, en cambio, no le tocaba ser nadie. En la capital no se pregunta ni se observa apenas, uno puede entrar y salir de su casa durante décadas sin que nadie se interese por lo que hace ni a qué se dedica, si está soltero o casado o divorciado o viudo, si está solo en el mundo o cuenta con familia cercana o lejana, si está sano o enfermo. En Londres era invisible, mucho más todavía. Con frecuencia se preguntaba quién diablos podría buscarlo, quién se tomaría la molestia de apostarse en ningún sitio a la espera de que emergiese, para abatirlo. Tantas precauciones le parecían superfluas, un desperdicio. Había dejado de existir para casi todos: mujer, hijos, padres y por supuesto hermanos, camaradas y enemigos. Amigos en realidad no tenía, se dio cuenta, o unos pocos madrileños que se habrían olvidado de él completamente, a los que había descuidado más allá de lo admisible. Quién iba a recordarlo, quién iba a tenerlo presente. Vivía muy cerca del MI6 y de Tupra, a unas cuantas estaciones de metro —el hombre que le insuflaba vida con sus órdenes y encargos—, y a la vez no era cierto: vivía en otra galaxia, hasta que lo llamaran. Ahora sí que era en verdad un fantasma. Y Molyneux era un ignorante, en efecto: esta espera no se le hacía más corta, sino infinitamente más larga.

Cuanto más se acerca uno a un objetivo, cuanto más se aproxima el regreso, menos se tolera cualquier demora añadida: llega un momento en el que veinticuatro horas más son un suplicio insoportable, para quien aguarda desde hace siglos.

Deambulaba, se paseaba como un vivo que ha renunciado a los privilegios mínimos de que dispone la mayoría, los más modestos y comunes: trabajo y algo de compañía, conversaciones intrascendentes con una cerveza en la mano, la sensación de iniciar la jornada y la sensación de terminarla, la intuición de que el día siguiente será levemente distinto del que hoy ha acabado. Para él eran iguales la mañana, la tarde y la noche, había de rellenarlas, nada lo reclamaba, apenas pronunciaba palabra. Fue a la Casa de Sir John Soane y a un montón más de museos, hasta a los más recónditos. Fue al teatro algunas veces y vio bastantes películas en los cines. Caminaba para hacer ejercicio y no estar de más en la buhardilla, viendo la televisión o leyendo, o mirando por la ventana, y aun así estaba allí mucho tiempo. Se empapaba de las masas que recorrían la ciudad de un lado a otro, unas con prisa y quehaceres, otras con despreocupación de turistas, que sin embargo están llenos de afanes. Le gustaban las aglomeraciones, todas las envidiaba. Bebía de su agitación, de sus murmullos, de sus frases sueltas oídas al azar, de sus malos modos y sus risas. Y sabía que su presencia, en cambio, no tenía el menor influjo en ellas y nada les devolvía. Él era como el aire. 'Así que esto es lo que soy', se decía. 'El aire muerto.'

En mala hora, pensando, había formulado aquella expresión, 'hacerse pasar por quien no era', porque le dio por analizarla. Durante años no se había preocupado por tal cosa, en eso consistía su tarea, en ser otros varios y casi nunca quien era. Ahora, cuando Mr Cromer-Fytton carecía de características, cuando no había que asignarle ningún papel ni conducta ni que hablar lenguas distintas ni imitar dicciones ni acentos, cuando era libre para moldearlo a su antojo porque no tenía espectadores a los que engañar ni persuadir, Tom Nevinson cayó en la cuenta de que le era difícil saber quien sí era. Los vaivenes y la ausencia lo habían difuminado. Durante un largo tiempo reciente había sido Jim Rowland, profesor de colegio, pero a éste lo sepultó rápidamente. Una vez se puso en marcha el tren a Londres que lo alejaba, no volvió la vista atrás a menudo. Cuando lo acechaban los pensamientos sobre Meg y Val, sobre Val principalmente, se zafaba de ellos por lo sano, como había hecho después de otras encarnaciones, sin contemplaciones ni remordimientos apenas, no podía uno quedarse prendido en ninguna tela de araña. El único sitio al que su mente o recuerdo regresaban de verdad con fuerza era Madrid, a la casa de la calle Pavía y a la de la calle Jenner ahora vacía (se le había ido comunicando lo fundamental, la muerte de su madre primero y más tarde la de su padre), a las calles de Miguel Ángel y Monte Esquinza y Almagro y Fortuny y Martínez Campos y a tantas otras. Si era alguien todavía, si el tiempo y las circunstancias no lo habían diluido o lo habían convertido en una piedra o inscripción ilegible, era Tomás Nevinson, a pesar de todo: el hijo menor de Jack Nevinson del British Council y de Miss Mercedes del Instituto Británico, el novio de Berta Isla, el marido de Berta Isla y el padre de Guillermo y Elisa. Jim Rowland había sido una representación más, un espejismo, él nada tenía que ver con aquel tipo que tan mal se había portado con una mujer, preñándola, y con una niña, engendrándola, para después abandonarlas. Aquel profesor tontaina no era él, pero él había hecho más o menos lo mismo, él, Tomás Nevinson, y además se había fingido difunto y aún se lo fingía, no sacaba a su mujer del engaño. De pronto lo consumía la añoranza de Berta y de la vida que le habían sustraído, nada más empezarla. A sabiendas de que le seguía vedada y de que ya había transcurrido en gran parte, confiaba en la llamada de Tupra: lo único que lo rescataría de sus cuitas y sus tentaciones sería sentirse útil de nuevo y sin personalidad propia de nuevo. La inactividad y la espera lo estaban llevando a recuperarla, y eso no debía permitírselo, porque lo debilitaba y confundía. Lo hacían mirar hacia Madrid y acariciar ideas dementes.

En su búsqueda de aglomeraciones y masas, de gentío, se acercaba con frecuencia al Museo de Madame Tussauds, en Marylebone Road, al lado de su buhardilla, bien a mano. Allí siempre había largas colas, eminentemente de turistas extranjeros y nacionales, y grupos de niños conducidos por sus profesores, clases enteras de excursión en Londres, dentro de pocos años Val estaría algún día entre ellos, la llevarían desde la ciudad en que él la había condenado a vivir mucho tiempo, si no siempre. En el interior no había quien diera tres pasos sin tropezarse, centenares de individuos haciéndose fotos junto a las figuras de cera más famosas, las del momento y las todavía inamovibles, desde la Reina hasta los Beatles, desde Churchill hasta Elvis Presley, desde Kennedy y Cassius Clay hasta Marilyn Monroe. Tomás se preguntaba si los visitantes más jóvenes sabrían quiénes eran estos últimos, o cuándo serían retirados y reemplazados. 'Los vivos van olvidando a cada vez mayor velocidad', se decía, 'con cada vez mayor impaciencia, desdén y resentimiento hacia lo que no los ha esperado para existir y conocen sólo de referencias, o por irritante leyenda a cuya creación no han asistido y que debe ser borrada por tanto. Los vivos cada vez se sienten más cómodos en su papel de bárbaros, de invasores y de usurpadores, "cómo se atrevió el mundo a considerarse importante antes de nuestro nacimiento, con nosotros se inaugura todo y lo demás es antigualla, inservibles restos cuyo destino es la trituración y la basura". Yo formo parte de eso', se decía, 'estoy vivo y soy un muerto, para casi todos un muerto que no resulta memorable, ni siquiera para los que me han querido, ni siquiera para los que me han odiado.'

Estar allí, en la cola o en el interior del museo, en medio de tantas personas inaugurales y completamente vivas, deseosas de ver a las celebridades de antaño o a sus actuales ídolos quietos, a su merced, disponibles para sus retratos y para tocarlos aunque estuviera prohibido, perfeccionadas esculturas de cera mucho más conspicuas que él mismo pese a que él andaba y hablaba y veía, contribuía a que se sintiera menos solo, menos pretérito y espectral. Aunque fuera calladamente y en solitario, siempre ajeno a los alegres grupos, participaba del entusiasmo y la algarabía que lo rodeaban, empujaba y era empujado ocasionalmente, oía las extasiadas exclamaciones al reconocer al cantante o al futbolista favoritos, e incluso osaba hacer algún comentario superfluo a algún espectador o espectadora vecinos: 'Este parecido no está muy logrado, ¿verdad?', por ejemplo, o 'Tengo entendido que los modelos se prestan a que les tomen las medidas exactas, y yo creía que Mick Jagger era más alto y menos enclenque, ¿usted no? Quizá es que con la edad va encogiendo'. A lo cual le respondió una mujer demasiado lista: '¿Le parece que Cromwell y Enrique VIII habrán accedido a prestarse?'.

Una mañana, estando ya dentro, en una de las salas más abarrotadas, le llamaron la atención un niño y una niña, sobre todo la niña. Tendría unos once años, su hermano un par menos, y era evidente el parentesco por lo muchísimo que se parecían. No se detenían apenas ante ninguna figura, correteaban de aquí para allá, de hecho pasaban de un espacio a otro y regresaban al anterior y en seguida se largaban, volvían a entrar y salir, criaturas demasiado excitadas e inquietas por la superabundancia, se avisaban el uno al otro y se gritaban: 'Mira, Derek, mira quién está aquí', y 'Mira, Claire, también está James Bond', la cantidad de personajes les impedía centrarse en ninguno, se veían requeridos por sus constantes descubrimientos. Esta actitud era frecuente entre los críos en Madame Tussauds, en realidad ese museo está concebido desde hace tiempo para ellos y para los adolescentes, lo que equivale a decir para las grandes masas infantilizadas del universo, que siguen yendo en aumento.

Lo que le llamó la atención fueron las caras, las facciones de aquellos hermanos. Tuvo la extrañísima impresión de conocerlos, de que no los veía por primera vez, sobre todo a la niña, en absoluto. Pero ¿quiénes podían ser? ¿Dónde la podía haber visto? Sintió el escalofrío del reconocimiento indudable —o es más bien una sacudida, un relámpago—, y a continuación la desazón de no saber situarlo, como cuando aparecen en una película o serie un actor o una actriz secundarios de inconfundible semblante y no acertamos a recordar en qué otro papel los hemos visto. Y cuanto más nos esforzamos, más se nos escapa la referencia, o se nos confunde, y nuestra cabeza —perdido todo interés en la trama— ya no descansa hasta encontrarla. En primerísima e irracional instancia pensó si serían sus propios hijos, Guillermo y Elisa, fue un absurdo dictado por la perplejidad. Podrían estar de visita en Londres, desde luego, pero tendrían ya otros años, Guillermo era mayor que Elisa y no a la inversa, no hablarían como ingleses ni se llamarían Derek y Claire. ¿Quiénes eran Claire y Derek, entonces? ¿De qué parte de su mente venían? ¿De qué conocía a aquella niña atractiva? Porque acabaría siendo atractiva. Hizo un rápido repaso memorístico de críos con los que hubiera tenido algún mínimo trato en sus viajes, a veces se había mezclado con la población de un sitio, alguna vez se había acostado con una madre o con una joven con hermanos pequeños, pero las edades no cuadraban. Él se había pasado los últimos cinco años o más alejado de todo aquello, enclaustrado en la ciudad de provincias, limitado a ella incluso en los periodos de vacaciones, y allí habían desfilado ante sus ojos numerosos alumnos y alumnas, pero, precisamente por la cercanía, guardaba con nitidez en la memoria la mayoría de sus rostros y con vaguedad el resto, y ninguno le había provocado nunca aquel desasosiego mezclado con fascinación, como la que producen ciertos cuadros —más bien retratos— a los que uno es incapaz de quitarles ojo durante largo rato inesperado: cree haber terminado de verlos y pasa a otros en un museo, y algo lo impele a retroceder y contemplarlos de nuevo, algo lo fuerza a no separarse de ellos todavía, dos o tres veces, cuatro. Se dio cuenta de que no podía apartar la vista y de que su mirada se españolizaba (en Inglaterra no se suele mirar intensa ni fijamente a nadie, menos aún a una preadolescente, menos aún si es un adulto el que la mira), de que se sentía cautivado por aquellos rasgos entre sí casi idénticos, pero mucho más evocativos los de la niña, más inequívocamente apreciados en otro tiempo de su vida. Lo atraían como un imán, procuraba seguirle el paso por las salas y que no se le perdiera entre el gentío. Aquello carecía de todo sentido, aquella Claire habría nacido cuando él ya habría cumplido la treintena, eso como mínimo. No era posible que hubiera estado en ningún tiempo de su vida.

Claire era muy rubia, de facciones finas pero expresión algo salvaje y resuelta, denotaba un carácter vehemente. Tenía unas bonitas cejas que se curvaban hacia arriba a medida que se alejaban de su arranque, más oscuras que el cabello. Tenía una boca muy roja, la propia de niños y jóvenes, con las comisuras ligeramente inclinadas hacia abajo, lo cual le confería un gesto que era de desdén por momentos y por momentos de melancolía, como si anunciara una persona difícil en el futuro, para los demás y para sí misma. Pero sonreía a menudo y entonces las comisuras se alzaban con ilusión y alegría, dejando ver unos incisivos separados, un día serían la perdición de algún hombre, o de varios. Los ojos eran inquisitivos, repasaban una estatua de cera tras otra con celeridad y agudeza, quizá por esa celeridad no se detenían mucho ante ninguna, ella y su hermano seguían desplazándose excitados de un lado a otro, 'Mira, Derek, este es Napoleón, yo ya lo he estudiado en clase', o 'Antes he visto a Darth Vader, Claire, no te lo pierdas. Vuelve atrás, se te ha pasado'.

Era cuestión de tiempo que la agudeza de la niña reparara en Tom Nevinson y en su mirada clavada, en aquel hombre que aparecía y reaparecía, que seguía su mismo itinerario errático y que además la observaba con curiosidad e infrecuentes ojos meridionales. Pero lejos de asustarse al caer en la cuenta, Claire le devolvió la curiosidad con el rabillo, con la timidez o modestia que correspondía a sus años. Quizá le resultaba evidente que en el espionaje de Tomás no había elementos turbios ni morbosos, sino puras complacencia y simpatía. Simpatía y actividad mental, como la de quien descifra un enigma. Para los críos que aún no han alcanzado la adolescencia y que suelen ser pasados por alto por los adultos, llamar la atención de uno de ellos tiene algo de halagador y reconfortante. Se sienten individualizados y merecedores, importantes durante un rato. Eso debió de sucederle a Claire (Derek era más infantil y distraído, seguramente no se había percatado de nada). Ahora la niña seguía divirtiéndose de aquí para allá, pero en cada espacio se paraba a comprobar, con disimulo, si Tom Nevinson, o era David Cromer-Fytton, continuaba rindiéndole su simpático homenaje visivo o ya se había cansado y desentendido. Lo hacía con discreción y aun con pudor, pero sin temor alguno. Al fin y al cabo, ¿qué podía pasar allí, en un lugar tan concurrido, tan regocijado?

Lo que Tomás no vio en ningún instante fue a padres o profesores que los acompañaran. Le parecieron demasiado pequeños para haber ido a Madame Tussauds por su cuenta, solos. Tal vez los mayores, los padres, los esperaban en la tienda o en la cafetería, o fuera en la calle, la visita no les interesaba. Hacía buen día, quizá los aguardaban tranquilamente en un parque, o tomando algo en una terraza, los padres. El padre y la madre, o uno de ellos, la madre. La madre, la madre de la que habrían heredado el rostro. Y de repente se le hizo la luz: aquellos niños... No, la niña, la niña era la viva imagen de Janet, los dos se le parecían pero la niña compartía sexo con ella y la semejanza era absoluta, como una reproducción en miniatura, a reducida escala. Era eso, era eso, de esa parte de su vida remota era de donde venía aquella cría. Janet. Para él había sido Janet a secas durante años juveniles de esporádicos encuentros sexuales, y sólo cuando ya estaba muerta había sabido su apellido, desde entonces jamás olvidado. Aquella niña Claire parecía la hija, o aún es más, era la hija que nunca habría podido tener la pobre y muerta Janet Jefferys.

Casi no había pensado en Janet Jefferys durante veinte o más años, y su cara se le había vuelto irreal, se le había ido muriendo en su palidez hasta aquel mismo momento, hasta ver a la que debería haber sido su hija, o más bien reconocerla, el parecido era extraordinario. Entonces sí, como si le hubieran puesto delante una foto, se le representaron con claridad sus facciones finas pero asilvestradas y decididas, su pelo fulgurante probablemente teñido, de un amarillo escandinavo, a veces semejaba un casco de oro iluminado por un sol escondido que solamente la alcanzara a ella entre las volanderas nubes de Oxford, por la calle era inconfundible; su boca muy roja y sus incisivos separados que le aniñaban la sonrisa, exactamente como a aquella niña, sólo que aquella niña era aún niña. Y se le representó también su figura en movimiento y su cuerpo desnudo o semidesnudo, la había visto así no pocas veces, y la última había acercado los ojos y dos dedos a su sexo abultado y no lavado todavía, después de que él lo visitara. De aquello hacía mil años. Desde aquella noche él había recorrido varias vidas y ella se había detenido, en cambio.

En realidad había dejado de pensar en Janet inmediatamente. La noticia de su asesinato lo había conmocionado, pero había carecido de tiempo para asimilarlo, espantarse y lamentarlo como era debido, como lo habría hecho en otras circunstancias, de no haberse visto él afectado, involucrado directamente. En seguida había percibido el peligro que sobre él se cernía, y contra el egoísmo de la juventud no hay combate posible: se había tenido que ocupar de sí mismo, hacer frente a la amenaza. 'Yo no la maté, bien lo sé', le cruzó como una ráfaga ese pensamiento, 'pero, si lo hubiera hecho, seguramente mi preocupación principal habría sido que no me cogieran y salir impune; hasta el que mata por accidente, involuntariamente, se horroriza unos instantes y luego pasa a protegerse, se dedica a ponerse a salvo e intenta que su existencia no se vaya al traste y ni siquiera cambie, pese a que la de la persona por él muerta haya cambiado tanto como para haberla perdido y no tener más existencia.' Aquel asesinato había determinado la suya, en cierto sentido le había robado la que se había trazado. Había aceptado las condiciones y se había entregado a la causa, y no era grato recordar el origen de aquel vuelco, un terremoto, así que había tendido a hacer caso omiso durante todos aquellos años, ya era bastante encargarse de lo que le asignaran en cada ocasión, en cada sitio. Si algo ofrecían de bueno la zozobra perpetua y el fingimiento sin pausa, era que impedían darle vueltas al porqué inicial del sinsentido. A menudo lo había olvidado, y por tanto también a la pobre Janet. A fin de cuentas, su relación había sido superficial, instrumental, casi higiénica. Por parte de los dos, por parte de Janet quizá había intervenido, además, un afán de resarcimiento íntimo, una de esas represalias extrañas para satisfacción y uso propios, de las que el represaliado ni se entera. Hugh Saumarez-Hill, le vino el nombre a la primera, apellido compuesto de los que se retienen. No había prosperado mucho aquel Miembro del Parlamento de los años setenta, o no visiblemente. No es que a Tomás le interesara la política y le daba bastante igual quién mandara, en su quehacer las preferencias pasaban a penúltimo término. Se informaba lo justo para llevar a cabo sus trabajos con conocimiento de causa, eso sí, eso era todo. Pero desde luego aquel *whig* no se había destacado en aquel tiempo, de lo contrario se habría sabido de él y habría aparecido más en la prensa. No había sido Ministro de nada mientras gobernó su partido, y era probable que su prometedora carrera se hubiera visto truncada, como la de tantos laboristas, con el acceso al poder de la *tory* Margaret Thatcher y de su sucesor John Major, entre la una y el otro llevaban en el 10 de Downing Street unos quince años. Hugh Saumarez-Hill seguiría siendo tal vez parlamentario, pero uno del montón, luego al final no había sido Alguien con mayúscula, como le habían dicho la propia Janet y Tupra o Blakeston, había sido Blakeston, creía. O a lo mejor se había deslizado al sector privado, más opaco. Qué desperdicio en todo caso, los cien mil brillantes futuros que acaban no siéndolo, el mundo está abarrotado de ellos, y en política es fácil fracasar por una sola equivocación, una mala alianza, un mal cálculo. A no ser que Janet le hubiera hecho chantaje y lo hubiera hundido o parado en seco, como le había anunciado a Tomás que acaso haría, vengarse de su parsimonia y su descuido, de su infinita dilación y su ufanía, no recordaba bien los detalles. Aquella noche fue la primera, la única, en que Janet le habló de su amante londinense, y en que Tom le preguntó, de hecho. Tomás Nevinson se repitió el pensamiento con estupefacción: a no ser que Janet... Qué tontería era aquella, después de aquella noche Janet ya no pudo hacer nada de nada. No pudo ver ni oír ni palpar ni sentir ni hablar, ni enfadarse ni sonreír ni mirar ni leer, estaba leyendo *The Secret Agent* echada en la cama, de pronto le pareció un aviso irónico, en algo así se había él convertido... ¿O sí, o sí pudo hacer todo eso, e incluso dar vida a dos niños, los que tenía delante en el Museo de Madame Tussauds aquella mañana ociosa de 1994? Eran demasiado idénticos a Janet Jefferys de joven para no ser suyos, para no haber salido de ella. ¿De joven? Sólo así había existido.

No se puede admitir una sospecha sin que a continuación se enseñoree, lo invada todo y de todo se apropie, al menos hasta ser descartada. Janet era tres o cuatro años mayor que él, y si aquellos críos contaban once o doce y nueve o diez, como les calculaba, los habría tenido un poco tardíamente, entre los treinta y tres y treinta y seis, algo así, perfectamente posible. De seguir ella viva, tendría unos cuarenta y seis ahora. ¿De seguir ella viva? Todos estos pensamientos aturdidos se le agolparon allí mismo en cuestión de segundos, una rauda sucesión de relámpagos. ¿La había visto él muerta? No, él no había visto su cadáver, como tampoco nadie había encontrado el suyo nunca, porque no existía. Aquel policía Morse le había dado la noticia en los aposentos de Mr Southworth, y parecía un hombre honrado y razonable. Pero Tom bien sabía ahora, y desde hacía mucho, que un modesto policía obedecía siempre órdenes, más aún si sus superiores las recibían a su vez de gente de los Servicios Secretos, éstos siempre por encima de las demás autoridades con la salvedad de algunos mandos del Ejército y muy altos funcionarios, o actuando al margen de ellas si no había más remedio. Lo habrían obligado a mentirle, a escenificar la pantomima, y aunque a Morse no le hubiera gustado engañar a un estúpido y desdichado estudiante, a un pardillo demasiado tierno, no habría podido negarse, ni rechistar siquiera, sin por ello perder su carrera y tal vez su empleo.

¿Había él visto la noticia en los periódicos o en la televisión? Ah, Tom no los había mirado apenas aquellos días, ocupado y angustiado consigo mismo, y además con datos de primera mano, para qué iba a recurrir a los informativos o a un diario. Quizá leyó un titular del *Oxford Times* en algún sitio, pero también él sabía —lo sabía ahora— cuán sencillo les resultaba a ellos, a nosotros, lograr que un periódico insertara una falsa noticia conveniente, o incluso inexistente, solía bastar con apelar al deber y al patriotismo, a la defensa del Reino, sobre todo con las publicaciones menores. De lo que sí estaba seguro era de que el caso no se había resuelto, de que no se había encontrado un culpable (la gente deja de preguntarse y se aburre tras muy poco tiempo). Quizá porque no lo había ni podía haberlo. Ni él ni Hugh Saumarez-Hill ni el hombre que llegó y llamó a un timbre nada más marcharse él, mientras fumaba en la esquina de St John Street con Beaumont Street, qué lejos quedaba todo. Qué lejos quedaban sus cigarrillos Marcovitch que lo habían señalado y que ya no se fabricaban desde hacía siglos, de todo aquello hacía siglos, por qué tenía que volverle ahora con fuerza a alguien tan distinto y cambiante, a Mr Rowland y a Mr Cromer-Fytton y a otros que se iban perdiendo en la niebla de las identidades prestadas y abandonadas y que habían hecho cosas superfluas, el mundo sin ellas sería idéntico al que era con ellas. Sí, seguramente había evitado desgracias, pero había propiciado otras, era absurdo tratar de llevar el cómputo, en realidad era imposible, no siempre se había enterado de las consecuencias de sus acciones, había prendido un fósforo y se había largado sin presenciar el incendio. Todo eso le volvía a Tomás Nevinson porque era el único que le iba quedando en aquella espera vacía; cada vez era más el antiguo Tomás Nevinson, cada vez más lo recuperaba, el novio de Berta Isla y el marido de Berta Isla, el de Madrid y el del principio.

Pero ¿cómo podían saber que él iba a visitar a Janet aquella noche? Había surgido de manera imprevista, como siempre; él se había acercado a Waterfield's por la mañana y allí habían iniciado las efusiones, se acordaba, unos lomos de Kipling a la vista y el deseo aplazado hasta más tarde. Qué tontería, pensó, Janet había dispuesto de todo el día para avisarlos, a Tupra, a Blakeston, acaso a Wheeler. Janet se habría sometido a la farsa, no ganaba mucho como dependienta de librería y no tenía esperanzas de que la situación cambiara con su amante londinense, Hugh Saumarez-Hill u otro Hugh, quién sabía; qué más le daba marcharse de Oxford e instalarse en cualquier otro sitio, aquellos niños tenían un leve dejo de Yorkshire, le había parecido, nada exagerado como era lógico si su madre era oxoniense, son las madres las que transmiten el acento y la lengua, principalmente, su voz la primera que los hijos oyen. Le habrían ofrecido algo bueno, una nueva vida, un empleo más sólido y una cantidad apreciable en el acto, ella nada podía perder y tampoco le debía lealtad a Tom, era sólo un entretenimiento, un desahogo, un paliativo a la soledad rutinaria de algunos martes o miércoles o jueves, una pequeña daga que clavarle al negligente Hugh de vez en cuando, sin que él lo notara. Tom se iría en todo caso de Oxford en breve y no se acordaría más de ella, regresaría a Madrid y a su novia española de siempre, qué le importaba tenderle una trampa. Tomás era pasajero, Tomás era una mota de polvo o ceniza en la manga de un viejo. No había por qué culparla ni por qué hacerle reproches, si es que aún estaba viva en Yorkshire, con un marido y unos niños, Claire y Derek, y no había muerto estrangulada más de veinte años atrás con una media. Fea muerte imaginada.

Había perdido de vista a aquellos niños volátiles y escurridizos, Claire y Derek; se había ensimismado, sus rememoraciones y conjeturas e hipótesis lo habían distraído. Recorrió a buen paso las salas sin encontrarlos, se maldijo un instante, esperó al final del túnel de los sustos o del miedo o como se llamara, por si se habían introducido en él, pero sin éxito; dio más vueltas, salió al vestíbulo, se asomó a la tienda y allí los volvió a ver con alivio: habrían terminado la visita y estarían a punto de irse. Algo tenía que averiguar, no se le presentaría otra ocasión, algo que preguntarles, no sabía qué ni cómo sin alarmarlos, sin levantar sospechas, sin dar lugar a malentendidos, en 1994 dirigirse amistosamente a unos críos ya constituía un problema, si es que no un acto vicioso en sí mismo, comenzaba la época de las susceptibilidades extremas y de la histeria.

Estaban mirando con codicia unas reproducciones en plástico duro de algunas de las figuras de cera, al tamaño de los antiguos soldaditos de plomo. Las admiraban y celebraban y no las tocaban, alineadas en un estante, un puñado de ellas, no podrían permitírselas, no tendrían suficiente dinero. De hecho los vio contar unas pocas monedas, sin duda calculaban si, juntándolas, les darían para comprarse una al menos. Seguía sin haber rastro de profesores ni padres, de adultos que los vigilaran; todavía estaban solos, quizá el uno al otro se bastaban, o tal vez eran huérfanos que vivían con una tía joven e irresponsable que se los quitaba de encima y los dejaba a su aire. Iban vestidos con normalidad, no parecían ricos ni pobres, niños corrientes de clase media como los hay a millares, si Janet había muerto serían huérfanos de madre, y en seguida Tom se corrigió, regañándose por mezclar tiempos y esferas: si Janet había muerto cuando la habían matado, no podrían ser suyos, no los habría tenido.

Se acercó, se puso a mirar también él las figuritas, de los personajes más populares: se vendía a Winston Churchill pero no a la Reina (acaso en señal de respeto), a Indiana Jones o Harrison Ford, a James Bond o Sean Connery (por muchos actores que lo encarnaran, el auténtico siempre era Connery con *smoking*), a Shakespeare y al General Gordon y a la diminuta Reina Victoria, a Napoleón y a Montgomery con su boina y su bigote y su fusta (seguro que Blakeston lo habría adquirido), a Elvis Presley y a Lawrence de Arabia en camello (sería más caro), a Sherlock Holmes y al Doctor Watson y a Long John Silver, a Oscar Wilde con bastón y guantes y melena y a Alicia del País de las Maravillas, a alguien parecido a Fagin por el largo abrigo y la barba de chivo, a Mr Pickwick y a Mary Poppins y al monstruo de Frankenstein y a Drácula, más famosos y memorables siempre los personajes ficticios que los históricos, aunque a veces no se distingan.

—¿Cuál es vuestro favorito? —les preguntó al cabo de unos segundos, le pareció la aproximación más inocente posible.

Los niños se volvieron para mirarlo, la niña le hizo un involuntario gesto de reconocimiento. No se asustó ni receló, había simpatía natural en su rostro (el vivo rostro de Janet Jefferys), la misma que le había mostrado al notarse por él observada.

—El mío es Sherlock Holmes —contestó con presteza.

—El mío Indiana Jones —dijo el niño con entusiasmo (los niños agradecen el interés por sus gustos y opiniones)—. ¿Y el suyo?

Tomás hizo como si dudara arduamente. Luego dijo, para captar su curiosidad:

—El mío de verdad favorito no está aquí, por desgracia, ni tampoco en el museo.

—¿No? ¿Y quién es? —preguntaron intrigados, casi al unísono.

—Guillermo Brown. —Lo dijo en inglés, *'Just William'*, y añadió 'William Brown', en su honor había llamado a su hijo, que ya sería un muchacho y se creería huérfano de padre.

—¿Y ese quién es? —dijo Derek con una mezcla de decepción y sorpresa—. No me extraña que no esté aquí, a ese no lo conoce nadie. ¿De qué película es?

—Yo sí he oído hablar de él —apuntó Claire—, pero no sé cómo es, no lo he visto. No es de película, es de unos libros viejos.

—Sí, es de cuando yo era pequeño, y ya entonces era bastante antiguo, no tenéis por qué conocerlo —explicó Tomás—. Así que, de los aquí presentes, me quedo con Sherlock Holmes, coincido contigo. —Claire se sintió complacida, su expresión era transparente, mucho más que la de Janet Jefferys. Un adulto refrendaba su elección, era halagador para ella—. ¿Y cuál vais a comprar? Os veo juntando ahorros.

—Estábamos deliberando —respondió la niña, utilizó esa palabra—. Sólo nos alcanza para una figura. —No costaban mucho, pero para los críos todo es caro.

—Ah, ¿y cómo vais a regresar a casa si os quedáis sin blanca? ¿O es que vivís aquí cerca?

—No, no vivimos en Londres, señor, estamos de visita. —Era Claire la que llevaba la voz cantante; Derek contemplaba absorto la hilera de muñequitos que no podría comprarse—. Pero nuestro padre nos espera en un *pub* aquí al lado. Él nos llevará al hotel de vuelta. Ya no nos queda más que una noche aquí, volvemos mañana.

Tom Nevinson o David Cromer-Fytton vio la oportunidad de hacerse el simpático, o de hacerse aún más simpático.

—A ver, dejadme adivinar de dónde sois, y si acierto hacemos una cosa: os invito a cuatro figuritas, las que queráis, dos para cada uno, por la satisfacción de haber dado en el clavo.

El niño mostró tanto interés como escepticismo:

—Bah, usted no puede adivinar eso. Gran Bretaña es enorme y hay muchos sitios.

—Sois de York o alrededores —dictaminó Tomás con confianza.

Los hermanos lo miraron boquiabiertos de admiración.

—¿Cómo lo ha sabido? Ah, lo ha aprendido usted de Sherlock Holmes, ¿verdad?

—Todos aprendemos de él, sin duda —contestó Tomás—. Pero a mí se me da muy bien distinguir e imitar acentos. Así que lo dicho: elegid cuatro.

—¿De verdad? ¿Lo dice en serio? Muchísimas gracias.

La ilusión de los críos fue tan grande que no aguardaron a la confirmación, aunque Tomás se la brindó al instante ('Completamente en serio. Una apuesta es una apuesta y las apuestas son sagradas'). En seguida le dieron la espalda y deliberaron de nuevo, qué cuatro escogían, o qué dos y dos, sin tener que gastar un penique. Mientras se decidían, Tom siguió preguntando:

—¿Y vuestra madre? ¿Ella no ha venido con vosotros?

Claire ladeó la cabeza para contestarle, sólo la ladeó, ahora tampoco era capaz de apartar la vista de las figuritas.

—Nuestra madre murió hace año y medio, señor. En un accidente de coche. —Lo dijo sin énfasis, como quien ya se ha acostumbrado a dar esa explicación, demasiadas veces.

'Así que sí está muerta', pensó Tom con una especie de alivio que no le duró ni un segundo. 'Pero no cuando debía.'

—Lamento oír eso —dijo—, lo siento terriblemente. ¿Cómo se llamaba? Es que me recordáis muchísimo a una amiga que tuve en mi juventud y de la que no sé nada hace siglos. Casi como si pudierais ser hijos suyos. Casi. —Y pensó: 'Van a decir Janet. Y son huérfanos de madre. Seguro que van a decir Janet'.

—Se llamaba Janet —dijo la niña, ladeando otra vez la cabeza, mirándolo de reojo, menos por curiosidad que por deferencia, no quería ofrecerle la nuca mientras le hablaba. Pero esa supuesta amistad no le importaba nada.

—Ah, pues sí, qué casualidad, como mi amiga —respondió Tom. Pero había millares de Janets en Gran Bretaña—. ¿Janet qué? —insistió, había de insistir, en otra igual no se veía.

—Janet Bates, como nosotros.

'Ese es el nombre de casada, entonces', pensó Tom. 'No se casó con Saumarez-Hill, ¿cómo iba él a abandonar a su mujer por una dependienta de librería? Él era un MP y estaba en camino de convertirse en Alguien, en aquella época. No lo logró en la política, que yo sepa. Así que se casó tardíamente con un vulgar Bates de Yorkshire, hasta uno de los soldados de Shakespeare tenía ese apellido, uno de los que traicionó Enrique V embozado, soldado raso si mal no recuerdo.'

—Quiero decir de soltera. Mi amiga no estaba casada cuando la conocí. ¿Sabéis su apellido de soltera? —Podían muy bien ignorarlo, las esposas inglesas no lo conservan, a diferencia de las españolas, a diferencia de Berta Isla.

El niño Derek se volvió con cara de perplejidad, como si fuera la primera vez en su vida que oía esa expresión, '*maiden name*', como si jamás se le hubiera ocurrido que su madre hubiera podido llamarse algo distinto de lo de siempre, su siempre. Pero la niña era mayor, la niña Claire sí sabía, Tomás se lo leyó en los ojos antes de que abriera los labios. 'Va a decir Jefferys', pensó, 'seguro que va a decir Jefferys.'

—Yo sí lo sé —dijo Claire—. De joven se llamaba Janet Jeffries. —A Tom le sonó así dicho por ella, pero en realidad la pronunciación es idéntica o casi, la de Jeffries, la de Jefferys. Demasiada coincidencia para que la madre de los niños y Janet no fueran la misma persona. Sobre todo por el parecido, sobre todo por el parecido asombroso, eran réplicas exactas de ella. Y no iba a pedirles que deletrearan el apellido—. ¿Era su amiga?

—No —contestó Tomás Nevinson—. Mi amiga se llamaba Rowland, Janet Rowland. —Prefirió dejarlo ahí, retirarse, para qué exponerse a otras preguntas. No les debía la verdad a aquellos Bates de York, no los conocía de nada. De hecho hacía media vida, una vida, que no se la debía a nadie, ni a los más cercanos, y aún menos a partir de ahora.

Derek escogió a su Indiana Jones favorito y al monstruo de Frankenstein. Claire a su Sherlock Holmes favorito y a su inseparable Watson, cómo iba a tener en casa al uno sin el otro, a uno solo, la niña sabía de lealtades, a diferencia de su madre por fin difunta que tanto había tardado en morirse. Él, en cambio, no lo estaba, o sólo oficialmente, y lo oficial se desmiente y se anula cuando reaparece vivo el cadáver. Tom pagó de buen grado, les entregó las figuritas envueltas y se despidió a la salida estrechándoles la mano, qué culpa tenían aquellos niños. No le preguntaron cómo se llamaba. Habría dado lo mismo si lo hubieran hecho: disponía ya de muchos nombres, quizá ya de tantos como el propio Tupra. O Reresby o Dundas o Ure.

—¿Cree que el Profesor Wheeler estuvo al tanto de todo, que participó del engaño, que supo de él desde el principio? —le preguntó Tomás a Mr Southworth, y añadió—: Fue el primero en intentar captarme, y recuerdo que usted me dijo que a él se le escapaba muy poco de lo que sucedía en Oxford, y aún menos un asesinato. Que seguramente estaría enterado de lo ocurrido antes que yo, y con más datos. Y así me lo pareció cuando hablé con él por teléfono.

Mr Southworth se quedó pensativo unos momentos, sus pequeños ojos honrados vueltos hacia adentro, como si llevaran a cabo un examen de conciencia, un esfuerzo de ahondamiento. Ya no miraba el reloj, se habría olvidado de su clase. Luego se pronunció con certidumbre:

—No. Estoy seguro de que no, de que a él también lo engañaron, le ocultaron que se trataba de una muerte falsa. Yo no sé mucho de ellos, pero a los Servicios Secretos no los creo capaces de matar a alguien inocente sólo para reclutar a un activo. Sí de hacerle presión y chantaje, sí de montar una farsa, eso no debe de costarles nada. —Lanzó un suspiro irónico—. Me imagino que esa es su esencia, ¿no?, montar farsas.

—Eso puedo garantizárselo —lo interrumpió Tom—. Eso es rutina, el pan nuestro de cada día. No sabe a cuánta gente tenemos disponible, a cuánta insospechada. —Se dio cuenta de que todavía empleaba la primera persona del plural, de que aún se incluía. Como Tupra y Blakeston aquella mañana remota. Pero no se corrigió. Poco a poco aprendería a excluirse, su pensamiento se acostumbraría—. Ni cuán incesante es esa gente. Una vez que uno se embarca, una vez que se sube a la rueda, espera y solicita instrucciones, nunca quiere pararse, necesita ser productivo. Una farsa se monta por cualquier motivo, por una mera cuestión de detalle. En un santiamén se monta, el mundo está lleno de voluntarios, espontáneos o venales. —Y ahí le salió la palabra española, 'santiamén', así lo dijo, aunque ya por entonces resultara algo anticuada. Como el castellano de Mr Southworth, quien desconocería 'pispás', por ejemplo.

—A Peter lo conozco a la perfección desde hace mil años, y él nunca te habría tendido esa trampa. Ni la habría consentido, de haber estado avisado. Algo así está reñido con su carácter, con su decoro. Estoy convencido de que todavía hoy creerá que aquella chica fue estrangulada. Si es que alguna vez se acuerda de ella, claro. Supongo que no, eso te lo admito. Tiene mucho acumulado en la cabeza, demasiado. Desde su nacimiento en 1913, figúrate, y en las antípodas.

—Sin embargo fue maestro de Tupra, como lo fue de usted y lo fue mío. ¿Usted le habría hecho semejante jugada?

—Yo no, pero yo soy otro y no me dedico a lo que se dedica ese individuo. Tampoco te la habría hecho a ti, que sólo fuiste mi discípulo. ¿Has ido a hablar con aquel Morse, con el policía? Continuará aquí tal vez, a estas alturas será Inspector por lo menos. Él fue quien nos dio la noticia con detalles, él había visto a Janet muerta. —Alzó las cejas con incredulidad y añadió con un resto del candor que aquel día iba perdiendo—: Inaudito.

—No. Lo he pensado. Pero no voy a hacerlo, no tendría sentido —contestó Tom—. Él no me contaría ni me reconocería nada, hasta podría negar haberme visto en la vida, de aquella visita hace más de veinte años y no habrá registro. Sin duda cumplió órdenes entonces, y ahora no iba a remover trapos sucios antediluvianos. Ni siquiera estará autorizado, lo que la Corona entierra lo entierra hasta el fin de los tiempos. A lo sumo buscaría el expediente, que probablemente nunca ha existido, puesto que nunca hubo asesinato. Fíjese, Janet Jefferys incluso conservó su nombre, no la obligaron a desaparecer del mundo, a cambiárselo, les bastó con que se fuera de Oxford. Y si existe un expediente, por las apariencias, dirá 'Caso irresuelto o abierto', eso es todo. Sería perder el tiempo y avergonzar a ese hombre, parecía recto. Yo sé lo que es cumplir órdenes, aunque a uno lo revienten. Soy comprensivo con eso.

Mr Southworth, hombre pacífico y de estudio, parecía atribulado ante aquellos funcionamientos, para él recién descubiertos. Su fuerte sentido de la justicia no lo hizo sublevarse, como si asumiera que nada puede oponerse a la justicia elevada, a la legalizada, a la del Estado. Se lo veía anonadado, estupefacto.

—Y Tupra y Blakeston, ¿qué te han dicho? —preguntó con poca fe—. ¿No has hablado con ellos? ¿No les has pedido cuentas? Tuvo que ser cosa suya, seguro. A Peter debes descartarlo. No vayas a verlo, te lo ruego, no vayas a perturbarlo. Se llevaría un disgusto de saber que su recomendación te trajo esas consecuencias. Consecuencias irreparables. Él se limitaría a señalar tu utilidad, cómo iba a prever lo que harían con su información, una maniobra tan retorcida. —Mr Southworth protegía a su viejo amigo como a un padre. Aunque Tomás se había calmado tras su aparición fuera de sí, en los aposentos acogedores, su antiguo tutor había percibido que ahora era un hombre peligroso, despiadado si hacía falta.

—Mucho hincapié hubo de hacer en mi utilidad, para que se tomaran aquellas molestias.

—Bueno, tu don de lenguas es extraordinario, muy raro. Más aún entre británicos, incapacitados para hablar idiomas. Como tú hay poquísimos, eso lo sabes. —No quiso añadir nada más para exculpar a su maestro.

Pensó que sería contraproducente si insistía—. ¿No se han dignado verte, Tupra y Blakeston? Sólo te quedan ellos, por fuerza montaron la farsa.

No se habían dignado al principio, pero claro que Tom había hablado con Tupra. Eso fue lo que lo quemó, hablar con Tupra, mientras se alejaba del Museo de Madame Tussauds camino de Dorset Square, de su buhardilla. Pero se apartó de ese camino en seguida, pasó varias horas dando vueltas por la ciudad, incluso se acercó a la zona que tenía prohibida, a un par de edificios del SIS y al Foreign Office. Se quedó buen rato a sus puertas mirándolos, preguntándose si Tupra estaría allí en aquellos momentos o fuera, de viaje. No, no era cuestión de entrar y armar un escándalo, lo habrían parado los seguratas o los ujieres. Debía planear su conversación y no precipitarse. Pero no había nada que planear en realidad, los reproches salen solos, lo mismo que las acusaciones irrefutables, salen solos y se escuchan con el rostro avergonzado, y Tupra no iba a negarle que Janet Jefferys había vivido en York muchos años. Pero aun así aguardaría, mejor no verse con él en su terreno, mejor fuera de aquellos edificios, uno de ellos sin nombre. Faltaban un par de días para el siguiente encuentro con su interlocutor, el joven fofo ondulado; le transmitiría a Molyneux su exigencia y Tupra no osaría rehusar verlo ahora. Aunque Tupra se atrevía a casi todo y jamás se avergonzaba.

Tomás Nevinson anduvo y anduvo y siguió andando hasta que anocheció y se sintió muy cansado, y sólo cuando regresó a su buhardilla, allí en la plaza antes de encerrarse de nuevo, se dio cuenta de que en todo caso había concluido, de que había tocado a su fin aquella eterna etapa de su vida que se había convertido en su única vida, la vida errante y engañosa y dispersa. Fuera como fuese la charla pendiente, ya no estaba dispuesto a volver a la actividad que aquella misma mañana todavía echaba tanto de menos, antes de buscar el bullicio de los visitantes del museo, antes de ver a los niños Claire y Derek. La amenaza que había pesado sobre él durante más de veinte años, cada vez más difusa y olvidada, no existía ni había nunca existido, sólo en su ingenuidad y en su pánico de estudiante, un auténtico cordero. Era demasiado tarde para lamentarse: la vida dejada de lado, las otras vidas no esperan y las suyas habían transcurrido, la de verdad y la paralela, las dos se habían escapado. Las demás amenazas, las posteriores y ya improbables, las que había contraído con distintos nombres y en diferentes lenguas y acentos, le traían sin cuidado, tampoco pasaba nada si alguna acababa cumpliéndose y lo sacaba del mundo, todo da igual cuando se comprende que una ficción ha cesado.

Vio el polvo suspendido en el aire, lo vio con claridad meridiana en la plaza desfigurada por su rendición, por su agotamiento, y pensó: 'Uno sólo regresa cuando ya no tiene dónde ir, cuando ya no quedan lugares y la historia ha terminado. Esta historia ha terminado aquí, en Dorset Square, en este sitio y ahora'. Se tomó unos segundos para encajar el pensamiento, para asimilarlo y darlo por definitivo, y a continuación miró al futuro, es decir, al pasado: 'Sólo puedo regresar a Berta y a nuestra casa de la calle Pavía, si es que allí se me admitiera. Es lo único que queda en pie, que permanece y que tal vez me espera sin saber que me espera. Berta no ha rehecho su vida, esa es la expresión consagrada, no se ha vuelto a casar pese a ser viuda desde hace mucho. Mi sola esperanza es que también pueda aplicársele a ella aquella cita en francés de Mr Southworth, "*Elle avait eu, comme une autre, son histoire d'amour*", "Había tenido su historia de amor, como cualquiera", y que yo sea la suya, muerto y vivo'.

—¿Usted se acuerda de dónde era esta cita? —le preguntó de pronto a Mr Southworth, y se la repitió, no quería que se le olvidara consultarle, la llevaba en la memoria desde hacía demasiado tiempo—. La soltó usted aquella mañana, cuando dijo que no siempre reconocemos las historias de amor de los otros, ni siquiera cuando somos su objeto. Fue al hablar de lo que Janet podía sentir por mí. Obviamente no sentía nada, o no se habría prestado a la encerrona.

Mr Southworth descruzó y cruzó las piernas con su gesto característico, alertado e intrigado, hizo volar sus faldones. Escuchó con atención las palabras, las silabeó sin emitir sonido, tratando de recordar la procedencia.

—No, imposible, no tengo ni idea —respondió al poco con fastidio—. Ahora me tendrás dándole vueltas. Sería de algo que habría leído recientemente. Podría ser Stendhal, pero también Flaubert o Maupassant o Balzac. O Dumas, vete tú a saber. Y quién sabe lo que ella sentía. Quizá se vengó de tu indiferencia, de que la vieras sólo como un pasatiempo. Eso nunca lo averiguarás, eso es seguro.

—Dile a Tupra que necesito verlo ya, Stevie. Ha surgido algo urgente que no puede esperar. Sin más demora. En seguida —le soltó a Molyneux en cuanto éste tomó asiento en el salón del hotel. No sólo lo llamó por el nombre de pila cuando solía llamarlo por el apellido a secas, como él había sido llamado 'Nevinson' sin 'Mr' delante mucho tiempo atrás, en Blackwell's y en The Eagle & Child, el día de sus decisiones. Utilizó un diminutivo que empequeñecía al joven, no Stephen ni siquiera Steve sino Stevie, así se conocía hasta a una poetisa excéntrica, Stevie Smith, de moda cuando él llegó a Oxford y muerta al poco. Molyneux no sabría eso, pero no importaba: oírse llamar de ese modo le acentuaría la impresión de que se le daba una orden.

—Bueno, bueno —se defendió—. Dígame a mí de qué se trata y yo se lo transmito, Mr Cromer-Fytton. Cuando pueda ser, Mr Tupra siempre está muy ocupado. —Molyneux no osó llamarlo 'David' ni 'Tom', devolverle la moneda. Al fin y al cabo Tomás tenía mayor jerarquía y mucha más experiencia.

—He de verlo ya, y te aseguro que a él le interesa. Hoy mismo, mañana, no más tarde. Y si no está en Londres, que vuelva. Alguien sabrá cómo localizarlo. Dile sólo lo siguiente: que he conocido a los hijos de Janet Jefferys.

Molyneux, pese al tono imperativo de Tom, era petulante e inquisitivo. Aquel día ya no llevaba laca en la frente ni el pelo de dos colores, había recuperado su primera apariencia, no mucho más noble, menos innoble tan sólo.

—¿Y quién es esa? ¿Y qué pasa con sus hijos? ¿Qué son, niños o adultos? No veo la urgencia por ninguna parte, sobre todo si son unos niños.

—Tú díselo, Stevie. Él lo entenderá y verás como sí ve la urgencia. ¿Quieres apostarte algo a que me da cita al instante?

Molyneux no apostó, habría perdido. Esa misma noche telefoneó a Tomás con resquemor, de parte de Tupra.

—Dice Mr Tupra que dispone de un rato mañana al término de la jornada. Pregunta si se pasa usted por el edificio sin nombre, así ha dicho, o si se acerca él al hotel o a algún sitio de su zona, como prefiera. A las siete de la tarde. —No pudo evitar su entrometimiento—. Oiga, ¿cuál es el edificio sin nombre?

Tomás no le contestó. Quería llevar consigo su pequeño revólver que lo había acompañado durante los años tranquilos de la ciudad de provincias, su Charter Arms Undercover de 1964: por si acaso Tupra lo irritaba en exceso, restándole a todo importancia, por si se le antojaba darle un susto, era lo mínimo, aunque el tiempo quita hierro a lo que más hierro tiene. No se lo dejarían pasar en aquel edificio que él bien conocía y al que Molyneux aún no había accedido. Le propuso quedar en un café cercano a su buhardilla, allí estarían solos y nadie lo cachearía. Aunque nunca era del todo seguro que Reresby estuviera solo.

Bertram Tupra no cambiaba. Hacía mucho que Tomás no lo veía y no cambiaba, uno de esos hombres a los que se les congela la edad a partir de cierta cristalización, o a partir de que adquieren una fuerza de voluntad casi violenta, como si con ella lograran no envejecer más allá de lo que juzgan tolerable. (Pero él bien podía haberla adquirido en la adolescencia o aun antes, siempre había en él algo disonante con sus maneras, sus trajes, su acento, sus conocimientos: una estela indefinible de su origen luchador, barriobajero, plagado de dificultades.) Su aspecto apenas difería del que le había mostrado la primera vez, en el Oxford en el que los dos habían sido estudiantes, costaba imaginarse a Tupra cursando Historia Medieval, esa había sido su especialidad, si Tom mal no recordaba. Sin duda se tintaba las sienes propensas a enredarse en caracolillos, pero eso era lo único artificial que se permitía, cosa leve. Allí seguían los abundantes rizos sobre el abultado cráneo, la boca mullida y como carente de consistencia, un chicle aún no endurecido. Allí seguían sus exageradas pestañas más de mujer que de varón, su piel inquietantemente lustrosa y de un bonito color acervezado, sus cejas como tiznones y proclives a juntarse (haría uso frecuente de pinzas), su nariz basta y como partida por antiguos golpes, su mirada abarcadora y apreciativa que miraba de frente y a la altura adecuada, burlona y pálidamente, sondeando el pasado y haciéndolo otra vez presente mientras él lo escrutaba, al otorgarle relevancia y no darlo por caduco ni por insignificante. A diferencia de casi todo el mundo, para el que lo concluido ya no cuenta.

Tomás Nevinson había cambiado mucho más, a buen seguro. No sólo por las máscaras que se había visto obligado a improvisar o acatar durante sus años de escenificaciones y suplantaciones, había llegado a un punto en que le resultaba imposible saber cuál era su rostro verdadero, si era con o sin barba, con o sin gafas, con bigote o sin él, con el pelo corto o largo, rubio o moreno o canoso, tupido o ralo, si tenía cicatrices, si era delgado o no tanto, fofo como Molyneux o aún muy firme, si todavía era atractivo (había conquistado a la enfermera Meg hacía ya tiempo). O más bien cuál habría sido, ese rostro, si hubiera evolucionado naturalmente y sin necesidades, de haber él dispuesto de su debida existencia. Se preguntaba si sería reconocible para la gente de antaño, qué gente; si lo reconocería Berta Isla, que lo conocía desde el colegio. Pero además se sentía fatigado y maltrecho, a menudo un poco obtuso, interiormente envejecido, como si por dentro tuviera diez años más, quizá quince, de los cuarenta y tres que no había cumplido. La vida itinerante desgasta, y la escondida, y la fingida, y la vicaria, y la usurpada, y la traicionera, y la desterrada y difunta. Todo eso había sido la suya, la ya larga o mayor parte. Cuando así se sentía más agudamente, le venían a la cabeza otros versos de Eliot, de un poema tempranero: '*I grow old, I grow old, I shall wear the bottoms of my trousers rolled*', que dudaba cómo traducir mentalmente a su primera o segunda lengua, como solía hacer con todo, no estaban claras la prioridad ni el orden. Le parecía esencial conservar la rima, el metro no tanto: 'Envejezco, envejezco, llevaré los bajos de los pantalones vueltos'; o más coloquial y fielmente, 'Me hago viejo, me hago viejo...'.

Eso pensó antes que nada, 'Me hago viejo', al ver a Tupra sentado enfrente (ya estaba en el café, ya lo esperaba), con una sonrisa cordial y serena, casi afectuosa, como si se hubieran tratado con regularidad durante el tiempo en que no se habían visto en absoluto, inmune al marchitamiento. Le llevaba unos años, no muchos, ignoraba cuántos exactamente, y parecía bastante más joven, estaba convencido de que lo parecería siempre, más que él y de lo que era, desorientaría a las personas para las que fuera nuevo, a las que le presentaran, a las que reclutara, y a las mujeres a las que sedujera. Su expresión era despreocupada, pese a saber lo que lo aguardaba, una petición de cuentas si no más, una furia del pasado hecha presente. Ese desenfado fastidió a Tomás. No se había quitado la gabardina ni probablemente se la quitaría (preveía un encuentro breve), se echó la mano al bolsillo como en la ciudad de provincias, tocó la culata del revólver con la punta del pulgar y el índice, sólo para cerciorarse de que allí permanecía. O para darse valor, uno nunca se zafa de la intimidación de quien empezó por intimidarlo.

—Así que has conocido a esos chicos, ¿Bates, tengo entendido? Me has obligado a hacer unas pesquisas —le dijo Tupra con afabilidad—. ¿Cómo ha sido? Yo ni sabía de ellos, como podrás imaginarte, no me dedico a seguirles la pista a cuantos nos sirven ocasionalmente y después colocamos a veces, según el mérito de sus servicios. A algunos les hemos mejorado mucho la vida, o se la hemos solucionado. De nuestra generosidad no puede haber queja. Tú también te has beneficiado de ella, Nevinson. No poco, y lo que te queda. —Seguía con su plural corporativo y volvía a llamarlo como al principio, nunca había dejado de hacerlo del todo, había alternado 'Tom' con el apellido según las circunstancias, los apremios o los ruegos, más de una vez Tupra le había rogado, a lo largo de los años había dependido de él en ocasiones, de su paciencia y su ingenio, del vencimiento de sus escrúpulos que caían siempre, de su audacia y su capacidad de aguante, de sus renuncias. Ahora se le había adelantado con la palabra y Tomás entendió en seguida: de buenas a primeras intentaba volver las tornas. Era como si le anunciara: 'Si me vienes con reproches, me debes agradecimiento. Si vas a echarnos algo en cara, piensa en lo que hemos hecho por ti y en lo que te conviene. De cómo salgamos de aquí depende que tu situación sea aceptable o que se convierta en un desastre, quién sabe si en un tormento'.

—¿Tan importante era yo, Bertram, para hacerme lo que me hicisteis? Me arrebatasteis mi vida sin que se hubiera iniciado, apenas era un principiante —le dijo Tomás con cara seria, ominosa. No iba a permitir que lo contagiara la liviana cordialidad de su jefe, era engañosa. Estaba a punto de dejar de serlo, eso además, o de hecho ya no lo era, él lo sabía y Tupra lo adivinaba, seguro. Era cualquier cosa menos tonto, y si estaba dotado para algo era para anticipar las reacciones de las personas, para vislumbrar lo que encerraban sus venas. Tomás no volvería a ponerse a sus órdenes, se largaría. El polvo seguía suspendido en el aire, el que señala.

Tupra sacó un cigarrillo de su cajetilla egipciaca y lo encendió con un Zippo de temblorosa llama. No se molestó en echar el humo a un lado, Tomás también fumaba.

—Júzgalo tú mismo, Tom. ¿Cuántas tareas has llevado a cabo? ¿Cuántas con éxito? ¿En cuántas has fracasado, quiero decir sin paliativos? En una, sólo en una, he repasado tu hoja de servicios esta mañana. ¿Has sido útil o has sido superfluo? Debería halagarte que te viéramos desde el principio como un activo que valdría la pena, como alguien que resultaría eficaz en la defensa del Reino. Como tú no hay muchos, eso lo sabes. Nosotros estamos contentos pese a tu larga temporada varado, y tú también deberías estarlo. El trato ha sido equitativo, si acaso con el saldo a favor nuestro; las dos partes hemos ganado.

La irritación de Tomás fue en aumento, volvió a rozar la culata, también así se calmaba, se contenía.

—¿El saldo a favor? ¿Yo he ganado? Llevo más de veinte años mintiéndole a mi mujer sin querer hacerlo. Doce muerto a sus ojos y a los de mis hijos, que ya no conozco. También a los de mis padres, no pude estar con ellos ni en su entierro. Me he jugado el pellejo y el de los míos. Me impusisteis una vida que ya había rechazado, no me dejasteis elegir la mía.

—Ah —dijo Tupra—, ah claro. Tenía que salir, el señoritismo de nuestra época, está instalado en todo el mundo, independientemente de su procedencia. ¿Desde cuándo la gente ha elegido sus vidas? A lo largo de los siglos las existencias estaban trazadas, con mínimas excepciones. Era lo normal, no una tragedia. La mayoría no se movía de un lugar, nacía y moría en el campo, en la aldea o en la ciudad mezquina, más adelante en su miserable suburbio. En las familias numerosas se destinaba un niño al Ejército, otro a la Iglesia, eso si había suerte y los aceptaban, al menos no se morían de hambre; y se los despedía muy pronto, se los perdía de vista cuando ni siquiera eran principiantes, por utilizar tu término. A las niñas se les buscaba marido si eran agraciadas, un anciano a veces y con frecuencia un tirano, y si no se les enseñaba algo medio útil y secundario, coser, bordar, guisar, a ver si las contrataba alguien a su servicio; o se las metía en el convento de pobres a hacer de criadas sin paga. Eso en las familias con ciertos medios, qué te voy a contar de las que carecían de todo. El señorito no eligió su vida. Como la humanidad en pleno, hasta hace cuatro días, y lo de ahora es también ilusorio. Siempre ha sido lícito querer progresar y prosperar, la historia está llena de medradores. Pero ¿cuántos lo conseguían o lo consiguen ahora? Todavía son una porción mínima. La mayoría se planta en la vida y la recorre sin hacerse preguntas, o agradeciendo lo que le ha caído, esa es la norma; atiende a los obstáculos diarios y con eso ya tiene bastante. No elegir no es una ofensa, es lo acostumbrado. Sigue siéndolo en la mayor parte del mundo, lo mismo que en nuestros países, pese al espejismo colectivo. ¿Tú te crees que yo he elegido mi vida, o Blakeston la suya, o la propia Reina? La Reina menos que nadie. De qué me hablas, Nevinson, de qué me hablas. Me hablas de privilegios extraordinarios, que además tú has disfrutado. ¿Se te puso una pistola en la sien en aquel *pub* de Oxford? ¿Se te obligó por la fuerza? ¿Te torció el brazo Blakeston y amenazó con rompértelo? Claro que la elegiste. Y no me negarás que te ha gustado.

—Una acusación de asesinato es peor que romper un brazo —se atrevió a replicar Tom, con escaso convencimiento. Qué rápidamente Tupra había vuelto a minarle la moral, a intimidarlo. Tocó la culata una tercera vez, esta como gesto supersticioso o como fantasía. Siempre podía dejar de hablar, si en el hablar perdía. Tirar de revólver y cortar por lo sano y callarlo. Sí, no era más que un consuelo teórico, una fantasía: ahora que se veía libre con absoluta justificación y motivo; ahora que regresaría a Berta si es que ella lo acogía, no iba a acabar en la cárcel que había rehuido desde aquel *pub* de Oxford, desde el día antes. ¿Le había gustado aquella vida? Quizá sí, en cierto sentido, como le gusta su adicción a un adicto, se entrega a lo que le queda. Pero también la había odiado y padecido. La echaría en falta, se alegraba de su fin, la echaría en falta. Había venido de un engaño, estaba toda manchada. Le diría adiós. Y la echaría en falta.

Tupra lo miró con frialdad ahora. No era hombre de mucha paciencia ante la debilidad, ante la queja, ante los reproches, ni cuando se le llevaba la contraria. Era cordial, sí, y hasta simpático, en las situaciones en las que él instruía, aleccionaba, peroraba, convencía. Se mostraba comunicativo y entonces lograba que su interlocutor se sintiera importante y objeto de estima, algunos acababan considerando un honor que él requiriera sus servicios y los juzgara valiosos. Tom había sentido eso a veces, no siempre. También había visto su dureza, su drasticidad, cómo recurría a ellas e imponía su voluntad por la persuasión o por la fuerza, en una ocasión había sido testigo de un conato de paliza, se paró a tiempo, o al comprobar que ya bastaba. Ahora percibió su expresión de hartazgo. No de decepción, era de esos individuos que se decepcionan de antemano, cuando aún no han tenido motivo, eso llevan adelantado. Tom, al fin y al cabo, era uno entre muchos reclutas, Tupra no tenía tiempo de atender a las cuitas de cada uno.

—Tuviste la posibilidad de afrontarla —le dijo—. Si la hubieras afrontado, de hecho... Si la hubieras afrontado habrías descubierto que esa acusación no podía existir, que era imposible, se habría derretido como un helado. Y habrías reanudado tu vida convencional tranquilamente. —A Tomás lo solivió que hablara con tanta naturalidad de la antigua trampa, de la antigua farsa, como si nada tuviera de particular el engaño, ni de condenable. Ni siquiera había en su tono una disculpa implícita, el más mínimo avergonzamiento. Le había adulterado la existencia entera y para él eran gajes del oficio—. Qué quieres que te diga si elegiste mal, si no supiste soportar el miedo. Si cediste. De eso yo no soy responsable, me limito a hacer mi tarea, a procurarle al Reino lo mejor del Reino. Y bueno, piensa que eso te ha proporcionado una vida fuera de lo común, un destino singular, habrá quienes sepan leerlo en tu rostro. En los de la mayoría de la gente no hay nada que leer, no se ve nada. —'Una piedra ilegible', pensó Tomás Nevinson. No valía la pena enfadarse ni discutir con aquel sujeto, era como la garganta del mar que todo lo traga sin inmutarse.

—Me largo, Bertram. Lo dejo. Vuelvo a Madrid. Aquí he terminado.

—Nada te lo impide, Nevinson. Nunca nada te lo ha impedido. Además, llevas ya mucho tiempo inactivo. No te echaremos de menos tanto como hace años. Si me permites el prosaísmo, te damos por amortizado, nos consideramos servidos. —Encendió otro cigarrillo y Tomás uno de los suyos, una forma de contenerse—. Ahora bien, tú verás. —Tupra pasó en un instante de lo funcionarial a lo amigable—. Si regresas a Madrid y te quedas ahí quieto, será muy fácil dar contigo. Como te ha explicado Molyneux, no vemos para ti ya mucho riesgo. Pero lo hay, tenlo en cuenta, no bajes completamente la guardia. Aunque transcurran los años sin nada en el horizonte. —Hizo chasquear los dedos para llamar a la camarera, un gesto meridional, nada británico—. Para nosotros lo hay siempre, hasta que nos muramos. —Era un detalle que se incluyera, que lo acompañara en esa condena.

—Lo correré, será escaso —contestó Tom—. También hay otros a diario, de enfermedad, de accidente, un atraco. Sería darme importancia creer que se me recuerda. Todo el mundo anda ocupado con su presente, y yo pertenezco a otra época. Las nuevas generaciones van a lo suyo y el pasado les trae sin cuidado, no sienten que les concierna. Yo ya soy pasado.

—Así suele ocurrir —dijo Tupra—. Pero siempre puede haber alguien que se quede anclado y recuerde. Por lo general alguien recuerda, aunque sea sólo uno. Otra cosa es que ese uno se moleste en hacer algo al respecto. La tendencia es a dejarlo correr todo, cuando ya es agua pasada y nada tiene remedio. Se guarda el rencor y basta. Eso es cierto. Pero no te confíes. El rencor hace que a veces la gente se levante de su asiento y dé unos pasos. Los suficientes.

—Una pregunta más, Tupra. —Pese a la preocupación que ahora mostraba por él, no le salió llamarlo por el nombre de pila. Tomás había decidido no insistir en los reproches, pero le iba creciendo el resentimiento, hacia Tupra y hacia cualquier otro, ya que Tupra era impermeable a ellos—. ¿Cuánto tuvo que ver el Profesor Wheeler en mi reclutamiento, en todo aquello?

Tupra respondió con presteza, sin vacilación alguna, y sonó sincero por ello, quién sabía:

—Nada. Wheeler no supo. Se limitó a descubrirte y a recomendarte, eso fue todo. Bueno, y a tantearte sin éxito, no resultó muy persuasivo. El resto corrió por nuestra cuenta. Para él estuvo tan muerta como para ti, aquella joven. Reparó en la coincidencia, claro, en el golpe de suerte, pero acabó aceptándolo como tal, o eso dijo. O no dijo nada. —Esbozó una media sonrisa—. Pero al tanto no podíamos ponerlo, con Wheeler nunca se sabe. Es mucho más decente que nosotros, él sí que es de otra época. A lo mejor lo habría echado todo a perder. Seguramente habría objetado. Seguramente te habría alertado.

—Mejor engañarlo también a él, según tú. La verdad, cuesta creerlo. Él participó en la Guerra, y en ella se pierden los escrúpulos. No sé si se recuperan. —Tupra no contestó, no hacía falta—. ¿Y aquel policía Morse? Él sí que estaba al tanto. Había examinado el cadáver, nada menos.

—No la tomes con él, en tus recuerdos. Enfield Morse, se me ha quedado por el nombre de arma, como llamarse Winchester o Remington o Smith & Wesson. De hecho se resistió lo que pudo, un hombre con demasiada conciencia. Sus superiores tuvieron que ponerse severos para que cumpliera con su cometido, órdenes de arriba y eso. Ahora será Inspector por lo menos. Su carrera le habrá compensado aquel mal trago. La habría perdido, supongo, si se hubiera empecinado. ¿Algo más, Nevinson?

Para Tupra eran anécdotas, tenía millares de ellas y a veces le daba por rememorarlas. Había sacado la cartera para pagar, la camarera no daba abasto y no venía.

—No lo sé. No lo creo. —Tomás se quedó mirando la mesa con ojos pensativos, o como si le hubiera sobrevenido un vacío—. La verdad es que es tarde para todo.

—No para regresar, tal vez, en efecto —le dijo Mr Southworth con intención de animarlo; de sacarlo de su estupor al menos—. ¿Has hablado ya con tu mujer, la has llamado?

—No. No es algo para el teléfono —le respondió Tomás, la mirada aún descentrada; fija, pero descentrada—. Ni siquiera para una carta. Tampoco estoy seguro, todavía he de pensármelo. No tengo donde ir, eso es así. Volver con Valerie y Meg está descartado. Encerrarme allí de nuevo. Por mucho que quiera a la niña, son parte de mi largo destierro, de mi tiempo sin nombre y sin cara, ya no sé cuál es mi cara. Pero me pregunto si regresar no es lo peor que podría hacerle a Berta, y contra ella no tengo nada, al contrario. No sabría qué hacer conmigo, dónde colocarme ni cómo tratarme. Eso si me aceptara. Estaría por ver que me aceptara. Y de mis hijos no hablemos.

—Entiendo la dificultad. Bueno, esa palabra se queda corta, no quisiera estar en tu pellejo. Y con Tupra, ¿eso fue todo? —le preguntó Mr Southworth.

—Algo más hay por mi parte, Nevinson —dijo Tupra, y agitó la cartera ante su vista, para sacarlo de su abstracción, un poco—. Aunque no vayas a estar activo, seguirás sujeto a nosotros. No gran cosa, no te alarmes. Infórmanos de tus movimientos y paraderos, claro. Molyneux continuará siendo tu enlace, probablemente, hasta que cambie, si cambia. Considéralo un apéndice mío. La Corona es agradecida, eso lo sabes. Tú has prestado buenos servicios y por eso llevamos años sufragando a tu familia. —Ese fue el verbo que utilizó, sin medias tintas. No dijo 'ayudando' ni 'haciéndonos cargo'—. Y encima te has echado otra, no sé ni cómo se te ocurrió. Sin nuestra contribución te será muy complicado mantenerlas. En fin, si vuelves a Madrid se te reintegrará a la embajada o al British Council, ya veremos; en el peor de los casos al Instituto Británico, allí siempre habrá hueco y serías un profesor excelente con tus aptitudes. A no ser que quieras encontrar otro trabajo por tu cuenta, eres muy libre, y tengas la suerte de encontrarlo. Pero si no, tu sueldo vendrá de nosotros en todo caso, como el principal de tu mujer desde hace años. Nosotros no abandonamos a quienes han defendido el Reino, eso te consta. Sí en cambio a quienes le fallan y se van de la lengua, a quienes revelan lo que no deben ni pueden. Tu mujer te hará preguntas si reapareces, no podrá evitarlo; quizá otros también, tus hijos, que no entenderán nada y querrán oírte batallas; pero la que más ella, que ya sabe más que el resto. Cuéntale lo que se te antoje, que los muertos no te admitieron, que has padecido amnesia, no te creerá, da lo mismo. Pero no le hables de nada verdadero si no quieres que te retiremos la manutención, toda cobertura económica. —Y volvió a utilizar una palabra ofensiva, 'manutención', nada menos—. Eso sería inmediato, pero no lo único. Podríamos procesarte. Sigues vinculado a la Official Secrets Act y lo seguirás de por vida, no lo olvides. A la de 1911 y a la reformada del 89, no varían en lo esencial, si te molestas en cotejarlas. —La camarera por fin se acercó y Tupra le tendió un billete. Mientras esperaba la vuelta añadió—: En suma, para entendernos: como si hubieras formado parte del PWE de Sefton Delmer.

Todo aquello estaba de más. Tomás era ahora un veterano, no iba a olvidar nada de eso. Ya no era el joven impresionable y atemorizado de su primer encuentro con Tupra. Además se le había quedado grabado en la memoria, durante los siglos interminables, lo que le había dicho Ted Reresby entonces, Ted Reresby para aquella llamativa profesora de Somerville, de nombre Carolyn Beckwith, se acordaba (a lo mejor se había acostado con él por la noche): 'Nosotros no constamos en ninguna parte, ni oficial ni oficiosamente. Somos alguien y no somos nadie. Estamos pero no existimos, o existimos pero no estamos. Hacemos pero no hacemos, Nevinson, o no hacemos lo que hacemos, o lo que hacemos nadie lo hace. Sucedemos, simplemente'. Aquellas frases le habían sonado a Beckett y apenas las había entendido. Ahora ya no le sonaban a Beckett y además las comprendía, porque también él había pasado por eso, había sucedido varias veces. Ahora cesaría, en cambio.

Reresby no dejó propina, ni un penique. Acostumbraba ser generoso, incluso derrochador para el espíritu ahorrativo de sus compatriotas. Fue su forma de castigar la demora de la camarera en atenderlo. Él premiaba y castigaba siempre, eso Tom bien lo sabía. Los dos se levantaron, y ya fuera, en la calle, Tupra le ofreció la mano, como sólo suelen hacer los ingleses cuando se despiden para largo tiempo o hasta nunca, no es habitual que se la estrechen cualquier día. Tomás sacó la suya del bolsillo de la gabardina en un acto reflejo, más de español que de británico, siempre había tenido cuidado de no traicionarse con esos detalles tontos. Sin transición pasaría de acariciar la culata del revólver a tocarle a Tupra la palma. Le pareció excesivo, eso y saludar de aquel modo a quien le había hecho daño, aunque fuera un daño irreparable, irreversible, prehistórico. Así que devolvió la mano al bolsillo, sin estrechársela. Tupra apartó la suya airosamente, aprovechó para encender otro pitillo con su llama fluctuante. No se dio por ofendido. Seguramente no le importó lo más mínimo, no lo castigaría por eso.

—Adiós, Tupra. —No tendría muchas oportunidades de dirigirse a él en el futuro, pero Tomás pensó que nunca más le saldría llamarlo como lo había llamado a menudo, por el nombre de pila, como a un compañero de fatigas y empresas. Lo había sido en ocasiones, eso no podía negárselo.

—Adiós, Nevinson, y suerte. Dale recuerdos a tu mujer, cuando estés en Madrid con ella. Una mujer muy agradable, y además inteligente. —A Tomás se le cruzó un pensamiento, pero lo desechó en el acto: 'Espero que él no le hiciera caso'. No era tiempo para preguntas inútiles y retrospectivas. Tupra añadió con una sonrisa de ánimo—: Yo creo que, pese a la arraigada costumbre, preferirá que no hayas muerto.

X

Durante un tiempo no estuve segura de si mi marido era mi marido, o quizá necesité no estarlo y jugué por tanto a no estarlo. A veces creía que sí, a veces creía que no, y a veces decidía no creer nada y seguir viviendo mi vida con él, o con aquel hombre semejante a él y cambiado, mayor que él, que había vuelto de alguna niebla y jamás había estado entre los muertos. Luego de él no podía decirse: 'Morimos con los que mueren: ved, ellos se marchan, y nosotros nos vamos con ellos'. Y en cambio sí podía decirse: 'Nacemos con los muertos: ved, ellos regresan, y nos traen consigo'. Pero también yo me había hecho mayor por mi cuenta, en su ausencia.

Mientras decidía no creer nada y seguir adelante me sentía medio a salvo. Era como si recuperara el estado de espera y de incertidumbre que a todos nos beneficia y nos ayuda a pasar de día en día, nada peor que tener la sensación de que todo está asentado y firme, o si no muy encauzado; de que lo que debía suceder ya ha sucedido o va sucediendo despaciosamente, de que no hay zozobra ni sorpresas hasta llegar a la desembocadura, o sólo las que en realidad no lo son, las previsibles, aunque esto suene contradictorio. La mayoría de los habitantes de la tierra se instalan en su cotidianidad y se limitan a ver empezar las jornadas y cómo éstas trazan un arco para transcurrir y acabarse: así me habría gustado vivir a mí, cuando era joven y no había más que futuro liso, y no presente ni pasado rugosos. Pero, dado que conocí otra cosa y en ella hube de establecerme, ésta es ya la que deseo: quien se acostumbra a vivir en la espera nunca consiente del todo su término, es como si le quitaran la mitad del aire. Así que durante cierto tiempo Tomás fue él y no lo fue. Lo observaba con suspicacia mezclada de complacencia, lo uno contribuía a lo otro, por absurdo que parezca, o incluso no podía existir sin lo otro, se alimentaban recíprocamente, y la suspicacia era la espera, su prolongación o su supervivencia.

No lo reconocí cuando apareció en la plaza, desde luego. Me había asomado a uno de los balcones muy temprano, como tantas veces, un domingo en que Guillermo y Elisa habían dormido en casa de amigos. Todavía estaba amaneciendo o casi porque acababan de adelantar la hora, es decir, de robárnosla la noche anterior para lo que llaman idiotamente 'el horario de verano', la roban a primeros de abril y aun a finales de marzo. Habían pasado doce años desde que Tomás se había despedido de mí en Barajas, camino de las Islas Falkland de acuerdo con mis conjeturas, y aquella guerra era ya tan pretérita como las dos de Afganistán inglesas o como la de Crimea, como la nuestra de Marruecos o la del soldado que las mujeres querían, Luis Noval el de la fea estatua. Quién se puede acordar de sus muertos: lo mismo que si no hubieran existido, borrados un poco más pronto que los que consiguieron salir vivos de ellas.

El día era frío, con una luz amarillenta que presagiaba nieve, por eso salí al balcón con abrigo, pensé que no aguantaría allí mucho rato. Debía repasar *Moby-Dick* de nuevo para uno de mis repetidos cursos, aunque bien me lo sabía; me había acostado dándole vueltas inútiles a una frase del primer capítulo que quizá tiene misterio o no lo tiene, los profesores asaltamos al abordaje los textos: 'Sí, como todo el mundo sabe, la meditación y el agua están casadas para siempre'. ¿Por qué 'todo el mundo'? Con esa pregunta superflua había logrado dormirme. Pero luego me había despertado intranquila, demasiado pronto para un tranquilo domingo, quizá por la repentina bajada de la temperatura o por la desazón de la arbitrariedad horaria. Y en efecto, empezaron a caer copos un par de minutos después de asomarme, al principio lentos y escuálidos, sin brío, insuficientes para molestarme. Me vino un escalofrío más psicológico que físico, me cerré el abrigo de un tirón sin abrochármelo, me acodé en la barandilla y miré a un lado y otro, poca gente había a aquellas horas precarias, podía contar a los transeúntes. Y al hacerlo —uno, dos, tres, cuatro, cinco, seis; y siete— vi una figura que se aproximaba desde el Teatro Real con una pequeña maleta en una mano y la otra alzada a medias cada pocos pasos, como si fuera saludando a alguien tímidamente. Daba esos pocos pasos y se detenía, posaba el bulto en el suelo y echaba un vistazo alrededor, apenas levantaba el brazo y avanzaba otro trecho corto. No le vi la cara hasta que estuvo bastante cerca, o parte de ella, y lo que vi no lo reconocí en absoluto. Era un tipo de mediana edad, más bien ancho y con una barba muy canosa, como las que llevan en las películas los tripulantes de los submarinos, a la vez pobladas y recortadas, o digamos mantenidas a raya. Vestía una gabardina oscura con cinturón, negra o azul marino, y una gorra de visera larga, más francesa u holandesa que española, prenda anacrónica en estos años, sería para protegerse de las inminentes precipitaciones, me dificultaba discernir sus rasgos. Había en él algo reminiscente del marinero que vuelve tras su travesía, en Madrid una imagen fuera de lugar, incongruente. Había tenido la impresión de que me saludaba a mí, de que me había visto en el balcón y por eso levantaba la mano de vez en cuando para bajarla en seguida —era un segundo—, como si quisiera llamar mi atención y a continuación no llamarla, como si se arrepintiera del gesto y éste fuera involuntario y lo suprimiera después de escapársele. O tal vez la bajaba al no haber por mi parte respuesta, yo no iba a saludar a un desconocido con una maleta —a lo mejor estaba borracho— en una mañana de inesperada nieve y con tan poca gente a la vista. Sólo quería disfrutar brevemente de aquellos primeros copos antes de sumergirme en el 'noviembre del alma', antes de que arreciaran y se hicieran más gruesos y enérgicos, si es que eso sucedía.

Sucedió, pero no me di cuenta tan rápido como para cerrar el balcón y refugiarme en la casa, aquel hombre me distrajo. Llegó cerca del portal y entonces se apartó bruscamente, se fue hasta el parquecillo con la estatua del soldado y se sentó en un banco. Sacó un cigarrillo y lo encendió, lo vi fumar ensimismado de perfil, ahora lo distinguía malamente, medio tapado por los árboles. Oí cascos de caballos y él los oyó también, tanto él como yo buscamos su procedencia, una pareja de guardias montados avanzaban por la calle de San Quintín camino de la Plaza de la Encarnación, una cabalgadura blanca y otra negra, sobre la primera los copos resultaban invisibles, sobre la segunda conspicuos, momentáneamente la convertirían en una cabalgadura pinta. Al llegar a la altura de Pavía torcieron y la tomaron en dirección al Teatro Real, era extraño que patrullaran tan pronto, en medio de tanto silencio y con la plaza casi vacía. No fui capaz de sustraer mi vista a ellos, pasaron delante, los seguí hasta que se alejaron dejando un rastro de defecaciones, a mis pies, como quien dice. Entonces busqué de nuevo al holandés errante con la mirada, pero ya no lo encontré, se había esfumado mientras yo me entretenía con los caballos nevados. Vi mi abrigo salpicado de copos, también yo estaba nevada, y me figuré que tendría igual el pelo, medio blanco. Antes de volver al 'sustitutivo de pistola y bala' debería secármelo.

Sonó el timbre, lo último que habría esperado. Cerré el balcón y me acerqué sin hacer ruido a la puerta, por precaución apliqué el ojo a la mirilla, no eran horas para visitas ni tampoco para entregas, y además era domingo. Allí estaba el marinero, con su gorra todavía puesta. Mantenía la vista baja, no supe si por modestia o paciencia, con la cabeza inclinada la visera le ocultaba el rostro a excepción del final de la barba. Estuve tentada de no responder, de fingir que no había nadie. Se habría equivocado de piso. Lo raro era que hubiera subido, el portal estaba cerrado con llave, a mi portero automático no había llamado, debía de haberle abierto el vecino al que viniera a ver, o la vecina que fuera a alojarlo, y se había confundido luego de puerta o de piso. No sé por qué revelé mi presencia.

—¿Quién es? —pregunté—. ¿A quién busca? Me parece que se ha equivocado. —Y añadí algo superfluo por evidente—: Es muy temprano.

Entonces se quitó la gorra con un ademán respetuoso, como si ya me tuviera delante y fuera un hombre educado. Le vi el pelo, más oscuro que la barba, con entradas. Alzó la cara. El cristal de la mirilla deforma, aun así algo me sonó aquella cara. Tan sólo me sonó, vagamente. Uno nunca espera que reaparezca un muerto, aunque su cuerpo no se haya encontrado. Y tampoco espera a los desaparecidos, ni a los huidos ni a los desterrados.

—Es todo menos temprano, Berta —dijo el hombre—. No me reconoces, ¿verdad? No me extraña, yo apenas me reconozco a mí mismo. Soy Tomás, y es todo menos temprano. Seguramente es demasiado tarde.

Lo creí y no lo creí, las dos cosas a la vez, uno no sabe. Pero qué iba a hacer yo en todo caso, qué iba a hacer yo sino abrirle la puerta.

Ahora ha pasado año y medio desde la aparición del fantasma, aquel domingo frío del inicio de la primavera. Tomás Nevinson, o el que ya se le va asemejando y lo sustituye, el que conserva recuerdos que sólo podrían ser suyos y quizá no tiene a nadie más en el mundo, no vive exactamente conmigo y con los chicos. Él fue el primero en descartarlo, en no pretender ese privilegio; es más, juzgó necesario estar desgajado, en modo alguno convenía que compartiéramos permanentemente el espacio. Adujo varias razones, y todas eran sensatas, coincidían con las mías: Guillermo y Elisa deberían acostumbrarse a él y aceptarlo, si es que lo lograban; yo llevaba mi vida independiente desde hacía mucho, mi vida de soltera o viuda, no aspiraba a que le diera más cabida que la que decidiera y se me fuera antojando; y aunque esto no lo adujo, o no abiertamente, creí entender que no se sentía seguro del todo y que lo último que quería era que corriéramos ningún riesgo por su causa. A lo largo de muchos meses, lo más explícito que dijo al respecto fue esto: 'Creo que puedo vivir tranquilo pese a tantos años de hacerles faenas a no pocas personas, es la índole del trabajo. Sin embargo las circunstancias cambian, los enemigos ya no lo son, el tiempo pasa, esas personas se retiran, se esconden, envejecen, se cansan; algunas se mueren y casi todo se olvida. Pero no se sabe. Siempre puede haber alguien que se quede anclado y recuerde, y que no se amanse'.

Como antaño, como siempre, no obtuve respuestas concretas a mis preguntas, pronto dejé de hacérselas; ni siquiera he sabido nunca qué fue de él durante esos doce años de ausencia, de ausencia y fallecimiento, o más bien de hacerse el muerto. 'Sigo sin estar autorizado a contarte nada', me decía, me dice. 'Todavía menos que antes: firmé un acuerdo adicional de confidencialidad absoluta para poner fin a mis actividades y aun así mantener las ayudas. Las perderíamos si hablo y además me procesarían. No te quepa duda de que iría a la cárcel.' Yo perdí mi ayuda de la Organización Mundial del Turismo, en todo caso. Después de que Tomás recuperara su puesto en la embajada —uno más alto, de hecho, y mejor pagado—, se consideró que no hacía falta, era como duplicar los sueldos.

Tomás alquiló un pequeño apartamento muy cerca, casi una buhardilla al otro extremo de la Plaza de Oriente, en la calle de Lepanto, más o menos donde estuvo hace unos siglos la Casa de las Matemáticas. Por eso no vive exactamente con nosotros. Pero está a cuatro pasos y viene a menudo, cada vez más, con mi consentimiento y el de los chicos. No puede contarles aventuras que sin duda los apasionarían por su edad aún soñadora, pero se los ha ido ganando con sus imitaciones perfectas de toda clase de gente, gente que ellos conocen. Como hacía en el colegio. Lo recibieron con recelo al principio, Elisa con timidez evasiva, Guillermo con indisimulable fastidio. Pero su padre ha sido tan prudente durante este año y medio, incluso delicado, preguntándoles sin agobiarlos, interesándose sin caer en la adulación, casi pidiéndoles permiso para tratarlos, como si en verdad fuera un intruso llovido del cielo y no quien los sustenta y los ha sustentado en gran medida indirectamente (hasta cuando se lo creía difunto), que poco a poco lo han ido acogiendo, y hasta lo van solicitando. Lo encuentran divertido con sus voces y sus escenificaciones y acentos, e intuyen que no es persona con un destino vulgar y corriente, dan por sentado que ha vivido experiencias raras si no misteriosas (él no se priva de hacer alguna insinuación, tan discreta como intrigante), y que se las revelará algún día. En eso andan equivocados, pero como lo ignoran no importa: lo miran con expectación, lo que es decir con curiosidad sostenida. Su presencia los estimula, de momento al menos. Cuentan cada vez más con él y a él se van acostumbrando, y si no le queda otra, Tomás les contará historias falsas para satisfacerlos, material para la fabulación le sobra. A veces pienso que para él ha de ser un juego de niños ganarse a sus hijos tan jóvenes, supongo que se ganó en el pasado a personajes fieros y resabiados, a gente con la guardia alta y siempre dada a la sospecha, con la desconfianza como principal compañera e invariable escudo. Lo entrenaron para eso, para vencer resistencias.

En seguida adelgazó y ya no fue el hombre ancho que llamó a la puerta con su gorra holandesa aún puesta, no he vuelto a vérsela nunca. Muy pronto se afeitó la barba de Capitán Nemo y pareció menos avejentado, al prescindir de tanta cana. Entonces le apareció una cicatriz desconocida, que le cruzaba la barbilla, ni se me ocurrió preguntarle. En cuanto se reincorporó a la embajada vistió traje y corbata, a veces se pone un terno con fea raya diplomática, quién sabe si para acentuar su mitad inglesa, el chalequito resulta ridículo. Va a diario al trabajo y cumple con brillantez sus cometidos, o eso me cuenta, un poco se jacta, como si me pudiera impresionar con eso. Me ha pedido que lo acompañe a algunas recepciones y cenas, para dar buena imagen, y no he tenido inconveniente en acceder ocasionalmente, como en los viejos tiempos, tras mostrarme reacia durante meses. Al fin y al cabo no nos divorciamos nunca, tan sólo fui por error su viuda, y el error ya está deshecho.

Conmigo le costó más que con los chicos, para ellos era nuevo, para mí un espectro que regresaba. Aunque también fue respetuoso y prudente y jamás trató de forzar nada, yo lo observaba con reproche cuando venía de visita al principio y todavía me preguntaba si era él o si podía serlo al cabo de tanto tiempo, tanto tiempo sin ni siquiera llamar una vez y decirme: 'Berta, no he muerto'. 'No podía, no podía, has de entenderlo. Durante años nadie debía saber que estaba vivo, si se sabía lo más probable era que pasara a estar muerto. Y además, eran órdenes', se justificaba. Lo entendía más o menos con el entendimiento, pero lo miraba en silencio y pensaba: 'Cuán poco he contado para ti, a lo largo de nuestra vida. Qué papel tan pequeño he desempeñado en la tuya, que ha discurrido aparte'. Es inevitable sentir rencor, sé que lo sentiré hasta que me muera. Incluso si él se muere antes, yo lo seguiré sintiendo, hay rencores póstumos que no caducan con la desaparición de quien los ha causado.

Pero me desagradaba verme endurecida como una miserable y yo no había rehecho mi vida, como suele decirse, y nada se hunde del todo si no ha sido ahogado y sustituido. Y uno descubre —la verdad, sin gran sorpresa— que hay lealtades inmerecidas e incondicionalidades inexplicables, personas con las que uno tuvo una determinación y un propósito juveniles o más bien primitivos, y que el primitivismo prevalece por encima de la madurez y la lógica, del odio de los engañados y el resentimiento. Lo fui dejando estar más en casa, se quedaba a cenar con nosotros algunas noches y una noche no se fue tras la cena ni al acostarse los chicos. Lo admití en mi cama afligida a veces e indiferente a veces, por la que habían desfilado otros hombres sin alterarla apenas, y allí comprobé que era él o una parte de él, que no había cambiado tanto en su larguísimo viaje hacia el tajo, hacia el fuego, se había acercado mucho pero no había llegado a alcanzarlos: la misma manera de hacer el amor que en sus lejanos periodos de insomnio o de duermevela, la misma actitud casi animalesca al introducirse en mí, sólo que con menos brío (tenemos ahora cuarenta y cuatro años), como si quisiera que el cuerpo engañase durante un rato al espíritu, o lo confundiese, o lo callase. Él no hablaba de lo que había vivido, pero sin duda sus recuerdos y sus experiencias le ocupaban el pensamiento sin pausa, a solas y en el trabajo y con nosotros, en todo instante, y necesitaba vaciar la mente con el acto físico, aunque durara sólo unos minutos. Yo no pude evitar alargar los brazos como si me dispusiera a retenerlo más que a acogerlo, como si se estuviera marchando en vez de volviendo. Y al terminar le pasé el dedo índice por los labios menos compactos y con más pliegues, pero el dibujo continuaba siendo el de siempre.

No sólo la incertidumbre y la espera, también la irracional expectativa, las fantasías, se convierten en esenciales para el corazón de una persona, y ya no es capaz de renunciar a ellas. Pueden convertirse en esenciales hasta el lamento y la pena, el despecho, y le acaban conformando a uno su manera de convivir con el mundo. No es ni era mi caso. Pero al admitirlo en mi cama se cumplía una esperanza irreal que no por ello quedaba anulada, porque aquella noche y las que siguieron y siguen a capricho mío —son pocas, han sido pocas—, las tomo como excepciones que no tienen por qué repetirse, y no como un regreso. Veremos, iremos viendo, todo permanece indeciso como cuando Tomás oscilaba entre los vivos y los muertos, y aun se había inclinado por éstos. Y nada significa, nada, que cuando está entre mis brazos me cruce como un relámpago este pensamiento que vuelve: 'Cuán poco he contado para ti, a lo largo de nuestra vida. Qué papel tan pequeño he desempeñado en la tuya, que ha discurrido aparte. Pero mira, resulta que ahora estás aquí, conmigo, aquí dentro'. Ya digo que es sólo un relámpago, en seguida dejo de verlo.

Ha habido una evolución en Tomás en este año y medio, en algunos aspectos. Pronto pareció acostumbrarse a estar de nuevo en Madrid y a su distinguido cargo en la embajada, conoció a nuevas personas, hizo amistades superficiales, recuperó una o dos antiguas en la medida de lo posible, escasa medida después de los siglos. Pero detrás de esa existencia normal aparente, yo lo notaba en ascuas, erizado. Se sobresaltaba con facilidad ante cualquier ruido no reconocible, no digamos ante un tumulto, como si temiera que fueran a atacarlo: que alguien que recordara, alguien anclado, viniera desde lejos a buscarlo, o enviara a alguien cercano.

Una noche veraniega, mientras tomábamos una copa sin charla en una terraza de Rosales (aún nos costaba hablar con una mínima continuidad, era al principio), se produjo una reyerta que nada tenía que ver con nosotros, sólo que nos encontrábamos a poca distancia de los dos individuos que discutieron y se insultaron y se empujaron y se exaltaron, tanto que uno de ellos rompió una botella de cerveza y se abalanzó sobre el otro con aquella arma recortada. Vi un segundo de pavor en los ojos de Tomás, como si se figurara que el de la botella iba a rajarle a él el cuello y no a su contrincante, el cual había agarrado una ineficaz silla de mimbre. E inmediatamente después de ese segundo, sin transición, se le endureció la mirada, se levantó sin pensárselo, fue hasta el individuo y, antes de que éste pudiera ni verlo, con una mano le inmovilizó el brazo armado y con la otra le soltó un puñetazo seco, no sé dónde exactamente, que lo tiró al suelo. Fue como un saco colgante al que se le hubiera cortado la cuerda. Se quedó allí sin sentido y desmadejado, como si se hubiera muerto de ese único golpe. Tuve la impresión de que Tomás había hecho eso otras veces, o cosas parecidas. Entonces, en el año 94 (repaso y reviso y rememoro estas notas al cabo de dos decenios o más, hace mucho que dejé de tomarlas), todavía se resolvían estos altercados sin forzosas denuncias y sin que interviniera siempre la policía. El propio Tomás reanimó un poco al caído, comprobó que nada grave le había ocurrido, lo entregó al cuidado de los otros borrachos que lo acompañaban (de repente sobrios por el susto), y nos largamos. Me dio algo de miedo aquella reacción violenta, pero también me tranquilizó cerciorarme de que sabía bien defenderse, y defendernos a nosotros por tanto, si se terciaba un día.

Sin embargo ahora, un año y medio más tarde, veo que ha perdido su continuo estado de tensión y alerta. Al contrario, a menudo se muestra melancólico y pasivo. Cuando viene a casa y yo estoy ocupada y los chicos fuera, se pasa largo rato mirando por los balcones, la vista fija en los árboles que tan sólo fueron míos durante años y años. Se sienta en el sofá y se abstrae, mientras yo preparo mis clases en mi despacho. Y cuando vuelvo al salón y ya ha atardecido, ahí continúa, como si para él no hubiera transcurrido ese tiempo. No sé lo que piensa ni lo que recuerda, no sé en qué se abisma ni lo sabré nunca. Me digo que todos tenemos nuestras tristezas secretas. También los que hemos permanecido quietos y no nos hemos sometido a sacudidas aparatosas. O, como escribió Dickens si no me equivoco de cita, al que me toca enseñar algunos cursos, me digo que 'toda criatura humana está destinada a constituir un profundo secreto y misterio para todas las otras. Es una consideración solemne que, cuando llego a una gran ciudad de noche, cada una de esas casas arracimadas lóbregamente encierra su propio secreto; que cada habitación en cada una de ellas encierra su propio secreto; que cada corazón palpitante en los centenares de millares de pechos que allí se esconden, es, en algunas de sus figuraciones, un secreto para el corazón más próximo, el que dormita y late a su lado. Y hay en todo ello algo atribuible al espanto...'.

Cuando veo a Tomás así, meditabundo y vencido o quizá abandonado a sus remembranzas, me asalta el desagradable recuerdo de las palabras de Miguel Ruiz Kindelán en la peor mañana: 'De ahí se sale siempre mal', me había dicho con el mechero todavía abierto en la mano, refiriéndose al lugar en el que Tomás se había metido. 'Yo he conocido a unos cuantos y lo normal es que salgan trastornados o muertos. Los que sobreviven acaban por no saber quiénes son. Pierden su vida o se la parten en dos, y esas dos partes se repelen. Algunos intentan volver a la normalidad y no son capaces, no saben reincorporarse a la vida civil, o la jubilación los hunde. Da lo mismo la edad que tengan. Si ya no sirven o se han quemado, se los retira sin contemplaciones; se los envía a casa o a vegetar en una oficina, y hay individuos que antes de cumplir la treintena languidecen con la conciencia de que su tiempo ya ha pasado. Añoran sus días de acción, de vileza, de falsedad y engaño. Se quedan prendidos en sus hazañas más turbias, y a veces los abruman los remordimientos: cuando se paran se dan cuenta de que lo que hicieron sirvió para poco o nada. Y de que no eran imprescindibles, de que cualquier otro podría haberlo hecho por ellos y todo habría sido muy semejante. También descubren que nadie les agradece su esfuerzo ni su talento, su astucia ni su paciencia ni sus renuncias, ahí no existen la gratitud ni la admiración, no en esos mundos invisibles. Y resulta que lo que para ellos fue importante no lo es para nadie más, es sólo pretérito desconocido...'

No siempre está así, ni mucho menos. Tiene días de gran actividad, ha aprendido a disfrutar de su nuevo o antiguo trabajo y cada pocos meses viaja a Inglaterra como antaño; pero ahora son estancias cortas, de una semana a lo sumo, y me llama desde allí casi a diario, al caer la noche, con la jornada ya concluida. Cuando permanece en Madrid, sin embargo, lo asaltan con cada vez más frecuencia esos ratos de cavilaciones, o son de rendición acaso. Como si, a diferencia de lo que le ocurría al poco de reinstalarse, cuando estaba demasiado en vilo, ahora hubiera asumido que nada podría hacer contra alguien que recordase, contra alguien nunca amansado que viniera a ajustarle cuentas lejanas; como si ya no estuviera dispuesto a huir ni a defenderse, llegado ese caso; como si estuviera cansado de aguardar o cansado del miedo, y entonces fuera a decirse: 'Por fin han dado conmigo. No debo quejarme. He tenido una larga prórroga. Inútil y sin sentido, pero una prórroga en el universo. Y como éstas siempre se acaban, que así sea'.

No sé. Una noche fuimos al cine juntos. Al terminar la película y encenderse las luces, y desdoblar él la gabardina que había tenido sobre las rodillas, se le cayó al suelo un pequeño revólver, la moqueta impidió que sonara. Lo miré atónita antes de que él se percatara y lo recogiera a toda prisa y lo devolviera al bolsillo. Nadie más lo vio, por suerte.

—¿Y esa pistola?

—Nada, nada, no te preocupes. Es sólo que estoy acostumbrado a llevarla. Son muchos años, compréndelo.

—¿La llevas siempre?

—No, no siempre. Cada vez menos.

De modo que ya no sé si se defendería o si es que no descarta pegarse un tiro algún día, al ser él el que esté anclado y recuerde y no pueda soportar su continuidad en la tierra. Cuando mira los árboles desde su sitio en el sofá de casa, me pregunto sin ahínco qué cosas horribles habrá acumulado en tantos años, mientras yo no desempeñaba ningún papel en su vida, en la de muerto ni en la de vivo. Es una bendición ignorarlas, está bien que no los autoricen a contar nada de nada, para qué añadir un relato a lo que simplemente sucede. La mayoría de las personas se empeñan en lo contrario, en que nada suceda simplemente. Lo reconstruyen y lo repiten hasta el final de los tiempos, sin dejar que cese nunca.

A menudo me digo que no tiene mucho de particular que desconozca a mi marido, lo mismo que a cualquier otro. Lo escribió también Dickens, si es que es suya la cita que flota por mi memoria: 'Mi amigo ha muerto, mi vecino ha muerto, mi amor, la niña de mi corazón, ha muerto; es la inexorable consolidación y perpetuación del secreto que siempre hubo en ellos... En cualquiera de los cementerios de esta ciudad por la que paso, ¿hay durmiente para mí más inescrutable que sus atareados habitantes, en su individualidad más íntima, o de lo que lo soy yo para ellos?'. El propio Tomás, desde joven, desde adolescente, no estuvo jamás interesado en conocerse ni en descifrarse, en averiguar qué clase de individuo era. Le parecía un ejercicio de narcisistas y una pérdida de tiempo. Quizá en eso no haya cambiado, pese al mucho trecho vivido, o quizá esté al cabo de la calle desde los primeros pasos de su conciencia. Y por qué habría yo de afanarme en entender a quien no se observa. Tenemos muchas pretensiones: pretendemos desentrañar a la gente, sobre todo a quien dormita y respira junto a nuestra almohada.

Alguna que otra noche se queda en mi cama, son escasas, o me quedo yo en su buhardilla de la calle Lepanto; si los chicos me necesitan estoy muy cerca, no tienen más que llamarme o echarse una carrera, atravesar la plaza sin exponerse a los coches, y ya son mayores. Tampoco duerme ahora Tomás profundamente; duerme inquieto y afligido y murmura, pero duerme. Cuando lo miro me dan ganas de acariciarle con suavidad la nuca y susurrarle: 'Sigue ahí muy quieto, amor mío. No te muevas ni te des la vuelta, así te envolverá el sueño profundo sin darte cuenta y poco a poco dejarás de pensar en el interior de tus pesadillas. Menos mal que no me dices en qué piensas tantas horas, todas las horas, dormido y despierto. Algo te ocurre siempre y no sé qué, por fortuna, más me vale continuar con la página en blanco. Sé que tienes motivos, tu sino es que tu cabeza ya nunca descanse'. Pero me aguanto las ganas y no se lo digo, ni se lo diré por años que viva. Me lo guardo y me limito a pensarlo. Decírselo sería un regalo excesivo, aunque él no se enterara: estuvo alejado de mí durante demasiado tiempo, se atrevió a declararse muerto, dejó su cuerpo en una costa distante.

A veces, cuando mira por el balcón ensimismado, se toca con la uña del pulgar la cicatriz de la mejilla que no existe desde hace siglos, se la borraron muy pronto con cirugía. Entonces pienso en lo que tal vez él piense al invocar ese vestigio que nadie ve y sólo él recuerda y sabe de verdad a qué responde, probablemente no a un atraco sino a algo más meditado, una venganza o un castigo. Y quizá piensa que, todo sumado, pertenece a esa clase de personas que no se ven protagonistas ni de su propia historia, sacudida por otros desde el principio; que descubren a mitad del camino que, por únicas que todas sean, la suya no merecerá ser contada por nadie, o será sólo objeto de referencias al contarse la de otra, más azarosa y llamativa, y sobre todo más elegida. Ni siquiera como pasatiempo de una sobremesa alargada, o de una noche junto al fuego sin sueño. Eso es lo que suele pasar con las vidas que, como la mía y también la suya, en realidad como tantas y tantas, solamente están y esperan.

Abril de 2017